Aura
천재배우의 아우라
IV

천재배우의 아우라 IV

초판 1쇄 발행 2020년 8월 31일

지은이 글술술
펴낸이 장길수
펴낸곳 지식과감성#
출판등록 제2012-000081호

디자인 윤혜성
편집 최지희, 장홍은
교정 정은지
마케팅 고은빛

주소 서울시 금천구 벚꽃로298 대륭포스트타워6차 1212호
전화 070-4651-3730~4
팩스 070-4325-7006
이메일 ksbookup@naver.com
홈페이지 www.knsbookup.com

ISBN 979-11-6552-334-3(04810)
ISBN 979-11-6552-308-4(세트)
값 14,400원

ⓒ 글술술 2020 Printed in Korea

잘못된 책은 구입하신 곳에서 바꾸어 드립니다.
이 책의 전부 또는 일부 내용을 재사용하려면 사전에 저작권자와 펴낸곳의 동의를 받아야 합니다.

이 도서의 국립중앙도서관 출판예정도서목록(CIP)은 서지정보유통지원시스템
홈페이지(http://seoji.nl.go.kr)와 국가자료공동목록시스템(http://www.nl.go.kr/kolisnet)에서
이용하실 수 있습니다. (CIP제어번호 : CIP2020031807)

홈페이지 바로가기

Aura

천재배우의 아우라

IV

글술술 지음

차례

169. 얕보진 말아야지	9
170. 이래도 되는 건가?	17
171. 인터넷 반응	25
172. 그래도 도망치진 않았네	34
173. 히든 스토리	41
174. 굴려도 되죠?	50
175. 아니, 그럼 재미없지	58
176. 무표정 연습	66
177. 이건 예상 못 했겠지	75
178. 해봤던 것들이니까	84
179. 목표, 자립심, 긍지	93
180. Higher!	101
181. 판도라	109
182. 빨리 같이 연기합시다	117
183. Vogue 관계자 회의	125
184. 나 같은 배우	132
185. 〈캐스팅 보트〉 붐	141
186. 생방(Live On-Air)	149
187. 인외종 연기	157
188. 미친놈이 또 있네요	165

189. 내가 잘하는 것	174
190. 주인공이 있는 영화	183
191. 싫지만 옳은 선택	190
192. 파이널 스테이지	200
193. 점수를 받는 입장	207
194. 아날로그 러브	215
195. 〈방문판매원〉	223
196. 최종 우승자	231
197. 너무 당연한 거니까요	241
198. '알고', '살린'	249
199. 우아하게 계시죠	257
200. 그거, 잘 흘렸어?	265
201. 그 카드	273
202. 진정한 리그	281
203. 〈Mimicry(의태)〉	289
204. 30분의 트레일러	297
205. 몰이해	307
206. 전형적인 표정	315
207. 티저 하나 찍읍시다	323
208. 기존에 없었던 데이터	330

209. 무편집본입니다	339
210. 보고 얌전히 꺼져, 응?	347
211. 생각보다 기가 세	354
212. 이 소스는 팩트예요	362
213. 문 대표 스타일 몰라요?	370
214. 아비규환	379
215. 내가 도와줬다, 왜!	387
216. 너무 몰입한 거 아니에요?	397
217. 내기 성립이군요	405
218. 희생'양'(Sacrificial lamb)	413
219. 촬영 도중에요?	422
220. 지버리시 훈련	431
221. 차기작은 정했어요?	439
222. 파일럿 제작	447

169

얕보진 말아야지

「졸업과제 안내를 드리려고 합니다.」

액터스 스쿨 둘째 주, 간만에 전체 참가자가 소집되었다. 총 24명. 그새 많이 단출해진 인원. 과정 중에 절반을 걸러내는 것은 모든 클래스가 동일했나 보다. 안타깝게도 조지 클래스에 들어갔던 유명의 조원 제프리도 어제 탈락하고 짐을 싸서 나간 후였다. 유명의 방에는 이제 그와 카이, 효준 셋만 남았다.

「원래 클래스별로 졸업과제를 따로 하려고 했었는데 변경됐습니다. 전 클래스에 동일한 과제가 부여됩니다.」

오늘 앞에서 얘기하고 있는 사람은 진행자 제리가 아닌 PD 데니스 밀턴. 데렉이 그에게 졸업과제의 변경을 요청해왔다. 왜 꼭 이 과제여야 하는지는 이해할 수 없었지만….

「마지막 과제는… 진입과제를 다시 연기하는 겁니다.」

「…!」

모두의 얼굴에 의문이 서렸다. 진입과제는 조별 과제였고, 같은 조원들 중 이미 떨어진 사람들도 많다. 단체극을 혼자 할 수는 없는 노릇 아닌가.

「그럼 상대역들은 누가 하나요?」

「상대역은 따로 없이 1인극으로 진행합니다. 지희가 섭외한 기싱배우들이 다른 배역들의 대사를 쳐드릴 거예요.」

그 말에 한 참가자가 큰 소리로 묻는다.

「이미 했던 건데 똑같이 연기하면 되는 건가요?」

「노노, 그럼 '졸업과제'가 아니겠죠.」

데니스가 검지를 휘휘 젓는다.

「배역의 해석이든 연기적인 스킬이든 뭐든 좋습니다. 진입과제 때와 졸업과제 때 달라진 모습을 보여주셔야 합니다. 만약 진입과제 때 지적받은 부분을 개선해서 보여준다면 더욱 좋은 평가를 받겠죠? 1인극이라 이제 조원들 눈치 볼 필요도 없으니 마음껏 연기를 펼쳐주세요.」

테마는 성장. 어찌 보면 이 과제는 기존에 좋은 평가를 받은 사람일수록 불리할 수도 있다. 연기가 서툴수록 기초적인 지적을 많이 받고, 연기력이 뛰어날수록 쉽게 고치기 힘든 부분을 지적받았을 테니까. 하물며 지적받은 부분 없이 칭찬만 받은 사람이라면…?

팔짱을 끼고 데니스의 설명을 듣고 있던 데렉이 두 명에게 시선을 던진다. 한 명은 데렉이 이 과제를 요청하게 만든 사람. 그는 계속 혼나면서도 결정적인 무언가가 바뀌지 않고 있는, 이대로라면 별 볼 일 없는 배우로 끝나고 말 사람이다. 그리고 다른 한 명은, 그때 이상으로 어떻게 해낼지 도무지 상상이 가지 않는 사람.

'과연….'

데렉은 턱을 한 번 쓸어내렸다.

「후…. 도효준 씨는 발전이라는 게 없습니까?」

「…열심히 준비해온 건데요. 이 정도면 괜찮은 편 아닌가요?」

또 한 번 연습실의 분위기가 싸늘해졌다. 거의 매일 내려지는 데렉의 질타에 점점 시무룩해져가던 효준은, 오늘은 결국 발끈한 듯 말대꾸를 했다.

「'이 정도'의 기준이 뭔데요?」

그 말에 다시 효준의 입이 꾹 다물린다. 카이나 잭슨, 시드니. 다른 참가자들의 이름을 대기는 너무 치사한 것 같아서이다.

「이건 학교 성적이 아닙니다. 80점이면 적당히 했고, 90점이면 잘한 편이고 그런 식으로 평가하는 게 아니라고요. 내가 평가하는 기준은 '얼마나 할 수 있는 사람이 얼마만큼 했는지'입니다. 그리고 도효준 씨는, 후…. 더 잘할 수 있잖아요.」

「제가 왜 더 잘할 수 있다고 생각하시는지 모르겠는데요.」

「이 과제, 10분 주고 연기해보라고 했어도 이만큼 했을걸요. 아닙니까?」

효준이 그 말에 뜨끔한다.

「도효준 씨는 10분을 주든, 하루를 주든, 혹은 한 달을 주더라도 결과가 비슷할 겁니다. 왠지 압니까?」

데렉이 오늘 날을 잡은 모양이다. 다른 배우들은 숨도 쉬지 못하고 입을 다물고 있다.

「똑똑해요. 대본을 보자마자 반짝하고 아이디어가 샘솟을 거예요. 그리고 잘해요. 그 아이디어로 할 수 있는 연기를 뚝딱 만들어낼 겁니다. 그게 독이에요. 그러니까 더 이상 고민하지 않는 습관이 든 겁니다.」

「…….」

「영리해요. 효율적이죠. 그런데 연기라는 게, 주어진 시간 내에 최소의 자원으로 최대를 뽑아내는 게 목적인 '업무'인가요?」

괜히 되로 말대꾸를 했다가 말로 돌려받고 있는 효준이 입술을 물어뜯는다.

「연기는 가성비가 좋은 공산품을 만드는 게 아니에요. 장인이 혼을 쏟아서 명품을 만드는 거죠. 무슨 일이든 80%의 완성도를 가지는 데 **필요한 노력이 10이라면, 거기서부터는** 1%를 올리는 데마다 노력이 1, 5, 10 기하급수적으로 늘어나는 겁니다. 80%를 만들려면 10만 노력해도 되는데 90%로 올리려면 50의 노력이 들어. 엄청 비생산적이죠. 그렇다고 80%짜리 다섯 개를 하는 게 나을까요?」

정상에 선 자가 모두를 내려다보며 단언한다.

「아니, 이게 우습게도 그렇지가 않아요. 군중들은 80% 완성도의 결과물 100개보다 99%의 결과물 1개에 더 흥분하거든. 그리고 99%를 해낼 줄 아는 배우라면? 몸값은 80% 배우의 백 배가 아닌 천 배, 만 배가 돼.」

할리우드 최고의 몸값을 가진 배우가 말하기에 더욱 설득력이 넘치는 말.

「그런데 10의 노력만으로 90%의 완성도를 뽑는 재능을 가진 사람이 고작 거기에 만족하고 본인 재주를 뽐낼 욕심밖에 없으니, 후….」

결국 오늘도 효준의 눈에 눈물이 고이고,

「설마 그런 건 아니죠? 나 공부 안 했는데 머리 좋아서 성적 잘 나온다고 과시하는 부류. 그런 건 이쪽 바닥에선 아무 의미 없어요. 무조건 결과. 결과물의 완성도로 승부하는 겁니다. 남들보다 둔해서 200, 300의 노력을 들이더라도 완성도를 1%라도 더 올리면 그게 더 좋은 배우인 거예요. 이건 도효준 씨뿐만 아니라 여러분들 모두에게 하는 얘깁니다.」

뚝- 떨어졌다. 데렉은 기분이 좋지 않은지 그것으로 클래스를 끝냈다.

그날 저녁. 조금 피곤해서 연습을 평소보다 일찍 끝낸 유명이 샤워를 마치고 방으로 들어왔다. 머리를 말리고 있는데 이불을 뒤집어쓰고 웅크려 있던 형체가 이불을 휙 걷더니 부루퉁하게 말한다.

"형도 나 싫어하죠?"

뜬금없는 질문이었지만, 유명은 곰곰이 생각해본다. 예전에 유석이 효준을 싫어하냐고 물었을 때 유명은 아니라고 했다. 그냥 직장 동료 사이. 좋아하지 않는 것이지 싫어하는 것은 아니라고. 그런데 지금은…. 자신의 평소 성격으로 볼 때 누군가 연기에 관해 저 정도로 질타를 받고 있다면 직장 동료라도 모른 척하지는 못했을 것이다. 그런데 거리를 두고 있는 이유가… 그래, 있다. 도효준이라는 사람 자체를 싫어한다기 보다는….

"아니라고 말은 못 하겠네요."

유명이 인정하자 효준의 얼굴이 더 찌푸려진다.

"형은 나 같은 놈 이해 못 하겠죠. 인생 순탄하게 살았으니까."

유명이 대답하지 않자, 효준이 말을 더 주워섬긴다. 자세히 보니 동굴 같은 이불 속에 맥주 캔이 여러 개 뒹굴고 있다. 술을 마셨구나.

"나는 부모 얼굴도 몰라요. 말도 못 할 때 미국으로 보내졌거든요. 나 입양아인 거 알고 있죠?"

"……."

"청교도적인 미국 중산층 가정이었어요. 어릴 때부터 상벌이 엄한 환경에서 자랐죠. 피부색과 머리색이 다른 이유를 알고 나서는 버려지지 않기 위해 칭찬만 받으려고 애썼어요. 똘똘한 편이었는지 칭찬을 많이 받기도 했구요."

요즘 타인의 사연을 많이 듣는 것 같다. 버려지지 않으려고 애쓰던 아이가 또 하나.

"그런데 내가 10살이 넘었을 때 불임 진단을 받았던 양어머니에게 기적적으로 아이가 들어섰어요."

기대하지 못한 축복이 도착했음에 모든 사람이 기뻐할 때 홀로 불안해하던 아이.

"그런데 그 이후로… 칭찬도 나무람도 줄어들더라고…."

칭찬을 기대하며 착한 짓을 하던 아이는 이제 관심을 기대하며 말썽을 부린다. 하지만 꾸중조차 예전과는 온도가 다르다. 그것은 불안함에서 온 아이의 착각이었을까, 혹은 정말로 그러했을까.

관심 없다고 생각해왔었지만, 유명은 넋두리처럼 늘어놓는 그의 아픈 과거 얘기를 끊을 만큼 매정한 성격은 되지 못했다. 가만히 듣다 보니 그가 칭찬과 관심에 집착하는 이유를 알 것도 같다. 부모 이후 처음으로 그에게 관심과 기대를 보여준 유석에게 집착하는 이유도. 유명이 나타난 후 그에게 관심이 줄어든 유석은 동생이 생긴 후 그에게 관심이 줄어든 양부모를 떠올리게 하지 않았을까.
 "칭찬 좀 받고 싶어 하면 안 돼요? 그냥 적당히 즐겁게 하고 싶은데 데렉은 왜 본인 마음대로 나를 높이 평가하고 거기에 못 미친다고 닦달을 해대는 건지."
 부루퉁한 표정.
 "형은 왜 또 날 미워하는데요. 내가 비뚤어져서? 노력을 안 해서? 비뚤어진 건 가정환경 때문이고, 노력은… 세상 배우들이 다 형처럼 연기에 인생을 걸라는 법 있어요? 사람마다 살아가는 방식은 다 다른 건데 좀 이해해 주면 안 돼요?"
 후- 한 번 한숨을 내쉰 유명이 피곤한 눈을 들어 효준을 마주 본다.
 "왜 나한테 이해를 원해요?"
 유명의 질문에 효준의 눈빛이 흔들렸다.
 "본인이 그게 맞다고 생각하면 그렇게 살면 되지, 왜 내 이해가 필요하냐구요."
 "…카이에겐 잘해주잖아요."
 이해할 수 없는 답변이 튀어나온다.
 "그거랑 이게 무슨 상관인데요?"
 "형은 여기저기 다 친절하고 모두와 사이가 좋은데 나한테만 냉정하니까… 나도 힘들게 살았다고, 좀 이해해달라고요."
 인간관계에 지극히 서툰 사람이 내미는 친해지자는 방식. 언제부터인지 모르겠지만 자신을 향한 효준의 감정이 적의에서 호의로 바뀐 것은 알고 있었다. 경쟁 상대가 아니라 인정받고 싶은 사람으로. 이유는 모르겠다. 하지만 그런 눈치는 빤한 유명이었고, 꽤나 안타까운 사연까지 들었는데도 그 마음을 흔쾌히 받아줄 수 없는 건….

"살아가는 방식은 다 다르다, 맞는 말이죠. 열심히 살아가는 사람을 응원하긴 하지만 열심히 살지 않는다고 비난할 생각은 없어요. 하지만."

유명의 눈빛이 차갑게 변한다.

"얕보진 말아야지."

"……."

"남이 목숨 걸고 있는 일을 본인이 뽐내기 위한 수단 정도로만 사용하면서 상대에게 이해받고 인정받길 바라는 건가요."

유명이 효준을 좋아할 수 없었던 이유. 그에겐 목숨보다 소중한 연기를 얕보기 때문에.

"연기를 못하는 건 괜찮아요, 발전하면 되니까. 발전하고 싶어서 노력하는데 나아지지 않는 것도 어쩔 수 없죠. 그건 재능의 영역이니까. 그러다가 지쳐서 발전하기를 포기하고 하던 대로만 연기하는 것도 괜찮아요, 평생을 노력하며 살라는 건 가혹한 주문이니까."

연기를 못한다고 평가받았고, 발전하려 죽어라 노력해도 변함이 없었고, 지쳐가면서도 평생 포기하지 않았던 배우의 분노.

"그런데 나는 노력하지 않아도 남들보다 잘한다고 뻐기면서 연기를 얕보고 있잖아."

"……."

"연기가 쉬워요? 아니, 제대로 해본 적이 없어서 모르는 거죠. 배역 하나가 한 인간이에요. 그걸 담아내는 게 얼마나 어려운 일인지, 그래서 자신이 얼마나 부족한지 알면 그럴 수가 없지. 사실은 그걸 어렴풋이 느끼고 있죠? 진심을 다해서 부딪혔는데 자신이 아무것도 아닐까 봐 겁나서 마주 보길 피하고 있는 것 아닌가요?"

정곡을 찔린 효준의 눈이 갈 곳을 잃고 헤맨다.

"자신에게 가장 소중한 걸 무시하는 사람을 보고도 웃을 사람은 없어요."

"……."

"정면으로 마주 보지도 못하면서 붙으면 내가 이긴다고 큰소리만 칠 거라면 그냥 다른 길을 찾는 걸 권하고 싶네요."

그 말을 끝으로 유명은 방문을 열고 나갔고, 효준의 손은 한참 동안이나 떨림이 멈추지 않았다.

〈캐스팅 보트〉 7화의 번역본이 풀린 이후로 한국은 몹시 술렁였다. 예고편의 의미에 관한 갖가지 해석들이 나돌았다.

─ 도대체 무슨 일이 있었던 걸까요? 우리도 궁금하다!
─ 조지 하우슬리는 별로라고 했잖아. 그럼 의견이 반반 갈린 거 아닐까?
─ 일단 심사위원들 표정이 '오마이갓'이긴 했잖아. 신유명이 놀라게 한 거 아냐?
─ 놀란 이유가 좋은 쪽일지 나쁜 쪽일지 모르니까. 아직 단정 지을 순 없지.
─ 데렉은 뭘 해보고 싶다는 거지? 악! 궁금해!

그리고 여기에 검은 아우라를 내뿜는 두 명의 사람이 앉아 데스노트를 작성하고 있다.

"신응수… 일빠죠?"

"아, 그 새낀 제일 먼저 조져야죠."

"우정일보에선 옹호 기사 띄웠던데요."

"거긴 예전에 〈피터팬〉 초연으로 특종도 낸 데예요. 면죄부 하나 주죠."

"매거진Q는요?"

"별 두 개요. 신응수 자른 후에도 정신 못 차렸더라고요. 유명 형 까는 기사만 여덟 개 나왔어요."

차곡차곡 노트에 기사를 스크랩 중인 여자는 갓네임드의 회장 정소진. 그리고 꾹꾹 눌러도 튀어나오는 험한 말투로 죄의 경중을 판가름하는 남자는 유명의 매니저 김호철. 최근의 여론에 유난히 스트레스를 받아온 두 사람이 작성 중인 이 노트는 바로 '인터뷰 보이콧 리스트'이다. 향후 유수의 매체들은 이 보이콧을 해제하기 위해 쩔쩔매게 된다.

"오늘이죠?"

"네, 누나. 오늘이에요. 미국 날짜론 어제겠지만."

오늘은 기다리고 기다렸던 〈캐스팅 보트〉 8화 방영일이었다.

---170---

이래도 되는 건가?

우정일보 윤진성 기자는 미국에 와 있었다. 발단은 〈캐스팅 보트〉 7화였다.

— 진성이 영어 잘하지? 어릴 때 좀 살다 왔다며.

— 네. 아버지가 저 중고등학교 때 해외 주재원으로 계셨어요.

— 〈캐스팅 보트〉가 영 심상찮은데…. 너 미국 좀 다녀올래?

땡잡은 거였다. 신문사에서 일하면서 해외부가 아닌 이상 해외 파견 나갈 일이 얼마나 있으랴. 하지만 진성은 수습 때 신유명의 〈피터팬〉

으로 특종을 냈다는 이력과 출중한 영어 능력 때문에 신입으로서 가기 힘든 자리의 적임자로 발탁된 것이다.

'〈캐스팅 보트〉 8화. 내 예감이 맞다면….'

8화 방영 당일, 그는 LA 공항에 도착했다. 신유명에 대한 부정적인 기사들이 판을 칠 때도 우정일보는 최대한 중립적인 태도를 유지했다. 7화 방영 이후엔 옹호성의 기사를 몇 개 띄우기도 했다. 그리고 초유의 관심이 몰린 8화. 우정일보는 8화 방영이 끝나고 파일이 추출되어 한국에 풀릴 무렵에는 늦다는 판단을 내리고, 과감히 진성을 미국으로 투입한 것이었다.

할리우드 근교의 비즈니스호텔에 짐을 푼 진성은 트렁크에서 커다란 기계를 꺼내서 티브이에 연결했다. TV 프로를 녹화하여 파일로 추출시키는 장비였다. 그리고 노트와 펜을 꺼내고 경건한 마음으로 티브이와 마주앉는다.

'제발…. 신유명 씨 한 방 날려주시죠!'

〈캐스팅 보트〉 8화가 시작되었다. 내용은 7화부터 시작된 본선 진입과제. 8화 초반에는 유명이 속한 34조보다 앞쪽 조들이 먼저 방송되었다. 특히 33조 도효준의 부분에서 진성은 전투적으로 필기하기 시작한다.

'저건 좀 아니지 않나?'

진성은 고개를 갸웃했다. 〈아리자데 왕국 살인사건〉의 대본을 본 것은 아니다. 하지만 그는 원체 영화연극 관련 마니아이기 때문에 극의 진행만 보고서도 묘한 위화감을 받고 있었다.

'도효준과 나머지 조원들의 레벨차가 많이 나네. 그런데 앞뒤가 좀 안 맞는 느낌인데 대본이 어땠길래….'

혹시나가 역시나였다. 먼저 에바 도브란스키가 흥분하며 내용을 지적하더니, 나탈리는 태도를 지적했고, 데렉은 개연성을 지적했다.

'이건 좀 충격이 있겠네. 지금 한국에선 도효준이 핫아이콘인데….'

기대하지 않은 시점에 나타난 무명 한국인 배우. 그가 〈캐스팅 보트〉에서 화려하게 조명받는 모습에 사람들은 열광했다. 수많은 인터넷 팬카페들이 속출했고, 그의 과거 종적을 찾아 헤매는 기자들도 즐비했다.

'급하게 뜬 사람은 한 방에 훅 간다더니…. 그래도 연기는 잘하긴 하니까.'

그런 생각을 하며 유명의 조가 등장하기를 기다리고 있을 때, 갑자기 화면에 치지직 노이즈가 꼈다.

'바… 방송사고? 안 돼!'

진성은 방송 송출 사고가 생긴 줄 알고 가슴이 덜컹했다. 이걸 위해 미국까지 날아왔는데 이럴 순 없다. 조금 전에도 문화부장님이 직접 문자를 하셔서 끝나자마자 기삿감 요약 보고하라고 하셨는데…! 그런데 그 노이즈 위에 자막이 뜬다. 미스테리어스한 BGM과 함께.

[CAL 예선 첫날, 〈캐스팅 보트〉 비상회의가 소집되었다]

'아니, 쇼 프로에서 왜 갑자기 다큐로 넘어가…?'

진성이 어이없는 표정으로 화면을 바라본다. 노이즈가 제거된 화면에는 탁자를 사이에 두고 메인 PD 데니스 밀턴과 CAL 지구 예선의 촬영을 지휘하던 에밀 크리슨, 그리고 인터뷰 팀장인 수잔 레이콕이 앉아 있었다. 새까만 정장을 갖춰 입은 그들. 누가 봐도 이건 설정이다.

「수상한 참가자가 나타났습니다.」

에밀 크리슨이 긴장된 목소리로 데니스에게 보고한다.

「뭐? **무슨** 일입니까?」

「캘리포니아 지구 첫날 참가자 중에… 오디션을 지원한 목적이 의심될 정도로 실력 있는 참가자가 있습니다.」

「아니… 잘하는 참가자가 있을 수도 있죠. 목적이야 뭐, 카일러 언쇼의 차기작 아니겠어요?」

그러자 수잔이 탕- 하고 책상을 내려친다.

「PD님. 그렇게 안일하게 대응하실 때가 아닙니다. 그 나탈리 카센이 '뭐야 저 사람 일반 참가자 맞아?'라고 했단 말입니다.」

「…나탈리가요?」

어두워지는 화면 위로 1차 예선 영상이 떠오른다. 〈트루먼 쇼〉. 일부러 멀리서 촬영한 밋밋한 영상을 고르고 결정적인 장면을 자르고 내보냈던 예전 방송과 달리, 3분간의 풀 연기 영상이 재생된다. 화면의 가장자리는 마치 로모로 찍은 것처럼 어둡게 처리되어 이것이 회상임을 알게 한다. 그의 연기가 끝남과 동시에 스틸 컷으로 보여주는 주변인들의 경악한 풍경. 그 풍경이 마지막으로 멈춘 것은, 나탈리 카센의 넋 잃은 얼굴이었다. 유명의 인터뷰가 이어진다.

— 이 오디션을 보기 위해서 바다를 건너왔습니다.

— 많은 사람들이 저를 구경하는 환경, 하필 그 모든 사람들이 배우들, 수많은 배우들 사이에서 오직 단 한 사람, '연기가 아닌 삶'을 사는 인간. 그런 상황이 〈트루먼 쇼〉와 많은 부분 일치했죠.

— 제가 가정할 수 있었던 상황은 약 스물두 가지 정도였어요.

테이블 가운데 놓인 컴퓨터를 함께 보는 세 사람으로 디졸브되는 화면.

「좀 의심스럽긴 하군.」

「그렇죠? 혹시 〈캐스팅 보트〉를 뒤엎기 위해 누군가가 파견한 요원이 아닐까요?」

「흠….」

데니스의 이맛살이 강하게 찌푸려진다. 수잔이 거든다.

「심지어 이 배우, 시드를 거절했단 말이죠.」

「뭐라고?」

티브이를 멍하니 바라보고 있던 진성이 화들짝 놀라며 메모를 마구 휘갈긴다.

「확인해보니, 원래 시드를 배정받았는데 거절한 배우더군요.」

「아니… 왜?」

「그러니까 더 의심스럽죠. 만약에 강렬하게 주목받고 나서 중간에 하차하거나 하는 식으로 〈캐스팅 보트〉를 난파시키려는 의도라면….」

「흠. 이 친구의 의도를 파악할 때까지 방송에서 집중조명하는 건 유보할 필요가 있겠어.」

다시 화면이 전환된다. 검은 화면에 마치 사건 경위서를 쓰는 것 같은 타이포그래피가 타닥타닥 흰색 문양을 그린다.

[그렇게 이 참가자는 Case X로 분류되었다. 하지만 그는 2차 예선에서도 연출진이 당황할 만큼 두각을 드러냈다]

진성이 시계를 바라본다. 벌써 5분째, 〈캐스팅 보트〉는 '신유명'만을 다루고 있다. 이거… 이래도 되는 건가?

— 당신 이름, 기억하고 있어요.

넘어간 화면에서 나타난 것은 나탈리 카셴의 아름다운 얼굴.

— 당신도 내 이름을 기억하고 있으니 쌤쌤이죠.

나탈리와 제리가 말놀음을 주고받는 광경이 이어진 후, 카메라는 무대 가운데 서 있는 '그'를 비춘다.

— 토마, 사라, 루카스, 필리프…. 그리고 엘리자베스.

오싹 소름이 돋는 음성. 이것이 정말 예능 쇼 프로그램이 맞을까. 숨막힐 듯이 이어진 연기, 당황하는 관중들. 심사위원들의 친사가 터지고… 나탈리 카셴의 차례에 그녀는 심사위원석에서 벌떡 일어선다.

— 함께 연기해보고 싶을 뿐이에요. 피디님, 괜찮죠?

할리우드에서도 손꼽는 연기력을 자랑하는 나탈리 카셴, 그녀가 일개 참가자의 연기에 혹해 무대 아래로 내려간 것도 놀라운 일인데, 심지어 이어지는 즉흥연기에서 그의 연기력은 나탈리를 압도할 정도였다. 아무리 마틴이 주인공이고 엘리자베스는 곁가지 인물에 지나지 않는다고 해도… 이럴 수가 있을까.

다시 회의실로 전환되는 화면.

「…그의 의도는 뭘까요?」

「저는 슬슬 그냥 정상적인 참가자로 보이기도 하는데요?」

「만약에 아니라면? 이 자료가 나가면 그는 유력한 우승 후보로 떠오를 텐데, 그때 하차라도 하면 어떡하죠?」

「나탈리 카센을 무대 위로 소환한 참가자라…. 후…. 그래놓고 하차하면 진짜 타격이 크긴 하겠네요.」

「수잔, 인터뷰에선 뭐라고 하던가요? 시드는 왜 포기했대요?」

「그냥 첫 단계부터 시작하고 싶어서 그런 거라고….」

「더 의심스럽군.」

「하지만 이대로 그를 감추는 건 너무 힘듭니다. 편집도 편집이지만, 그 자리에 있던 다른 참가자들이 소문을 내고 있다구요.」

「한 번만, 딱 한 번만 더 지켜봅시다.」

수잔 레이콕은 마치 미행하듯이 그가 배정된 34조에 상주한다. 검은 옷을 입고 살금살금 그를 미행하는 모습이 우습게 이어 붙는다. 그 뒤에 이어진 장면들은 감동적이었다.

들러리가 되기는 싫다는 페이스의 반발, 그러자 캐릭터 선택권을 양보하고 대신 연출의 권한을 갖겠다고 말하는 유명의 단호한 눈빛, 오디션 중인데도 절대 빼먹지 않는 기초 연습, 아직 연기 훈련이 서툰 카이를 옆에 두고 하나하나 가르치는 배려심 넘치는 모습, 그리고… 연기에 한없이 진지하고 열정적인 모습. 2주간의 연습 장면들이 쭉 지나가고 보는 사람들의 마음이 저릿하게 움직일 무렵, 화면은 본선 진입과제로 돌아왔다.

「휘유~ 이번에는 34조의 무대입니다.」

무대 위에 나란히 선 34조원 네 명. 그들은 33조의 시작과는 완전히 다른 포지션으로 연기를 시작했다. 저게 뭐 하는 거지… 싶은 이상한 연기를.

하지만 덜그럭거리는 움직임들이 서서히 풀려가고, 그들이 펼쳐가는 연기는… 눈을 뗄 수 없을 만큼 긴박한데도 웃음 포인트가 있으며, 캐릭터가 살아 있다. 그리고 마지막을 장식하는 노예의 처절한 죽음. 카메라는 연기를 보여주며 에바의 놀란 얼굴을 여러 번 교차편집한다.

「누구, 이 대본을 이렇게 해석한 사람이 누구인가요!」

「신유명 씨, 당신이죠?」

'미쳤다…. 이건 진짜 대서특필감인데.'

윤진성은 떨리는 손으로 문자 하나를 보냈다. 부장님, 지금 20분째 신유명 특집방송이 나오고 있어요. 한국이 뒤집힐 거예요.

하지만 이것으로 끝난 게 아니었다.

데니스와 수잔은 함께 방송을 보고 있었다. 수잔은 불안한 눈빛이었다.

「후…. 정말 괜찮겠죠?」

「어차피 할 거라면 이 정도는 터뜨려주는 게 맞아요.」

「다른 참가자들을 응원하는 팬들도 있을 텐데 편파방송이라고 욕먹진 않을까요?」

「한꺼번에 터뜨린 임팩트가 꽤 커서 그런 얘기는 못 할 겁니다. 실력도 실력이지만 팀원들을 장악해나가는 과정이 완전 드라마잖아요. 그리고 나탈리 카센과 데레 매커니를 무대로 소환한 참기지리는 게 너무 세서 편파라는 말은 도저히 못 할 걸요.」

그들은 8화의 후반 30분을 신유명 한 명에게 쏟아부었다. 유례가 없는 편집 방식이었다.

「그래도 오디션의 정석이라는 게 있잖아요. 한 참가자가 너무 독보적이라는 생각이 들면 긴장감이 떨어지지 않을까요?」

「그게 좀 걱정되긴 하는데… 괜찮아요. 구도를 '관계'가 아니라 '결과물'로 놓으면 되니까. 다행히 누구 때문에 참가자들 실력이 상향 평준화돼서 보는 재미가 쏠쏠한 결과물들이 나오고 있거든.」

참가자들 간의 갈등, 알력다툼 등으로 분량을 채우는 것이 아닌, 연기과제의 결과물로 분량을 채우는 프로그램이 가능해진 것은 전반적인 참가자들의 역량이 상승했기 때문이었다.

「그리고 데렉이 있잖아요.」

「데렉요?」

마침 화면에서는 데렉이 참지 못하고 무대로 내려가는 장면이 나온다. 신유명이 연기하던 위치에 대신 자리한 그가 데렉 맥커디 버전의 노예를 연기하기 시작한다.

「경쟁구도를 꼭 참가자 대 참가자로 잡을 필요는 없죠. 이 프로에서 어느 참가자보다 핫한 심사위원이 저 정도로 열의를 보이고 있는데.」

화면이 데렉의 연기와 그걸 지켜보는 유명의 모습을 번갈아 보여준다. 최고의 배우들이 서로를 의식하는 모습이 팽팽하게 화면을 채운다.

「…유례없는 오디션 프로그램으로 남겠군요.」

「전설로 만드는 겁니다. 만약 〈캐스팅 보트〉 시즌 2가 만들어진다면 시즌 1보다 못하다는 말은 계속 듣게 되겠지만, 상관있나요. 내가 연출 안 하면 되지.」

「와…. 피디님, 엄청 사악하시다….」

「잘 보고 배워요. 이게 프로 방송인의 노련미라는 거지.」

그들이 우스갯소리를 주고받는 동안 방송은 막바지에 다다랐다. 데렉의 무대가 끝났고, 그는 34조에게 '같은 배우로서 상상력을 자극받은 무대'라는 극찬을 남겼다. 그리고 나탈리가 무대 위로 올라가는 장면과 데렉이 무대 위로 올라가는 장면이 화면의 절반씩을 차지하며 8화가 끝났다.

[배우를 소환하는 배우, 본선에서 그가 선택할 클래스는?]

「내일부터 난리 나겠는데요?」

「30분 전부터 제 핸드폰은 쉴 새 없이 울리고 있어요.」

그날 〈캐스팅 보트〉의 시청률은 기록적인 수치를 찍었다.

171

인터넷 반응

[〈캐스팅 보트〉 기록적인 시청률 갱신, 8화에서 피크를 찍다]

[7화까지 감춰두었던 비장의 한 수, 한국인 배우 '신유명'은 누구인가]

[진짜 배우가 연기를 대하는 자세. 〈캐스팅 보트〉 신유명 화제]

[참가자 vs 참가자가 아닌 참가자 vs 심사위원 구도? 신유명, 데렉 클래스로 갈 것인가?]

[히트 제조기 데니스 밀턴, 오디션 프로에서 한 배우에 30분을 소요하는 모험 대성공!]

[〈캐스팅 보트〉의 인기로 TW 주가 연일 상승, 방송사 톱 4에서 톱 5 체제 되나]

다음 날 미국의 연예 신문, 잡지, 티브이 프로에는 〈캐스팅 보트〉의 소식이 넘쳐흘렀다. 시작부터도 뉴스거리가 풍성했던 프로그램이었다. '프로'를 대상으로 한 연기 오디션, 우승상품으로 걸린 카일러 언쇼의 차기작 주연, 나탈리 카센과 데렉 맥커디라는 압도적인 스타 마케팅.

그런데 이번에는 한 참가자를 30분간 집중조명하는 과감한 편집과 그 대상이 된 '신유명'이라는 참가자가 시선을 끌어모았다. 이 또한 수완가 데니스 밀턴이 의도한 회심의 한 수였다.

— 수잔. 재미만 보장된다면 포맷은 무너뜨리는 게 오히려 좋아요. 기존에 없었던 포맷이라는 건 일단 '뉴스감'이 되죠. 거기에 재미까지 있다면? 대중들은 '기발함', '신선함'으로 받아들여요. 물론 재미가 없다면 무리수를 뒀다고 욕을 더 싸잡아 먹는다는 것도 알아두고.

2007년, 막 떠오르고 있는 SNS인 페이스북과 트위터는 이 바람을 더욱 가속시켰다.

Eric Dweger@dweger_free
어제 자 〈캐스팅 보트〉 보고 전율이 흘렀습니다. 제가 그 자리에 있었다면 저도 무대로 뛰어 올라가고 싶더군요. '배우를 소환하는 배우'라는 별칭이 딱 들어맞는 그의 이름을 오늘부터 저도 기억하게 될 것 같습니다. (1523 리트윗)

Sara R.@upcaliptus_0
요즘 〈캐스팅 보트〉 너무 재밌군요. 특히 어제는 '그'의 연기를 보던 중에 악상이 떠올라서 미치는 줄 알았어요. 잊어먹기 전에 악보에 옮겨야 하는데 방송 보는 걸 중단할 수가 없더라구요. 그 이후에도 녹화본을 다시 볼 때마다 새로운 악상이 떠오릅니다. 오늘부터 나는 그의 팬, 그는 나의 뮤즈예요. (894 리트윗)

연예인들이 그의 무대를 보고 받은 영감을 SNS에 쏟아냈다.

P. Palace@ppapapapalace
맙소사. 화제의 그를 팰리스의 모델로 삼고 싶군. 내 머릿속에는 이미 그를 위한 150가지의 디자인이 떠올라버렸어.
(490 리트윗)

Conspiracist@weliveingame
〈캐스팅 보트〉 제작진이 한 참가자에 대해 '요원' 음모론을 제시했다. 우리 음모론자들은 그 요원이 경쟁사나 정부에서 보낸 것이 아니라 외계인이 지구인들을 홀려 지구를 정복하기 위해 파견한 것이 아닐까 의심하고 있다. 왜냐, 나는 〈캐스팅 보트〉 8화를 벌써 11번째 돌려보고 있단 말이다.
(2049 리트윗)

명사들이 그에게 관심을 표했으며, 영향력 높은 오피니언 리더들이 그의 이야기를 끊임없이 떠들어댔다.

그것은 연기를 만들어가는 '과정'에서 볼 수 있었던 한 배우의 열정과 노력, 그리고 주변을 함께 성장시키는 리더십에 대한 반향이었다. 간혹 '몽키 고 홈', '우승자 조작 중인 거 아님?' 같은 부정적인 의견들도 올라왔지만, 대부분의 긍정적인 의견에 묻혀 사라지고 말았다.

「안녕하세요. 혹시 어제 〈캐스팅 보트〉 보셨나요?」
「네! 요즘 제일 즐겨보는 프로그램이에요. 근데 이거 어디서 나온 건가요?」
「아 저는 우정일보라는 한국 신문사의 기자입니다. 미국 현지반응을 취재 중이에요.」

「와우, '그'의 나라에서 오셨군요. 그는 정말 최고예요!」

할리우드의 메인 거리. 진성은 지나가는 미국인들을 붙들고 인터뷰를 따고 있었다.

전날 저녁, 진성은 문화부장과 통화했다. 한국은 아직 새벽인데도 부장은 정신이 번쩍 든 목소리로 〈캐스팅 보트〉 8화의 후기를 종용했다.

"8화 후반 30분간 신유명만 다뤘습니다."

"중간중간 섞은 게 아니고 아예 통으로?"

"아예 '신유명이란 참가자를 7화 동안 감춰둔 이유'라는 타이틀을 붙여서 다큐처럼 뿌려버렸습니다. 지금 미국 현지 인터넷 반응도 어마어마합니다."

"뭐? 사실이야?"

믿기 힘든 보고에 문화부장이 황당한지 소리를 왁 질렀다.

"데렉 맥커디와 나탈리 카센이 극찬을 하다못해 같이 연기해보고 싶다고 무대 위로 올라왔습니다. 참가자들 중에 오직 신유명, 한 명한테만 그랬어요."

"하…. 미치겠네. 도효준은?"

"도효준은 이번엔 엄청나게 까였습니다. 하나의 대본으로 두 팀씩 연기하는데 하필 도효준 조와 신유명 조가 딱 맞붙어서…."

"와…. 나 지금 소름 돋을라 그래. 신유명이 이긴 거야?"

"이겼다, 정도가 아니라 공 울리자마자 KO급으로 박살을 냈습니다."

부장이 잠시 침묵한다.

"기사 타이틀 몇 개나 뽑았어?"

"작게는 수십 가지도 뽑을 수 있지만, 급한 건 [〈캐스팅 보트〉 신유명 30분 특집], [데렉 맥커디와 나탈리 카센을 무대로 불러낸 신유명], [도효준 vs 신유명 KO승], [신유명 〈캐스팅 보트〉에서 빛나는 리더쉽으로 극찬 세례], [신유명 〈캐스팅 보트〉 시드 거절 후 1차부터 참가?] 이 정도입니다. 온라인 반응 올라오기 시작하면 추가로 더 생길 거고요."

"시드 거절? 그건 또 무슨 소리야?"

"아, 방송 중간에 나왔는데, 원래 〈캐스팅 보트〉에서 신유명에게 시드 참가 제안이 갔었는데, 본인이 1차부터 참가하고 싶다면서 거절했다고 합니다."

부장은 목이 타는지 침을 꿀꺽 삼켰다.

"와, 진짜… 후- 너 오늘 고생 좀 해라. 매끄럽게 만질 생각 하지 말고, 초고본만 써서 무조건 날려. 이쪽에서 교정 봐서 인터넷에 먼저 속보로 띄우고, 석간에는 헤드라인으로 꽂을 테니까."

"넵, 부장님."

"온라인 반응은 우리 쪽에서 해외부랑 협조해서 백업할 테니까 신경 쓰지 말고, 내일부터는 미국 현지 반응 취재해. 길 가던 시청자 반응도 좋고, 관계자 취재할 수 있으면 더 좋고. 필요한 지원 있으면 뭐든 얘기하고."

"알겠습니다!"

"녹화파일 딴 거부터 메일로 보내 놓고 바로 작업 시작해!"

그렇게 진성은 어젯밤 10여 개의 기사를 써서 보냈다. 열 시간 넘게 비행기를 타고 와서 바로 방송을 보고 기사 작성에 돌입했건만, 유명의 활약을 보며 아드레날린이 펌핑돼서 졸리지도 않았다.

'쓰면 쓰는 대로 조회수 예약이다!'

진성 입장에서 유명은 로또나 다름없었다. 〈피터팬〉 초연으로 운 좋게 첫 헤드라인을 따냈고, 이번에 또 신유명 덕분에 기회가 돌아왔다. 그리고 오늘, 할리우드 대로변에서 무턱대고 거리 인터뷰를 진행하던 중, 진성은 또 한 번의 로또를 만나게 된다.

'저거… 굿엔터 문유석 실장 아냐?'

다양한 인종들이 넘쳐나는 LA의 길거리. 서양인들과 비교해도 비율이 뒤지지 않고 남다른 패션 센스가 눈길을 끄는 남자는 분명, 굿엔터의 문실장이었다.

'그가 지금 여기에 와 있는 건… 신유명 때문이겠구나!'

진성은 사람들을 헤치고 그를 향해 정신없이 달렸다.

"안녕하세요. 혹시 문유석 실장님 아니신가요?"

유석은 LA 길거리에서 불릴 거라고 예상치 못한 자신의 이름에 뒤를 돌아보았다. 그곳에 서 있는 건 폴로 스타일에 안경을 쓴 한국인 남성이었다. 이제 막 사회 초년생이 된 것으로 보이는 젊은 남자.

'누구지…?'

유석은 기억에 없는 얼굴에 어리둥절하면서도 여유로운 태도로 그의 인사를 받는다.

"네. 맞습니다만, 누구시죠?"

"저는 우정일보 문화부 기자인 윤진성이라고 합니다. 실장님과 따로 안면은 없습니다만, 예전 〈피터팬〉 초연 때 우정일보에서 단독 보도한 것 기억하시나요? 그 기사를 제가 썼습니다."

"아! 남희도 선생님 인터뷰…. 좋은 기사 감사합니다."

유석이 그의 얼굴을 신기한 듯이 훑는다. 어린 나이대나 풋풋한 분위기를 보면 아직 신입기자 같은데, 〈피터팬〉 초연 티켓을 구한 것이나 남희도 같은 거장과의 인터뷰를 따낸 걸 보면 꽤나 수완이 있는 것일까. 이 시점에 미국에 와서 현지 반응을 취재하고 있는 선견지명이나 행동력도 그렇고.

"아닙니다. 〈피터팬〉 공연 정말 인상 깊었습니다. 그런데 실장님, 혹시 미국엔 신유명 씨 때문에 와 계신 건가요?"

"신유명 씨와 도효준 씨요. 도효준 씨도 저희 소속사입니다."

"아…."

맞아, 그랬었지. 진성의 얼굴이 더욱 다급해진다. 도효준이 〈캐스팅 보트〉 초반을 휩쓴 후 기자들은 경쟁적으로 그의 과거를 파헤쳤다. 이상할 정도로 과거 행적이 조회되지 않았지만 한 가지 드러난 것은 굿엔터에 소속된 배우라는 사실이었다.

"실장님, 조금만 시간 내주시면 안 될까요? 제가 〈캐스팅 보트〉 취재 때문에 비행기 타고 날아왔습니다. 한 번만 도와주시면 정말 좋은 기사로 보답하겠습니다."

유석은 고개를 90도로 숙이는 기자를 보며 생각에 잠긴다. 며칠 전 호철이 보내온 리스트가 있었다. 한국에서 한참 신유명의 행보에 대한 비판이 난무할 동안 각 언론사의 스탠스를 기록해둔 리스트.

― 실장님. 절대 봐주시면 안 됩니다!

호철이 이를 북북 갈면서 말했었다. 거기에서 별이 쳐진 곳들은 앞으로 모든 취재를 보이콧해달라고. 하지만 우정일보는… 좋은 평가를 받았었지. 그리고 이 시점에 미국에 와 있을 정도로 감각이 예민하고, 자신을 우연히 만날 정도로 운이 좋은 기자라면 어릴 때부터 은혜를 입혀두는 것도 나쁘지 않다. 분명 앞으로 중요한 인물이 될 테지. 유석이 야릇한 미소를 감추며 고개를 끄덕이자 어린 기자의 얼굴에 커다란 기쁨이 맺힌다.

"감사합니다, 실장님!"

"혹시 LA Times에 인맥 있어요? 요즘 같은 때 〈캐스팅 보트〉 관련해서 한국과 미국 현지의 자료를 교환하면 서로 도움이 될 텐데 소개해드릴까요?"

"저… 정말요?"

기자는 마수에 걸린 것을 알지 못한 채 행복한 표정으로 그의 뒤를 따랐다.

시작은 인터넷 반응이었다. 갓네임드 회원들은 생방 시간에 맞춰 새벽에 일어나 대기를 타고 있었다. 직접 방송을 보지 못하는 안타까움에 허벅지를 찌르며. 특히 ID '태종러버'가 운영하는 실시간 중계방은 새벽부터 이미 만실이었다.

태종러버: 아프리카로 화면을 공유해드리면 좋을 텐데…. 미국은 인터넷이 너무 느려요. 흑흑.
보형이만보형: 아니에요. 이렇게 전달해주시는 게 어딘가요!

하지만 그녀는 방송 30분 전부터 갑자기 채팅을 뚝 끊었다. 마침 도효준이 데렉에게 제대로 까인 직후이자, 유명의 조가 시작하기 직전의 타이밍. 채팅방은 불안함에 휩싸였다.

노예 2: 도효준…. 같은 한국인으로서 응원하는 마음도 있는데, 언론에서 자꾸 걔랑 비교하면서 유명이 깎아내리다 보니 괜히 정이 안 가네요.
보형양제: 오늘 보니까 정 안 갈 이유 확실한데요? 연기에 진지함이 없는 듯.
만수산드렁칡: 우리 유명이는 안 까여야 할 텐데….
God유명: 뭐야, 뭐야. 태종러버님 어디 갔어요! 채팅 안 친 지 한참 되셨는데?
노예 2: 무슨 일 생긴 거 아니죠…?

그녀는 거의 방송이 끝날 시간이 되어서야 채팅방에 복귀했다.

태종러버: …어… 유며ㅏ런, 비ㅏㄷ루—.

캐보짱: 태종러버님, 왜 그래요…. 바이러스 먹었나?

태종러버: 유명… 유명이가… 아 미쳤네. 어떻게 한 번 치이고 또 치이지…. 유명아아! ㅠㅠ

Pink: 으악! 말을 해요. 말을. 갑갑해 미치겠네.

태종러버: 죄송해요. 제가 살짝 정신을 놓았었네요. 30분간 신유명 특집방송 했어요.

Pink: 네? 깜빡 졸다 꿈꾸신 거 아니에요? 오디션 프로에서 어떻게 특집방송을 해요!

태종러버: 7화까지 유명이가 부각 안 된 게 다 설정이었대요. 말도 안 되는 천재 참가자가 나타났다고 난리 난리. 나탈리도 유명이와 연기하겠다고 무대 위로 막 올라오고….

보형이만보형: 뭐라고요?

노예 2: 농담하시는 거 아니죠? 유명아! 나 미국 갈래. ㅠㅠ

태종러버: 데렉도 막 그는 자기한테 영감을 주는 배우라면서, 무대 위로 올라오더니 유명이와 교대해서 유명이 배역을 연기하고, 극찬에 극찬을….

보형양제: 데… 데렉 맥커디가요?

팬텀팬: 떠… 떨려서 타자를 못 치겠네. 그래서요?

태종러버: 그리고 1차, 2차 때 녹화본도 다시 보여줬는데, 일부러 편집을 그렇게 했던 거였고 실제로는 연기력으로 그냥 압살했더라구요. 본선 진입과제에서는 팀원들 다 멱살 끌고 최고의 작품을 만들었어요. 대본 해석한 게 말도 안 되게 천재적이었는데 어떻게 설명이 안 되네. 심사위원들이 다 뿅 갔어요.

God유명: 허억….

그것을 필두로 미국의 각종 SNS에 '신유명'이란 배우에 대한 찬사가 도배되기 시작했고, 우정일보가 최초의 보도를 끊음과 동시에 온갖 매체에서 신유명의 활약에 대한 특보를 내보내기 시작했다. 3주 넘게 비판과 우려로 점철되었던 여론이 반전되는 것은 한순간이었다.

172

그래도 도망치진 않았네

[〈캐스팅 보트〉 'Case X' 신유명 30분 특집방송 내보내]
@ 우정일보 윤진성 기자

미국 시각으로 2월 27일 저녁, 〈캐스팅 보트〉 8화가 방영되었다. 논란이 분분했던 7화 예고편, 그 의문은 '한 참가자'에게 30분의 방송시간을 배당하는 것으로 시원하게 해소되었다.
'수상한 참가자가 나타났습니다!' 오디션과 어울리지 않는, 마치 추적 60분 같은 미스테리어스한 배경음을 깔고 연출진 회의가 열리는 장면으로 이 기상천외한 쇼가 시작되었다. 그들은 오디션에 등장한, 단순한 참가자라기에는 너무 실력 높은 배우에게 당황을 금치 못한다. '정체를 파악할 때까지 방송에서 집중조명하는 건 유보할 필요가 있겠어.' 그래서 그들은 신유명을 일부러 감추어두었다고 했다. 이것이 실제인지 핑계인지, 정확히 어떤 의도로 그랬는지는 알 수 없지만 제대로 드러난 신유명의 1, 2차 예선 연기들은 놀라움을 넘어 경악스러울 정도였다.
'테스트라뇨, 함께 연기해보고 싶을 뿐이에요.' - 나탈리 카센

'같은 배우로서 상상력을 자극받는 무대였습니다.' - 데렉 맥커디

할리우드 최고의 배우들이 입을 모았다. 실제로 그들은 심사위원석에서 벌떡 일어나 무대로 내려갔고, 신유명과 함께, 혹은 신유명이 했던 배역을 다시 연기했다. 놀라웠던 것은 신유명의 연기가 그들에 비해 결코 꿀림이 없었다는 점이다.

지금 미국은 혜성같이 등장하여 〈캐스팅 보트〉를 점령한 이 배우로 들끓고 있다. 지난 한 달간 국내에선 신유명의 할리우드 진출에 대한 비난 수준의 비판이 난무했지만, 결국 이 배우의 진정한 가치를 알아보지 못한 이들의 어리석은 속단이었던 셈이다.

[후속 기사]

— 신유명, 시드 제안을 거절하다?
— 미국에 몰아치는 '신유명 리더십', 감동한 스타들의 멘션 행렬
— 데렉 맥커디 vs 신유명? 다음 스테이지 액터스 스쿨, 그의 선택은?
— 신유명의 급부상과 도효준의 추락, 극단적으로 대비되는 두 배우의 행보

우정일보 사이트가 트래픽 폭주로 잠시 다운될 정도로 반응은 격렬했다. 그의 실력을 의심한 것에 대한 사과와 응원, 빨리 영상을 내놓으라는 아우성. 도저히 믿을 수가 없다, 뭔가 조작 같다는 의심 어린 반응들. 하지만 모든 의심은 익일 풀린, 자막 달린 영상으로 말끔히 해소되었다.

— 소름…. 이거 예능 맞습니까? 히어로 영화 아니구요?
— 초반에 못 내보낸 이유가 있네요. 이 배우 사이즈를 못 재서 각 보고 있었던 듯.

― 이 맛이야! 짜릿해! 살아 있다는 걸 느끼면서 무한 재생 중. 신유명 파이팅!
― 엊그제까진 즐비하던 악플러들 다 어디 갔나요?

우정일보의 첫 특보를 시기하는 매체들은 많았다. 그들은 재빨리 녹화본을 구해서 기사를 뽑아내고 미국으로 기자를 파견 보냈지만, 특파원들이 현지에 채 도착하기도 전에 우정일보의 새로운 특종이 떴다.

[〈캐스팅 보트〉 Next stage는 액션 연기? 신유명의 액션 연기 화보 @우정일보 윤진성 기자]

사진은 역동적이고 화려했다. 매트를 박차고 몸을 날릴 때, 그 속도감에 팔다리가 살짝 번져 있는 사진에는 미션에 임하고 있는 요원의 사명감과 실력에서 오는 여유가 함께 담겨 있었다. 선명히 포착된 생동감 넘치는 표정이 홀릴 듯 시선을 사로잡는다. 그 사진을 찍은 사람은 무려 '앤디 랜서'. 세계적으로 이름난 스포츠 전문 포토그래퍼였다.

"뭐야, 우정일보는 어디서 이런 자료들을 구해오는 거야!"

"…LA Times 오늘 기사에 같은 사진이 쓰인 걸 보니 제휴를 맺은 것 같습니다."

"도대체 너희는 뭐 하는 거야! 심지어 저 기자는 신입이라면서! 그러고도 밥이 처 넘어가냐?"

"……(아니 지난주까진 신유명 이제 끝났다고 했으면서)."

약간의 떡밥은 향후의 내용을 더욱 기대하게 한다. 유명이 어느 클래스에 들어갔는지, 스턴트 액션은 원래 배웠던 것인지, 사진만 봐도 멋있는데 영상은 얼마나 멋질 것인지에 대한 네티즌들의 갑론을박이 파도같이 웹을 휩쓸었다. 그렇게 한국이 뒤집혔을 때, 속이 뒤집힌 사람이 하나 있었다.

[한 배우의 노력과 재능에 찬사를 바치며]

@ 영화평론가 신응수

시대에 한 번 나올까 말까 한 재능이라고 생각했다. 그렇기에 무모한 선택으로 커리어를 망치는 것이 아닐지 걱정스런 마음이었다. 하지만 그 배우는 걱정을 양분삼아 더욱 화려하게 날아올랐다…. (중략)

― 이게 뭐라고 짖는 건가요?
― 사과부터 하시죠. 걱정? 하…. 어이가 없네.
― 아니 이 가위손으로 쎄쎄쎄를 해버릴 새끼가.
― 뚫린 입이라고 똥을 싸네….

신응수는 초조하게 손톱을 물어뜯었다. 〈피터팬〉 평론 후 그는 신유명의 팬들의 항의와 보이콧으로 매거진Q에서 잘렸다. 이후 평론가로서의 그의 평판은 바닥에 떨어졌다. 칼럼의 단가가 떨어진 것은 물론이거니와 쏠쏠하게 들어오던 강연이나 방송 제의도 들어오지 않았다. 체면 불고하고 이쪽에서 먼저 전화해서 일감이 없나 떠보아도 예전보다 영 시큰둥한 기색이었다.

그래서 유명이 미국 오디션 프로에 출연한다는 선택을 했을 때가 그에게는 기회로 여겨졌다. 〈연예와이드〉에서 출연 제의가 왔을 때 그는 '할리우드 뽕'이라는 자극적인 단어를 써가며 유명을 신나게 까댔다. 그의 몸값은 다시 뛰어올랐다. 그는 물 들어올 때 노 젓는 마음으로 유명을 깎아내리는 평론을 여러 매체에 부지런히 써댔고, 그 여파가 지금 폭풍이 되어 밀어닥치고 있었다.

그는 다시 전화기를 들었다. 매거진Q에서 한 단계 낮은 시네박스로 고정칼럼을 옮겨야 했던 것도 짜증나는데, 시네박스의 편집자도 오늘 벌써 여러 통 그의 전화를 씹고 있다.

"이런 씨-"

"여보세요."

욕이 튀어나오는 와중에 전화가 연결된다. 그는 잽싸게 억양을 바꾸고 납작 엎드렸다.

"아이고 편집자님, 왜 이렇게 전화가 안 됩니까. 저 신응수입니다."

"〈캐스팅 보트〉 때문에 내내 바쁜 거 아시잖아요. 안 그래도 전화 드리려고 했습니다. 할 얘기가 있어서."

"어… 무슨…."

"칼럼, 앞으로 빼야 할 것 같습니다."

"예?"

매거진Q에서 잘린 이후 일회성의 자극적인 칼럼 청탁은 여러 번 들어왔지만, 고정칼럼 자리를 내준 것은 시네박스뿐이었다. 아직 연재를 시작한 지 한 달이 채 되지 않았는데….

"갑자기 이러시는 게 어딨습니까."

"후…. 저희 오늘 하루 종일 항의전화 받고 있습니다. 오늘 자 칼럼에 항의댓글 수천 개 달린 거 보셨죠? 그거 때문에 저희 사장님이 본사에 불려가서 본사 이미지까지 말아먹는다고 한소리 듣고 오셨습니다. 평론가님과 계약한 거 때문에 저도 징계 먹을 상황입니다."

"그… 그럼 제가 사과칼럼이라도 쓰면…."

"그걸 시도해보려면 오늘 하셨어야죠. 지금은 다 같이 죽게 생긴 상황입니다. 오늘 자 고료까지 조금 전에 입금해드렸습니다. 그럼 이만."

무자비하게 끊긴 전화기를 내려다보다 얼굴이 시뻘게진 신응수는 핸드폰을 벽에… 내던지려던 걸 참고 침대에 내던졌다. 퍽- 하고 핸드폰이 이불 속에 처박혔다.

그리고 그날, 시네박스 온라인에는 평론가 신응수의 칼럼이 사라진다는 소식과 함께 장문의 사과문이 올라왔다.

갓네임드 회원들은 집요했다. 유명을 매도하던 게 언제였냐는 듯이 안면을 싹 갈아엎은 매체들에게 캡처해둔 자료들을 들이밀며 사과를 요구했다. 해당 매체들은 결국 경솔한 보도를 사과했지만, 이후에도 그들은 그 매체들을 끝까지 기억했다. 무서운 팬심이었다.

오늘은 졸업미션을 치르는 날. 스튜디오로 이동하기 위해 액터스 하우스에서 나오자, 숙소 앞에 진을 치고 있던 기자들이 들러붙는다.

「신유명 씨, 이쪽 좀 봐주세요!」

「사라 로즈가 유명 씨를 꼭 만나고 싶다고 밝혔는데, 따로 연락 온 적이 있습니까?」

「〈캐스팅 보트〉 우승을 내정받고 출연했다는 설이 있는데, 해명 좀 해주시죠!」

플래시가 팡팡 터진다. 유명은 따로 답변 없이 고개를 살짝 숙인 후 걸어갔다. 주변 참가자들이 부러움 섞인 눈빛으로 그를 힐긋힐긋 쳐다본다.

오늘 LA Times의 1면을 차지한 것은 스턴트 액션을 연기하던 유명의 사진. 이것으로 멈추지 않고 LA Times는 한국에서 신유명이 구가했던 인기와 출연작들에 대한 자세한 분석 기사를 냈다. 여기에는 우정일보의 협력이 있었다. 문유석의 소개로 LA Times와 미팅한 윤진성 기자는 앤디 랜서의 사진을 포함한 LA Times 쪽의 자료와 신유명의 한국에서의 활동 자료를 교환하는 협약을 체결한 것이다.

'부럽다…. 카이 누넨….'

같은 출발선상에서 시작했지만 신유명은 어느새 차원이 다른 존재가 되어버렸다. 그보다는 오히려 그의 옆에서 걷고 있는 카이가 부러웠다. 이럴 줄 알았으면 초반에 친해져놓는 건데.

스튜디오에 도착하자마자 녹화가 시작되었다. 조촐하게 모여 있는 24명의 인원 앞에서 제리는 하이 피치로 진행을 시작한다.

「시작이 있다면 끝이 있는 법! 입학을 했으면 졸업을 해야 하는 법이죠. 하지만 〈캐스팅 보트〉 액터스 스쿨의 졸업은 결코 쉽지 않습니다. 벌써 절반이 유급해버렸군요. 그리고 이 중 또 절반이 졸업하지 못합니다.」

졸업생의 정원은 12명. 각 클래스별로 3명씩이다.

「졸업 미션은 입학 미션을 다시 한번 연기하는 것입니다. 이미 여러분들은 여기 세 분의 기성배우들과 인당 30분씩 호흡을 맞춰보셨습니다.」

무대의 왼쪽, 오른쪽, 뒤쪽에 의자가 설치되어 있다. 그곳에는 세 명의 기성배우들이 앉아 있다. 그들이 참가자 외 다른 배역들의 대사를 읽어준다. 가운데 서서 쳐주는 대사들을 받아내며 몸으로 연기하는 것은 참가자 한 사람뿐. 시선을 나누어 받던 진입과제 때에 비해 묘하게 부담 가는 환경이었다. 이윽고 참가자들이 한 사람씩 무대 위에 불려 올라간다.

「불과 2주 만에 짧은 호흡이 많이 안정되었고 캐릭터를 훨씬 잘 살리게 되었군요. 불필요한 몸동작들은 더 줄였으면 좋겠어요.」

「여전히 대사 사이에 너무 많은 Pause(멈춤)를 사용하는 습관을 버리지 못했네요. 보다가 하품이 나올 것 같아요.」

이번 과제에서 비교 대상은 오직 2주 전의 자기 자신. 발전이 있는 참가자들은 칭찬과 격려를 받고, 지지부진한 참가자들은 비판을 받았다. 그리고 카이의 차례.

「와…. 카이는 정말 놀랍도록 달라졌네요. 이건 설마 데렉이 잘 가르쳐서 그런 건가?」

「가르치는 보람이 있는 참가자예요. 나도 나지만 참가자 중 한 명이 끼고 가르치는 것 같더군요.」

「아, '그'요?」

「네, '그'.」

심사위원들이 한 명을 주시하며 빙글빙글 웃는다. 메인 디시를 기다리는 탐욕 어린 눈빛으로. 그렇게 칭찬이 릴레이처럼 이어지며 카이의 차례가 끝났고, 다음은 도효준의 차례였다. 유명은 무대 위에 올라선 그를 바라보았다.

'그래도 도망치진 않았네.'

데렉에게 깨지고 유명에게 일침을 당한 날 이후, 도효준의 얼굴에서 완전히 웃음이 걷혔다. 유명은 그 모습이 눈에 밟혔다. 그날 했던 말을 후회하는 것은 아니었지만, 많은 것이 결핍되어 자란 듯한 그의 모습에 어쩔 수 없이 신경이 쓰였다.

'과연 조금이라도 성장했을까. 참 아까운 재능이긴 해.'

15년간 무명배우 생활을 하며 참 많은 배우를 봐왔다. 그중에서도 저 정도의 재능은 거의 본 적이 없다. 내키는 대로 적당히 연기하는 것이 분명한데도 쉽게 시선을 사로잡는 반짝이는 재능. 그 문유석의 원픽이니 당연한 건가.

그리고 시작된 도효준의 연기를 보고 유명은 멈칫했다. 그것은 아이디어가 반짝이는 연기도, 튀는 매력과 태가 나는 동작들로 시선을 사로잡는 연기도 아닌, 기본에 충실하며 묵묵하게 극을 뒷받침하는 '조연'의 연기였다.

173

히든 스토리

도효준이 연기를 마친 후, 놀란 심사위원들이 질문했다.

「효준 씨, 본인의 연기를 설명해주겠어요? 갑자기 사람이 바뀐 것 같네, 허어….」

「진입과제 때는 제가 욕심을 부려 무리수를 뒀습니다. 이 극에서 왕의 역할은 조연이 맞는 것 같아서 이번엔 정석대로 연기했습니다.」

귀족과 상인의 공방에 추임새만 넣는 무능한 왕. 큰 임팩트는 없었지만 그가 어떤 왕인지는 아주 잘 전달되었다. 귀족과 상인의 대사를 치는 배우들 사이에서 왕은 그 대사가 잘 전해지도록 균형을 잡는 조율자의 역할을 훌륭히 해냈다.

「정석대로 연기했다라…. '그림'을 연기했던 34조의 해석이 정석이라는 게 이미 확인되지 않았나요? 정석을 연기할 거면 34조의 해석대로 연기하는 게 맞았을 텐데, 남의 해석대로는 자존심 상해서 연기 못 하겠다는 건가요?」

데렉의 날카로운 질문에 습관적으로 움찔한 효준은 고개를 젓더니 조용히 대답한다.

「아뇨. 타인의 해석을 노력 없이 가져오는 게 염치없는 것 같아서요. 이 조각대본을 처음 받았을 때 느꼈던 인상 그대로 해석해서 연기했습니다.」

첫인상대로 연기했다고 해서 고민이 없었던 것은 아니었다. 눈이 가려지고 귀가 막힌 무능한 왕을 효과적으로 보여주기 위해 호흡 하나, 리액션 하나하나를 고민하고 연구한 흔적이 보인다. 도효준의 연기에서 처음으로 보게 된 노력의 흔적.

'정신… 차린 건가.'

의심 어린 시선을 던지던 데렉은 기습적으로 질문했다.

「왕의 이름은 뭐죠?」

「헨리 카누트 스튜어트입니다.」

망설임 없이 튀어나온 대답에 데렉이 피식 웃었다. 이 대본에는 등장인물의 이름이 나와 있지 않다. 즉 저건 효준이 붙인 이름이다. 예전의 효준이라면 배역은 배역일 뿐, 이름을 붙일 생각은 하지 않았을 것이다. 배역이 어떤 인간이고 어떤 삶을 살아왔으며 어떤 정체성을 가졌는지 고민해보았다는 뜻.

「내가 뭘 지적해왔는지 조금은 이해한 것 같군요. 그것만으로도 큰 성과입니다. 기술적인 부분은 원래 뛰어난 참가자니 세세한 지적은 하지 않겠습니다. 잘했어요.」

데렉은 효준에게 처음으로 진심 어린 칭찬을 건넸다.

'본인만 튀려하지 않고 주변과 어우러지는 연기. 그것도 조연의 역할에 맞게 확실히 연기하다니.'

사실 데렉이 이 졸업미션을 요청한 것은 효준 때문이었다. 같은 과제더라도 시간을 들였을 때 어떻게 변할 수 있는지, 다른 배우들의 변화를 보며 뭔가 깨달았으면 했다. 너무 아까운 재능의 소유자에게 자신이 해줄 수 있는 마지막 조언으로 준비한 것인데, 한발 먼저 뭔가를 깨달은 듯한 효준이었다.

'어떻게 이렇게 갑자기 변했지? 그날 혼낸 게 먹혔던 건가…'

그렇게 효준의 무대가 끝났고, 이제 남은 것은 유명의 무대.

'그때 이상을 준비할 수 있었을까…?'

데렉의 발끝이 진한 호기심을 누르지 못하고 신발 안에서 꼼지락거렸다.

「시작하겠습니다.」

유명의 알림에 주변에 포진한 '목소리' 역외 세 배우가 눈에 띄게 긴장한다. 아무리 목소리 연기뿐이라 해도 짧은 연습시간 안에 '정물이 사람이 되어가는' 연기를 습득하기가 쉽지 않았던 탓이다. 그리고 연기가 시작되었다.

왕과 귀족과 상인의 목소리가 오가는 사이, 한가운데 가만히 선 노예. 한 명에게 오롯이 집중하자 더욱 예민하게 느낄 수 있다. 힐끔 왕을 바라보는 시선, 귀족과 상인의 대화 중에 그가 짓는 리액션 하나하나가 군더더기 없이 적절하게 '노예'라는 인물을 설명한다. 그런데….

'음?'

그 설명이 지난번과는 좀 다르다. 땅으로 꺼져들 것처럼 굽어졌던 등이 아니다. 그의 깊이 숙인 머리는 복종을 표하지만, 등줄기만은 꼿꼿이 서 있다.

'왜…?'

이것은 데렉이 해석했던 것처럼 다른 꿍꿍이가 있는 노예인가?

아니, 아니다. 그의 눈빛은 노예라 믿을 수 없을 만큼 맑다. 공손히 손을 모으고 윗분들의 대화를 경청하는 태도에는 품위마저 서려 있다. 이것은 또 어떤 해석인 것일까.

허업- 옆자리에서 에바가 숨을 머금은 채 뱉지 못하는 것을 느끼고 데렉이 움찔했다. 에바를 돌아보고 왜 그러냐고 묻고 싶었지만 신유명의 연기에서 눈을 뗄 수가 없다.

「저… 비천한 소인이 한 말씀 올려도 되겠나이까?」

비천하지 않다, 전혀. 나락에 떨어진 자의 마지막 단말마는 어디로 가고 단아한 음성. 자신의 정의와 신념을 위해 목숨을 거는 자에게서 볼 수 있는 깨끗한 의지.

「저는 왕자 전하의 죽음이 자살이라고 생각합니다.」

맑은 목소리는 망설임이 없어 다소 무엄하게까지 들린다. 예전의 버전이 밟히고 밟히다 못해 마지막으로 들고 일어선 개미의 발버둥이었다면, 지금의 그에겐 자신의 의지로 목숨을 던지는 혁명가의 기개가 느껴진다. 좋은 캐릭터다. 하지만 왜? 이 대본만으로 일개 노예에게 이런 캐릭터를 부여하는 것은… 너무 과한 것이 아닌가?

푸욱- 노예가 칼을 맞고 쓰러진다. 비명 없이 깨끗하게 쓰러지는 그는 왕을 향해 마지막까지 어떤 간절한 시선을 보낸다. 고통이 버거워 숨을 몰아쉬면서도 추하게 죽지 않으려는 듯 자세를 갈무리하며 왕을 계속, 계속 바라본다. 어떤 메시지를 전하듯이. 그러다 눈을 부릅뜬 채로 툭- 하고 고개를 놓는다.

'하아아….'

관객이 겨우 숨을 몰아쉬었을 때 쓰러진 노예는 다시 그림으로 복귀한다. 자연스러워졌던 움직임이 점점 둔해지더니 덜그럭- 고정되는 과정은 2주 전의 연기보다도 훨씬 정교했다.

'그새 또 발전했어.'

그렇게 유명의 연기가 끝났다. 데렉은 유명에게 처음으로 살짝 시비를 걸어보려고 했다. 연기 자체는 더욱 정교해졌지만 그 대본에서 나왔다기엔 이번 노예는 좀 억지스러워 보인다. '극의 해석 면에선 오히려 퇴보한 게 아니냐'는 질문을 하고 싶었는데 에바가 먼저 마이크를 잡아챘다.

「뭐예요! 노예의 히든 스토리는 어떻게 알아낸 거죠?」

이건 또 무슨 소리일까.

에바의 뜬금포를 다들 이해하지 못하는 사이, 유명이 싱긋 웃음을 짓는다.

「재밌게 봤습니다.」

「원대본을 봤다는 말인가요? 어떻게?」

「본선 진입과제 때 대본들, 모두 한 대본이던데요?」

에바가 헉- 하는 소리를 낸 후 말을 잇지 못한다. 결국 제리가 끼어들었다.

「이게 무슨 소리예요? 우리도 좀 같이 압시다. 뭐가 한 대본이라는 거예요?」

「본선 진입과제 때 시드 조까지 총 52조, 대본은 26개였잖아요. 그게 전부 한 작품에서 나온 거더라구요.」

「아니, 그렇다기엔 이야기들이 이어지지 않았는데? 그리고 26개 대본이면 260분인데 너무 길잖아요?」

「정확히는 같은 이야기 속에서 뽑아낸 여러 단면이라고 해야 할까요.」

유명의 설명은 이러했다. '아리자데 왕국 살인사건'이 일어난 아리자데 왕국. 귀족과 상인이 권력을 두고 첨예하게 대립하고 있으며, 노예는 고통받고, 왕족은 무능하다고 규정된 이 세계의 부분 부분이 26개의 대본으로 뽑혀 나왔다.

26개의 대본 중 어떤 것에서는 시장에 찬거리를 사러 갔던 부인이 상인의 횡포에 드잡이하다가 변을 당하기도 하고, 어떤 것에서는 왕궁의 요리사와 시녀, 귀부인이 맞닥뜨려 불길한 소문을 주고받기도 한다. 어떤 것에서는 아리자데 왕국의 현실을 상징하는 '그림들 간의 난상토론'이 이루어지기도 하고.

「작중 세계가 ABCDEFG라는 스토리로 이루어져 있다면, 영화에선 ACEF와 같은 방식으로 보여주잖아요. 지루한 파트는 잘라내고 핵심적인 파트들만 이어붙이죠. 하지만 이 대본들은 아직 편집되기 이전의 단면들을 보여주고 있달까요. 그게 모두 다른 대본으로 보이는 데서 에바의 능력에 감탄했어요.」

「사실이에요, 에바? 우린 몰랐던 이야기인데.」

「…네.」

에바가 겨우 고개를 끄덕였다.

「10분짜리 대본을 26가지 만들어달라는 요청을 받았어요. 분리된 단편들을 써도 됐지만, 이왕이면 평소에는 생략되는 이야기들을 조합해서 하나의 큰 세계를 그려내고 싶었죠. 그 얘기를 굳이 할 필요는 없었어요. 누가 알아볼 거라는 생각은 하지 않았으니까.」

그걸 계획한 사람도, 알아본 사람도 대단하다.

「신유명 씨는 어떻게 눈치챘어요?」

「본선 진입과제 때, 묘하게 이야기의 부분 부분들이 연결되는 것 같다고 생각했어요. 그게 머리에서 떠나지 않아서 계속 생각해봤죠.」

이미 끝난 과제를 계속 고민했던 유명.

「그중 핵심이 되는 대본들은 다른 조에 부탁해서 읽어봤어요. 시드조들이 연기했던 공주와 왕자들의 장면, 그게 '현재의' 아리자데 왕국을 보여주는 부분이었죠. 그중엔 '로슈' 왕자도 있었어요. 알아보지 못하게 다른 이름으로 바꿨지만.」

짬짬이 다른 조의 대본을 구해 보며 조각들을 맞추었고, 그 안에서 드러나는 힌트들이 거대한 하나의 스토리를 형성하고 있다는 것을 발견했다.

「그게 오늘 연기가 달라진 이유라는 건가요?」

「네. 왕궁의 홀에 걸려 있던 네 장의 그림은 단순한 상징화가 아닌, 전 시대의 실존 인물들의 그림이었거든요.」

「…!」

「전 시대에 한 왕자가 있었어요. 그는 귀족과 상인의 이해관계에 배치되어 제거될 운명이었으나 왕비가 성 밖으로 빼돌렸어요. 그리고 자신이 왕자인 것을 모른 채 노예로 자랐습니다.」

데렉이 입술을 지그시 물었다. 분명 그런 내용을 담은 대본이 있었다. 그것이 여기서 이렇게 연결될 줄이야.

「출생의 비밀을 몰랐다 해도 타고난 품위는 어디 가지 않았습니다. 주변 노예들은 그를 따르기 시작했고, 그는 노예해방운동을 벌이다가 결국 귀족과 상인의 손에 처단당했죠.」

참가자들은 자신들이 연기했던 대본이 연결되어가는 것을 듣고 있었다. 마치 마법을 보는 듯한 느낌.

「그리고 그는 그림이 되어서조차 현재 아리자데 왕국 살인사건의 진실을 알리려다 칼을 맞습니다. 신념에 찬 인물. 왕의 핏줄은 노예가 되어서도 다르다는 사상이 다소 중세적이기는 하지만, 가장 높은 핏줄이 가장 낮은 이들을 해방시키려 한다는 드라마틱한 구조를 완성하죠.」

유명이 연기한 것은 노예가 된 왕자. 그렇다면 그의 모든 연기가 설명된다. 흠잡을 데 없이.

모두가 할 말을 잃은 가운데, 직전에 과제를 마치고 유명의 연기를 지켜보던 효준의 눈동자가 누구보다도 크게 흔들렸다.

자신이 어떤 재능이 있는지도 모른 채, 그 재능을 활용해 먹고살던 시절이 있었다.

— 같이 한국으로 갈래요?

문유석은 처음으로 '도효준'이라는 사람에게 관심을 보여준 사람이었다. 아니 관심을 보인 건 자신의 재능이었겠지. 그렇기에 솔직하게 '나'라는 사람에게 관심을 달라고 할 수 없었다. 연기를 쉽게 대해야, 기대 이상의 천재라는 것을 증명해야 그의 관심을 놓치지 않을 것 같았다. 하지만 유석은 자꾸 '마인드'를 거론했다.

— 그런 식으로는 프로 연기자가 될 수 없어.

— 왜요? 지금이라도 어떤 오디션이든 합격할 자신이 있는데.

— 합격하겠지. 그리고 떠오르는 대로, 네 멋대로 연기하다가 결국 민폐를 끼칠 거다. 설령 한두 작품에서 무사히 지나가더라도, 그럴수록 연기를 쉽게 보는 태도는 심해질 거야. 네가 마인드를 갖추기 전에는 안 돼.

그렇게 2년. 유석이 허락해준 제대로 된 첫 일거리가 바로 〈연예학개론〉의 '보형' 역이었다.

— 아직 안심이 안 되긴 하지만 조금은 정신 차렸으리라 믿는다. 가능성 넘치는 역이야. 네 자리로 확정해둔 거니까 시간 잘 지키고.

하지만 효준은 마지막 순간, 도망쳤다. 배역만 받으면 잘할 수 있다고 큰소리를 뻥뻥 쳐놓고 마지막에 도망을 친 이유는 무엇이었을까. 기대를 충족하지 못하면 유석에게도 버림받을까 겁이 나서? 혹은 있는 그대로의 자신을 좋아해달라는 반항이었던가? 기억이 잘 나지 않는다.

그리고 유석은 그날, 자신이 도망간 자리를 차지한 배우와 계약했다. 신유명이었다. 그가 승승장구할수록 효준은 초조해졌다. 〈연예학개론〉 오디션을 펑크 낸 이후, 유석은 마인드가 바로 서기 전까진 다음 일은 없다고 공언했다. 그렇게 2년, 그가 연습실에만 머무는 동안 신유명은 정상을 향해 달렸다.

재능만은 내가 위라고, 그런 위안이라도 하지 않으면 견딜 수 없었다. 자신을 바라보는 유석의 기대가 완전히 식어갈 즈음, 효준은 마지막 카드를 던졌다. 〈캐스팅 보트〉에 자신도 출전하겠다는 조름. 유석은 한숨을 쉬며 허락해주었다. 어릴 때부터 눈칫밥을 먹었던 그는 그 한숨의 의미를 쉽게 깨달았다. 이것이 그가 주는 마지막 기회라는 걸.

— 저는 도와달라고 요청하지 않았어요. 그런데도 굳이 돕겠다는 건 도움이 아니라 참견 아닌가요?

하지만 멀리서 보던 것과 달리 가까이서 보게 된 신유명은 만만한 상대도, 편한 상대도 아니었다. 엄청난 재능과 연기 실력보다도 효준의 눈을 사로잡은 것은 그가 스스로의 기준을 가지고 행동하는 '진짜 어른'이라는 점에 있었다. 자신이 옳다고 생각하면 문유석의 뜻을 거스르더라도 관철했고, 나탈리나 데렉 같은 엄청난 셀럽들의 관심에도 연연하지 않았다. 그렇게 잘하는 연기를 프로그램에서 과소포장하여 내보내는 것조차 개의치 않는 것 같았다.

'어떻게 저럴 수 있지?'

질투는 호기심이 되고, 호기심은 호감이 되었다. 효준은 어느새 유명을 '경쟁 상대'가 아닌 '인정받고 싶은 대상'으로 인식하게 되었다. 그런 그가 효준에게 처음으로 던진 일침은,

― 남이 목숨 걸고 있는 일을 본인이 뽐내기 위한 수단 정도로만 사용하면서 상대에게 이해받고 인정받길 바라는 건가요.

그의 뇌리에 강렬하게 쏘아 박혔던 것이다.

174

굴려도 되죠?

그날 이후로 효준은 변화하고자 했다.
'자신에게 가장 소중한 걸 무시하는 사람을 좋아할 사람은 없다.'
그전에 들었던 어떤 비판보다도, 혹은 '재능이 아깝다'던 데렉의 질타보다도 그 진솔한 한마디가 마음에 더 와닿았다.
'무엇부터 해야 할까.'
연습실에 나가는 것이 두려웠다. 유명의 싸늘한 얼굴을 다시 보는 게 두렵고, '연기를 얕봐온' 자신을 다른 사람들도 모두 싫어하고 있을 거라고 생각하면 더더욱 용기가 나지 않는다. 하지만….
'지금 할 수 있는 일.'
그럼에도 그는 처음으로 인내를 습득해가며 꼬박꼬박 클래스에 참석했다. 그리고 하나의 캐릭터를 놓고 오래 고민해보았다. 아리자데의 왕은 어떻게 자라서 이렇게 무능한 왕이 되었으며 귀족과 상인, 노예에게

각각 어떤 감정이 있는지. 그 감정을 드러내기 위한 말투, 제스처, 눈빛을 구상해서 기록하고, 하나하나 더하고 빼가며 연습했다. 처음으로 연기가 '어렵다'고 느꼈다. 데렉이 해주었던 말이 떠오른다.

― 피아노를 칠 때, 음감이 좋은 친구들은 한 번만 듣고도 멜로디를 청음하고 코드를 맞춰서 쳐낼 수 있어. 하지만 악보를 보고 제대로 연습하기 시작하면 극도로 어려워지지. 페달을 밟고 떼는 타이밍, 크레센도, 디크레센도, 이음줄과 붙임줄, 피아노와 포르테. 음악이 아닌 마치 수학을 배우는 듯한 정교함으로 지루한 과정을 반복 끝에, 몸에 익은 손가락의 리듬에 음악성을 실을 때 진정으로 청중에게 들려줄 만한 '곡'이 탄생하는 거야. 그리고 지금 당신의 연기는 타고난 음감을 자랑하며 제 흥에 겨워 치는 아마추어의 연주곡이고.

그 말의 의미를 이제야 알 것 같았다.

기본에 충실한 연기를 해낸 효준은 무대에서 내려오며 유명과 교차할 때 그의 얼굴을 필사적으로 훑었다. 조금이라도 기특해하는 기색을 찾고 싶었다. 하지만 자신의 다음에 펼쳐진 유명의 연기를 보고, 그는 말로 질타당했을 때와 비교할 수 없는 충격을 받는다.

'그때 그 연기에서 더…'

'앙투안과 시드니에게 진입과제 때 대본을 보여달라고 부탁했던 게 이것 때문에!'

'이미 끝난 과제에 왜 그렇게까지…'

어느 순간, 대앵- 소리가 들릴 것 같은 깨달음이 왔다. 그에게 이미 끝난 과제는 없다. 이 과제뿐 아니라 모든 과제를 그는 계속 생각해보고 발전시키고 있었을 것이다. 아마도 이미 지나간 작품의 배역들도 기회가 되는 대로 연구하고 발전시키고 있겠지. 진실로 연기를 좋아하고 연기에 자신의 인생을 걸었기에 그에게 모든 연기는 '현재'의 과제가 아닌 '생'의 과제였다.

'그런 사람 앞에서 연기를 얕보는 모습을 보였으니….'

효준의 얼굴이 확 달아올랐다. 지금까지도 진심으로 반성한 게 아니었다. 자신이 잘못된 것을 깨닫긴 했으나 정확히 무엇을 잘못한 것인지는 몰랐다. 자신이 진실로 깨달았었다면, 무대를 내려오면서 유명의 눈치를 살피는 것이 아닌, 자신의 연기가 어떠했는지를 되새겼어야 했다.

'부럽다.'

부끄러운 동시에 부러웠다. 인생을 걸고 몰두할 만한 일을 가진 사람. 그는 주변의 인정과 애정을 갈구하지 않을 것이다. 가장 가치를 둔 것 한 가지에만 집중하며, 자신이 어떠했는지의 평가는 오직 스스로 내리기에.

'…나도 저렇게 살 수 있을까?'

졸업자 발표 시간이 다가왔다. 각 클래스를 담당한 심사위원들이 차례로 3명씩의 합격자를 호출했다. 마지막은 데렉의 클래스였다.

「제 클래스에서 진급하실 분은 신유명, 앙투안 모니에, 그리고.」

두 사람은 당연한 선택이었지만, 마지막 합격자는….

「도효준입니다. 축하합니다.」

효준이 당황한 표정을 지었다. 당연히 카이가 올라갈 거로 생각하고 있었던 것이다.

「카이는 분명 입학 시점과 비교해 가장 많이 발전한 참가자예요. 하지만 현재의 연기 실력만 봤을 땐 아직 효준에게 못 미쳐요.」

유명도 고개를 끄덕였다. 분명 카이는 몇 년 안에 정상에 오를만한 배우가 되겠지만, 이제 막 첫걸음을 뗀 상태다. 그에 비해 효준은 이미 몇 년간 연기 수업을 받아온 데다 엄청난 재능의 소유자.

「오늘 효준의 연기는 철저한 조연의 연기였지만, 그 디테일에 있어서는 상당한 깊이를 느낄 수 있었습니다. 연기를 대하는 자세가 좀 바뀐 것 같은데 그 자세가 앞으로도 유지되길 바랍니다. 축하해요.」

데렉의 칭찬과 합격 선언에도 표정변화가 없던 효준은 합격 감상을 말해야 할 자리에서 폭탄선언을 한다.

「죄송하지만, 저는 결선에 올라갈 자격이 없으므로 합격을 고사하려고 합니다.」

「네?」

제리가 버럭 소리 지르고 합격자들이 놀라 웅성거린다. 효준이 허리를 깊이 숙인 후 말했다.

「여기 계신 분들은 경력의 길고 짧음을 떠나 연기를 진심으로 사랑하시는 분들입니다. 그런데 저는 프로그램 초반부터 줄곧 연기를 진지하게 대하지 않고 쉽게 생각했습니다. 진심으로 사과드립니다.」

그의 진지한 사과에 갑자기 분위기가 숙연해진다.

「아니 효준 씨, 그래도 결선을 포기하는 건… 다시 생각해봐요. 전에 잘못했으면 지금이라도 잘하면 되지. 데렉은 얼마나 애를 들들 볶았길래 그렇게 통통 튀던 애가 이렇게 됐어….」

「아니 그 정도로 뭐라고 하지는 않았는데…. 흠흠. 효준 씨.」

「네.」

「긴가민가했는데 정말 변했네. 본인이 그게 옳다고 판단한 거라면 말릴 생각은 없어요. 하지만 앞으로 계속 배우의 길을 갈 생각인가요?」

「네. 처음부터 다시 시작하려고 합니다.」

「그렇다면 정말로 다시 생각해봐야 해요. 배우가 한 번 잃은 이미지를 복구하는 건 쉬운 일이 아닙니다. 괜찮겠어요?」

액터스 스쿨 과정에서 데렉은 효준의 태도를 자주 비판했다. 그 모습은 티브이에 가감 없이 방영될 것이다. 아무리 지금 반성한 모습을 보였다 해도 한 번 떨어진 평판은 오르기 쉽지 않다. 그나마 결선에 진출하는 것이 이미지를 복구할 기회를 조금이라도 더 얻을 수 있는 길이다.
「네. 그건 제가 감당할 몫인 것 같습니다.」
 효준은 조용히, 그러나 단호하게 말했다. 결국 그는 결선 진출에서 제외되었고, 그 자리는 카이가 채우게 되었다. 그 모습을 유명은 알 수 없는 얼굴로 지켜보고 있었다.

 RRR- 이상한 숫자가 마구 찍힌다. 국제 전화였다. 유명은 그 전화를 망설임 없이 받았다.
 "유명 씨."
 "오랜만이에요, 형. 프랑스는 새벽일 텐데 안 주무셨어요?"
 "막 자려던 참에 문자를 봤네. 방송 잘 보고 있어요."
 "그게 프랑스에도 나가나요?"
 "하하, 아니요. 한국 사이트만 들어가면 〈캐스팅 보트〉 소식으로 도배니까."
 나직한 웃음소리. 새벽까지 연습하고 잠자리에 들기 직전의 녹초가 된 배우의 목소리다. 그는 여전히 연기에 모든 시간과 에너지를 쏟아붓고 있나 보다.
 "그래서, 그건 무슨 소리예요? 사람을 한 명 받아줄 수 있냐는 건."
 "좋은 재능이 있는 친군데 연기에 대한 자세가 좋지 않았어요. 이제야 뭔가 좀 깨달은 것 같은데 제가 옆에서 봐줄 수가 없는 상황이라… 부탁할 사람이 형밖에 안 떠올라서요."
 무언가를 깨달은 인간은 금방이라도 변화할 것 같지만, 한없이 현실에 안주하려는 몸은 쉽게 변하지 않는 법이다. 더구나 방송을 본 수많은 사람들이 입을 모아 자신을 비난한다면, 아무리 마음을 고쳐먹고 진지하게 임해도 아무도 그 진지함을 인정해주지 않는다면, 재능이 사그라들고 폐인이 되는 것이 한순간일지도 모른다.

 그럴 때 믿고 따라갈 수 있는 사람, 자신이 변할 수 있다는 걸 믿어주는 사람이 단 한 명이라도 존재한다면 사람은 변할 수 있다. 자신이 지금 그럴 상황이 되지 않기에 유명은 믿을 수 있는 한 사람을 떠올렸다. 누구보다 엄하고 든든하게 효준을 이끌어줄 수 있는 사람. 연기에 대한 애정과 실력이 자신만큼 절절하기에 효준이 절대 얕보지 못할 사람. 서류신. 그에게 효준을 부탁했다. 유명은 효준이 어떤 사람이며, 지금 어떤 상황에 부닥쳐 있는지를 자세히 설명했다.

 "짐을 떠맡겨서 죄송합니다. 곤란하시면 거절하셔도 돼요."

 "딱히 곤란할 건 없어요. 후배들 봐주는 건 늘 해오던 거라. 굴려도 되죠?"

 굴려도 되죠? 라는 말에 오디우스에서 악명 높았던 서류신의 연습이 떠오른다. 도효준의 명복을 빈다.

 "그럼요."

 "보내요. 안 그래도 스트레스가 풀게이지였는데 잘됐네요. 내가 구르는 만큼 굴려야지."

 "형한테 허락받았으니 위고 씨한테도 연락드려서 단원 한 명 받아달라고 부탁드리겠습니다."

 "내가 얘기할 테니까 그냥 보내요. 어차피 재능 있는 배우라면 환장하는 인간이니까, 쌍수 들고 좋아할 겁니다."

 "하하, 위고 씨는 여전한가 봐요?"

 "웃을 때가 아닐 텐데…."

 "…?"

 "흠…. 아직 모르는가 보군요. 곧 알게 될 거예요. 난 이만 자야겠어요."

 "네. 감사합니다. 담에 또 연락할게요."

 전화를 끊은 유명은 고개를 갸웃했다. 류신의 말끝에 뭔가 웃음이 배어났는데… 뭘까.
 그 의미를 알게 된 것은 바로 다음 날이었다.

 24명 중 12명이 퇴소했다. 중도 탈락자는 드문드문 나가서 덜했는데 한꺼번에 절반이 나가니 숙소가 휑해진 느낌이다. 페이스도 이번 스테이지에서 탈락했다. 효준은 짐을 싸다가 그의 앞으로 다가온 유명에게 사람이 달라진 듯 어색하고 진지한 목소리로 인사했다.
 "형 연기를 보고 깨달은 바가 많았어요. 그동안 실례가 많았습니다."
 "이제 뭐 할 거예요?"
 "글쎄요. 유석 형한테 다시 도와달라기도 염치없고, 어디 극단 같은 데나 지원해볼까 싶어요. 배역을 깊이 이해하는 법부터 다시 연습하려구요."
 유명이 제안한다.
 "프랑스로 가볼래요?"
 "프랑스요…?"
 "서류신 배우 알죠? 제 선배인데 지금 프랑스 파리의 극단에 있어요. 제가 아는 사람 중 가장 연기에 진지한 사람입니다. 연기를 대하는 자세와 방법을 익히기엔 누구보다 훌륭한 스승일 거예요."
 "…감사하지만 이런 배려를 받을 자격이 되는지 모르겠어서…."
 효준이 입술을 살짝 깨물었다. 그렇게 눈앞을 얼쩡거릴 때는 매번 무시하던 사람은 자신이 마음을 달리 먹자 금세 도움의 손길을 내민다. 언젠가 '연기에 진지하게 임하는 중'이라고 자신 있게 말할 수 있을 때가 되면 꼭 그와 함께 연기해보고 싶었지만, 그때도 자신을 받아줄 거라 생각하지 못했는데.
 "그렇게 고마워할 것까진 없어요. 가서 엄청나게 구르다 보면 금세 내 욕할 걸요."

"…설마요."

"숨이 턱에 차는데도 구르고 또 굴러 봐요. 괴롭히려고 여기 보냈구나 하는 생각이 절로 들 걸요, 하하."

그렇게 효준은 프랑스로 떠났다.

그리고 남은 12명에게 다음 과제가 부여된다.

「이제부터 시작할 결선 진입과제는 생방송 이전 마지막으로 진행되는 단체미션입니다!」

다시 단체미션이라는 말에 참가자들의 표정이 일그러진다.

「어우, 표정 풀어요. 이번에는 참가자들끼리의 팀미션이 아니라구요! 3명씩 4조로 묶여서 진행되는 이번 미션에는 팀마다 연출가가 붙게 됩니다.」

연출가라는 말에 사람들은 조지를 쳐다본다.

「맞아요. 조지도 그중 한 명이고, 다른 세 분도 지금 뒤에서 대기하고 있죠! 자…. 여러분들을 쥐고 흔들 연출가들을 만나기 전에, 팀 배정을 먼저 하겠습니다.」

유명과 한 팀이 된 2명의 참가자는 모두 여성이었다. 시드배우인 마르타 가르시아와 예선부터 올라온 프리야 록하트. 그 둘을 바라보며 유명은 묘한 표정을 짓는다.

'하필 이렇게 배정되다니.'

프리야 록하트는 원생에서 〈캐스팅 보트〉의 우승자였다. 마르타 가르시아는 최종 3인에 포함되었고 가장 실력 있는 후보로 거론되었지만 결국 탈락한 참가자. 하지만 이후 행보는 극과 극이었다. 프리야는 카일러 언쇼의 차기작에 주연배우로 작품을 찍었지만 흥행에 실패했고, 이후 배우로서 별다른 성공을 거두지 못했다. 반면 마르타는 시간이 지날수록 점점 명성을 떨치며 카일러 언쇼의 작품도 찍게 된다. 그 영화는 작품성을 인정받고 흥행에도 상당한 성공을 거둔다.

'흠….'

3명씩 4개조로 나누어 앉은 가운데, 연출가가 공개되었다. 앙투안과 카이의 조에는 조지가, 다른 두 조에는 외부에서 영입된 두 명의 연출가가 배정된 후, 마지막으로 유명의 조를 담당할 연출가가 공개되었다.

 「어렵게 모신 마지막 연출가는 세계적인 영화감독이자 연극연출이며, 연기론에 있어서도 탁월한 이론들을 선보인 분입니다. 멀리 유럽에서 날아오신 이분을 박수로 맞아주세요!」

 설마… 류신의 웃음이….

 「위고 비아드 감독입니다!」

 이거였구나. 유명은 헛웃음을 지었다.

175

아니, 그럼 재미없지

 「유명 씨, 잘 있었어요? 워후, 요즘 엄청 잘나가던데?」

 「네…. 안녕하세요, 감독님. 류신 형은 잘 있죠?」

 「그럼요~ 내가 잠시 자리 비우는 것도 서운한지 가지 말라고 가지 말라고오 아주-」

 「……」

 「흠흠, 그나저나 아까 조지 표정 봤어요? 조지가 이 조 엄청 탐냈는데, 나는 이 조 아니면 지금이라도 프랑스로 돌아가겠다고 했지. 결국 내가 쟁취했어요, 하핫.」

 성격은 여전하시고.

「마르타와 프리야도 반가워요. 같이 잘해봅시다.」
「네-」「잘 부탁드려요, 감독님.」
「그런데 둘은… 느낌이 굉장히 극과 극이군요.」
 위고가 보석을 감정하듯이 둘의 분위기를 뜯어본다. 마르타와 프리야는 5만 명 이상의 〈캐스팅 보트〉 지원자 중에서도 수위에 들 만한 미녀들로 이미 두꺼운 팬층이 형성되어 있다. 그런데 둘의 이미지가 몹시 달랐다. 한국식으로 말하면… 고양이상 미녀와 강아지상 미녀랄까.
 마르타는 갈색으로 그을린 피부에 살짝 치켜 올라간 매혹적인 청록색 눈동자를 가지고 있다. 평소 움직임도 다소 느릿하여 햇볕을 쬐고 있는 고양이의 나른함을 연상시킨다. 그리고 프리야는 새하얀 피부에 디폴트로 장착된 상냥한 미소. 아직 어린데도 왠지 '자애롭다'는 느낌을 주는, 묘하게 청아한 미소를 언제나 짓고 있다. 키도 체구도 비슷한데 인상이 정반대인 두 사람이 함께 서 있으니 느낌이 묘하다.
 대충 인사를 나누고 나자, 수잔이 다가와 다음 스테이지에 대한 설명을 덧붙인다.
「결선 진입과제는 극장형 스튜디오에서 진짜 관객을 초대하여 이루어지게 돼요. 준비 기간은 2주에 채 못 미치는 12일. 무대, 음향, 의상 등도 약식으로나마 준비해야 하니 꽤나 빠듯한 나날들이 될 거예요.」
 아직 생방은 아니지만, 처음으로 진짜 관객을 초대하여 이루어지는 공연 성격의 무대.
「제가 이 팀의 제작 담당을 하게 되었으니 감독님도 배우들도 공연에 필요한 건 제게 요청해주시면 됩니다.」
「오케이. 수잔이 우리 팀 조연출 역할이군요. 잘 부탁해요.」
「네! 공연 시간은 15~20분 정도로 맞춰주시면 됩니다. 감독님, 혹시 그 정도 길이의 3인극이 떠오르는 게 있을까요?」
 위고는 뒤로 몇 걸음 물러서더니 양손의 엄지와 검지로 네모난 프레임을 만들어 세 명을 한 화면에 넣어 보았다.
「흠…. 요즘 미국에서 제일 핫한 남자와 두 미녀를 한 조에 넣는다면 보통은 로맨스물을 떠올리겠지만….」
그는 얄밉게 웃으며 손가락을 휘휘 젓는다.
「나는 그렇게 뻔한 선택은 하지 않습니다.」
「로맨스는 탈락이군요. 개인적으로 아쉽네요. 그럼 어떤 걸 하실 건가요?」
「이 세 명을 모아놓고 보니 딱 떠오르는 그림이 있네요. 음, 좋아. 거기서 그게 더해지고, 거기서 딱 반전되고, 뚠~ 뚜둔~ 천사와 악마와 인간. 오케이~ 그림 좋다.」
늘 생글생글 하얗게 웃고 있는 프리야. 평소 별로 표정이 없는 편이며 무표정할 때 날카롭고 차가운 인상을 주는 마르타. 천사와 악마라…. 수잔도 공감하는 표정을 지으며 위고의 말에 추임새를 더한다.
「오…. 아름다운 천사 프리야에 매혹적인 악마 마르타라, 어울리겠네요. 무대 위에서 극적인 느낌이 잘 살 것 같아요.」
위고가 으음? 하며 고개를 흔든다.
「아니, 그럼 재미없지.」
「…?」
「프리야가 악마, 마르타가 천사가 될 겁니다.」
위고가 선언했다.

시간이 빠듯한 관계로 당일부터 연습에 돌입했다. 배우들은 기초 훈련을 하고 있고, 위고는 구슬땀을 흘리는 배우들의 한쪽 곁에서 집필 중이다. 왼팔을 책상 위에 올리고 머리를 거기에 파묻다시피 한 상태로 오른손으로 마구 악필을 휘갈긴다.

「뚠~ 뚜둔~」

대본을 쓸 때 뭔가 입으로 흥얼거리는 것이 습관인 모양. 가끔 눈을 감고 허공에 손가락을 짚더니 고개를 세차게 끄덕이고 다시 종이에 갈겨쓰는 그의 모습은 조금 미친 것처럼 보이기도 한다. 마르타가 그를 부른다.

「위고 씨.」

「음?」

「시끄러워서 집중이 안 돼요.」

몇 주간 같은 숙소에서 생활하면서 참가자들의 캐릭터는 대략 파악이 되었다. 마르타는 필터링이 없는 성격이었다. 그녀의 말을 처음 들으면 발끈하는 사람들도 있지만, 따져 묻다 보면 그녀에게 전혀 악의가 없었음을 깨닫고 제풀에 식는 경우가 대부분이다. 그냥 그런 사람이었다. 표정에도 말투에도 현재의 생각이나 감정이 여과 없이 투명하게 비추어지는.

「마르타⋯. 창작은 영감에서 오는 건데 저런 식으로 영감을 받으신다면 어쩔 수 없잖아.」

프리야가 난처한 표정을 지으며 마르타를 말린다. 그녀는 마르타와 정반대의 성격. 예의 바르고 상냥하기 그지없다. 이 극한의 오디션 상황에서도 그녀가 얼굴을 붉히는 것을 본 적이 없기에 모두들 입을 모아 '프리야는 착하다'고 말한다. 하지만 함께 지낸 시간 동안 유명은 프리야보다 마르타가 더 편하다고 생각하게 되었다. 거리낄 게 없는 사람에게는 마르타의 솔직함이 부담스럽지 않기 때문이다. 그리고 그녀의 솔직함은 배우로서 엄청난 무기기도 하다.

마르타 가르시아는 감정을 있는 그대로 전달하는 배우. 기쁨은 기쁨으로, 슬픔은 슬픔으로, 그녀의 감정은 감정 그대로를 사람이라는 틀에 부어놓은 듯이 원형을 보존하며 관객에게 가 닿는다. 유명은 그녀와 함께 연기할 것이 무척 기대되었다. 과연 그녀는 〈구원과 저주의 등가 교환〉에서 보여주었던 신들린 연기력을 이미 가지고 있을 것인가.

「하지만 시끄러운걸. 나가서 집필해도 되잖아. 어차피 우리 연습을 보고 있는 것도 아닌데.」

탁- 위고가 필기하던 펜을 내려놓고 이쪽을 바라본다.

「아니, 마르타. 눈으로 보진 않아도 감각으로 느끼고 있어요. 연습에서 분출되는 여러분의 에너지를 느끼면서 대본을 조정하는 겁니다.」

「그래요? 그런 거면 할 수 없죠. 괴상한 소리 계속 내셔도 돼요.」

납득할 만한 이유를 대니 마르타는 별말 없이 긍정한다. 프리야는 마르타가 덧붙인 말에 다시 당황하여 위고 쪽을 쳐다보았지만, 위고는 아무 내상이 없는 듯 낙서가 가득한 종이를 펄럭펄럭 흔든다.

「어차피 끝났어요. 예전에 생각해둔 모티브가 있었는데, 세 명의 느낌을 넣어서 다시 구상했어요. 볼만한 연극이 될 겁니다, 하하.」

위고는 뿌듯하게 자랑하더니 유명의 눈치를 슬쩍 본다.

「유명 씨가 좀 고생하겠지만….」

무슨 꿍꿍이가 있는지 그가 짓궂은 미소를 슬쩍 흘렸다.

갓네임드 골드회원 상영회. 이 거창한 이름의 행사가 열린 곳은 소박하게도 박진희의 오피스텔이었다. 벨이 울리자 박진희가 달려나가 문을 열었고, 3명의 여성이 부산스레 현관으로 들어온다. '보형이만보형'과 '계같은인생', 그리고 '팬텀팬'. 갓네임드가 어느 팬덤보다 빠르게 성장하는 동안 우여곡절을 함께 겪어내고, 이제는 역전의 전우들처럼 높은 결속력을 자랑하는 골드회원들이었다.

"양제 언니! 밖에 엄청 추워요!"

"그러게. 3월인데 왜 이렇게 춥냐. 결국 브갓이는 안 왔어?"

"네. 걔가 좀 애늙은이 같은 부분이 있잖아요. 혼자 사는 여자 집에 남자가 가는 거 아니라고…."

"이제 스물한 살짜리 꼬맹이가 웃겨 진짜."

마지막 골드회원, '네임오브갓'은 남자였다. 오늘 그는 눈물을 머금고 상영회 참석을 고사했다. 박진희가 혼자 사는 오피스텔에 가는 건 예의가 아닌 것 같다며.

"태럽이(태종러버)가 파일 컨버트해서 최대한 빨리 보내준다고 했는데 그래도 몇 시간은 걸리겠죠? 저녁쯤에나 볼 수 있을 듯요."

"캬…. 그때까지 절대 인터넷도 켜지 말고 문자도 보지 말자. 누구든 스포하는 즉시 우리 집에서 퇴출이야."

"당연하죠, 언니. 배신은 죽음으로 응징합니다."

오늘 그들은 〈캐스팅 보트〉 9화를 함께 보기로 했다. 미국에서 금요일 저녁 방영이면 한국은 토요일 낮이 된다. 파일이 아무리 빨리 넘어와도 토요일 오후일 것인데, 그때까지 팬카페도 안 들어가고 뉴스도 보지 않으려면 초조함이 극에 달할 것이다. 하지만 동지들과 함께라면 가능할 것 같다. 그들은 밀린 수다를 떨며 그날 오후를 보냈다.

"언니들, 우정일보에 실린 스턴트 화보, 진짜 쩔지 않아요?"

"저 그거 오려서 머리맡에 붙여놨어요. 그때 연기 오늘 나오면 좋겠다!"

"한국에 있을 때보다 지금이 떡밥은 더 많이 나오는 거 같은데도 왜 이렇게 허전하고 멀리 있는 거 같죠…."

"그게 자식 시집장가 보낼 때 부모 마음이야…."

함께 공유하는 대상이 있는 사람들은 결코 대화가 끊기는 일이 없다. 더구나 지난 화요일 이후, 인생의 어느 때보다도 찬란하고 행복한 한 주를 보내온 그들이었다.

"미국 팬사이트가 자꾸 렉이 생기네. 접속자가 급증해서 그런가 봐."

"인프라 개선을 좀 해야겠어요. 하는 김에 한국 사이트도 같이 할게요. 〈캐스팅 보트〉로 가입자가 갑자기 두 배로 늘어서…. 등업할 때 보니 요즘은 성별과 나이도 엄청 다양하더라고요."

"이제 말 그대로 국민배우니까."

"아 참, 유명이 소속사랑 얘기하고 있는 부분인데, 인프라 업그레이드하면서 기존 회원들은 차별화 포인트를 주려구요."

"차별화 포인트?"

회장, 소진이 뿌듯하게 미소 짓는다.

"네. 앞으로 유명이 팬은 전 세계적으로 기하급수적으로 늘어날 텐데, 기존에 활동하던 회원들에게는 원조 팬이라는 자부심을 심어주면 좋을 것 같아요."

"오오, 그거 마케팅적인 발상이네."

보형양제, 박 팀장이 전문가로서 의견을 더한다.

"딱 떠오르는 아이디어 있는데, BC회원과 AY회원으로 구분하면 어떨까?"

"BC와 AY요?"

"응. 예수님의 탄생을 기점으로 서양사는 Before Christ(그리스도 이전)와 Anno Domini(주님의 해)로 나뉘잖아. 그것처럼 유명이가 세계적으로 유명해지기 이전인 Before Casting Vote(〈캐스팅 보트〉 이전)와 Anno You-myoung(유명의 해)로 구분하는 거지."

"와아… 역시, 전문가는 달라요. 언니 최고!"

소진이 그녀의 의견을 다이어리에 받아 적는 중에 '팬텀팬'이 메일을 확인한다.

"으악, 왔어요! 왔어!"

"다운받아!"

"잘못 눌러서 〈캐스팅 보트〉 뉴스 보면 안 되니까, 실눈 뜨고 다운받아!"

비명 속에 다운되는 파일이 천천히 부피를 불렸다.

9화의 초반부는 본선 진입과제 뒤쪽 조들의 연기가 이어졌다. 35~40조까지의 하이라이트 방송이 끝나고 유명의 조가 1위로 한 명의 탈락자도 없이 본선에 진출하는 것을 보고, 그들은 눈물을 흘리며 서로를 부둥켜안았다.

"으아…. 역시 다 같이 통과할 줄 알았어!"

"진짜 인간승리다. 유명아아! 너는 전생에 블랙홀을 구하고 현생엔 직접 블랙홀이 되었니!"

"언니, 저 울어요, 허엉…."

보형양제가 뛰어난 영어 실력으로 영상의 주요 포인트들을 바로 통역해주었기에, 아직 자막이 붙지 않은 파일인데도 큰 불편 없이 감상할 수 있었다.

"무슨 방송용 임시 숙소를 저렇게 삐까번쩍하게 차려놨데요."

"양키들 스케일이야 뭐…."

참가자들의 숙소인 액터스 하우스가 등장했을 때는 그 화려한 시설과 거대한 규모에 함께 탄성을 터뜨렸고,

"으악, 왜 또 쟤랑 같은 방이야!"

"불편해! 보는 내가 불편해!"

유명과 효준이 같은 방에 배정받은 장면에서는 함께 몸서리를 쳤다. 그리고 클래스 배정 타임. 유명의 카리스마 넘치는 리더십이 담긴 메이킹 필름은 8화에서 미리 맛보긴 했지만, 이번엔 그걸 보는 심사위원들의 반응에 짜릿함이 배가되었다.

"하하하, 방금 제리가 뭐라 그랬게? 어떤 고문실이 나올지 다들 마음의 준비 하라고 그랬다?"

"고문실은 무슨요. 유명이 리더십에 입 찢어질 준비나 해라."

메이킹 필름이 돌아가자 정말로 입을 떠억 벌린 심사위원들.

"으앗, 에바가 테스트는 무슨 테스트냐고 했어. 그냥 제발 와달라고

빌어도 시원찮다고.”
"큭큭, 우리 에바 분위기 파악 잘하네. 한국 오면 사회생활 잘하겠다.”
그렇게 행복해하던 그들은,
「신유명 씨, 누굴 고를지는 결심하고 오셨나요?」
한순간에 울부짖게 된다.
「으음… 제가 골라야 하는 상황이네요?」
"보형아!"
"저거 보형이야, 보형이!"
"보형아아아…!"
모두의 비명이 한꺼번에 터졌다.

---176---

무표정 연습

"보형이죠, 보형이 맞죠?"
"진짜 들어줬어. 내가 한 말…."
 소진이 멍하게 중얼거렸다. 막힐 땐 보형이. 보형이를 다시 보고 싶다는 사심 절반, 오랜 팬클럽 생활로 얻은 노하우 절반으로 건넨 조언이었다. 그런데 정말로 자신의 조언을 참고할 줄이야.
 물론 소진과 갓네임드가 응원하는 것은 보형이라는 가상의 캐릭터가 아닌 신유명이라는 배우이다. 하지만 가장 좋아하는 배우가 가장 애정하는 캐릭터를 연기할 때의 모습을 다시 보고 싶지 않은 사람이 누가 있으랴. 화면을 보아하니 원래 보형이를 알던 사람뿐 아니라 모르던 사람들까지도 보형이에게 껌벅 넘어간 것 같다.

「어떤 분이 제일 좋은 미끼를 주실 건가요?」

저 상큼한 웃음. 평소의 차분한 웃음이 아닌 보는 누나들을 쥐락펴락 애타게 만드는 웃음에 또 한 명의 누나가 조련되었다.

「대본! 대본 써드립니다!」

"지금 에바가 유명이를 위한 대본을 써주겠다고 한 거 맞지? 와 진짜…."

"휴지! 휴지! 얼른 눈물 닦고 저 모습 제대로 영접해야 한단 말이에요!"

흥분한 것은 에바뿐만이 아니었다. 신유명 쟁탈전에 조지와 나탈리까지 참여하자 분위기가 더욱 달아오른다. 그 모습을 보면서 회원들의 의견은 분분히 갈렸다.

"나탈리 클래스도 괜찮은 것 같아. 처음부터 유명이를 알아보고 지지해준 심사위원이잖아. 워낙 멋진 여배우이기도 하고."

"아니, 에바다. 에바 클래스로 가자! 낯선 외국인에게서 갓네임드의 냄새가 난다. 저분 지금 유명이한테 치인 듯."

하지만 그들의 의견은 데렉의 제안을 들은 후,

「앞으로, 데렉 맥커디의 연관검색어로 신유명이란 이름이 붙게 될 겁니다.」

"미친…."

"또라이…. 또라이지만 최고야…. 세상 섹시해!"

"데렉! 데렉 클래스 가자앗!"

단번에 천하통일되었다. 그렇게 유명이 데렉의 클래스를 선택한 후, 골드회원들은 다시 한번 서로를 마주 보았다.

"이게 무슨 일이야…."

"신유명 팬클럽에 가입한 2년 전의 나, 매우 칭찬한다."

"심사위원들도 다 우리 팬클럽 가입하는 거 아닐까요?"
"설마…."
 그것이 오늘의 클라이맥스인 줄 알았지만, 9화의 말미에서 그들은 한 번 더 놀라게 된다. 데렉 클래스의 첫 수업, '두 번 걷기'에서 유명의 모습을 보고.
"저거… 이방원?"
"아니, 아닌 거 같은데…."
"설마… 유명이 버전 정몽주?"
"끄아아악-!"
 〈연예학개론〉의 보형과 〈려말선초〉의 정몽주. 유명의 과거 작품 중 두 가지의 캐릭터가 〈캐스팅 보트〉 9화에 동시에 등장했다. 그들은 방송 관람이 끝나자마자 황급히 인터넷을 켰다. 모든 포털의 1면을 메우고 있는 뉴스들. 이미 난리가 난 팬클럽 게시판.
 [〈캐스팅 보트〉에 〈연예학개론〉이 묻었다? 미국 전파를 탄 윤보형 화제 만발]
 [〈캐스팅 보트〉 데렉 클래스 첫 과제 〈두 번 걷기〉, 정몽주 연기. 그의 도전은 어디까지?]
 다시 한번 한국이 뒤집혔다.

「보우형아아….」
 에바가 핏발을 세운 눈으로 신음했다. 앞에 놓인 노트에는 알아볼 수 없는 낙서가 죽죽 휘갈겨져 있었다.
 '아아, 신유명과 데렉에게 써줄 만한 대본…. 뭘 쓰지? 뭘 써야 하지?'
 생각이 나지 않는 것은 아니었다. 무수한 영감이 머릿속에 휘몰아쳤지만, 끄집어내보면 그 둘에게는 역시 부족한 것 같았다. 그리고 그것보다 더 실제로 보고 싶은 아이디어가 떠오르고 다시 쓰는 것을 무한 반복 중. 그 현상은 어제 〈캐스팅 보트〉 9화 방송 이후로 더 심해졌다.

'한 번만 더 볼까?'

에바는 방송 녹화분을 재생했다. 어젯밤부터 벌써 몇 번째인지 모르겠다.

「으음…. 제가 골라야 하는 상황이네요?」

'아아…. 앓다 죽을 우리 유명이…!'

9화가 방영된 어제저녁 이후, '윤보형 바이러스'는 미국 전역을 감염시켰다. 에바는 그것이 유명이 맡았던 배역의 편린임을 알고 있지만, 모르는 사람들은 그것을 신유명이란 사람의 원래 성격이라고 생각했다.

— 뭐야, 티브이 보다가 갑자기 심장이 쿵.
— 저 배우 전직이 뭔가요? 마성의 매력….
— 와…. 진짜 사람 홀리는 표정이네. 미국 영화계 최고 인물들을 앞에 놓고 자신에게 애걸해 보라는 시건방진 소리를 하는데도… 건방지단 마음이 안 생겨. 나도 애걸하고 싶어!

남자의 애교란 미국 문화권에선 메이저한 매력이 아니었는데도, 이상하게도 빨려드는 그 말투와 표정에 팬사이트의 접속자 수는 다시 한번 가파른 상승곡선을 그렸다. 그리고 에바는….

'그걸 보면 당연히 넋이 나가지. 후…. 이런 배우에게 어떤 대본을 써줘야 두고두고 후회가 안 남을까.'

〈아리자데 왕국 살인사건〉. 졸업미션에서 더욱 깊어진 그의 연기를 보았다. 자신이 쓴 세계의 파편들을 꿰맞추고, 완성된 세계를 상상 이상으로 훌륭히 연기해내는 유명의 모습을 보면서 에바의 가슴은 어느 때보다 두방망이질 쳤다.

　창작자에게 자신의 세계가 현실에 구현된다는 것은 말로 표현할 수 없는 희열을 주는 행위. 그걸 가장 완성에 가까운 형태로 구현해낸 배우를 보았을 때 다음 작품을 쓰기 망설여지는 기분을 이해할 수 있을까. 이번 기회가 혹시 마지막일지도 모른다는 초조함. 그러니 후회 없을 만큼 최고의 대본을 써내고 싶다는 압박감. 그런 감정들에 짓눌려 에바는 아직 대본을 쓰지 못한 것이다.

　그녀는 다시 네임드갓닷컴에 접속한다. 오늘도 접속자가 과포화 상태인지 매우 느리게 구동되는 팬사이트에는 '신유명'의 지난 작품을 우리도 보고 싶다는 절규의 댓글이 몇 초에 한 번꼴로 업데이트되고 있다.

　'나는 다 봤지롱, 후후.'

　에바는 '언니'를 통해 〈발레리나 하이〉, 〈연예학개론〉, 〈려말선초〉를 모두 보았다. 〈피터팬〉을 못 본 건 참 아쉽지만. 그렇게 현실 도피를 하는 중에 '언니'에게서 메신저로 연락이 온다.

Six: 에바. 오늘은 최고의 선물을 하나 줄게.
Evar: 아… 아직도 남은 것이 있다는 말인가요!
Six: 후훗. 이건 정말 금단의 비약이야. 삶이 어렵고 힘들 때 이걸 보면 모두 녹아내리지.
Evar: 딱 지금 제 상태예요!

　'15초? 작품이 아닌가?'

　다운로드가 완료된 파일을 보며 갸웃한 에바는 그 파일의 재생버튼을 눌렀고, 온몸에서 힘이 풀렸다.

　"누나!"

'Oh, My…!'

"힘들지- 오늘도 정말 고생했어! 오늘 하루도 최선을 다한 누나가 자랑스러워."

'God-!'

그 영상을 20번쯤 재생한 후에 에바는 다시 워드 파일을 켰다. 그 어떤 슬럼프도 이겨내고 유명에게 좋은 대본을 써주겠다는 의지가 눈에서 활활 불타올랐다.

〈판도라의 항아리〉

제우스는 프로메테우스의 선물로 불을 얻게 된 복만큼의 재앙을 인류에게 보내려고 했다. 제우스의 주문으로 대장장이의 신 헤파이스토스는 흙으로 최초의 여성, 판도라를 빚어낸다. 신들은 그녀에게 선물을 주었다. 아프로디테는 사랑스러움을, 아테나는 재능과 옷을…. 선물 행렬이 이어진 끝에 마지막으로 헤르메스가 그녀에게 거짓, 아첨, 교활함, 호기심을 준다. 그리고 그녀는 에피메테우스에게 보내져 그의 아내가 된다. 에피메테우스의 저택에는 항아리가 하나 있었는데, 그는 판도라에게 항아리를 절대 열면 안 된다고 신신당부한다. 하지만 헤르메스에게서 호기심을 받은 판도라는 결국 항아리를 살짝 열어보고 말았다. 그 안에서 죽음과 병, 질투, 증오 등 수많은 해악이 튀어나왔고, 다급히 판도라가 뚜껑을 닫았을 때 항아리 안에는 희망만 남게 되었다.

「이제 판도라의 신화예요. 다들 대강은 아시겠지만.」

「네. 이걸 공연으로 만드는 건가요?」

「내용은 꽤 변형될 겁니다. 원래의 판도라는 신이 의도적으로 창조하여 인간에게 보낸 첩자 같은 느낌이지만, 우리의 판도라는 태초의 인간, 그 자체가 될 테니까요.」

「태초의 인간….」

위고가 자신들을 보았을 때 '천사, 악마, 인간'이라는 얘기를 했다. 그리고 마르타가 천사, 프리야가 악마라는 말도 했지. 그렇다면 인간은….

「그게 저인가요?」

「딩동댕. 정답입니다.」

위고가 고개를 끄덕였다. 프리야와 마르타의 상반된 분위기도 한몫하긴 했지만, 이번 모티브를 꺼내기로 한 핵심 키는 유명에게 있었다. 그가 이걸 연기할 수 있는 몇 안 되는, 아니, 거의 유일한 배우인 것 같아서.

「구상은 끝냈지만 완성본은 아직 안 나왔어요. 제가 완성본을 만들 동안 여러분이 연습할 것은 '무표정'입니다.」

「무표정요?」

마르타가 의아함을 감추지 않고 물었다.

「네. 신과 태초의 인간. 오염되지 않은 존재들이죠. 그들의 무표정을 연습해주세요.」

프리야도 이해하지 못하고 갸웃거린다.

「음…. 완전히 얼굴에서 힘을 풀라는 주문이세요?」

「으음…. 프리야, 무표정을 한 번 지어봐요.」

프리야가 얼굴에서 모든 힘을 뺀다.

「노노, 이게 아니야. 마르타도 한번 해보죠.」

위고가 마르타 쪽으로 한발 다가선다. 마르타도 근육에서 힘을 주욱 빼고 눈빛을 풀었다.

「마르타가 좀 낫네. 하지만 이것도 아니에요.」

그리고 그는 유명을 향해 고개를 돌리며 말했다.

「쉽지 않을 겁니다. 내가 말하는 완전한 무표정이라는 건 근육에서 힘을 빼라는 의미가 아니고-」

 그리고 유명의 표정을 보더니, 움찔 뒤로 한발 물러나 입을 멍하니 벌린다.

 '어어… 저거! 그래 저건데…. 뭐야 어떻게 한 거야?'

 거기에는 감정을 부여받기 이전의 완전한 무(無)의 얼굴로 돌아간 한 존재가 서 있었다.

「……」

 위고의 침묵이 길어지자 유명이 먼저 말을 걸었다.

「감독님?」

「…응? 아아… 미안해요. 잠시 넋을 놓았네.」

 당황한 것도 잠시, 이내 그의 얼굴은 흥분으로 달아올랐다. 무엇을 요구하려 했는지 정확히 이해한 것도 감탄스러웠지만, 그보다 대단한 것은 저걸 실제로 해냈다는 점이다. 프리야와 마르타는 무슨 일이 벌어졌는지 모른 채 홀린 듯이 유명을 보던 시선을 떼고 설명을 요구했다.

「감독님, 저게 뭐예요?」

「뭘 했는지는 모르겠는데, 뭘 한 건 알겠어요. 도대체 뭘 한 거죠?」

「유명 씨가 설명해봐요.」

 그가 초롱초롱한 눈빛으로 유명에게 요구한다. 부담스럽다.

「음…. 일반적인 사람한테 정자세로 서라고 해도 완전한 정자세로 서지 못하잖아요.」

 반듯한 자세로 서보라고 요구하면 사람들은 보통 틀어진 자세를 취한다. 평소 많이 꼬는 다리, 많이 쓰는 손, 일할 때의 자세, 잘 때의 자세, 사소한 습관들이 몸의 균형을 비튼다. 그래서 '기본자세'부터가 틀어져버리는 것이다.

「그래서 운동을 배울 땐 정자세를 가르치고요.」

회원님은 목을 항상 왼쪽으로 기울이고 계시네요- 허리 펴시고 무게 중심을 조금 앞쪽으로 이동해보세요- 진짜 정자세를 배우면 온몸에 힘이 들어가고 매우 어색하다. 내 몸은 내게 익숙한 왜곡된 정자세를 요구하며 끊임없이 돌아가려고 한다. 따라서 진짜 정자세를 취하려면 훈련이 필요하다.

「얼굴 표정도 마찬가지예요. 자주 쓰는 표정근이 있죠. 프리야도 늘 웃는 표정이다 보니 얼굴에서 힘을 빼도 입꼬리에 웃음이 남아 있잖아요.」

아- 프리야가 연습실의 거울에 자신의 무표정을 비추어본다. 그리고 조금 충격받은 듯 고개를 끄덕인다. 얼굴에는 자신이 평소에 자주 쓰는 수십 가지 표정들의 잔흔이 남아 있다.

「감독님이 얘기하신 건 본인의 습관을 싹 빼고 완전한 무표정을 연습하라는 의미, 맞으시죠?」

위고가 목에 스프링 달린 강아지 인형처럼 고개를 마구 끄덕인다.

「류신이가 유명 씨랑 연습해보면 놀랄 거라더니… 환장하겠네…. 그게 어떻게 벌써 완성되어 있냐고!」

「음… 연습했으니까요.」

「그걸 왜 연습했는데요? 이런 걸 시키는 연출가가 설마 나 말고도 또 있다고…?」

위고가 분한 표정으로 유명을 닦달해도 유명은 별다른 대답을 내놓지 않은 채 싱긋 미소 지을 뿐이다.

'그야, 최고의 선생님이 있으니까.'

이탈리아에서 미호가 보여준 신화 속 신들의 연기. 그것을 조금이라도 따라잡고자 연습할 때 미호가 말했다. 평소의 모든 습관을 버리고 완전한 무표정을 만드는 연습부터 하라고. 입술을 기울어짐 없는 일자로, 눈매와 이마가 완전히 균형 잡히도록 미세 근육들에 힘을 주는 건

쉬운 일이 아니었지만, 정말로 어려웠던 것은 '힘을 준 티가 나지 않도록' 만드는 일이었다.

「휴…. 그럼 유명 씨가 다른 사람들 연습 좀 도와줘요. 나는 대본 작업하고 올게요.」

위고가 시무룩해진 얼굴로 연습실을 나섰고, 유명이 그 처진 등을 보고 피식 웃었다. 그리고 마르타와 프리야를 돌아보았다.

「연습 시작할까요?」

그들이 열심히 연습하고 나온 그날 저녁, 전미의 매체들은 〈캐스팅 보트〉와 관련된 '어떤 뉴스'를 보도했다. 그것은 원생에서도 터졌던, 유명이 익히 알고 있던 뉴스였다.

177

이건 예상 못 했겠지

프리야와 마르타는 둘 다 실력 있는 참가자들이었다. 하지만 마르타가 본능적으로 반응하는 타입이라면 프리야는 기초부터 연기를 공부해온 안정감 있고 탄탄한 부류. 그렇기에 위고가 던지고 유명이 단숨에 보여준 '비전형적인 과제'를 더욱 어려워한 것은 프리야였다.

「입 끝을 좀 더 내려야 해요.」

부들부들- 그녀의 입꼬리가 떨린다.

「프리야는 입꼬리올림근과 작은광대근이 과하게 발달되어 있네요. 웃지 않을 때도 그쪽 근육을 쓰는 게 습관이 된 것처럼.」

유명의 말에 프리야가 움찔한다. 뭔가 찔리는 것이라도 있는 것처럼.

「의도적으로 입술 끝을 내리는 연습을 하는 수밖에 없겠어요. 입술올림근들이 과사용으로 수축해 있으니 시간 날 때마다 마사지해서 풀어주면 도움이 될 거예요.」

「걱정이네요. 10일 만에 완성할 수 있는 과제는 아닌 것 같은데….」

「너무 걱정은 마세요. 프리야나 마르타보다는 저를 겨냥하고 연습시키려던 걸 겁니다.」

유명의 말에 프리야가 의아한 듯 묻는다.

「아직 대본이 안 나왔는데… 짐작 가는 게 있는 거예요?」

「판도라 신화 베이스에 제 역할은 태초의 인간이라고 했으니까 대충은 알 것 같네요. 정확한 건 나와 봐야 알겠지만….」

한 발짝 옆에서 혼자 연습하던 마르타가 함께 귀를 세운다.

「태초의 인간, 그리고 위고 씨가 연습하라는 '완전한 무표정'을 생각해보면… 신이 빚어내서 세상에 내려보내기 이전의, 감정이라는 게 부재하는 존재를 먼저 보여줄 것 같아요.」

「…!」

「그리고 천사가 선한 감정을, 악마가 악한 감정을 선물할 때마다 흰 도화지에 떨어지는 원색 물감처럼 선명하게 피어오르는 감정을 요구하지 않을까요?」

그 말에 살짝 소름이 돋는다. 아까 유명이 지어보였던 밀랍인형같이 무감각한 표정. 그것은 정말로 감정이 부재하는 '태초의 인간'으로 손색이 없었다.

「그래도 연습은 하는 게 좋겠어요. 특히 프리야의 웃는 표정은, 그 표정이 너무 굳어지면 다양한 역할을 하지 못하게 될 수도 있으니까요.」

「네! 연습할게요.」

착한 아가씨다, 라고 유명은 생각했다. '알려졌던 바'와 마찬가지로.

그리고 그것은 이번 생에서도 다시 뉴스로 터졌다.

그날 밤 액터스 하우스 앞에 몰려든 기자들.

「프리야 씨. 정말로 하트로이트의 막내딸, 프리실라 하트로이트가 맞습니까?」

「왜 오디션에 참가한 겁니까! 원한다면 손쉽게 데뷔할 수 있을 텐데요.」

「여기 좀 봐주세요! 정면 사진 한 장만 부탁합니다!」

프리야는 항상 입에 걸고 있던 웃음조차 짓지 못하고 하얗게 질렸다.

맥주병을 온몸으로 안고 빨대로 한 모금을 쭈욱 빨아들인 미호가 캬- 하는 소리를 내더니 말했다.

{결국 이번 생에도 터졌캬….}

'응. 혹시 했는데, 결국….'

하트로이트 그룹. 미국에서 매우 영향력 있는 대기업이다. 하지만 기자가, 언론이, 대중이 흥분한 포인트는 단순히 그녀가 재벌가의 일원이라는 부분이 아니었다. 하트로이트는 미국에서 노블레스 오블리주의 대표 격으로 꼽히는 유서 깊은 기업이다. 어느 기업보다도 이른 시기에 공장 작업자들의 QOL[1]문제를 제기하고 막대한 비용을 들여 작업 환경을 개선해나갔으며, 이후로도 꾸준히 사회복지 사업에 힘쓰고 재난이 발생할 때마다 막대한 기부금을 내놓는 것으로 이름이 높았다.

[베일에 감춰졌던 하트로이트가의 막내딸, 화제의 오디션 프로 〈캐스팅 보트〉 출연 중?]

가문의 아이들은 재벌의 일원임을 과시하지 않고 철저히 감추어져 자라다 성인이 되어서야 베일을 벗었다. 그들은 모두 훌륭한 인격자로

---

1 QOL(Quality of life): 삶의 질

칭송받으며 사회 각 분야에서 하트로이트 정신을 전파하고 있다. 프리야 록하트, 아니 프리실라 하트로이트는 미국이 사랑하는 하트로이트가의 막내딸이었다.

{원생엔 뉴스 터지고 나서 어떻게 됐엉?}

'난리가 났지. 외부에 공개되지 않았던 막내딸이 드러난 게 큰 뉴스였던 데다 미인에 성격도 상냥하잖아. 예전의 봉사활동들이나 학교 동급생들의 칭찬이 계속 뉴스를 타면서 그녀를 응원하는 바람이 크게 불었어.'

{흠…. 그게 우승의 원동력이었냥.}

'연기 자체도 못하는 편은 아니긴 하지만, 가문의 이름을 숨기고 자립하려고 했다는 스토리가 퍼지면서 시청자 투표가 몰린 게 결정적이었을 거야.'

{마르타는 떨어지공?}

'응. 이런 프로그램에선 외부 변수가 꽤 크게 작용하니까….'

다행히도 유명은 인종 이슈를 넘어설 만한 스타덤을 구가하고 있지만, 보통의 경우엔 외부 변수가 상당한 영향을 미치는 것이 사실이다. 그래서 유명도 시드를 거절하고 1차부터 참여했던 것이고.

{오디션 우승 후 제작된 카일러 언쇼의 차기작은 죽쒔잖앙.}

'그러게. 이유를 잘 모르겠어. 오디션 중에 보면 연기가 나쁘지는 않거든. 그런데 그 영화에선 진짜… 엉망이었단 말이지.'

{나는 알 것 같당.}

'…?'

{카일러 언쇼는 마르타가 우승하길 빌었을 거당. 하지만 손에 들어온 건 프리야였고, 그녀는 중대한 결함이 있었징.}

'결함? 무슨 결함?'

그때 유명은 '프리야는 자기 취향이 아니다'라고 했던 미호의 말을 떠올렸다.

{스스로 생각해봐랑. 그것도 공부가 될 거당. 이번 작품 특성상 금세 알게 될 것 같지만.}

미호가 알 수 없는 말을 던지며 빨대를 쪽쪽 빨았다.

「헤이, 나야.」

「아, 데렉, 잘 있었어?」

수화기에서 건너오는 맑고 차분한 목소리. 그 소리에 데렉은 쓴웃음을 들이켰다. 말투만은 언제나 친절하다. 원하는 것은 절대 들어주지 않으면서.

「전화기 감이 안 좋은데… 어디야?」

「옐로스톤 국립공원.」

미국 3대 국립공원 중 하나. 교통도 불편한 오지에 또 가 있나 보다. 자신의 이름을 걸고 진행하는 프로그램이 이렇게 미국을 시끌벅적하게 만들고 있는 시점에.

「〈캐스팅 보트〉는 봐?」

「시간이 맞으면 보고, 안 맞으면 못 보고.」

「심사위원이라도 하면 네 얼굴을 자주 볼 수 있을 줄 알았더니.」

「하하, 정말? 무려 데렉 맥커디가 나를 보려고 〈캐스팅 보트〉 심사위원에 자원했다고? 그냥 집에 놀러오면 볼 수 있는데.」

「네가 집에 잘 없잖아.」

카일러 언쇼와 데렉 맥커디는 같은 동네에서 자란 친구 사이였다. 그는 어린 때부터 호수같이 고요하고 차분한 성격이었고, 골목대장이었던 데렉은 그에게 꽤나 짓궂은 장난을 쳐댔다. 지금은 몹시 후회하고 있는 과거.

「내 작품은 언제 써줄 거야.」

「음… 글쎄. 영감이 떠오르면?」

「네 그 빌어먹을 영감이 떠오르게 하려고 내가 이 짓을 하고 있는 거라고!」

배우를 보고 그 바닥에 있는 어떤 본질을 끌어내어 시나리오를 쓴다는 카일러 언쇼. 카일러는 어릴 때부터 묘한 통찰력이 있었고, 데렉은 그가 자신을 모티브로 쓸 시나리오가 미칠 듯이 궁금했다. 그와 영화를 찍으면 자신의 연기가 한 단계 발전할지도 모른다는 예감 때문이기도 했다.

― 너에겐 영감이 떠오르지 않는데. 너무 오래 봐 와서 그런가, 하하.

하지만 다른 감독들은 군침을 흘리는 데렉 맥커디라는 배우를 그는 매번 거절한다. 왜일까. 역시 어릴 때 너무 괴롭혔던 걸까. 그와 좀 더 자주 만나고 평소와 다른 모습을 보여주면 그놈의 영감이 떠오를까 해서 데렉은 급에도 안 맞는 예능 프로그램 심사위원 자리에 자진해서 들어왔으며, 수준을 맞추기 위해 나탈리까지 함께 꽂아 넣었다. 하지만 카일러는 코빼기조차 보이지 않고, 지금은 내륙의 오지에 가 있다고 하니 기가 찰 노릇이다.

「그렇게 억울해하기엔 지나치게 재밌어 보이던데?」

「으…응?」

「그 신유명이라는 배우, 재밌지? 〈캐스팅 보트〉 하길 잘했다고 생각하고 있는 것 같은데.」

맑은 목소리로 찔러오는 핵심.

「흠흠. 8화는 봤나 보네. 너는 어땠는데?」

「아아… 좋았어. 많은 것이 떠올라. 프로그램의 종반까지는 만나지 않을 생각이야. 실물을 볼 때의 첫인상을 아껴두고 싶으니까.」

그 말에 데렉의 기분이 이상해진다. 자신이 최고라고 느끼는 배우를 카일러도 높이 평가한다는 뿌듯함과 자신에겐 떠오르지 않는 영감이 그에게는 떠오른다는 것에 대한 질투가 함께 머리를 든다.

「…다른 참가자 중에도 눈에 들어오는 사람 있어?」

「아, 마르타도 좋았어. 그런 거침없는 분위기에… 신앙이라는 테마를 부여하면 무척 재미있는 그림이 나올 것 같지 않아? 그리고 효준도 재미있는 참가자였지. 탈락했다고 들었는데 나중에 그와도 한번 작업해보고 싶어. 그리고 카이 누녠과 앙투안 모니에도….」

쭉쭉 이어지는 카일러의 말에 결국 데렉이 성질을 낸다.

「됐어. 끊는다.」

툭- 하고 전화가 끊기는 소리에 카일러가 피식 웃음을 지었다. 어릴 때 데렉은 뱀과 개구리에 소스라치는 자신을 많이도 괴롭혔다. 아직 좀 더 놀려줄 생각이었다.

'그리고… 그 신유명이라는 배우는…'

카일러는 사막의 대지 위로 쏟아질 듯한 별을 올려다보았다.

「프리야가 악마, 마르타가 천사라고 하지 않았어요?」

「맞습니다. 하지만 지금은 그렇게 보이지 않죠?」

위고가 앞쪽 절반의 대본을 완성하여 가져왔다. 그 대본 속에서는 프리야가 천사의 역을, 마르타가 악마의 역을 맡고 있었다. 모두의 혼란스러운 표정에 쾌감을 느끼는지 위고가 으스대며 말했다.

「나중에 뒤쪽 대본을 보면 알 겁니다. 그건 내가 밤에 작업할 테니 일단 전반부 연습부터 시작합시다.」

「네-」

프리야는 안색이 조금 어두워보였다. 자신의 힘이 아닌 하트로이트가의 명성으로 우승후보로 거론되기 시작한 것이 부담되는 모양이다. 하지만 유명은 이미 알고 있었고, 마르타는 전혀 신경 쓰지 않는 듯했으며,

「프리야, 여기 서 봐요!」

위고는 그런 상황 자체를 모르는 듯했다.

「유명은 가운데 서고. 좋아요~ 유명은 '무표정'을 지어봅시다.」

유명이 어제 지었던 '무표정'을 짓는다.

'다시 봐도….'

모든 감정이 제거된 공백의 표정이 여전히 놀라운지 위고는 후읍 하고 숨을 들이켰다. 하지만 머리를 한 번 털어내고 다시 턱을 들며 자신이 생각한 연출을 전달하기 시작한다.

「판도라는 현재 막 빚어진 '무'의 상태입니다. 이 표정 그대로, 아주 좋아요~」

그리고 프리야에게 손짓한다.

「프롤로그는 일단 스킵하고, 1장부터 시작합시다. 자, 천사가 다가와서 첫 대사를 칩니다. 읽어봐요.」

「판도라. 신을 가장 닮은 피조물이여. 나는 너에게 많은 것을 줄 수 있어. 산들바람이 귓가에 스칠 때의 기쁨, 첫사랑의 달콤함, 다른 사람이 너를 갈구하게 하는 매력, 잘 익은 수확물의 첫입을 깨물 때의 감동. 이 모든 행복은 네 것이 될 거란다.」

천사가 머리를 다정하게 기울이며 판도라에게 말을 걸지만, 그는 유리알같이 공허한 눈을 들어 그녀를 홍채에 통과시키고 있을 뿐이다.

「자, 여기에서… 후훗. 천사가 순수한 기쁨을 얼굴에 가득 담습니다. 그럼 판도라의 비어 있던 얼굴이 가장 순수한 기쁨으로 가득 차오르는 거예요. 마치 천사의 얼굴에서 표정이 이식되듯이. 이 기쁨에는 다른 감정이 섞이면 안 됩니다.」

위고는 그렇게 말을 하며 배우들을 빤히 보았다. 그가 좋아하는 순간. 멋진 연출을 공개하고 그것을 위해 필요한 어려운 연기를 요구할 때, 배우들의 얼굴에 경악과 두려움이 퍼지다가 해내고 싶은 욕심이 그것을 이기는 표정. 그런데….

'응…? 다들 왜 이렇게 담담하지?'

전혀 놀란 것 같지 않다. 당연했다. 위고가 진행할 방향에 대해 유명이 이미 스포일러한 이후였으므로. 게다가 스포일러로 그치지 않고, 유명은 무표정과 순수한 감정을 시범삼아 보여주었다. 이미 두 여배우는 그 연기에 놀라고 그것이 의욕으로 전환되는 과정을 겪은 후였다.

'역시… 그의 예상대로네.'

'어렵긴 하겠지만 이미 그가 하는 것을 봤으니까.'

당연하게 받아들이는 배우들의 분위기. 당황한 위고는 유명을 바라본다. 그리고 그가 자신의 연출을 이미 예상했음을 감지했다. 위고는 살짝 실망했지만 다시 비뚜름하게 웃었다.

'그렇다 해도 이건 예상 못 했겠지.'

「여기서 유명의 역할이 중요해요. 천사가 기쁨을 주면 기쁨이 차오르고, 다음으로 사랑을 주면 표정에 기쁨과 사랑이 섞이는 겁니다. 그다음엔 기쁨과 사랑과 매력! 표정을 한 가지씩 더해가는 거예요.」

「…?」

「천사와 악마는 순수한 감정만 표현하지만, 인간은 감정을 한 가지씩 부여받을 때마다 그것들이 섞여가며 점점 복잡한 표정이 되어가는 것을 보여줘야 해요.」

{캬캬…. 저 인간 역시 재밌당!}

미호가 유명에게만 들리는 소리를 내질렀고, 프리야와 마르타는 '내가 무슨 소리를 들은 거지?'라는 표정으로 얼어붙었다.

그리고 유명은 자극받은 것이 역력한 미소를 지었다.

178

해봤던 것들이니까

위고가 기상천외한 과제를 던진 후, 유명은 잠시 개인 연습을 하고 오겠다는 말을 남기고 소형 연습실로 이동했다. 뒤에서 미호가 휘익 따라왔다.

{어떻게 할 거냐?}

'감정을 섞는 것 자체는 뭐… 괜찮아.'

감정을 하나에서 둘, 셋, 넷으로 늘리다가 모든 밝은 감정이 복합된 표정을 짓는 것. 다른 배우들이라면 기함할 만한 과제였지만, 유명은 그 부분은 충분히 가능하다고 생각하고 있었다.

'해봤던 것들이니까.'

그저 기쁜 표정에서 사랑의 기쁨이 넘치는 표정으로, 기쁨과 사랑에 매력적인 분위기를 더하고, 그리고 그 모든 것을 품은 환희로. 현성 자동차 광고에서 박주원 대리의 냉소적인 미소가 진짜 미소로 바뀔 때. 〈연애학개론〉에서 보형이의 하나에 대한 사랑이 점점 깊어질 때. 미묘한 표정 변화를 극적으로 드러내는 연기를 유명은 줄곧 소화해왔다.

'하지만 어려운 건 두 가지 부분이야. 그 감정들이 뿌리가 없는 순수한 감정이라는 점과….'

감정이라는 것은 보통 인과관계가 있다. 특히 '극적으로 구성된 이야기'에서는 더욱 그렇다. 하지만 이번의 경우는 몰입할 겨를도 없이 감정들이 휙휙 지나가며, 그 감정을 관객들이 진짜로 받아들이게 만들어야 한다.

'감정이 그냥 변화하는 게 아니라 쌓여야 한다는 것….'

이미 지은 표정을 풀고 다시 만드는 것이 아니라 기존의 표정에 쌓아가는 표정. 그것을 어떻게 자연스럽게 해낼 것인가.

{그것도 해봤던 거잖앙.}

'...응.'

{도와주랴?}

회귀 직후 '메소드 연기학'에서 프레디의 배역을 맡았을 때, 소년에서 어른으로 자연스럽게 흘러가는 표정 변화를 연기해내기 힘들어하던 유명은 미호의 도움을 받았었다. 표정 1과 표정 2를 캡처한 후, 미호는 그 중간 과정의 표정들을 보여주었고, 그래서 그는 '터닝 전환' 파트를 성공적으로 연기할 수 있었다.

'아니야. 혼자 해볼게. 이번엔 연출가도 있고.'

{가능하겠냥?}

'터닝 전환은 그 후에도 생각날 때마다 연습했으니까.'

미호는 묘한 표정을 지었다. 그때 자신이 내민 도움의 손길을 덥석 잡던 스물세 살의 연기자는 이제 내민 손을 물리고 혼자 해보겠다는 의지를 보이는 스물일곱의 청년이 되어 있었다.

유명은 거울 앞에 섰다. 기쁨만이 담긴 표정, 기쁨과 사랑이 함께 담긴 표정을 한 번씩 지으며 근육의 움직임을 기억하더니, 그 사이의 표정들을 쪼개어 연습하기 시작했다.

「다시! 기쁨 쪽에 감정이 치우쳤어!」

「다시! 이번엔 감동이 밋밋해요. 네 가지 감정이 균형 잡혀 어우러져야 해!」

프리야와 마르타는 그 연습을 얼빠진 표정으로 보고 있었다. 개인 연습을 다녀온 유명은 두 가지 감정이 어우러진 표정까지를 단번에 해냈다. 하지만 섞이는 감정이 세 가지, 네 가지로 늘어가자 위고의 지적이 시작됐다. 다만, 그들의 시선에서는 위고가 무슨 기준으로 특정 감정으로 치우쳤다고 평가하는지 이해하기 어려웠다. 그러나 유명은 위고의 지적을 충분히 이해하고 있는지, 미세하게 표정을 조율해나갔다. 그것은 차원이 다른 레벨의 연기 지도라서 보는 사람이 주눅이 들 정도였다.

「후…. 기대 이상으로 잘 따라오긴 하는데, 아직 부족한 부분들 디벨롭시켜서 내일 다시 봅시다. 다음 프리야!」

위고는 사실 당황한 표정을 감추려 무척 애쓰고 있었다. 유명이 보통이 아닐 거라는 생각은 처음부터 하고 있었지만, 그 기대를 훌쩍 뛰어넘어 자신이 요구하는 연기를 맞춰오는 속도에 전율이 솟아오른다. 깜짝 놀라는 표정을 들키지 않으려고 자신마저 연기력이 늘 지경이다.

놀라서는 안 된다. 배우가 할 수 있는 연기보다 한 단계 위에서 기대하고 끌어올리는 것이 연출가의 역량이다. 그는 쉽게 만족하지 않으려고 발버둥 치고 있었다. 그런 그를 보고 미호가 감탄을 터뜨렸다.

{확실히 또라이당.}

'하하….'

{인간 레벨에서 최고의 연기를 하고 있는데도 그 이상을 요구할 수 있는 건, 생각의 범위가 일반적이지 않은 또라이니까 가능한 거당.}

'그… 그래?'

{너한테는 좋은 상대당.}

사실 위고가 그렇게 무리한 요구를 하고 있다는 생각은 들지 않았다. 유명은 그 이전에도 미호에게 여러 가지 어려운 과제를 받았고, 그걸 쉽게 해내는 미호의 연기도 여러 번 보아 왔으므로. 다만 위고가 자신에게 좋은 상대라는 미호의 말에는 공감했다. 자신에게는 그저 칭찬을 늘어놓기보다는 지금 수준 이상을 기대하는 연출가가 필요하다. 위고가 던진 난해한 과제가 유명은 꽤나 재미있었다.

「그게 아니에요, 마르타. 선명할 정도의 원색적인 악의입니다. 더 적

나라해야 해.」

 프리야의 차례가 지나가고, 위고는 마르타를 한참 지적하고 있었다. '선한 감정'을 연기하는 프리야의 표현은 크게 손댈 것 없을 정도로 훌륭했다. 예상과는 달리, 프리야보다 마르타가 헤매고 있다.

 '흐음. 몰입할 시간이 없어서 감정이 선명하게 안 나오는가 보네. 아직은 경험이 모자란가….'

 유명은 약 3년 뒤에 촬영될 〈구원과 저주의 등가 교환〉을 떠올렸다. 그 영화에서 마르타는 순백의 수녀 연기도, 저주에 물든 연기도 매우 훌륭하게 해내었는데…. 지금은 아직인 걸까.

 그렇게 이틀째의 연습이 끝났다.

「연습은 잘 되고 있어? 그쪽 조 사람들이랑은 문제없고?」
「처음엔 서로 경계하는 태세였는데, 앙투안 형을 중심으로 분위기가 좋아졌어요. 저도 많이 챙겨주고요.」

 단체 연습에 개인 연습까지 마치고 돌아오니 깊은 밤이었다. 유명은 잠자리에 누워 옆 침대의 카이와 이야기를 나누고 있었다. 처음 앙투안을 보았을 때부터 느꼈지만, 그에게는 분위기를 부드럽게 만드는 리더십이 있는 모양. 카이도 잘 챙겨준다니 다행이다.

「너희 조는 뭘 준비하고 있어? 조지 감독님이 직접 쓰신 거야?」
「네. 갱스터물이에요, 헤헷.」

 순수미가 돋보이는 카이와 매너 있기로 유명한 앙투안을 데리고 갱스터물을 찍는다니…. 어떤 공연이 될지 심히 기대된다.

「형네는 분위기 괜찮아요?」
「왜?」
「하트로이트가 뉴스로 다들 술렁거리더라구요. 프리야가 힘들 텐데….」

프리야의 신분이 들통나면서 인터넷에는 온통 그녀의 소식이 넘쳐흘렀다. 팬 커뮤니티의 회원수가 급증한 것은 물론이고, 그녀의 출신과 성품을 칭송하며 이런 사람이 우승자가 되어야 한다는 게시물이 빗발쳤다. 일부러 정체를 감추었던 사람에겐 상당한 스트레스일 수 있을 것이다.

「일단 겉보기에는 의연하더라고. 연기도 꽤 잘 해내고 있고.」

「그렇구나. 다행이네요. 저랑 동갑인데도 무척 멘탈이 강한 모양이에요. 부럽다-」

자신에게도 늘 친절하던 프리야를 염려했었는지, 카이가 안도하는 표정으로 웃었다. 유명은 역시 착한 녀석이라는 생각을 하며 마주 웃어주고 일어섰다.

「어? 늦었는데 안 자고 어디 가요?」

「물 좀 마시고 올게.」

유명은 아래층으로 내려갔다. 액터스 하우스의 다이닝룸과 리빙룸은 2층에 있었다. 혹시라도 누굴 깨우게 될까 봐 불은 켜지 않고 창문들로 희미하게 새어 들어오는 빛에 의존해서 움직였다. 그믐날이라 달빛은 보이지 않고 희미한 별빛만이 발밑을 밝혔다.

'적막한 밤이네.'

유명은 냉장고에서 찬물을 한 잔 따라서 소파에 주저앉았다. 그런데 침묵으로 가라앉은 밤공기를 비집고 이상한 소리가 들려왔다.

샤아악- 샤아악- 심장박동까지 가라앉아야 들릴 만한 아주 작고 규칙적인 소리는 살짝 소름이 돋는 예리한 금속성을 내고 있다.

'어디서 나는 소리지?'

귀를 곤두세운 유명은 소리의 진원지를 찾아 나섰다. 2층에는 다이닝룸, 리빙룸과 함께 간단한 운동기구가 설치된 피트니스룸과 소연습실 두 개가 있다. 소리는 복도의 끝 쪽으로 이동할수록 조금씩 커졌다. 샤아악- 페이퍼나이퍼로 봉투를 자를 때 나는 소리 같다. 이 밤중에 도대체 누가…

탁- 갑자기 소리가 멈췄다. 유명은 흠칫 걸음을 멈추었다. 복도 끝에 위치한 2연습실의 문이 열리고 그 안에서 한 사람이 종이더미를 안고 걸어 나왔다. 잘 아는 사람이었다.

「아니, 왜-」

유명이 말을 걸려는 순간, 그 사람은 유명의 옆을 스쳐지나갔다. 초점이 맞지 않는 눈빛은 전혀 자신을 알아보지 못하는 듯했다. 그 사람은 복도를 맨발로 타박타박 걷더니 거실의 커다란 쓰레기통에 잘게 잘린 종잇조각을 푹- 집어넣고 사라졌다. 그 마지막 표정이 눈에 강렬하게 틀어박혔다.

'…몽유병?'

실제로 몽유병 환자를 본 적은 없었지만, 매체에서 보았던 몽유병의 증상을 그대로 보이고 있다. 유명은 그 사람이 완전히 사라진 후 거실 쓰레기통에 버려진 한 무더기의 종잇조각을 꺼냈다.

'아니… 이건….'

그것은 조각조각난 신문이었다. '프리실라 하트로이트'의 기사가 수록되어 있는. 환하게 웃고 있는 프리야의 얼굴이 산산조각이 난 채로 구겨져 있었다.

다음 날 위고는 2장과 3장마저 완성해왔다.

「읽어보세요.」

3장으로 구성된 15분 길이의 극. 펄럭펄럭- 세 명이 대본의 페이지를 넘겼고, 유명은 감탄한 표정을 지었다. 위고가 그 표정을 놓치지 않고 묻는다.

「어때요. 마음에 들어요?」

「네. 재미있을 것 같습니다. 특히 판도라가 호기심을 이기지 못하고 항아리를 연 것이 아니라 본인의 의지로 열었다는 점이 무척 인상적이네요.」
「하하, 그렇죠?」
 그의 어깨가 으쓱 올라간다. 마르타도 '와- 그런 괴상한 소리 내면서 쓰면 이런 대본이 나와요?' 하고 천진난만하게 물었는데, 그렇게 표현하는 마르타도 그걸 곧이곧대로 칭찬으로 받아들이는 위고도 대단한 별종이었다.
 그런데 그들이 대본에 대한 칭찬과 감상을 교환하는 동안 프리야는 대본을 놓지 못하고 있었다. 유명은 아까부터 그녀를 신경 쓰며 흘깃흘깃 쳐다보고 있었는데, 대본의 후반으로 갈수록 그녀의 표정이 어두워지는 것이 눈에 보였다.
「프리야, 괜찮아요?」
「그러게, 표정이 안 좋네? 혹시 대본이 마음에 안 들어요?」
「그게 아니라… 음… 이런 배역은 해본 적이 없는데….」
 2막과 3막에서 등장하는 천사의 반전. 그녀는 그것이 걱정되는 모양이었다.
「응? 악역 안 해봤어요?」
「네.」
「한 번도?」
「네….」
「그거 특이하네. 뭐, 괜찮아요. 기본 연기력은 되니까 익숙지 않은 부분은 내가 이끌어줄게요.」
 워낙에 착한 외모와 인상이긴 하지만 그래도 악역을 해본 적이 없다는 것은 의외다.
「그리고 이 장면요….」
「뭐요? 아, 뺨 때리는 거?」
 위고가 신나게 묻는다. '재밌지? 재밌는 장면이지?' 하는 표정으로.

대본에는 판도라가 뺨을 맞는 장면이 두 번 포함되어 있다. 천사에게서 한 번, 악마에게서 한 번. 유명도 보았지만, 공연 중 관객들의 집중력을 확 끌어모을 수 있는 장면이겠다, 라고 납득했었다. 그런데 프리야의 반응이 이상하다.

「네…. 저는 못 때릴 것 같은데….」

목소리가 떨린다. 왜 저러는 것일까. 극 중에 뺨을 때린다는 흔한 상황, 그걸 연출에게 못 하겠다고 말하는 건 분명 치도곤을 맞을 일이다. 하지만 그녀의 목소리가 심상찮음을 느꼈는지 위고가 달랜다.

「프리야. 당신 착한 거 아는데, 이건 연기잖아요. 필요한 장면이고.」

「꼭 때리지 않아도….」

「앞으로도 연기를 그렇게 가려가면서 할 생각이에요?」

위고가 조금 목소리를 낮추자 그녀가 덜컥 얼어붙는다.

「방긋방긋 웃으며 착하게만 굴고 싶으면 다른 직업을 택했어야죠.」

「…….」

「연기 중에 나쁜 짓을 한다고 실제로 나쁜 사람이 되는 건 아니에요. 구분해야 해요, 프리야. 대본은 이대로 갈 겁니다.」

프리야가 고개를 푹 떨구는 모습까지도 유명은 유심히 지켜보았다.

그날의 연습이 시작되었다. 먼저 1장부터 재연습에 들어갔는데, 마르타는 전날보다 확연히 발전된 '악마'의 모습을 보였다.

「죽이고 싶도록 미운 사람을 떠올려봐요. 좋아- 거기서 증오하는 감정만 남기고, 그 사람에 대한 부분은 지웁니다 감정을 안 놓치게 집중!」

'빨리 발전하네. 역시 재능이 있어.'

「좋아! 엄청 좋아졌어요, 마르타!」

위고가 신이 나서 소리 질렀다. 1장은 잘 풀렸다. 프리야의 상태가 불안해 보여서 걱정했는데, 오늘도 천사의 밝고 환한 감정들을 제대로 표현하는 프리야였다. 하지만 문제는 2장에서 시작되었다.

「안 돼, 판도라. 후회할 거야.」

「왜요? 이 안에 뭐가 있는데요?」

찰싹- 천사는 웃는 표정으로 판도라의 뺨을 때려야 했다. 하지만 그녀는 눈을 꼭 감고서 겨우 유명의 뺨을 살짝 건드렸을 뿐이다.

「다시! 눈 감지 말고!」

위고가 버럭 소리를 지르고 프리야가 손을 덜덜 떤다.

「그 뒤의 대사를 떠올려봐요!」

'너는 고통을 모르지. 질투도, 병도, 죽음도 아무것도 몰라.'

'그게 뭔가요?'

「판도라가 고통을 모른다는 것이 제대로 드러나려면 아프겠다는 생각이 들 정도의 강도는 되어야 하잖아!」

「…다시 하겠습니다.」

그 장면은 몇 번을 반복해도 나아지지 않았다. 위고는 한숨 쉬며 연습하라는 명을 남기고 스킵했다. 문제는 다음 장면이었다. 판도라가 결국 항아리의 뚜껑을 열었을 때, 한쪽에서 악마가 의기양양하게 웃고 천사는 얼굴을 찌푸린다고 했다. 천사라고 믿을 수 없을 정도의 추악한 표정으로. 하지만 프리야는 그 표정을 전혀 짓지 못했다.

「프리야…」

프리야에게 온갖 부정적인 이미지를 상상시키고, 본인이 가지고 있는 나쁜 일면을 끄집어내길 요구하며 소리를 지르던 위고는 결국 목이 쉬었다.

「이대로는 곤란해요.」

「…….」

「내가 곤란한 게 아니라 당신이 곤란해. 배우로 살 생각이라면.」

프리야가 눈물을 툭- 떨궜다. 유명은 미호의 말을 떠올렸다.

― 카일러 언쇼는 마르타가 우승하길 빌었을 거당. 하지만 손에 들어온 건 프리야였고, 그녀는 중대한 결함이 있었징.

'그러고 보니 원생에 카일러 언쇼의 차기작에서 그녀는 주인공이지만 악역이었지.'

프리야의 결함. 그녀는 악역을 하지 못했다.

179

목표, 자립심, 긍지

{정답. 그게 그녀의 한계당.}

'깰 수 있지 않을까? 수연이도 뚫고 나왔잖아.'

{둘은 갖고 있는 문제의 종류가 다르당. 수연이는 가지고 있는 감정이 풍부하고 많은데 그걸 둘러싼 껍질이 단단해 갇혀 있었던 거고, 프리야는 스스로 숨긴 거니깡.}

'스스로 알고 있는 걸… 숨겨?'

{어찌 보면 더 간단할 수도 있는 문제지만, 설사 그 문제를 극복한다 해도 그녀의 감정은 풍부하지 못할 거당. 계속 억눌러왔기 때문에….}

미호가 알쏭달쏭한 말을 한다. 뭔가 보이는 게 있는 모양이다. 자세한 사정은 말해주지 않지만.

'그럼 카일러 감독은 그녀의 내재된 본질을 본 걸까?'

{그럴지도. 어쨌든 그가 보기에 끌리는 배우는 아닐 거당. 어둠이 짙기는 하지만 다채롭지 않아.}

'그럼 원생에선 우승자라서 어쩔 수 없이 작업하게 된 걸까?'

{아마 그렇지 않을깡. 스스로의 어둠을 인정하고 솔직한 감정 표현을 쌓아간다면 언젠가는 달라질 수도 있겠지만….}

연습실. 미호와 대화를 나누는 중에 똑똑- 노크소리가 들린다.

「네-」

「아, 저… 혹시 같이 연습해도 될까요?」

프리야다. 그녀는 미안한 표정으로, 자신이 약한 부분을 집중적으로 연습하고 싶다고 부탁해왔다. 그 부탁을 유명은 흔쾌히 수락한다.

'근성은 있네.'

그러나 근성이 모든 걸 해결해주는 것은 아니다. 두 시간의 연습 끝에 두 사람은 숨을 몰아쉬며 바닥에 널브러졌다.

「미안해요. 괜히 저 때문에….」

「아니에요. 같은 팀인데요, 뭘. 좀 더운데 잠시 산책 어때요?」

유명은 프리야를 밖으로 유인했다. 카메라가 보이지 않는 곳에서 그녀에게 물어볼 말이 있었다. 이런저런 이야기를 나누며 그녀의 긴장이 조금 풀어져 보일 때, 유명은 조심스럽게 그 질문을 꺼낸다.

「프리야.」

「네?」

「혹시… 몽유병 있는 것 알고 있어요?」

모른 척해주고 싶었지만 얘기해야 했다. 찾아보니 몽유병이 있는 사람은 자신도 모르게 위험한 일을 저지르는 경우도 있다고 한다. 그녀도 어제 커터칼을 써서 종이를 자르고 있었고.

그녀가 덜컥- 심장이 멎은 표정으로 유명을 돌아보았다. 알고 있었나 보다.

「제가… 여기서도 그랬나요?」

「어젯밤에 물을 마시러 내려왔다가 이상한 소리가 들려서 가보니….」

유명은 상황을 자세히 설명했다. 자신과 마주쳤지만 반응하지 않았던 것. 신문을 자르고 있었던 것. 그리고 신문기사에 프리야 자신의 기사가 실려 있었던 것. 프리야는 그 설명을 들으며 불안하게 유명의 눈치를 본다. 유명은 차분하게 그녀의 눈을 마주 보았다.

「아무에게도 말하지 않을게요. 하지만 빨리 치료받는 게 좋겠어요.」
「내일 바로 진료를 받도록 할게요.」
「좋아요.」

프리야는 유명의 확언에 조금 안도한 듯 잠시 머뭇거리다, 숙소 쪽으로 발길을 돌리는 그의 옷자락을 당긴다.

「저… 상담 좀 해도 될까요?」

자신이 붙잡아놓고도 프리야는 한참 동안 말을 꺼내지 못했다. 유명은 그녀를 조금 도와주기로 했다.

「프리야.」
「네….」
「위고 씨가 요구하던 표정, 프리야가 이미 지을 수 있는 표정이에요.」
「…?」
「어젯밤, 잘린 신문을 버리던 프리야의 얼굴에서 나는 그 표정을 보았어요.」

그녀의 얼굴이 하얗게 질린다.

「배우로서 감탄이 나올 정도로 훌륭한 표정이었습니다.」

유명의 진심 어린 칭찬에 프리야의 얼굴에 장착된 미소가 흔들렸다.

그러면 답을 알고 있을지도 몰라. 프리야는 생각했다.

'아름다운 생각, 선한 의지, 세상을 이롭게 하는 박애정신.'

어딘가의 교칙같이 보이는 이 문구는 프리야가 어릴 때부터 귀에 못이 박일 정도로 들어온 '하트로이트 정신'이었다. 의지와 신념이 넘치는 아버지, 결코 화내는 법이 없는 자상하고 아름다운 어머니, 한 점 그늘 없이 반듯한 언니 오빠들. 물질적으로 풍요로웠고, 막내로서 어여쁨도 한껏 받고 자랐다. 하지만 문제는 프리야 자신이었다.

― 우리 집에는 이거보다 더 좋은 거 많거든!

친구가 새 장난감을 자랑했고, 그녀는 어린애다운 우쭐함으로 맞자랑을 했다. 그날 보모를 통해 엄마 아빠에게 그 말이 전해졌고, 그녀는 아주 오랜 시간 타이름을 받았다.

― 자기가 가진 것을 남에게 자랑하는 것은 치졸한 짓이란다.

― 하트로이트의 핏줄이라면 아름다운 생각을 하고 좋은 품성을 길러야 해.

억울했다. 자랑을 먼저 한 것은 친구라고 항변해봐도 부모는 그건 중요한 게 아니라고 했다. '남의 행동은 중요하지 않아. 네 행동이 바르고 아름다운 게 중요한 거야.' 그 표정엔 자신을 이해하지 못하는 듯한 혐오감이 살짝 서려 있어 그녀를 움찔하게 했다.

살면서 나쁜 충동을 느낄 때가 있었다. '하트로이트답게'라는 말에 반복학습을 당했던 그녀는 화가 나서 뭔가를 깨부수고 싶을 때, 작은 물건을 훔치고 싶다는 욕구가 들 때, 그리고 '아름답게'를 부르짖는 가족들의 입을 틀어막고 꿰매버리고 싶다는 강렬한 충동이 들 때, 자신만 괴물 같다는 죄악감에 시달렸다.

'나는 좀 잘못 만들어진 것 같아. 절대 들켜서는 안 돼.'

들끓는 충동이 거셀수록 그녀는 자애로운 미소를 지었다. 가히 필사적인 연기였다. 그러자 모든 가족들은 그녀를 사랑했다. '역시 하트로이트'라며 그녀를 귀애했다.

「배우가 되고 싶어요.」

그녀는 15세 때 연기에 강한 충동을 느끼고 가족들에게 배우의 길을 가겠다고 밝혔다. 다행히 그것은 '하트로이트 정신'에 위배되는 것이 아니었다. 진심으로 자신이 잘되길 빌어주는 가족들의 따뜻한 눈빛을 보고 그녀는 절망했다.

'정말 좋은 사람들이야. 나는 그들을 사랑해. 다만… 나 자신을 사랑할 수 없을 뿐이야.'

어느 날, 몽유병이 발생했다. 가족들은 무척 걱정했고, 주치의를 불러주었다. 하지만 그녀의 스트레스가 어디서 비롯되었는지를 들여다보아주는 가족은 없었다. 이번에 재발한 원인은 아마 그녀가 하트로이트임이 밝혀진 것에 스트레스를 받아서겠지. 가문의 이름을 업지 않고 혼자 걸어보고 싶었던 길이었는데, 그녀는 타의에 의해 강력한 우승후보가 되어 있었다. 제 얼굴이 실린 기사를 볼 때마다, 자신이 우승후보라는 게 부끄러울 정도로 뛰어난 동료들의 연기를 볼 때마다 스트레스는 더해져갔다.

「…그렇게 됐어요.」

타인에게 자신의 치부를 보이며 프리야는 몸을 떨었다. 자신의 어둠을 입 밖으로 드러내어 말한 것은 처음이었다. 매번 소름 돋는 연기력을 보이면서도 자만하지 않는 신뢰감 가는 동료이자 '아무에게도 말하지 않겠다'라고 먼저 말해준 상대. 그리고 처음으로 들킨 자신의 추악한 표정을 '훌륭하다'고 칭찬해준 사람이었기에….

유명은 조용히 그녀의 말을 끝까지 듣더니 대답했다.

「내일 내가 연기하는 것 봐주겠어요?」

「…?」

「그리고 다시 얘기해요.」

프리야가 고개를 끄덕였다.

그날 유명은 밤을 새웠다. 공연은 아직 7일이 남았으므로 자신이 지금 무리해서 연습할 필요는 없었지만, 프리야에게는 하루하루가 촉박했다. 혹시 자신의 연기를 보고 뭔가를 깨닫는다 해도 그걸 적용하는 데는 더 많은 시간이 걸릴 것이니까. 유명은 밤샘 개인 연습을 마치고 연습실에 들어섰다.

「피곤해 보이는데, 어디 아파요?」

「아닙니다. 멀쩡합니다.」

기초 연습들을 마친 후, 유명이 먼저 입을 열었다.

「감독님.」

「네?」

「죄송하지만, 3장을 먼저 한번 보여드려도 될까요?」

「3장? 3장은 아직 맞춰보기 전이잖아요.」

「혼자 연습해왔습니다. 마르타와 프리야는 대사만 쳐주면 됩니다.」

위고가 유명의 의도를 파악하기 위해 눈을 가늘게 떴다. 굳이 왜? 연습이 너무 잘되어서 결과를 자랑하려고? 아니, 그는 자신 같은 성격이 아니지. 이유가 있을 것이다. 그는 다른 두 배우를 곁눈질로 슬쩍 훑었다. 늘 짓고 있던 미소가 사라진 프리야. 그녀와 관련된 것일까?

「좋아요. 해보죠.」

3장으로 구성된 15분짜리 대본의 구성은 이렇다. 1장은 태초의 인간 (판도라)에게 밝고 행복한 감정을 부여하는 천사와 어둡고 악한 감정을 부여하는 악마. 2장은 판도라에게 주어진 항아리, 그걸 열어선 안 된다고 말리는 천사와 열어보라고 부추기는 악마. 판도라는 그 항아리를 연다. 호기심을 못 견뎌서가 아니라 항아리를 여는 것을 '선택'해서. 그리고 3장이 시작된다.

유명은 3장을 시작하기에 앞서 프리야에게 눈짓했다. 잘 보고 있으라는 듯이. 그는 무대를 가로지른다. 한 번, 두 번, 세 번. 휙- 하고 몸을 돌릴 때마다 판도라는 나이를 먹어간다.

'말도 안 돼.'

지켜보고 있던 위고의 눈이 점점 더 번들거린다. 몸을 돌릴 때, 잠시 얼굴이 보이지 않는 사이를 기점으로 표정이 완전히 달라진다. 그것은 분명 나이를 먹어가는 모습. 20대의 청년은 30대로, 40대로, 50대로 나이 먹어가며 점점 쭈그러든다. 그는 어떤 때는 비할 수 없는 환희를 가득 내뿜고, 어떤 때는 온 얼굴에 비참함을 가득 담는다. 그리고 병에 걸린다.

프리야는 복합된 감정들이 모두 엉겨 인간의 삶을 녹여내는, 신기에 가까운 그의 연기를 보면서 충격을 받았다. 자신이 연기에 강렬하게 끌렸던 이유가 바로 저것이 아니었을까. 기쁨도 슬픔도 증오도 비참함도 모두 표출하는 배우라는 일. 가슴이 두근두근 뛴다.

다음 장면은 죽음을 앞둔 판도라를 찾아온 천사. 프리야가 떨리는 목소리로 여전히 유명을 뚫어지게 바라보며 천사의 대사를 친다.

「거봐. 항아리를 열지 말았어야 해. 아니, 처음부터 악마에게 어둠의 감정들을 받지 말았어야지. 이제는 후회하지?」

그 말에 빈사의 상태로도 맑은 목소리로 판도라가 대답했다.

「아니.」

자신의 인생을 선택한 자만이 가질 수 있는 꼿꼿한 목소리에 천사, 아니 프리야는 등골이 저릿해졌다.

「인간은 고통과 병이 있었기에 그것을 극복하기 위해 끊임없이 진리를 추구하게 되었어. 거짓을 말하는 능력은 수많은 위선을 불러일으켰지만, 또한 그 위선은 약자를 보호하기도 했지.」

그는 '악'이 주는 '선'을 말한다.

「질투와 증오는 타인을 미워하는 마음임과 동시에 나를 발전시기며는 원동력이 되기도 하며, 죽음이 있기에 끊임없이 존재의 본질을 사색하게 되었다.」

인간에게 '악한 마음'은 '선한 마음'과 동등한 무게로 부여된 본질이며, 그

99

것은 제어하고 활용하기에 따라 인간을 발전시키는 자질이 된다는 것을.

「그리고 호기심. 다른 어느 생명체도 갖고 있지 않은 이 특성은 인간을 한없이 신에 가깝게 만들어.」

자신이 자신의 운명을 선택하기에 인간은 신에게 한없이 가까운 존재. 태초의 인간, 판도라가 천사를 고요히 바라보며 눈으로 묻는다.

'나는 행복한 짐승보다 불행한 신이 되기를 선택했다. 너는 무엇이 되겠느냐.'

그것은 천사가 아닌 프리야 록하트를 향한 질문이었다.

몸살이 걸린 것처럼 오한이 나서 프리야는 그날 연습이 어떻게 지나갔는지도 몰랐다. 연습이 끝난 후 유명이 그녀를 불렀다. 가슴이 긴장과 기대로 쿵쿵 뛰었다.

「잘 보고 있었어요?」

「…네. 아직도 눈에 선할 정도로 뚜렷이 봤어요.」

유명이 그녀를 똑바로 바라본다.

「프리야.」

「…네.」

「당신의 가족들은 당신에게 잘못된 가치관을 주입했어요.」

가슴이 덜컹- 하는 소리가 들린 것 같았다. 자신의 가족을 비난하는 말에 반박해야 하는데 아무 말도 나오지 않았다. 아니, 오히려 자신의 심장은 그의 말이 정말이었으면 좋겠다며 쿵쿵- 고개를 끄덕이고 있다.

「증거가 있습니다.」

「증거…?」

「당신이 배우가 되고 싶어 했을 때, 그리고 하트로이트라는 이름을 숨기고 이 오디션에 나가고 싶다고 했을 때, 가족들은 뭐라고 했나요?」

「하고 싶은 일이 있는 것은 좋은 일이고, 자립하고 싶다는 생각도 하 트로이트다운 높은 긍지의 일환이라고 응원해줬어요.」
「그렇군요. 그런데….」
유명이 다음으로 던진 말에 프리야는 흠칫했다.
「목표, 자립심, 긍지라는 것은 인간의 밝은 면에서 발생한 걸까요, 어두운 면에서 발생한 걸까요?」
무척 판도라'다운' 화두였다.

180

Higher!

「밝은 면이… 아닌가요?」
프리야는 유명이 왠지 반대의 답을 요구하는 것 같아 말끝을 흐렸다.
「어떤 사람이 목표를 향해 열심히 달렸어요. 하지만 사소한 격차로 경쟁자에게 패배했죠. 그런데 전혀 분해하지 않고 '앗, 다음엔 더 열심히 해야지!'라고 웃을 수 있다면 그게 진짜 목표라고 할 수 있을까요?」
프리야는 그 말에 어떤 장면을 떠올렸다. 처음 도전했던 배역에 떨어졌을 때 그녀가 눈물을 흘리며 슬퍼하자, 가족들은 '괜찮아, 다음엔 더 열심히 하면 되지'라며 얼른 평소의 그녀로 돌아오기를 종용했다. 그 배역을 따낸 친구보다 내가 더 잘했는데 억울하다는 호소는 꺼낼 수조차 없었다.
「목표라는 것 자체가 내가 좋아하는 것을 갖고 싶다는 이기심에서 출발하는 겁니다. 거기엔 '경쟁'이라는 것이 전제되죠. 모든 사람이 원하는 것을 가질 수는 없으니까요.」

「……..」

「자립심이라는 것도 그렇죠. 주체성이라는 것 자체가 '남의 도움을 받지 않겠다'라는 거절에서 시작합니다. 호의를 거절하는 것은 선한 자아일까요, 악한 자아일까요.」

가족들이 선하다고 칭찬해준 특성들이 알고 보면 어두운 본성에서 비롯되었다는 말에 프리야의 표정이 혼란스러워진다. 그 말은 결국, 그들도 제대로 알지 못한 채 피상적으로 '하트로이트 정신'을 부르짖어 왔다는 말.

「프리야, 저는 상당히 오랫동안 부모님을 울리고 살았습니다.」

「부모님을… 울려요?」

「네. 제 욕심을 이루기 위해서요. 저의 이기심이 주변 사람들을 오랫동안 힘들게 한 것이 마음 아프지만 후회하진 않아요. 연기를 포기했다면 저는 진짜 제 삶을 살 수 없었을 테니까요.」

유명의 얼굴에 평소엔 보지 못했던 아픔이 깃든다. 제 스스로의 충동을 직시하고 이기적인 걸 알면서도 원하는 것을 선택한 자의 회한. 하지만 그것은 분명 후회는 아니었다. 유명의 말은 이해했지만 프리야에겐 한 가지 의문이 남았다.

「하지만 똑같이 어두운 면에서 발생했다고 해도, 제 충동은 그렇게 자신을 발전시키는 충동이 아니에요. 아주 음험한-」

「예를 들어 누군가의 목을 조르고 싶다거나?」

그녀가 헙- 하고 끝말을 삼킨다.

「쥐어 패고 싶다거나? 불태우고 싶다거나?」

「……..」

그녀가 작게 고개를 끄덕이자 유명이 아무렇지도 않게 웃는다.

「지극히 정상이에요. 보통 사람들도 스트레스 상황에서 자주 느끼는 충동입니다.」

「…!」

「충동 자체는 자신이 조절할 수 있는 게 아니에요. '나는 왜 이런 충동이 들까, 이러지 말아야겠다'라고 결심하고 노력한다고 해서 바뀌는 부분이 아니란 겁니다.」

그렇다. 아무리 노력해봐도 나쁜 생각은 멈추지 않았다. 그럴 때마다 프리야는 나는 왜 이럴까 절망하며 아침까지 숨죽여 울었다.

「인간으로 태어난 이상, 누구나 선한 충동과 악한 충동을 가지고 살아가요. 욕망에서 눈을 돌리고 회피하거나, 혹은 욕망을 맹목적으로 따르는 것보다 그 정체를 직시하고 스스로 컨트롤하는 것이 강한 인간입니다.」

자신이 약했던 것은 마주 보지 않고 도망쳐 왔기 때문에.

「어떤 충동이 들었을 때, 그것의 근원을 직시한 후 충분히 이해하고 인정할 시간을 가져요. 그럼 그 충동을 해소할지, 절제할지, 혹은 좋은 방향으로 활용할지를 선택할 수 있어요.」

「좋은 방향으로 활용….」

「위고 씨를 봐요. 남들을 놀라게 하고 싶다는 치기와 자신이 돋보이고 싶다는 욕망을 승화시켜 훌륭한 예술가가 되었잖아요, 하하.」

프리야는 오늘 낮, 유명의 연기를 보며 머리를 든 질투심을 떠올렸다. 그 대단한 연기를 봤을 때의 시기, 질투, 좌절을 자신의 연기를 발전시키는 계기로 삼는다면 그게 좋은 방향으로 활용하는 걸까.

「그렇게 자신의 어둠에 먹히지 않고 스스로를 발견하고 발전하는 계기로 만들 수 있다면, 하트로이트라는 가문에 대한 긍지가 아니라 프리실라 하트로이트라는 '인간'에 대한 긍지가 생길 겁니다.」

긍지는 주어지는 것이 아니라 스스로 만들어가는 것. 그 말에 프리야의 정신이 번쩍 들었다.

「어이, 마술피리!」

「그 별명은 또 뭡니까….」

위고가 유명을 덥석 붙잡으며 이상한 호칭으로 그를 불렀다. 별의별 별명을 갖다 붙이는 게 별일도 아닐 지경에 이르렀지만 이건 또 무슨 뜻일까.

「본선 진입과제 때 팀원들, 특히 카이의 가능성을 마구 끌어내더니 이번엔 프리야도 훌륭하게 끌어냈잖아요. 피리로 쥐들을 유인해서 강에 풍덩~ 딱 마술피리네.」

「아니, 쥐라뇨. 그리고 그건 피리 부는 사나이 아닙니까?」

「앗, 그러게….」

위고가 딱- 하고 핑거스냅을 튕긴다. 쥐몰이라니…. 비유도 정말 악취미다.

「그런데 진짜, 어떻게 한 거예요?」

「뭘요?」

「프리야, 어떻게 그렇게 멋진 표정을 짓게 됐지?」

그날 이후 프리야는 급격히 변했다. 그것이 가능했던 건 그녀가 원래 가지고 있던 표정이기 때문이었다. 다만, '그걸 드러내서는 안 된다'는 잠금장치가 풀렸다. 오랫동안 간직해온 터부를 드러내 보이는 것은 쉽지 않았지만, 지금 그들이 연습하고 있는 〈판도라〉라는 극의 내용이 그녀의 현실과 맞물려 지속적인 자극을 해주었기 때문에 그녀는 결국 스스로 잠근 문을 열고 밖으로 나올 수 있었다.

사실 반쯤은 위고의 덕. 그러나 프리야의 개인사를 위고와 공유할 생각은 없었다. 그의 덕도 있다고 추켜세워 안 그래도 우쭐한 사람을 더 우쭐하게 할 생각도 없고. 유명이 입을 다물고 있자 위고가 또 묻는다.

「마르타는 피리에 안 끌려와요? 삐리리리~」

「충분히 잘하고 있잖아요.」

「그래도 뭔가 프리야처럼 획기적으로 변할 수도 있잖아.」
 프리야는 문제가 있던 부분을 뚫고 나오도록 약간 도왔을 뿐이다. 마르타에게는 별다른 문제가 없었다. 유명이 알던 원생의 마르타만큼 기량이 올라오지는 않았지만, 억지로 끌어낼 이유는 없다. 자신이 연출도 아닌데 이미 잘하고 있는 사람에게 간섭할 이유는 없으니까.
「스스로 끌어내는 걸 선호하실 것 같은데 왜 저한테 기대려고 하십니까.」
「원래는 그런 편이지만 유명 씨가 워낙 신통방통하잖아.」
 그가 두 손으로 꽃받침을 만들고 유명을 향해 방긋 웃는다. 유명의 얼굴이 살짝 일그러졌다.
「내가 요즘 얼마나 재밌는지 알아요? 아아- 이런 배우가 있다니 너무해. 왜 진작 알지 못했을까. 혹시 외계인 아니에요?」
「이럴 때만 칭찬하지, 연습 중엔 매번 지적하시잖아요.」
「그야 내가 상상하는 걸 다 표현해주니까 자꾸 더 요구하는 거지. 연기 자판기 같아. 〈캐스팅 보트〉 마치고 카일러와 영화 찍고 나면 프랑스로 안 올래요?」
「사양합니다.」
 위고가 시무룩해지더니 부른 용건을 전한다.
「내일부터 본무대 가서 리허설 한답니다. 프리야와 마르타에게 전해 줘요.」
「하루 당겨졌네요?」
「잘 됐지. 네 팀이 리허설해야 돼서 정신없을 텐데.」
 위고가 손을 흔들흔들 젓고 떠났다. 공연 3일 전이었다.

 유석은 감개무량한 표정을 지었다. 손에는 금색 티켓 두 장이 들려 있었다.

[〈캐스팅 보트〉 결선 진입과제 골든티켓 - 관계자용]

이럴 때면 〈연예학개론〉 오디션장에서 유명을 섭외했던 과거의 자신을 칭찬해주고 싶다. 〈피터팬〉의 초연 티켓, 〈캐스팅 보트〉의 결선 진입 무대 티켓, 그리고 앞으로 생방 티켓도 얻을 수 있겠지. 지금 eBay에서 이 티켓의 호가를 생각해보면, 이건 진짜 '골든'티켓이리라.

관계자용 티켓은 배우당 한 장씩만 배부된다. 500명이라는 객석의 정원 때문이었다. 유석은 유명의 몫에 카이의 몫까지 2장을 배부받았다. 나머지 한 장을 줄 사람은… 정해져 있다.

'효준이가 있었다면 효준일 데리고 갔겠지만….'

효준은 〈캐스팅 보트〉 탈락 후 바로 짐을 싸서 프랑스로 떠났다. 그렇게 까불거리던 애가 완전히 사람이 변해서, '그간 속 썩여서 죄송합니다' 하고 꾸벅 인사하던 장면이 가끔 꿈에서도 나온다. 효준이 제멋대로 굴던 부분이 방송에 나간 이후로 그에 대한 여론은 급격히 안 좋아졌다. 그럼에도 다시 태어난 듯한 깨끗한 눈빛을 보니 유석은 그가 굴하지 않고 성장해서 돌아올 것이란 강렬한 예감이 들었다.

'그렇게 바꿔놓다니….'

몇 년간 어떤 방법을 써봐도 바꾸지 못했던 녀석을 그렇게 변화시키다니, 유명에겐 감탄밖에 나오지 않는다.

'그 정도로 연기에 진지한 배우니까 그럴 수 있었던 거겠지.'

삐리리리- 벨이 울린다. 예정된 손님이 도착했나 보다. 문을 열어주니 커다란 대포 카메라를 목에 건 포니테일의 여성이 들어온다.

"오셨어요, 소진 씨."

"대표님. 이거 꾸… 꿈 아니죠?"

유석이 티켓 두 장을 흔들어 보이며 싱긋 웃는다. 꿈이 아니라는 것을 확인시켜 주듯이.

소진이 미국행을 결정한 것은 유명이 자신의 조언대로 보험 찬스를 쓰는 모습을 본 직후였다. 이럴 때가 아니라는 생각이 들었다. 내 인생에 내 배우가 이렇게 날아오르는 걸 보는 게 마지막일지 어떻게 아는가. 가서 딱히 할 게 없더라도, 이동할 때 모습이라도 담아야겠다는 생각. 소진은 놀라운 행동력으로 연차를 몰아 쓴 후, 비행기를 탔다.

유석에게 정소진은 꽤 기특한 친구였다. 연예기획사를 하며 많은 팬클럽을 접해봤지만, 갓네임드만큼 열정적이면서도 클린한 곳은 처음이었다. 그 핵심에 회장 정소진이 있었다. 미국 팬사이트를 만들자고 제안하고 먼저 행동에 옮긴 것도 그녀였지.

"비행기에서 내려서 핸드폰 켠 후에 문자 보고 심장이 떨어지는 줄 알았습니다."

"하하, 그랬어요?"

"그런데 저만 특혜를 받는 것 같아서…. 이거 괜찮을지…."

이런 소진의 성격을 알기에 유석은 소진이 비행기를 탄 시간 이후에야 결선 진입 무대 티켓이 있다는 문자를 보냈다. 역시나 머뭇거리는 소진의 반응을 보며 유석은 단호하게 말했다.

"괜찮아요. 관계자용 티켓을 팬클럽에 풀 수도 없잖아요. 소진 씨가 가는 게 팬클럽에도 좋은 일이에요. 현장 분위기나 후기 등을 전할 수 있으니까."

"그래도…."

"그럼 이거 버려요? 어차피 공연은 내일이고 따로 줄 사람도 없는데?"

"헉… 아닙니다! 그럼 팬클럽 특파원 자격으로 열심히 취재하도록 하겠습니다!"

"공연장에 그 카메라는 안 돼요."

"에이, 당연하죠~"

그제야 마음을 놓은 소진이 티켓을 들고 팔짝팔짝 뛰었다.

결선 진입과제가 열리는 '이베니아 시어터'. 오늘 이 공연장 앞에는 구름같이 많은 사람이 모여 있었다. 관객들보다 기자와 카메라맨이 더 많은 것 같았다. 그럴 수밖에 없는 것이, 오늘은 〈캐스팅 보트〉의 촬영이 최초로 외부에 공개되는 날이다.

사람들은 티브이에 비치는 장면을 맹신하면서도 한편으로는 편집의 힘이 아닐까 의심한다. 티브이에서 보았던 흥미로운 장면들, 대단한 연기들이 과장된 것은 아닌지 가자미눈을 뜨고 살필 것이다.

[미국의 양심, 하트로이트의 딸 프리야 파이팅]

[세상 매력남 앙투안 사랑해요!]

참가자들의 팬클럽들도 세를 과시하며 피켓을 휘두르고 있다. 그중 가장 많은 것은 유명의 팬들이었다.

오늘의 무대는 원래 대극장이다. 하지만 객석 일부와 무대의 절반 정도를 남기고 가벽을 세워 사이즈를 줄였다. 그 바깥쪽에는 카메라와 복잡한 장비들이 즐비하게 세팅되고, 스태프들이 소리를 지르며 뛰어다니고 있다. 각각의 길이는 짧지만, 무려 네 개의 각각 다른 공연이 한 무대에서 이루어진다. 따라서 이동 무대들이 무대 뒤에 줄을 서 순서를 기다리며, 천장의 바에는 평소보다 많은 조명들이 주렁주렁 매달려 있다.

{역시 역사와 전통이 있는 극장은 공기부터 맛있당.}

'하하, 오늘 먹을 게 좀 있겠네.'

{네 기운이 제일 맛있당. 그러니까 제대로 해랑.}

미호가 새침하게 일침을 날리고 휙- 사라진다. 유명은 못 말린다는 듯이 한 번 피식 웃었다. 그리고 드디어….

「〈캐스팅 보트〉 시청자 여러분, 제가 누구예요?」

「제리 하이!」

「뭐라고요? 목소리가 안 들리네. 제리 로우?」

「제리 하이!!」

「제리 미들? 에헤이, 왜 사람 성을 바꿔놓고 그러나. 다 같이 하이어(Higher)!」
「제리 하이!!!」
「좋아요~ 〈캐스팅 보트〉의 멋진 진행자, 제리 하이입니다!」
녹화가 시작되었다.

181

판도라

「오늘 이곳에 초대되신 분들은 네 개의 공연을 보시게 됩니다.」
관객들은 금색 티켓과 초록색 칩을 쥐고 있었다.
「나가실 때, 입장할 때 받은 초록색 칩을 가장 좋았던 공연의 박스에 넣어주시면 됩니다. 관객 투표의 집계 결과는 결선 진출자 선정에는 영향을 미치지 않지만, 가장 많은 칩을 획득한 팀에게는 포상이 주어집니다.」
무슨 포상일까.
「패션지 보그에서 1위 팀에게, 이번 공연 컨셉을 그대로 활용하여 화보를 찍어주기로 했습니다. 이 화보는 다음 보그지 표지에 실릴 것이며, 해당 배우들에게는 모델료도 지급됩니다!」
와아아아- 관객의 함성이 터져 나왔고, 무대 뒤에서 그 소식을 들은 참가자들의 눈에 욕심이 서렸다. 가장 영향력 있는 패션지의 표지 모델이라…. 자신의 얼굴을 대중들에게 각인시킬 커다란 기회이다.
「그럼 시작합니다~ 경연이라고 해도 정식 공연인 만큼 공연 중에는 정숙한 관람, 아시죠?」

제리가 눈을 찡긋하고 무대 뒤로 사라졌다. 첫 번째 조는 조지 하우슬리가 연출하고 카이와 앙투안이 소속된 조. 세 명의 타입이 다른 갱스터들이 한 명의 '중요 인물'을 손에 넣기 위해 좌충우돌하는 장면들은 긴박하면서도 웃음 포인트가 살아 있었다. 여유롭게 상대를 농락하는 갱스터의 캐릭터는 앙투안에게 의외로 잘 어울렸으며, 카이는 '아무것도 몰라요'라는 표정으로 가장 음험한 역할을 맡아 시선을 끌었다.

'정말 빨리 느네….'

유명은 카이의 연기를 보고 감탄했다. 몇 년 후 세계의 사랑을 받을 배우답게 그는 정말 빠르게 성장하고 있었다.

'앙투안은 타고난 스타성이 있고….'

그에게는 매력이 있다. 느긋한 그의 움직임을 관객들은 애타게 기다리게 된다. 카이가 많이 늘긴 했어도 이미 프랑스에서 연기력으로 인정받은 배우를 따라올 수준은 아직 되지 못했다.

짝짝짝짝- 1팀의 공연이 끝났다. 다음 팀을 위한 10분의 무대 조정 시간 동안 관객들은 함께 온 사람과 공연에 대한 열띤 감상을 나누고 있다.

그리고 2조와 3조의 공연. 각각 로맨스물과 스릴러물을 보여준 두 조의 공연 역시 상당한 수준이었다. 일반적인 오디션 쇼 프로그램의 참가자들 수준을 넘어섰다는 〈캐스팅 보트〉. 그 시초는 어느 배우였으나, 지금은 그에 자극받은 다른 배우들도 훌쩍 수준이 올라와 있었다.

{오디션 전체의 수준을 올려버린 거냥….}

미호가 공연이 가장 잘 보이는 각도의 허공에서 캬캬 웃었다.

「잠시 후 4조의 공연이 시작되겠습니다.」

그리고 드디어 유명의 연기가 시작된다.

데렉은 심사위원들을 위해 마련된 로열석에 앉아 있었다. 주변에 위치한 관객들이 그를 눈짓하며 수군대는 것이 보인다. '데렉이다!', '데렉 맥커디야!' 지겨울 정도로 익숙한 시선들을 무심히 받아내며 그는 생각에 잠겼다.

'신유명에 위고 비아드라…'

위고 비아드라면 영화계 행사에서 여러 번 만난 적 있다. 미친놈끼리는 알아본다는 말도 있듯이, 데렉은 위고를 별로 좋아하지 않았다. 하지만 인간이 마음에 들지 않는 것과는 별개로 그의 연출 능력은 인정하고 있었다.

'공연명은 〈판도라〉.'

판도라의 항아리를 기반으로 만들어진 이야기겠지. 인류가 겪는 모든 고통이 그녀로부터 비롯되었다는 판도라 신화. 그것을 어떻게 표현했는지 궁금해 죽을 지경이었고, 알아볼 방법이 없는 것도 아니었지만 데렉은 꾸욱 참아왔다. 선입견이 없는 상태에서 완성된 작품으로 온전한 느낌을 받고 싶었기에.

장내의 불이 다시 꺼진다. 벌써 네 번째의 암전.

긴장이 느슨해질 만도 한 시간인데 객석의 분위기는 어느 때보다도 팽팽하다. 가장 기다리고 있는 배우가 나올 시간이 되었다는 것을 감지한 것이다. 데렉도 자신도 모르게 몸을 조금 앞으로 기울였다.

샤아- 희미하게 빛이 새어 들어온다. 무대 중앙에는 한 사람이 맨발로 서 있다. 제대로 얼굴이 보이지 않지만 남성의 골격이다. 무대 뒤쪽에는 두 개의 계단이 위치한다. 무대 정중선에서 시작되는 계단은 양쪽 무대 끝으로 갈수록 높아져 마치 벌어진 한 쌍의 날개처럼 보인다. 그리고 그 양 끝, 가장 높은 단에 서 있는 두 사람의 실루엣이 보인다.

파앗- 그 두 명의 머리 위로 빛이 떨어진다. 아마 백라이트도 함께 켜진 모양인지 형체의 외곽이 후광을 받은 듯 선명해진다. 데렉도 잘 알고 있는 두 명이다. 프리야는 환하게 반짝이는 금빛 드레스를 입고 있다. 마르타의 몸을 빈틈없이 감싸고 있는 것은 무광택의 새까만 라텍스 재질의 의상. 누가 보아도 천사와 악마이다.

'그렇다면… 신유명이 판도라라고?'

데렉이 알고 있는 판도라는 여성. 이로써 이 공연이 판도라 신화를 그대로 재현하는 것은 아님이 밝혀졌다.

우웅- 목소리가 울린다.

「신은 인간을 만들었고.」

「인간을 세상에 내려보내기 전, 여러 가지 자질을 부여했다.」

빛을 받은 두 존재는 키도 체구도 비슷하여 마치 반대의 속성을 가진 쌍둥이처럼 보인다. 한마디씩을 던진 그들이 입을 모아 벌린다.

「판도라, 신의 선물.」

「판도라, 신의 선물.」

그들이 각각 오른손과 왼손을 내밀어 무대 중앙을 가리켰다. 그곳에 스팟 조명이 떨어진다. 드디어 드러난 판도라의 얼굴에는 기묘할 정도로 표정이 없었다.

천사가 나부끼듯 가볍게 계단을 내려온다.

「판도라. 신을 가장 닮은 피조물이여. 나는 너에게 많은 것을 줄 수 있어. 산들바람이 귓가에 스칠 때의 기쁨, 첫사랑의 달콤함, 다른 사람이 너를 갈구하게 하는 매력, 잘 익은 수확물의 첫입을 깨물 때의 감동. 이 모든 행복은 네 것이 될 거란다.」

이해하지 못하는 표정의 피조물은 유리알 같은 눈에 그녀를 투영시키고 있다.

「첫 번째로 너에게 기쁨을 선물하노라.」

천사의 얼굴에 떠오르는 투명한 기쁨. 그 기쁨이 표정이 없는 것 같던 판도라의 얼굴에 서서히 떠오르면서 천사의 얼굴에서는 서서히 사라졌다. 마치 이식되듯이.

「두 번째로 너에게 사랑을 선물하노라.」

이번에는 천사의 얼굴에 순수한 사랑의 감정이 드리운다. 그것이 줄어들면서 기쁨이 서렸던 판도라의 얼굴에 사랑이 함께 스민다. 사랑의 기쁨. 그 부분까지 보고 데렉은 이후의 진행을 예감할 수 있었다.

'설마… 계속 감정을 쌓아가려고!'

설마는 역시였다. 쌓아가는 감정이 세 개, 네 개로 늘어난다. 복잡한 감정 표현, 그것 자체가 놀라운 것은 아니었다. 데렉 자신도 최고의 배우였기에. 하지만 모두 밝은 톤의 감정들인데도 명확하게 느낌이 구분되는 것이 놀라웠으며, 감정이 추가로 쌓일 때마다 변해가는 얼굴의 움직임이 믿을 수 없이 자연스러웠다. 데렉은 순간 망연해졌다.

'내가 저 과제를 소화하려면 시간이 얼마나 걸릴까?'

못할 것 같다고 생각하지는 않았다. 자신은 데렉 맥커디니까. 하지만 자신이라 해도 이 과제를 일주일 안에 완성해낼 수 있을지는…. 그는 심사위원석의 팔걸이를 터질듯이 움켜쥐었다.

「아아….」

천사가 탄성을 내뱉는다. 천사가 속삭일 때마다 온갖 긍정적인 감정들을 한 겹씩 덮어쓴 태초의 인간은 결국 환하게 빛을 뿜어내는 듯 찬란하고 아름다운 얼굴이 된다. 그것을 보고 천사는 자신이 만든 피조물을 감탄하듯이 자애롭게 바라본다.

그때 반대쪽 계단에서 악마가 내려온다. 판도라의 앞으로 다가온 그는 천사를 툭- 밀쳐냈다.

「나도 그에게 선물할 거야.」

「저리 가. 축복받은 존재에게 저주는 필요 없어.」

「시끄러워. 네가 참견할 일이 아니야. 그는 신의 권능을 이어받은 고등한 존재, 무엇을 받을지는 스스로 선택할 수 있지. 판도라, 나의 선물을 받겠어?」

악마가 꿀같이 달콤하게 말한다. 그것을 신호로 판도라의 얼굴을 가득 채우고 있던 긍정적인 감정들이 하나씩 지워진다. 다시 무로 돌아간 상태에서 그는 악마의 얼굴을 투명하게 눈에 담고 고개를 끄덕였다.

「안 돼, 판도라…!」

「현명한 아이구나. 그의 선택이 이루어졌으니 너는 참견할 자격이 없어. 저리 가.」

데렉이 탄식을 내뱉었다.

'이번엔 어두운 감정들을 똑같이 쌓아가겠군….'

선과 마찬가지로 순수하게 누적될 그의 악. 다른 배우의 연기가 이토록 기대되기는 처음이다. 데렉은 쿵쿵 뛰는 가슴을 내리눌렀다.

「나는 첫 번째로 너에게 거짓을 말할 능력을 주겠다.」

악마의 얼굴에 위선적인 표정이 떠오른다. 악의를 숨기고 억지로 웃는 가식적인 표정. 판도라가 그 표정을 옮겨 담는다. 흰 도화지에 검은 획이 그어진다.

「두 번째로 너에게 아첨을 선물하노라.」

이번에는 비굴한 표정이 더해진다. 거짓과 비굴함이 섞인 표정은 조금 전과 같은 인물이라는 것이 믿기지 않을 정도로 지극히 추악했다.

「세 번째로 너에게 증오를 선물하노라.」

위선과 아첨으로 번들거리는 얼굴에 증오가 깔린다. 증오를 품은 채로 웃음을 짓는 그 표정이… 너무도 인간적이라는 것에 탄식이 나온다.

「네 번째로 너에게 호기심을 선물하노라.」

악의로 뒤덮인 얼굴에 마지막으로 호기심이 곁들인다. 그 말을 끝으로 천사와 악마는 서로를 노려보며 퇴장했다. 홀로 남은 인간은 호기심이 가득한 표정으로 주변을 두리번거리며 탐색한다. 어느새 얼굴에는 온갖 선한 감정과 악한 감정이 어우러져 그저 '인간'이 되었다.
　그는 무대 위를 샅샅이 훑어본 후, 마지막으로 자신의 손을 내려다본다. 호기심이 마지막으로 향하는 곳은 결국 자신이라는 존재. 자신의 어깨를, 무릎을 하나하나 만져보던 그가 첫 목소리를 낸다.
　「나는 인간….」

　2장. 텅 빈 무대에 판도라가 걸어 들어온다. 처음의 새하얀 로브가 아닌 알록달록한 색상의 옷을 입고 띠를 두른 그의 얼굴에는 다양한 감정이 복잡하게 자리 잡고 있다. 그리고 그는 구석에서 못 보던 항아리를 하나 발견한다. 밀봉된 항아리. 판도라의 눈에서 호기심이 진하게 빛나고, 그것을 열어보기 직전에 천사가 달려 나온다.
　「안 돼 판도라! 그건 절대 열어선 안 되는 항아리야.」
　「안 돼요?」
　「안 돼. 그걸 열면 인간에겐 어마어마한 불행이 닥칠 거야. 꾹 참아야 해.」
　「왜요?」
　'왜?' 라는 질문에 천사의 눈썹이 위로 올라간다. 그녀는 잠시 침묵하다가 다시 친절한 목소리로 설명한다.
　「신의 뜻이야.」
　신의 뜻. 그 절대적인 말에 대항할 말이 없어 판도라는 입을 닫고, 천사는 엄한 표정을 한 번 더 지은 후 퇴장한다. 그러나 꾸중을 듣고도 항아리에서 눈을 떼지 못하는 판도라. 이번에는 악마가 등장한다.
　「궁금하지 않아, 판도라? 너는 호기심을 받았을 텐데.」
　「궁금해요.」
　「네 의지대로 행해.」
　「하지만 열지 않는 것이 신의 뜻이라고 하셨는걸요.」

그 말에 악마는 혀를 쯧쯧 차더니 그를 한심하게 바라본다.
「네 의지가 고작 그것밖에 되지 않는다니, 실망스럽구나.」
악마도 퇴장한다. 판도라는 웅크리고 앉아 항아리를 바라본다. 손이 그 위를 오르락내리락한다. 다시 나타난 천사가 엄포를 놓는다.
「안 돼, 판도라. 후회할 거야.」
「왜요? 이 안에 뭐가 있는데요?」
그때 천사가 웃는 표정으로 그의 뺨을 때렸다. 찰싹- 제법 매서운 일격에 보던 관객들이 숨을 허업 들이킨다. 판도라의 얼굴에 붉은 자욱이 남았지만 아픔을 알지 못하는 그는 그저 멍하게 천사를 바라본다.
「너는 고통을 모르지. 질투도, 병도, 죽음도 아무것도 몰라.」
「그게 뭔가요?」
「신이 선택한 아이이기 때문에 모르고 지낼 수 있는 수많은 불행들이지. 신은 인간을 사랑하여 행복만을 주셨지만 네가 신의 뜻을 거스른다면 행복만큼의 불행을 주실 거다. 그러니 결코 그 항아리를 열어서는 안 돼.」
다시 경고를 남기고 천사가 퇴장했다. 판도라는 항아리에서 등을 돌린다. 하지만 호기심은 가려움만큼이나 참기 힘든 것. N극이 S극을 향하듯이 몸은 자꾸 그쪽으로 돌아간다.
결국 항아리 위로 다시 손을 얹는 판도라. 그가 항아리를 밀봉한 종이의 끝을 쥐었을 때, 관객들은 조마조마한 마음으로 소리 없는 비명을 질렀다.
'아… 안 돼…!'

182

빨리 같이 연기합시다

항아리 위의 손이 다시 떨어진다. 휴우- 관객들이 안도의 한숨을 내쉴 때, 판도라가 시작하는 독백이 반전의 시작이었다.

「신은 왜 나를 시험에 들게 하셨을까…?」

그것은 흔히 알려진, 호기심을 참지 못하고 항아리를 냉큼 열어 인간에게 불행을 선사한 참을성 없는 판도라가 아니었다. 선한 감정, 악한 감정, 그 모든 감정이 뒤섞여 있을 때 그것을 의지로 구분하기 시작하면서 '이성'이 생긴다. 그렇게 태어난 이성을 바탕으로 판도라는 이제 '사색'을 하고 있었다.

「내가 아무 생각 없이 행복하기만을 바랐다면 항아리를 보여주시지 않았으면 좋았을 텐데. 아니, 아예 사고할 수 있는 능력을 주시지 않았더라면….」

그는 천사의 말을 곰곰이 되새겨보다 다른 방향으로 생각의 가지를 치기 시작한다.

「그런데 행복만큼의 불행을 주신다고? 그건 당연한 섭리가 아닐까?」

천사가 던진 협박. 그것이 진짜 협박일지에 대한 의문.

「행복만이 주어진 지금이 오히려 이상한 게 아닐까?」

당연해보였던 것에 대한 의심.

「주어진 행복을 살고 있는 나는 과연 행복한가?」

스스로의 사유로 다다른 결론을 입에 담을 때, 그의 얼굴에 드리운 것은 짙은 '어둠'이었다. 그는 무엄한 생각을 하고 죄책감에 시달리다가 이것이 과연 무엄한 생각인가 하는 의문을 다시 가지는 과정을 반복한다. 그 모습을 악마가 지켜보며 킬킬거리고 있다.
「좋아. 조금만 더. 호기심을 드높여. 그 항아리를 열어!」
그리고 판도라는 결심한다.
「고통스럽더라도, 후회할지라도, 죽음이 나를 찾아오더라도, 나는 나의 알 권리를 '선택'하겠어.」
그는 과감히 항아리를 열어젖힌다. 취이익- 하는 회색 연기가 솟아오른다. 우하하하하- 하는 웃음소리가 퍼진다. 한쪽에서 악마가 의기양양하게 웃고 있다. 그리고 천사의 반응을 보기 위해 고개를 돌린 관객들이 섬찟 얼어붙었다.
'이런, 실패했군.'
찌푸린 천사의 표정. 그것은 악마라 해도 믿을 수 있을 만큼 저열하고 악의에 찬 표정이었다.

'천사가… 아니었나?'
그 순간 모든 관객들의 공통된 의문이었을 것이다. 한 점 티끌 없이 밝게 웃던 천사, 그것도 〈캐스팅 보트〉 내내 사람을 힐링시키는 따뜻한 웃음으로 유명했던 프리야가 지은 표정이기에 더욱 충격적이었다.
2장이 끝나고 3장의 조명이 들어오길 기다리며 관객들은 예측할 수 없는 결말을 앞둔 긴장에 휩싸였다. 특히 데렉은 유명과 함께할 연기를 미뤄두며 꾹꾹 눌러놓은 기대가 뚜껑을 날려버리고 터져나온 상태였다.
'이 뒤는 대체 어떻게….'
판도라가 스스로의 결정으로 항아리를 열었다 해도, 그것이 인류에게 증오, 시기, 분노, 질병, 죽음… 인간을 불행하게 만드는 모든 것을 불러온 것은 변하지 않는다. '판도라의 선택'을 3장에서 어떻게 관객에게 납득시킬 수 있을 것인가.

다시 들어온 조명 아래 판도라가 쓰러져 있었다. 악마가 다가와서 발로 툭툭 차서 그를 깨웠다.

「어이, 어이. 일어나라고.」

「아, 내가 항아리를 열었고… 그 후는…?」

짜악- 경쾌한 소리. 악마가 판도라의 다른 쪽 뺨을 갈겼다. 처음에는 뺨을 맞고도 전혀 아픔을 느끼는 기색이 없던 판도라의 얼굴에 아주 선명한 아픔과 놀람이 스민다. 그 놀람은 모르던 것을 알게 된 자의 지적 충만감을 내포하고 있었다.

「이게 아픔….」

「어때. 후회스럽나?」

「아니, 아픔이란 건 이런 거였군.」

그 말에 악마는 기특한 듯이 웃음 지었다.

「너도 어지간하군.」

「그러게 말이야.」

악마가 돌아간 후, 그는 평범한 삶을 살아간다. 조명이 여러 차례 색을 바꾼다. 무대의 끝에서 끝을 걸을 때마다 20대의 청년은 30대로, 40대로, 50대로 나이를 먹어갔다.

'맙소사….'

연두색의 싱그러운 불빛이 어두운 보라색으로 단계적으로 변해가는 동안 그의 얼굴에 주름이 늘어나는 듯한 착시가 들었다. 그것은 기쁨, 슬픔, 좌절과 극복이 어우러진 평범한 인간의 삶. 그리고 아스러질 듯한 희미한 불빛 아래 기대 누운, 나이 들고 병에 찌든 임종 직전의 판도라에게 천사가 찾아온다.

「거봐. 항아리를 열지 말았어야 해. 아니, 처음부터 악마에게 어둠의 감정들을 받지 말았어야지. 이제는 후회하지?」

프리야를 일깨웠던 바로 그 장면이 시작되었다.

「아니.」
 판도라의 입에서 튀어나온 단호한 부정. 그는 지치고 병들어 육체를 가누지 못하면서도 맑은 눈빛을 들어 허공에 시선을 둔다. 무언가 보이지 않는 것을 찾아 헤매듯이.
 「인간은 고통과 병이 있었기에 그것을 극복하기 위해 끊임없이 진리를 추구하게 되었어.」
 희미하던 무대에 강렬한 빛이 한 줄기 내려온다.
 「거짓을 말하는 능력은 수많은 위선을 불러일으켰지만, 또한 그 위선은 약자를 보호하기도 했지.」
 구름 낀 하늘을 뚫고 새어나오는 듯한 빛이 또 한 줄기.
 「질투와 증오는 타인을 미워하는 마음임과 동시에 나를 발전시키려는 원동력이 되기도 하며.」
 점점 환해지는 무대.
 「죽음이 있기에 끊임없이 존재의 본질을 사색하게 되었다.」
 천사의 얼굴은 반대로 거무죽죽하게 질려간다.
 「그리고 호기심. 다른 어느 생명체도 갖고 있지 않은 이 특성은 인간을 신에게 한없이 가깝게 만들어.」
 「무엄하다! 신이라니! 감히 신을 논하다니!」
 「무엇이 무엄한가. 신이 되기를 바랄 수 있는 지적인 능력을 주고서 바라지 말라는 것이 오히려 모순이 아닌가. 그대는 진정 천사인가. 혹시 또 다른 신을 만들지 않으려는 신의 이기심을 대변하는 악마가 아닌가.」
 끼야야악- 천사가 고통스러운 표정으로 달아난다. 뒤에서 그것을 구경하고 있던 악마가 웃음을 터뜨린다.
 「대단하군. 신에게서 비롯된 존재가 신을 넘보고 있다니.」
 그의 표정이 자애롭게 바뀐다. 천사가 악마 같은 표정을 지을 줄 알았듯이 악마도 천사 같은 표정을 지을 줄 알았다.

「훌륭하다.」

「역시 당신이 천사였던 건가.」

「아니, 지금 사라진 자가 신이듯이 나도 신이다. 우리는 모든 신이 그러하듯이 선한 면도 악한 면도 가지고 있지.」

인간이 그러하듯이 선함과 악함이 공존하는 신.

「나는 그저 존재의 가능성은 그 존재에게 맡겨야 한다는 생각으로 그대가 그대의 길을 택할 수 있게 도왔을 뿐이야.」

「그러한가….」

그가 점점 가빠오는 숨을 토해낸다.

「정말 후회하지 않아? 너는 아프고, 이제 곧 죽게 된다. 그때 항아리만 열지 않아도 영생을 살 수 있었을 텐데.」

「후회하지 않는다. 배부른 짐승보다는 배고픈 신을 택하겠어. 내가 추구한 진리가 축적되어 전승된다면 내 자손은 언젠가 신이 될 수도 있지 않겠는가.」

판도라는 봉인이 벗겨진 항아리에 손을 넣어 마지막 남은 한 가지를 꺼내어 보인다.

「이런, 그런 '희망'이 남았는가.」

신이 그의 눈을 쓸어내린다.

「평생에 걸친 전투로 지쳤겠구나. 그대, 쉬어라.」

마지막 숨을 내쉬는 판도라의 얼굴에 기쁨이 떠오른다. 진혼곡이 흐르며 밝혀졌던 빛들이 하나하나 꺼진다. 판도라가 완전히 숨을 놓고 진혼곡이 마무리될 때까지 관객들은 숨을 죽인 채 그의 죽음을 바라보고 있었다.

착- 착- 착- 입구에 놓인 각 팀의 투표함에 칩들이 쌓인다. 단연 압도적인 양의 칩이 쌓이고 있는 것은 4조의 투표함이었다.

「편집빨인 줄 알았는데, 티브이가 반의반도 못 담은 거였네.」
「소름. 인터넷에 유명의 팬사이트가 있다고 하지 않았어? 오늘 당장 가입이다!」
 상기된 표정으로 걸어 나오는 관객들의 반응을 들으며 소진은 통곡하고 싶은 마음을 억누르고 있었다.
 '너무 기쁘면 눈물이 난다는 말이 정말이었구나…'
 〈연예학개론〉, 〈려말선초〉, 〈피터팬〉. 그의 작품들을 보아오며 매번 이 이상의 연기는 있을 수 없을 거라 전율했지만, 그는 늘 그 이상의 연기를 보여주어 왔다. 그리고 이번 〈판도라〉의 연기는….
 '그 이후로 감히 누구도 다른 판도라에 도전할 수 없을 듯한 연기….'
 〈피터팬〉으로부터 고작 9개월 남짓 지났다. 그새 그녀의 배우는 또 한 번 한계를 뛰어넘어 있었다. 어떻게 그럴 수 있는지 이해가 가지 않을 정도로.
 '누군가 대단한 선생님이 있는 걸까? 아니, 그같이 대단한 배우를 가르칠 스승이 인간 세상에 있을 리가…'
 자신도 모르는 사이에 올바른 추론을 하고 있는 소진이었다.
 '그나저나 입이 근질근질하네. 너무 좋아도 문제야.'
 소진은 결과가 방송되는 날까지 이 무대를 보았던 것을 비밀로 하기로 했다. 자신이 보고 온 것을 다른 회원들이 안다면 묻지 않으려고 무던히 애를 쓸 것이다. 자신도 말을 못 해주는 것이 미안할 테고. 소진은 사진을 찍고 주변의 반응들에 귀를 기울였다. 방송만 나가고 나면 이 현장 분위기를 다시 자세히 풀어서 떡밥화시킬 생각이었다.
 "소진 씨, 이리 와봐요."
 "어어? 여기 분위기 취재해둬야 하는데요…."
 "지금 안 따라오면 후회할걸?"
 유석이 소진을 잡아끌었고, 그녀는 내키지 않는 발걸음을 옮겼다. 극

장 옆쪽으로 돌아 들어간 곳에는 눈에 번쩍 뜨이는 공간이 있었고,
[참가자 대기실]
'설마….'
열린 문 속에는 소진이 꿈에 그리던 사람이 앉아 있었다.
"어? 회장님이 어떻게 미국에…."
"배우님!"
소진이 새된 비명을 질렀다.

「이제 결과를 발표하겠습니다.」
심사를 위한 무대 정리가 끝났다. 오랜만에 보는 반가운 얼굴들이 심사위원석에 자리해 있었다. 에바, 조지, 나탈리, 데렉.
에바는 우울한 얼굴이었다.
「저 어떡하죠?」
「왜요, 에바?」
「위고 씨의 팬이 돼버렸어요. 신유명 씨 연기를 저 이상으로 끌어낼 대본을 어떻게 쓸지 깜깜해졌는데… 어떡하죠?」
그 말에 위고의 턱이 으쓱 들리고, 유명이 흠칫한다.
'큰일 났네. 에바는 위고 씨가 띄워주면 하늘 끝까지 떠오르는 걸 모르니까.'
그리고 조지.
「흠흠. 제 작품이 끼어 있어서 객관적으로 평하기가 쉽지 않군요. 〈판도라〉는 저희 조만큼, 아니 저희 조보다 쪼오끔 더 좋았던 것 같습니다. 다른 두 작은 좋았지만 제 것보단 못한… 어흠.」
나탈리.
「저 지금 충격을 받아서 말이 잘 안 나오네요. 전반적으로 수준 높은

공연이었지만 〈판도라〉는 정말 압도적이었어요. 판도라가 항아리를 열기를 '선택'했다는 명제도 훌륭했지만, 그 주제를 살려낸 건 누가 뭐라 해도 배우들이었죠. 선과 악, 그것이 복합된 인간적인 감정…. 오늘 저는 한 배우가 도달할 수 있는 연기의 정점을 본 것 같네요.」

마지막으로 데렉.

「…….」

「데렉?」

「신유명 씨. 빨리 같이 연기합시다.」

유명이 그 말에 의아한 표정을 지었다. 클래스에서 함께 연기할 것을 고대했지만 그가 기회를 주지 않았지 않은가.

「못 참겠네, 진짜. 조금만 기다려요, 준비하는 게 있으니까.」

결국 데렉은 스포일러를 해버린다. 제리가 황급히 그를 막으며 나섰다.

「그럼 관객 투표 결과부터 발표하겠습니다. 투표 1위는…!」

두두두둠- 효과음이 깔린다.

「4조, 위고 씨가 연출한 〈판도라〉입니다! 축하합니다! 에이, 그런데 이번 발표는 너무 긴장감 없었다, 그죠?」

전혀 쌓이지 않는 긴장감에 제리가 너스레를 떨었고, 그나마 웃음이라도 터졌다.

「그리고 대망의 결선 진출자 발표!」

이번에야말로 모두가 바짝 긴장했지만,

「-에 앞서 생방송으로 진행될 결선 시스템을 먼저 알려드리겠습니다~!」

제리가 탁- 하고 흐름을 끊었다. 능숙한 밀당이었다.

183

Vogue 관계자 회의

「몇 명이나 탈락할까?」

「글쎄. 2명 떨어지고 톱 텐? 아님 톱 나인 체제로 가려나?」

결선 시스템의 발표를 앞두고 참가자들이 숙덕거렸다. 일반적인 오디션 프로그램은 후반 절반 정도에 생방 경연 시스템을 취한다. 시청자들에게 생방의 쫄깃함과 더불어 자신이 이 오디션의 결과를 직접 결정한다는 성취감을 부여하는 형태.

액터스 하우스에서 배우들이 몇 명만 모여도 나누었던 이야기 중 하나가 대체 생방을 어떻게 진행할 것이냐는 거였다. 〈캐스팅 보트〉는 주 2회의 방송 시스템을 취하고 있다. 한 주에 2번의 생방송…. 생각만 해도 끔찍하다. 어떤 참가자들은 11화가 아직도 액터스 스쿨 중반에 머물러 있는 것을 보고 생방이 없는 게 아닌가 의심하기도 했다. 하지만 방금 제리는 '생방으로 진행될 결선'이라고 분명히 말했다.

「여러분, 먼저 기쁜 소식이 있습니다~!」

「…?」

「〈캐스팅 보트〉의 방영이 2회 연장되었습니다~!」

오오- 하는 소리와 함께 참가자들이 술렁였다. 총 10주, 20화 방송 예정이었던 〈캐스팅 보트〉의 촬영 회차가 2회 추가되었다는 것은 현재 〈캐스팅 보트〉의 인기를 방증했다. 특히나 방송 횟수가 증가하면 나탈리와 데렉 같은 거물들에게 어마어마한 추가 출연료를 줘야 한다는 점을 고려한다면 말이다.

「생방 경연은 17회차인 3월 30일부터 진행될 겁니다! 따라서 생방

1주 전까지 여러분들은 꿀 같은 휴가를 얻게 됩니다.」

그 말에 다시 한번 웅성거림이 커진다. 오늘은 3월 11일 일요일. 생방 1주일 전까지 쉴 수 있다면 약 2주간의 휴가다. 벌써 두 달째 이어진 촬영으로 지친 참가자들에게는 희소식이 아닐 수 없다. 물론 여기서 떨어지면 2주가 아니라 쭈욱~ 쉬게 될 테지만.

'그래서 합격자가 누구냐고!'

모두가 그런 생각을 하고 있을 때 제리가 청천벽력 같은 얘기를 꺼낸다.

「그래서 말입니다아…. 결선 진출자는 2주간 푸욱~ 쉬신 후, 생방 1주일 전에 다시 모여서 발표하겠습니다.」

「네?」「뭐라고요?」「아니…!」

참가자들에게서 비명이 터져 나온다. 붙든 떨어지든, 결과는 빨리 아는 것이 마음이 편하다. 결과도 모른 채로 어떻게 마음 편하게 쉴 수 있겠는가.

「워워~ 다들 진정하시고…. 이쪽 입장도 이해해주셔야 합니다. 앞쪽 촬영의 방송 분량이 생각보다 많아지면서 2회가 추가 편성된 것까지는 좋은 일이죠. 제작진에게도 출연자에게도, 〈캐스팅 보트〉의 수혜를 좀 더 받을 수 있는 좋은 상황입니다. 다만 녹화분과 생방 간의 갭 때문에 보안 문제가 발생했습니다.」

아아- 참가자들은 그제야 이유를 납득했다. 지금 발표를 해버리면 3월 11일 현재부터 결선 진입과제가 방송될 3월 27일까지 보름의 갭이 생기고, 결과가 스포될 가능성이 너무 높아져버리는 것이다.

「2주간 여러분들은 집으로 돌아가셔도 되지만, 마냥 쉴 수 있는 것은 아닙니다.」

이건 또 무슨 말일까.

「최종 12인에 대한 관심이 하늘을 찌르고 있는 상황입니다. 따라서 저희 제작진 쪽에서 참가자들마다 인터뷰나 간단한 방송 출연을 연결해드릴 겁니다. 다만, 절대 개인적으로 다른 매체와 컨택하시면 안 됩니다!」
 그 말에 참가자들의 표정이 다시 밝아졌다. 2주간의 기다림은 갑갑하지만, 배우로서의 인지도를 높여줄 기회가 생긴다는 것은 매우 좋은 일이다. 더불어 어떤 사람들은 자신이 탈락자일 경우 최종 12인으로서의 관심을 2주 더 누릴 수 있다는 걸 빠르게 계산하기도 했다. 사람들이 슬슬 납득한 타이밍을 캐치하여 제리가 다시 낚싯대를 던진다.
「아 참, 한 가지 더. 생방은 총 3회 진행될 겁니다.」
「…?」
 17~22화까지는 6회인데, 왜 생방은 3회란 말인가. 출연자들의 궁금함을 읽은 듯이 제리가 설명을 덧붙였다. 긴 생방은 필연적으로 루즈함을 불러일으킨다. 특히나 연기는 노래나 춤과는 달리 생방을 밀도 높게 끌고 가기 쉽지 않다. 그래서 〈캐스팅 보트〉 제작진은 생방의 회수를 과감하게 3번으로 줄이고, 그사이에 낀 화들에선 메이킹과 비하인드를 방송하기로 했다.
「18화 녹화방송에선 17화 생방송의 뒷이야기와 19화 생방송의 준비 과정을 보여주게 되는 거죠. 언더스탠?」
 3회의 생방. 그것의 의미는….
「따라서 2주 후에 발표될 결선 진출자는 6명입니다.」
 결선 진출자가 그만큼 줄어든다는 것. 참가자들이 놀란 숨을 들이쉬는 소리가 여기저기서 들렸다. 당근, 채찍, 다시 당근, 그리고… 가장 아픈 채찍. 현기증 날 것 같은 밀당 실력을 보여준 제리가 싱글싱글 웃었다.

 {하하…. 발칙하구나, 발칙해.}
 4조의 연기가 끝난 극장의 한편에서 연귀는 극장이 떠나갈 듯이 웃었다. 이렇게 통쾌할 수가 없었다.

{분명 보고 있을 테지. 그리고 자신들을 노리고 만든 극인 줄 알고 부들거리고 있을 게야. 어쩜 이렇게 맞춘 듯한 이야기를 써냈는지.}

〈판도라〉. 자신의 운명을 제 의지로 선택한 강한 인간. 결국엔 신이 되기를 꿈꾸는 인간. 그가 천사에게 '너는 다른 신을 만들지 않으려는 신의 이기심을 대변하는 악마가 아니냐'고 일갈하는 모습이 그렇게 통쾌할 수 없었다. 자신들의 권리를 지키기에 급급하며 자신들 외의 존재에게 지극히 배타적인 선계의 개자식들에게 보란 듯이 들어맞았달까.

{분명 자신들에게 보낸 경고라고 생각하겠지. 혹시 유명이가 우화등선한다면 선계에 피바람이 불 거라고 덜덜 떨고 있을지도 몰라. 하핫!}

배우가 연기로 늘릴 수 있는 존재감의 한계는 1년에 1. 그조차 꽉 채운 1을 얻는 것은 불가능에 가까울 정도로 어려운 일이지만, 신유명은 해내가고 있다. 그의 연기에 대한 열의와 진심이라면… 정말로 수십 년 후쯤엔 우화등선하는 게 가능할지도 모른다. 선계에 오른 후 선계의 실수로 15년간 개고생을 했던 당사자로서 직접 고발한다면, 선계의 상층부가 그야말로 쓸려나갈지도 모르는 일이다. 더는 문제 삼지 않겠다고 합의는 했지만 그건 인간으로서 계약한 것. 그가 선인이 된다면 계약에서 풀려난다.

{물론 내가 끼어들지 않을 때의 일이지만….}

신유명은 자신에게 7년간 몸을 쓰게 해달라고 말했고, 지금 벌써 5년째에 접어들었다. '나를 재미있게 해보라'는 자신의 요구를 그는 충실하게 들어주고 있다. 천 년이 넘은 귀생(鬼生) 중 이렇게 흥미진진한 나날이 있었던가 싶을 정도로.

〈판도라〉. 신을 넘보는 무엄한 인간. 거기서 '인간'을 '귀'로 치환하면 그것은 어쩌면 자신일지도 몰랐다. 아니, 자신은 신이 될 수 있었지만 귀로 남는 것을 선택했다. 하지만 자신의 길을 스스로 정하고, 신에게조차 구애받지 않고 그 길을 걷는다는 점에서 연귀는 〈판도라〉에 크게 공감할 수 있었던 것이다.
　{그건… 신유명의 연기라서 가능했겠지.}
　연귀는 연기를 무척 좋아하지만 그의 기준에서 대부분의 인간 연기는 조잡해보일 수밖에 없었다. 하지만 신유명의 연기는 자신이 인정할 정도로 자연스럽고 깊이가 있었다. 덕분에 이번 극에선 그가 쏟아내고 있는 연기의 기운이 아닌, 〈판도라〉라는 캐릭터에 집중할 수 있었다.
　{더 자라라. 나를 더 즐겁게 해줘. 너의 연기는 인간으로서는 정점을 찍었을지 몰라도 여전히 성장할 부분이 많이 있으니.}
　미호는 자신이 지극히 인간적인 감정인 '기대'를 하고 있음을 깨닫고 움찔했다. 천 년이 넘게 살아왔지만 최근 몇 년간 그는 많이 변해가고 있었다.

　보그(Vogue). 세계에서 가장 영향력 있는 패션잡지사 중 하나인 이곳의 사무실은 밤에도 불야성처럼 환하게 불이 밝혀져 있었다. 그중 휴게실에는 유독 많은 이들이 몰려 있었다. 사람들은 한쪽 면에 걸려 있는 대형 티브이를 숨죽인 채 주시하고 있다.
　「모두 반갑습니다. 앤디 랜서입니다.」
　〈캐스팅 보트〉 본방. 오늘의 방송 주제는 스턴트 연기였다. 커다란 카메라를 든 비쩍 마른 남자의 등장에 누군가가 탄성을 터뜨렸다. 앤디 랜서였다. 이미 데렉, 나탈리, 에바, 조지의 섭외로 최고의 섭외력을 증명한 〈캐스팅 보트〉는 이번엔 최고의 스포츠 포토그래퍼를 섭외해냈다.
　「좋아요, 신유명 씨. 그 상태로 균형을 유지하면서 달리다가 점프!」
　요즘 패션 전문가들이 하나같이 빠져 있는 '핫 아이콘'이 화면에 등장했다. 트렌드에 민감하며 변덕스럽고, 그러면서도 변하지 않는 어떤 가치를 사랑하는 사람들에게 이 화제의 '뉴 페이스'는 참을 수 없이 자극적이었다.
　「아아… 멋져. 나도 그를 찍어 보고 싶어….」

「왜 저렇게 모델 같지? 배우도 신체를 보여주는 일이라고는 하지만, 그는 정말 모델이 아니었나 싶을 정도로 신체를 멋지게 보여주는 방법을 알고 있어….」

〈미션 임파서블〉의 BGM하에 몸을 날리며 액션 연기를 펼치는 유명. 그 모습을 보며 그들의 탄식은 짙어져 갔다.

〈캐스팅 보트〉의 기획 단계에서 보그지에 들어왔던 섭외. 특정 과제의 우승팀 상품으로 화보 콜라보 제의가 들어왔을 때 다들 코웃음을 쳤다. 우승자도 아니고 겨우 특정 과제의 우승팀이라니. 사진 촬영에 익숙지 않은 초보배우들을 데리고 찍어야 하는 데다 브랜드 협찬을 받기도 어려울 각이었다. 그래서 이 기획을 누가 맡겠냐는 편집장의 시선을 다들 외면했었지.

하지만 이제 완전히 판도가 바뀌었다. 〈캐스팅 보트〉는 지금 미국을 달구는 핫이슈로 떠올랐으며, 편집장은 〈캐스팅 보트〉 화보 페이지를 늘리고 표지까지 배정하겠다고 공언했다. 편집장의 명을 거부하지 못하고 기획을 떠맡은 헤롯을 두고 다들 '호구 아니냐'고 쑥덕거렸는데, 이제는 그녀가 부러워서 미칠 지경이다.

「헤롯. 촬영은 어디서 해?」

「메인 스튜디오.」

보그의 가장 중요한 기획들이 촬영되는 메인 스튜디오. 역시 그곳을 배정받았구나….

「브랜드는? 협찬 요청이 줄을 잇겠다, 그치?」

「응. 뭐 알 만한 곳에서는 다 들어왔어. 재밌는 게 뭔지 알아? 다들 '그가 자기네 브랜드의 이미지와 찰떡인 거 같대. C사와 P사와 G사의 브랜드 이미지가 그렇게 비슷한지 처음 알았네, 하하.」

「우와…. 그래서 어디랑 하기로 했어?」

「다 거절했어. 〈캐스팅 보트〉 쪽에서 브랜드를 안 끼웠으면 하더라고.」

상업성이 보이면 방송 이미지가 깎일 수도 있다고.」

원래라면 말도 안 되는 요청이었다. 《보그》는 어디까지나 패션지다. 화보를 찍을 때는 특정 브랜드나 혹은 여러 브랜드의 조합으로 코디네이션을 하고 촬영하는 것이 기본이었다. 즉 처음엔 보그 쪽에 부탁 조이던 〈캐스팅 보트〉가 이제는 완전히 갑으로 태세를 전환했다는 것을 의미한다.

「헐. 그럼 어떻게 해?」

「괜찮아. 브랜드가 아닌 디자이너가 붙기로 했으니까. 패리스가 자신이 꼭 맡고 싶다고 연락해왔거든. 노 페이라도 좋대.」

「패리스라면… 패리스 팰리스?」

패리스 팰리스, 통칭 P. Palace. 이름이 입에 착착 달라붙는 이 디자이너는 몇 년 전부터 뉴욕 패션계에서 가장 핫한 인물 중 하나다. 그가 노 페이로 자원봉사를 한다고 하자 질문하던 동료의 입이 딱 벌어졌다.

「와… 대박. 촬영일이 언제지?」

「3일 후.」

「메인 스튜디오라고? 나 그날 내근인데 구경 좀 가도 될까?」

헤롯이 친절한 얼굴에 난감함을 더해 사무적으로 웃는다.

「미안. 현재 진행 중인 프로그램이라 보는 눈을 최소화하라는 지시가 있어서.」

평소답지 않은 헤롯의 표정에 동료가 당황하는 표정을 지었다. 원래는 '착하다(호구다)'고 회사에 소문날 만큼 거절을 잘하지 못하던 헤롯이었다. 하지만 그녀는 요즘 빠져 있는 네임드갓닷컴에서 'Crude' 광고 속의 박주원 대리를 보고 '거절할 것은 제대로 거절하는 직장인의 미소'를 연습하는 중이었다. 헤롯이 가볍게 미소를 띠고 일어섰다.

「그럼, 준비가 바빠서 나는 이만.」

동료가 어어- 하며 고개를 끄덕였다.

촬영 이틀 전, 보그의 회의실에 4명의 관계자가 모였다.

「수잔 레이콕입니다.」

「안녕하세요, 기획을 총괄하는 헤롯 라이머입니다.」

「포토그래퍼 알리입니다.」

「와우, 저는 패리스 팰리스입니다. 편하게 P라고 부르셔도 돼요.」

패리스는 살짝 조증으로 보였다. 원래 성격이 쾌활한 건지, 이번 촬영이 그만큼 신나는 건지. 수잔이 준비한 얘기를 꺼낸다.

「저희가 보내드린 작품 내용과 스틸 컷을 참조해서 의상 준비하고 촬영 계획 세우셨을 텐데요. 아무래도 실제 작품을 보시는 게 좀 더 컨셉 잡기 편하실 것 같아서….」

「…?」

「〈판도라〉 공연의 녹화 파일을 준비했습니다.」

그 말에 패리스가 왁- 하고 비명을 질렀고, 헤롯도 가슴이 두근두근 뛰었다. 수잔이 USB를 하나 꺼내서 회의실의 노트북에 연결했다.

「파일은 드릴 수 없으니 지금 잘 봐두세요~」

〈판도라〉의 영상이 끝난 순간, 패리스는 동공이 확장된 상태로 옆의 아무 종이를 끌어다 미친 듯이 스케치를 시작했다.

184

나 같은 배우

보그 촬영일. 유명은 하늘거리는 소재의 푸른색 남방에 걸을 때마다

물결치는 듯한 통 넓은 시폰 소재의 흰 바지를 입은 채로 고개를 갸웃거리고 있었다.

'판도라의 의상이라기에는 느낌이 좀 다른데….'

패리스는 유명이 입고 나오는 의상을 보고 박수를 짝짝- 치며 좋아했다.

「포세이돈 같아요. 정말 잘 어울리네요.」

「…?」

「다음은 이거! 이거도 갈아입고 나와 봐요!」

이번에는 붕대를 둘둘 둘러놓은 듯한 기묘한 느낌을 주는 회색의 의상. 어느 쪽에 목이 들어가고 어느 쪽에 손이 들어가는지 알 수 없어 유명은 한참을 헤맸다. 겨우 입고 나온 그의 모습을 보고 패리스는 쌍엄지를 치켜세우며 신나했다.

「와…. 이런 이미지도 잘 어울리네…!」

「저, 디자이너 선생님. 이거 판도라 의상 맞습니까?」

다섯 벌의 의상을 갈아입은 시점에서 유명이 처음으로 의문을 제기했다. 그러자 패리스가 해맑게 고개를 가로젓는다.

「아닌데요?」

「네? 그럼 이건….」

「선물이에요!」

「…….」

「〈캐스팅 보트〉에서 유명 씨를 볼 때마다 내 영감이 미친 듯이 날뛰었어요. 역시, 내 감각은 살아 있어. 어쩜 다 잘 어울리잖아.」

그가 순수하게 감탄에 취해 유명을 감상한다. 옆에 있는 보그 직원들은 'P. Palace의 맞춤 디자인을, 그것도 저렇게 여러 벌…. 저게 다 얼마야!'라는 표정으로 바라보고 있었지만, 유명은 난감할 뿐이었다. 대체 이런 옷을 어디에 입고 다니란 말인가….

「감사합니다. 그럼 다음 건 판도라 의상인가요?」
「아직 다섯 벌 더 남았는데….」
「…….」
「아, 내가 너무 피곤하게 했군요. 미안해요. 혼자 너무 신났네. 그럼 이거 다 싸줄 테니까 꼭 입고 다녀야 해요!」
「…어… 넵.」

위고와는 다른 의미로 피곤한 타입인데 위고한테처럼 잘라 거절할 수도 없다. 그의 눈동자에는 순수한 열정과 호의가 반짝반짝 빛나고 있으므로. 촬영에 매니저 역할로 따라온 유석이 난감해하는 유명을 보고 자꾸 놀렸다.

"내일 인터뷰할 때 그 '붕대' 입고 갑시다. 하하."
"…실장님."
"이런 오트쿠튀르² 의상을 이만큼 소화하다니, 진짜 대단한 겁니다."
"저걸 어디에 입고 다닙니까…."
"으음, 집 앞 편의점 갈 때?"

다행히 한국어라 디자이너는 전혀 알아듣지 못했다.

첫 번째 판도라의 의상은 그저 새하얀 천이었다. 다음 의상에는 작고 투명한 크리스털이 촘촘히 박혀 있었다. 첫 번째 의상을 기본으로 해서 조금씩 변형되어 가는 의상들이 하얀 백지상태였던 판도라가 변화하는 과정을 보여줄 것이었다.

「빛이 반사되는 각도까지 테스트해가며 단 거예요.」
패리스가 의기양양한 얼굴로 설명한다. 이틀 전 〈판도라〉를 관람한

---

2 오트쿠튀르(Haute couture): 작품성이 가미된 패션의 한 형태

후, 그는 덧씌워지는 감정들을 '빛'으로 표현하자는 아이디어를 냈다. 색조명이 떨어졌을 때 크리스털에 난반사되어 뿌려지는 느낌을 주기 위해 그는 이틀간 밤을 꼴딱 새우며 의상에 크리스털을 꿰맸다.

편집자 헤롯이 배우들을 소집했다.

「자, 배우분들. 지금부터 독사진, 커플샷, 트리플샷…. 여러 가지 조합과 컨셉으로 촬영을 진행할 겁니다.」

「알겠습니다.」

「그리고 별책부록으로 브로마이드가 따라갈 건데, 이건 두 번을 찍어서 합성하려고 해요.」

「어떻게요?」

「유명 씨 표정이 덧입혀져가는 장면들이 굉장히 인상적이어서요. 먼저 정면에서 몸을 돌리면서 양쪽 측면을 바라볼 때까지의 몸의 이동을 연사로 찍을 거예요.」

[프리야 - 선한 표정으로 변해가는 유명 1-2-3 - 무표정의 유명 - 악한 표정으로 변해가는 유명 1-2-3 - 마르타]

폭이 긴 브로마이드에 이렇게 표정의 변화를 배치하겠다는 계획은 몹시 멋지게 들렸다. 하지만 이해할 수 없는 부분이 한 가지 있다.

「그런데 왜 두 번인가요?」

「몸을 회전시키는 것을 먼저 촬영하고, 거기에 합성할 유명 씨의 표정 변화를 촬영해야죠.」

「회전하면서 표정이 함께 변하는 게 촬영하기 편하지 않나요?」

헤롯이 당황했다.

「음… 그건 힘들지 않을까요? 몸을 천천히 돌리면서 그 복잡한 감정 변화를 함께 표현하는 건 불가능할 것 같은데요. 표정은 하나씩 끊어서 촬영하는 게….」

「할 수 있습니다.」

「무리 안 하셔도….」

「해볼게요.」

 내내 예의바르고 차분했던 청년의 낯에 의지와 욕심이 깃드는 광경을 보며 헤롯은 자기도 모르게 고개를 끄덕였다.

「천사와 악마 서로 마주 보고, 천사는 악의에 가득 찬 표정, 악마는 그걸 비웃는 듯 오만한 표정으로, 좋아요!」

 확실히 디자이너가 만든 옷은 다르달까. 한 송이 꽃이 핀 듯한 형태의 연노란 드레스에 뿌려진 반짝이는 골드 글리터는 프리야의 선한 인상을 더욱 반짝거리게 했고, 새까만 깃을 세운 제복 같은 느낌의 의상은 올백으로 깨끗이 넘긴 헤어와 더불어 마르타의 날카로운 인상을 더욱 강조했다.

 휘유~ 카메라맨이 낮게 휘파람을 불었다. 인상이 완전히 반대인 두 여성을 붙여놓은 그림도 그림이었지만, 둘 다 아마추어를 데려다놓은 것 같지 않게 화보 촬영에 잘 적응하고 있었다. 별로 입을 댈 것이 없다는 칭찬이 여러 번 터지자, 그들은 엊그제 유명이 해주었던 조언을 떠올렸다.

 ― 기본적으로는 연기와 같아요. 다만 연기는 '동영상'을 보여주지만, 화보 촬영은 '캡처'를 기본으로 한다는 점만 달라요. 좋은 표정을 잡은 상태에서 잠시 정지, 다시 움직임과 표정을 바꾸고 정지, 그걸 리드미컬하게 하는 거죠.

 ― 와― 그런 건 어떻게 알아요? 화보 촬영도 해봤어요?

 ― 네. 100달러짜리 아르바이트를 한 번.

 이상한 답변에 그들은 고개를 갸우뚱했다. 100달러짜리 모델이라니, 그런 것도 있나? 그는 여기 출연하기 전 모국에서도 슈퍼스타였던 거 같은데, 한국은 그렇게 물가가 싼 나라인가, 라고 생각했다.
「자, 악마와 판도라 갑니다.」
유명이 등장하자 카메라맨은 더욱 신이 났다.
'정말 모델 출신이 아니라고?'
완벽하게 셔터의 타이밍을 파악하는 포즈는 모델 못지않은데, 오싹할 정도로 시선을 빨아들이는 얼굴 표현은 완연히 배우이다. 악마의 유혹하는 듯한 포즈와 그 손길에 닿을 듯 말 듯 무감정한 표정을 짓는 판도라. '완전한 무표정'이 주는 신비로운 느낌에 촬영장이 약속이라도 한 듯 조용해진다. 조명에 불길한 푸른빛이 살짝 섞인다. 그것이 판도라의 옷에 달린 크리스털에 쪼개어져 악마와 판도라의 얼굴에 부분부분 드리우는 장면을 보고 패리스가 바르르 몸을 떨었다.
「이번엔 셋이 같이.」
그 뒤로도 많은 컨셉의 촬영이 이어졌다. 가운데 서서 밀랍같이 깨끗한 얼굴로 서 있는 판도라와 양쪽에서 그의 팔을 한쪽씩 당기는 천사와 악마. 자신의 몸보다 큰 거대한 항아리의 입구로 호기심 어린 얼굴을 빼꼼히 내미는 판도라. 그렇게 촬영이 이어진 끝에 문제의 그 장면이 다가왔다.
「진짜 할 수 있겠어요?」
「보시고 아니면 제시하신 방법으로 찍겠습니다.」
이번 장면의 촬영 방식은 연사다. 모델과 카메라맨이 서로의 호흡을 감각으로 느끼며 정지된 포즈를 찍어 나가는 일반적인 촬영과는 달리, 연사의 경우 정돈되지 않은 표정들이 잡힐 가능성이 높았다. 동영상을 아무 지점에서나 캡처하면 쉽게 굴욕 사진을 얻을 수 있듯이.
'그래서 표정이 나오지 않는 몸만 연사로 찍고, 표정은 후작업으로 붙이려는 건데…. 역시 배우라 촬영의 디테일한 부분은 잘 모르나 봐'
라고 생각하던 헤롯은 다음 순간 당황하게 된다.

차-차-차-차-차-차-찰-칵-

정면에서 오른쪽으로 천천히 몸을 돌리며 무표정에 기쁨, 사랑, 매력, 환희가 하나씩 더해져 밝디밝은 옆모습에 도달하기까지 그 자연스러운 표정 변화. 그녀는 너무 놀라서 바로 모니터링을 요청했다. 그리고 눈앞의 결과물을 보고 무척 당황하게 된다.

'어떻게…'

표정에서 표정으로 이동하는 모든 과정까지도 연습한 것일까. 그곳에는 자연스럽게 표정을 누적시켜가며 무표정에서 가장 밝은 표정까지 도달하는 판도라의 컷컷들이 무너진 부분 하나 없이 아름답게 이어져 있었다.

「안녕하세요, 데렉!」

「안녕하세요, 제리.」

오늘 데렉 맥커디는 TW의 토크쇼 프로그램을 녹화 중이었다. 원래 데렉은 예능 프로에는 거의 나오지 않는다. 그가 오늘 제리의 프로에 나온 것은 〈캐스팅 보트〉 심사위원 출연계약에 '〈캐스팅 보트〉 이외의 한 가지 프로에 게스트로 1회 출연한다'라는 조건이 붙어 있었기 때문이다.

〈Tom or Jerry SHOW〉, 톰 또는 제리 쇼. 주 1회, 수요일 밤에 방송되는 이 프로는 제리의 입담에 힘입어 TW에서 다섯 손가락 안에 드는 인기 프로그램 중 하나였다.

「자주 보네요. 이러다 정들겠어요.」

「설마 아직도 정이 안 들었나요? 그럴 리가 없는데-」

「하하…. 데렉은 차암…. 그쵸, 여러분?」

아하하하- 방청석에서 웃음이 터진다. 최고의 배우라는 명성에 더불어 최근 〈캐스팅 보트〉 출연으로 인간미와 친근함까지 더한 데렉 맥커디의 출연에 방청객도 연출도 얼굴에 웃음꽃이 폈다.

「데렉 맥커디라는 거물을 모셨는데 참 궁금한 게 많아요. 예를 들어 그 숱한 스캔들이라든가. 하지만 뭐, 신사적으로 갑시다. 딱히 내가 신사적이라 그런 건 아니고, 시청자들은 마르고 닳도록 다뤄진 데렉 맥커디의 러브스토리보단 요즘 가장 핫한 〈캐스팅 보트〉에 관한 이야기가 더 궁금할 거란 말이죠.」

아니에요- 맞아요- 방청객의 반응이 둘로 나뉜다.

「자자, 가만히 있어 봐요. 어차피 내 맘대로 진행할 거거든. 먼저 정말 궁금한 게, 오디션 프로에 어떻게 데렉 맥커디 같은 특 S급 배우가 섭외될 수 있었는지 거든요. 방송에서 아무리 어마어마한 개런티를 제시한들 그 시간에 영화 한 편 찍어서 대박 나면 게임 끝이잖아요?」

「그렇죠.」

「얘기 좀 해봐요. 진짜 이유가 뭐예요?」

그 말에 데렉이 툭- 하고 사실을 던진다.

「카일러와 어릴 적 친굽니다.」

「엇! 이거 특종인데? 그럼 친구를 도우려고 일부러 출연한 거라는 훈훈한 미담?」

「…그런 건 아니고, 뭐 그런 게 있습니다, 흠흠.」

데렉은 카일러에게 영화 시나리오를 내놓으라고 땡깡을 부리는 중이라는 것은 차마 말하지 못하고 목을 흠흠 울렸다.

「이거 이거, 뭐가 있는데…. 좋아요. 카일러 감독과 친구 사이란 거 하나 건졌으니까 일단은 넘어갑니다. 다음 질문입니다. 데렉이 원래 유명과 아는 사이가 아니냐고 의심하시는 분들이 있어요.」

「네? 프로그램 전에 전혀 몰랐습니다 제리도 알잖아요?」

「제가 아니라 시청자들이 궁금해한다는 거죠. 참가자 한 명이 워낙 압도적이다 보니 뭔가 있는 게 아닐까, 라는 추론들을 하시는 것 같아요.」

제리가 살짝 속을 긁자 데렉이 코웃음을 친다.

「내가 왜요?」

「...?」

「내가 누굽니까. 내가 뭐가 아쉬워서요?」

그가 턱을 살짝 들고 눈을 내리깔자 여성 방청객들이 하아- 하고 한숨을 토했다. 거만한 모습이 기가 막히게 어울렸다.

「그런 건 추론이 아니라 추측이라고 하는 겁니다. 논리가 없잖아요?」

「하하. 언제 봐도 데렉은 데렉이네요. 더 들으면 좀 짜증날 것 같으니까 넘어가죠. 다음 질문, 액터스 스쿨 클래스 선정에서 데렉이 신유명을 꼬셨던 '연관검색어' 발언이 엄청난 화제가 되었었죠. 실제로 지금 데렉 맥커디를 검색하면 신유명이 두 번째 연관검색어로 뜨고 있어요. 혹시 신인배우와 함께 언급되면서 데렉 맥커디라는 이름의 가치가 떨어질 거라는 걱정은 안 해보셨나요?」

피식- 그 말에 그가 다시 한번 웃는다.

「그의 이름이 올라가지, 내 이름이 떨어지는 일은 없을 겁니다.」

그것은 뿌리 깊은 오만함이 담긴 발언이자, 자신의 이름만큼 신유명의 이름을 높이는 발언이었다. 그 대답에는 제리조차 조금 놀라 되물었다.

「도대체 데렉은 신유명이라는 배우를 어떻게 평가하고 있는 거죠?」

그 말에 데렉이 잠시 생각하더니 대답한다.

「나 같은 배우.」

「네?」

「연기에 접근하는 방식, 열의, 집중력, 몰입, 강박적으로 보일 만큼 연기에 집착하는 면모까지 나, 데렉 맥커디와 비교해도 손색이 없다고 생각하는 배우입니다.」

텅- 그 말에 놀란 PD가 메가폰을 떨어뜨렸다. 거침없는 자신감과 이를 뒷받침하는 실력으로 명성이 자자한 이 최고의 배우가 던진 발언은 쇼가 방영되는 순간 전미를 강타할 것이다. 그리고 사람들은 데렉과 신유명이 한 무대에서 붙는 날만을 기다리게 되겠지. 무대 위에서 제리가 피디를 향해 눈을 찡긋했다.

'나 잘했죠?'

뻐기는 듯한 표정이었다.

185

〈캐스팅 보트〉 붐

2주는 쏜살같이 지나갔다. 집에 다녀온 참가자들의 얼굴에는 만족과 욕심이 그득그득 담겼다. 배우 지망생, 혹은 무명배우로 살아왔던 사람들이 전 미국의 시선이 집중된 프로그램의 톱 12에 들었으니 그 관심과 찬사가 오죽 황홀했으랴. 가족들, 친구들의 관심은 당연하고, 지나가는 사람들이 알아보고 사인을 요청했을 것이며, TW에서 마련해준 인터뷰 자리에선 자신이 세상의 주인공인 듯한 기분도 맛보았을 것이다.

'여기서 끝나고 싶지 않아. 더 올라가고 싶어!'

그런 바람을 갖게 된 것은 당연한 일이다. 덕분에 생방 1주일 전, 결선 진출자 발표를 위해 다시 마련된 자리는 지난번보다 긴장감이 후끈 고조되어 있었다.

「안녕 여러분~ 지난 2주가 제리 하이의 사인을 받고 싶다는 주변인들의 청탁 때문에 고생 많았죠?」

다들 그 말에 큭큭 웃음을 참았다. 데렉, 나탈리 같은 심사위원이나 신유명을 비롯한 참가자들의 사인은 요청받아도 제리의 사인을 요청한 사람은 없다고 솔직하게 말할 수도 없고….

「자아, 어차피 지난번 방송 뒤에 붙을 부분이니 질질 끌지 말고 깔끔하게 갑시다~ 합격자 발표입니다!」

두두두두두- 고조되는 배경음이 심장소리와 분간이 되지 않을 정도로 가파르게 가슴이 뛰어오고, 하나씩 이름이 발표된다.

"Youmyoung Shin, Antoine Moniet, Selina Benson, Marta Garcia, Priya Rockheart, Kai Nunen!"

하나하나 이름이 불릴 때마다 기쁨의 함성이 튀어나온다. 그리고 마지막으로 카이의 이름이 불렸을 때, 카이의 눈이 튀어나올 것처럼 커졌다.

「카이는 2조의 루카스와 동점을 받았습니다. 단기간 내에 눈에 띄게 성장한 부분을 높이 평가해서 카이로 낙점한 거니 앞으로 더욱 분발해 주세요~」

「네!」

카이가 벌떡 일어나 스튜디오가 울릴 듯이 큰 목소리로 대답하는 것에 심사위원들이 훈훈한 미소를 보낸다.

「자, 그럼 합격자분들, 축하합니다!」

위고가 연출한 유명의 조에서 합격자가 셋. 조지의 조에서 앙투안과 카이 둘. 그리고 다른 한 조에서 원래 경력이 있던 기성배우, 셀리나 벤슨. 나머지 한 조는 합격자 없음.

놀라운 것은 유명의 조가 다시 한번 전체 합격을 이루어냈다는 것이었다.

'정말… 대단해.'

나탈리는 깊은 시선으로 유명을 응시했다. 공연의 내용이 원체 좋았기에 충분히 납득 가능한 결과기는 했지만, 두 번이나 단체 과제에서 팀원들 전체를 이끌고 프리패스를 시켜버린 그는 정말 말도 안 되는 치트키였다. 연기에 대한 욕심이라면 누구에게도 빠지지 않는 그녀는 그와 함께 작품을 해보고 싶다는 욕심을 다시 한번 마음에 새겨 넣었다.

이렇게 결선 진출자 발표가 끝났다. 불합격한 사람들은 시무룩하게 자리에서 일어나 인터뷰룸으로 발을 옮긴다. 그리고 무대 위에 남은 여섯 명의 사람들에게 생방 안내가 시작되었다.

「자, 여러분. 여태 잘 해왔지만 생방은 다릅니다, 달라요!」

수많은 생방 진행 경험자인 제리가 겁을 준다.

「지금처럼 강제로 집중시켜주지 않습니다. 결선 진입과제도 실제 관객과 함께하긴 했지만, 그건 실제 무대를 촬영한 거에 가까웠다면 생방은 말 그대로 날것의 '방송'이에요.」

「……」

「예기치 못한 사고가 생길 수도 있습니다. 예를 들어 자신이 좋아하는 배우를 응원한답시고 다른 배우의 무대 중에 야유를 퍼붓는 관객도 있을 수 있어요.」

「…!」

「그런 상황이 온다 해도 천연덕스럽게 무대를 이어나갈 만한 멘탈이 필요하다는 말입니다.」

조금 겁을 준 후, 제리는 첫 번째 생방의 과제를 말한다.

「첫 생방은 전반부와 후반부로 나뉩니다. 전반부에는 무대 위에서 즉석 과제를 드릴 겁니다. 그걸 애드립으로 대~충 연기하시면 됩니다. 간단하죠?」

우우- 참가자들이 작게 야유를 보낸다.

「자 그리고, 1주일간 준비해주실 두 번째 과제는….」

두 번째 과제가 공개되었고 한 명이 눈을 빛냈다.

〈3월 13일 12화〉 데렉이 준 과제를 매번 놀랍게 수행해내는 유명의 모습. 숙소에서 효준과 유명의 대화 공개. 효준에 대해 나빠져가던 여론이 급물살을 탔다.

〈3월 20일 14화〉 액터스 스쿨 졸업과제. 그 이상은 불가능할 거라고 생각했던 〈아리자데 왕국 살인사건〉의 해석을 다시 한번 끌어올린 유명의 연기에 시청률이 재차 반응했다. 효준의 조연 연기와 자진 하차가 동정의 여론을 얻는다.

〈3월 23일 15화〉 위고라는 독특한 색깔의 연출가가 등장, 유명의 좋은 연기를 보고도 더, 더, 더를 부르짖는 그의 가학적인 연출이 화제가 된다. 악한 표정을 지을 줄 모르는 프리야의 고난과 영문 모르게 갑자기 바뀐 그녀의 모습으로 기대감 고조.

〈3월 27일 16화〉 정체를 드러낸 〈판도라〉에 말문이 막힌 사람들. 다시 한번 '신유명'이라는 배우의 신드롬이 도래한다. 많은 배우들이 앞다투어 '그와 연기해보고 싶다'라는 피드를 남기고 SNS에 '〈캐스팅 보트〉 요즘 꿀잼'이라는 피드들이 매분 매초 업데이트된다. 조지가 연출한 갱스터물 〈중요 인물〉도 화제.

한 주에 2편씩 쏟아지는 이야깃거리가 한가득인 본방. 그리고 생방 직전, 참가자들의 인터뷰들이 쏟아진다.

〈캐스팅 보트〉의 젠틀가이라는 별칭을 얻은 앙투안의 지면 인터뷰.

[위고 감독님요? 재밌는 분이시죠, 하하. 저도 고생은 참 많이 했어요. 당시 연기를 디렉팅 하시면서 '너무 인간답다', '죽은 사람이 걷는 것처럼 걸어봐라' 그런 독특한 주문들을 자꾸 하셔서….]

[신유명 씨와는 〈캐스팅 보트〉 이전에도 안면이 있었습니다. 그가 프랑스의 저희 극단에 방문한 적이 있었어요. 그때 〈무무〉라는 극을 연기했는데, 당시의 충격과 감동은 차마 표현하기가 어렵습니다. 유명 씨의 연기가 화면상에서 편집 보정되어 나오는 게 아니냐는 말도 있는데, 그의 연기는 직접 봤을 때 충격이 훨씬 크답니다.]

이어서 방영된 토크쇼, 연기에 관해선 어떤 겸손도 없다고 일컬어지는 데렉 맥커디의 발언이 엄청난 파장을 가져왔다.

― 연기에 접근하는 방식, 열의, 집중력, 몰입, 강박적으로 보일 만큼 연기에 집착하는 면모까지 나, 데렉 맥커디와 비교해도 손색이 없다고 생각하는 배우입니다.

데렉의 팬들은 그의 이런 모습을 처음 본다며 난리법석을 피웠고, 자신들도 유명을 응원한다는 성명서를 공표하기도 했다.

생방 신청자 수는 나날이 역대기록을 갱신했고, 생방 날짜가 다가올수록 관심은 점점 뜨거워졌다. 레스토랑에서 밥을 먹다가도 가만히 귀를 기울여 보면 한 테이블 이상은 〈캐스팅 보트〉 이야기를 하고 있을 것이 분명했다.

그야말로 〈캐스팅 보트〉 붐이었다.

미국의 반응이 그러할진대 한국의 반응은 더욱 뜨거웠고, 한국의 반응이 그러할진대 팬클럽의 반응은 말할 필요조차 없으리라. 방송 본방, 유명의 짤방, 인터뷰, 다른 셀럽들이 유명에 대해 피드한 내용, 방송에 대한 세계 각국의 기사나 반응. 요즘 유명의 팬들은 떡밥 극성수기에 접어들어 행복한 비명을 지르고 있었다.

게시물 1048268 [미국에서 〈연예학개론〉 수입해간다고요?]

기사 보셨어요? TW가 KBK에 〈연예학개론〉 수입 제안했다는 거. 한드가 중국도 일본도 아닌 미국에 수출되는 거 현실인가요? 하기야, 그때 유명이가 보형이 표정 짓는 거 보고 예상하긴 했어요. 저게 극 중 캐릭터 따온 거라는 게 밝혀지면 〈연예학개론〉 수출도 꿈이 아니겠다 하고…. 이제 보형이는 세계의 보형이가 되나요. 기쁜데 왜 서운하지….

─ 그 마음 이해가 갑니다. 그래도 본심은 기쁘다는 거….
─ 〈발레리나 하이〉, 〈려말선초〉도 세트로 수입해가지 않을까요?
ㄴ 저 윤한성 배우도 같이 파고 있는데, 〈려말선초〉 해외 진출해서 우리 윤 배우도 할리우드 진출했으면 좋겠어요!
─ 대박 나서 〈연예학개론〉 시즌 2 찍었으면…!

유명의 기존 작품들에 대한 재조명 소식이 들려와서 기쁨과 묘한 상실감에 젖기도 했고,

게시물 1048632 [보그라니… 보그라니…]

떡실신. 오늘 〈판도라〉 보고 꽂혀서 아직까지 심장이 선덕선덕합니다. 그 〈판도라〉가 패션 화보로 나온다니…. 보그 구독 바로 눌러놨는데 해외 배송은 시간 많이 걸리겠죠? 그래도 좋습니다. 저 잠깐 행복할 예정이니 방해하지 마세요.

─ 내 배우가 보그 표지 모델…. 꿈이면 영원히 깨지 말게 해주세요.
─ 아니, 보그가 절할 일 아닌가요? 유명이 화보라니….
ㄴ 아니, 우리가 절할 일 같은데요. 유명이 화보라니….
ㄴ 이분들 지금 회장님 새 떡밥은 보시고 이러고 계신가….
  ㄴ 헉! 지금 달려갑니다! ┌('ㅁ';)┘

앞으로 떨어진 새로운 떡밥에 대한 기대로 몸살을 앓기도 했다. 그리고 〈판도라〉가 공개된 날 밤, 갓네임드를 뒤흔드는 공지가 하나 업로드되었다.

게시물 1048649
[[공지] 〈판도라〉 관람 후기 (영상 첨부, 댓글 이벤트)]

안녕하세요. 시삽입니다. 이제 와서 고백합니다만, 제가 〈판도라〉를 직관했습니다. 운영진 노 특혜 원칙의 수립자로서 맹세하건대, 알고 미국에 간 것은 아닙니다. 도착 후인 공연 전날에야 직관 기회가 있음을 알게 되었습니다. 공정을 위해 기회를 사양할까 고민도 했지만, 대표로 가서 떡밥이라도 만들어오는 것이 공공의 선이라 생각해 참석했습니다. (보고 싶은 마음도 당연히 있었습니다. 죄송합니다.)

변명은 이만하고, 첨부한 파일들을 설명드리겠습니다. 내부 촬영은 금지되어 있었구요, 1번은 티브이에서 볼 수 없었던 촬영장의 분위기를 최대한 자세히 서술한 한글 파일, 2번은 극장으로 진입하는 배우님을 멀리서 찍은 사진들(매니지먼트에게 허락받았습니다). 그리고 3번은… 황공하옵게도 판도라 공연 이후 배우님을 직접 뵐 기회가 있었습니다. 판도라 의상을 그대로 입고 계시는데 보는 순간 눈이 머는 줄 알았습니다. 유명님이 갓네임드에 전한 인사 영상을 첨부하니… 다들 행복한 시간 되시기 바랍니다. (코 쓱)

앞으로도 미국 현지에서 최대한 다양한 취재를 해보겠습니다. 혼자 본 거 용서해주세요!

※ 보그 실물을 발간되는 날 최대한 많이 구해보려고 합니다. 이 글의 댓글에 '응모'라고 남겨주시는 분들 중 추첨을 통해 한국으로 보내드리겠습니다! (굿엔터 찬조 이벤트)

〈첨부파일〉 1.hwp / 2.zip / 3.zip

— 용서라니요! 회장님의 하해와 같은 은혜에 엉엉 울고 있습니다. 다운로드 중인데 손이 벌벌 떨리네요. 응모!

— 회장님은 사리사욕을 채우실 분이 아닙니다. 다 우릴 위해서 가신 거죠. 감사합니다. 응모. ㅠㅠ
— 3번부터 보고 왔는데… 죽을 거 같습니다. 미국물이 좋나요? 더 멋있어짐…. 헉헉. 응모.
— 응모응모응모응모응모응모응모응모응모응모!

생방을 향한 분위기는 점점 무르익고 있었다.

생방이 진행되는 것은 홀수 회차, 즉 금요일이다. 금요일 저녁, 이 특별한 무대의 방청권을 획득한 행운아들이 하나둘씩 방송국 건물로 진입하기 시작했다.
「표 보여주세요.」
「이거 진짜 티켓 아니잖아요. 이러시면 안 됩니다!」
오늘의 생방 무대는 TW 방송국의 메인 스튜디오를 개조하여 만들어졌다. '연기 경연'의 특성상 '노래 경연'처럼 많은 방청객을 초대할 수 없다. 오늘의 초대객은 천 명. 그리 많은 숫자도 아니지만, 연기로 사로잡기에는 부담스러운 숫자이기도 하다.
배우들은 피부와 같은 색의 작은 핀마이크를 붙인 채로 음향 테스트를 한다. 아- 아-
「좋아요. 유명 씨는 성량이 좋고 발음이 분명해서 볼륨을 많이 올릴 필요는 없겠어요. 이대로 픽스할게요.」
「네- 감사합니다-」
생방송 직전, 스탠바이 중인 스태프들은 바짝 군기가 들어 있다. 진행과 동시에 관객을 제어하고 중간중간 인서트되는 자료 화면까지 스무스하게 집어넣어야 한다. 까딱하면 방송사고다.

천 개의 객석이 포진한 무대, 그 앞쪽 중앙에는 심사위원석이 자리 잡고 있다. 일반적인 오디션 프로들보다 훨씬 점잖은 데코레이션은 이것이 쇼가 아닌 '연기 무대'임을 강조하지만, 각 심사위원석의 앞쪽에는 점수가 표시될 전광판이 달려 있어 이것이 '경연'임을 실감나게 한다.

음향 체크, 조명 체크, 의상과 분장 체크, 그리고 리허설까지 모든 것이 끝났고, 이제 관객이 입장한다.

186

생방(Live On-Air)

한 치의 오차도 허용하지 않는다.
「안녕하세요~」
까딱하는 순간 방송사고로 이어진다.
「기존에 없었던 연기 서바이벌, 캐스팅~ 보트!」
위쪽의 상황실에서 여러 대의 카메라가 잡고 있는 화면들을 훑어보며 턱을 초조하게 쓰다듬고 있는 데니스 밀턴과 아래쪽의 진행 상황을 컨트롤하고 있는 수잔과 에밀, 그리고 나머지 스태프들. 모든 사람들의 신경이 바짝 곤두선 상태였다.
「저는 미국에서 가장 핫한 진행자, 제리 하이입니다!」
와아아아아아아-
어느 때보다 높은 함성이 스튜디오를 가득 메운다.

「오늘 이 자리에는 행운의 방청 당첨자들과 더불어 많은 셀럽들이 함께 자리해주셨습니다. 자, 몇 분과 인사를 나눠볼까요? 안녕하세요, 조쉬.」

꺄아아아- 몇몇 팬들이 비명을 질렀다. 처음부터 유명한 가수가 등장했다. 조쉬라고 불린 남자는 서글서글한 얼굴로 카메라를 향해 손을 흔들어 보이며 팬서비스를 한다.

「안녕하세요, 제리.」

「이번 생방에는 어떻게 오시게 됐나요?」

「어어… 당첨돼서요?」

「네? 진짜요?」

그가 손에 들린 티켓을 팔락거린다. 클로즈업되는 티켓의 색깔은 정말로 초대권이 아닌 일반 방청권이다.

「하하, 이거 걸작인데요. 정말 본인 이름으로 응모한 거예요?」

「네. 초대권을 구하려고 해봤는데 너무 경쟁이 치열해서 엄두가 안 나더라구요. 다음엔 초대권도 응모받아서 추첨하시면 안 될까요? 둘 다 지원하게.」

「우핫, 양다리를 걸치겠다 이거예요?」

제리는 몇 명의 셀럽들을 인터뷰해나갔다. 일반 방청권을 신청했다가 당첨되었다는 셀럽을 위시해서 누구나 고개를 끄덕일 만한 톱모델도, 여러 번 SNS에서 〈캐스팅 보트〉를 언급했던 톱배우도 있었다. 그리고 초대권을 가졌지만 일반인으로 보이는 사람이 1명. 폴로 티셔츠에 구겨진 면바지를 입은 보통의 아저씨 한 명이 금테 안경 너머로 눈을 빛냈다.

'흐음…. 정말 그의 실제 연기가 티브이에서 본 것과 같다면 나의 다음 타겟은 그 배우야.'

그는 미국에서 가장 큰 TV 시리즈[3] 제작사, CRD에서 여러 성공적

---

3 TV 시리즈: 미국에서 드라마, 시트콤 등을 일컫는 용어

인 미드를 만들어낸 제작자, 니콜라스 판다스였다.

방송은 짧은 1부와 긴 2부로 나뉜다. 짧은 1부에서는 즉석 연기를, 긴 2부에서는 준비된 과제를 진행하게 된다. 평가 방식은 비율 합산. 심사위원들이 1부와 2부를 총괄해 매긴 점수가 50%, 현장 방청객에게 나누어진 투표기로 집계된 표가 20%, 문자투표가 30% 반영되어 이번 회차의 당락을 결정짓게 된다.

「자, 그러니까 여러분. 한 분당 두 명에게만 표를 줄 수 있어요~ 시청자 여러분도 한 전화번호로 여러 개의 문자를 보내도 가장 처음 것만 산정되니까, 자기 배우 응원한다고 자꾸 문자 보내시면 방송국 배만 불리는 겁니다, 앙?」

제리가 깐족거리며 설명을 끝냈고, 심사위원들의 소개가 이어졌다. 언제 봐도 멋진 두 명의 배우와 특유의 허허- 하는 미소를 띤 조지, 그리고 쾌활한 에바…가 아니다. 그녀의 다크서클이 턱까지 내려와 있다.

「에바, 분장한 거예요? 지금 거의 좀비 수준인데?」

「으어… 좀비라뇨! 요즘 고민 중인 대본이 있어서 그래요.」

「아… '그 대본'! 여러분~ 에바가 3차 경연 과제 대본을 쓰고 있습니다. 이렇게 고심하는 걸 보니 엄청난 걸 써낼 거예요.」

「으악! 기대하게 만들지 마세요!」

긴장을 푸는 짧은 재담 후, 드디어 배우들이 등장했다. 차분한 톤의 무대이지만 여섯 개의 단상에 올라 있는 배우들의 머리 위로 스포트라이트가 떨어질 때만큼은 무척 화려했다.

우와아아- 각 참가자가 소개될 때마다 비명 같은 함성이 메아리친다. 특히 유명이 소개될 때는 가장 높은 데시벨의 환호성이 장내를 가득 메웠다. 시작되는 1차 경연 과제.

「첫 번째 과제는 즉흥연기입니다. 하지만 단순한 즉흥연기라면 〈캐스팅 보트〉의 악명에 어울리지 않겠죠.」

「?」

「이번 과제는… 2인 즉흥극입니다!」

제리의 말에 참가자들이 숨을 헙- 들이켰다. 혼자 찧고 빻으면 되는 1인극에 비해 2인극은 상대와의 합이 중요하다. 그렇기에 즉흥극이 더욱 어렵다. 상대역이 대응을 못 하고 뚝- 끊어먹는 경우엔 둘 다 망하는 것이다. 거기에 제작진은 다시 잔인한 주문을 더한다.

「즉흥극 파트너는 유명 신 & 셀리나 벤슨, 앙투안 모니에 & 마르타 가르시아, 프리야 록하트 & 카이 누넨이 되겠습니다!」

방청객들은 아직 이 배정의 의미를 모른다. 이것은 본과제에서 '같은 롤'을 배정받은 사람들끼리 묶은 것이다. 즉 '대놓고 비교해서 보여주겠다'는 의미인 것이다.

유명은 자신과 함께 묶인 상대에게 시선을 준다. 셀리나 벤슨. 그녀는 40대 후반의 중견 여배우이다. 오랜 경력의 단역배우로 다양한 영화와 드라마에 출연했다. 누구나 '어디서 본 것 같다'라고 알아보지만 '그런데 이름이 뭐더라?' 하고 갸웃하는 정도의 인지도를 가진 배우. 하지만 그녀는 놀라운 의욕과 열정으로 〈캐스팅 보트〉에 지원했으며, 안정된 연기력으로 무려 톱 6까지 올라온 멋진 참가자였다.

「즉흥연기의 주제는 따로 없지만 역할은 정해져 있습니다. 1조는 엄마와 아들, 2조는 연인, 3조는 척을 진 가문의 아들딸입니다. 관객들이 잠시 영상을 보시는 3분 동안 파트너와 대략의 합을 짜주세요. 영상이 끝나면 바로 과제가 시작됩니다!」

또 한 가지의 주문이 추가되었고, 유명은 한 가지 아이디어를 떠올렸다.

'그녀의 안정된 연기력이라면….'

「셀리나.」

「유명.」

유명이 그녀 쪽으로 걸어갔다. 이미 40대 후반. 우아하고 고상한 외모라고 할 수는 없었지만, 그녀의 얼굴에 새겨진 주름과 살아 있는 눈빛은 멋진 배우의 것이다.

「이따 메인 과제, 셀리나는 '먹히는' 스토리였죠?」

「맞아요, 갑자기 메인과제는 왜….」

「저는 '지키는' 스토리거든요.」

「…?」

「이왕이면 메인 과제의 '프리퀄[4]'로 가면 재미있을 것 같지 않아요?」

유명이 제시해온 의견에 셀리나가 흠칫 놀랐다. 듀엣으로 즉흥연기를 하라는 과제를 받았을 때, 자신은 어머니와 아들이라는 관계에 어떤 드라마를 부여할 수 있을지만을 고민했다. 주변을 둘러보니 다른 배우들도 그러한 것 같고.

그런데 후반 과제의 프리퀄이라…. 시청자를 생각한다면 당연히 이 접근법이 훨씬 좋다. 아직 과제를 모르고 TV를 시청하고 있는 사람들은 지금의 이야기가 나중으로 이어질 때 엄청난 탄성을 쏟아내겠지. 하지만 따로 준비 시간이 없는데… 즉흥연기로 그게 가능할까?

「좋은 아이디어긴 한데, 에뛰드(즉흥연기)로 그게 가능할까요?」

「셀리나의 연기력이라면 충분히요. 제가 나름 에뛰드 연습을 많이 한 편인데, 괜찮으면 제가 던지는 방향으로 같이 가보실래요?」

셀리나가 유명을 쳐다본다. 세상의 주목을 한몸에 받고 있으면서도 그는 늘 겸손하다. 지금도 이런 멋진 아이디어를 내놓고도 자신의 기분이 상할까 봐 조심스럽게 제안하고 있지 않나.

「좋아요! 내가 어떻게 하면 되죠?」

---

4 프리퀄: 오리지널 영화에 선행하는 사건을 담은 속편

「두 가지만. 첫째로, 저를 진짜 아들이라고 생각하고 반응해주세요.」
「Ok. 아들 셋 엄마라 그건 쉬워요.」
「그리고 셀리나는 끝까지 '주입'하지 않는다. 그것만 지켜주세요.」
「주입?」
 그녀가 되물은 말에 대답이 돌아올 새도 없이 제한 시간이 끝났다.
「1조부터 바로 시작합니다! 유명과 셀리나의 조, 바로 지금부터 연기를 관람하시죠.」
 그들이 무대 가운데로 나오고 나머지 배우들이 잽싸게 무대 뒤로 빠진다. 무대가 서서히 암전되었다가 다시 불이 켜졌을 때, 그들은 절박하게 서로를 마주 보고 서 있었다.

 불 꺼진 무대를 보며 데렉은 생각하고 있었다.
 '어떤 걸 내놓을까.'
 '즉흥극'이라는 틀만 있었던 이 과제의 디테일을 잡아준 것은 자신이었다. 제작진에겐 알려주지 않았지만, 듀엣을 지정한 것과 과제를 맡은 사람끼리 묶은 것에는 이유가 있었다. 그는 이미 유명의 연기력도, 연기에 대한 열의도 인정하고 있지만, 정말 그가 자신과 비슷하다면….
 '메인 과제와 연관된 이야기를 연기하겠지.'
 하필 '같은 메인 과제'를 부여받은 사람들끼리 짝지어졌다. 자신이 오디션의 참가자였다면 이 상황에서 아마 프리퀄이나 에피소드를 만들어 보였을 것이다. 물론 그게 정답이라는 건 아니다. 생방송, 즉흥, 듀엣. 이런 극한 상황에서 뒤쪽 과제까지 감안해서 앞쪽 과제를 짠다? 그렇다면 아마 제정신이 아닌 배우겠지. 하지만 자신이라면 실패하더라도 그것에 도전할 것 같다. 이 상황에서 관객에게 짜릿한 반전을 줄 수 있는 가장 좋은 방법이니까.

'그도… 그렇지 않을까?'

조명이 떨어지는 무대. 공연 중에는 조용히 해달라는 FD의 신신당부가 먹혔는지, 관객들은 쥐 죽은 듯이 조용하다. 무대 위에서 서로를 아프게 응시하는 두 사람 때문일까. 유명이 피곤한 웃음을 지으며 먼저 대사를 던진다.

「엄마. 우리가 마지막이에요.」

그 첫마디에 데렉은 강렬한 예감을 받았다.

「…아직 남은 사람이 있지 않을까?」

「아니요. 최소한 우리가 굶어죽지 않고 이동할 만한 거리 내에는 없어요. 내내 확인해왔잖아요.」

「그래…. 네가 고생이 많았지.」

「식량도 이게 마지막이에요.」

역시….

「드세요.」

「아니, 이걸 이렇게 먹어버리면….」

「어차피 우린 '그게' 되지 않아도 굶어서 죽어요. 그러니까… 차라리 이걸 먹어버리고 같이 '그게' 돼요.」

자신의 기대대로 프리퀄이다. '그것'의 의미를 짐작한 데렉이 몸을 부르르 떨었다. 관객들은 도대체 '그게' 뭘까 궁금해하고 있을 것이다. 그리고 잠시 후 본과제 때 '그것'이 나오는 걸 보면 눈이 헤까닥 뒤집히겠지.

갑자기 준 미션을 본과제의 프리퀄로 만들어버리는 클래스라. 시청자들이 이것이 즉흥 과제라는 것을 믿을 수 있을까. 셀리나도 잘 따라가고 있다. 분명 상대배우의 역량까지 계산해서 던지고 있겠지.

「아… 안 돼. 벌써 몇 개월을 '그게' 되지 않으려고 죽을힘을 다해 버텨왔잖니. 차라리 깔끔하게 같이 죽자. 그게 나아.」

「엄마, 난 고통스럽게 죽기 싫어….」

데렉은 멈칫했다. 아주 조금씩 일그러졌다 돌아오는 그의 표정. 핏줄이 도드라질 정도로 꽉 쥔 양손. 참고 있다. 무언가를 필사적으로 참고 있다. 무엇을? 눈물을?

「'그게' 되는 건 끔찍하지만 아프지는 않다잖아요. 응, 엄마?」

아니, 참고 있는 것은 좀 더 깊은 충동. 그것을 느낀 것은 셀리나도 마찬가지인가 보다. 즉흥극이라는 것이 믿기지 않을 만큼 자연스럽게 대사가 이어진다.

「너 혹시….」

「아니, 아니에요. 정말이야. 이미 충분히 굶주렸잖아요. 아프기까지 한 건 싫어.」

「그래…. 그러자.」

그 말에 안도한 듯 유명이 무언가를 꺼내서 살짝 눌러본다. 정교한 손동작만으로도 주사기라는 것을 짐작할 수 있다. 그는 그것을 셀리나의 손에 쥐여준다. 관객들은 상황을 전혀 이해하지 못하면서도 무대의 분위기에 휩쓸려 시선을 완전히 빼앗기고 있다.

「마을에서 '그놈'들이 지나간 자리의 체액을 가져왔어. 이게 피와 섞이면 고통스럽지 않게 갈 수 있대요. 하나, 둘, 셋 하면 같이 주입하는 거예요.」

「알았어….」

하나- 둘- 셋- 하는 순간, 그는 꾸욱 주사기를 찔러 넣었지만 셀리나는 주사기를 반대편으로 던져버린다.

「이게… 무슨 짓…이에요, 엄마?」

그의 눈동자가 흔들흔들 춤을 춘다. 경악과 좌절, 욕망과 인내가 무겁게 뒤섞여 꿈틀거린다.

「너… 이미 돼버린 거지?」

「…….」

「어차피 '그게' 될 거라면… 네게 당하는 편이 낫지. 몇 달 내내 허기에 시달렸잖니.」

모정. 이미 괴물이 되어버린 본성을 한끝 이성으로 짓누르며 차라리 함께 괴물이 되자고 말하는 아들과 그에게 자신의 몸을 내어주는 어머니의 참혹한 모정. 유명은 자신의 의도를 완전히 읽어준 셀리나에게 감탄했다. 그녀가 모성을 가득 담은 얼굴로 양팔을 벌리고 다가오자, 그는 진심으로 두려워 주춤주춤 뒷걸음질 쳤다. 그리고… 사실 이미 되어버렸던, 온갖 힘을 다해 눌러놓았던 '그것'이 살짝 드러난 채로 돌아서 도망쳤다.

「엄마… 왜… 어떻게 나한테!」

짐승 같은 울부짖음. 관객들은 그 악귀 같은 표정에, 그런데도 아픔이 절절하게 느껴지는 비명에 영문을 모르면서도 완전히 빨려들어 덜컹덜컹 흔들렸다. 그것이 메인 과제를 위한 전초전이라는 것을 모른 채로도.

187

인외종 연기

스타트가 화려했다. 객석을 향한 카메라는 현장 연기의 박진감에 넋을 놓은 관객들의 표정을 빠르게 훑었다. 문자투표가 누적되는 속도가 확 치고 올라간다.

'엄마와 아들의 이야기에 기대했던 스토리가 전혀 아니었어. 내용을 종합해보면 배경은 아포칼립스, 마지막까지 살아남은 두 모자. 아들이 뭔가에 먼저 감염당했고, 자신이 엄마를 죽이지 않기 위해 타인의 체액으로 엄마를 감염시킬 계획을 세웠다. 그리고 엄마는… 아들을 사랑하는 마음에 스스로 아들에게 먹히려 한다는 건가.'

실로 참혹한 스토리. 이 이야기가 나온 배경이 무엇일까. 그리고 '그것'은 도대체 무엇일까. 관객들이 궁금해하고 있는 동안 경쟁자들은 다른 의미의 충격을 받고 있었다.

'이어질 무대의 프리퀄이라니….'

생각도 하지 못했다. 아니, 생각했다 하더라도 그 짧은 시간 내에 두 사람의 이야기를 엮어서 저런 스토리를 만드는 것이, 그리고 그걸 2인 즉흥연기로 맞춰 연기하는 것이 가능했을 리가 없다. 그야말로 수준 차이. 그들의 눈이 크게 흔들렸다. 특히 그 무대에 큰 충격을 받은 사람은 앙투안이었다.

― 일주일간 준비해주실 두 번째 과제는 '인외종' 연기입니다.

한 주 전, 제리가 첫 생방 과제를 던졌을 때 그는 눈을 반짝였다. 인외종. 인간이 아닌 종을 일컬으며, 영화에서 자주 차용되는 인외종으로는 뱀파이어, 늑대인간, 좀비 등이 있다.

― 기존 작품을 연기하셔도 좋고 직접 스토리를 구상하셔도 좋지만, 잊지 말아야 할 것은 '변신 과정'이 들어가야 한다는 점입니다.

인간의 모습일 때와 인외종의 모습일 때, 그리고 변하는 단계의 모습. 앙투안은 이미 그것을 질리도록 연습한 적이 있다. 위고와 찍은 영화에서 그가 맡은 주인공이 바로 뱀파이어였기 때문이다. 위고가 〈판도라〉를 마치고 떠나면서 다음 과제는 너에게 꽤 유리할 테니 분발해보라고 했던 게 이런 의미였구나….

― 뱀파이어, 늑대인간, 좀비를 각각 2인씩 연기하게 될 겁니다. 원하는 종을 선택하시고, 한쪽에 너무 많이 몰릴 경우엔 조정하겠습니다.

앙투안은 망설임 없이 뱀파이어를 선택했다.

'그를 꺾을 수 있으리라는 자만심은 없어.'

이곳에 처음 오기로 했을 땐, 그래, 호승심도 있었다. 스스로 느긋한 성격이라 자부하고 있었건만 그의 '무무' 연기를 보고나서는 자꾸 마음이 조급해졌다. 그 연기의 경지를 확실히 확인하고 도전해보고 싶다는 마음으로 이곳까지 왔다. 하지만 그를 다시 만나 보니 그것이 헛된 꿈이었음을 깨달았다. 온 것을 후회하지는 않는다. 그가 연기를 대하는 방식을 보고 무척 많이 배웠으니까. 하지만… 자신은 그를 좇을 레벨이지 겨룰 레벨이 아니라는 것을 완전히 납득하고 만 것이다.

'하지만 뱀파이어라면….'

정말 위고에게 철저히 굴려지면서 뱀파이어를 연구하고 습득했다. 이 역할이라면 그를 이기진 못하더라도, 한 번이라도 비등하게 연기해낼 수 있지 않을까. 그렇게 뱀파이어 배역을 얻고, 이후 사력을 다해 연습해온 앙투안의 자신감은 지금 유명의 프리퀄을 본 순간 사정없이 흔들리고 있었다.

즉흥연기 과제가 끝났다. 1조의 연기를 보고 다른 조의 참가자들의 멘탈이 다소 휘청한 것 같았지만, 그래도 그간 쌓인 내공이 있는지 큰 무리 없이 즉흥연기를 치러냈다.

본과제를 시작하기 전, 배우들이 준비하러 무대 뒤로 들어간 동안 심사평이 진행되었다.

「자- 원래 뒷담화가 재밌는 법이지요. 다들 들어간 사이에 탈탈 좀 털어보세요. 어땠어요, 조지?」

앙투안과 마르타는 함께 첫 '우주여행'을 간 연인을 연기했다. 평소보다 가벼운 중력을 표현한 둥실둥실한 움직임과 '우주'라는 공간의 불편함을 끌어와 사랑싸움을 독특하게 주고받은 내용이 꽤나 인상적이었다는 평. 프리야와 카이는 〈로미오와 줄리엣〉을 연기했다. 둘 다 초보자라 안전한 선택을 한 것 같았다. '원수의 아들딸'이라는 조건을 가진 대표적인 작품. 귀엽고 발랄했지만 앞 조들의 연기에 비해서는 조금 아쉽다는 평이 많았다. 재미있는 것은, 유명과 셀리나 조의 연기에 관해선 모든 심사위원들이 감상을 미루었다는 점이었다.

「어? 에바도요? 아까 홀딱 홀려서 봐놓고 평가 보류라니, 도대체 왜요?」
「1조 연기는 현재로서는 진정한 평가가 불가능해서요.」
「아니 평가가 평가지, 진정한 평가는 또 뭐예요? 하여간 작가들이란 알 수 없는 족속들이라니깐.」

제리가 갸웃하며 다시 진행을 시작했다.

「자- 드디어 본과제가 시작됩니다. 이번 과제의 주제는… '인외종' 연기입니다!」

오오오- 벌써 방송시간이 3분의 1가량 지났고, 앞선 연기로 흥에 들뜬 관객들이 아낌없이 호응했다.

「인외종의 종류는 총 세 가지. 뱀파이어, 늑대인간, 좀비입니다. 앙투안과 마르타, 프리야와 카이, 셀리나와 유명이 동일한 인외종을 연기해요. 네- 맞습니다. 아까 팀 그대로예요. 〈캐스팅 보트〉 제작진들이 이렇게 사악합니다. 두 명씩 대놓고 비교질을 하자는 거죠.」

제리가 관중들을 향해 속삭이는 입모양으로 제작진을 험담하자 스태프들이 어이없는 웃음을 터뜨렸다.

「자, 처음 연기를 보여줄 배우는 앙투안인데요, 워낙 미남 배우라 팬덤이 열광적인 걸로 아는데 혹시 여기도 앙투안 팬 있나요? 그가 뱀파이어로 출연했던 전작을 아시는 분?」

「저요! 〈뱀파이어 프로젝트〉요!」

「와, 저분 목소리 크시네. 맞습니다. 전직 뱀파이어의 뱀파이어 연기가 얼마나 실감날지, 여러분 기대되시나요?」

「네~!」

「좋습니다. 앙투안, 준비됐죠? 시작할게요?」

평소와 어울리지 않게 비장해 보이는 앙투안의 뱀파이어 연기가 시작되었다.

「이걸 누르면 머리 쪽에 설치된 튜브가 터지면서 검고 붉은 잉크가 쭉 흘러내릴 거예요. 한 번밖에 못 쓰니까 조심하세요.」

「네.」

무대 뒤, 유명은 특수 장치를 몸에 설치하는 기사의 설명을 들으며 이곳이 할리우드인 것을 실감했다. 피와 진물로 뒤덮이는 좀비, 송곳니가 길어지는 뱀파이어, 달빛을 받으면 손톱과 털이 자라는 늑대인간. 제작진에선 영화 분장팀을 동원해 특수 장치를 설치해주었다. 과제 중간에 인간에서 인외종으로 변화하는 장면이 들어가야 해서 정교한 분장은 불가능했지만.

너덜너덜하고 더러운 의상과 부스스한 머리, 오래 굶은 상태를 보여주기 위해 뺨에 그러데이션을 한껏 넣는 것도 잊지 않았다. 준비가 완료된 상태로 다시 무대 뒤에 스탠바이를 들어간다. 그리고 이제 막 시작된 앙투안의 연기를 지켜본다.

'앙투안 모니에….'

유명도 〈뱀파이어 프로젝트〉를 본 적이 있다. 사교계에 명망이 드높은 치명적인 매력의 남자. 사실 그가 사람들을 홀리고 다니는 것은 '피를 얻어야 한다'는 생존 목적 때문. 자신이 뱀파이어가 된 것이 어떤 실험의 일환인 것을 알고 그 실험이 이면을 추적해가는 영화에서 앙투안 모니에는 배우로서의 진가를 발휘했다.

'역시 앙투안은 위고 씨가 필요해.'

몇 번 앙투안과 얘기를 나누었을 때, 그는 다시 위고와 작업할 생각은 없다며 손사래를 쳤었다. 좋은 연출가이긴 하지만 자신과 무척 안 맞는다며. 하지만 유명의 생각은 달랐다.

'그는 타고난 성향 탓인지 항상 여유를 남겨두는 경향이 있어. 그리고 위고 씨는 상대가 누구든 100%를 짜내는 연출이지.'

전력으로 덤비지 않고 조금의 여유를 남기는 성격이 그의 매력을 만들어내는지도 모르겠지만, 배우로서의 성장을 생각한다면 역시 해답은 위고다. 위고는 배우의 가능성을 남김없이 긁어낼 줄 안다. 물론 아무리 변태적인 방식으로 배우를 들볶는다고 해도 100% 이상을 끌어낼 수는 없다. 하지만 앙투안 정도로 타고난 소재가 좋은 배우가 위고의 손에 들어간다면 분명 그는 성장할 것이다. 〈뱀파이어 프로젝트〉에서 그가 이미 한 단계 성장했던 것처럼.

'어쨌거나… 참 좋은 배우야.'

그의 송곳니가 길어지며 뱀파이어가 되어가는 과정, 변한 얼굴에 스민 슬픔과 권태, '밤의 귀족'의 우아함을 보며 유명은 내심 감탄했다.

'미호. 〈캐스팅 보트〉에서 참 좋은 배우를 많이 만났어, 그치?'

{5년, 10년 후 거물이 될 배우들이 꽤 많이 모였징.}

'원생에도 〈캐스팅 보트〉가 이 정도였나? 그땐 시청자였고 지금은 참가자라서 객관적으로 비교할 순 없지만, 이 정도로 실력 있는 배우들이 나오고 화제가 되었던 것 같지는 않은데.'

{너 때문이당.}

'…?'

{네가 예상 밖의 실력을 보여줘서 참가자들도 심사위원들도 많은 영향을 받았징…. 지금 우리가 살고 있는 세계는 원생과 같은 세계라고 볼 수 없당.}

그 말에 유명의 얼굴에 어떤 깨달음이 스친다.

{쟤들도 아마… 원생보다 더 거물이 되겠징. 네 영향으로.}

그저 열심히 살았을 뿐이지만, 자신은 이미 세상에 많은 영향을 미치고 있었다.

도미니코 블란테는 커다란 포테이토칩을 집어 먹으며 티브이를 시청하고 있었다. 원래 금요일 밤은 그와 그의 존경할 만한 친구들이 만든 '논리와 역설을 사랑하는 강박증 환자들의 모임(L.O.A.)'이 있는 날이지만, 오늘 회원들은 모임을 온라인 채팅으로 대체하는 것에 한 명도 빠짐없이 찬성했다. 생방은 라이브로 봐야 한다는 아주 엄밀한 논리 때문이었다.

Domi: 오늘 드디어 밝혀지겠군. Y의 연기가 후보정으로 다듬어진 거였는지, 날것의 그대로인지.
B.qao: 만약 오늘 별로인 건 컨디션 때문, 콜록콜록! 이따위 대응을 한다면 TW를 폭파해버리겠어.
Est: 나는 사실 그를 조금 지지해. 물론 나는 L.O.A.의 회원으로서 편집을 이용한 매체의 날조에 염증을 느끼는 사람이지만, 만약 그들이 히어로 메이킹을 하려고 했다면 굳이 동양인을 선택했을까?
Blanc: 우리는 이미 그가 모국에서 출연했던 작품들을 보고 토론을 마쳤고, 그가 좋은 배우라는 의견은 합리적이라고 결론을 내렸잖아? 하지만 좋은 것이라고 해서 작위적으로 과잉 선전하는 것이 정당화되지는 않아.
Domi: 일단 보자고. 우린 항상 근거에 기반해 결론을 도출하니까. 증거를 보고 다시 논쟁해도 충분해.

도미(도미니코)는 모임의 수장인 만큼 회원들의 분쟁을 점잖게 중재했다. 이 모임의 주제는 다양했지만, 특히 그들의 매니악한 성향이 가장 잘 반영되는 것은 '영화'였다. 그들은 특정 영화의 메시지를, 사회적 의미를, 배우의 연기를, 그리고 기타 모든 것을 씹고 뜯고 즐기며 희열을 느꼈다.

첫 번째 정적은 Y의 첫 연기가 등장했을 때 찾아왔다. 평균 타자수 800타를 자랑하는, 그래서 늘 눈보다 손이 빨라 내용을 좇기 힘든 채팅방인데 갑자기 렉이라도 걸린 듯이 아무도 채팅을 치지 않았다.

퍼억- 들고 있던 포테이토칩이 쏟아진 줄도 모르고 그는 빨려 들어갈 듯이 화면을 주시했다. Y의 연기가 끝난 후에야 한 줄, 두 줄 채팅이 올라오기 시작했다.

Est: 맙소사. 일단 우리의 가설 중 그의 연기가 편집빨이라는 가설은 완전히 기각되었군. 하지만 새로운 합리적 의심이 제기됐어. 저게 즉흥연기라고?
B.qao: 설마 저거… 좀비야? 아포칼립스에 마지막 남은 가족의 마지막 모습? 오, 갓. 어떻게 엄마와 아들 즉흥극에서 저런 내용이 나오는 거지?
Blanc: 내가 건 5달러는 털렸군. 최소한 뻥카는 아니야.

도미니코는 어떤 불길한 예감이 들었다.
'이 이야기에는… 뭔가가 있어. 단순히 즉흥극이라고 할 수 없는 무언가가….'
맹목성을 혐오하고 끊임없이 합리성을 추구하는 자신의 자랑스러운 성향이 오늘 무너질 것 같은 예감. 그 예감이 거부할 수 없는 현실이 되어 돌아온 것은 고작 몇십 분 후였다.
「다음으로 신유명 참가자의 '좀비' 연기를 보시겠습니다.」
좀비 연기. 그의 메인 과제가 '좀비'라고 했다. 그리고 조금 전 즉흥연기 과제에서 그는 '좀비 바이러스에 감염된 직후'의 아들 역을 연기했지.

'설마 아까 그게… 프리퀄?'

도미니코의 몸이 점점 앞으로 기울어지며 아까 소파에 떨어졌던 포테이토 조각이 파삭- 짓뭉개졌다.

188

미친놈이 또 있네요

CRD의 드라마 제작자, 니콜라스는 좀비 연기라는 말에 머리를 갸웃했다.

좀비. 부두교에서 유래되었으며 주술에 의해 움직이는 시체를 의미하지만, 현재는 많은 영화 드라마 등에서 아포칼립스(세상의 종말)를 구성하는 '괴물'로 등장하고 있다. 주술은 흔히 바이러스로 대체되며, 특정 국가를 전복시키기 위한 생화학 무기로 설명되기도 한다.

'좀비가… 주인공?'

좀비물의 공포심은 내가 아는 사람이 괴물이 된다는 것에서 온다. 친구, 가족, 연인. 사랑하는 사람들이 괴물로 변하고 사랑하던 모습 그대로인 그들을 죽여야 한다는, 혹은 그들에게 먹힐 수 있다는 비극. 그렇기에 좀비가 주인공인 극은 찾아보기 힘들다. 그들은 주인공을 몰아붙이고 심리적 압박감을 활성화하는 '환경'으로서 기능하는 경우가 대부분이다.

'인간적인 모습을 보여주다가 마지막에 좀비로 변하는 걸 보여주고 끝내려나?'

젊은 동양인 참가자가 무대 위에 선다. 땀과 피로 범벅되어 있는 모습에 너덜너덜한 차림새다. 분장의 힘은 대단해서 아까보다 몇 킬로그램 이상 빠진 홀쭉한 모습으로 보인다. 연기의 천재로 칭송받고 있는 이 라이징 스타가 홀로 무대에 섰을 때, 니콜라스는 이상한 느낌을 받았다. 아까 1차 과제 때보다도 객석의 함성은 큰데도 분위기는 더 고요해진 느낌. 아직 연기를 시작하기도 전부터 촘촘한 긴장감이 객석을 지그시 눌렀고, 곧 환성이 잠잠해졌다.

「시작하겠습니다.」

그 말을 신호로 불이 꺼졌다. 그리고 암전된 무대에서 섬찟한 소리가 들려왔다. 크롸아아- 한쪽 끝에서 무대 중앙을 향해 짙은 보랏빛의 조명이 한 가닥 쏘아진다. 눈을 일부러 뒤집었는지 검은자가 거의 보이지 않는 눈. 사지가 이상한 모양으로 뒤틀린 관절. 구축이 일어나 관절을 굽히지 못하고 몸뚱이를 뒤흔들며 걸어오는 괴물. 조명의 도움이라고 해도 꽤나 섬찟하다.

하지만 워낙 영화에서 편집의 도움을 받은 끔찍한 좀비들을 많이 봐 온 사람들이기에 그것 자체가 어마어마한 감흥일 정도는 아니었다. 그냥 '오… 그럴싸하네. 진짜 좀비 같아' 하고 살짝 감탄할 정도. 하지만 좀비가 갑자기 속도를 내고, 다다다- 무대 앞쪽으로 점점 가까워지다 펄쩍 뛰어 등을 휙 돌리더니, 크릇- 하는 소리를 내며 무언가를 덥석 물어뜯었을 때는 앞줄에 앉은 사람들의 간담이 서늘해졌다.

'변형 좀비[5]인가…?'

초대석 중에서도 가장 앞줄에 앉았던 니콜라스는 그 모습을 코앞에서 보며 가슴이 두근두근 뛰었다. 기대했던 것을 훌쩍 뛰어넘는 현장감

---

5 좀비는 관절이 굳어 있어 뛰지 못한다는 설정이 일반적이나, 여러 영화에서는 신체 능력이 뛰어난 변형 좀비를 내놓기도 한다.

이다. 그리고… 무언가를 미친 듯이 물어뜯던 좀비가 객석으로 휙- 고개를 돌린다.

움찔- 더러웠지만 멀쩡했던 얼굴이 아니다. 뭔가 장치가 있었는지 온 얼굴에 붉은 피가 푹 적셔진 모습을 보고 앞줄의 여성들이 작게 꺅- 비명을 지른다. 아니, 피 때문이 아니라… 표정. 멍하게 입을 벌린 표정 없는 모습인데도 거기에 떠오른 것은 분명… '만족감'.

인간의 표정이 아닌, 야생짐승이 먹이를 구했을 때의 만족감 어린 표정이 선뜩하다. 본능적으로 몸을 뒤로 물리려고 하지만 의자 등받이에 몸이 턱 걸린다. 음향으로 비명이 발산된다. 하지만 살려달라는 비명이 전혀 들리지 않는 듯이 인간의 모습을 한 괴물은 입 안에 있는 무언가를 질겅질겅 씹는다. 꿀꺽- 그 입에 가득 맺힌 피와 무언가가 목구멍을 넘어가는 모습이 선명하게 눈에 찍혔다.

'저 연기는 대체… 아니, 그런데 처음부터 좀비가 되어버리면 인간에서 좀비로 넘어가는 모습은 어떻게…?'

니콜라스의 의문이 제대로 된 문장으로 자리 잡기도 전에 그의 얼굴에 다시 이성이 돌아왔다.

「아아아아악! 으어어… 이… 이게 뭐…. 으아아아아!」

남자의 맑아진 눈빛에 지독한 공포감이 어린다. 그는 자신의 입을 가득 채우고 있던 것을 손에 마구 뱉는다. 그 손에 떨어진 내용물을 보고 우뚝 멈춰선 눈동자는 잠시 후 바들바들 떨리기 시작하고, 그 떨림이 손으로, 온몸으로 옮아간다.

「으으…. 내가 또… 또! 안돼애애!」

니콜라스의 손에 땀이 차기 시작한다. 이유는 모르겠지만 저 남자는 좀비에서 다시 인간으로 돌아온 모양이다. 그리고 자신이 코앞의 인간을 죽이고 먹었음을 깨닫는다. 그 좌절과 절대적 공포.

'또…라는 건 예전에도 있었던 일이라는 뜻…!'

그는 이제 아이처럼 넋을 잃고 울고 있다. 아아, 떠오른다. 폐허가 된 도시의 한가운데, 방금 제 손에 죽어 고깃덩이가 된 인간을 옆에 두고 자신이 괴물이 된 것을 받아들이지 못해 무너진 인간의 모습이 선명하게 머릿속에 그려진다.

사람이 사람을 해치는 괴물이 된 비극이 아닌, 내가 사람을 해치는 괴물이 된 비극. 그래서 부두교의 신자들은 좀비를 무서워하는 것이 아니라 자신이 좀비가 되는 것을 무서워했다고 했던가. 영원히 안식 없이 인간성을 잃어버린 괴물이 된다는 지극한 공포가 지금 무대 위에서 소름끼치게 재현되고 있다.

「죽어야 해. 총이 있어야 죽을 수 있어.」

그는 넋이 나간 눈빛으로 독백을 중얼거린다. 왠지 자신만은 좀비와 인간을 왔다 갔다 하는 이상한 몸이 되었다는 고백, 인간으로 돌아와 인간을 해친 자신을 발견할 때마다 수도 없이 자살 시도를 해왔다는 것, 그러나 어설프게 다치면 그 순간 좀비 상태로 넘어가버려 죽지 못했다고.

한 방에 뇌가 으스러지거나 머리가 날아가는 방법밖에 없다. 그러기 위해선 총이 필요하다. 하지만 이미 살아 있는 사람들이 거의 남지 않았을 정도로 말기의 아포칼립스. 총알이 남아 있는 총이 있을 리 없다.

「변신 주기가 점점 짧아지고 있어. 다시 변하기 전에…!」

라고 말하는 순간, 펑- 하고 수류탄 소리가 들린다. 붉은 조명이 어지러이 빛을 밝히다 사라진 아래, 그는 몸을 웅크리고 있다. 다친 것일까. 그리고, 드득- 자신의 의지와 상관없이 몸이 이상한 형태로 꺾이기 시작한다. 드득- 드득-

「아… 안 돼…. 싫어…. 싫…」

기긱 기긱 움직인 몸이 돌아가다, 종내에는 얼굴 근육이 휙 뒤틀린다.

크롸아아아-! 다시 인간이 좀비로 변하는 모습은 그가 죽어도 '그게' 되기 싫다는 것을 공감한 관객에게 무섭다기보다는 슬프고 처참하게 보였다.

그 연기를 보며 격렬하게 아드레날린이 펌핑된 니콜라스의 뇌 속에 영감이 스쳐 지나간다.

'좀비…. 좀비물을 드라마로 만든다면?'

아직 미드 〈워킹데드〉도, 영드 〈데드셋〉도 나오지 않은 2007년이었다.

― 생존자입니까!

다시 사람으로 돌아와 모든 희망을 잃은 눈빛으로 널브러져 있던 그의 몸 위로, 생존자를 찾는 음향이 쏟아진다. 그는 벌떡 일어나서 무대 바깥쪽에 시선을 고정한다. 누군가가 달려와 그 앞에 섰음을 시선의 이동만으로도 유추할 수 있다.

― 아니 어떻게 이런 곳에서…!

「어디…서 오셨습니까.」

― 저희는 남쪽의 생존자 구역을 지키는 군인입니다. LA는 완전히 초토화되었은 줄 알았는데 유일한 생존자시군요. 저희와 함께 가시죠.

「유일한 생존자…. 내 어머니는 역시 돌아가셨구나….」

잊지 않고 집어넣은 한마디 애드립으로 프리퀄의 내용과 훌륭하게 연결시켰다. 눈치가 느린 관객들은 지금에야 1차 과제와의 상관성을 깨닫고 눈을 홉뜬다.

「그거… 총입니까?」

― 네. 여기 여분의 총이 있으니 무장하고 지와 힘께 헬기로 가시죠. 저희는 좀비에게 물리고도 완전히 좀비화가 되지 않은 '면역 개체'를 찾고 있습니다. 그것만이 인류의 희망―

탕- 대사 음향이 완료되기도 전에 새로운 음향이 터진다. 총소리. 남자는 총을 쥔 손 모양을 턱에 대고 망설임 없이 방아쇠를 당겨버린다.

— 아니… 왜!

털썩 쓰러진 남자의 얼굴에 미소가 떠오른다. 자신이 인류의 희망인 것을 몰랐을까. 혹은 아는데도 인간으로 죽겠다는 소망이 그만큼 컸던 것일까. 그 모습을 보고 니콜라스 판다스는 오싹했다.

'우연일까…?'

판도라는 '인간답게' 살기를 선택한 최초의 인간. 지금의 남자는 '인간답게' 죽기를 선택한 최후의 인간이었다. 그렇다면 이것이 결국 신유명이라는 배우의 인생을 관통하는 테마가 아닐까. 타협 없이 삶을 개척하고, 죽음까지도 의지의 영역에 둠으로써 인간으로서의 삶을 완성시키는….

'내가 무슨 생각을….'

그는 설마- 하고 헛웃음을 지으며 고개를 휘휘 저었다. 그리고 저 배우를 어떻게 데려오지, 라는 생각을 하며 필사적으로 머리를 굴리기 시작했다.

도미니코는 얼굴이 닿을 듯이 바짝 붙었던 티브이에서 겨우 떨어졌다. 그리고 마른 입술에 침을 발랐다.

'논리와 역설? 개나 주라지.'

방금의 연기는 논리와 이성으로 설명되지 않았다. '기', '에너지', '영감' 같은 도미가 질색하는 단어들을 끌어들여야 겨우 설명이 될까 말까. 그는 황급히 유명의 프로필을 찾아보았다.

'맙소사! 스물여섯[6]이라니….'

그의 연기에는 파릇한 10대 같은 번뜩이는 아이디어도 있었고, 20대

---

6 2007년 현재 유명은 27세이고, 만으로는 26세이다.

의 에너지도, 30대의 능숙함도, 40대 이후의 모든 것을 아우르는 원숙함도 있었다. 그렇게 모든 재능을 가진 배우는 심지어 스물여섯에 명성도 갖기 시작했다.

그는 현재 미국에서 대단한 화제다. 하지만 서바이벌 출신의 연예인들이 보통 그렇듯이, 종방 이후에도 그 화제성을 유지하기는 힘들 거라는 평도 많았다. 자신도 불과 어제까지 그렇게 생각했고. 하지만 이 생방을 보고 도미는 처음으로… (예전이라면 입에 담지도 않았을 만큼 혐오하는) '예감'이라는 것이 들기 시작했다.

'이 배우는… 세계 최고라고 불릴 만한 배우가 된다.'

몸이 저릿해졌다. 그 문장을 한번 구성해내자 곧 당연한 말처럼 느껴졌다. 가설은 검증이 필요하지만, 이것은 이미 가설이 아닌 확신이었다.

Domi: 친구들. 할 말이 있어.
B.qao: 얘기해, 의장. 그런데 혹시 저 연기가 녹화본을 슬쩍 끼워넣은 거 아닐까? 온갖 편집 기법을 끌어 박아서 말이지.
Blanc: 콰오. 억측은 하지 말자고. 일단 지금 이것이 사실이라는 가정 하에 새로운 논리의 정립이 필요해. 그런데 도미, 무슨 말?
Domi: 나는 신유명의 팬클럽에 가입하겠다.

그 말에 오랫동안 정적이 흘렀다. 팬클럽이라니. 특정인을 우상화하고 맹목적으로 지지하는, 그들이 혐오해 마지않는 비논리의 극단에 있는 모임을 말하는 것인가.

B.qao: 물론 나도 그의 연기를 보고 감탄했지만… 팬클럽이라니…. 어떻게 도미 네가….
Domi: 맹목, 무조건적 신뢰, 지지. 무척 싫어하는 말이지만 어떤 경우에는 통하는 말일지도 몰라. 그것 또한 세계의 또 다른 진실이라면 나는 그 길을 가봐야 할 것 같다.
Est: 도미….

 그는 핸드폰을 열어 문자 창에 신유명의 번호 1을 누르고,
'이걸 누르는 순간, 이전의 내 세계와는 이별이다.'
 매우 심각하고 진지한 표정으로 Send 버튼을 꾸욱 눌렀다. 시청자 투표가 완료되었다. 여전히 그의 친구들은 채팅창에서 난리를 치고 있었지만, 그들을 설득하는 것은 프로그램이 끝난 후에도 늦지 않다. 이제 티브이 화면은 심사평으로 넘어갔다.
 「많이들 예상하셨겠지만, 유명과 셀리나는 1차 과제에서 즉석으로 '프리퀄'을 만들었습니다.」
 나탈리의 말에 객석에서 커다란 함성이 터진다.
 「즉흥연기란 무척 어렵습니다. 특히 생방이라는 압박감 넘치는 상황에서는 버벅대다 대사가 꼬이고 연기를 중단한다 한들 이상하지 않죠. 그런데 앞과 뒤를 계산해서 스토리가 모순 없이 이어지게, 그러면서도 긴장을 놓치지 않고 즉석에서 연기하다니…. 저는 보고도 믿기지가 않아요. 과연 저라면 가능했을까 자문해보게 되는 연기였습니다.」
 나탈리의 진솔한 말에 객석이 조용해진다. 그녀는 저런 배우였다. 최고의 위치에서도 타인의 연기를 보며 자신은 불가능했을지도 모른다고 솔직하게 말하는 배우. 데렉의 자신감과 나탈리의 겸손함은 궁극적으로

같다. 그만큼 연기에 자신을 던진 사람들만이 갖추게 되는 미덕이었다. 유명은 그 말을 듣고 감사의 표시로 고개를 살짝 숙였다.

「차기작은 카일러와 같은 시기 개봉을 피해야겠군요.」

조지는 고개를 절레절레 흔들며 감탄을 표했고,

「오늘 상황 자체가 하나의 드라마를 보는 것 같았어요. 작가로서 저는 〈캐스팅 보트〉에서 엄청난 영감을 얻고 있습니다…」

에바는 눈시울이 살짝 붉어져 장황하게 오랜 시간 심사평을 남겼다. 그리고 데렉.

「사실 저는 오늘 즉흥극에서 메인 과제와 관련된 내용이 나오지 않을까 생각했습니다.」

「앗, 그래요? 하기야 이번 즉흥 과제를 2인극으로 하는 것과 팀 조합을 모두 데렉이 결정했죠. 그런데 그게 정답이라기엔 너무 무리한 해답 아닌가요?」

「정답은 아닙니다만… 저라면 그렇게 했을 것 같은데, 저 같은 미친 놈이 또 없나 궁금했거든요.」

그리고 유명을 바라보며 살짝 분한 표정을 연출한다.

「미친놈이 또 있네요.」

「와아…. 유명 씨, 미친 분한테 미쳤다고 인정받으니 기분이 어때요?」

제리의 놀림에 유명이 피식 웃었다. 이제 심사위원 점수를 공개할 시간이었다.

「자아~ 여태까진 앙투안이 가장 높은 점수였죠. 앙투안은 데렉에게 90, 나탈리에게 92, 조지와 에바에게 96점을 받아 총합 374점을 받았습니다! 그럼 신유명 참가자의 점수, 공개해주세요-!」

삐비비비- 전광판의 숫자가 올라가기 시작했다.

189

내가 잘하는 것

「우왓! 생방 1차에서 벌써 전 심사위원 100점이 나왔습니다! 축하드립니다~」

점수는 놀랍지 않게도, 네 명의 심사위원이 모두 100점을 주었다. 와아아아아아-! 믿기 힘든, 하지만 어찌 보면 당연한 결과에 관객들이 우렁찬 환호를 보냈다. 유명은 뿌듯한 기분이 들었다. 갑자기 엉뚱한 생각이 들어서였다.

'초등학교 때도 올백은 받아본 적이 없는데. 엄마가 좋아하실까?'

다른 참가자들도 군말 없이 박수를 쳤다. 시샘이나 질투도 어느 정도 경쟁이 될 때 생기는 거지, 너무 차이가 나버리니 그냥 압도되었다.

'지금까지도 그를 제대로 보지 못했어.'

앙투안은 그를 충분히 고평가하고 있다고 생각했다. 하지만 다시 보니 그게 아니었다. 자신이 이미 해보았던 연기와 캐릭터. 마치 접바둑을 두듯 돌을 올려둔 상태로 시작해서라도 한 번은 무승부를 내고 싶다는 욕심이 있었는데, 그마저도 산산이 부수어졌다.

'더… 열심히 해야 해.'

그가 이를 악물었다. 분명 이번 생방에서 자신의 점수는 신유명 다음으로 높다. 점수로 따지자면 400점 만점에 26점 차이. 하지만 400점 만점으로 놓지 않고 완전한 자유평가를 했다면 그와 자신의 점수 차는 한참 더 나지 않을까?

지금 그의 감정은 패배감이 아니었다. 경쟁선상에조차 설 수 없었다는 자괴감이었고, 배우로서 부끄럽고 싶지 않은 마음이었다. 앙투안은 이번 오디션이 끝나면 위고의 브라이즈 극단에 들어갈지를 진지하게 고민하기 시작했다. 비록 속은 엄청 터지겠지만.

「문자투표 종료, 5-4-3-2-1! 끝났습니다!」

「이번에는 현장투표를 마감합니다! 마지막까지 고민하던 관객 여러분께서는 이제 선택을 마쳐주시기 바랍니다- 카운트다운 다 같이- 세엣! 두울! 하나!」

우레와 같은 함성이 울리며 현장투표까지 마무리되었다.

「〈캐스팅 보트〉 첫 번째 생방! 천 분의 현장 관객들, 그리고 이 방송을 함께 보고 계신 모든 시청자분들과 함께하고 있습니다! 오늘 여기 있는 6명의 참가자 중 4명이 붙고 2명이 떨어집니다. 과연 2차 생방의 주인공들은 누구누구가 될까요~」

둥둥둥둥- 긴장감을 고조시키는 비트소리. 손을 꽈악 쥔 프리야와 검은 얼굴이 하얘 보일 정도로 긴장한 카이, 여전히 멍한 눈빛으로 두리번거리는 마르타와 다른 생각에 잠겨 있는 듯한 앙투안, 최선을 다한 연기에 만족하는 듯 환한 얼굴의 셀리나와 조용히 미소를 짓고 있는 유명. 모든 참가자들의 얼굴이 번갈아가며 한 번씩 클로즈업되고,

「합격자는 바로-!」

의외의 결과가 나왔다.

「유명 신, 앙투안 모니에, 마르타 가르시에, 셀리나 벤슨! 축하드립니다!」

원생의 우승자였던 프리야가 생방 1차에서 떨어졌다.

'악역을 소화해내지 못했을 때도 우승을 했었는데, 이번에는 왜 벌써 떨어진 걸까.'

그날 밤, 숙소로 돌아오는 길. 유명은 골똘히 생각했다. 프리야가 하트로이트의 딸이란 게 밝혀졌다는 호재는 그대로이고, 연기 실력은 원

생보다 더욱 발전했다. 그런데 왜 결과는 더 나빠진 걸까. 미호가 슬쩍 끼어든다.

{섭리라는 게 그렇게 더하기 빼기가 딱 되는 게 아니당.}

'미호는 이유를 알겠어?'

{사람들이 중요하게 여기는 '가치'가 변화한 것이지 않겠냥.}

'가치?'

미호가 또 뭔가 어려운 이야기를 하기 시작한다. 영민해 보이는 귀가 쫑긋거린다.

{원생에는 하트로이트라는 배경이 '연기'라는 본질을 가릴 정도로 크게 작용했지. 하지만 지금 〈캐스팅 보트〉의 키워드는 누가 뭐래도 '연기력'이 되었당.}

혜성같이 나타난 동양배우. 한 회에 쏟아져나온 그 배우의 이야기에 대한 대중의 호응이 너무 컸기에, 그 순간부터 〈캐스팅 보트〉의 판단 기준은 인종도 외모도 배경도 그 무엇도 아닌 '연기력'이 되었다. 하트로이트의 미공개된 막내딸. 그건 분명 프리야에게 유리한 요소이기는 했지만, 이번 생에서 사람들은 그보다 연기력이라는 가치를 우선적으로 생각하게 된 것이다.

'알고 있던 사실이 달라지는 걸 보면 기분이 묘해. 정치, 경제, 사회의 큰 틀은 별로 변하지 않은 것 같은데.'

{바뀐 건 너뿐이니까. 너에게 영향받은 사람 위주로 바뀌어가는 거지. 하지만 점점 더 변화가 커질 거당. 네가 영향을 미치는 사람의 범위가 훨씬 넓어질 테니깡.}

지금도 프리야가 이번 스테이지에서 탈락해버렸다. 유명이 프리야라는 개인에게 미친 영향보다 시청자라는 거대한 집단의 '의식'과 '가치'에 미친 영향이 더 컸기 때문이다. 하지만 그게 꼭 나쁜 것은 아니다. 원생의 프리야는 우승을 했지만 좋은 배우가 되지 못했다면, 현생의 프리야는 지금 떨어졌지만 훨씬 더 좋은 배우가 될 가능성이 싹텄기 때문에.
{그러니까 네가 미안해할 건 없당. 실력만 보면 지금쯤 떨어져도 이상하지 않공.}
유명도 고개를 끄덕이며 자신이 프리야의 자리를 뺏은 게 아닐까 꺼림칙하던 마음을 떨쳐버렸다. 배우에게 가장 중요한 것은 더 좋은 배우가 되는 것이지, 지금 이 자리에서 얼마나 1등에 가까워지냐가 아니니까.
「저, 옆에 좀 앉아도 돼요?」
카이가 옆자리에 다가와 앉는다.
「형. 그동안 감사했어요.」
「카이….」
여기, 또 한 명의 '달라진' 배우가 있다. 프리야가 유명의 등장으로 인해 〈캐스팅 보트〉에서 원래보다 빨리 떨어진 케이스라면, 카이는 유명으로 인해 훨씬 높이까지 올라온 케이스. 그리고 이 배우는 이제 같은 기획사의 동료가 되었다.
「그렇게 서운한 표정 짓지 마. 자주 볼 건데 뭐.」
「그러게요. 사실 실력에 비해 과분할 만큼 높이 올라온 거라 떨어졌다는 아쉬움은 별로 없는데… 형 옆에 있으면 더 배울 수 있을 텐데 싶어서요, 헤헷.」
유명은 이런 욕심이 싫지 않았다. 어찌 보면 왜 자신에게 가르침을 맡겨놓은 것처럼 치대나 싶을 수도 있겠지만… 자신에게도 연기가 좋아서, 너무 좋아서 미칠 것 같은데 아무리 노력해도 앞이 보이지 않던 시절이 있었다. 무엇을 고쳐야 할지도 모르는 막막함 아래 몇 년을 버텨왔던가. 그런 경험 때문에라도 유명은 열심히 하는 배우들에게 최대한 도움을 주고 싶었고, 그렇게 발전한 배우들이 자신의 좋은 동료, 혹은 경쟁자가 되어 함께 즐겁게 연기하기를 바랐다.
「연습하다 막히는 부분이 있으면 언제든지 물어봐.」

「그래도 돼요? 형 바쁜데 귀찮으실까 봐….」
「괜찮아. 하지만 최선을 다해봐도 안 풀릴 때 물어봐야 해. 충분히 고민 안 해보고 냅름 물어보면 혼나.」
 카이는 그 말에 기쁘게 고개를 끄덕였다. 그는 이미 카이의 우상과도 같았다. 좋은 형, 된 사람, 그리고 어떤 배역을 줘도 기대를 훌쩍 넘은 연기를 보여주는 배우. 카이는 그의 눈치를 보며 꼬물꼬물 종이를 꺼냈다. 퇴소 전에 사인을 꼭 받아야 했다.

 프리야는 본가로 향했다. 그녀는 생방 전에 주어졌던 2주간의 휴식기간을 숙소에서 보냈다. 유명이 그녀에게 해주었던 말. '가족들이 당신에게 잘못된 가치관을 주입했다'라는 말에 대해 스스로 생각할 시간이 필요했기 때문이었다. 그래서 퇴소한 지금, 그녀는 근 두 달 만에 집으로 돌아가는 것이었다. 보내준 리무진을 타고 하트로이트 저택에 도착하자 가족들이 뛰쳐나와 그녀를 반겼다.
「어머, 우리 딸 왔구나!」
「다녀왔습니다.」
「와아…. 프리실라! 하트로이트에서 스타가 나오다니!」
「연기하는 모습을 보니 평소보다 더 예쁘던걸~ 정말 멋져.」
 따스하게 맞아주는 가족들을 보니 그들을 거북하게 여겼던 스스로에게 죄책감이 들려고 했다. 프리야는 서먹한 마음을 지우려고 애쓰며 방긋 웃었다. 하지만 부담스러운 이야기들은 식사 후에 시작되었다.
「우리 딸이 그 정도로 잘할 줄은 정말 몰랐네.」
「아니에요, 헤헷. 더 잘하는 사람들도 많은걸요.」
「아냐. 정말 놀랐어…. 특히 그 결선 진입과제에서 '악마'같이 돌변하는 부분은 정말 소름끼쳤지 뭐야. 우리 딸, 이렇게 착한데 어디서 그런 표정을 배웠을까?」

 엄마는 그 말을 칭찬처럼 꺼냈지만, 프리야는 어린 딸을 타이르던 엄마의 '걱정스런' 느낌을 다시 받았다. 울컥 솟아오르는 반발심을 지그시 억누른다.

 '아직은… 아니야.'

 언젠가 가족들과 '진짜 대화'를 하고 싶다. 하지만 그들은 자신이 선하고 정당하다고 믿고 있는 만큼 그 과정은 무척 길고 어려울 것이다. 스스로 옳다고 믿는 바를 제대로 된 말로 꺼낼 수 있을 만큼 자신이 무르익지 않았다. 자신의 생각이 좀 더 깊어지고 마음이 단단해진 후에, 그때 대화를 시작할 것이다. 서로를 있는 그대로 사랑하는 진짜 가족이 되기 위해서.

「그나저나… 휴우. 네가 없는 사이에 페일이 사고를 쳤단다.」

「페일이요? 무슨….」

「걔는 원래 애가 좀 삐딱하잖니. 학교에서 패싸움을 하다 걸렸단다. 분명 하트로이트의 핏줄인데 걔는 왜 그러는지….」

 페일은 프리야와 나이 차가 많이 나는 큰오빠의 딸, 즉 프리야의 큰조카이다. 주입식 교육을 받은 하트로이트의 아이들 중 가장 삐딱선을 타고 있는 아이.

 얼마 전까진 자신도 페일에게 문제가 있다고 생각했었지만… 이제는 이 집안의 교육에도 문제가 있다는 것을 안다. 조카도 억눌린 채로 어딘가 뒤틀렸을지도 모른다. 페일의 진짜 속마음을 한 번도 들어본 적이 없었다. 프리야가 벌떡 일어섰다.

「페일은 방에 있나요?」

「응? 으응…. 그래, 네가 가서 잘 타일러보렴.」

 프리야는 조카의 방으로 가서 문을 두드렸다. 당장 집안 전체와 싸울 순 없더라도 또 다른 희생양을 만들지는 않겠다고, 고모로서 조카를 지켜주겠다고 결심하며.

「누구야!」

「페일, 나 프리야 고모야.」

그녀는 손잡이를 단단히 잡고 문을 열었다.

에바는 머리를 달달 볶다 못해 그녀의 채팅 친구 Six에게 자신을 공개하고 의논할 마음을 먹었다. 자신의 정체를 여태 밝히지 못했었다. 〈캐스팅 보트〉 관계자다 보니 쉽게 공개하기 힘든 부분이었다. 하지만 벌써 한 달 넘게 연락하고 지낸 결과 Six는 정말 믿을 만한 사람이라는 판단이 섰다. 그리고 그녀가 풀리지 않는 대본에 대한 힌트를 구해보고 싶을 만큼 매우 반짝이고 재기가 넘치는 사람이라는 것도.

Evar: 언니!

Six: 왜, 에바.

Evar: 나… 고백할 게 있어요. 사실 〈캐스팅 보트〉 심사위원으로 나오는 에바 도브란스키가 나야!

그녀는 이 말을 친 후 눈을 크게 뜨고 채팅창을 노려보았다.

예상 반응 1. 뻥 치지 마, 이 뻥쟁아.

예상 반응 2. 아니, 어떻게 여태까지 감쪽같이 감출 수가 있어!

예상 반응 3. 저… 정말? 당신이 그 미친 재능을 가지고 시나리오, 연극 대본, 드라마 대본을 넘나든다는 천재 작가 에바 도브란스키라고?

'후…. 화는 내지 않았으면 좋겠는데….'

하지만 돌아온 반응은 그 어느 것도 아니었다.

Six: 알고 있었어.

Evar: 어어…? 어떻게요?

Six: 그야 채팅 닉네임이 에바잖아?

Evar: 세상에 에바라는 이름이 한둘은 아니잖아요?

Six: 우리 처음 만난 날 사진도 교환했잖아.

Evar: 그, 사진과 실물이 조금… 다르지 않았어요?

분명 에바가 자신의 사진을 주기는 했다. 하지만… 솔직히 말하자면, 그녀는 사진과 실물이 꽤나 다른 편이다. 전문용어로 사진빨이라고 한다. 에바의 말에 이번엔 육미영이 찔끔했다. 그녀가 에바의 사진을 보고 실물을 알 수 있었던 건 자신과 똑같이 생겼기 때문이다. 자신이 화장빨과 사진빨을 받으면 에바가 보내준 그 사진과 매우 흡사한 얼굴이 된다. 그리고 〈캐스팅 보트〉를 보기 시작한 후로는 완전히 그녀가 에바라는 것을 확신하게 됐고.

Six: 흠흠. 내가 눈썰미가 좀 좋은 편이라….

Evar: 그럼 여태 왜 〈캐스팅 보트〉 얘긴 한 번도 안 물어봤어요?

Six: 방송 중이잖아. 따로 얘기 안 꺼내길래 알려지면 곤란한 부분인가 했지.

그리고 그녀는 '언니'의 배려심에 깊은 감명을 받는다. 유밍도 그렇더니 Six도 무척 속이 깊다…. 한국인들은 원래 배려심의 민족인가! 그리고 Six가 한마디를 덧붙인다.

Six: 그리고 에바가 말해줬으니 나도 얘기해줄게. 사실 나도 작가야.
Evar: 언니도 작가?
Six: 응. 보내줬던 〈연예학개론〉, 그거 메인작가가 나야.
Evar: !

에바가 놀란 눈을 휘둥그레 떴다. 〈연예학개론〉. 미드와는 스타일이 달랐지만, 그 속의 캐릭터나 이야기들을 그녀도 무척 좋아했다. 게다가 보형이! 보형이의 창시자님이라니!

Evar: 오 마이 갓…. 언니! 팬이에요!
Six: 내가 더 팬이지. 〈캐스팅 보트〉의 〈아리자데 왕국의 살인사건〉 정말 너무 좋았어. 어떻게 대본 바깥의 세계까지 대본으로 만들 생각을 했어?
Evar: 고마워요. 그런데 그 얘긴 나중에 하고, 의논할 게 있어요, 언니! 유명이 대본을 써줘야 하는데 〈판도라〉 이상의 대본이 도저히 안 떠올라요.
Six: 왜 심오한 거 하려고 해? 그런 건 연출가들한테나 맡기고 잘하는 걸 해.
Evar: 내가… 잘하는 것?

에바와 육(six)의 대화는 밤늦도록 계속되었다.

190

주인공이 있는 영화

생방 1차를 본 후 나탈리는 중대한 결심을 했다.

'꼭 내가 양보해야 할 이유는 없지.'

유명과 셀리나가 함께 연기하는 것을 보고 나서 그녀는 크게 흔들렸다. 〈아리자데 왕국의 살인사건〉 때도, 〈판도라〉 때도 욕심을 꾹꾹 눌러놓았는데, 이번엔 아예 2인극을 보고 나니 도저히 욕심을 누를 수가 없는 것이다. '나도 그와 연기해보고 싶은데!'라는 마음이 더는 제어되지 않았다. 그녀는 데렉에게 도전장을 내밀었다.

「생각이 바뀌었어요. 둘 다 그와 연기하고 싶다면, 그가 선택하면 되는 거 아니겠어요?」

「왜 이래, 나탈리. 그럼 나 울 거라고 했잖아.」

「울든 말든.」

「나랑 작품 찍고 싶어서 〈캐스팅 보트〉 나온 거잖아. 이제 내 눈치 안 봐?」

「안 봐요. 당신과 연기하고 싶은 만큼 그와도 연기하고 싶어졌거든.」

「호오…. 불리한 건 알고 있지?」

처음엔 징징거리는 척하던 데렉은 이내 재미있다는 듯 한쪽 팔걸이에 몸을 기댔다. '어쭈- 많이 컸네' 하는 시선을 외면하며 나탈리는 꿋꿋이 주장했다

「글쎄요. 그건 모르는 거죠.」

결국 '비상회의 소집'이라는 사태에 이르렀다. 데렉, 나탈리, 조지, 에바, 데니스, 수잔, 에밀. 심사위원진과 연출 수뇌부들은 모여앉아 '마지

막 생방'이 흘러갈 방향을 다시 토의했다.

「최후의 2인이 나온 후 데렉-유명, 나탈리-다른 우승후보, 이런 구도로 갈 예정이었는데…. 솔직히 연출부 입장에선 나탈리의 의견도 좋은 것 같아요. 후보자들이 최고의 배우 둘 중 한 명을 선택하는 구도도 꽤나 신선할 것 같거든요.」

「아니, 데니스. 시청자들은 나와 신유명의 조합을 기대하고 있다니까요? 이미 내가 스포했잖아요.」

「그 스포한 게 뒤집히는 것도 나름 반전이….」

데니스가 데렉과 밀당을 한창 하는 중에 에바가 말을 꺼낸다.

「그냥 다 하면 안 되나요?」

「네?」

「지금 생방 포맷이 즉흥극 한 번, 준비된 극 한 번 이렇게 가고 있잖아요. 3회차 생방에선 초반 즉흥극을 빼버리고 데렉-유명, 나탈리-유명, 데렉-다른 후보, 나탈리-다른 후보, 이렇게 4번의 연기로 가면 어때요?」

그 제안에 데니스의 눈이 빛난다. 기가 막힌 아이디어다.

'물론 이대로도 시청률은 유지되겠지. 하지만 지금 시청자들은 '좋은 연기'에 대한 기대만 남았을 뿐 '경쟁'에 대한 기대는 사라진 상태. 여기서 신유명-나탈리와 신유명-데렉팀 간의 경쟁구도로 긴장을 준다면…!'

다만 두 가지의 문제가 있었다. 에바가 4편의 대본을 준비할 수 있을 것인가와 데렉과 나탈리가 2개의 공연을 준비하려 할 것인지.

「좋은 의견이긴 한데… 대본이 그렇게 준비가 되겠어요? 다른 우승 후보가 누가 될지 확실치 않으니 이미지를 잡고 작업할 수도 없을 텐데….」

「솔직히 혼자는 힘들어요. 2개의 대본만 제대로 뽑아내기도 지금은 버거운 상태거든요.」

「그런데도 그 제안을 한 건… 뭔가 대안이 있는 건가요?」

「데니스, 〈연예학개론〉이라고 들어봤죠?」

에바가 제시한 대안은 육 작가였다. 그녀는 자신이 모종의 루트로 신유명의 전작 드라마 메인작가를 알게 되었다는 것, 요즘 그녀와 대본에 관해 많은 이야기를 나누고 있다는 것, 그녀는 번뜩이는 재능을 가지고 있으며 자신과 작업 스타일이 매우 비슷하기에 TW에서 그녀와 추가 계약을 할 생각이 있다면 팀 작업을 해보고 싶다는 의견을 자세히 피력했다.

「그녀도 저도 작업 속도가 빠른 편이라 함께 작업하면 4편의 대본을 맞출 수 있을 것 같아요. 어차피 신유명 씨는 올라갈 테니 2편은 미리 완성해두면 될 테고, 나머지 1인에 관해선 몇 가지 대안을 준비해뒀다가 최종 2인이 확정되는 날 밤새서 완성시키면 될 것 같은데.」

신유명이 최종에 올라온다. 그들은 이미 그것을 기정사실로 단정 짓고 의논하고 있었다. 원칙적으로는 그래선 안 되지만, 너무 당연한 사실까지 의심하기에는 시간이 부족했다. 데니스가 에바의 의견이 마음에 드는지 나탈리 쪽을 스윽 돌아보았다.

「저는 좋아요!」

나탈리가 냉큼 대답한다. 데니스는 마지막으로 데렉의 눈치를 본다. 데렉은 나탈리에게서 시선을 떼지 않은 채 이를 드러내며 웃었다.

「콜- 이런 걸 거절하는 성격은 못 돼서.」

그렇게 생방 3차의 포맷이 바뀌기로 결정 났다. 육미영은 에바의 제안을 쌍수 들고 환영했고, 데니스는 해외 인력 충원을 위한 결재를 올렸다. 그리고 다음 날, TW의 국장이 데니스를 호출했다.

「데니스, 어서 앉게. 요즘 수고가 많지?」

데니스 밀턴은 TW 방송국 최고층에 위치한 국장실의 소파에 걸터앉

앉다. 국장은 자신을 신생 TW 방송국으로 스카웃한 사람이자 〈캐스팅 보트〉를 전폭적으로 지원해준 사람이기도 하다. 그리고 데니스 못지않은 수완가였다.

「여기 있네.」

국장은 직접 서명한 해외 인력 충원 품의서를 내밀었다. 지금 〈캐스팅 보트〉는 정점을 찍고 있는 상태. 무엇을 요구한들 지원해주지 않을 리가 없었다. 그러니 결재를 받아가라는 것은 핑계이고, 다른 하고 싶은 얘기가 있으리라. 어려운 점은 없느냐, 다음 생방 준비는 잘 되어 가느냐, 이것저것 묻던 국장이 슬슬 본론을 꺼낸다.

「데니스, 솔직히 말하자면… 나는 좀 걱정했었네. 자네가 8화의 후반 30분을 한 배우에게 몰아주겠다는 얘기를 했을 때 화제성은 건지겠지만 후반의 긴장감이 떨어질 거라고 생각했거든.」

「저도 사실 걱정을 안 한 건 아닙니다. 웰메이드라고 시청률이 올라가는 건 아니니까요.」

수잔에겐 큰소리를 쳤던 데니스는 국장 앞에선 좀 더 솔직한 이야기를 꺼낸다. 다 예상 범위 안이었다고 허세를 부리기에는 상대도 내공이 만만찮은 인물이기에.

「수준이 비슷한 참가자들의 아슬아슬한 경쟁, 무대 뒤에서 서로 시기하고 다투는 막장 요소가 오디션 프로의 시청률 견인차라는 건 일종의 상식이니까 말이죠.」

「그런데도 리스크를 감수하고 무리수를 둔 이유는 뭐지?」

그의 날카로운 질문에 데니스는 덤덤히 대답한다.

「연기 오디션 리얼리티는 어차피 성공 사례가 없습니다.」

「흐음….」

「정석대로 가봤자 뒤로 갈수록 시청률이 떨어지긴 마찬가지였을 겁니다. 그럼 모험을 해보는 편이 낫지요.」

「그럼 이게 먹힌 이유는 뭘까? 새로운 성공 공식을 발견한 건가?」
데니스가 잠시 고민한 후 말한다.
「저도 이런저런 가설을 많이 세워봤는데, 관객 투표와 시청자 투표의 70%가 신유명 한 명에게 몰린 것을 보고 깨달은 점이 있습니다. 현재 〈캐스팅 보트〉를 보는 시청자들의 심리가 조금 특이합니다. 연예 오디션 프로가 아니라… 주인공이 있는 영화를 보고 있다고 해야 할까요?」
「영화?」
「네. 국장님 히어로물 볼 때 히어로가 승리할 걸 알면서도 보시지 않습니까?」
국장이 곰곰이 생각해본다. 슈퍼맨 대 렉스 루터, 배트맨 대 조커. 당연히 주인공이 이긴다는 결말을 알지만 본다. 주인공을 좋아하고 주인공에 이입하며 그의 승리를 원하기 때문에.
「그렇지.」
「〈캐스팅 보트〉도 지금 그렇습니다. 신유명이 우승하리라 생각하면서도 그 당연히 예정된 결과가 당연하게 끝나는지를 확인하려고 열심히 보는 거랄까요.」
「그럼 신유명 말고 다른 참가자들이 연기하는 장면에선 순간 시청률이 떨어져야 하지 않을까?」
「아아…. 그들은 말하자면 매력적인 조연인 겁니다.」
국장은 황당한 표정을 지었다. 한 명의 참가자가 주인공에, 나머지 참가자들이 조연의 역할을 하는 영화 같은 예능이라…. 희한하다. 너무 희한한데 데니스의 이론을 부정할 수 없다.
「그럼 이건 더 이상 오디션이라고 보기엔….」
「맞습니다. 어쩌면 우리는 미국에서도 다섯 손가락 안에 드는 방송 채널을 가지고 22회라는 긴 방송시간을 할애해서, 한 배우의 성공 신화라는 영화를 찍고 있는지도 모르죠.」

흐음…. 국장이 침음성을 울리며 한참 생각에 빠졌다.
 「그렇다면 다음에 이 포맷을 다시 써먹긴 어렵겠군.」
 「이만큼 걸출한 참가자가 묻혀 있다가 갑자기 이름을 알릴 확률이 어디 보자… 제로에 가깝겠네요. 네, 어렵겠습니다.」
 「좀 아까운데….」
 「아니, 엄청난 행운입니다, 국장님. 그가 등장했기 때문에 이만큼이나 판이 커진 겁니다. 저희는 막 개국한 TW 채널을 톱 5 안에 안착시킨다는 목표를 위해 〈캐스팅 보트〉에 많은 투자를 했죠. 그리고 신유명이라는 조커의 등장으로 이미 투자 이상의 아웃풋을 냈습니다. 그뿐입니까. 우승상품인 카일러 감독의 차기작으로 그의 다음 거취를 TW 영화사업부에 묶었어요. 〈캐스팅 보트〉 시즌 2가 나오지 못한다고 해도 이것만으로도 이 프로그램은 제 몫을 하고도 남은 것 아니겠습니까.」
 국장이 고개를 끄덕인다.
 「내가 과욕을 부렸군. 사실 기대를 훌쩍 뛰어넘는 성과이긴 해. 콧대 높은 영화사업부 쪽에 단단히 면이 서기도 했고.」
 「그렇습니다.」
 「이적하자마자 능력을 증명했으니 약속대로 차기 예능국장은 데니스, 자네가 될 걸세.」
 「감사합니다.」
 「그나저나 그 배우… 혹시 영화 한 편으로 끝내지 말고 서너 편 묶어서 독점 계약할 수는 없나? 흠흠.」
 국장이 다시 한번 과욕을 부렸다.

 생방 1차가 방송된 후 〈캐스팅 보트〉의 화제성은 더욱 커졌다. 그래서인지 다음 회인 18화는 생방과 생방 사이의 과정을 담는 '메이킹 필름'의 성격을 띠었음에도 시청률이 떨어지지 않았다.

― 좀비, 뱀파이어, 늑대인간에게 설치했던 특수장치의 설명

― 배우들이 어떤 대본을 선택, 혹은 창작하고 어떻게 연기에 접근하는지

― 무대와 조명은 무엇을 고려해서 설계하고 설치하는지

'중간 화수'는 예능인데도 다큐의 성격을 띠고 있었다. 일반적인 예능 구성이라고 볼 수는 없었지만 이미 〈캐스팅 보트〉에 빠진 시청자들은 프로그램의 이면을 엿보는 느낌에 더욱 열광했다. 심사위원들의 회의 장면도 등장했다.

「인간이 인간을 먹는 것에 대한 공포는 모든 사람들에게 어느 정도 내재되어 있죠. 그 부분을 과감하게 건드리면서도 끝까지 인간성을 포기하지 않는 인간의 절망을 제대로 표현한 게 좋았어요. 덕분에 '징그럽다'는 느낌보단 '안타깝다'는 공감이 솟아올랐죠.」

「자신의 희망과 인류의 희망이 배치될 때, 인간은 무엇을 선택해야 할까요? 그가 자살해버린 것이 인류에겐 이기적인 선택일 수도 있지만, 저는 그의 슬픔에 공감했기에 그의 결정을 지지하고 싶어요. 그런 면에서 프리퀄은 탁월한 선택이었죠. '엄마를 잃는 장면'으로 그의 슬픔에 더욱 몰입할 수 있었거든요.」

자신의 분야에서 정점에 있는 4명의 심사위원들은 참가자들의 연기를 심도 있게 분석했고, 데렉과 나탈리의 멋진 비주얼은 그것이 회의인지 영화의 한 장면인지를 헷갈리게 했다. 그뿐인가. 생방 방청 추첨 과정을 압축하여 중계하기도 했다.

「생방송 방청 신청자 수가 역대 기록을 매번 갱신하고 있습니다! 방청객 추첨 과정을 이 자리에서 공개함과 동시에 당첨자 한 분과 전화 연결을 해보겠습니다~!」

방청객이 발표되는 순간, 18화의 순간 시청률은 최고점을 찍었다. 마

치 로또 당첨자 발표를 볼 때의 긴장감이었다. 그리고 전화연결 된 당첨자는 바로….

「축하드립니다! 〈캐스팅 보트〉 2회차 생방 방청권에 당첨되셨습니다!」

「어? 제… 제가요?」

「네, '도미니코'. 바로 당신이 행운의 주인공입니다! 소감 한마디 해주시죠~」

「…사실 저는 누군가를 맹목적으로 추종하는 행위를 극도로 혐오하며 살아왔던 사람입니다. 하지만 처음으로 누군가의 팬이 된다는 사실을 받아들이고 나니, '행운'이나 '기적' 같은 비논리적인 개념이 저를 돕기도 하는군요. 정말 감사합니다!」

「어? 어어… 네에….」

L.O.A.의 수장, 도미니코. 이 개성 넘치는 당첨자의 독특한 화법은 제리 하이조차 당황시켰다. 그리고,

「다음 생방송의 주제는 '직업물'입니다!」

2회차 과제가 발표되었다.

---191---

싫지만 옳은 선택

육미영은 10시간이 넘는 비행을 마치고도 쌩쌩한 상태로 비행기에서 내렸다. 비행기에서 휘갈겨 쓴 대본이 상당히 마음에 들어 기분 좋은 상태였다. 출국 게이트를 빠져나온 그녀는 누군가를 발견하고 헙- 하고

큰 숨을 들이켰다.
 '진짜 잃어버린 자매가 있었던 게 아닐까?'
 선글라스와 스카프로 얼굴을 가리고 있음에도 자신과 분위기가 너무 비슷한 여성. 단숨에 그녀가 에바라는 것을 알 수 있었다. 그녀 또한 숨을 잠깐 들이켜더니 이쪽을 향해 손을 흔들었다.
「언니!」
 그녀의 차를 타고 육미영은 에바의 집으로 향했다. 그녀는 1층을 작업실, 2층을 침실로 쓰고 있다며 자신의 집에 함께 머무르라고 초대했는데, 할리우드의 유명 작가답게 그녀의 집은 베벌리 힐스에 위치한 저택이었다.
 '와….'
 햇살이 따뜻하게 들어오는 거실의 전창 밖으로는 물이 찰랑찰랑 흔들리는 작은 수영장이 있었다. 너무 멋진 집이라는 미영의 칭찬에 에바는 '에이, 베벌리 힐스에서 우리 집이 제일 소박할걸?' 하며 쑥스럽게 웃었다. 커피를 내린 그들은 거실에 놓인 커다란 테이블에 마주 앉았다.
「언니, 너무 반갑고 할 얘기가 참 많지만, 일단 일이 급하니 일 얘기부터 할게요. 이게 내가 완성한 초고야. 첫 번째가 데렉과 유명을 생각하고 쓴 대본, 두 번째가 나탈리와 다른 후보를 생각하고 쓴 대본.」
 미영이 신중하게 대본을 읽어내리는 동안, 에바는 살짝 긴장한 상태로 그녀의 반응을 기다렸다.
「와아… 재밌어!」
「재밌어?」
「응. 굉장히 에바다운 대본이네. 데렉, 나탈리, 유명이 이걸 어떻게 연기할지 무척 기대된다.」
 에바의 작품은 서스펜스물이였다. 그녀의 특기인 장르. 미영의 충고대로 그녀는 심오한 가치를 추구하려는 욕심을 버렸고, 서스펜스와 캐릭터로 빌드업한 10분짜리 대본은 매우 재미있었다.

「데렉-유명이 연기할 〈방문판매원〉은 거의 완성된 상태고, 나탈리가 연기할 〈Killing smile: spin-off〉는 상대역이 결정되면 좀 더 손을 볼 생각이야.」

「넬리의 캐릭터를 그대로 가져왔구나. 〈Killing smile〉 쪽과는 얘기가 끝났나 보지?」

「응. 이제 TW의 영화사업부가 된 워크브로더스가 제작했던 작품이거든. 오히려 그쪽에선 쌍수 들어 환영했어.」

「넬리 캐릭터가 강렬하다 보니 상대역 캐릭터를 그만큼 강렬하게 표현하기가 쉽지는 않겠네.」

「그래서 상대역이 결정되어야 마무리 지을 수 있을 것 같아. 아직은 배우가 남자일지 여자일지조차 결정되지 않았으니까.」

미영이 고개를 끄덕였다. 그 부분은 자신도 우려하는 부분이다.

「개인적으론 여배우가 되면 좋겠네. 난 로맨스가 주장르라서.」

데렉-유명, 나탈리-다른 후보의 대본은 에바가 메인을 잡고, 데렉-다른 후보, 나탈리-유명의 대본은 미영이 메인을 잡기로 했다.

「나탈리와 유명의 대본은 나도 거의 완성시켰어. 데렉과 다른 후보 쪽은… 습작들 중에서 디벨롭을 시켜야 할 것 같아.」

「으악, 나탈리와 유명의 대본! 나도 보고 싶어, 언니! 그리고 습작이라면 어떤 것들이 있어?」

미영이 회심의 미소를 짓더니 트렁크를 가져와 열었다. 커다란 트렁크의 절반은 A4 용지로 가득 차 있었다.

「와우…!」

「걱정 마. 아이디어가 없어서 못 쓸 일은 없으니까.」

「크으… 언니가 언니 했네.」

에바가 엄지를 번쩍 치켜올렸다.

와아아아아아-! 2회차 생방. 관객들의 함성은 1회차보다 더욱 짙어진 듯했다. 초반 즉흥연기 과제는 조금 특이했다.

「하나의 극을 본 후, 참가자들은 그 극에 끼어들어 새로운 극을 만들어야 합니다!」

세 명의 기성배우가 등장하더니 3분 정도의 짧은 극을 보여주었다. 극의 제목은 〈세상에서 가장 대단한 직업〉.

「당연히 농부가 가장 대단하지! 곡류, 채소, 뿌리작물, 갖가지 과실들. 자연의 은혜를 인간의 입으로 옮겨오는 농부가 아니고서야 인간들이 이렇게 살아남을 수 있었겠나!」

「아니, 먹을 것이야 수렵을 해도 되지만, 아플 때 찾을 사람은 의사 말고 누가 있지? 의사란 질병과 싸워가며 인간의 수명을 연장하는 위대한 직업이지.」

「하하, 이 사람들. 기껏 지어놓은 농사를 도둑이 훔쳐 가면 어떡할 거야? 강도에게 칼을 맞으면 의사를 찾아가기도 전에 죽어. 인간은 사회적 동물이고, 그 사회가 정상적으로 돌아가도록 치안을 유지하는 것이 바로 경찰이지.」

세 명의 배우들은 각각 농부, 의사, 경찰이라는 배역을 연기하고 있다. 자신의 직업이 세상에서 가장 대단한 직업이라고 우겨대는 것이 극의 내용. 참가자들은 한 가지의 직업을 정해서 기존의 대화에 끼어 들어간 후, 자신의 직업이 가장 대단하다는 주장을 펼쳐야 한다.

「자, 생각할 시간을 5분 드립니다~ 그리고 참고로 정답도 알려드리죠. 정답은 바로… MC입니다! 왜냐고요? 지금 여러분을 살릴지 죽일지는 다아~ 내 손에 달려 있거든.」

제리가 만담을 하는 동안 참가자들은 생각에 빠졌다.

'내가 정할 직업은….'

유명은 금세 한 가지의 아이디어를 떠올리고 앞의 세 배우를 관찰하기 시작했다. 이윽고 과제 시연 타임. 참가자들은 다양한 해답을 내놓았다.

「농부, 의사, 경찰. 모두 훌륭한 직업이지만 그 직업을 훌륭하게 수행하는 데 필요한 지식은 어디서 나올까요? 인간은 새로운 것을 발견하고 그것을 누적하여 '체계'를 만들면서 발전해왔죠. 따라서 '학자'가 가장 대단한 직업 아닐까요?」

인간에 대한 원숙한 고찰이 묻어나는 셀리나의 '학자'도 훌륭했고,

「당연히 의사죠. 거기 농부분, 당신의 안쪽 무릎이 튀어나와 있고 휘어진 것을 보니 퇴행성관절염이 있는 것 같군요. 경찰분은 엉거주춤한 걸음걸이를 보니 허리가 아프신 것 같은데…. 최근에 범죄자를 추격하다 다치셨나요?」

기존의 세 직업 중 하나인 '의사'를 골라 한쪽에 힘을 실어준 앙투안의 아이디어도 기발했다.

「세상에서 가장 중요한 직업이라는 게 과연 '인간'에게 중요한 직업일까요? 세상이 인간 세상뿐 아니라 자연 생태계를 포함한다면, 정말 중요한 직업은 장의사 정도일 거예요. 인간이 자연에 이바지할 때는 죽어서 거름이 될 때뿐이니까요.」

'세상'의 진짜 의미를 꼬집으며 시니컬한 어조로 인간을 비판한 마르타의 '장의사'는 대단히 매력적이었다.

그리고 유명의 차례. 그는 이상한 행동을 하기 시작했다. 농부가 말할 때, 의사가 말할 때, 경찰이 말할 때, 그 옆에 붙어 서서 그들의 마임을 그대로 카피해 보인다. 시연했던 연기를 머릿속에 바로 저장하여 복사해내는 연기에 관객들의 눈이 휘둥그레졌다. 그리고 그가 말한다.

「저는 이 자리에서 농부가 될 수 있습니다. 의사도 될 수 있고 경찰도 될 수 있죠. 어느 직업이나 위대하지만, 그 모든 직업이 되어볼 수 있는 직업은 정말 대단하지 않나요? 그 직업은 바로 '배우'입니다.」

'진짜 미친놈이야…'

그것을 보고 데렉은 속으로 너털웃음을 터트렸다. 너무 마음에 든다. 자신도 '가장 대단한 직업? 당연히 배우지'라고 생각하고 있었던 것이다.

'다 외웠네. 대사 타이밍까지도.'

원래의 극에 끼어들기 위해서 어떤 타이밍에 치고 들어가는 것이 효과적일지 완벽히 계산된 연기였다.

메인 과제는 '직업'을 주제로 한 연기였다. 앙투안은 뉴욕의 정체된 교통에서도 느긋한 성격의 택시 드라이버를 연기했고, 셀리나는 찰리 채플린의 〈모던 타임즈〉를 모티브로 한 공장의 단순노동자의 삶을 연기해 좋은 반응을 얻었다. 하지만 이번 주제에서 특히 큰 호응을 얻은 것은 마르타였다. 그녀가 선택한 직업은 수녀.

'수녀? 원생에 그녀가 카일러 감독과 찍은 〈구원과 저주의 등가교환〉에서의 역할도 수녀였는데…?'

{원래 수녀원 출신이당.}

'…그래?'

의아해하던 유명에게 미호가 알려준다. 실제로 그녀는 수녀원에 위탁된 고아 출신이며, 그대로 수녀가 되려고 했으나 사정이 있어 수녀원을 나온 후 배우가 된 케이스라고.

'아아…. 마르타의 독특한 분위기가 그래서…. 그럼 원생에서 카일러 감독은 그녀의 출신을 알고 그 대본을 썼던 걸까?'

{글쎄, 돌아오기 이전의 삶에서 어땠는지는 내가 알 수 없는 영역이라서…. 카일러가 배우이 본질을 느끼고 그걸 대본으로 만드는 감독이라면 모르고 썼을 수도 있겠징.}

이날 마르타의 배역은 〈판도라〉에서만큼 강렬하지 않았다. 원생의 〈저주와 구원의 등가교환〉에서 저주에 씌인 수녀 역할을 할 때처럼 대단한 카리스마가 있는 것도 아니었다.

하지만 어린 수녀의 하루. 이제 막 소녀에서 처녀로 넘어가는 한참 예쁜 나이. 맛있는 음식이 먹고 싶고, 예쁜 옷을 입고 싶은 당연한 욕망에 괴로워하고, 그런 자신을 회개하는 그녀의 모습은 생각지 못해 본 삶에 대한 진한 공감을 불러일으켰다. 그것은 아마도 몇 년 전의 마르타의 삶, 그 자체였으리라.

그리고 유명의 차례가 다가왔다. 그가 등장했을 때, 도미니코의 얼굴이 환하게 밝아졌다.

'저 특유의 노란 방호복과 형광색 스트라이프 무늬는…!'

마침 그는 1차 과제에서 '가장 대단한 직업'이 왜 '소방관'이 아니지? 하고 속으로 불만을 터뜨리던 중이었다. Fire fighter. 미국에서 최고로 존경받는 직업 중 하나. 가장 섹시한 직업 1위로 꼽히기도 하며, 유니폼을 입고 지나갈 때 시민들이 'Hero!'라고 연호할 만큼 사랑받는 직업이기도 하다.

이 직업은 도미와 그의 말 많은 친구들이 반론의 여지 없이 인정하는 직업이기도 했다. 인간은 자연 앞에서 기막힐 정도로 무력한 존재이다. 자연재해에 맞서 자신의 목숨을 담보로 같은 인간을 구하는 행위는 무엇보다도 위대하다는 것이 그들의 결론이었다.

'소방관. 나도 어릴 때 꿈이었는데…. 그러고 보면 아까 1차 과제에서 그가 배우를 선택한 것에는 논리적인 오류가 없군. 어떤 직업이라도, 누구라도 되어볼 수 있는 배우라는 직업은 참 멋져. 이렇게 소방관도 될 수 있으니….'

그는 두근두근하는 마음으로 무대를 주시했다. 유명의 연기가 시작되었다.

무대 뒤편에 빔으로 무언가가 무너진 형상이 쏘아진다. 바닥에 설치된 거대한 바위 모양의 구조물 아래 어린아이 역할의 인형 하나가 깔려 있다. 먼지 범벅이 된 남자가 거친 숨을 토해내며 아이를 들여다본다. 모두들 숨을 죽인다.

「춥냐? 너 소방관이 꿈이라 그랬지. 형 유니폼 한번 입어볼래?」

껄렁한 말투인데도 신뢰가 가는 낮은 목소리. 그가 입고 있던 방호복의 윗도리를 벗어 아이를 덮어준다. 그 아래 입고 있는 몸에 핏 되는 카키색의 반팔 티셔츠. 단정해 보이는 얼굴 느낌과는 달리 상당히 운동으로 다져진 몸매이다.

치익- 치익- 무전 소리가 들린다. 남자는 옆쪽으로 살짝 이동하더니 입을 가리고 무전을 받는다. 그의 말투가 순식간에 달라진다.

「9세 정도로 추정되는 남아입니다. 이름은 피코라고 합니다. 무릎 이하가 완전히 깔렸고 피를 많이 흘렸습니다. 진통제 투여했고 출혈은 허벅지를 압박해서 간신히 멈춰둔 상태인데, 빨리 조치하지 않으면 괴사가 일어날 수도 있습니다.」

음향으로 건너편의 남자가 악을 쓰는 목소리가 들린다.

― *거기서 나와, 이 자식아. 내가 들어가지 말랬잖아! 너까지 깔리면 큰일이야. 일단 나와서 대처 방안을 생각하자고!*

「안 됩니다. 겨우 의식을 붙잡고 있는 아이입니다. 옆에서 말을 걸어주지 않아 실신 상태로 넘어가면 목숨이 위험해집니다.」

― *현장에 나와 있는 전문가들이 10분 안에 2차 붕괴가 일어날 거라고 했어. 그 안에 그 바위를 들어낼 방법이 없잖아! 일단 나와라 제발, 응…?*

이를 악문 남자는 최후의 수단을 고지한다.

「마취약과 수혈팩, 전기톱을 내려주세요.」

― *전기톱…?*

「다리를 자른 후 데리고 나가겠습니다.」

아이가 듣지 못하도록 낮추어 꺼낸 그 말에 관객들 모두가 숨을 멈춘다. 결단력이 배어 있는 어조는 담담하다. 최악의 상황에서 차악을 선택하는 책임을 담담히 받아들이는 남자.

'하지만 아이의 다리를 자른다고…? 직접…?'

천장에서 커다란 바스켓이 연결되어 내려온다. 남자는 능숙하게 응급키트에서 도구를 꺼내더니 수혈팩을 아이에게 연결한다. 아이 앞에서는 다시 얼굴 표정이 싹 바뀐다. 아무 일도 아니라는 듯 껄렁한 미소를 지으며 남자는 아이에게 말을 건다.

「피코. 너 여기서 죽으면 안 되는 이유 없냐? 형은 오늘 깜빡하고 야동 폴더에 잠금을 안 걸고 온 거 있지. 여기서 죽으면 엄마가 컴퓨터의 야한 동영상 폴더를 발견할지도 몰라서 절대 죽으면 안 돼.」

농담같이 얘기하는 그의 말에 관객들은 외려 더욱 발가락이 곱아든다. 음향으로 끊어질 듯 희미한 아이의 목소리가 재생된다.

— 엄…마… 보고 싶….

「피코, 너 아까 소방관이 꿈이라고 했지? 다친 강아지를 구조해서 학교에서 용감한 어린이 표창도 받았다고?」

— …네에.

「정말 훌륭한 어린이네. 커서 형같이 훌륭한 사람이 될 수 있겠어.」

동네 건달처럼 껄렁한 말투로 뱉는 '형같이 훌륭한 사람'이란 말이 왜 이렇게 가슴을 찌를까.

「피코. 훌륭한 사람이 되려면 가장 중요한 게 뭔지 알아?」

— …뭐예요?

「싫더라도 옳은 일을 하는 것.」

그것을 보던 미호의 꼬리가 빳빳이 선다. 유명이 자신에게 했던 약속, '그가 싫지만 옳다고 생각하는 일'.

— 제가… 뭘 해야 해요…?

눈치가 빠른 아이인가 보다. 소방관은 아이의 머리를 쓰다듬으며 흔들리지 않는 목소리로 말해준다.

「다리를 자르고 여기서 나가야 해. 곧 2차 붕괴가 일어날 거야.」

— 다리… 싫어…!

「피코, 여기서 네가 싫더라도 옳은 선택을 하면 너는 형의 목숨을 구할 수 있어.」

— 형… 혼자 나가면….

「아니, 나는 너와 함께 나가거나 여기서 함께 죽을 거야. 우린 끝까지 함께다, 피코.」

— …….

「형 좀 살려줘. 나 지금 진짜 쫄아 있거든. 내 인생의 끝이 야동 폴더로 기억되어선 안 된단 말이다….」

관객의 얼굴에 눈물과 웃음이 동시에 맺힌다. 흔한 스토리다. 하지만 배우의 역량과 캐릭터에 따라 전해지는 감동은 달라진다. 유명은 생방에서 좀비물을 설득해낸 실력으로 재난물도 훌륭히 설득시켰다.

— 살려… 줄게요….

「고맙다 피코! 내 생명의 은인이야. 아프진 않을 거야. 눈 감고 있어.」

다정한 목소리가 들리고, 드르르르 하는 전기톱 소리와 함께 조명이 암전된다. 불이 다시 켜지고 아이 인형을 업은 유명의 모습이 드러났을 때, 관객들은 자신도 모르게 벌떡 일어나서 박수를 쳤다. 짝짝짝짝짝짝- 카메라는 생방에서 나온 관객 기립박수를 한참이나 비췄다.

그렇게 생방 2회차가 끝났고, 유명은 두 번째의 400점과 디붙이 시청자투표의 80%를 획득했다. 파이널 스테이지를 향하는 마지막 2인은 유명과 마르타로 결정되었다. 그리고 2회차 생방의 시청률은 1회차를 넘어섰다.

192

파이널 스테이지

「잘 가요, 셀리나.」

셀리나는 숙소를 떠나며 정말 아들을 보는 듯한 눈빛으로 유명을 꼭 한 번 끌어안았다.

「기획사에서 말하길, 1차 생방 이후에 영화 제작사에서 준주연급의 역할이 들어왔대요. 〈캐스팅 보트〉에게도 유명에게도 고마운 마음이에요.」

「셀리나의 연기력이 지금이라도 빛을 봐서 다행이에요.」

「다음에 유명과 다시 같이 연기할 기회가 있다면 좋겠네요.」

유명이 그녀를 향해 따뜻하게 웃음 지으며 고개를 끄덕였다. 그리고 앙투안.

「앙투안은 바로 프랑스로 돌아가나요?」

「온 김에 미국 여행 좀 하려구요. 그 후엔… 아마 브라이즈극단으로 가게 될 것 같아요.」

「위고 씨랑은 앞으로 같이 할 일 없다고 하지 않았어요?」

「그럴 줄 알았는데… 하하.」

더 설명하지 않아도 알 수 있었다. 그의 눈빛에 예전보다 훨씬 짙은 욕심이 깃들어 있었기 때문이다. 위고의 연출력, 서류신과 도효준 같은 경쟁 상대가 될 만한 배우들. 더욱 발전하기 위해서 브라이즈를 택한 거겠지.

'류신 선배에 효준이에 앙투안이라…. 브라이즈극단이 넘사벽이 되겠는데…?'

「프랑스에도 놀러 와요.」

「네. 거기에는 저와 가까운 인물들이 많으니까요.」

류신, 효준, 위고, 발롱, 그리고… 유명은 또 한 명의 얼굴을 떠올렸다. 그렇게 그들이 떠났다.

다음 날, 아침 일찍부터 3차 생방 과제를 알리기 위해 관련인들이 모두 모였다. 그중 한 명을 보고 유명이 눈을 비빈다.

"설마… 육 작가님?"

"유명 씨이이~!"

"작가님이 어떻게 여길…?"

밤을 새웠는지 퀭한 얼굴의 그녀는 유명의 손을 잡고 펄쩍펄쩍 뛰었다.

「아무도 말 안 해줬어요? 에바, 유명 씨한테 얘기 안 했어?」

「놀라게 해주려고요, 언니.」

방금… 에바가 언니라고 한 건가? 설마 진짜 자매는 아니겠지? 그나저나 똑같이 생긴 두 명이 유명의 앞에 동시에 서자 그의 눈이 어지러워진다. 정말 닮았다.

「사정이 생겨서 '언니'가 작가팀에 충원됐어요. 이번에 너무 할 일이 많았거든요.」

「할 일요? 무슨…?」

「작가가 할 일이라면 당연히 대본 쓰는 거죠. 사실-」

에바가 더 스포하기 전에 제리가 그녀의 앞을 막아선다.

「그다음부터는 이 제리 하이가 얘기하죠. 자자- 모두 자리 잡고 앉아 봐요.」

오늘 방문한 사람은 진행자 제리와 스태프들, 그리고 에바, 육미영, 데렉, 나탈리라는 네 명의 관계자들이다.

「미안하지만 마지막 생빙 과제는 두 개가 됐어요.」

「1차, 2차 생방 때도 과제는 두 개씩이었는데요?」

「그땐 한 가지는 즉흥 과제, 한 가지는 준비 과제였는데 이번에는 준비 과제가 두 개입니다.」

「…?」
「두 분은 각각 데렉과 한 번, 나탈리와 한 번 연기하게 될 거예요.」
마지막 미션이 공개되었다.

과제 공지가 끝난 후, 유명은 잠시 육미영과 이야기를 나눴다.
"한국에선 다들 난리가 났어요."
"그래요? 하하….";
"응. 유명 씨 꽃길 걷는 걸 모두 환호하면서도 이제 한국에서 연기하는 걸 볼 순 없겠지, 하고 시무룩한 사람들도 많고요."
그 말을 하며 살며시 유명의 눈치를 보는 육 작가를 보고 유명이 속으로 빙긋 웃는다. 시무룩한 사람들의 가장 앞에 자신이 있다는 말을 하고 싶겠지. 언제 돌아올 건지, 돌아오면 자신과 작품을 할 순 없는지, 묻고 싶은 말들이 굴뚝인가 보다. 유명은 그것을 짐짓 모른 척 대답한다.
"아직은 정신이 없어서 어떻게 될지 모르겠네요. 일단 오디션 끝나봐야죠. 다들 잘 지내요?"
"응응. 다들 유명 씨에게 안부 전해달라고 했어. 아 참, 이거 전해달라는 부탁도 받았어요. 향초는 차하린 씨가 직접 만들었다면서 부탁했고, 편지는 윤한성, 이선하 부부가 줬어요."
"감사합니다."
유명이 예쁘게 포장된 박스와 깨끗한 미색 봉투를 받아들고 그리운 표정을 짓는다. 그 표정을 보고 육 작가의 얼굴이 발그레해졌다.
"아아…. 지금 표정 좋아. 그 표정이에요."
"뭐가요?"
"나탈리와 유명 씨가 연기할 〈아날로그 러브〉, 그거 한성 씨가 전해달라고 부탁한 손편지 보고 영감받아서 비행기에서 쓴 거거든요."

"정말요?"

방금 전, 두 개의 대본을 받았다. 하나는 데렉과 연기할 〈방문판매원〉 by 에바 도브란스키, 하나는 나탈리와 연기할 〈아날로그 러브〉 by 육미영이었다. 유명은 육미영을 앞에 두고 〈아날로그 러브〉를 펼쳤다.

"어때요?"

10분짜리 대본이다 보니 길이가 길진 않았다. 금세 마지막 장을 덮는 유명을 향해 미영이 두 손 모아 물었고, 유명이 고개를 깊이 끄덕였다.

"딱 작가님 스타일이네요. 캐릭터가 무척 매력적이에요."

유명이 연기할 배역의 이름은 밀턴. 어느 날 갑자기 여주인공 소피아 앞에 나타난 조금 특이한 남자. 육미영 작품의 캐릭터들은 흔하고 대중적이면서도 생각지 못한 곳에서 반전이 있어 사람의 마음을 사로잡는다. 밀턴도 그랬다.

"아까 편지를 받을 때의 표정, 그 톤이면 딱 좋을 것 같아요. 유명 씨랑 한 작품 더 못한 게 꿈에서도 생각났는데, 이렇게라도 할 수 있게 돼서 너무 좋네요."

"…저도 좋아요. 감사합니다, 작가님."

육미영과 처음 만났을 때가 생각난다. 그때 자신은 백도 경력도 없는 신인배우였다. 사이즈가 맞지 않는 낡은 옷을 입고 어울리지 않는 명품을 휘감은 채 PD와 작가의 눈에 들기 위해 애쓰던 배우는 이제 그 작가의 러브콜을 받고 있다.

그때든 지금이든 달라진 것은 없다. 작품을 고를 때 선택지가 조금 늘었을 뿐, 결국 무명배우든 유명배우든 현재 자신의 앞에 놓인 한 가지의 배역에 최선을 다해야 한다는 것은 다를 바 없는 것이다. 아니, 지금은 두 가지인가.

"열심히 하겠습니다."

유명은 그때와 같은 각도로 허리를 꾸벅 숙였다. 미영도 엉겁결에 함께 허리를 숙였다.

파이널 스테이지 전 주말. 《보그》지가 발간되었다.

[〈캐스팅 보트〉 & P. Palace 화보 22p 전격 수록]

[부록: 〈캐스팅 보트〉 '판도라' 컨셉 브로마이드]

화보는 결국 2p가 추가되었다. 고르고 고른 A컷들 중에서 도저히 뺄 것이 없어서 페이지가 추가된 것이었다. 《보그》 4월호는 발매 당일 매진되었다.

"허엉, 이게 다였어요."

"몇 권이에요? 꽤 많아 보이는데."

"27권요. 아침부터 판매처를 돌면서 최대한 쓸어온 건데도."

소진은 유석에게 울상을 지어 보였다.

"그 정도면 충분하지 않아요?"

"안 충분합니다아…. 한 명이라도 더 보내줄 수 있으면 좋을 텐데. 저도 아직 못 봤는데 한번 뜯어볼까요?"

"왜 안 봤어요? 처음 샀을 때 뜯어봤을 줄 알았더니."

"조용한 데서 마음을 가라앉히고 경건하게 봐야죠. 길거리에서 보다가 소음공해로 체포되면 어쩌려구요."

농담인가? 아니 진심인가 보다. 유석은 고개를 절레절레 저었다. 오래도록 봐왔지만 팬클럽이란 이해가 되다가도 안 되는 종족이다. 아니, 뭐 좋겠지. 본인도 기대가 되기는 한다. 그렇다고 화보를 보면서 소리까지 지를 이유는 뭐냔 말이다.

"뜯어 봐요."

소진이 비닐 포장지를 커터칼로 조심스럽게 분해한다. '팍 뜯어버려요-' 하고 했더니 '안 돼요! 이거도 소장할 거란 말이에요!'라고 대답한다. 아니… 잡지 비닐이 다 똑같지 뭘 저런 것까지 소장한단 말인가.

비닐을 벗기니 아까도 멋지다고 생각했던 표지가 더욱 선명하게 드러난다. 표지는 유명 단독이다. 얼굴의 절반은 '밝은 감정'을, 절반은 '어두운 감정'을 표현하고 있는 합성사진은 양 극단의 표정이 너무 달라서 무척 기묘한 느낌이 든다.

"패션 사진보다는 아트 사진 같아요. 그죠?"

"흐음…. 그러네요."

어느새 유석도 잡지 가까이에 얼굴을 들이대고 있다.

"우와…."

소진은 잡지를 펼친 후 한 장 한 장을 보물처럼 소중히 넘긴다. 작게 깍깍 소리가 난다. 무대도 물론 멋졌지만 화보는 디자이너의 의상과 촬영 세트로 세련된 느낌이 더해졌다. 무엇보다도 좋은 것은, 무대 연기는 소장할 수 없지만 화보는 소장이 가능하다는 점이다.

"대박! 회원님들 다들 기절하겠네요. 바로 우체국 가야지."

"흐음…. 멋지긴 하네."

그리고 마지막으로 브로마이드를 펼쳤을 때,

"꺄아아앗-!"

"으허어…!"

유석은 자신도 모르게 함께 소리를 뱉었다. 가로가 긴 브로마이드는 양 끝에서 천사와 악마가 자신 쪽으로 오라는 듯 유혹하고, 정 가운데 공백의 표정인 판도라. 그리고 판도라가 각각의 방향으로 몸을 돌리면서 표정이 더해지는 과정들이 여러 샷으로 자연스럽게 이어져 있었다.

"대바악…."

유석이 순간 소진의 소매를 잡았다.

"스물일곱 권이나 있으면… 한 권은 나한테 팔면 안 돼요?"

요 일주일간, 데렉과 나탈리는 액터스 하우스에서 거의 살다시피 하고 있었다. 네 배우는 각각 두 작품씩을 하는 중이었다. 일주일 만에 두 작품의 대사를 외우고 상대역과 합을 맞추며, 무대, 조명, 음향 등의 효과도 상의해야 했다. 그야말로 24시간이 모자란 상황. 심지어는 액션도 준비해야 했다.

— 액션요?

— '격투' 장면이 들어가니까 합을 맞추면 좋겠죠. 스트로브[7]로 처리하기로 했으니까 고난도의 액션이 필요하진 않겠지만, 어두운 곳에서 움직이는 걸 상정하고 연습해야 하니까.

함께 연습해보니, 데렉과 나탈리는 스타일이 무척 달랐다. 나탈리는 처음 느꼈던 대로 진중하고 배려심이 많은 사람이었다. 연기에 집중력이 무척 좋았으며 성실 그 자체인 배우. 그녀와의 연습에서는 다툴 일이 거의 없었으며 함께 좋은 극을 만들어나갔다.

데렉은 상당히 독선적인 과였는데, 그게 대부분 옳은 소리인 것이 문제였다. 할리우드에서 10년 이상 정상의 타이틀을 가지고 있는 배우의 경험치는 엄청나서, 유명이 해보지 않은 것들에 대한 그의 조언은 많은 도움이 되었다. 그러나 유명도 그의 말을 온전히 따르는 것은 아니어서 자주 큰 소리가 났다. 하지만 유명이 자신의 주장을 연기로 증명해내 보일 때면, 데렉은 군말 없이 수긍해주었다.

{파티당, 파티!}

미호가 신이 난 얼굴로 액터스 하우스를 휘저었다. 하루 종일 연습하는 네 팀의 연기는 네 가지의 다양한 맛이 나서 매일 고급 코스요리를 먹는 기분이라고 했다.

'마르타네도 잘하고 있나 보네.'

{아직은 덜 숙성된 느낌이지만 워낙 소재가 좋은 배우니깡. 옆에 붙

---

[7] 스트로브(Strobo): 플래시처럼 섬광이 번쩍거리는 효과를 쓸 때 주는 조명의 한 종류

은 파트너들도 다 최고다 보니 잘 이끌어가고 있당.}

'다행이네.'

{빨리 공연이 시작됐으면 좋겠당. 지금도 이렇게 맛있는데…. 관객의 열기가 뿌려지면 얼마나 맛있겠냥!}

미호가 꼬리를 뱅글뱅글 돌렸고, 그게 무슨 맛인지 모르는 유명으로서는 어깨를 으쓱할 수밖에 없었다.

공연 당일 마지막 리허설이 끝났을 때, 스타일이 그렇게 다르던 두 배우는 유명에게 손을 내밀며 똑같은 소리를 했다.

「아쉬운 건 너무 짧았다는 것뿐이군요. 다음에는 좀 더 길게 같이 연기하면 좋겠어요.」

「시간이 너무 짧아서 아쉽군. 다른 작품에서 다시 만납시다.」

유명에게도 만족스럽기 그지없는 파트너들. 그는 그 손들을 단단히 맞잡으며 한국식으로 고개를 살짝 숙였다.

「감사합니다. 잠시 후, 무대 위에서 뵐게요.」

4월 13일. 〈캐스팅 보트〉의 21회차 방송, 파이널 스테이지가 시작되는 날이었다.

193

점수를 받는 입장

"엄마."

"유명아! 잘 있어? 아픈 데 없고? 밥은 잘 챙겨 먹니? 어떻게 전화했어. 생방 직전일 텐데 바쁘지 않아?"

전화가 연결되자마자 와다다 쏟아지는 질문들. 그 안에 배어 있는 염려와 애정. 순식간에 발끝까지 온기가 돈다.

"생방 시작 전의 여유 시간이에요. 저는 잘 있어요. 연락 자주 못 드려서 죄송해요."

"아니야. 얼마나 바쁠 텐데…. 유명아, 엄마는 네가 너무 자랑스러워. 우리 아들 정말 대단해. 그렇긴 한데… 좀 덜 대단해도 괜찮으니까 무리하지 말고, 쉬어 가면서, 응?"

몇 마디 되지 않는 말에 순식간에 염려가 차올랐다가 벅참이 넘쳐흐르고, 다시 애잔함이 깔린다. 그 모든 마음이 진심. 유명은 엄마의 목소리를 들으며 자신이 아무리 연기를 잘한다 해도, 부모가 자식을 아끼는 마음을 그대로 옮길 수는 없으리라 생각한다.

"뭘 그런 소리를 해. 본인 일에 그만큼 열중할 수 있는 게 얼마나 멋있는 건데."

"아빠 가만있어 봐. 엄마한테 또 혼날라구. 어이, 신유명! 신유명, 잘 사냐!"

멀리서 아버지와 지연이의 목소리가 들린다. 한국 시각으론 토요일 점심 무렵. 생방 결과가 나오길 기다리며 다들 모여 있는 모양이다.

"아버지 좀 바꿔주세요."

"그래. 유명아 쉬엄쉬엄해, 알았지?"

"흠흠, 아빠다."

조금 쑥스러워하는 아버지의 목소리.

"어…. 유명아. 우리 가게가 요즘 잘된다. 말하고 다닌 적은 없는데 신유명 부모가 하는 가게라고 소문이 난 모양이야."

"저는 아버지를 빼닮았으니까요, 하하."

유명의 부모님은 작은 피자집을 하고 계셨다. 지연이는 자신이 치킨에 집착하는 게 허구한 날 피자만 먹었기 때문이라고 주장한다. 유명과 지연은 어릴 때부터 짬이 날 때마다 부모님 가게를 도왔는데, 유명이 그 집 아들이라는 게 이제야 소문이 난 걸 보면 정말 존재감이 어마어마하게 없었던 것을 실감할 수 있었다.

"잘됐네요. 오늘 가게는요?"

"아들이 우승할 날인데 장사가 대수냐. 알바생들도 다 쉬라고 했다. 네가 우승하고 나면 내일은 하루 종일 공짜로 줄 거다."

"하하, 아버지도…."

"왜 애한테 부담을 주고 그래!"

이번에는 어머니의 잔소리가 멀리서 들린다. 아버지는 꿋꿋하게 어머니에게 맞선다.

"부담 주는 게 아니라 누가 봐도 당연히 우승이니까 그렇지!"

어머니의 걱정. 아버지의 신뢰. 어느 것도 소중하지 않은 것이 없다. 유명은 가끔 그런 생각을 한다. 15년을 돌아오지 않고도 이것이 얼마나 소중한 것인지 그때도 알았다면 좋았을 것이라고. 그러면 그때의 인생이 그렇게 갑갑하지만은 않았을 거라고.

"오빠! 야!"

지연이 달려들어 수화기를 낚아챘나 보다. 오빠보다 '야'에 더 강세가 실린 듯한 느낌은 착각일까…?

"잘해라잉? 그리고 올 때 나탈리 언니 사인… 아야! 아야!"

동생의 지랄도 소중하긴 마찬가지. 유명은 동생에게 짐짓 으름장을 놓는다.

"신지연."

"엉?"

"잘 보고 있어. 오빠란 소리가 저절로 나올 거다."

유명이 씨익 웃었다.

「〈캐스팅 보트〉, 대망의 파이널 스테이지~!」
와아아아아~!
「진행에 앞서 자랑 좀 하겠습니다. 아주 난리입니다, 난리. 연초부터 '올해의 예능'이 나온 거 아니냐, 오디션 프로의 정점을 찍어버렸다, 아주아주 설레발들이 그냥-」
제리가 양손을 들어 보이며 어깨를 으쓱 추켜세웠다.
「그럴 만도 합니다. 솔직히 저도 다른 프로랑 〈캐스팅 보트〉가 함께 섭외 들어왔을 때 한참 재다가 이걸 선택했는데… 천만다행이라고 생각하고 있거든요. 여기 오신 방청객 여러분도 그렇죠? '에이 설마 당첨 되겠냐'라고 생각하면서도 방청 신청 넣어본 게 얼마나 다행입니까?」
「우하하하!」「맞아요!」「평생 후회할 뻔!」
「저도 여러분도 올해 운은 연초부터 다 써버린 것 같군요. 그래도 후회 안 하실 겁니다. 오늘 여기 오신 분들은 정말로 행운아거든요.」
「…?」
「20화에서 유명-데렉과 마르타-나탈리 조 연기 소식은 다들 보셨죠?」
2회차 생방(19화)과 마지막 생방(21화) 사이에 방송된 20화에서 데렉과 신유명이 함께 서는 무대가 있을 거라는 소식이 등장했고, 다음 날 모든 연예지는 그 소식으로 뒤덮였다.
[데렉 맥커디, 본인의 '스포'대로 신유명와 한 무대에 선다!]
[천재 기성과 천재 신인의 합동 무대. 경쟁구도는 유명 vs 마르타가 아니라 유명 vs 데렉인가?]
[모두가 주목하는 대망의 파이널 무대. 데렉-유명, 나탈리-마르타. 남남, 여여 구도]
방청 신청을 할 만큼 〈캐스팅 보트〉를 좋아하는 팬들이 그 소식을 모를 리가 없었다. 그들이 환호로 긍정하자 제리가 선물을 감춘 산타 같은 표정으로 짠- 새 소식을 꺼낸다.

「사실, 오늘 준비된 무대는 네 가지입니다!」

「?」

「마르타-나탈리, 유명-나탈리, 마르타-데렉, 유명-데렉. 이 네 가지 조합의 무대가 순차적으로 준비되어 있습니다!」

우… 우와아아아-! 거대한 함성이 뒤덮였다. 모두의 눈에 기대가 반짝반짝 내려앉았다. 그것은 브라운관 너머의 시청자들도 마찬가지였다. 어디에서도 보기 어려울 네 명이 교차되는 조합의 연기. 준비하기 얼마나 힘들었을까, 라는 걱정도 되었지만, 그보다는 우와 재미있겠는데! 라는 기대가 먼저 들었다. 언제나 멋진 무대에 굶주려 있는 관중의 본능이었다. 제리는 능숙하게 텐션을 바짝 당겨놓은 상태에서 심사위원을 소개했다.

「자아…. 그러다 보니 우리 심사위원진이 꽤 바뀌었어요. 이번 생방 과제에 심사위원들이 너무 깊숙이 개입해버려서, 객관성을 잃은 인간들은 심사위원에서 다 탈락시켜버렸습니다. 심사를 받을 입장이 된 데렉과 나탈리 아웃, 작가인 에바도 아웃!」

하하하하-

「살아남은 건 조지 하나뿐이군요. 그래서 다른 한 분을 모셨습니다.」

「…?」

「이 기획의 시작점에 계셨던 분입니다. 〈캐스팅 보트〉 우승자의 차기작을 찍으실 분이자 저기 앉아 있는 조지의 라이벌, 카일러 언쇼 감독님을 파이널 스테이지의 심사위원으로 모셨습니다!」

함성이 메아리치는 가운데 열린 문으로 한 남자가 등장했다. 긴 실버 블론드를 단정하게 하나로 묶은 사람은 남자인데도 청순한 느낌을 주는 아름다운 외모의 소유자였다. 그가 빈 심사위원석 중 한 곳에 앉자 조지가 인사를 건넨다.

「여어, 카일러.」

「잘 지냈어요, 조지?」

「잘 못 지냈죠. 그쪽 좋은 일 시키자고 〈캐스팅 보트〉 심사위원을 하면서 아주 부러워서 미치는 줄 알았는데요.」

「하하, 조지도 참.」

관객들도, 시청자들도 이 특이한 분위기의 남자에게서 눈을 떼지 못했다. 신기해할 만도 했다. 카일러 언쇼는 외부에 나서는 것을 꺼리는 편으로, 대중매체에 노출된 것은 영화제 시상식 때 멀리서 잡힌 모습 정도였으니까. 본격적으로 모습을 드러낸 것은 이번이 최초인 것이다.

「안녕하세요, 카일러. 초면에 실례지만 감독인지 배우인지 헷갈릴 정도네요.」

「하하. 반가워요. 제리. 〈캐스팅 보트〉 잘 보고 있어요.」

「엄청 남 얘기처럼 말씀하시네~ 자, 심사위원이 두 분으로 압축된 만큼 여러분에겐 두 배의 권한이 생깁니다. 조지와 카일러는 네 팀에게 각각 100점씩 줄 수 있습니다. 그리고 두 분이 준 점수를 참가자별로 더해서 총점에 반영할 거구요.」

「참가자에게 주는 점수가 아니라 '팀'에 주는 점수인가요?」

「그렇습니다.」

방금 이 질문에는 중요한 의미가 있었다. 관객 투표와 시청자 투표는 '유명' 혹은 '마르타', 즉 참가자에게 표를 던지게 된다. 하지만 이번 심사위원 채점만큼은 '팀 점수'. 그것의 의미는 데렉과 나탈리도 점수를 받는 입장이라는 것.

「재미있네요.」

카일러가 입술을 살짝 움직여 웃었다. 아름다운 미소였다.

「자, 이제 시작하겠습니다. 처음 보실 무대는 마르타-나탈리 조의 무대입니다!」

본격적인 경합이 시작되었다.

'와….'

지금 유명이 감탄한 상대는 에바 도브란스키였다. 이번 연습 기간에는 상대팀의 대본을 보지 못했다. 아니 2개의 공연을 준비하느라 너무 바빠서 볼 시간도 없었다. 그래서 오늘 처음 보게 된 마르타-나탈리 조의 공연에는 수녀와 킬러, ⟨Killing smile⟩에서 나탈리가 연기했던 킬러 넬리와 지난 생방에서 마르타가 연기했던 수녀 줄리아의 캐릭터가 함께 등장했다.

최종 2인에 마르타가 남을 줄 미리 알지는 못했을 테니, 저 대본은 2차 생방이 끝난 날 밤부터 대본을 받았던 다음 날 아침 사이에 완성됐을 것이다. 그런데도 킬러와 수녀라는 양극단에 선 두 캐릭터의 조합은 오랫동안 구상해왔던 그림인 양 멋진 케미를 선보였다.

그들의 공연이 끝나고, 유명은 아낌없는 박수를 보냈다. 안쪽으로 뛰어 들어온 나탈리에게 몇 사람이 달라붙어 순식간에 의상을 교체하고 분장을 수정한다. 참가자들은 번갈아 무대에 올라가지만, 나탈리와 데렉은 연이어 공연해야 해서 무척 바쁘다. 유명은 홀렁 의상을 벗어 던지는 나탈리를 보지 않으려 바깥에 시선을 고정했고, 제리의 만담과 심사위원들의 짧은 감상평이 이어지는 동안 준비는 곧 끝났다.

「자, 이제 다음 무대를 만나 보시죠. 방금 멋진 킬러를 보여준 나탈리는 평범한 여성이 되고, 오늘 첫 연기를 앞둔 유명은 조금 특별한 남성이 됩니다. ⟨아날로그 러브⟩, 모두 박수로 맞이해볼까요?」

와아아아- 관객의 함성 속에 무대의 불빛이 꺼졌다. 유명은 겨우 실루엣만 분간되는 포켓에서 옆에 선 나탈리에게 속삭였다.

「멋졌어요. 이번에도 잘 부탁해요.」

어둠 속에서도 마주 본 그녀의 시선이 느껴진다. 나탈리는 살짝 고개를 끄덕인 후 유명을 스쳐 바깥으로 나갔다.

지잉- 조명이 들어온 무대에는 심플하고 슬림한 디자인의 책상이 하나 놓여 있다. 거기에 설치되어 있는 컴퓨터 모니터는 투명한 유리 한 장. 그 위에는 파란색의 글씨와 그래프가 떠올라 있다. 굉장히 하이테크놀로지해 보이는 풍경이다.

그리고 그 앞에 앉아 있는 한 여자. 깔끔히 올백으로 넘겨 하나로 묶은 머리. 무테의 안경. 귀에 달랑거리는 커다란 링 귀걸이와 은색이 많이 섞인 원피스. 날카로운 인상이지만 한숨이 나올 정도로 아름다운 여배우, 나탈리 카센이다. 그녀는 팔짱을 가슴 앞에 낀 채로 의자에 몸을 파묻듯 기대어 있다.

「어, 미카. 아직 가상 오피스야. 방금 최종 작업물 디렉토리에 업데이트했으니까 중요한 일은 끝났어. 어디서 나이스 가이를 봤다고? 홍채 영상 빨리 전송해봐.」

때는 2020년. 하이 테크놀로지가 일상에 완전히 접목된 미래의 세계라는 설정. 주인공 소피아는 프로그래머로 그중에서도 가장 첨단화된 삶을 살아가는 여성이다.

대본의 설정을 처음 보았을 때, 유명은 피식 웃음을 지었다. 2020년은 아니지만 2018년까지 살아온 사람이 보았을 때 대본이 그리는 미래 세계는 꽤나 허무맹랑했기 때문이다.

'지금이 2007년이니까… 13년 후의 세상은 뭔가 획기적으로 바뀌었을 거라고 상상할 만도 하지. 하기야 2달 후면 아이폰 I이 출시되니 그것만으로도 세상이 어마어마하게 바뀌긴 하지만, 이 정도로 변하지는 않는데.'

그것은 미래를 살다온 유명만이 아는 사실이었고, 지금 이 무대를 보고 있는 다른 모든 사람들은 2020년의 미래 도시를 상상하며 위화감 없이 그녀의 모습을 받아들이고 있었다.

「그런데 미카, 나 어제 엄청 이상한 사람을 만났다?」

— 이상한 사람? 변태?

「아니. 나쁜 사람은 아닌 것 같은데… 길에 서 있는 나에게 접근해서 이름을 물어봤거든? 굉장히 특이한 사람이었어.」
 회상하는 듯한 소피아의 표정과 함께 조명이 어두워진다. 그리고 다시 밝아졌을 때 쏴아아아- 빗소리가 깔리고, 소피아의 앞에는 우산을 든 한 남자가 서 있었다. 클래식한 정장에 부드러운 밀빛 곱슬머리가 햇살같이 온화한 느낌을 주는 남자였다.

194

아날로그 러브

 데렉은 어둠 속에서 벽에 등을 기댄 채 포켓 사이로 무대를 지켜보고 있었다.
 '좀 컸나…?'
 그녀와 같은 공간에서 연기하는 것도 오랜만이다. 나이 차이는 겨우 다섯 살이지만 데렉에게 나탈리는 딸 같은 느낌이었다. 데뷔가 늦었던 그녀는 〈Killing smile〉의 주역을 맡았을 때도 신인에 가까웠다. 그래서 데렉에게 정말 가열차게 깨지곤 했다.
 '그걸 다 따라왔었지….'
 연기에 관해선 자신의 성격이 꽤 지랄 맞다는 것은 알고 있었다. 그 성격이 더욱더 지랄 맞아질 때는 자신이 지랄로 빠르게 성장하는 배우가 있을 때이다. 그가 가르쳤던 배우 중 나탈리는 누구보다도 성실하고 영리하게 그의 조언을 흡수했고, 단시간에 할리우드 최고의 몸값을 찍는 여배우가 되었다. 그러더니 이젠 감히 자신에게 덤빈다. 기특하게도.

'그럼 더더욱 밟아줘야지.'

그는 비뚜름한 웃음을 지은 채로 무대를 주시했다. 훌쩍 성장해버린 그의 제자는 자신이 처음으로 자신과 동급이라고 인정한 배우와 함께 무대에 선다. 어떤 무대일까.

― 왜, 왜. 어떤 남자였는데?
― 그 사람은… 우산을 쓰고 있었어.
― 뭐? 우산?

남자와 여자는 감전된 듯 서로를 마주 보고 있다. 그들이 말없이 서로를 바라보는 동안 소피아와 친구 미카의 전화통화가 음향으로 마저 들려온다. 쏴아아- 다시 빗소리가 거세진다.

소피아는 손목의 버튼을 삑- 하고 눌렀다. 그러자 보랏빛의 폭이 좁은 조명이 그녀의 머리 위에 덧씌워졌다. 그리고 그녀는 자신과 조금 떨어진 곳에서 우산을 펼치는 남성을 보고 고개를 갸웃했다.

― 우산? 이제 거의 사라지지 않았어? 비바람엔 커버 실드를 켜면 되잖아?
― 그러니까 말야. 아주 오랜만에 보는 커다란 우산이었어. 그런데 그 남자가 나를 물끄러미 바라보더니 말을 걸지 뭐야.

그 음향이 인도하기라도 하듯이 남자는 소피아에게 다가왔다. 햇살을 닮은 색의 머리카락이 살짝 젖어 곱슬거리는 남자는 아주 부드럽고 다정한 눈빛을 하고 있었다. 그녀는 모르는 남자가 자상하게 기울이는 눈빛에 조금 덜컹한 표정을 짓는다.

「안녕하세요, 아가씨. 제 이름은 밀턴이라고 합니다.」

그 말에 소피아도, 보고 있던 관객도 웃음을 터트릴 뻔했다. '아가씨'라니. 2020년이 아니라 2007년 현재라 해도 평소에 쓰기엔 너무 고전적인 단어. 이상한 남자를 빤히 보는 소피아의 시선에 몰입하듯 관객도 그를 차근차근 훑어본다.

그는 톡톡한 소재의 고풍스러운 정장을 입고 있다. 낡아 보이지만 깨끗하게 손질된 헤이즐넛색의 정장은 조금 이상할 정도로 올드해 보이지만, 그의 밀빛 머리와 온화한 얼굴에는 잘 어울린다. 단추가 끝까지 채워져 있고 넥타이핀과 커프스핀까지 세트로 단정하게 자리 잡은 그의 옷차림은 어느 유행이 지난 신사복 잡지의 한 페이지를 그대로 오려 붙인 듯이 클래식하다.

「…그런데요?」

그녀는 의아함을 달아 말꼬리를 올린다. 이 남자는 왜 자신에게 말을 건 걸까.

「실례지만… 머리가 젖으신 것 같아서요.」

남자는 조금 난감한 웃음을 지으며 그녀에게 무언가를 조심스럽게 내밀었다. 깨끗하게 다려 끝을 맞춰 고이 접은 손수건이었다. 다시 음향이 들려온다.

— 손수건? 요즘도 그런 걸 가지고 다니는 사람이 있어?

— 그러게 말야. 그런데 그 사람은… 그런 단정함이 습관처럼 잘 어울렸어.

그녀는 그 손수건을 받아 젖은 머리를 톡톡 닦아낸 후 그에게 돌려주었다. 그걸 받아 든 남자가 그녀에게 정중히 제안한다.

「우산… 같이 쓰실래요?」

그녀는 자신의 머리 위로 드리운 '커버 실드'를 한 번 올려다본다. 우산이라…. 무척 비효율적인 제안이기는 하지만.

「고마워요.」

그녀는 남자의 우산 속으로 들어간다. 손목을 다시 한번 톡 건드리자 보랏빛 조명이 꺼진다. 남자의 우산은 크다. 아주 커서 비가 많이 오는

데도 한쪽 어깨가 젖지 않는다. 아니, 우산이 그녀의 쪽으로 훨씬 많이 기울어져 있기 때문일지도 모른다.
「제 이름은… 소피아예요.」
그녀가 그를 마주 보고 웃었다. 그들의 첫 만남이었다.

암전. 막간의 어둠 속에서 다시 통화소리가 들려왔다. 호들갑스러운 목소리가 미카, 조금 예리한 듯 맑은 목소리가 소피아다.
― 소피아! 오랜만이야~
― 미카, 그 나이스 가이는 어떻게 됐어?
― 나이스는 개뿔. 으, 최악이었어. 너는? 그때 그 이상한 남자 알파챗 아이디는 땄어?
― 아니. 그 사람 그런 걸 모르는 것 같아….
― 뭐? 말도 안 돼. 요즘 알파챗 안 하는 사람이 어딨어? 그럼 어떻게 연락해? 설마 연락도 옛날 사람처럼 문자로 하는 거야?
― 아니… 그게….

흐려지는 소피아의 말과 함께 조명이 켜졌다. 그녀는 시계를 본다. 1시 58분. 남자와의 약속은 이런 식이었다. 날씨가 파랗게 맑은 날 오후 2시에 시계탑 앞에서, 다음번 비가 오는 날 오후 4시에 버스 정류장에서. 남자는 알파챗 아이디를 묻는 소피아의 말을 이해하지 못한 듯이 고개를 갸웃했고, 그녀는 다시 물어보지 않았다. 왠지 물어서는 안 될 것 같았던 것이다.
「소피아~!」
깔끔한 폴로셔츠에 니트를 덧입은 밀턴이 무대의 끝에서 등장한다. 그는 소피아를 보고 세상을 밝힐 듯 환한 웃음을 지으며 손을 마구 흔든다. 그 모습에 소피아의 날카로운 인상도 날이 뭉그러진 듯 조금 따스해진다.
「소피아, 잘 있었어요? 보고 싶었어요.」
그의 가감 없이 솔직한 표현에 그녀는 조금 붉어진 얼굴로 겨우 태연한 척 말을 돌린다.
「그… 그런 옷은 어디에서 사요?」
「왜요, 이상해요?」
「이상하긴 한데… 당신에겐 잘 어울려요.」
그녀의 대답에 남자는 기쁜 듯한 눈웃음을 짓는다. 두근- 그 웃음을 본 모든 여성 관객과 여성 시청자들의 가슴이 크게 뛰었다. 그것은 무언가가 사랑스러워 어쩔 줄 모를 때 나오는 미소. 다들 그 표정을 보고 과거의 연인 중 자신을 가장 뜨겁게 사랑해주었던, 그래서 아주 오래 기억에 남았던 누군가의 눈빛을 떠올린다.
「오늘은 도시락을 싸왔어요.」
남자는 도시락 바구니를 손에 들고 달랑달랑 흔들어 보인다. 이 남자에게 꽤 익숙해진 소피아였지만 이번만큼은 깜짝 놀라 눈을 동그랗게 떴다. 도시락이라니…!
「설마 직접 싼 거예요?」
「네. 날씨가 좋은데 같이 소풍 가고 싶어서요.」
'요술상자 같은 남자야.'
그가 부드럽게 웃으며 에스코트하듯 한쪽 팔을 내밀자, 소피아는 자연스럽게 그 팔짱을 낀다. 무대를 반 바퀴 돌아 남자는 돗자리를 펼치고 바구니의 내용물을 꺼내놓는다. 알록달록 예쁜 도시락. 우와~ 하는 표정으로 에그 샌드위치 하나를 베어 문 소피아의 인상이 우그러진다.
「짜요….」
「어? 짜요?」
「으앗. 방금 계란 껍질 씹었어요!」

「앗, 어떡해. 여기… 여기다 뱉어요.」

허둥지둥대는 남자, 껍질을 뱉어낸 후 뭐가 웃긴지 빵- 하고 웃음보가 터진 여자. 그들은 한참이나 같이 웃었고, 그녀의 표정은 조금 더 날이 무뎌졌다.

그러면서 관객들은 이상한 느낌을 받는다. 현대적이고 도회적인 여자와 고풍스럽고 온화한 남자. 처음에 그들은 분명 양극단의 사람들인 것처럼 분위기가 무척 달랐다. 하지만 그들이 함께 시간을 보내면서 날선 방어막이 벗겨지고 우러나오는 여자의 본 표정은 남자와 아주 닮아있었다. 오래된 연인, 혹은 가족이 그렇듯이.

「다음 주 생일이죠?」

「어떻게 알았어요?」

「다 아는 수가 있죠. 생일 나랑 보내줄 수 있어요? 꼭… 나랑 보내줬으면 좋겠는데….」

왠지 간절한 남자의 말투에 소피아는 고개를 끄덕인다.

「그래요~」

「그날, 꼭 할 말이 있어요.」

밀턴의 말에 소피아는 그가 그날 고백할 것을 예감했다. 그런데 그녀의 표정이 떨떠름하게 변한다. 이상하다. 분명 그를 좋아하는데, 만날 날을 언제나 손꼽아 기다리는데, 왜 그가 고백할 것이 설레지 않는 걸까…?

― 특이한 남자라 재미있어서 좋아한다고 착각한 거 아냐? 정말 좋아한다면 어떻게 고백 예고에 설레지 않을 수가 있어?

― 다음번이 벌써 열 번째 만남인걸? 좋아하지 않는 사람과 어떻게 열 번이나 만나겠어.

― 심심하면 그럴 수도 있지. 하여간, 나라면 안 설레는 사람과는 못 만나.

― ……

쏴아아아- 다시 비가 왔다. 밀턴은 이번에도 그 커다란 우산을 쓰고 나타났다. 소피아는 조금 복잡한 얼굴을 한 채로 그의 우산을 함께 썼다.

「소피아, 생일 축하해요! 얼굴이 안 좋은데 어디 아파요?」

「아니에요….」

「소피아는 웃는 게 예뻐요. 예쁜 것만 보고 행복한 생각만 하면 좋겠는데.」

「…하하.」

그날도 그는 언제나처럼 다정다감했다. 멋진 레스토랑에서 스테이크를 딱 한입 크기로 가지런히 잘라서 그녀의 앞에 놓아주었다. 그녀는 그의 모습을 멍하니 바라보며 생각했다. 정말 자상한 남자라고. 이렇게 나를 사랑해주는 사람에게 가는 것이 맞지 않을까…?

「소피아. 오늘이 서른 살 생일이죠?」

「네? 네, 맞아요.」

「이렇게 예쁘게 태어나고, 잘 커줘서 정말 고마워요.」

고전적인 남자는, 고전적인 서두를 꺼냈다. 이렇게 예쁜 너를 낳아준 네 부모님께 감사해, 로 시작하는 고백 멘트라니. 정말… 끝까지 클래식하다. 이어지는 그의 고백.

「소피아…. 나의 소피아. 사랑해요.」

넘쳐흐를 정도로 진심 어린 그의 말에 그녀는 두 눈을 질끈 감는다. 아니다. 이 정도로 솔직하게 내보이는 진심을 어중간한 마음으로 받아들여서는 안 된다. 거절해야 한다. 그런데 왜, 그의 고백은 가슴을 뛰게 하지는 않는데도… 이토록 따뜻하게 가슴을 적시는가.

「밀턴. 당신의 마음은 고마운데 전… 미안해요. 당신과 사귈 수는 없을 것 같아요.」

「……..」

「한참 만나놓고 이렇게 얘기하니까 어이없으시죠? 정말 미안해요. 당신을 정말 좋아하는데, 왠지 사귈 마음은….」

미안한 마음에 횡설수설하며 그녀는 상대의 눈치를 본다. 그때 건너편의 남자가 갑자기 웃음을 터뜨렸다. 하하하- 방금 거절당한 남자치고는 너무 맑고 즐거운 웃음소리.

「밀턴…?」

「하하, 미안. 너무 귀여워서요. 그럼요. 소피아는 나보다 훨씬 좋은 남자를 만나야죠.」

당황해서 얼음이 된 그녀의 옆머리를 귀 뒤로 넘겨주며 밀턴은 다정하게 눈을 맞춘다.

「물론 소피아가 다른 남자를 사랑하게 되더라도 저는 소피아만 사랑할 테지만요.」

그녀의 마음이 혼란스러워진다. 화를 안 내는 것은 다행이지만, 저 말은… 설마 자신의 스토커가 되겠다는 의미인가? 아니, 서로의 연락처도 모르는데 이렇게 거절해버리면 앞으로 그를 다시 볼 수는 있나? 못 보면? 왠지 무척 서운할 것 같은데….

어떻게 먹었는지 모를 식사를 마치고 두 사람은 다시 우산을 쓰고 걷는다. 헤어지기 직전, 그는 그녀에게 한 통의 편지를 내민다.

「…이게 뭐예요?」

「생일 선물. 손편지예요. 집에 가서 읽어주겠어요?」

「…네.」

그리고 청한다.

「소피아. 마지막으로 한 번만 안아볼 수 있을까요?」

이상하다. 그의 눈빛은 한 점 사심 없이 깨끗해 보인다. 그녀가 망설이다가 고개를 살짝 끄덕였다. 그는 팔을 넓게 벌려 소피아를 꼬옥 안았다. 우산과 남자의 등에 가려 그녀는 파묻힌 것처럼 작아 보인다, 마치 아이처럼.

안은 팔을 힘겹게 거둔 후, 그녀를 마지막으로 내려다보는 그의 눈빛에 관객들의 숨이 멈추었다. 표현하기 힘들 정도로 절절한 애틋함, 알 수 없는 벅참, 커다란 사랑. 그는 우산을 그녀의 손에 꼬옥 쥐여준 후, 마지막으로 녹아 없어질 듯이 다정하게 웃어준다. 그리고 빗속으로 뛰어간다.

「저기…!」

그녀는 자신의 손에 남은 우산과 한 장의 편지를 내려다보았다. 그리고 깨닫는다. 그는, 가버렸다.

195

〈방문판매원〉

무대가 다시 밝아진다. 소피아의 집. 소파에 털썩 주저앉은 그녀는 지친 듯 두 손으로 얼굴을 감싸고 독백을 내뱉는다.

「내가 잘못한 걸까? 다시 그를 못 본다고 생각하니 왜… 가슴이 무너지는 것 같지….」

그녀는 밀턴이 남긴 편지를 펼친다. 바스락- 'Milton'이라고 적혀 있던 겉봉이 찢겨 나가고, 속에 있는 것은 낡고 꼬질꼬질한 종이다. 그녀는 갸우뚱하며 그 종이를 펼쳤고, 눈이 편지지에 붙박인 채로 얼어붙었다.

관객들은 그녀의 하얗게 질린 표정에 무슨 일인지 불안해하며 무대만을 쳐다본다. 사이클로라마[8]에 빔이 쏘아지며 편지의 글씨가 드러난

---

8 사이클로라마: 무대의 흰색 배경막

다. 철자가 군데군데 틀린 어린아이의 글씨.

「아빠, 소피아는 아빠가 세상에서 제일 좋아! 내가 서른 살이 되었을 때, 소피아랑 결혼해주세요~ 인형보다, 예쁜 옷보다 아빠가 좋아요. 아빠랑 평생 사는 게 소원이에요!」

그건 다섯 살, 그녀가 처음으로 아빠에게 썼던 편지. 유달리 글을 익히는 것이 빨랐던 딸의 첫 편지를 보고 그는 정말 행복하게 웃었다. 어린 그녀의 눈에 아빠가 녹아 없어질까 봐 불안할 정도로 다정하게.

— *소피아. 아빠는 하늘나라로 가셨단다.*

그리고 아빠는 얼마 후, 진짜 사라졌다. 정말 녹아서 사라진 것일지도 모른다.

「아…빠…?」

왜 깨닫지 못했을까. 흐릿한 기억 속, 어린아이의 눈에는 너무 커다랗고 높이 있었던 아빠의 얼굴과 밀턴의 얼굴이 너무나 닮아 있었다는 걸. 그녀의 커다란 눈에 주체하지 못할 정도로 빠르게 투명한 액체가 고여 간다. 그리고 주르르 흐른다. 넋을 잃은 그녀의 둘레로 음향이 하나씩 내려와 쌓인다.

— *나의 소피아, 내 예쁜 아기. 세상에서 제일 사랑해.*

— *아빠는 평생 우리 딸의 우산이 되어서 나쁜 것들로부터 지켜줄 거야.*

— *예쁜 것만 보고 행복한 생각만 하며 자라길….*

— *아빠랑 결혼할 거라고? 하하, 아빠보다 훨씬 좋은 남자를 만나야지.*

— *다른 놈이 좋다고 가버린다고 해도 아빠는 소피아만 평생 사랑할 거야.*

— *아아, 귀여워…. 너무 귀여워서 심장에 나빠.*

— *날이 좋을 때 아빠랑 도시락 싸서 소풍가자~!*

— *소피아, 아빠랑 한번 안아볼까?*

잊고 있었던 다정한 목소리. 한때는 그녀의 모든 것이었던 존재를 어떻게 잊고 있었을까. 주룩주룩, 눈물샘이 고장이라도 난 것처럼 눈물이 펑펑 흘러내렸다. 다정한 밀턴의 목소리가 딸에게 사랑을 속삭일수록 관객들의 눈에서도 눈물이 맺혀 흘렀다.

지금의 시대와 어울리지 않는 아날로그한 남자, 편리하진 않지만 따뜻하기 그지없는 시간을 그녀에게 선물해준 사람은 25년 전 딸과의 약속을 지키기 위해 온 그녀의 아빠였다.

그녀는 비틀비틀 현관으로 다가가 젖은 우산을 끌어안았다. 딸의 우산이 되어주고 싶었던 아빠가 남기고 간 우산 한 자루.

「저는 웃는 게 예쁘…군요.」

그녀는 아직도 눈물이 흐르는 채로 입꼬리를 위로 끌어올렸다. 그것은 처음의 차가워 보이는 미소가 아닌, 밀턴을 무척 닮은 다정한 미소였다. 서서히 밝기가 줄어드는 조명이 그녀의 오묘한 표정을 잔상처럼 남기고 스륵 꺼졌다. 불이 다시 켜졌을 때, 관객들은 젖은 눈으로 벌떡 일어나 한참 동안 기립박수를 보냈다.

유명이 포켓으로 걸어들어왔을 때, 그곳에는 데렉이 있었다. 바로 다음인 마르타와의 공연에 스탠바이 중인 모양이었다. 살짝 고개를 숙이고 지나가는 유명에게 데렉은 냉담하게 물었다.

「왜 최선을 다하지 않았죠?」

「…네?」

「더 빛날 수 있었는데 나탈리한테 힘을 실어줬잖아요. 내 눈은 못 속이니까 아니라곤 하지 말고.」

「아닙니다.」

부인하지 말라는 말을 바로 부인해버리자 데렉이 잡아먹을 듯 유명을 노려보았다. 하지만 유명은 끄떡없이 그 시선을 받아낸 후, 분장실

쪽으로 사라져버렸다.

바깥에서는 중간 평가가 이루어지고 있었다.

「어이쿠, 객석마다 휴지를 비치했어야 했나. 다들 우는 얼굴 클로즈 업되는 거 조심하세요. 평생의 흑역사가 됩니다. 아아, 그런데 감동적이네요. 저도 딸 키우는 입장에서 조금 울 뻔했습니다. 아빠 말고 딴 놈이랑 결혼한다고? 내 눈에 흙이 들어가기 전에는 안 된다!」

제리는 금세 가라앉은 분위기를 띄웠다.

「아이고, 저 아저씨도 눈물이 그렁그렁하네. 조지, 어땠어요?」

「또 화가 나네요…. 왜 저는 여기 나와서 카일러가 먹을 만찬을 세팅하는 역할을 하고 있는 걸까요.」

「하하하. 푸념은 그만하고, 심사위원답게 평가해줘요~」

「지금보다 미래의 사람과 지금보다 과거의 사람이 대비되는 것이 좋았어요. 보통의 경우 아빠와 딸의 세대 차이는 서로에 대한 몰이해를 낳지만, 이 극에서는 '아날로그' 감성을 매력적으로 그려서 올드함이 특별함으로 다가왔기에 아름답게 느껴졌습니다. 중반까지 이성에 대한 사랑인지, 가족에 대한 사랑인지를 애매하게 줄타기해낸 유명의 연기력은 언제나처럼 좋았지만, 저는 날카로움이 서서히 무뎌지면서 화사하게 변하던 나탈리의 표현력이 인상에 남네요.」

모두들 고개를 끄덕였다. 딱딱한 표정, 낯선 이에게 망설이는 표정, 뭉그러지는 표정, 애태우던 표정, 아버지의 사랑을 깨닫고 아이처럼 울던 표정까지, 나탈리는 이번 무대에서 유난히 생동감 넘치고 아름다웠다.

「아, 저도 나탈리의 연기가 참 좋았어요. 역시 톱배우라는 느낌이었죠. 물론 유명도 무척 좋았구요. 카일러는 어땠어요?」

「…그렇게 보이죠?」

카일러는 애매하게 대답한 후, 다른 쪽으로 이야기를 돌렸다.

「그런데, 이 대본을 쓴 작가가 한국인이라구요?」

공연 시작 전, 제리는 에바와 육미영이 팀으로 이번 작품들을 썼음을 고지했었다. 그중에서도 '아날로그 러브'는 육미영이 메인을 잡은 대본. 카일러가 그녀에게 관심을 드러냈다.

「네. 신유명 씨가 급부상하면서 그가 한국에서 출연했던 전작들도 꽤나 화제가 되었잖아요? 그중 드라마 한 편은 TW에서 수입하기로 결정되었구요. 바로 그 드라마를 쓴 작가가 이 대본을 썼다고 합니다.」

「어떤 분인지 궁금하군요. 배우였으면 좋았을 텐데.」

사람을 보고 영감을 받는다는 카일러가 그렇게 말하는 것을 보니, 그녀의 색깔에 강한 인상을 받은 모양이었다. 그렇게 중간평가가 끝나고, 다음은 데렉과 마르타의 무대였다.

이번에도 육미영의 작품이었다. 그녀는 데렉과 마르타를 원래 알기라도 했던 것처럼, 오만하기 짝이 없는 부자 남자와 그 오만을 알아듣지도 못하고 뇌 맑은 화법으로 받아쳐 그를 열 받게 하는 서민 여자의 코믹 러브스토리를 그렸다.

한국에선 아주 흔한 클리셰. 하지만 여기는 미국이었고, 하필 데렉과 마르타였다. 물론 육 작가는 〈캐스팅 보트〉의 애청자였기에 어느 정도 데렉과 마르타의 캐릭터를 파악하고 썼겠지만, 그들의 실체를 아는 유명의 입장에서는 감탄이 나올 정도로 캐릭터를 정확히 집어낸 대본이었다.

'역시 데렉 맥커디!'

평소의 그와 비슷한 배역이라 연습하지 않아도 자연스럽게 연기할 수 있었을 것이다. 하지만 그는 소소한 습관 하나하나까지 새로 부여해 캐릭터를 재창조했다. 과연 스스로 연기 강박을 가지고 있다고 말할 만한 배우였다.

「오늘 정말 대~단하군요. 제가 행사며 프로그램을 천 번도 넘게 진행해왔는데, 지금 이 현장은 공기의 밀도가 아예 다릅니다. 찌릿찌릿 숨이 막힐 것 같아요!」

와아아아-!

「올라오기 전에 확인한 바로는, 문자 투표가 2차 때보다 두 배 이상의 속도로 들어오고 있다고 합니다. 인터넷에서도 모든 사람들이 〈캐스팅 보트〉 얘기만을 떠들고 있습니다-!」

우와아아아아-!

「자, 대망의 마지막 무대. 모든 사람들이 학수고대하던 바로 그 무대입니다. 에바 도브란스키 작, 데렉 맥커디와 유명 신이 연기하는 〈방문판매원〉. 모두 박수로 〈캐스팅 보트〉의 마지막 라이브 무대를 환영해주세요~」

짝짝짝짝짝- 제리가 진행을 하는 사이에도 스테이지에선 이전의 무대들이 치워지고, 이동형 가벽들이 세워지며, 부지런히 변신을 마쳤다. 그리고 기대에 가득 찬, 그야말로 최고의 행복을 누리고 있는 관객들의 얼굴을 카메라가 하나하나 잡는 동안 무대는 점점 어두워져 갔다.

유명은 숨을 가다듬었다. 서로의 에너지를 품어 키우며 객석까지 쭈욱 밀고 나가는 〈아날로그 러브〉와 다르게 〈방문판매원〉은 자신의 에너지로 상대를 몰아붙이기 위해 물고 뜯는 격렬한 전투 같은 극이었다. 그리고 상대는 저 데렉 맥커디.

'정신 차리지 않으면 잡아먹힌다.'

유명은 아직도 관객들의 아득한 박수가 들려오는 캄캄한 무대 위로 걸음을 옮겼다. 4개월간의 대장정의 끝을 맺는 마지막 무대가 기다리고 있었다.

조명이 내린 무대. 이동 가벽들이 이룬 세트는 가정집의 모양을 하고 있다. 현관문과 이어진 거실. 그 뒤쪽 벽에 붙은 가스레인지와 냉장고를 보니 거실과 부엌이 일체형인 모양. 현관의 반대쪽에는 침실이 붙어 있고 침실의 안쪽에 화장실이 붙어 있는 1.5룸 형태의 집이다.

현관문을 사이에 두고 두 배우가 대치해 있다. 문 안쪽에 위치한 것은 데릭이다. 그는 파란 트레이닝복을 입고 있는데, 한쪽 무릎을 찍 걷어 올리고 트레이닝복 상의의 지퍼는 목 끝까지 잠근 채이다. 그리고 빗지 않은 듯 까치집이 진 머리. 누가 봐도 날백수이다. 그 모습조차 멋진 것이 함정이지만.

문 바깥에는 맞지 않는 헐렁한 정장을 입은 유명이 서 있다. 한 손에는 커다란 가방을 들고, 다른 한 손에는 핸드폰을 든 그는 안절부절 초조해하며 문 앞에서 서성이고 있다. 이 극의 제목을 보면 그는 방문판매원인 모양이다. 아마도 몹시도 절실한 초짜 판매원.

딩동- 그는 긴장했는지 흐르는 땀을 소매로 자꾸 훔쳐낸다. 그리고 문이 열렸을 때, 상황은 뒤집힌다. 문을 열고 나온 백수와 그를 3초 만에 스캔한 영업사원. 순간 그의 얼굴에 '아, 돈이 있을 놈이 아니네'라는 실망이 빠르게 지나간다.

「아…. 제가 벨을 잘못 누른 것 같-」

「어우, 추리닝 샘플이 영 별로네. 디자이너에게 다시 뽑아보라고 해야겠네. 쉬는 날인데 사람 쉬지도 못하게 진짜….」

허세다. 그걸 알면서도 판매원은 그의 허세에 솔깃한다. 그러고 보니 그가 문을 열어주러 나오면서 신은 구두가 매우 반짝반짝하다.

「안녕하십니까, 사장님! 사장님 같은 고급스러우신 분에게 정말 잘 어울리는 상품 하나 가지고 왔습니다. 혹시 금쪽같은 시간을 조금만 할애해주신다면 후회 없는 선택 하시도록 최선을 다해 서포트하겠습니다!」

「흠… 그래? 들어와 봐요~」

판매원은 굽신굽신 허리를 숙이며 집 안으로 발을 들였다. 백수는 배를 벅벅 긁으며 의자에 앉은 후, 판매원에게 턱짓으로 반대편을 가리킨다.

「거기 앉아요.」

「감사합니다, 사장님! 저는 T코퍼레이션의 사원 마크 로웬이라고 합니다.」

「길리안입니다. 그래, 뭘 팔고 있는 거요?」

「저희 회사가 신제품 개발을 하다가 자금줄이 막혀서요. 그렇지 않으면 절대! 이 가격으로 만나실 수 없는 제품인데-」

「아, 나 바쁜 사람입니다. 됐고 본론!」

「넵. 프리미엄 칫솔을 판매하고 있습니다!」

마크의 부르짖음에 관객들의 웃음이 품- 하고 터진다. 뻔한 허세에 속아서 열심히 영업을 하고 있는 그의 모습이 안타까우려고 했는데, 그도 만만치 않게 풍을 치는 인물이라는 것을 깨닫고 나니 두 인물의 대치가 우습게 느껴지기 시작한 것이다.

「칫솔? 얼만데요?」

「여기 이 은나노 코팅이 되어 있는 명품 세트는 5개에 10달러, 인체공학적인 설계로 마구 흔들지 않아도 이빨 사이까지 닦아주는 제노타입 알파는 7개에 10달러입니다.」

크크크- 허무맹랑한 이름들과 그에 못 미치는 저렴한 가격들에 관객들이 다시 웃음을 터뜨렸다.

「내 격에 좀 부족한데…. 더 좋은 건 없나?」

그랬더니 마크는 눈을 반짝거리며 손바닥만 한 박스를 꺼낸다.

「전동 칫솔이라고 들어보셨습니까? 저희 회사가 개발한 이 3,500달러짜리 초정밀 스크류 칫솔은-」

「아니, 그건 너무 과하고.」

길리안이 대번에 말을 끊자, 마크는 다시 시무룩해진다.

그런데 그때, 길리안이 조금 위화감이 느껴지는 행동을 했다. 스윽- 그는 테이블 위에 비뚤게 놓여 있는 칫솔들을 손가락으로 슬쩍 밀어

가지런히 맞추었다. 별거 아닌 행동이었지만 한쪽 무릎만 걷어붙인 차림에 배를 벅벅 긁어대던 백수의 모습과 묘한 위화감이 느껴지는 행동. 관객들은 이유 모를 긴장감에 등을 바로 세웠다.

196

최종 우승자

서스펜스. 보는 이에게 불안과 긴장을 주어 흥미를 유발시키는 기법 혹은 장르를 말한다. 긴장감을 불러일으키는 핵심은 바로 등장인물과 관객 사이의 정보 차이이다. A가 B를 해코지하려는 것을 B는 모르고 관객만 알고 있다면, A와 B가 가까워질 때마다 관객은 무슨 일이 벌어질까 봐 긴장하게 된다. 이것이 서스펜스의 원리.

「저… 갑자기 배가 살살 아픈데, 화장실 좀 빌려도 될까요?」

마크가 안방 화장실로 들어간 사이, 길리안이 부엌에서 식칼을 빼어 든 지금처럼 말이다. 사아악- 그는 찬장에서 작은 숫돌을 꺼내더니 빠르고 능숙하게 날을 세운다.

'왜 하필 지금…?'

관객은 그런 생각을 할 수밖에 없다. 그냥 빈 시간을 활용해 칼을 갈고 있는 것일까? 그렇다고 하기엔 칼을 갈고 있는 그의 모습은 예리한 살기를 띤다. 아까의 백수와 같은 사람인지 의심스러운 모습. 그리고 그는 한쪽 의자 위에 올려져 있는 담요 속으로 식칼을 감춘다.

지잉- 이번에는 거실 쪽의 조명이 어두워지며 안방의 조명이 밝아진다. 관객들은 다시 한번 흠칫 놀란다.

'뭐 하는 거야, 쟤는?'

배가 아프다며 화장실을 향한 마크는 화장실엔 들어가지 않고 안방을 뒤지고 있다. 날렵한 발걸음으로 발소리도 내지 않으며 서랍을 열어보고 침대 밑을 확인한다. 그리고 혼잣말로 한마디를 내뱉는다.

「먼지 한 톨도 없군.」

'아니 얘는 또 왜 이래?'

도둑인가? 그렇다면 더 위험하다. 바깥의 남자는 칼을 들고 있고, 심지어 칼을 만지는 것이 묘하게 능숙해 보이기까지 했다. 열심히 제품을 팔려던 아까의 모습이 안타까워 보여서일까, 수상하기는 마찬가지인데도 관객은 마크 쪽을 더 걱정하게 된다.

'바깥의 남자는 위험해! 얼른 그 집에서 나가!'

마크는 화장실에 들어가더니 레버를 당겨 물소리만 내고 빠져나왔다.

「감사합니다!」

시치미를 뚝 떼고 살았다는 얼굴로 인사하는 마크. 그런데 길리안이… 방금 그가 나온 방 안으로 들어간다.

'누… 눈치챘나?'

그는 주름져 있는 시트를 매섭게 내려다보더니 엄지와 검지로 시트를 살짝 잡아당겨 다시 팽팽하게 만든다. 관객들의 심장이 덜컹했다. 마크가 방에서 다른 짓을 한 것을 알아챈 것일까.

「사장님?」

「아, 나도 화장실 좀 썼습니다. 금방 나가요~」

다시 마주 앉은 그들의 그림은 더 이상 우습지 않았다.

하하하하― 그들이 어색한 웃음을 터뜨리며 다시 마주 앉는다. 마크가 칫솔을 집어들려는데, 길리안이 갑자기 다른 얘기를 꺼낸다.

「그런데 말입니다. 이 주변 다니기 무섭지 않으십니까? 여기 '그놈'의 출몰구역이라 괜히 불안한지 다들 돌아다니질 않더라구요. 대낮인데 별일이야 있겠습니까만…」

「아, 연쇄살인마 말씀하시는 거죠?」

「네. 세상이 너무 무섭습니다. 진짜. 조심하세요.」

그 말에 다시 관객들이 헷갈리는 표정을 짓는다. 무섭다고 치를 떠는 길리안의 표정이 너무 진심으로 보였기 때문이다.

'그럼 혹시, 칼을 꺼내둔 것도 낯선 사람을 집에 들이니까 불안한 마음에…?'

그럴 수도 있을 것 같다. 그때 마크가 연쇄살인범을 옹호한다.

「하여간 이 사회가 문제인 것 같습니다. 그 사람이라고 뭐 처음부터 그랬을까요. 뭔가 어린 시절에 학대나 소외당한 경험이 있으니까 그런 것 아니겠습니까.」

설마… 마크? 저렇게나 어리숙해 보이는, 칫솔 하나를 팔려고 최선을 다하고 있는 방문판매원의 정체가 연쇄살인마? 다시 보니 그의 눈빛이 조금 수상해 보이는 것 같기도 하다.

「에이, 그런 놈들은 타고날 때부터 문제가 있는 겁니다. 그 새끼 강박증도 있다면서요? 살해한 시체를 아주 깔끔하게 토막 내서 줄을 맞춰 전시해놓고 다리 한쪽만 가져간다지요? 그런 건 그냥 미친놈이지, 그걸 왜 사회 문제로 돌립니까.」

다시 길리안의 말이 섬뜩하다. '강박증'이라는 단어에 칫솔의 줄을 맞추던 그의 모습과 완벽하게 정리되어 있던 침대의 모습이 떠오른다. 도대체 실인마가 누구일까. 혹은 둘 다 아닌가…? 마크가 빙긋 웃으며 화제를 돌린다.

「들어보니 사장님 말이 맞는 것 같군요. 사장님, 그런데 밖이 너무 더워서 목이 마른데, 얼음물 한 잔만 주실 수 있습니까?」

「…얼음물요? 어쩌죠? 집에 얼음이 없는데.」

마크의 부탁에 길리안의 표정이 살짝 굳는다. 혹시 냉동실에… 뭔가 있나?

「그럼 죄송한데, 나가기 전까지 제 물 좀 냉동실에 보관해주시면 안 되겠습니까? 제가 찬물 아니면 잘 못 먹는데 미지근해져버렸네요.」

마크가 가방에서 생수병을 하나 꺼내 내민다. 길리안은 잠시 그것을 받지 않고, 마크의 얼굴을 빤히 들여다본다. 의도를 읽으려는 것처럼.

「사장님? 안 되나요?」

「됩니다. 주세요.」

그는 생수병을 받아든 후, 커다란 냉장고의 손잡이를 유난히 힘주어 꽈악 잡고 열었다. 관객들은 흠칫 놀란다. 냉동실 안에는 신문지로 둘둘 말린 커다란 덩어리들이 가득했다.

'설마… 저것은…?'

「어휴, 냉동실 안에 뭐가 꽉 찼네요?」

「아버지가 정육점을 하셔서 고기를 덩이째 가져다주시거든요.」

「어우, 부럽습니다. 그럼 좋은 고기 많이 드시겠네요?」

「특상이죠. 보통 사람들은 구경도 못 하는 고기입니다. 때깔 한번 구경해보실래요?」

길리안이 갑작스러운 제안을 했고, 보는 사람들은 침을 꿀꺽, 삼켰다.

에바는 오늘 객석에서 극을 관람하고 있었다. 자신이 쓴 대본을 보면서 걱정했던 부분. 10분이라는 제한 시간 동안 집 안이라는 한정된 공간 안에서 불안감을 중첩해나가는 것은 쉬운 일이 아니었다. 하지만 데렉과 유명. 한 명은 그를 섭외하고 싶어서 〈캐스팅 보트〉 출연을 결정할 만큼 최고의 배우. 또 한 명은 자신이 꿈꾸던 세계를 글로 표현하지 못한 부분까지 읽어내어 연기해주는 기적 같은 배우. 그 두 배우가 자신의 이야기 속의 인물이 되어 있음에 그녀는 엄청난 희열을 느꼈다.

'팽팽해. 그럴 거라고 생각은 했지만, 어떻게 이럴 수가 있지?'

유명은 아직 너무 젊은 배우이다. 20대 초반부터 10년 이상 할리우드의 톱배우라 일컬어졌던 데렉과 저렇게 팽팽하게 무대 위를 양분하는 게 가능한 일일까. 그녀는 무대에 시선을 두는 내내 수 초 간격으로 팔을 훑고 지나가는 소름을 가라앉히며 이 무대의 한순간도 놓치지 않기 위해 집중했다.

탕- 신문지로 싸인 커다란 덩어리가 하나 꺼내어진다. 길리안은 그것을 싱크대 앞에 놓고, 커다란 식칼 하나를 꺼내 들었다. 신문지를 펼치자 드러난 것은 잘 손질되어 있는 고기 한 덩이. 마크가 길리안의 옆에 붙어서 들여다보자 관객들의 불안함이 더욱 커진다.

「무슨 고긴가요? 돼지고기나 소고기랑은 좀 달라 보이는데.」

「겉이 좀 산화되어서 그렇지 돼지고기 맞습니다.」

「에이, 아닌 거 같은데요?」

둘의 분위기는 그새 좀 바뀌었다. 아까와 달리 신중하고 집요한 시선으로 고기를 내려다보는 길리안. 굽신거리는 태도를 슬쩍 치워두고 능글능글 그의 말을 반박하는 마크.

두근- 도발하지 말라는 말이 목구멍까지 치솟는다.

「맞다니까요. 보세요. 산화된 부위를 좀 잘라내면….」

그때였다. 길리안이 식칼을 왼손에 쥐더니 오른손으로 스위치를 확 내리며 칼을 뒤쪽으로 강하게 휘둘렀다. 갑자기 정전이 되며 마지막으로 칼을 휘두르던 길리안의 무시무시한 표정만이 잔상으로 남는다.

「꺄악!」

한 여성관객이 작게 비명을 지른다. 투닥닥- 콰앙- 깜깜한 무대 위에 스트로브 조명이 깜빡깜빡 빛을 밝힌다. 하얗게 터지는 빛이 두 사람의 동작 동작을 끊어 사진처럼 보여준다.

두 사람은 격투 중이다. 숨 가쁘게 이어지는 액션은 긴박하다. 길리안이 휘두르는 칼을 간발의 차로 피한 마크는 거실 쪽으로 몸을 날린다. 날렵한 마크의 몸놀림과 그 뒤를 쫓는 길리안의 악귀 같은 얼굴. 쨍그랑- 의자 위에 널려 있던 이불을 뭉쳐 안아 칼을 방어하려던 마크는 그 안에서 떨어지는 식칼을 본능적으로 잡아챈다. 카강- 길리안이 내려꽂는 칼과 마크가 막아선 칼이 쇳소리를 내며 부딪힌다.

다시 불이 꺼진다. 이젠 암흑 속에서 무언가가 구르고 깨지는 소리만 들렸다. 관객들은 어떤 일이 벌어지고 있는지 상상만 하며 양손을 부여잡았다.

다시 불이 켜졌을 때, 마크는 칼을 놓친 채 길리안의 밑에 깔려 오른손으로 그가 칼을 든 왼쪽 손목을 부여잡고 부들부들 힘을 주고 있었다.

'안 돼…!'

「이… 이게 무슨 짓입니까!」

「방문판매원은 개뿔, 너 도둑이지?」

「그게 무슨!」

「아까 안방 건드린 것도 그렇고, 지금 몸놀림도 일반인은 절대 아니야. 빈집털이하려다 사람이 있어서 당황했냐? 크큭. 근데 너 잘못 걸렸다, 불쌍한 새끼.」

이해하지 못하는 듯한 마크의 겁에 질린 얼굴. 길리안은 킬킬 웃으며 그의 얼굴에 자신의 얼굴을 바짝 갖다 붙인다.

「아까 그 연쇄살인범, 나다?」

「…!」

「요즘 경계가 강화돼서 작업을 못 하고 있었는데, 제 발로 걸어 들어올 줄이야. 하하.」

「네? 모… 목숨만 살려주십쇼…! 여기서 일은 못 본 걸로-」

버둥거리는 남자를 더욱 거세게 찍어 누르며 길리안이 우물처럼 깊게 미소 짓는다.

「사회가 이렇게 만든 게 아니고, 난 그냥 또라이가 맞아. 어릴 때부터 이랬거든. 그래서 제어가 안 돼, 이해해줘~」

그가 떠는 마크의 팔을 밀어내며 칼을 꾸욱 내리눌렀다. 긴장감이 극도로 고조되고 관객들이 몸을 움츠린 그때, 이상한 소리가 들렸다. 찰칵- 길리안이 놀라 고개를 홱 돌렸다. 그의 옆구리를 겨눈 것은 마크의 왼손에 들려있는 손바닥만 한 총.

「무… 무슨!」

「무슨은 무슨이야, 이 살인마 새끼야. 녹음 끝났다.」

마크가 아주 산뜻하게 즐거운 미소를 짓더니, 순식간에 깔린 몸을 빼서 일으켰다.

「안녕? 나 형사야. 마크 로웬 경위라고 해~」

옆구리에 총을 겨누고 있다기엔 지나치게 발랄한 인사. 아까 덜덜 떨던 판매원은 누구냐는 듯이 그는 여유롭게 길리안을 제압한 후 무릎 뒤를 빠악- 걷어차서 꿇어앉혔다. 성격이 좋아 보이는 형사는 아니다.

「…어떻게!」

「이쪽 지역으로 가닥을 좁혀놓고, 한 집 한 집 방문수사하고 있었다, 임마.」

믿을 수 없는 표정으로 그를 올려다보는 길리안. 마크는 싱글싱글 웃으며 친절하게 알려준다.

「니가 참 뒤처리를 잘하긴 했어. 그래서 범인에 대한 단서는 강박증, 인육수집 두 개밖에 없었는데…. 첨엔 진짜 배수새낀 줄 알았더니 누가 문 열어주러 나오면서 신발 뒤축도 안 접고 단정하게 신고 나오냐?」

그 말에 관객들은 비로소 신발을 바라보았고, 그가 트레이닝복과 어울리지 않는 반짝거리는 구두를 신고 있음을 인지한다.

「…겨우 그걸로?」

「가끔은 지극히 사소한 일부가 전체를 말해주는 법이지.」

길리안이 껄렁한 백수로 위장한 강박적으로 치밀한 연쇄살인범이었듯이, 마크의 공손함과 절박함도 위장이었다. 그는 여유롭게 길리안에게 수갑을 채우며 말한다.

「당신은 묵비권을 행사할 수 있으며….」

미란다 원칙을 고지하는 소리와 함께 서서히 조명이 암전된다.

두 배우. 최고라고 말할 수 있는 두 배우가 핑퐁처럼 긴장감을 주고받으며 무대를 휘어잡을 때, 관객들은 마치 밀고 밀리는 거대한 두 맹수의 싸움 한가운데서 그들을 올려다보는 느낌을 받았다. 가히 최고라고 할 만한 무대였다. 그것은 수 개월간 고조에 고조를 거듭하며 미국을 뒤흔들어온 〈캐스팅 보트〉의 마지막 방점을 찍는 무대이기도 했다.

얼음처럼 긴장하고 있던 몸이 땡- 하고 풀린 듯, 조금 시간이 지나서야 관객들은 어마어마한 함성을 토해냈다. 무대 뒤에서 데렉은 아직 흥분이 가시지 않은 듯 이글거리는 눈빛으로 유명에게 툭 뱉었다.

「와…. 이거 죽겠네. 찌릿찌릿하네요.」

「수고하셨습니다!」

「이렇게 양보 없이 연기하면서, 아까는 대체 왜-」

그 말이 끝나기도 전에 제리가 그들을 호출한다.

「자- 오늘 최고의 무대를 보여준 네 명의 배우를 한자리에 모셔 보겠습니다. 유명 신, 마르타 가르시아, 나탈리 카센, 데렉 맥커디, 나와주세요!」

네 명의 배우가 무대에 등장하자 흥분한 관객들은 다시 한번 발을 구르며 비명에 가까운 환호성을 내지른다.

「어마어마하네요. 정말 무대 위의 공기가 무겁게 느껴질 정도의 무대들이었어요. 이 역전의 용사들을 데리고 묻고 싶은 말이 차암~ 많지만, 방송시간이 얼마 남지 않은 관계로 빠르게 진행하겠습니다. 먼저 첫 공연이었던 〈Killing smile: spin off〉 심사위원 점수를 한번 볼까요?」

 [조지 96, 카일러 97]

「캬아- 처음부터 무척 높은 점수가 나왔습니다! 다음, 나탈리와 유명의 〈아날로그 러브〉 점수는요?」

 [조지 98, 카일러 100]

「카일러가 여기서 100점을 주는군요! 그렇게 좋았나요?」

「네. 특히-」

「아니 아니, 카일러. 지금 얘기하면 안 돼요.」

「…?」

「아직 최종회가 남았어요. 자세한 심사평은 22화 시청률을 위해 남겨둬야죠.」

 우우우- 객석에서 제리에게 가벼운 야유를 터트렸다.

「이번에는 데렉과 마르타의 〈천적〉, 점수 주세요~!」

 [조지 99, 카일러 99]

「자… 마지막입니다. 지금까지도 가슴이 쫄깃한 연기였죠~ 피날레를 장식한 데렉과 유명의 〈방문판매원〉, 그 결과는?」

 [조지 100, 카일러 99.]

 다들 조지와 카일러 모두 100점을 줄 것으로 예상했다. 하지만 카일러 여기서 1점을 빼버렸다. 그때 예리한 사람이라면 데렉의 표정을 관찰했을 것이다. 〈아날로그 러브〉와 〈방문판매원〉. 신유명은 동일하게 등장했으니 차이점은 나탈리와 데렉이다. 그런데 카일러는 〈아날로그 러브〉에 100점, 〈방문판매원〉에 99점을 주었다. 1점의 차이가 물론 스토리나 취향의 차이라고 볼 수도 있겠지만….

'카일러가 나탈리보다 나를 낮게 평가했다.'

데렉은 이렇게 받아들였고, 부글부글한 표정을 겨우 내리눌렀다. 제리는 신나게 마지막을 향해 달렸다.

「관객 투표와 시청자 투표 집계도 모두 끝났습니다. 카일러 언쇼 감독의 차기작 주연이 걸려 있는 〈캐스팅 보트〉의 최종 우승자, 수개월간 우리를 울리고 웃겨 왔던 이 '기존에 없었던 리얼리티 오디션'의 마지막 주인공은…!」

유명은 쥐죽은 듯 조용해진 객석의 존재감을 들이쉬었다. 유석이 쥐여준 세 가지 선택 중 〈캐스팅 보트〉를 선택했던 날이 떠오른다. 스타가 되고 싶다는 욕심은 아니었다. 다만 단기간 내에 좋은 배역을 만나고, 좋은 동료를 만나며, 더 큰 세상을 만나보고 싶다는 갈망이 그를 이 거대한 무대까지 인도해왔다.

'최선을 다했어.'

스스로를 인정한 자만이 얻을 수 있는 뿌듯한 충만감이 차오른다.

「…신유명 씨입니다! 관객 투표, 시청자 투표 모두 90% 이상의 압도적인 지지로 〈캐스팅 보트〉의 우승자가 되셨습니다. 축하합니다!」

와아아아아- 모든 공간이 함성으로 빈 곳 없이 메워진다. 세상이 슬로우모션으로 보인다. 자신보다 더 신난 얼굴의 관객들이 천천히 손을 맞부딪힌다. 옆에 선 나탈리와 데렉, 마르타가 그를 안으러 달려온다. 그를 찍고 있는 카메라 너머로 환호하는 시청자들까지 눈에 보일 것 같았다.

2007년 4월 13일. 유명은 〈캐스팅 보트〉에서 우승했다.

197

너무 당연한 거니까요

[전미가 반해버린 배우 '신유명', 〈캐스팅 보트〉 우승 확정!]
[최근 수년간 가장 핫한 배우의 등장, 카일러 언쇼 차기작에 관심 급증]
[생방이라고 믿을 수 없는 퀄리티의 4색 무대, 연기 오디션 리얼리티의 한계를 넘다]

다음 날, 액터스 하우스에는 처음으로 신문이 배달되었다. 오디션 프로그램의 특성상 최대한 외부 정보가 차단되어 있었다가 이제 풀린 것이었다. 주변인들과의 통화나 문자로 바깥의 분위기를 짐작할 수 있었다고는 하지만, 전해 듣는 정보는 한정되어 있었다. 그렇기에 생방 이후 최대치까지 고조된 열기가 고스란히 느껴지는 오늘 아침의 분위기는 꽤나 생경했다.

유명은 짐을 싸고 있었다. 오늘은 최종 2인이었던 유명과 마르타의 퇴소일이다. 데렉과 나탈리가 붙어 있으면서 파이널 스테이지를 준비할 때는 깨닫지 못했는데, 마지막 남은 두 사람이 별말 없이 짐을 싸고 있으니 넓은 집이 휑하게 느껴진다.

{재밌었냥?}

'아아… 무척. 네 말뜻을 알 것 같았어.'

{무슨 말?}

'4턴의 공연, 고급 코스요리를 먹는 것 같다고 했잖아. 나탈리아 데렉, 최고의 배우들과 연달아서 연기를 해보니 정말로 그런 느낌이 들더라고. 완전히 종류가 다른 성찬을 이어서 맛보는 것 같은?'

{캬캬. 뭐가 더 맛있었냥?}

'글쎄….'

유명이 확답을 하지 않으며 애매하게 웃었다.

'그냥 좀 아쉬워. 어떤 동료들을 만나든 각기 개성이 있는 멋진 배우들이겠지만, 데렉과 나탈리 정도로 무대 위에서 팽팽하게 맞설 수 있는 배우들이 흔하진 않겠지.'

그만큼 하고서도 아직도 아쉬움을 표하는 유명의 연기 욕심에 미호가 캬캬 웃었다.

{그래서 허망한 표정이냥.}

'4코스가 아닌 2코스만 맛본 것도 아쉬워. 마르타와도 한 번 더 연기해보고 싶었는데….'

유명은 짐 싸기를 마친 후, 마르타에게 다가갔다. 마르타 가르시아. 투명하리만큼 맑은 그녀는 언젠가 감정을 직접적으로 관객의 마음에 꽂아 넣는 대단한 배우가 될 것이다. 유명은 2개월 이상 그녀를 봐오며 원생의 마르타보다 훨씬 빠르게 성장하고 있는 그녀의 잠재력을 확인할 수 있었다.

「마르타, 뭐 도와줄 거 없어요?」

「다 했어요.」

「그래요. 그동안 고생 많았어요.」

「나도 신유명 씨랑도 연기하고 싶었는데, 데렉이랑 나탈리가 부러웠어요. 우린 또 언제 같이 연기하죠?」

뜬금없이 툭- 튀어나오는 특유의 솔직한 화법. 그녀도 비슷한 생각을 하고 있었나 보다.

「나도 아쉬웠어요.」

「우승 축하한다는 말은 하지 않을게요.」

마르타의 의미심장한 한마디. 우승에서 밀린 것이 역시 아쉬웠던 걸까…?

「그건 너무 당연한 거니까요. 그동안 고마웠어요.」

아니, 그녀에겐 유명의 우승이 축하가 필요 없을 정도로 당연했나 보다. 둘은 짐을 끌고 나와 문 앞에 선다. 퇴소하는 장면까지 찍고 있던 스태프들은 두 사람에게 길을 비켜주며 박수를 쳐준다.

머리를 살짝 숙이며 인사한 후, 유명은 문을 열었다. 와아아- 스태프들의 박수를 몇십 배로 불린 듯한 박수와 환호. 아침인데도 바깥에는 수많은 인파가 기다리고 있다. 카메라를 든 기자들의 모습도 보이고, 피켓을 든 팬들의 모습도 보인다. 유명은 그들을 향해 환하게 웃음 지으며 손을 흔들었다.

윤한성, 이선하 부부에게 기쁜 소식이 찾아왔다.

"임신입니다. 축하드려요~!"

의사가 활짝 웃으며 건넨 말에 한성은 자신도 모르게 눈시울을 붉혔다. 결혼을 준비하며 그들은 오랫동안 아이를 가질지 말지를 의논했다. 아니, 의논이라기보다는 선하가 한성을 설득한 것이었다.

ㅡ 보은이가 태어날 때까지만 해도… 아플 거라고 생각하지 못했어. 한 번 더 내 아이가 아프다면 살아갈 자신이 없을 것 같아. 나는 당신만 있어도 괜찮은데.

ㅡ 아이를 안 좋아해서 가지기 싫다는 거면 충분히 납득할 수 있어. 하지만 당신은 그게 아니잖아.

ㅡ …….

ㅡ 길 가다가 고만고만한 어린아이들만 봐도 한참 동안 시선을 못 떼잖아 좋아하고 갖고 싶은데 그저 겁이 나는 거잖아. 잘못될까 봐 두려워서 하고 싶은 일을 하지 않는다면, 세상에 할 수 있는 일이 얼마나 되겠어.

ㅡ 하지만….

— 당신이 걱정하는 일이 일어날 확률은 매우 낮겠지만, 만에 하나 그런 일이 생긴다고 해도 나는 당신을 버리지 않을게.
— …!
— 좋은 날이든 힘든 날이든 내가 선택한 사람과 끝까지 함께할게. 나를 믿고 함께 해주면 안 될까?

그렇게 그들은 임신을 준비하기 시작했다. 둘 다 나이가 적은 편이 아니라 걱정이 많았었는데 용케도 아기 천사가 제대로 찾아와주었다. 아마도 그건, 그들이 최근 무척 행복한 상태였기 때문일지도 모른다.

"와…. 어떻게 딱 오늘 요놈이 왔지?"

"그치? 마침 〈캐스팅 보트〉 할 시간이잖아. 유명이… 잘하고 있겠지?"

"당연하지. 누구 후배인데."

"내 후배도 되거든?"

그들은 킬킬 웃으며 집으로 돌아왔다. 그리고 티브이를 켠 순간이었다.

"속보입니다! 미국을 휩쓸고 있는 연기 오디션 프로그램 〈캐스팅 보트〉에서 자랑스러운 한국의 배우 신유명 씨가 우승을 차지했습니다. 신유명 씨는 결선에서 데렉 맥커디, 나탈리 카센과 두 번의 무대를 선보이며 열연을 펼쳤고, 90% 이상의 현장 관객표와 시청자 득표를 획득해 압도적인 지지로 최종 우승을 거머쥐었다는 아주 기쁜 소식입니다! LA의 TW 방송국 앞에 나가 있는 김지혜 리포터 연결해보겠습니다."

토요일 오후 2시 50분. 연예 프로그램이 아닌 SBK의 정식 뉴스에서 속보가 흘러나왔다. 그것도 모자라 근엄한 표정을 유지해야 할 앵커의 입꼬리가 비죽비죽 올라가고, 목소리는 두세 톤 올라가 있다.

"다른 채널, 다른 채널도 돌려봐!"

선하가 급하게 소리치자 한성은 몸을 날려 리모컨을 잡아채서 채널을 돌렸다. SBK뿐만이 아니었다. 지상파는 물론 유선 방송에서까지, 그것이 뉴스이든, 급작스레 삽입된 속보 화면이든, 속보 자막이든 간에 모든 곳에서 유명의 우승 소식을 전하고 있었다. 그 정도로 전 국민이 지대한 관심으로 목말라하고 있던 뉴스였다.

선하와 한성은 순간 얼싸안고 펄쩍펄쩍 뛰다가 아직 조심해야 할 시기임을 깨닫고 겨우 멈추었다.

"너무 잘됐다, 진짜."

"어휴, 저 중에 두 달 전까지만 해도 유명이 깎아내리려고 안달이던 방송들도 있을 텐데. 얄미워 죽겠어."

"유명이네 기획사 실장이 알아서 잘 응징할 거야. 보통 수완가가 아니더라고."

한성은 문유석의 무성한 소문을 떠올리며 빙긋 웃었다.

"그런데 우리 아기가 유명이의 우승을 부른 걸까? 아니면 유명이가 우리 아기를 데려와준 걸까?"

"호호, 그러게. 어떻게 딱 오늘… 그치?"

"우리 아기 태명으로 '기적'이 어때?"

"기적?"

"나한테는 저 녀석 만난 것도, 같이 영화 찍으면서 슬럼프를 극복한 것도, 그래서 마음잡고 당신 만나게 된 것도, 저 녀석이 훌쩍 미국에 가더니 떡하니 우승한 것도, 그 결실을 이룬 날에 하필 우리 사랑의 결실이 와준 것도 다 기적 같거든…."

슬쩍 눈에 차오르는 물기를 소매로 스윽 비비며 한성이 환하게 웃었다.

"고마워, 선하야. 다시 이렇게 행복할 날이 있을 거라고는 상상도 못 했어."

"또 선배한테 선하라 그런다."

선하도 그렁해진 눈을 감추려는 듯 괜히 한성을 구박하며 그를 끌어안았다. 한 명의 남자와 한 명의 아이가 그녀의 품 안에서 함께 웃었다.

하루를 쉬고 일요일. 유명은 최종회 녹화를 위해 TW 방송국으로 가야 해서 유석을 기다리고 있었다. 그런데 나타난 사람은 뜻밖의 인물이었다.

"형!"

"어, 호철아? 네가 어떻게…."

"실장님께 얘기 못 들으셨구나. 저 이쪽으로 발령 났어요. 우승 진짜 축하드려요!"

엊그제 유석은 유명을 데려온 후, 푹 쉬라며 그를 내버려두고 집을 비웠다. 돌아온 후에도 내내 통화를 하는 것 같았다. 바빠 보이더니 드디어 미국 지사를 제대로 궤도에 올리는 중인 모양이다.

"현지인 한 명 더 뽑아서 저랑 두 명이서 형 마크시킬 생각인가 봐요."

"뭘 두 명씩이나…."

"에이, 형. 두 명으로도 모자라죠. 경호원이며 코디며, '신유명팀'에 앞으로도 계속 인원들이 충원될 거예요. 형이 편하게 아무거나 시킬 수 있는 사람이라 제가 불려왔나 봐요. 덕분에 미국물도 먹어보고, 하하."

"잘됐네. 다들 잘 지내고?"

"그럼요. 수연이 첫 작품 들어가는 건 들으셨어요?"

"아니, 몰랐어. 잘됐네! 어제 축하한다고 연락왔었는데, 신경 쓰일까 봐 본인 이야기는 안 했나 보다. 영화? 드라마?"

"영화요. 걔는 마스크가 딱 영화잖아요. 첫 작인데도 기도한 감독님 신작에 근사한 조연 롤 따냈어요."

〈발레리나 하이〉로 이름을 알린 지 2년. 기도한 감독은 이후 두 편의 영화에서 연이어 좋은 성적을 내며 명성을 쌓고 있었다. 원생에서도 인연이 있었던 두 사람. 이번에도 수연의 '정식 데뷔작'이 기도한 작품이라니, 진짜 사람 사이의 인연이란 있는 모양이었다.

유명은 호철과 이런저런 이야기를 나누며 방송국에 도착했고, 입구에 들어서자마자 제리와 마주쳤다.

「헤이, 신유명 씨! 잘 쉬었어요? 바깥에 나가니까 본인이 얼마나 대단한 스타가 됐는지를 실감했나요?」

「하하, 한국에서랑 비슷해요. 소리 지르는 관중들의 머리 색깔이 훨씬 다양해지긴 했지만요.」

빵- 하고 뜬 신인배우를 놀려보려던 제리는 유명의 능숙한 대답에 움찔했다.

'하기야 자기 나라에서 대단한 스타였다고 했지.'

유명은 제리와 가볍게 인사를 나눈 후 분장실로 향했다. 방송국 복도를 거닐고 있으니 여기저기서 많은 인사가 들려온다. 촬영하면서 안면이 있는 스태프는 물론이고, 잘 모르는 얼굴들이나 TV에서 본 적 있는 것 같은 얼굴들까지, '방송 잘 봤어요!', '우승 축하해요!'라는 말과 함께 함박웃음을 지으며 말을 걸어온다. 대기실 또한 [유명 신]이라는 명패가 달린 독실이 배정되었다. 호철은 그런 대우들이 무척 설레고 신나는 모양이었다.

"형, 진짜 대박이네요. 머리로는 알고 있었는데도 직접 보니까 정신이 멍해지네. 유명 형이 진짜 세계적인 스타가 됐어!"

"하하, 뭘 그렇게 오버해."

"오버가 아니에요! 형 지금 서울 가서 시장선거 나가면 당선될지도 몰라요. 그 정도로 다들 눈이 뒤집혀 있다니까요. 제가 형 로드로 미국 간다고 했을 때 주변에서 부럽다고 난리도 아니었는데…. 와, 사람들한테 이 모습을 보여주고 싶다…."

흥분을 거듭하던 호철은 분장실의 문을 열고 들어와 유명을 반갑게 끌어안는 사람을 보고 숨을 멈췄다.

「유명! 잘 쉬었어요?」

'나탈리 카센이 우리 형을 직접 찾아왔어…!'

숫제 기절이라도 할 것 같은 얼굴이었다.

「〈캐스팅 보트〉, 대망의 마지막 화! 생방이 끝났으니 시들해질 것 같나요? 아니, 절대요. 지금 여기에는 미국을 달군 인물들이 나와 있고, 다들 궁금해하는 뒷이야기들이 마구 터질 예정이거든요! 먼저, 오늘의 주인공부터 만나보시죠. 〈캐스팅 보트〉의 우승자 유명과 마지막까지 접전을 펼쳤던 마르타입니다!」

방청객들이 커다란 박수로 호응하고, 중앙에 앉아 있는 둘을 카메라가 크게 잡는다.

「안녕하세요.」

「반갑습니다. 그런데 제리, 말은 바로 해야죠. 접전은 아니었잖아요.」

마르타가 특유의 무표정으로 팩트를 지적한다.

「마르타. 다 아는 얘기를 왜 굳이…! 본인에게 유리한 얘기도 아닌데.」

「다 아는 얘긴데 왜 굳이 거짓말을 해요?」

「윽…. 마르타는 언제나 저를 할 말 없게 만드는군요. 유명 씨는 어땠어요? 한 발자국만 밖에 나가도 엄청난 관심에 시달렸을 텐데?」

「종일 잤어요. 안 나가봐서 잘 모르겠네요.」

「아오, 두 분 다 맥 빠지게 하는 데 뭐 있네요. 하지만 제 통장은 〈캐스팅 보트〉 덕에 맥 살아나는 중이니 참아주도록 하죠. 다음으로 우리 심사위원들을 만나볼까요?」

제리가 심사위원들과 인사를 나눴다. 나탈리와 데렉은 언제나처럼 근사했고, 조지는 카메라에 잡히자 사람 좋은 웃음을 터뜨렸으며, 에바는 유명에게 시선을 고정한 채 방긋방긋 웃었다.

「자, 여러분. 오늘은 두 분의 손님을 더 모실 예정입니다.」

「…?」

「먼저, 에바와 함께 〈캐스팅 보트〉 파이널 스테이지의 대본을 쓰신 작가님입니다. 멀리 한국에서 오신 육미영 작가님을 소개합니다!」

스튜디오로 올라온 여성을 보고 사람들의 눈이 동그래졌다.

「헉! 아니 왜 에바가 한 명 더 있는 거죠?」

제리는 파이널 스테이지를 위한 회의를 할 때 육미영을 본 적이 있었지만, 일부러 처음 보는 척 호들갑을 떨었다. 시청자들은 육미영을 보는 것이 처음이었다. 공연이 2개에서 4개로 늘어난 것은 생방 당일까지 대외비였고, 생방 도중 '새로 투입된 작가'가 있음을 고지하기는 했지만 그녀의 얼굴을 비춰주지는 않았기 때문이다.

「안녕하세요. 한국에서 드라마를 쓰고 있는 육미영입니다.」

「어우, 어지러워. 진짜 똑같아. 이 두 분의 인연은 조금 있다가 다시 이야기하기로 하고, 자…. 마지막 초대 손님을 모셔보겠습니다.」

두근두근- 유명의 가슴이 뛰었다.

「생방 이후 대단한 미모로 엄청난 화제가 되셨던 분입니다. 심지어 진짜에게 대인기피증이 있어서 가짜로 내세운 대역배우 아니냐, 라는 설까지 나돌고 있어요.」

신유명이라는 사람을 모티브로 다음 작품을 함께 만들어나갈,

「카일러 언쇼 감독님, 나와주세요!」

그의 감독과의 첫 대면이었다.

198

'알고', '살린'

스튜디오로 걸어 들어오는 카일러를 보고 유명은 조금 놀랐다. 생방 당일도 그를 보기는 했지만, 무대와 심사위원석은 거리가 있는 데다 무

대 위가 더 밝았기 때문에 그의 얼굴을 자세히는 보지 못했다. 처음으로 제대로 보는 그의 모습은 대단히 인상적이었다. 실버블론드가 옅은 금실처럼 반짝였고, 더욱 시선을 사로잡는 것은 깊은 호수같이 짙푸른 눈동자였다. 카일러와 유명의 시선이 서로에게 한참을 머물렀다. 귓가에서 미호의 목소리가 나직하게 들렸다.

{묘할 정도로 기운이 깨끗한 인간인뎅….}

제리가 주도하는 22화의 촬영에는 사람들이 궁금해할 만한 화제들이 연신 몰아쳤다.

「다들 궁금해하는 부분이, 어떻게 두 개의 공연이 네 개로 늘어났는가예요. 직전 화에서 예고할 때만 해도 두 개였잖아요?」

「맞아요. 원래는 데렉과 유명, 나탈리와 마르타, 이렇게 두 팀의 공연이었어요. 그런데 나탈리가 이의를 제기했죠. 저렇게 좋은 배우들인데 두 배우 모두와 무대에 서보고 싶다고.」

방청객들이 감탄한 눈빛으로 나탈리를 바라본다. 그녀의 연기에 대한 열정은 익히 알려져 있었다.

「대본은 어떻게 마련했어요? 갑자기 일정이 바뀐 거라면 대본을 4개나 준비하기 힘들었을 텐데?」

이 질문에는 에바가 대답했다.

「원래 저는 2가지의 대본을 준비하고 있었어요. 2번째 생방 직후 결선 진출자가 확실해지고 나면 밤새 커스터마이징[9]을 할 계획이었으니, 2개의 대본을 추가할 여력은 도저히 없었죠. 그런데 나탈리의 제안을 들은 순간, 최근 저와 활발하게 영감을 교류하고 있었던 그녀가 떠올랐죠.」

「두 분은 어떻게 아시는…?」

「아…. 작가 커뮤니티에서 만났어요.」

---

9 커스터마이징: 맞춰서 수정하는 것. 여기서는 참가자에 맞춘다는 의미

에바가 얼굴을 붉히며 말을 얼버무렸다. 그 커뮤니티가 참가자의 팬클럽이었고, 교류하고 있었던 것은 영감이 아니라 떡밥이었다고는 도저히 밝힐 수 없었다.

「육 작가님은 유명이 한국에서 활동한 첫 드라마인 〈연예학개론〉의 메인 작가이시기도 합니다. 이번에 TW에서 수입한다죠? 무척 매력적인 작품이니 유명의 팬이라면 꼭 보길 추천해요.」

「그런데 두 분 정말 닮았어요. 피부톤도 다르고, 머리색도, 눈색도 분명 다른데… 뭔가 이미지나 느낌이 정말….」

에바와 미영이 마주 보고 웃었다.

「저희도 깜짝 놀랐어요. 진짜 잃어버린 자매 아닌가 싶을 정도로 잘 맞거든요. 저희는 당분간 공동 집필을 하기로 했어요. 집필 스타일이 비슷한데 주력 분야가 다르니 서로에게 무척 자극이 되더라구요.」

「어떤 작품들이 쏟아질지 무척 기대되네요. 자 그럼 대본은 그렇게 준비되었고, 연출진이야 옳다구나 환영했을 테고, 우리 참가자들이야 불만이 부글부글 끓어올라도 이의를 제기할 입장은 못 되었을 거라 이해가 가는데, 데렉은 왜 오케이했죠?」

「걸어온 싸움을 거절하는 참한 성격은 못되어서요.」

데렉이 나탈리를 슬쩍 쳐다보며 던진 말에 제리가 걸렸다는 눈빛으로 말꼬리를 잡아챈다.

「호오…. 그게 나탈리의 도전이었다는 거군요?」

「같은 무대에서 같은 상대역으로 연기하고 싶다는 게 그 뜻 아닙니까.」

나탈리는 그 말을 딱히 부정하지 않고 그의 시선을 도도히 맞받았다. 유명은 혀를 내둘렀다. 한국 연예 프로에선 민감한 부분은 어떻게든 끼해가기 마련인데, 이곳에선 개의치 않고 이런 적나라한 이야기들을 해댄다. 아니, 그냥 데렉의 성격인 걸까. 그리고 제리는 거기에 더욱 불을 지른다.

「그런데 두 분과 유명의 무대에 대해 저기 계신 카일러 감독님은 나탈리 쪽에 100점, 데렉 쪽에 99점을 줬거든요. 이걸 두고 데렉이 나탈리한테 패배했다고 해석하는 사람들도 있어요. 아, 제가 그렇다는 건 아니고. 데렉은 어떻게 생각하나요?」

그 말에 데렉의 표정이 슬쩍 구겨졌다.

「저야말로 묻고 싶군요. 1점이 어디서 빠진 거죠, 카일러?」

데렉은 다리를 턱하니 꼬더니 여유롭게 물었다. 하지만 보는 사람들에겐 그가 열 받은 것이 여실히 느껴진다. 심사위원에게 점수의 근거를 묻는 공손한 참가자가 아니라, 어디 한번 변명이나 들어보자는 높으신 분의 하문으로 느껴지는 말투였다. 하지만 카일러는 익숙한 듯 싱긋 웃으며 말했다.

「취향입니다.」

그 말엔 제리가 되물었다.

「취향요?」

「네. 저는 사건을 다루는 극보다는 사람을 다루는 극이 취향이라서요.」

사람을 다루는 극. 그 말을 듣고 보니 이해가 안 가는 바는 아니다. 카일러 언쇼는 시나리오에 맞춰 배우를 뽑는 것이 아니라 배우에 맞춰 시나리오를 쓸 정도로 '인간'에게 포커싱된 감독이었으니까.

「〈아날로그 러브〉에서는 나탈리가 맡은 소피아 역이 좋았죠. 기계에 둘러싸인 삶을 살며 경직되어 있던 소피아는 밀턴과 함께 '불편하지만 따뜻한 아날로그함'을 겪어가며 갇혀 있던 부드러운 표정을 하나씩 해방시켜요. 마지막에 눈물을 닦고 웃는 그녀의 다정한 미소는 정말 아름다웠어요.」

그를 비판하듯 날카롭게 데렉이 되묻는다.

「하지만 카일러 '감독님'이 맡은 건 심사위원이지 않습니까? 그럼 심사위원으로서 평가해야 하는 것 아닌가요? 〈방문판매원〉이 〈아날로그 러브〉에 비해 부족함이 있었습니까?」

「아뇨. 〈방문판매원〉도 좋은 극이었습니다. 넘치면 넘쳤지 부족함은 없는 극이었죠. 그래서 99점을 드렸어요.」

그 말에 데렉이 멈칫했다. 분명 99점도 일반적으로 나오기 어려울 정도로 훌륭한 점수는 맞다. 하지만….

「하지만 제 취향을 좀 더 저격한 쪽은 〈아날로그 러브〉였구요. 1점 정도는 취향을 반영할 수 있는 것 아니겠어요? 취향은 감동의 정도에 확실한 영향을 미치니까요.」

카일러는 반박할 수 없는 논리를 아주 유순하게 내밀었고, 유명은 속으로 혀를 내둘렀다.

'데렉이… 눌리는데?'

겉으로 보이는 분위기로 본다면 분명 데렉이 카일러를 압도하고도 남음직한데, 카일러에게 영 맥을 못 추는 데렉. 카일러가 강단이 있는 건지, 데렉이 그에게 약한 건지는 아직 판단하기 어려웠다.

마르타의 향후 거취에 관한 물음. 각 심사위원별 가장 좋았던 무대 점찍기. 파이널의 네 가지 무대에 대한 각 심사위원들의 해석과 토론. 다양한 이야기들이 벌어지는 동안 유명은 계속해서 자신에게 머무는 시선을 느꼈다. 녹화 내내 집요할 정도로 자신을 쫓는 맑은 시선은 카일러의 것이었다.

'관찰…인가.'

「자, 카일러 감독님. 다들 기대하고 있는 신유명 주연의 신작 크랭크 인은 언제가 될 예정인가요?」

「실무적으로는 언제든지 스타트가 가능합니다. TW에서 아주 목을 매달고 있으니까요.」

하하하~ 방청객들의 웃음이 터진다. 하기야 TW는 대중들의 관심이

가라앉기 전에 최대한 빨리 영화가 개봉하길 바랄 것이다.

「그럼 바로 크랭크인이 불가능한 다른 문제가 있나요?」

「대본이 안 나왔어요. 첫 줄도 못 쓴 상태죠.」

또 그 시선.

「'카일러 언쇼는 주연에 맞춰 대본을 쓴다'는 소문이 정말인가 보군요? 저는 그래도 어느 정도 시나리오가 있는 상태에서 배우에게 맞춘다는 말인 줄 알았는데.」

「네. 정말입니다. 그리고….」

그가 이번엔 유명을 대놓고 쳐다보며 말한다.

「오래 걸릴 것 같진 않군요.」

그렇게 마지막 녹화가 끝났다. 마지막 생방과 우승으로 이미 끝을 본 느낌이었지만, 이번엔 진짜 끝이었다. 분장을 지우고 밖으로 나가려던 유명은 데렉과 마주쳤다. 지난 생방, 〈방문판매원〉을 끝낸 후 무대 뒤에서 데렉이 건넸던 말.

— 이렇게 양보 없이 연기하면서, 아까는 대체 왜….

그 이후로 데렉과 따로 만나는 것은 처음이었다. 유명은 먼저 인사를 건넸다.

「그동안 수고 많으셨습니다. 여러 가지로 감사했어요.」

「이제 설명 좀 해보죠.」

「…뭘 말인가요?」

「나탈리와 연기할 때 왜 최선을 다하지 않은 거죠?」

유명은 잠시 그를 바라보다가 담담히 대답했다.

「최선을 다해 연기했습니다만.」

「그게 최선이라고? 내 눈깔이 삔 줄 아나? 물론 캐릭터와 분위기가 다르니 〈방문판매원〉에서처럼 하이텐션의 연기를 해야 했다는 말은 아닙니다. 하지만 밀턴 역, 신유명 씨 당신이라면 충분히 더 매력적으로 연기할 수 있었잖아요?」

그 말에 대답한 것은 유명이 아니라 갑자기 반대쪽에서 등장한 카일러였다.

「나한테 열 받은 걸 왜 여기 와서 시비야?」

「시비라니. 정당한 의문을 제기하는 중인데.」

「내가 보기엔 신유명 씨, 최고의 연기를 했는데?」

「너는 그날 본 게 처음이잖아.」

유명은 둘의 대치 앞에서 이러지도 저러지도 못한 채 상황을 주시하고 있었다. 격의 없는 것은 소꿉친구라 그렇다고 하지만 데렉이 카일러를 대하는 태도는 약간 날이 서 있었다. 그리고 생긋 웃으며 반론하는 카일러의 말투는… 왠지 일부러 데렉을 약 올리는 것처럼 느껴지기도 했다.

「이 친구는 2주간 내 클래스에 있었어. 그리고 2달 넘게 오디션 과제들을 수행하는 걸 봐왔다고. 그의 역량을 내가 모를 거 같아? 더 큰 임팩트를 줄 수 있는데 소홀히 한 게 분명해.」

「그게 '소홀'이라는 건 순전히 네 생각이지.」

「그건 무슨 소리야.」

「신유명 씨는 연출적인 시야가 굉장히 넓은 사람이야.」

유명은 자신 앞에서 자신에 관한 이야기가 오가는 것을 조금 민망해하며 슬쩍 고개를 돌렸다.

「〈아날로그 러브〉에서 상황을 바라보는 시선은 소피아에게 있어. 그렇지?」

「…그래. 하지만 밀턴이-」

「들어봐. 밀턴은 변하지 않아. 물론 그는 어린 딸과의 약속을 잊지 않고 찾아온다는 특별한 드라마가 있는 인물이지만, 사실 그는 소피아를 치유하고 본질을 일깨우기 위한 매개에 불과하지. 심지어 진짜 존재하는 사람인지, 소피아가 꾼 꿈이나 환상에 불과한지조차도 알 수 없어.」

「……」
「이 극에서 가장 임팩트 있는 인물은 밀턴이야. 그런데 그가 더 존재감을 드러내고 소피아를 휘둘렀다면? 이 극을 마친 후 관객들은 소피아가 가진 슬픔과 치유의 과정보다 밀턴이라는 인물의 매력만 기억에 남았을 거라고.」
유명이 보이지 않게 살짝 입꼬리를 올렸다.
「신유명 씨는 철저하게 소피아에게 호흡을 밀어줬어. 관객이 밀턴의 대사보다 그걸 듣고 있는 소피아의 표정에 시선이 쏠리도록 의도적으로 연기했지. 감탄이 나올 정도였어. 다들 끝나고 나서 소피아의 감정 연기가 좋았다고 했지. 아까 나도 소피아의 캐릭터가 매력적이었다고 했고. 그런데 그런 인상을 갖게 만든 건 누구였을까…?」
데렉이 입술을 지그시 물다 반박했다.
「그걸 무시하는 건 아니야. 하지만 그 경계에서 조금은 더-」
「아니, 원래 그걸 무시하는 게 맞아. 배우는 자신의 배역에 최선을 다해 맥시멈으로 연기하는 것이 옳고, 자신이 최고로 튀고 싶어 하는 배우들을 조율해서 관객이 보기에 가장 좋은 장면을 뽑아내는 건 연출의 몫이지.」
카일러는 생긋 웃으며 그 웃음에 어울리지 않게 오싹한 말을 덧붙인다.
「나도 평소 같았으면 건방진 짓 하지 말라고 했을 거야. 자기 한계를 낮추는 건 배우가 하면 안 되는 짓이니까.」
유명은 그때 알 수 있었다. 카일러가 강단이 있는 건지, 데렉이 카일러에게 약한 건지의 결론. 저 기이할 정도로 맑고 청초한 느낌을 주는 남자는 보이는 것만큼 유한 사람은 결코 아니었다. 그것은 유명의 기준에서 흡족한 일이기도 했다. 그가 데렉에게서 시선을 떼고 유명을 바라본다.
「하지만 기가 막히게 맞췄어요. 가장 정확한 절제의 정도를. 그쵸, 신유명 씨?」
유명은 조용히 그를 마주 보았다.

「천생 배우인 데렉의 시선에선 조금 부족한 듯싶었을 거예요. 하지만 연출인 내 기준에서는 소름 끼칠 정도로 적절했죠. 마치 자신의 연기를 외부에서 바라볼 수 있는 것처럼, 조금도 더하거나 덜하지 않고 딱 그 극을 가장 맛있게 살릴 정도만…. 어떻게 그럴 수가 있는지.」

카일러가 다시 데렉을 돌아본다.

「데렉, 평소라면 네 말이 맞을지도 모르지만, 이 정도로 '알고', '살린' 사람에겐 그런 말은 의미가 없는 거야.」

데렉은 결국 카일러의 말에 납득한 듯 입을 다물었다. 아직 다 펴지지 않은 미간의 주름은 조금 심통이 난 개구쟁이처럼 보인다. 카일러가 갑자기 유명에게 물었다.

「처음 봤을 때부터 무척 궁금했는데….」

「…?」

「진짜 사람 맞아요?」

어이없는 질문에 유명이 피식 웃으려다 다음 말에 덜컥 굳어버렸다.

「굉장히 느낌이 이질적인데…. 마치 여러 가지 기운이 섞여 있는 느낌이라고 할까?」

굳은 것은 미호도 함께였다.

199

우아히게 계시죠

놀란 유명과 미호가 마음속으로 빠르게 대화를 나눴다.

{저 인간 도대체 뭐냐?}

'그러게 말이야. 혹시 뭐가… 보이나?'

{선계의 영향을 받은 흔적은 없당. 주변에 다른 연귀가 있는 것도 아니당. 그냥 감이 좋은 인간인가…}

당혹한 유명의 얼굴을 보고 카일러는 바로 사과했다.

「아, 그냥 느낌이 그렇다는 거예요. 불쾌했으면 미안해요.」

「아… 네….」

「재미있는 시나리오가 나올 것 같네요.」

「…….」

「시나리오 작업을 위해서 유명 씨는 저와 여러 번 인터뷰할 거예요. 저한테 영감을 주는 것 말고 딱히 할 일은 없으니까, 푹 쉬다가 연락이 가면 부담 없이 나오세요.」

유명이 고개를 끄덕였을 때 데렉이 불쑥 끼어들었다.

「아아~ 한가하다~」

「…?」

「아직 다음 작품이 안 정해진 '톱'배우가 하나 있네. 어느 감독이고 그렇게 탐내는 배우라던데….」

유명은 움찔했다. 조금 고집이 세고 제멋대로인 부분은 있었지만, 데렉 맥커디는 유명도 인정해 마지않는 최고의 배우였다. 그의 클래스에 속하고 함께 무대를 준비하면서 유명은 굉장한 자극을 받았다. 그는 엄청난 에너지가 있으면서도 디테일 또한 섬세하기 그지없는 배우였으며, 연기관이 고집스러울 정도로 확고했지만 맞는 말은 두말없이 인정하는 쿨함도 있었다. 그런데… 저 초딩은 뭐지…?

「데렉.」

데렉은 카일러의 부름에 답하지 않고 유명에게 말을 걸었다.

「신유명 씨, 혹시 알고 있나요? 내가 〈캐스팅 보트〉 심사위원을 맡은 이유.」

「두 분이 어릴 때 친구인 것과 관계가 있는가 보죠?」

「딩동. 지금 유명 씨가 거머쥔 1등상, 내가 갖고 싶었거든.」

1등상이라면… 카일러 언쇼의 차기작.

「사실 기성배우도 가능하다길래 〈캐스팅 보트〉에 지원해볼까도 생각했어요. 매니저가 뜯어말리지 않았으면 진짜 해볼 생각이었는데. 그랬으면 신유명 씨도 그렇게 간단히 우승하진 못했을 거야, 하하.」

저건 진심이다. 유명은 속으로 혀를 내둘렀다. 자신이 한국의 톱배우로 안전하게 자리 잡는 길을 버리고 미국의 오디션 프로에 지원했을 때, 그것만으로도 수많은 언론들이 '격 떨어진다'는 비난을 일삼았다고 들었다. 그런데 무려 데렉 맥커디다. 본인이 쌓아온 그 수많은 것들, '데렉 맥커디'라는 전설적인 이름이 우스갯거리로 전락할 수도 있는 짓을 정말로 하려고 했다는 거구나. 이것은 카일러 언쇼도 몰랐던 일이었는지, 그는 데렉의 진심을 감별하듯 지그시 쳐다보았다. 그리고 청량하게 웃었다.

「와, 정말인가 보네. 뭘 그렇게까지 하려고 했어.」

「네가 내 작품은 안 만들어주니까 이렇게 얼쩡거려서라도 어필해보려고 그랬지. 감독님~ 여기 괜찮은 배우가 있어요~ 시간도 많습니다~」

제삼자가 있는 것도 개의치 않고 카일러에게 어필하는 데렉이 이제는 멋지게 느껴진다. 배우의 본질을 간파해 그 사람이 아니면 안 되는 작품을 써낸다는 카일러 언쇼. 유명이 그의 작품을 꼭 찍어보고 싶었듯이, 데렉도 같은 욕심을 가지고 있는 것이다. 연기에 관한 욕심만큼은 양보도 타협도 없다. 쌓아온 평판도 자존심도 그 무엇도 개의치 않는다. 그 마음을 유명만큼 이해하는 사람이 또 있을까.

카일러가 곰곰이 생각하더니 툭- 하고 한 가지 제안을 던진다.

「데렉, 조연이라도 할 생각 있어?」

유명은 그 말에 조금 놀랐다. 지금 연기 커리어의 최고조를 찍고 있는 데렉 맥커디. 어느 감독도 그에게 조연을 제안하지는 못할 것이다. 차라리 카메오 단역이라면 몰라도.

「차기작 말하는 거야? 무조건 오케이지.」

하지만 그걸 덥석 무는 데렉. 계속 원해왔던 카일러의 영화에 유명과 다시 연기할 수 있는 어드밴티지. 그에게는 망설일 제안이 아니었던 모양이다.

「두 사람을 세워놓고 보니 떠오르는 그림이 있는데, 아직 확실한 건 아니고 좀 더 생각해봐야 해. 제작사와 협의도 해야 하고.」

「알았어. 기다리고 있을게.」

유명은 두 사람의 묘한 관계를 바라본다. 단순히 소꿉친구라기엔 사연이 있을 것 같은 관계. 부드러운 말투로 데렉을 사정없이 휘두르는 카일러와 거기에 휘둘려주면서도 자신이 바라는 바를 철저히 쟁취하는 데렉. 저 두 사람은 자신과 어떠한 작품을 만들어나가게 될 것인가.

'잘 됐다.'

〈캐스팅 보트〉를 끝내며 마지막까지 마음에 남았던 아쉬움 중 일부는 해결될 것 같았다.

녹화를 마친 유명은 호철에게 부탁해 유석의 사무실로 향했다. 이제 퇴소한 지 이틀째였으니 유석이 빌렸다는 미국 사무실에는 처음으로 방문하는 것이었다. 중간에 작은 화원에 들러 화분을 하나 골랐다.

「이걸로 가져갈게요.」

꽃집 사장님은 자꾸 머뭇거리다가 조심스레 물어본다.

「혹시 당신 '유명' 아닌가요?」

「네, 안녕하세요.」

유명의 긍정에 그녀의 표정이 꽃처럼 화악 피어난다.

「와아…. 〈캐스팅 보트〉 우승 축하해요! 너무 잘 봤어요. 문자투표 매번 하면서 무척 응원했어요.」

「정말 감사합니다.」

「아! 이럴 게 아니고 혹시 사인 한 장 받을 수 있을까요?」

「물론이죠. 어서 주세요.」

그녀는 사인 한 장에 세상 행복을 다 얻은 표정을 했다. 그리고 화분 값을 받을 수 없다며 손사래를 쳤다.

「아니에요. 개업 축하 선물이라서 꼭 제가 산 걸 드려야 하거든요. 어서 받으세요.」

유명이 꼭 계산하겠다고 주장하자 꽃집 사장님은 부득불 화분값을 받은 후 따로 커다란 꽃다발을 안겨주었다.

「그럼 제 선물은 받아주실 거죠? 팬으로서 드리는 선물이에요. 좋은 영화 기대하고 있을게요.」

「…감사합니다.」

꽃다발을 받아든 유명은 그녀에게 환한 미소를 지어주었고, 그녀의 얼굴이 발갛게 물들었다. 한 손에 화분, 한 손에 꽃다발을 들고 차에 오르자 호철이 묻는다.

"화분 사러 가신다더니 그 꽃다발은 뭐예요?"

"우승 축하 선물이라고 받았어."

"와…. 형 진짜 스타 되셨네요."

유명은 화분을 잘 내려놓고, 꽃다발을 품에 안은 채 숨을 가득 들이쉬었다. 이상하다. 눈으로 보고도, 어마어마한 박수세례를 듣고도, 그 많은 축하와 관심세례를 받을 때도 이상할 정도로 덤덤했던 기분이 꽃향기에 취해 울컥해진다. 자신의 연기를 보았던 브라운관 너머의 수많은 시청자 중 한 명이 넘치는 호의로 건네준 작은 선물이 차 안을 가득 향기로 메우고 있다.

'내 연기가 수많은 사람에게 전달되고, 마음에 닿았구나.'

 그것이 이제야 정말로 실감이 나서 유명은 어지러운 듯 살짝 눈을 감았다.

 'Agency W'. 유석의 사무실은 할리우드 가에서 한 블록 안쪽에 위치했다. 회사명을 보고 유명이 피식 웃었다. W가 무엇을 의미하는지 이해했기 때문이었다.

 'Worst… Bad의 최상급이라. 실장님답네.'

 경영자에게 '나쁜', 곧 구성원에게는 '좋은' 회사라던 배드엔터. 거기서 더 상승하여 이제는 '가장 나쁜' 회사를 지향한다니. 하지만 유명을 지원해주려던 의도와 달리 자꾸 수익이 나고 있다는 유석의 말처럼, 그가 배우와 회사 모두에게 베스트인 회사를 만들 수 있을 것이라 믿어 의심치 않는다.

 딩- 엘레베이터를 타고 3층에 내려 사무실에 도착했을 때, 조금 당황스런 광경이 눈앞에 펼쳐졌다. 문이 살짝 열려 있는 오피스 밖으로 어떤 남자의 음성이 쩌렁쩌렁하게 울려퍼진다.

 「아, 거 참. 상황 파악 못 하시네.」

 「상황 파악을 못 한다고요? 제가요?」

 어처구니없는 말투로 대꾸하는 것은 문 실장이다.

 「아니, 프로그램 하나 잘 타고 화제가 좀 됐다고 헛바람이 펑펑 든 모양이지? 오디션 프로로 데뷔한 연예인들 오래 못 가는 거 모릅니까? 심지어 동양인이야. 지금은 신기해서 저렇게 난리지, 조금만 시들해지면 누가 거들떠나 볼 줄 알아요?」

 「거들떠보지도 않을 배우를 욕심내는 건 누구죠?」

 「아… 아니, 누가 욕심을 냈다고! 연기력이 좀 되는 친구가 금세 묻힐 게 아까워서 우리가 뒤 좀 봐주려고 한 거지. 저런 마이너한 배우에 이런 소형 기획사로 얼마나 버틸 줄 압니까?」

「그쪽 회사보다는 오래 버틸 것 같은데요?」

「하? 와 진짜 어이가 없네. 당신 우리 기획사가 어떤 곳인지 알아? 내가 마음먹고 여기 한번 밟아봐? 그럼 그 여유작작한 미소가 과연 나올까, 응?」

대충 상황을 보니, 안에서 행패를 부리고 있는 남자는 어떤 기획사 소속의 인물인 모양이다. 제작사도 아니고 기획사…? 제휴나 합병 제안을 하려다 거절당한 건가? 옆에 있던 호철이 분노를 꾹꾹 누른 낮은 목소리로 유명에게 설명한다.

"FU라는 기획사인데, 얼마 전에 제안서를 보내왔어요. 계약된 배우들 포함해서 회사 전체를 인수하고 싶다고. 사장님이 무슨 헛소리냐며 무시했더니 결국 찾아와서 저 지랄인가 보네요."

상대의 약을 살살 올리는 유석은 별 내상이 없어 보이긴 했지만, 유명이 조금 기분이 나빠져 사무실 안으로 들어가려던 때였다. 언제 왔는지 뒤에 서 있던 남자가 유명과 문 사이로 끼어들며 제지했다.

「배우님은 저런 쓰레기 상대하지 말고 우아하게 계시죠.」

「누구신지…?」

「아, 저는 이런 사람입니다.」

금테 안경, 고급스러운 상류층 언어. 차림새는 털털하지만 교양이 넘쳐 보이는 남자는 사람 좋은 웃음을 지으며 명함 한 장을 내밀었다.

[CRD Production, Chief Producer, Nicolas Pandas]

거기에는 미국에서 가장 큰 드라마 제작사의 높으신 분의 이름이 박혀 있었다.

「FU? 그건 뭐 하는 잡호로새끼들이야?」

정중하던 남자는 태세를 180도로 전환했다. 유명은 살짝 입을 벌렸다. 상대를 완전히 깔아보는 시선과 비속어를 섞어 기선제압을 하는 말투는 자신에게 명함을 건넬 때와 판이하게 달랐다.

「이 새끼는 또 뭐야?」

「너 기획사 한다며. 그런데 나를 모른다고? 하하. 이런 사기꾼 새끼를 봤나.」

「뭐? 사기꾼? 니가 누군데!」

그는 명함 한 장을 꺼내 팽글- 남자의 쪽으로 날렸다. 날카로운 모서리가 남자의 이마에 쿡- 하고 맞은 후 바닥으로 떨어졌다. 남자는 버럭 화를 내려다가 뭔가 심상치 않은 상대의 기세를 보고 일단 명함을 주웠다. 그리고 명함을 확인하더니.

「C… RD…. 당신이 그 니콜라스 판다스라고…요?」

「그래, 이 새끼야.」

「어… 저는 FU엔터에서 온-」

「FU? 이따위로 일할 거면 아예 Fuck이라고 짓지 그랬냐?」

그가 시원하게 욕설을 날리자 남자는 얼굴이 벌게지면서도 대꾸하지 못한다.

「지금 여기 배우들 잡으려고 업계 전부가 혈안이 되어 있거든? CRD에서도 무려 내가 직접 왔는데 너희 회사에선 고작 너 정도 급을 보내서 후려치기나 하고 있어? 참나.」

남자는 땀을 비적비적 흘리며 뒤로 물러선다. 니콜라스는 유석에게 또 태도를 휙 바꾸어 정중하게 물었다.

「대표님, 저 사람 명함 받아 놓으셨습니까?」

「그렇습니다.」

「제가 받아가도 되겠습니까? 조그만 신생업체인 것 같은데, 그래도 저희 쪽 작품 찍고 있는 배우들이 몇 명은 있을 테죠. 저 회사 사장과 이야기 좀 나눠봐야겠군요.」
「여기 있습니다.」
남자는 이제 얼굴이 하얗게 질려서 더듬더듬 변명을 해댔다.
「그게 아니고…. 죄송합니다. 제가 잠깐 흥분해서….」
「그럼 그 흥분하는 습관을 이번에 고치게 되겠네. 나 이제 여기 중요한 손님들과 사업상 할 얘기가 있으니 좀 꺼져줄래? 안 꺼지면 더 심한 짓을 하고 싶어질 것 같은데.」
「죄… 죄송합니다! 죄송합니다!」
남자가 후닥닥 꽁무니를 뺐고, 그는 다시 몸가짐을 단정히 한 후 유명과 유석에게 악수를 청했다.
「정식으로 인사드리겠습니다. CRD의 치프 프로듀서, 니콜라스 판다스입니다.」

200

그거, 잘 흘렸어?

유석과 유명, 니콜라스는 테이블을 사이에 두고 마주앉았다.
「요즘 W가 업계에서 대단한 화제입니다, 하하.」
「그렇습니까?」
「소속된 배우는 아직 셋밖에 안 되는데, 그 셋이 모두 〈캐스팅 보트〉에서 엄청난 성적을 냈으니 말이죠. 〈캐스팅 보트〉에 출연한 걸 보고 한번 침 발라볼까 눈독 들인 배우들이 죄다 소속이 있는데, 심지어는 같은 회사라고 하니 놀랄 만도 하지요.」

「하하, 운이 좋았습니다.」

「운일 리가 있겠습니까. 대표님의 엄청난 선구안에 다들 감탄 중입니다.」

「CRD야말로 매해 미드 역사를 새로 쓰는 작품들을 제작하며 승승장구하시지 않습니까.」

처음은 가볍게. 서로를 치켜세우며 간을 본다.

「제가 운 좋게 〈캐스팅 보트〉 첫 번째 생방을 직접 볼 기회가 있었습니다.」

「그러셨습니까?」

「네. 신유명 배우의 연기에 무척 감탄했습니다. 그 몰입감 넘치는 좀비 연기…. 좀비물은 여태 거의 영화로만 다루어졌는데, 드라마로 만들어도 재미있겠다는 영감도 얻었지요.」

「오오…. 좀비물의 드라마화라. 굉장히 모험적인 발상이군요. 역시 CRD인가요?」

유명이 그 말을 듣고 생각해보니, 아직 이 시기엔 좀비물이 제대로 드라마화된 케이스가 없었던 것 같다.

'그러고 보니, 그런 걸 활용할 생각을 해본 적이 없네.'

자신이 알고 있는 여러 가지 정보들이 있다. 주식이나 부동산 같은 건 잘 몰라도, 영화계나 드라마계의 흐름이나 좋은 시나리오 같은 건 잔뜩 알고 있으니 그걸로 이득을 보려면 볼 수도 있을 것이다. 그런데 자신은 그런 생각을 해본 적이 없다. 그저 연기하기 바빴을 뿐.

「이런저런 기획들을 배우님을 모시고 함께 해보고 싶습니다.」

「그… 좀비물을요?」

「아뇨. 그건 그냥 영감을 받았다는 얘기를 드린 거고, 저희 제작사의 감독이나 작가들도 유명 씨와 꼭 작업해보고 싶다는 사람들이 많습니다. 신유명 씨가 제멋대로인 예술가들에게 많은 영감을 주는 타입인 모양입니다.」

유석은 곤란한 표정으로 그 제안을 보류했다.

「지금 당장 어떤 결정을 하기는 힘든 상황입니다. 일단 카일러 감독의 영화를 잘 찍는 게 중요하겠죠. 그리고 아시겠지만 여기저기서 많은 제안이 들어오고 있어서요.」

호철이 눈을 동그랗게 뜬다. 유석이 미국에서 가장 큰 제작사가 내민 손을 덥석 잡지 않는 것이 믿기지 않는지, 니콜라스의 반응을 불안하게 주시한다. 하지만 니콜라스는 흔쾌히 유석의 말을 받아들였다.

「물론입니다. 어떻게 이런 일을 덥석 결정하겠습니까.」

「이해해주셔서 감사합니다.」

「저희 쪽에서 자주 찾아뵙고 신뢰를 쌓겠습니다. 혹시 아까처럼 불편한 일 있으면 알려주시고요. 신유명 씨뿐 아니라 다른 배우들에게도 관심이 많은 데다, 대표님의 선구안이 이 회사를 얼마나 성장시킬지에도 기대가 크니 말이죠.」

「왜 이렇게까지 배려해주시는 건지 여쭤봐도 되겠습니까?」

유석의 마지막 물음에 니콜라스는 눈꼬리에 주름이 파이도록 깊이 웃으며 대답했다.

「그야, 좋은 배우는 가장 가치 있는 자산이니까요.」

아까의 닳고 닳은 업자가 하는 말이라고 믿을 수 없을 정도로 담백하고 순수한 대답이었다.

"저분⋯ 보통 수완가가 아닌 것 같아요."

"나는 마음에 드는데요."

그 말에 유명이 피식 웃었다. 자신의 앞에서는 그런 모습을 잘 보이지 않지만, 유석 또한 상대에 따라 스탠스를 휙휙 바꾸는 타입. 당근을 잘 주는 만큼 채찍도 잘 휘두르겠지. 아마 니콜라스에게서 동족의 향기를 맡은 모양이다.

"사무실이 좋네요. 개업 축하드려요."

"아직 휑하죠. 뭘 이런 걸 가져오고 그래요. 고마워요."

유명이 내민 화분을 유석은 볕이 잘 드는 창가에 놓고, 원두커피를 내려 가져왔다. 사무실 전화는 음성응답으로 돌리는 것도 잊지 않았다.

"중요한 전화가 오면 어쩌시려고…."

"지금 W에 유명 씨보다 중요한 용건이 있을 리가요. 그리고 유명 씨 아니라도 요즘은 전화 돌려놓는 경우가 많아요. 거의 하루 종일 울려대거든요. 빨리 비서를 구해야 하는데 아직 눈에 차는 사람이 없네요."

유석은 유명에게 이런저런 상황들을 설명했다. 3층 전체를 빌렸는데, 아직 직원들을 뽑기 전이라 이쪽 한 칸만 자신이 먼저 쓰고 있다는 것. 한국에서 영어가 되는 직원들을 불러오고 현지 직원들을 뽑기 위해 공고를 낸 상태라는 것. 카이는 기본기를 훈련시킬 선생을 붙여 트레이닝 중이라는 소식 등이었다.

"현재 기획사에 가용전력이 없을 텐데, 뭔가 계획이 있으세요?"

유명이 조심스럽게 운을 띄운다. 현재 W의 소속 배우는 셋. 유명은 차기작이 확정되어 있고, 효준은 프랑스에서 열심히 구르고 있으며, 카이는 재능이 출중하고 이름도 꽤 알려지긴 했지만 아직 배울 것이 많다. 즉 당장 활용하기 어려운 전력들인 것이다.

"직원들이 세팅되고 나면 상금과 계약을 걸고 기획사 오디션을 한번 열까 합니다. 상시 오디션 공고는 당연히 내겠지만 지금 우리는 너무 신생이니까요. 업계에 이름을 알리기 위해서도, 사람들을 끌어모으기 위해서도, 화젯거리가 필요할 것 같아요."

유명이 고개를 끄덕였다. 자신도 생각하고 있던 방법이니 유석은 당연히 생각했으리라. 하지만 이건 생각지 못했겠지.

"그 오디션, 저도 심사에 참여하면 어떨까요?"

"…유명 씨가요?"

유석의 눈이 살짝 흔들린다. 〈캐스팅 보트〉로 전미에 이름을 알린 배우를 보유하고 있다, 그것만으로도 다른 배우들을 끌어들이는 데 커다란 어드밴티지가 될 것이지만, 유명이 심사위원으로 직접 나서준다면 그림이 훨씬 그럴싸해진다. 하지만…

"위험합니다. 미국에선 아직 '신인'이잖아요."

아무리 유명이 대단한 연기력을 보여주었고, 한국에서는 이미 톱스타의 반열에 들었던 배우라고 한들 미국에서의 인식은 아직 신인이다. 신인배우가 소속사 오디션에 심사위원으로 나간다? 꼬아서 보려면 충분히 건방지게 볼 수 있다. 기획사가 소속 배우의 도움이 되어주진 못할망정 발목을 잡아서야 되겠는가. 하지만 모르던 사실이 아닌지, 유명이 웃으며 대꾸한다.

"대표님 보시기엔 제가 아직 다른 배우의 연기를 심사할 수준에 못 미치나요?"

"무슨 그런 말을…! 유명 씨야 연기력이며 안목이며, 누구보다도 훌륭한 심사위원감이죠. 하지만 다른 사람들이…."

"그럼 됐어요. 그렇게 하는 거로 해요."

"하지만-"

"제가 떳떳하면 상관있나요. 배우는 연기로 보여주면 되죠."

그 말에 유석은 3년 전을 떠올린다. 평소에는 겸손하지만 연기에 관해서는 겸손하지만은 않았던 배우는 지금도 자신이 실력을 믿는 자만이 감히 내뱉을 수 있는 발언을 쉽게 입에 담는다. 멋지다, 정말.

"유명 씨가 그렇게까지 안 도와줘도…."

"대표님은 제가 필모 하나 없었을 때도 최고의 조건으로 계약해주셨잖아요."

"그거야 내 취미라고 했잖아요."

"그럼 저도 취미 하나 만들죠, 뭐. 에이전시 W를 키우는 취미."

당했다. 사람을 취미 취급했던 것을 고스란히 돌려받았다. 유석이 어이없이 웃음을 터트리자 유명도 쿡쿡 웃으며 말했다.

"장난이고, 에이전시가 빨리 자리 잡아야 저도 편해요. 일정 나오면 알려주세요. 가능하면 크랭크인 전이었으면 좋겠네요."

"알겠습니다."

그렇게 유명이 돌아간 후, 유석은 아까의 니콜라스처럼 표정을 휙 바꾸고 호철에게 물었다.

"그거, 잘 흘렸어?"

〈주간 핫 연예〉 편집국.

"도대체 어떻게 된 거야?"

"이상한 리스트가 퍼졌는데 말입니다…."

발단은 엊그제, 인터넷에 출처 불명의 '리스트'가 퍼지면서 시작되었다. 특정 방송국의 연예 뉴스, 혹은 예능 프로그램, 몇몇 신문사들과 그곳에 소속된 기자들의 이름, 그리고 대부분의 연예 가십지와 여러 명의 영화평론가들. 이런 것들이 뒤죽박죽 섞인 리스트를 보고 네티즌들이 수사를 시작했다. 그리고 내린 결론은, '이건 굿엔터에서 나온 신유명을 폄하했던 언론 리스트이다'라는 것이었다.

─ 연예 뉴스를 다루는 매체 중 거의 3분의 1이 포함되어 있는 것 같은데요? 이렇게 많은 매체가 신유명을 공격했었다구요? 그럴 수가 있나?

─ 미국 가기 전에도 어지간히 톱이었잖아요.
─ 모르시는구나…. 그래서 신유명 팬들이 엄청 빡쳤잖아요. 신유명이 잘못한 게 뭐가 있다고 이렇게 매도하냐고.
─ 한국의 자존심인데, 근거도 없이 그렇게 까내려 놓고 사과 한마디 안 한 건가요?
─ 진짜 너무 화가 나네요. 사과를 촉구하며 사과 없이는 소비도 없습니다. 불매운동 시작합니다.

 일파만파. 현재 한국에서 국민적 영웅으로 추앙받고 있는 유명이었기에 리스트의 여파는 거셌다. 사람들이 불매운동을 시작한 것까지는 버틸 만했지만….

[SKT만 평생 써온 충성 고객입니다]

안녕하세요. 저는 스피드 011 시절부터 태어나서 단 한 번도 이동 없이 SKT만을 사용해 온 충성 고객입니다. 그런데 SKT의 광고가 〈주간 핫 연예〉에 실린 것을 보고 마음이 흔들리고 있습니다. 〈주간 핫 연예〉는 근거 없는 가십성 기사를 일삼는 질 나쁜 매체로 SKT가 광고를 싣기에는 적절하지 않은 매체로 사료됩니다. 계속해서 이곳에 광고를 실으신다면 저는 눈물을 머금고 10년간 충성한 통신사를 옮길 계획이며….

"어떻게 이런 악랄한 방법을 쓰는 거야!"
"언론사에서 가장 민감한 광고주를 흔드는 걸 보니 아무래도 배후에서 지침을 전수하는 누가 있다고밖에…."
"굿엔터는! 그쪽도 언론과 척 져서 좋을 게 없잖아! 자기네 소스가 아니라고 해명 안 한대?"

"그게… 사실관계 확인에 있다는 얘기만 계속하고 있어서…."

사실관계를 확인하고 있다. 이 말은 곧 '내 입으로 맞다고 하진 않을 거지만 틀린 얘기는 아닐걸…?'이라는 의미이다.

그리고 몇몇 언론사에서 압박이 들어가자 굿엔터는 〈신유명 화상 기자회견〉이라는 침을 질질 흘릴 만한 떡밥을 던지더니, 압박한 언론사들을 기자회견에서 빼버렸다.

"아니, 팀장님! 왜 저희한테는 초대가 안 온 겁니까!"

"아…. 참석을 원하시는 기자님들은 워낙 많은데 이번에 회견용으로 빌린 미디어룸이 자리가 한정되어 있다 보니…. 정말 죄송합니다. 다음엔 꼭 초청하겠습니다."

"저희보다 인지도 떨어지는 지방 매체들도 포함되어 있던데 그게 무슨 소립니까?"

"지방지 보시는 분들 중에도 신유명 씨의 팬들이 많아서요."

핑계. 누가 봐도 말도 안 되는 핑계지만… 헛소리하지 말라고 버럭할 수가 없다. 이 시점에 신유명의 소식을 못 얻는 것은 너무 타격이 큰 일이었다. 게다가 앞으로 또 어떤 불이익을 줄지도 모르고.

"그… 저희가 사과보도를 내면 되겠습니까?"

"네? 무슨 사과보도요?"

"예전에 신유명 씨에게-"

"기자님, 죄송한데 걸려오는 전화가 너무 많아서요. 다음에 꼭 초청하겠습니다!"

끊긴 전화를 〈주간 핫 연예〉의 기자는 허망하게 내려다보았다. 광고가 자꾸 취소된다. 판매부수도 떨어지고 있다. 신유명이 여자 문제나 마약 등 뭔가 켕기는 게 있어서 미국으로 도피성 오디션을 떠난 것 같다는 소설을 써서 판매부수가 급증할 때는 참 좋았는데…. 그때 그의 머릿속에 한 가지 의심이 스친다.

'설마… 그 문 실장이 뒤에서 주도한 짓인가?'

타이밍을 귀신같이 맞춰 대중들을 선동할 줄 안다. 출처는 철저히 감춰 상대가 반격할 기회를 원천봉쇄한다. 상대의 가장 민감한 부분이 쑤셔지도록 흐름을 만든다…. 그는 의심의 날을 세우다 허망하게 고개를 저었다. 만약 맞다 해도 어쩌겠는가. 현재로선 저쪽이 완벽한 갑인데.

따닥- 그는 빈 한글을 켜고 사과문을 작성하기 시작했다.

「유명 씨, 안녕하세요! 타세요~」

오늘은 카일러 감독과의 첫 인터뷰날. 그는 아침 7시라는 이른 시간에 미팅을 제안했다. 유명은 조금 궁금하면서도 이유가 있겠지 하며 별말없이 승낙했었다. 그런데 카일러가 몰고 온 것은 거대한 캠핑카였다.

「와… 이 차는 뭐예요?」

「아, 지금부터 우리가 갈 곳은 사륜구동차가 있어야 하거든요.」

「…어디로 가는데요?」

거대한 차에 능숙하게 기어를 넣으며 카일러가 대답했다.

「요세미티 국립공원입니다. 여섯 시간쯤 걸릴 테니 한숨 자요.」

201

그 카드

미국에는 3대 국립공원이 있다. 그랜드 캐니언, 옐로스톤, 그리고 요세미티. 그중 요세미티는 가장 서정적이고 아름다운 국립공원이라고 불린다.

「운이 좋아요. 이렇게 날씨 좋은 날 요세미티는 정말 아름답거든요. 4월은 겨우내 쌓인 눈이 녹아서 폭포로 떨어지는 시기라 특히 아름다워요.」

카일러는 산뜻하게 웃으며 요세미티에 대해 설명해주었다.

'왜 거기까지 가는 걸까…?'

이유를 말해주지 않을까 했지만 그럴 생각은 없는 모양이다. 유명은 될 대로 되겠지, 라고 생각하며 시트에 몸을 맡겼다. 미국에 오자마자 오디션에 참가했더니 어딘가 구경 가는 것도 처음이다. 차 안에서 카일러와 유명은 가끔은 음악을 듣고, 가끔은 대화를 나눴다.

「쌍둥이요?」

「네. 한국에선 손윗남매에 대한 호칭이 따로 있거든요. 제가 조금 빨리 태어났다고 어머니는 동생한테 저를 그 호칭으로 부르라고 하시고, 동생은 나이가 같은데 그럴 수 없다면서 늘 티격태격하죠.」

「아니, 쌍둥이면 몇 분 간격으로 태어났을 텐데… 손위와 손아래가 갈리나요?」

「한국은 조금 그런 부분에 엄격한 편이라… 보수적인 집안은 아직 그런 걸 따져요. 저랑 둘이 있을 때는 그걸 보상하기라도 하는 듯이 더 덤비는데, 귀여워요, 하하.」

유명은 자신도 모르게 이야기를 술술 쏟아내었다. 그가 조용하고 나붓하게 추임새를 넣으면 어느새 이런저런 이야기를 털어놓게 된다. 고해 성사를 들어주는 성직자? 아니 거울 같다고 해야 할까. 맑은 거울을 앞에 두고 혼자 조용히 거울을 바라보고 있는 사람처럼, 그와 이야기를 하고 있으면 자기 자신을 바라보게 된다. 아, 내가 이런 사람이었네? 하고 어느 날 문득 깨닫듯이.

긴 드라이브를 마치고 요세미티에 도착했을 때는 한 시가 조금 넘은 시간이었다. 와오나 터널을 지나자 한눈에 들어오는 풍경을 보고 유명의 눈이 커진다. 약 백만 년 전, 빙하가 요세미티의 중심부를 관통하고 지나갔고, 빙하의 침식으로 인해 단단한 화강암 바위들은 잘리고 깎여 나가 지금의 이 풍경을 만들었다지. 툭- 하고 잘라놓은 듯한 절벽의 단면이 눈부시게 희게 빛난다. 산이 저렇게 험준한데 바닥은 기이할 정도로 평탄하다. 그리고 그 바닥에 빼곡히 수놓아진 세쿼이아 삼림은 구름 한 점 없이 푸르디푸른 하늘과 맞물려 엽서 속에 한 발을 디딘 듯 비현실적인 풍경을 자아낸다.

「와아… 동화 속 같네요.」

「그렇죠?」

카일러는 유명의 감탄에 흡족한 웃음을 지었다. 그들은 차를 주차한 후, 요세미티 밸리의 평평하게 펼쳐진 계곡 바닥을 걸었다. 나이를 많이 먹었는데도 곧게 뻗은 세쿼이아 나무들 사이로 거대한 화강암 절벽이 보인다.

「하프 돔이에요. 요세미티의 상징 같은 곳이죠.」

하프 돔은 이름 그대로 돔을 절반으로 쪼개놓은 듯한 형상의 화강암 덩어리였다.

「여길 보여주고 싶었어요. 유명 씨를 보고 이 하프 돔을 떠올렸었거든요.」

「어떤 면에서요?」

「깨끗하고, 아름답고, 단단하기 그지없는데….」

그가 힐끗 유명을 보더니 조심스럽게 말을 잇는다

「뭔가… 절반만 온전한 느낌도 있구요.」

그 말에 유명이 다시 한번 흠칫 놀랐다.

카일러와의 첫 대면 이후 미호는 수일간 카일러의 뒤를 쫓았고, 그가 의도를 가지고 그랬던 것은 아니라는 결론을 내렸다. 그저 본인의 기운이 맑다 보니 타인의 기운을 아주 예민하게 느끼는 사람인 것 같다고. 그럼에도 저런 말을 툭 던질 때면 경계가 드는 것은 어쩔 수 없다.

「연기는 어떻게 시작했어요?」

본격적으로 시작된 인터뷰. 유명은 조금 고민했다. 사실대로 말해도 괜찮을지. 하지만 카일러 언쇼의 작품을 찍고 싶었던 이유부터가 그가 자신의 본질을 파악하여 작품을 만들어주기를 원해서이다. 모두 꽁꽁 감춰둘 거면 여기까지 온 의미가 없다.

'선계나 미호 이야기는 감추고 '내 얘기'만 해야겠어. 앞뒤가 안 맞는 부분은 있겠지만… 그걸 파고 들어온다면 나도 좀 더 경계해야겠지.'

「저는 어릴 때, 아주 눈에 띄지 않는 아이였어요.」

그 말에 카일러가 고개를 모로 기울이며 유명을 다시 한번 훑어본다. 이해가 잘 가지 않는 듯한 눈빛이다.

「지금으로 봐선 상상이 안 가네요. 일견 조용해 보이지만, 존재감이 명확하고 할 말은 하는 성격이라 어디 가서 묻힐 거 같지는 않은데…. 눈에 띄지 않는다는 것이 어느 정도를 말하는 거죠?」

유명은 솔직하게 대답했다.

「어릴 때 소풍을 가면, 선생님들이 제가 빠졌다는 걸 의식하지 못하고 다른 아이들만 데리고 돌아간 적이 여러 번 있었어요. 그 뒤로 엄마가 저에게 단단히 주의를 시켰죠. 무조건 선생님 옆에 꼭 붙어 있으라고.」

「…….」

「아, 횡단보도를 건너는 중에 차가 못 보고 저를 칠 뻔한 적도 있었어요.」

카일러의 미간에 주름이 잡혔다.

「대학에 입학하고 처음으로 연극을 보게 됐어요. 이상할 정도로 끌려서 연극부에 원서를 냈죠. 처음으로 단역을 맡았던 작품에서 무대에 혼자 등장한 적이 한 번 있었어요. 세상이 어두운데 딱 한 곳만 밝으니까 관객들이 어쩔 수 없이 저만 바라보는데⋯ 나의 말, 나의 행동이 타인에게 오롯이 전달된다는 느낌을 그때 처음 알았어요.」

「⋯⋯.」

「아무리 노력해도 나라는 존재를 타인에게 각인시킬 수 없었는데 무대 위에서만큼은 달랐어요. 내가 조금 더 잘 표현하면 관객들은 조금 더 잘 이해해줬죠. 그건 제겐 아예 다른 세상에 발을 디딘 것처럼 새로운 감각을 일깨웠어요.」

카일러가 의아한 표정을 짓는다. 그가 알고 있는 정보와 유명의 이야기가 불일치한다. 대학 시절 연극부에서부터 크게 주목받고 고난 없이 스타덤에 올랐다고 들었는데⋯. 하지만 곧 카일러는 기존의 데이터베이스를 폐기하고 유명의 이야기를 있는 그대로 흡수하기 시작했다. 어떤 데이터보다 지금 말하고 있는 이 남자의 눈빛이 그것이 사실임을 증명하고 있으니까.

그들은 이야기를 나누며 Mirror lake(거울 호수)에 다다랐다. 새하얀 화강암 봉우리 하나가 투명한 호수에 그대로 담겨 있는 광경을 바라보며 카일러가 물었다.

「살면서 가장 슬펐던 기억을 이야기해주겠어요?」

유명이 잠시 생각에 잠겼다가 입을 연다.

「정말 사람이 없어서 제게 조연이 돌아온 적이 있었어요. 어쩔 수 없이 뽑아놓고도 연출은 '아직 부족한데도 조연을 맡긴 거니까 열심히 해야 한다'며 자주 색을 냈죠. 그럼에도 반드시 잘 해내자고 매일같이 다짐할 정도로 정말 기뻤어요.」

울림이 풍부한 목소리는 연기를 하는 중이 아닌데도 금세 같은 심상을 공유하게 만든다.

277

「그런데 첫 공연이 끝나고 연출에게 뺨을 맞았어요.」

카일러가 믿을 수 없다는 듯 눈을 크게 뜬다. 그게 무슨….

「더 할 수 있는데 노력을 안 했다구요. 자기가 믿고 맡겼는데 어떻게 이렇게 무성의하게 연기하냐고 펄펄 뛰었죠.」

「…자존심이 많이 다쳤겠군요.」

「자존심보다 연출이 진심으로 그렇게 생각하고 있다는 게 느껴져서… 슬펐어요. '못했다'는 괜찮아요. 개선의 여지가 있는 거니까. 하지만 정말 최선을 다했는데 대충했다고 평가받는 건… 나는 여기 있을 가치가 없는 인간인가라는 생각이 들게 하더라구요.」

카일러는 유명의 이야기를 들으며 어떤 영감을 떠올렸다.

「데렉 맥커디가 조연으로 합류한다고요?」

「네, 가능할까요? 예산이 좀 들 텐데.」

「물론이죠 감독님! 가능하다마다요!」

워크브로더스 본사. 할리우드의 거대한 공룡 제작사 중의 하나. TBC와 합병한 후 TW라는 새 이름이 생겼지만, 이곳의 사람들은 여전히 자신이 '워크브로더스 소속'이라고 말한다. 영화쟁이들의 자존심이다. 그 제작기획국에서 카일러는 기획국장과 마주앉아 있었다.

「그럼 개런티 문제는 데렉의 소속사와 알아서 조율해주시고요, '그 카드'를 이번에 같이 쓰도록 하겠습니다. 신유명 씨와 공동 주연이나 준주연 히로인으로 캐스팅하려고 합니다.」

「그 카드를 이번 작에서요? 그건 좀….」

「약속하셨지 않습니까?」

「아니, 약속을 안 지키겠다는 게 아닙니다. 계약서도 있으니까요. 하지만 이번 작은 〈캐스팅 보트〉 우승자 특혜인데 공동주연으로 가는 건 좀 그렇지 않습니까. 그 카드는 다음 작에 쓰시는 게….」
 카일러는 조용히 국장을 주시하다가 물 흐르듯이 자연스럽게 툭- 질문을 던진다.
「데렉과 유명이 더블주연으로 가면 그림이 멋지겠죠?」
「와! 그거 정말 좋은-」
 기획국장은 자신도 모르게 함박웃음을 띠다가 카일러의 표정을 보고 뚝 멈췄다. 젠장, 유도심문에 걸렸다.
「거 보세요. 공동주연이 문제라는 건 핑계잖아요, 국장님.」
「…….」
「걱정하시는 건 알겠지만, 시나리오 나오면 납득하실 겁니다. 그 카드가 신유명 씨와 굉장히 잘 어울릴 거거든요.」
「…정말 그럴까요.」
 〈캐스팅 보트〉 탄생의 비화. 얼마나 거대한 금액을 주고 데렉, 나탈리, 카일러 등 초호화 출연진들을 세팅했을지를 추측하는 사람들이 많았지만, 사실 그들은 돈으로만 움직인 것이 아니었다. 나탈리는 데렉을 노렸고, 데렉은 카일러를 노렸으며, 카일러는 〈캐스팅 보트〉에 차기작을 거는 대가로 TW에서 한 가지를 약속받았다. 한 무명배우의 캐스팅.
 카일러는 원래라면 조연으로도 캐스팅하기 힘들 배우를 주연으로 작품을 찍고 싶어 했다. 당연히 이 기획은 여기저기서 거절을 당했고, TW는 〈캐스팅 보트〉에 차기작을 거는 것을 담보로 이 영화에 투자 제작을 약속했다.
「그럼 시나리오가 나온 후에 최종 결정을-」
「아니요. 기획국장님, 계약서에 캐스팅을 TW와 협의하겠다는 조항은 없었습니다. 신유명 씨와 찍을 차기작에선 그 조건을 이행하지 않겠다는 조항도 없구요.」
 말투는 부드럽지만 내용은 타협의 여지 없이 견고하다.

「저는 그저 워크브로더스를 존중하는 의미에서 의논의 형태를 취한 겁니다.」
「……」
「에르히, 이번 작에 쓰겠습니다.」
카일러는 자신의 결정 사항을 '통보'했다.

며칠 후, 유명은 다시 카일러와 만났다. 카일러가 지정한 장소는 한 프리 스튜디오로 작은 연습실이나 회의실들을 대여해주는 곳이었다.
「안녕하세요, 감독님.」
「네. 유명씨는 요즘 뭐 하고 지냈어요?」
「TW에서 요청한 프로그램 하나 출연했고, 기획사에서 잡아준 잡지 인터뷰 몇 가지. 나머지 시간엔 거의 연습실에 있어요.」
「뭐 연습해요?」
「요즘은 데렉이 알려준 '해당 캐릭터가 되어서 걷는 연습'을 해보고 있어요. 예전에 맡았던 캐릭터들로도 해보고, 예전에 봤던 영화 속의 특정 캐릭터를 골라서 해보기도 하구요.」
카일러는 유명의 이야기에 귀를 기울인다. 쌓여가는 유명의 데이터베이스에 '성실', '연기광'을 추가한다.
「저도 한번 보고 싶네요.」
「연습실 놀러오세요. 지금은 저랑 카이만 쓰고 있으니 편하게 오셔도 돼요.」
「그럴게요.」
근황 토크를 마친 후, 카일러는 오늘 준비한 이야기를 꺼낸다.
「제가 꼭 함께 영화를 찍어보고 싶었던 배우가 있었어요.」
예상치 못한 대화의 흐름에 유명이 의아해하며 말을 받는다.

「그렇군요…. 저도 아는 배우인가요?」

「아뇨. 이 배우는 아직 완전히 무명이에요. 하지만 연기에 대한 열정만은 누구 못지않죠. 요세미티에서 유명 씨와 첫 인터뷰를 하면서 저는 이 친구와 유명 씨가 함께 선 그림을 떠올렸어요. 그래서 이번 영화에 함께 출연시키고 싶습니다.」

「…네.」

「먼저 유명 씨한테 그녀를 보여주고 싶어요.」

카일러는 따라오라는 눈짓을 한 후, 회의실 밖으로 나갔다. 그리고 여러 개의 스튜디오들을 지나 가장 안쪽으로 들어갔다.

이윽고 다다른 복도 끝방. 연습실로 세팅된 방 안에선 한 여성이 한참 연습에 전념하고 있었고, 그녀를 바라본 유명은 흠칫 놀랐다.

'아니….'

「그녀의 이름은 에르히 데버입니다.」

그녀는… 몹시 희미한 존재감을 가지고 있었다. 마치 원생의 자신처럼.

202

진정한 리그

어려운 밸런스 동작을 하고 있는 에르히의 이마에서 구슬 같은 땀이 흘러내린다. 땀 흘려 움직일 때 역동하는 에너지에도 그녀의 존재감은 무척이나 미약하다. 유명은 조금 울컥하는 기분이 늘었다. 그 표정을 오해했는지 카일러가 변명하듯이 말했다.

「기대보다 너무 평범한가요?」

「네? 아… 그런 게 아니고….」

「확실히 그녀는 평범하죠. 아니, 배우로서의 존재감이 극히 미약한 타입이라고 할까요.」

카일러의 말은 핵심을 꿰뚫고 있다.

「혼자 연기할 때는 좀 많이 평범해 보이는 정도이지만, 옆에 다른 배우를 세워두면 더합니다. 특히 유명 씨같이 존재감이 진한 배우와 투샷을 잡으면 관객들은 거의 그녀를 병풍처럼 느낄 거예요.」

병풍. 질리도록 겪어본 일. 유명의 양 주먹에 자신도 모르게 힘이 들어간다.

「하지만 저는 그녀가 특별하다고 생각합니다. 그녀를 발견하고 꼭 그녀를 주연으로 영화를 찍어보고 싶었어요.」

「…왜요?」

묻지 않을 수 없었다. 마치 자신에게 하는 이야기 같았으니까.

「존재감이 약하다 보니 그녀에게 관심을 갖는 감독은 거의 없었을 거예요. 하지만… 가만히 집중해서 그녀만을 바라보다 보면 에르히가 꽤 실력이 있다는 것을, 그리고 정말 연기를 사랑한다는 것을 느낄 수 있어요.」

「…….」

「목소리가 작은 사람이 말을 하면 잘 묻히잖아요. 그런데 그걸 꼭 들으려고 귀를 기울이다 보면 의외로 이 사람의 목소리가 얼마나 아름다운지, 말하는 내용들이 얼마나 보석 같은지를 알고 놀라게 될 때가 있죠. 저에게 에르히는 그런 영감을 주었어요. 쉽게 보이지 않는 가치이지만 연출과 카메라 워킹으로 이 배우의 가치를 온전히 담아내보고 싶다는.」

「하지만… 존재감이 약한 배우의 연기를 매력적으로 담아내는 게 가능할까요?」

유명은 자신도 모르게 반박한다. 아니, 다시 반박해주길 바라고 꺼낸 말이었던 것 같다.

「그건 감독의 몫이죠.」

그리고 그의 대답은 명쾌했다. 유명은 카일러에게서 시선을 돌려 에르히를 바라보았다. 이상한 기분이 든다. 그녀가 겪고 있을 어려움을 아는 자의 연민과, 그럼에도 그녀에게 관심을 가진 감독이 있다는 것에 대한 대리만족식의 안도.

「요세미티에서 유명 씨의 이야기를 들었을 때 저는 에르히를 떠올렸어요. 사실 유명 씨 이야기는 제가 알고 있는 신유명이란 배우와 매치가 안 되는 부분이 많지만, 그건 상관없어요. 저는 제 귀로 듣고, 제가 진실이라고 느낀 이야기의 진위를 의심하지 않으니까요.」

유명이 카일러에게 그러했던 것처럼 카일러도 유명에게 의구심이 들었으리라. 하지만 그는 그 이야기의 개연성을 떠나 자신의 눈앞에 있는 유명 그 자체를 보았다고 했다.

「에르히와 신유명 씨를 매치해보자, 머릿속에 있던 이미지들이 시나리오로 조립되기 시작했어요.」

그랬더니 유명과 에르히를 함께 품은 이야기가 떠올랐다고.

「그래서 유명 씨에게 양해를 구하려고 해요. 캐스팅이 감독의 권한이라고는 하지만, 이번 영화는 엄연히 〈캐스팅 보트〉의 우승자에게 약속된 작품이니까요.」

「…무엇을요?」

「에르히를 서브주연이자 여주인공으로 생각하고 있습니다. 어쩌면 공동 주연이 될 수도 있구요.」

「네. 저는 좋아요.」

카일러는 조심스럽게 말을 꺼냈지만, 유명은 시원하게 답변을 내놓았다. 아직 이 감독, 잘 모르겠다. 하지만 이제는 그게 상관있나 하는 생각이 든다. 원생의 자신을 닮은 에르히와 현생의 자신. 카일러는 그 두 사람 모두를 가장 적합한 형태로 화면에 담기 위해 '감독의 몫'을 다하려는 사람이니까.

「좋은 시나리오 부탁드립니다.」

유명이 환하게 웃었다.

'나도 저런 느낌이었어?'

에르히를 만나고 온 날, 유명은 미호에게 물었다. 길 가는 사람들이 인식하지 못할 정도로 존재감이 없었던 원생의 자신. 유명은 자신이 타인에게 어떻게 보였는지를 에르히를 보면서 간접 체험할 수 있었다. 그것은 무척 이상한 기분이었다.

{말도 마랑. 너는 훠어얼씬 더했당.}

'그래…?'

{저 사람은 현저히 생기가 낮긴 하지만, 생존이 불가능한 수준까지는 아니당. 대략 30 후반 정도? 그 정도라면 가끔은 볼 수 있당. 특히 중환자실에 가보면 꽤 있공….}

'흠….'

{배우라는 직업을 택하는 사람들은 대부분 생기가 높은 경향이 있으니, 그런 면에선 꽤 드문 케이스이긴 하지만.}

'그런데 나는… 30이 채 안 되었다고?'

{거의 걸어다니는 송장이었던 셈이징, 캬캬.}

에르히를 보며 받는 느낌에 한 열 배는 곱해야 예전의 자신과 비슷해지는 걸까.

'그나저나, 무슨 내용일까?'

{나도 궁금하당. 하필 예전의 너 같은 인간과 함께 묶어서 영화를 찍

는다닝….}

RRR- 미호와 한참 이야기를 나누고 있을 때 전화벨이 울렸다. 전화번호를 교환하긴 했지만 직접 전화를 걸 줄은 몰랐던 사람의 이름이 폴더폰 외부 액정에서 깜빡거렸다.

「여보세요. 데렉?」

「뭐 해요? 스타가 된 걸 마음껏 즐기는 중입니까?」

「그냥 숙소에 있어요. 낮에는 별일 없으면 연습실에 있구요.」

피식- 하는 허탈한 웃음이 수화기 너머로 전해져온다.

「참 한결같은 사람이야. 우승했을 때도 그렇게 덤덤하더니. 내가 이렇게 잘나간다고 뽐내고 싶고, 사람들이 우와- 하고 쳐다보는 시선 즐기고, 뭐 그런 인간적인 면은 없어요?」

인정받고 주목받는 것, 그 쾌감을 모르는 것은 아니다. 다만 연기를 하고 그 연기로 사람들에게 배역이라는 존재를 전달할 때, 그때의 쾌감이 훨씬 큰 것을 알고 있을 뿐이다.

그리고… 시간이 한정되어 있다면 제일 하고 싶은 일에 시간을 쏟는 것이 당연한 거고.

「내일 저녁에 혹시 바쁩니까?」

「별일은 없는데요.」

「그 기획사 참 특이하네. 인터뷰에 광고에 일이 쏟아질 텐데…. 하여간, 일이 없으면 내일 같이 가죠.」

「어딜요?」

「남자 배우들 모임이 하나 있습니다.」

데렉의 제안에 유명의 얼굴이 살짝 들뜬다. 데렉과 가까운 배우들이라면 결코 범상한 인물들은 아닐 것이다. 그중에 유명이 좋아하던 배우도 있지 않을까…?

「어떤 분들이 오시나요?」

「나랑 친한 사람은 마크 지브롤터, 파울로 베젤, 트리스탄 듀폰트….」
「와… 대박. 트리스탄은 〈광기의 바다〉 찍었던 그 트리스탄 듀폰트인 거죠? 파울로는 〈칸타타〉와 〈어긋난 시간〉의 그 파울로?」
유명이 뛸 듯이 기뻐하며 물어보자 데렉은 어이없는 듯이 한숨을 내쉬었다.
「뭘 그렇게 좋아합니까?」
「다 좋아하는 배우들이라서요.」
「지금은 오히려 그들이 신유명 씨를 더 만나고 싶어 할 겁니다. 그리고… 내가 더 유명합니다.」
「…?」
「이 데렉 맥커디에게 직접 감탄을 끌어내고 무대 위로 올라오게 한 배우가 고작 할리우드의 흔한 얼굴들 만나는 정도로 좋아하지 말라구요.」
언제 봐도 굉장한 자존감이었다. 다음 날, 유명은 데렉이 알려준 장소로 향했다.

산타모니카 비치를 내려다보는 모던한 루프톱 바. 이 넓은 장소는 오늘 이곳에 모일 20여 명의 사람들을 위해 완전히 비워져 있었다.
「어떻게 오셨나요?」
입구에서 경호원으로 보이는 양복 사내가 유명을 제지했다. 기존 멤버와 함께 들어가야만 입장이 허용된다는 설명을 덧붙였다. 유명은 데렉에게 문자를 넣었고, 데렉이 금세 문 너머로 등장했다.
「내 손님입니다.」
「네. 확인되었으니 들어가셔도 됩니다.」
들어간 공간에서 유명은 별무리를 보았다. LA의 가장 밝은 별들이 모두 여기 모여 있는 느낌이었다.

「'그'가 왔어?」

한 남자가 데렉에게 크게 묻자 별들이 와르르 이쪽으로 고개를 돌렸다. 데렉이 이미 얘기했던 마크 지브롤터, 파울로 베젤, 트리스탄 듀폰트 외에도 에드몬드 베이커, 올리버 데임, 데니스 미케일라, 브랜든 카셀, 그리고….

'맙소사, 오웬 위트필드….'

그는 유명이 가장 좋아하던 배우였다. 연기력만 따진다면 데렉이 위겠지만, 저 배우는 엄청난 존재감을 가지고 있다. 저 많은 배우들 중에서도 단연 가장 눈에 띌 정도로. 아마 원생의 유명이 오웬을 좋아했던 이유도 그것일 것이다. 자신과는 완전히 대치점에 있는 배우를 보며 결코 가질 수 없는 이상을 동경하듯이.

하필 자신의 자리는 그의 옆자리였다. 유명이 자리에 앉자 오웬은 반갑게 유명을 아는 척했다.

「오웬 위트필드입니다. 〈캐스팅 보트〉 잘 봤어요.」

「안녕하세요, 신유명입니다. 팬이에요.」

「내가 팬이죠. 나 문자투표도 한 거 알아요? 하하. 너무 감동해서 나도 모르게 버튼을 누르고 있더라니까.」

남자는 눈웃음을 치며 호의를 보인다. 넘치는 끼가 타고난 존재감과 결합하여 중력처럼 사람들을 끌어들이는 타입이다. 그때 데렉이 짝짝- 손뼉을 치며 주의를 집중시켰다.

「다들 조용, 의장 말 들어봅시다.」

「쉬잇-」

데렉은 이 모임의 의장이었다. 아직 유명은 모르는 사실이지만, 이 모임의 수장은 매년 연말 회원들의 투표로 뽑힌다. 표를 던지는 기준은 리더다운 성격이나 인간관계가 아니었다. 가장 흥행한 배우를 뽑는 것도 아니었다. 연기를 잘하는 배우. 구성원들이 가장 연기력을 인정하는 배우. 이곳의 수장은 일종의 명예직인 것이다.

「땡큐 올리버, 땡큐 브랜든. 오늘 우리 모임에 〈캐스팅 보트〉의 화제의 우승자가 참석했습니다. 몇몇 회원들이 저한테 묻기도 했었죠. 그 배우 혹시 우리 모임에 나올 계획은 없냐고.」

휘익- 누군가가 휘파람을 불며, '나도 물어봤어-' 하고 추임새를 넣는다.

「소개합니다. 여기는 신유명. 다들 알겠지만 제가 인정하는 배우입니다. 서로 예의 갖춰 친목을 나누는 시간이 되었으면 좋겠군요. 유명, 인사하죠.」

「안녕하세요, 신유명이라고 합니다. 영화계 선배님들과 함께하게 돼서 영광입니다. 잘 부탁드립니다.」

짝짝짝짝- 자신을 바라보는 스무 쌍의 눈. 이 집단에 소속되는 자격은 눈으로 봐도 분명했다. 누가 봐도 이의를 제기하지 못할 정도로 내로라하는 할리우드의 톱배우들.

자신을 보는 시선의 종류는 다양하다. 근래 자주 회자되던 뉴 페이스를 신기해하는 눈빛, 이름은 들어봤지만 방송을 본 적이 없는 사람의 아리송한 눈빛, 뜨고 있는 배우를 볼 때의 호감과 견제가 섞인 눈빛. 확실한 것은 그들 중 누구도 자신을 우러러보진 않는다. 화제의 신인 정도로 가볍게 생각하거나, 잘 봐줘도 동급으로 보는 정도.

'아직 멀었구나….'

〈캐스팅 보트〉는 예상 이상으로 화제가 되었다. 그래서 주변 사람들은 마치 유명이 최고의 배우가 된 양 호들갑을 떨면서 그를 치켜세우고 있었다. 하지만 그 세계의 바깥으로 한 발짝 걸어나와 보니 그곳은 시작점에 불과했다.

주변인들 몇몇은 유명에게 물었다. 최고의 스타가 되었는데, 할리우드에 한국인으로서 유례없는 자취를 남겼는데 기쁘지 않냐고. 차분한 성격인 것은 알지만 이럴 때까지 그렇게 덤덤할 필요는 없지 않냐고. 하지만 아니었다. 여기에 진정한 리그가 있었다.

이 배우들에게 오디션 우승이란 아마추어 리그에 불과할 것이다. 아마추어 리그에서 괴물 취급을 받는 신인이라 해도 프로 리그의 첫 성적을 내기 전까지는 인정해주지 않는 것이다. 카일러와 찍는 다음 영화가 제대로 흥행하고 나야 겨우 이들에게 '같은 선상'에 선 배우로 취급받을 수 있을 것이다. 그리고… 프로 리그에서 압도적인 기량을 보여준 후에야 저들이 데렉을 볼 때와 같은 경의 어린 시선을 받을 수 있겠지.

'그래서 우승이 그렇게 설레지 않았구나.'

아마추어치고, 동양인치고. 그런 전제가 붙지 않은 최고의 배우라는 타이틀.

'그런 인정을 받는다면… 연기할 때의 쾌감만큼이나 기쁠지도.'

유명은 그날 새로운 목표 하나를 가슴에 담았다.

203

〈Mimicry(의태)〉

살다 보면 가끔 그런 사람이 있다. 깔끔하고 센스 있는 외양, 전교 수석과 학생회장을 도맡는 스마트함과 리더십, 가진 것이 너무 많음에도 조금도 오만하지 않고 언제나 주변을 배려하는 온화한 성품. 모든 사람의 칭찬이 자자하고 누구나 가까워지고 싶어 하지만 너무 접근할 때면 웃으면서 살짝 선을 긋는 사람. 그런 사람을 보면 간혹 궁금해지지 않는가. 저 모든 능력과 성품이 과연 타고난 것인지, 철저히 계산된 행동인지.

[〈Mimicry(의태)〉]

카일러가 건넨 종이 묶음 위에는 까만색의 제목 한 줄이 박혀 있었다. 유명은 그것을 집중해서 한 줄 한 줄 읽은 후 마지막 장을 덮었다. 아직은 시놉시스의 단계였다.

「…'아스'는 감독님이 제게 본 느낌이 투영된 캐릭터인가요?」

「그렇죠.」

「제가 딱히 '의태'하며 살고 있는 건 아닌데….」

「저도 알죠. 하지만 유명 씨를 보는 사람들은 누구나 조금쯤은 그런 의문을 가질걸요?」

의태. 동물이 몸을 보호하거나 쉽게 사냥하기 위해서 주위의 물체나 다른 동물과 비슷한 형태로 자신을 변화시키는 생존 방법을 뜻한다. 그리고 이 대본 속의 주인공은 철저히 의태를 하며 살아간다. 왜…?

「사이코패스 같은 건가요?」

「글쎄요….」

카일러가 싱긋 웃으며 말끝을 흐렸다. 그가 건넨 것은 초반의 시놉뿐이다.

「이건 내 대본이지만, 유명 씨가 모티브가 된 대본이기도 하니까 최대한 유명 씨의 의견을 많이 참고할 생각이에요. 스토리의 느낌은 어떤지, 캐릭터나 대사에 위화감은 없는지, 생각나는 거 있으면 얘기해줄래요?」

「스토리는 뒤쪽이 나와 봐야 알겠지만, 캐릭터는 무척 흥미로워요. 그런데 이게 영화의 1막이라면 대략 30분 정도인가요?」

「맞아요.」

「음…. 1막이 대본상으로는 상당히 잔잔해 보이는데요. 관객의 시선을 끌 만한 '사건'은 나오지 않나요?」

영화에도 막이 있다. 연극처럼 조명의 온오프로 명확히 구분되는 것은 아니지만. 보통의 할리우드 영화는 3막 구조(Three-act structure)를 띤다. 주인공의 일상에 닥치는 어떤 도발적 사건(Iniciating accidents), 그

사건에 임한 주인공이 문제를 해결하기로 마음먹고 비일상적인 세계로 뛰어드는 것이 1막. 사건이 전개되면서 주인공의 최초 목표가 달성된 것 같지만, 그것이 새로운 문제를 야기하여 주인공이 목표를 수정하거나 재설정하는 전환점, 그리고 긴장이 점점 쌓여가다 가장 큰 위기가 닥치는 것까지가 2막. 스토리가 절정을 찍고 모든 문제가 해결되는 것이 3막이다[10].

지금 카일러가 가져온 시놉은 딱 1막의 30분. 캐릭터가 분명하고 흥미롭긴 하지만, 향후 전개를 기대하게 하는 '사건'은 어디에서도 보이지 않는다. 카일러가 유명의 질문을 받아 대답한다.

「역시 날카롭네요. 따로 카메라 워킹은 표기하지 않았는데.」

「카메라… 워킹요?」

「네. 도입부 30분은 주인공의 시야로 전개될 거예요.」

유명이 두 눈을 깜빡인다.

「그 30분간 유명 씨는 한 번도 등장하지 않을 거라는 뜻입니다.」

〈캐스팅 보트〉 종영 3주차, 프랑스 파리의 까미유 사설발레단.

[미국의 메가히트 프로그램 〈캐스팅 보트〉, 떼에프앙[11]에서 수입 확정]

휴게실에서 신문을 들여다보고 있는 동양인 발레리나에게 동료가 말을 붙였다.

「아 참! 그리고 보니 세련이는 '유명'과 같은 나라 출신이지?」

「맞아. 너도 〈캐스팅 보트〉 봤나 보네?」

「당연하지! 인터넷에 프랑스어 자막 버전도 돌고 있더라고. 그는 정말 멋져, 그가 나온다는 말을 듣고 《보그》지도 구독했는데, 너도 보여줄까?」

---

10 권승태(2012), '3막의 비밀', 커뮤니케이션북스 참고
11 떼에프앙(TF-1): 프랑스 최대의 민영방송사

세련이 웃으며 고개를 젓는다.
「나도 있어.」
「와, 너도 유명의 '팬'이구나.」
「…응.」
그래, 이젠 팬. 그와 마지막으로 본 것이 2년하고도 9개월이 넘었다. 길고 고통스런 터널이었다. 중간에 몇 번이나 포기하고 싶은 때가 찾아왔다. 가장 큰 위기는 딱 2년이 되었을 때 찾아왔다. 푸앵트를 보조하기 위해 주변 인대와 근육을 단련하고 있었는데, 무리한 연습으로 다른 인대에 염증이 왔다. '진짜 더는 못할 것 같다'라는 생각이 들었을 때, 유명에게 가볍게 던졌던 어떤 말이 생각났다.
— 방금 그 말 때문에 1년 늘어났다. 3년.
약속도 무엇도 아니었지만, 지켜야 할 것 같았다. 하지만 도저히 앞으로 나갈 방법을 알 수 없었을 때… 그가 보내준 선물처럼 발롱 파루지에가 나타났다.
그의 소개로 마담 까미유와 함께한 지 이제 9개월째, 지치고 힘들 때마다 〈캐스팅 보트〉에서 등장하는 유명의 단단한 모습이 그녀에게 힘을 주었고, 세련은 결국 재활에 성공했다. 그녀는 마담 까미유의 추천으로 지금 파리 오페라 발레단 입단 테스트를 준비하고 있다.
'이제 너무 저 하늘의 별 같은 존재가 되어버렸지만….'
언젠가 자신이 먼저 연락하겠다는 약속. 그 약속을 지킬 예정이다. 프랑스인 동료조차 팬을 자처할 만큼 까마득한 스타가 되어버린 그이지만, 자신이 다시 발레를 하게 됐다고, 네 덕분이라고 소식을 전한다면 분명 세상을 다 얻은 듯 환하게 웃어주리라. 그는 그런 사람이니까.
'…조금만 더 후에.'
이왕이면 오페라단에 합격하고 공연에서 배역을 맡을 수 있는 무용수가 되어서, 조금은 멋있어진 모습으로 그에게 소식을 전하고 싶다.

그건 어쩌면 자신의 작은 미련.

「그 배우, 예전에 〈발레리나 하이〉라는 작품을 찍었대. 발레리노가 아닌 사람이 어떻게 발레 장면을 연기했을지 너무 궁금해. 혹시 세련은 한국에 있을 때 그 영화 봤어?」

「…아니.」

본 게 아니라 출연했었지. 동료가 그 영화를 보게 된다면 화들짝 놀라리라. 세련은 그 상상을 하며 장난스런 미소를 지었다. 그리고 다시 일어나 연습을 시작했다. 오디션이 머지않았다.

같은 시각, 파리의 브라이즈극단. 류신은 펼쳤던 신문을 바스락 접으며 말했다.

"슬슬 여기에서도 관심 갖기 시작하네."

"워낙 미국에서 화제가 됐으니까요. 유명 형이 워낙 대단하기도 하고."

"신유명 씨한테 그 호칭, 허락은 받은 거야?"

효준이 입술을 꾸욱 다물더니 다시 연습을 시작했다. 류신은 그를 슬쩍 곁눈질하며 피식 웃는다.

처음 왔을 때 절박한 눈빛으로 뭐든지 하겠다며 고개를 숙이던 녀석은, 자신이 평소에 하는 강도의 체력훈련을 버티지 못하고 바닥에 널브러졌다. 마음을 단단히 먹었다고 몸이 단단해지는 것은 아니었으니까. 하지만 류신은 봐줄 생각이 없었다. 효준을 처음 본 순간, 아니 〈캐스팅 보트〉에서 골고다 언덕의 예수를 연기하는 걸 본 순간부터 알았다. 저 녀석은 천부적인 재능을 가지고 있다는 것을.

그리고 조금 짜증이 났다. 뭐랄까, 신유명은 그렇게 타고난 천재인데도 그 이상으로 노력하는 걸 아니까 재능 탓도 하지 못했다. 그래서 발산할 수 없었던 짜증이 저만한 재능을 가지고 저렇게 안이한 놈을 보니 배로 발산되었달까. 그따위로 할 거면 언제든지 돌아가라고 자근자근 말로 조져가며 연습시킨 지 한 달, 의외로 효준은 지독한 연습을 버텨냈다. 그리고 지금은 제법 잘 따라오고 있었다.

"곧 미국뿐만이 아니라 세계적인 스타가 되겠네."

"다음 작만 성공하면야 그렇겠죠."

"그거야 당연한 거지. 너도 유명 형, 유명 형 노래하는 걸 보니 잘 알고 있는 것 같은데. 신유명이 연기로 실패할 리가 없다는 걸."

"그야 유명 형은 믿지만… 미국에는 예측 불가능한 변수가 있으니까요."

효준이 의미심장한 말을 한다.

"그게 뭔데?"

"가십지요. 가십지의 벌레들이 붙기 시작하면 잘나가는 스타 하나 망가뜨리는 건 일도 아니에요."

"언론의 왜곡 보도라면 한국에도 많이 있어. 그래도 결국 실력이 있으면-"

"아아, 한국은 양반이죠. 미국의 가십지와 파파라치 중엔 진짜 쓰레기도 많아요. 사생활 침해는 기본이고 허위와 날조도 다반사라니까요."

"그래도 유명 씨는 이미지가 워낙 좋잖아?"

"그래서 아직까진 잠잠한 건데… 환호와 열망이 적당히 사그라들 때쯤 슬금슬금 간을 보기 시작할걸요? 더구나 유명 형은 딱 타겟이 되기 좋잖아요. 외국인에 동양인. 여론이 너무 엉망으로 가지 않아야 할 텐데…"

류신은 그래도 별문제가 생길 거라곤 생각하지 않았지만, 미국에 대해선 역시 미국에서 나고 자란 효준이 잘 알고 있었던 모양이다. 유명에 관한 악의적 기사가 터진 것은 〈캐스팅 보트〉가 종료되고 약 한 달 후, 슬슬 〈캐스팅 보트〉에 대한 후속 기삿감들이 떨어져가던 시기였다.

"이 미친놈들이…."

유석이 'Hollywood Week'라고 써진 얇은 잡지를 책상 위에 거칠게 내려놓았다. 판매부수도 얼마 되지 않는 신생 가십지가 가장 먼저 총대를 멨다. 어차피 잃을 것도 없다는 계산인 모양이다. 호철은 잡지 전면에 인쇄된 타이틀을 보고 얼굴이 벌겋게 변했다.

[어린 동양 배우의 급격한 스타 부상, '스폰서' 있었다?]

최근 불가능한 속도로 스타덤에 오른 배우 신유명. 익명의 제보자는 그의 성공은 이미 담보되어 있었다고 주장했다. 그가 지목한 스폰서는 공화당의 유력한 여성 의원 N 씨로….

"대표님. 이거 고소각 아닙니까?"
"…애매해. 이 나라는 언론의 자유를 무엇보다 우선적인 가치로 취급해서, 제보자 보호는 기자들의 만능 무기나 다름없지. 그래서 기사에서도 '제보자의 주장'이라고 뭉뚱그리고 있잖아."
"그래도 사실관계 확인 없이 기사화는-"
"강하게 항의해봐야 이미 기사가 다 퍼진 이후 정정 보도를 내는 정도일 텐데, 아직 우리 회사는 그만한 압력을 행사할 힘도 없고…. 후… 미안합니다, 유명 씨."

정작 유명은 별 개의치 않는 눈치였다.
"미국에서 가십지 일일이 신경 쓰면서 일할 수 있나요. 어차피 영향력 있는 매체도 아닌데 너무 신경 쓰지 마세요."
"묘하게 전달하는 정보가 디테일해서 이거 사실 아닌가 싶게 써놨네요. 게다가 이 영악한 놈들이 바로 다음 기사로 '신유명 〈캐스팅 보트〉

우승할 만큼 연기력 있었나? 의문을 가진 시청자들 집중 인터뷰' 이딴 기사를 붙여놨단 말입니다."

유석의 목소리가 험악해지자 호철이 묻는다.

"그건 오히려 신경 안 써도 되지 않나요? 〈캐스팅 보트〉를 한 번이라도 본 사람이라면 유명 형 연기가 대단한 건 다 알고 있을 텐데."

"미국 전체 인구 중 〈캐스팅 보트〉를 본 사람이 얼마나 될 거 같아?"

"……"

"여기는 어마어마하게 넓은 나라야. 유명 씨가 〈캐스팅 보트〉에서 얼마나 대단한 연기를 했고, 어떤 캐릭터와 스토리를 보여줬는지를 아는 사람이 얼마나 될 거 같아? 예능 프로가 큰 성공을 거둬봐야 시청자 1천만을 찍으면 거의 기록에 가까워. 〈캐스팅 보트〉는 중반 이후로 꾸준히 그 수치를 달성했지만, 1천만이 미국 전체 시청률로 따지면 몇 프로인지 알아?"

"……"

"고작 4.5%야. 재방이니 다운로드니 해서 본 사람들이 더 있겠지만, 그래도 유명 씨를 뉴스를 통해서가 아닌 직접 방송을 보고 이해하고 있는 사람은 10%가 채 될까? 나머지 사람들은 이런 기사를 보면 진짜 스폰서라도 있는 게 아닌가 충분히 의심할 수 있다고. 그만큼 말이 안 되는 행보였으니까."

호철이 꿀 먹은 벙어리가 된다.

"…미안. 호철이 너한테 화낸 건 아니야. 여기선 아직 내가 할 수 있는 일이 별로 없다는 게 갑갑해서. 이게 산불처럼 여기저기로 번지지 않아야 할 텐데."

호철은 문유석의 이런 모습을 처음 보았다. 몇 년간 굿엔터에 근무해오면서 보아온 문유석은 어떤 상황이 벌어져도 지나칠 정도로 냉정하고, 어떤 공격을 받아도 그것을 몇 배로 되갚아주는 인간이었다. 그런 그가 많이 바뀌었다. 한국에선 꼬박꼬박 존대했던 자신에게 말을 놓고 편하게 대하기 시작했다. 그리고 유명을 챙기는 것을 보면… 그야말로 지극 정성이 따로 없다. 하기야 자신도 유명을 옆에서 따라다니다 보면 저런 배우가 성공해야 한다고 진심으로 바라게 되니까. 유석도 마찬가지겠지.

자조하는 유석에게 유명이 웃으며 말한다.

"걱정하지 마세요, 대표님."

"…?"

"예능은 많아야 천만이라지만, 영화는 흥행이 잘되면 수천만에서 많게는 1억을 넘기기도 하잖아요?"

"그야 그렇지만…."

"그럼 제가 잘하면 되겠네요. 다들 보시고 알 수 있게요."

다시 한번 유석의 등줄기에 전율이 흐른다. 가끔 그의 눈은 아주 먼 곳을 바라보고 있다는 생각을 한다. 처음 만났을 때부터 그는 아득히 높은 곳에 목표를 두고 있었고, 그렇기에 작은 것에 흔들리는 법이 없었다. 그 말이 절대 오만이나 허언으로 느껴지지 않는 것은 그가 단 한 번의 예외도 없이 자신의 말을 실현시켜 왔기 때문이 아닐까.

"이제 가볼게요. 오늘 첫 미팅이에요."

유명은 자리에서 일어섰다.

204

30분의 트레일러

후우- 카일러는 한숨을 쉬며 들고 있던 펜을 탁- 놓았다.

'이렇게 어려운 경우는 또 처음이군….'

고등학생 때부터 영화감독을 지망했던 카일러는 많은 배우들을 만나 그들에게 어울리는 작품을 만들어왔다. 처음에는 그의 방식을 이해하지 못하는 사람이 많았다.

— 시나리오가 아직 없다구요? 그건 좀….

— 저를 캐스팅하고 싶다고요? 감사합니다, 감독님! 네? 시나리오를 이제 작업하셔야 한다구요…?

그에게는 사람들의 고유한 색깔이, 에너지의 파동이 아주 잘 느껴졌다. 단 한 명을 위해 커스텀된 양복을 만들듯이 예민하게 한 배우를 감지하고 그 배우에게 맞는 작품을 재단해가는 것. 그 누구도 대체 불가능한 그 배우에게만 딱 맞는 이야기. 그런 영화를 만들고 싶었지만, 실현하는 데는 꽤 시간이 걸렸다. 많은 독립영화를 찍었고 그것을 바탕으로 제작사에 기획안을 넣었지만, 영화를 보고 관심을 보이던 회사들도 시나리오가 없다는 말에는 난색을 표했다. 투자가 어그러지기도 여러 번이었다. 그렇게 몇 년을 헤매다 찍게 된 첫 상업영화가 대박을 냈다.

— 카일러 언쇼의 배우들은 모두 그가 준 배역을 자신의 '인생 배역'으로 꼽는다.

그는 조금씩 자신의 영화 스타일을 인정받기 시작했다. 그렇게 살아온 그는 지금까지 자신의 안목에 대해서 조금도 의심해본 적이 없었다. 하지만….

— 신유명입니다.

그를 처음 직접 보았던 순간 카일러는 무척 당황했다.

'분명 한 사람인데, 왜 두 가지의 색깔이 느껴질까…?'

처음에는 잘못 본 줄 알았다. 하지만 두 번 세 번 봐도 그 느낌은 변하지 않았고, 오히려 세세한 부분이 감지되기 시작했다. 하나의 기운은 따뜻하고 미약하며, 하나의 기운은 차갑고 거세다. 하지만 미약한 힘이 거센 힘을 부드럽게 인도하고, 거센 힘은 그 인도에 순순히 따른다. 그 결과, 강하면서도 화려하게 퍼져나가는 그의 아우라는 눈이 부실 정도였다.
'내가 감당할 수 있을까…'
 처음으로 그런 생각이 들었다. 황홀할 정도로 생명력이 넘치는 그의 에너지. 빛과 어둠이 절묘하게 뒤섞인 저 배우를 제대로 담아낼 만한 시나리오를 과연 쓸 수 있을까.
[아스 프리데터 / 헤티 램]
 그는 하얀 종이에 새까만 잉크로 두 개의 이름을 쓴다. 그리고 아스 프리데터라는 글자 위에 같은 글자를 계속 반복해서 써나갔다. 이름은 점점 진해지고, 겹친 자국은 점점 넓어져 마침내 헤티 램의 이름 위까지 먹어 들어갔다.
'어떤 결말을 내야 할까…'
 그는 다시 한번 고민에 빠졌다.

 워크브로더스 본사의 회의실. 첫 미팅을 위해 유명이 도착했을 때, 회의실 안에는 에르히뿐이었다. 빛이 바랜 듯한 갈색 머리, 맞춘 듯이 연한 갈색의 눈동자. 차분하고 조용한 분위기에 이목구비는 평범함 그 자체. 그리고 아주 여린 존재감. 하지만 유명은 카일러가 그녀에게 꽂힌 이유가 분명히 있으리라 생각했다.
「안녕하세요. 에르히 데버입니다.」
 그녀가 먼저 인사를 한다. 티브이에서 보던 사람을 직접 만났을 때의 신기함이 살짝 눈에 스쳐 지나가지만, 곧 가라앉는다. 요즘 자신을 볼 때마다 비명이나 환호를 지르는 사람들을 생각하면 신선할 정도로 초연한 반응이다. 초연? 아니… 경계하고 있는 건가?
「반갑습니다. 신유명입니다. 잘 부탁드려요.」
「제가 잘 부탁드려야죠.」

「서로 부탁하는 입장이네요, 하하. 저희 둘의 비중이 상당히 큰 것 같던데, 같이 열심히 해봐요.」

에르히는 유명의 친절한 응대에 당황한 것처럼 보였다. 그녀는 잠시 입을 꾹 닫았다가 조심스레 다시 연다.

「저를⋯ 별로 환영하지 않으실 걸 알고 있는데요.」

「⋯?」

「〈캐스팅 보트〉 모두 봤는데 정말 좋은 연기자시고, 더구나 이번 영화는 우승상품인데 저 같은 무명배우가 불쑥 여주인공에 캐스팅돼서 언짢으신 게 당연하다고 생각해요.」

그녀의 모아 쥔 손이 살짝 떨리고 있다. 유명의 마음이 작은 가시에 긁힌 것처럼 따끔해진다.

'그래⋯. 그랬었지.'

다들 자신을 그저 그런 배우라고 생각하는 걸 알아서, 그저 그런 배우가 같은 자리에 끼어 있는 걸 민폐라고 여길까 봐, 예쁘게 봐주십사 고개를 숙이던 날이 언젠가의 유명에게도 있었다.

「그런데⋯ 저도 절박해서요. 너무 욕심이 나서 감독님 제안을 거절하지 못했어요. 폐 안 끼치게 정말 열심히 하겠습니다. 그리고 웃으며 인사해주셔서 정말 감사합니다.」

그녀가 허리를 꾸벅 숙여 인사했다. 미국인들은 인사할 때 상대의 얼굴을 보며 인사한다. 허리를 숙이는 것은 아주 중요한 사람에 대한 경의의 표현. 그만큼 유명이 자신에게 중요한 존재라는 의미일까, 혹은 동양식 예절을 미리 찾아보고 온 걸까. 어느 쪽이든 그녀의 절박함을 입증하기에는 부족함이 없다. 그래서 유명은 자신이 이렇게 고개를 숙였을 때 상대에게 정말 듣고 싶었던 이야기를 해주기로 한다.

유명은 그녀의 눈을 바라보면서 담백하게 말했다.

「전혀 언짢지 않고, 무척 환영하고, 꼭 에르히와 좋은 파트너가 되어서 최고의 작품을 찍고 싶어요.」
「…….」
「함께해주셔서 감사합니다. 저도 최선을 다하겠습니다.」
에르히의 눈이 놀란 듯이 동그랗게 커져 흔들렸다.

카일러는 의외의 인물을 데리고 도착했다. 그 사람을 보고 유명은 놀랐고, 데렉은 어이없어했다.
「네가 여기 왜 왔어?」
「조연으로 캐스팅됐는데요?」
「뭐? 내가 이 자리를 어떻게 따냈는데 너는 왜 그렇게 쉽게 된 거야?」
「그야, 데렉은 99점 배우고, 나는 100점 배우니까?」
나탈리는 농담처럼 데렉의 가슴을 쉽게 후벼 파고 의자에 앉았다. 데렉이 미간에 주름을 잡고 쏘아봤지만 그녀는 아랑곳하지 않았다.
「어떻게 된 거야?」
「아아, 나탈리에게 연락이 왔어. 신유명 씨와 네가 출연하는 영화인데 어떻게 자기를 뺄 수가 있냐고. 때마침 구상 중인 여자 조연이 나탈리와 이미지가 맞기도 하고, 나탈리는 '100점 배우'기도 하니까?」
카일러가 웃는 얼굴로 나탈리의 폭격에 기름을 추가로 끼얹었다. 데렉의 얼굴이 더욱 찌푸려지는 것에 유명은 쿡쿡 웃었다.
'하여간… 재밌는 먹이사슬이야.'
나탈리는 무척 진중하고 멋진 사람이고, 카일러는 맑고 차분한 사람인데 데렉에게만큼은 둘 다 짓궂어지는 것이 재미있었다. 그만큼 데렉의 캐릭터가 강렬하다는 얘기겠지만.
「자, 이쪽 세 분은 서로 잘 아실 테니 소개는 생략하고, 여기 뉴 페이스를 소개해야죠. 에르히, 우리 여주인공입니다.」

「안녕하세요. 에르히 데버입니다. 열심히 하겠습니다!」

「뭐? 여주인공? 내가 지금 제대로 들은 것 맞지?」

에르히의 캐스팅을 두고 작은 반발이 있었다. 데렉과 나탈리 모두 자신들이 조연을 자처한 영화에 무명배우가 여주인공을 맡는 것이 당황스러운 눈치였다.

「에르히는 좋은 배우야. 여러분들이라면 에르히가 좋은 배우라는 걸 깨달으리라 믿습니다.」

「그게 다야? 두고 보면 알 거다, 모르면 너희 안목이 부족한 거다? 이유치고 좀 구차한데.」

카일러에게 영 맥을 못 추는 것 같더니 일에 관해선 칼같이 이의를 제기하는 데렉. 날 선 분위기가 회의실 안을 가득 메우자 카일러는 부드럽게 웃으며 긴장을 누그러뜨렸다.

「그리고 대본을 보면 이해할 거야.」

「…?」

「이건 다른 어느 배우보다도 에르히 데버에게 가장 잘 어울리는 대본이거든.」

카일러는 가지고 들어온 서류 중 대본으로 보이는 종이 뭉치를 꺼냈다.

Scene 1 고등학교 복도

아이들의 왁자지껄한 소리를 뚫고 카메라가 걸어간다. 렌즈는 이동하는 사람의 시야를 보여준다. 마주치는 사람마다 그에게 말을 붙인다.

학생 1: 아스, 이따 농구 한 게임 어때?

아스: 좋아!

학생 2: 안녕 아스. 주말에 내 생일파티가 있는데 와줄래?

아스: 최대한 시간 내볼게.

붉어진 얼굴을 감추는 여학생. 옆의 친구가 그녀의 어깨를 마구 때린다. 카메라는 그걸 못 본 척 다시 정면으로 방향을 돌린다. 만나는 사람마다 그에게 자석처럼 시선이 달라붙고, 아는 척을 한다. 교내의 인기인임이 한 컷으로도 드러난다.

드르륵- 문이 열리고 창가의 뒷좌석에 주저앉은 듯 고정되는 프레임. 앞자리의 학생이 뒤를 돌아본다.

학생 3: 아스. 큰일 났어. 이따 2교시에 화학 시험공부를 하나도 못 했어.
아스: 네가 늘 그렇지. 진짜 하나도 안 했어? 좀 찍어줘?
학생 3: 제발! 으악, 역시 아스 네가 내 생명줄이다….

그들의 대화를 듣고 여기저기서 학생들이 몰려온다.

학생 4: 아스, 나도!
아스: 그래. 다 모여봐. 책상 붙여서 앉아.

여러 명이 모여 앉은 장면으로 Jump. 모두 초롱초롱 아스를 쳐다보고 있다.

아스: 화학 선생님의 패턴은 늘 비슷해. 첫 번째 문장에 함정을 하나 파두지만, 진짜 힌트는 두 번째 문장에 두지. 그리고 항상 기본 공식을 쓰시는데, 이번 시험 범위에서 나올 법한 기본 공식은….

아스(Nar[12]): 학생들의 패턴은 늘 비슷하다. 시험 직전이 되어서야 조급하게 구는데, 이들에게 호의를 얻기 위한 기본 공식은 시험에 도움을 줄 것. 방식은 너무 만만하게 구는 것보다는 조금 짓궂게 놀리면서 대하는 것이 매력적이라는 인상을 줄 수 있다.

---

12 Nar: 내레이션의 시나리오상 약어

아스: 됐지? 으이그, 미리미리 좀 해라, 이 인간들아.

학생 1: 아스, 넌 진짜 최고야. 다른 반 친구도 너랑 같은 반 됐어야 한다고 얼마나 아쉬워하는데.

아스(Nar): 보다시피, 사람들의 인정과 호의를 얻는 일은 내겐 무척 쉽다.

시나리오의 도입부는 아스 프리데터가 지극히 무감각한 인간이고, 그럼에도 대단한 정보 수집과 분석력을 가지고 그 분석 결과에 충실히 의태(Mimicry)함으로써, 사람들 사이에서 누구보다도 우월하고 매력적인 존재로 인식되는 점을 부각시킨다.

「그리고 그는 헤티 램을 만나지.」

에르히 데버가 연기할 배역, 헤티 램. 그녀는 존재감이 극히 미약하고 평범하기 그지없는 인물. 하지만 아스에게는 누구보다도 그녀가 눈에 잘 들어온다. 그녀가 치는 피아노의 연주법이며 그녀의 행동들이 번번이 자신이 분석한 '인간의 패턴'에서 어긋나기 때문이다. Unanalyzable(분석 불가). 아스 프리데터가 헤티 램을 볼 때마다 느끼는 불합리함이 둘의 관계를 지속시킨다.

「누가 봐도 눈에 띄지 않는 헤티와 누구보다도 매력적인 아스. 이 둘이 곁에 있으면 존재감이 극명하게 차이 날 거야. 딱 에르히가 적격이지 않아? 심지어 에르히는 예전에 피아노를 전공자급으로 배웠었다고.」

「말은 바로 해야지. 헤티 역에 에르히가 적격인 게 아니고 에르히에 맞춰 만든 캐릭터가 헤티인 거잖아.」

「그래서 재미없어?」

재미가 있냐, 없냐. 언제나 결론은 그곳으로 귀착된다. 데렉은 그 말에 끙- 하면서 대답했다.

「뭐가 궁금하긴 하네. 그래서 아스 프리데터의 정체는 뭐야?」

아직 나온 대본은 도입부인 초반 30분뿐이다.

「사이코패스야? 그래서 헤티 램을 죽이나? 양(Lamb)을 죽이는 포식자(Predator)처럼?」

「아니.」

카일러는 의미심장하게 웃었다.

「외계인이야.」

「뭐? SF물이라고?」

「따지자면 그렇긴 하겠지만, 전개되는 사건 자체는 거의 지구에서 벌어질 거야. 마지막에 우주선 내부 신이 들어갈 수 있긴 하겠다.」

「흠. 의태의 습성을 가진 외계인이라…. 스스로는 알고 있어?」

「아니. 자신이 혹시 사이코패스인가 의심하는 정도야. 관객들도 중반까진 그렇게 의심하게 만들 거야.」

「그런데 여기 보면 자꾸 내레이션이 들어가잖아. 이건 왜 이런 식으로 처리한 거야?」

카일러는 유명에게 했던 말을 꺼낸다.

「초반 30분을 주인공 시점 처리할 생각이야.」

「뭐?」

「아스의 시선과 관객의 시선을 일치시켜서 아스의 심리에 함께 몰입할 수 있도록 하려고 했는데… 사실 기획국장이 결사반대하고 있긴 해.」

「……」

「촬영은 감독 권한이라고 극구 우기고 있긴 한데 영 안 먹히네. 30분간 주연배우가 안 나오면 영화를 보다가 극장을 뛰쳐나갈 수도 있다고, 너무 위험하니 섞어서 가자고 계속 압박하는데… 틀린 얘기도 아니긴 해서.」

데렉이 어처구니가 없다는 듯이 반응한다.

「당연하지. 나 같아도 그렇게 얘기하겠어. 우리가 독립영화 찍는 것도 아니고, 심지어 SF 내용이 등장한다면 제작비도 어마어마할 텐데, 아니, 이미 이 캐스팅만으로도 제작비는 역대급을 찍을걸? 그런 무리수를 굳이 둘 이유가 있어?」

「주인공 시점을 꼭 쓰려는 것에는 이유가 있긴 해.」

「뭔데?」

카일러는 배우들에게 후반부에 전개될 내용을 귀띔했다. 모두는 잠시 침묵했다.

「…획기적인 전개네. 그거라면 주인공 시점을 고집하는 이유도 이해가 가긴 해. 그 얘기 제작사에도 해봤어?」

「해봤지. 그래도 너무 모험적이라네. 초반부에 관객을 끌어들이기가 너무 어렵다고.」

한참을 듣고 있던 유명은 무언가를 떠올리고 슬쩍 끼어들었다.

「감독님, 저도 그 시점이 이 영화에 가장 적절한 것 같아요.」

「고마워요. 저도 더 설득해볼 예정입니다.」

「굳이 그럴 필요 없이 두 번 찍어서 이쪽이 맞다는 걸 증명하면 되지 않을까요?」

「두 번요? 단순히 제작사를 설득하기 위해서 두 번 찍는 건 시간과 자원이 너무 낭비될 것 같은데….」

「두 번 찍고, 한쪽의 그림은 미끼로 쓰면 어떨까요?」

「미끼…?」

유명은 자신이 생각하는 전략을 쭈욱 설명했다. 그리고 모두의 턱이 땅에 떨어졌다. 이건 정말 말도 안 되는….

「…30분의 트레일러가 되는 거죠.」

카일러가 곰곰이 생각하더니 고개를 깊이 끄덕였다. 언제나 침착하고 평온하던 그의 얼굴이 살짝 상기되어 있었다.

205

몰이해

크랭크인은 6월의 첫날로 확정되었다. 상당히 급박한 스케줄. 유석의 말에 의하면 TW에서 최대한 빨리 촬영을 시작하길 원했다고 한다.

― 영화사업부는 영화사업부대로 신유명, 데렉, 나탈리의 공동 출연이라는 이슈가 핫할 때 얼른 노를 젓고 싶을 거고, TV사업부는 그쪽대로 영화가 성공해야 〈캐스팅 보트〉 시즌 2를 노려볼 수 있을 테니까요.

유명의 일상에는 별다른 변화가 없었다. 기획사의 연습실에서 제작사가 마련해준 연습실로 연습 장소가 바뀐 것이나, 에르히가 함께 연습하고 카일러가 정기적으로 들러 디렉션을 주고 간다는 것 정도가 바뀐 점이었다. 그리고 첫 모임에서 유명이 제시한 아이디어 이후, 카일러의 질문이 부쩍 많아진 것도 차이라고 할 수 있었다.

「2회 촬영이라면, 유명 씨가 들어간 신을 먼저 찍고 그 동선 그대로 카메라가 따라가면서 찍는 게 좋겠네요.」

「네. 내레이션은 후시로 넣으실 거죠? 세컨샷에서는 제가 프레임 밖에서 대사를 쳐드릴까요?」

「그게 좋겠네요. 꼭 유명 씨가 아니어도 되지만 헤티가 감정을 잡으려면 아스의 목소리가 좋을 테니까요.」

「그렇게 하겠습니다.」

「그리고 제 생각엔 핸드헬드[13]는 조금 난잡할 것 같고, 스테디캠[14]을

---

13 핸드헬드(Handheld): 카메라를 손에 들고 촬영하는 기법으로 현장감을 주기 위해 사용한다.
14 스테디캠(Steady cam): 카메라를 촬영자 몸에 고정시키는 촬영 방법

쓰는 게 좋겠어요. 실제 인간의 시야라면 많이 흔들리겠지만, 아스는 외계인이니까 적당히 깨끗한 무브먼트가 어울릴 것 같군요.」
「그건 동의하는데… 건의할 게 있는데요.」
카일러가 대본에 두고 있던 시선을 들어 올렸다.
「움직일 때의 흔들림 말고 아스가 일부러 취하는 모션들은 카메라 워킹에 반영해주시면 어떨까요?」
「어떤 모션요?」
「고개를 갸웃하거나 살짝 끄덕이는 것 같은 소소한 동작들요.」
「흠…. alter A와 alter B의 일치감을 위해선가요?」
alter(Alternative, 대안) A가 아스가 화면에 등장하는 샷. alter B가 아스의 시선으로 전개되는 샷으로 통칭되고 있다. 물론 그들이 생각하는 메인 샷은 alter B이다. 제작사의 생각은 다르겠지만.
「그런 부분도 있죠. 예리한 팬들이라면 매의 눈으로 그런 유사성을 밝혀낼 테고, 그건 꽤 화제가 될 테니까요.」
유명은 〈려말선초〉의 개봉 이후 화제가 된 '월리를 찾아라'를 카일러에게 설명해주었고, 그는 무척 감탄한 표정을 지었다.
「굉장히 인상적인 에피소드네요. 연습을 그 정도까지….」
카일러는 유명이 말한 이야기를 노트에 적었다.
「어쨌든 그게 주된 이유는 아니구요. 진짜는 '몰입감'이죠.」
「몰입감이라…. 그런 무브먼트들이 몰입에 도움이 될까요?」
「직전의 대사에 힌트를 주려고요.」
「…?」
「목소리에 갸우뚱한 느낌으로 힌트를 준 직후에 카메라가 갸웃하면 관객들이 자신의 시선으로 보는 느낌을 받게 될 거예요. 물론 과하지 않을 정도의 틸팅(Tilting, 기울임)이어야겠죠.」
「…예를 들면요?」

유명은 자신의 대본을 카일러 쪽으로 내밀었다.

「여기 파란색으로 표시된 부분들요. 혹시 적용하시게 되면 촬영감독님과 적절한 움직임 정도를 의논하셔야 할 테니까 카피해가시겠어요?」

전해준 지 얼마 되지 않았는데도 이미 빈틈이 없을 정도로 메모들이 가득한 대본. 특히 파란색 펜으로는 여러 곳의 포인트가 체크되어 있고, 각 포인트마다 아스의 움직임, 그 움직임이 표현하는 생각이나 감정들이 자세히 적혀 있었다.

'벌써 이렇게 준비했다고?'

그때 카일러는 유명이 그저 천재가 아님을 깨달았다.

[조지 하우슬리, 신작 크랭크인. 주연에 오웬 위트필드 확정]

[운명의 라이벌인가. 조지 vs 카일러. 같은 시기에 신작 크랭크인. 상영일도 다시 겹치나?]

「우연히 겹쳤을 뿐입니다. 이미 예전부터 준비하고 캐스팅까지 마쳐 놓은 프로젝트예요. 설마 상영까지 겹치진 않겠죠? 카일러 감독 쪽은 대본도 아직 안 나왔을 텐데, 저희는 바로 촬영을 시작해서 연말이나 내년 초에는 개봉할 계획인걸요.」

데렉은 티브이에서 흘러나오는 조지의 목소리를 들으며 어이없이 웃었다.

「웃기시네. 준비된 프로젝트? 나한테 2주 전에 캐스팅 제안을 했던 사람이.」

「데렉에게 제안이 왔었다구요?」

그는 연습실에 불쑥 나타나더니 고급 도시락을 내밀었다. 잘하는 곳에서 직접 사온 거라는 생색과 함께. 휴게실로 이동해 도시락을 열고 티브이를 켰는데, 조지의 차기작에 관한 뉴스가 나오기 시작한 것이 현재의 상황이었다.

「내가 여기 조연 롤을 맡은 걸 몰랐을 때였죠. 꼭 함께하고 싶다고 여러 번 읍소를 하길래 시커먼 속셈이 뻔히 보여서 거절했더니 오웬을 물었네.」

「시커먼 속셈요? 조지 감독님이요?」

유명이 의아한 듯 물었다. 〈캐스팅 보트〉의 심사위원으로 수 개월간 얼굴을 익혔던 조지는 언제나 너털웃음을 짓는 무골호인 같은 사람이었다. 참가자들 사이에서도 조지에 대한 평판은 무척 좋았다. 할리우드의 이름난 감독이면서도 무명배우들에게도 차별 없이 친절하다고. 그런데 데렉의 뉘앙스를 보면 그게 아니었던 걸까?

「그 인간, 카일러한테 열등감이 있거든.」

「열등감요?」

「둘이 라이벌이니 어쩌니 하는 거, 다 조지가 의도한 거인 거 모르죠?」

「…?」

「6년 전, 카일러가 한참 고생하다가 겨우 첫 작품 찍고 개봉할 시기에 한창 잘나가던 조지의 신작과 같은 날짜에 매치됐어요. 그때 조지 쪽 주연은 리처드 콜맨이었고, 카일러는 마일리 필론이었지.」

당시 리처드 콜맨은 가장 주가 높은 배우 중 하나였고 조지 또한 커리어의 정점을 찍고 있었다. 반면 마일리 필론은 출연작이 몇 개 되지 않고 주연 경험도 없던 신인배우였으며, 카일러도 그때까지 이름 없던 신예감독. 하지만 모두의 예상을 뒤엎고 카일러의 〈필로소피아〉는 박스오피스 1위를 찍었다.

「대단했죠. 마일리 필론은 그 작품 하나로 할리우드에서 손꼽히는 여배우로 급부상했으니까.」

「그 작품은 정말 인상적이었죠.」

「그 이후로 조지 하우슬리는 이상하게 카일러에게 집착하더군요. 신작 동향을 염탐하기도 하고, 캐스팅 내정된 배우를 빼가기도 하고…. 결정적으로 꼭 같은 시기에 맞춰서 개봉을 해요.」

「그런 일이….」

자신의 어깨를 두드리던 조지의 넉넉한 웃음이 떠오른다. 사람을 꽤 많이 봐온 편이라고 생각했는데 인간의 바닥은 알 수가 없다.

「조지 감독님도 충분히 능력 있으신데 왜 굳이….」

「그러게 말입니다. 능력이 없어서 그러는 게 아니라는 점이 재밌죠. 인간은 참 다양해, 그죠? 〈캐스팅 보트〉에서 좋은 배우가 카일러에게 못 가게 하려고 심사위원이 됐다는 초반의 멘트, 다들 농담인 줄 알고 웃고 넘겼잖아요. 그거 진심일걸요?」

조금 소름이 돋는다.

「사실 카일러한텐 말 안 했지만, 〈캐스팅 보트〉에 출연한 이유 중에 그것도 있어요. 나나 나탈리 정도 되니까 조지가 손을 못 썼지, 만만한 인간들이었다면 어떻게든 수작을 부려서 유명 씨 떨구려고 했을걸? 그런다고 떨궈졌을 것 같지는 않지만.」

「카일러 감독님이 불이익 겪을까 봐 심사위원 맡으신 거예요?」

「그 친구 영화 찍어보고 싶어서가 제일 크긴 하고.」

데렉이 씨익 웃어 보였다.

「그럼 데렉에게 제안했다는 건….」

「나와 카일러가 친구인 걸 알면서도 유명-카일러와 같은 시기에 붙어보고 싶지 않냐고 꼬시더라니까. 인간의 욕망을 어찌나 잘 간파하는지 순간 혹할 뻔했죠. 결국 비슷한 놈을 꼬셨네.」

「비슷한 놈? 오웬 위트필드…요?」

자신이 좋아하던 배우, 데렉이 데려갔던 모임에서 제 옆에 앉아서 친절하게 말을 붙이던 매력적인 배우. 그도 조지와 비슷한 인간이라고…?

「비슷하다는 건 취소. 오웬은 그 정도로 치졸하진 않은데, 연기하기 재밌을 작품보다는 잘 팔릴 것 같은 작품을 고르는 녀석이라…. 작품 욕심보다 흥행 욕심이 크다는 점에서 공통점이 있다는 뜻입니다.」

「흠….」

「어쨌든 그 둘이 손잡았다면 만만한 상대는 아닐 겁니다. 오웬이야 워낙 대중적인 인기가 높은 배우고, 조지도 안목이 꽤 있는 감독이니까. 아마 이를 갈고 물어뜯으려고 할 거예요.」

데렉이 넌지시 겁을 주자 유명이 싱긋 웃으며 답한다.

「뭐, 만만한 상대가 아니기는 '우리'도 마찬가지지 않나요?」

그 말에 데렉은 크게 웃음을 터뜨렸다. 그와 자신을 '우리'로 묶는 할리우드 신성의 패기가 썩 마음에 드는 듯했다.

딸깍- 유명은 설레는 마음으로 이메일을 클릭했다. 〈Mimicry〉의 완성 대본이 도착했다. 카일러 왈, 배우들의 연기에 따라 충분히 바뀔 수 있는 대본이라고는 하지만 어쨌든 이것이 이 영화의 시작점이 될 것이다. 위잉위잉- 금세 프린터기에서 따끈한 종이들이 인쇄되어 나온다.

'뒤는 어떻게 되었을까?'

이미 시작된 하나의 이야기의 끝을 보는 것은 언제나 가슴 설레는 일이다. 유명은 지난번에 보았던 초반부를 다시 한번 꼼꼼하게 읽었다.

아스: 너, 피아노 치는 법이 굉장히 독특하구나?

헤티: (자신도 모르게 몸이 떨린다) 안녕? 어… 나 왜 이러지.

아스: 괜찮아? 어디 아픈 건 아니고? 난 아스 프리데터라고 해.

헤티: 알아. 우리 학교에서 너를 모르는 사람이 있을까.

이어지는 중반부.

헤티: 만든 표정 집어치우고 진짜를 보여줘.

아스의 미소가 걷히고 무표정이 드러난다. 주변을 압도하는 분위기에 자신도 모르게 몸을 떠는 헤티.

아스: 나 이제… 나가라고 할 거야?
헤티: …아니. 나는 너를 사랑하니까. 하지만 설명을 원해.

아스: 누나, 그런데 정신과 의사니 한번 물어보자. 그녀는 어떻게… 그럴 수 있는 거지? 인정받을 가능성이 전혀 없는데도 포기하지 않고, 매일 조금이라도 나아지면 된다며 피아노를 쳐. 이런 나를 보고서도 사랑하니까 받아들일 거라고 말해. 나는 사람들을 분석하면서 이해해왔지만, 항상 그녀는 표본에서 떨어진 값을 가져. 어떻게 그게 가능해?

아스: 내 근처에 있으면 안 돼…. 그녀가 위험해.

헤티: 너는 원래 나를 사랑한 적이 없잖아.

그리고 마지막. 아스의 독백.

아스: 그녀는 처음에는 표본 오차일 뿐이었다. 툭- 하고 튀어나와 있어서 눈에 쉽게 들어오는 조금 이상한 값. 하지만 그 '다름'이 많은 손해를 감수한다는 것을, 스스로의 편안함에 귀 기울이지 않는다는 것을,

올곧게 흔들리지 않는다는 것을 깨닫게 되면서부터 그전에는 내게 없었던 어떤 감정이 생겨나기 시작했다. 나는 그녀가 변하지 않기를 바랐고, 그걸 위해선 내가 희생해도 좋다고 생각했다.

유명의 눈에서 투명한 무언가가 툭- 떨어졌다. 그 눈물은 좋은 작품에 대한 감동보다는 조금 더 깊은 곳에서 우러나왔다.
'미호….'
카일러에게는 자신의 본질이 정말로 눈에 보였던 것일까. 그래, 자신의 본질에 관해 이야기한다면 어떻게 미호가 빠질 수 있겠는가. 1막만 보았을 때는 설마 했었다. 하지만 완결고를 받아보고 나니 확신하게 되었다. 아스와 헤티의 관계는 미호와 자신의 관계를 대변하고 있음을.
선계의 횡포를 미호가 몸을 던져 막아주었던 날 밤, 미호는 아무렇지도 않게 자신의 희생을 말했다. 그가 잃은 것은 어쩔 수 없는 것으로 치부하고, 유명을 위해서 필요한 도움을 자처하기까지 했다.
아스에게 인간이 헤티로 인해 의미를 갖게 된 것처럼 미호도 자신을 대하는 태도가 점점 달라져 왔다. 흥미가 관심으로, 관심이 응원으로. 언젠가부터 미호는 유명에게 가족이자 벗, 그리고 최고의 스승이 되어 있는 것이다.
'미호도… 이런 마음이었을까?'
대본에 있는 대사 한 줄 한 줄을 다시 음미해나간다. 카일러가 과거의 자신과 미호를 함께 느껴서 이런 대본을 쓴 것이라면, 대사를 외우고 연습을 거듭하고 실제 촬영장에서 연기하게 되는 순간, 자신은 미호의 마음을 조금이라도 더 이해하게 될까?
'그걸 위해서는….'

[몰이해]. 유명은 대본의 가장 뒷면에 하나의 단어를 썼다. 이해를 위해선 몰이해가 전제되어야 한다. 인간을 이해할 수 없는 기분, 그 기분을 이해하는 것을 유명은 첫 과제로 삼았다.

206

전형적인 표정

대본이 나온 다음 날, 카일러는 나탈리를 만났다.

「저는 아스의 누나 역할인가요?」

「맞아요, 나탈리, 당신은 아주 어릴 때부터 동생이 뭔가 다르다는 걸 알고 있었죠.」

나탈리의 배역은 올리비아 프리데터. 아스의 누나이자 그의 오랜 조력자. 아스의 부모는 두 번째 입양아(아스)를 들이고 단 며칠 만에 이 아이가 무척 이상하다는 것을 깨닫는다. 제대로 웃지도 않고 울지도 않으며 세상을 다 집어삼킬 것처럼 빤하게 응시만 하고 있는 아이. 부모는 그 아이가 소름끼쳤다. 파양을 하려고 하던 차에 당시 이미 10살이었던 첫 번째 입양아(올리비아)가 죽을힘을 다해 동생을 보호한다. 자신이 동생을 돌보겠다고 주장하면서.

「아스가 그때 의태하지 못했던 건 너무 어려서였을까요?」

「그보다는 의태하기에 충분한 데이터가 없어서였다고 봐야겠죠. 다른 아이들을 만나기 시작하면서부터 그는 아주 정상적으로 바뀌었어요. 하지만 부모는 여전히 아들을 꺼림칙해하고, 누나는 아스가 의태하고 있다는 사실을 들키지 않도록 조력하죠.」

이런 과거사는 화면에 일일이 담기지 않는다. 하지만 주요한 배역들의 과거사는 당연히 감독의 머릿속에 있고, 그것을 알면 미묘하게 심도 높은 연기가 가능해진다. 나탈리는 계속 메모해가며 물었다.

「올리비아는 아스가 외계인인 것을 알고 있나요?」

「아니요. '뭔가 보통 사람들과 다르다'라는 것만 알고 있고, 그걸 정신적인 문제라고 생각하죠. 그녀는 아스를 보호하기 위해 그의 비정상적인 부분을 어떻게든 숨기려고 해요.」

그녀가 펜으로 관자놀이를 톡톡 두들긴다. 아스에게 인간이란 헤티와 非헤티, 두 종류뿐이다. 그리고 올리비아는 아스에게 흘려 있는 많은 사람들 중에서도 가장 그를 사랑하며, 가장 그 사랑을 보답받지 못하는 존재.

「가장 인간다운 인간.」

「그래요.」

「관객의 시선에서 그녀의 인간적임이 아름답지 않게 보여야 하겠군요.」

「헤티와 반대되는 존재죠. 하지만 저는 그런 인간다운 모습들에도 나름의 미학이 있다고 생각합니다.」

「제가 잘해야겠네요.」

「연기력이 부족한 배우에겐 맡길 수 없는 역할이죠.」

나탈리가 고개를 끄덕였다. 그렇게 배역 회의가 끝나고 자리를 정리하는 그녀에게 카일러가 슬쩍 묻는다.

「나탈리는 신유명 씨 꽤 오래 봤죠?」

「그렇죠. 예선 때부터 제가 심사를 봤으니까요.」

「유명 씨가 연출적인 제안을 한 부분이 있어서 참고를 위해 대본을 카피했거든요. 그런데… 일단 대본 상태가 좀 놀라웠고-」

카일러가 가지고 있던 카피본을 스윽- 밀어놓는다. 나탈리가 그것을 넘겨보더니 혀를 내두른다.

「알고는 있었지만 진짜 어마어마한 연습벌레네요. 캐릭터 분석에 연출 아이디어에…. 빈칸이 없네. 즉흥연기도 잘해서 굳이 이렇게까지 할 필요 없을 텐데….」

「저는 반대로, 즉흥연기도 그렇게 잘하는데 이렇게까지 준비하면 얼마나 잘할까, 라는 생각을 했죠.」

나탈리가 고개를 끄덕인다.

「그러게요. 생각해보니 그가 진득하게 준비한 배역을 보는 것은 이번이 처음이군요. 거기서 더 잘하는 게 가능할까요?」

「두고 봐야죠. 그런데 제가 궁금한 건 사실 이 멘트인데요.」

도입부의 마지막 장. 대사들이 자리하고 남은 여백에는 다른 곳과 다름없이 빼곡한 메모로 채워져 있었지만, 카일러가 짚은 곳을 자세히 들여다보니 거의 초반에 쓴 것인 듯 다른 필기들 아래 옅게 흔적처럼 자리하는 문장이 눈에 들어왔다.

[Typical expression needed! (전형적인 표정이 요구됨)]

「이게… 무슨 의미일까요? 전형적인 표정?」

「그러게요. 전형적인 연기를 하는 사람이 아닌데….」

두 사람은 답을 내지 못하고 눈을 마주 보았다.

유명이 연습실에 도착했을 때 작은 피아노 소리가 들렸다. Ding-dang- 한 곡이 끝나기까지 유명은 눈을 감고 벽에 기대어 피아노 소리에 집중했다. 음악은 자신의 존재를 실어 밀어 보내는 것이라고 하던가. 그래서인지 에르히의 연주는 그녀 자신만큼이나 존재감이 부족했다 하지만 꺼질 듯 꼬리를 감추려는 멜로디의 뒤를 집중해서 쫓아가다 보면 살짝 전율이 인다. 잘 들리지 않지만 '애써 들어보면' 무척 아름다운 소리.

딸랑- 곡이 끝난 후에야 유명은 문을 열고 연습실에 들어갔다. 커다란 창문을 등지고 있는 피아노에서 '헤티'가 고개를 들었고 둘의 눈이 마주친다.

'헤티, 라고 느꼈어….'

「언제 왔어요? 들어오지 그랬어요.」

「노랫소리가 좋아서요. 잘 치네요. 전공자였다고 했나요?」

「옛날에요.」

그녀가 웃으며 대답했다.

「저는 어릴 때부터 조용하고 눈에 안 띄는 아이였거든요. 그래서 연기를 하고 싶었지만 나와 어울리지 않는다고 생각했죠. 그럼에도 자신을 표현하고픈 욕심을 버리지 못해서 피아노를 배우기 시작했어요. 초보일 땐 몰랐죠. 음악 역시 매력적인 사람이 쳐야만 귀를 잡아둘 수 있다는 것을.」

눈을 잡아두는 것과 귀를 잡아두는 것. 둘 다 어려운 일인 것은 마찬가지다. 그녀 자신을 '매력 없는' 사람으로 치부하는 것이 안쓰러웠지만 유명은 그 부분은 넘기고 다른 것을 물었다.

「그럼 다시 연기를 시작한 건 왜…?」

「5년 전쯤 심하게 아팠거든요. 살아날 확률이 희박했대요.」

「…지금은 괜찮아요?」

「네. 그때 죽다 살아보니까, 어차피 피아노로도 딱히 성공할 거 같지 않은데 하고 싶은 걸 하면서 살자 싶어서요.」

에르히의 화법은 무척 담담하다. 내성적으로 보이지만 의외로 무언가를 말할 때 거침이 없다. 처음 만났을 때도 먼저 훅 치고 들어왔었지. 유명은 원생에서 사람들이 자신을 일컬어 '내성적'이라고 평하던 것이 떠올랐다. 사실 자신의 성격은 원생과 현생에서 달라진 부분이 없는데도. 그렇다면 에르히의 성격도 낮은 존재감 때문에 왜곡되어 보이는 것일지도 모른다.

'여러모로 나랑 참 비슷하네….'
「그래도 작품에서 쓰이다니…. 피아노를 배워둬서 정말 다행이에요.」
「같이 쳐볼까요?」
「피아노도 칠 줄 알아요?」
「한국에선 어릴 때 피아노 학원과 태권도 학원이 기본이거든요. 거의 잊었지만 하나는 기억나요. 〈Flohwalzer〉 어때요?」
〈Flohwalzer〉. 벼룩의 왈츠. 한국에선 고양이 춤 혹은 고양이 왈츠라고 알려진 곡이다. 에르히가 피아노 의자의 절반을 내어주었고, 연주를 시작하기 전에 유명이 한 가지를 덧붙였다.
「저는 아스처럼, 에르히는 헤티처럼 쳐볼까요?」
에르히는 그 주문에 골똘히 생각하다 고개를 살짝 끄덕인다. 그리고 둘의 연주가 시작되었다.

— *미b레b(솔b)솔b솔b, 미b레b(솔b)솔b솔b, 미b레b(솔b)솔b(미b)솔b(레b)파파-*

— *미b레도#레미b레도#, 시b라솔#라시b라솔#-*

에르히의 메인 선율은 변칙적인 고양이처럼 박자를 어기며 제멋대로 건반을 뛰어놀고, 정박을 지키는 아스의 반주는 쿵쾅쿵쾅 몸집을 불리며 잡아먹을 듯 고양이를 쫓아간다. 처음엔 불협화음 같던 선율이 점차 서로를 의식하며 맞추어져서….

— *미b레b(레b)파파, 미b레b(레b)파파, 미b레b(레b)파(미b)파(솔b)솔b솔b-*

— *솔#시도#, 솔#시도#, 솔#시도#레#파#파파#-*

끝날 무렵이 되자 고양이는 커다란 짐승의 품에 안겨 갸르릉대며 잠이 들었다. 곡이 끝난 후, 둘은 서로를 한참이나 물끄러미 바라보았다. 이것이 그들의 아스와 헤티였다.

첫 촬영 당일. 유명이 도착한 촬영장에는 복도와 교실, 음악실 등이 구현된 커다란 세트장이 지어져 있었다.

"이걸 3주 만에 지었다구요?"

"어차피 가벽을 치고 외장만 그럴싸하게 만든 거겠지만, 그래도 대단하네요. 미국도 돈이면 안 되는 게 없는 건 한국과 다를 바 없나 봐요."

첫날이라 유명을 따라온 유석은 여기저기에 인사를 돌렸고, 유명은 바로 의상과 분장을 위해 촬영 본부 건물로 향했다. 의상팀이 준비한 초반 30분의 의상은 줄무늬가 들어간 옥스퍼드 셔츠에 카키색 타이와 같은 색깔의 바지, 케이블 니트 스웨터[15]와 시어서커 소재의 정장 재킷이었다. 전형적인 미국 사립고등학교의 교복 디자인이다.

「와! 정말 잘 어울리네요-」

「그래요? 교복을 입기엔 나이가 좀 많은데….」

「전혀, 전혀요! 원래도 동양인들은 좀 어려 보이는 데다 유명 씨는 피부가 좋아서 더 어려 보여요. 교복이 전혀 어색하지 않아요.」

며칠 전 유명은 염색을 했다. 금갈색의 머리를 세련되게 스타일링하고 거기에 교복을 갖추어 입자 그림으로 그린 듯한 프레피룩이 완성되었다.

'교복은 정말 오랜만이네.'

유명은 어색한 기분을 참고 팔다리를 움직여보았다. 거울에 비친 자신을 보며 금갈색 머리와 검은 눈이 그리는 한 인격에 몰입한다.

'아스 프리데터.'

아스라는 배역은 유명이 여태까지 맡았던 어떤 배역보다도 어려웠다. 유명은 평생을, 아니 두 번에 걸친 생을 '타인을 이해하고 공감하기 위해' 살아왔다. 원래 배우라는 일은 나의 존재를 잠시 지우고 타인의 생각과 감정에 동화하는 일이었고, 그건 유명이 몹시 좋아하고 잘하는 일

---

15 케이블 니트 스웨터: 새끼줄 모양의 꼬임이 있는 스웨터

이기도 했다. 하지만….

'아스는 달라.'

익숙하고 잘하는 일을 일부러 하지 않아야 한다. 타인의 감정에 공감할 줄 모르는 사이코패스 역할도 안 해본 것은 아니었지만, 그보다 더욱 근본적으로 인간 자체를 이해하지 못하는 '다른 존재'의 감정. 하지만 그는 '의태'에 능하기에 다른 인간들과 같은 표정, 혹은 더 자연스러운 표정을 짓는다.

보는 사람들이 머리로는 누구보다도 자연스러운 인간이라고 받아들이면서도 마음으로는 이유 모를 한 가닥 불안함을 느끼게 하려면… 어떻게 연기해야 할까.

분장까지 마친 유명은 세트에 들어섰다.

「오늘은 첫날이라 신 1, 2 촬영만 하려고 합니다. 모두 신유명 씨 단독 신들이에요.」

「네, 감독님.」

촬영장은 감독의 성향을 닮는다고 하던가. 스태프들이 많은데도 전반적인 분위기는 차분한 편이다.

「자, 그럼 신 1 스탠바이 할게요~」

촬영이 시작되었다.

신 1. 복도를 걸어가는 아스. 촬영은 alter A와 alter B로 두 번에 걸쳐 진행된다.

「여기서 저기 마킹된 선까지 걸으시면 됩니다.」

「네!」

복도 군데군데 엑스트라들이 배치된다. 같은 디자인의 교복을 입은 남학생과 여학생들은 제각기 액팅디렉터에게 동선과 짧은 대사를 부여받는다.

「액션.」

감독의 지시로 촬영장은 순식간에 정적에 잠기고, 카메라에 REC 확인등이 붉게 켜졌다. 메인 카메라는 세트 바깥에 깔린 레일을 따라 아스의 옆모습을 따라간다. 두 대는 오픈된 스튜디오의 양쪽에서 교차로 복도를 찍고 있다. 한 대는 아스의 얼굴이, 한 대는 그를 마주 보는 학생들의 얼굴이 보인다. 그리고 보조 카메라가 아스의 바로 등 뒤를 쫓아간다.

터벅- 터벅- 이어폰 한쪽을 꽂고 한쪽을 어깨에 떨군 채로 복도를 걷는 아스의 동작이 묘하게 경쾌하다. 우월한 인간들에게 특징적으로 볼 수 있는 시원한 몸놀림. 잡스러운 동작이 배제되어 깨끗한 움직임은 다른 사람과 비슷하면서도 묘하게 달라서 걷는 것만으로도 시선을 끈다.

「아스, 이따 농구 한 게임 어때?」

한 엑스트라의 말에 그의 얼굴이 옆으로 조금 더 돌아가 정면을 보였다. 그리고 입꼬리가 산뜻하게 올라간다.

「좋아!」

카일러는 그 순간, 자신도 모르게 발끝을 꼼지락거렸다. 무척 매력적이다.

'그런데 뭘까? 이 기시감은….'

그는 다시 허밍을 흥얼거리며 앞으로 걸어간다.

「안녕 아스. 주말에 내 생일파티가 있는데, 와줄래?」

「최대한 시간 내볼게~」

'블러싱[16] 처리할 필요는 없겠네….'

엑스트라 여학생의 얼굴이 진심으로 붉어진 것을 확인하고 유명의 얼굴로 다시 시선을 돌린 카일러는 한쪽 입술을 살짝 올려 보이며 매력적으로 웃는 그의 표정을 본다.

---

16 블러싱(Blushing): 볼을 붉히는

'아니, 저 표정은…!'

카일러는 '전형적인 표정이 요구됨'이라는 문장의 뜻을 깨달았다.

지금 아스의 표정은 마치 '사람들이 매력적이라고 느끼는 표정'들을 모두 더해서 평균을 낸 것처럼, 어딘가에서 본 듯한 전형적인 표정이었다.

207

티저 하나 찍읍시다

「'의태'니까요.」

유명은 그렇게 설명했다. 어느새 그와 감독이 대화하는 주변에는 여러 스태프들을 비롯하여 오늘 촬영이 없지만 구경 온 에르히와 나탈리까지 서 있었다.

「'의태'이니까 '전형성'을 띠는 게 당연하다?」

「네. 아스는 수많은 인간들을 보면서 그들의 표정을 분석해왔을 거예요. 데이터 샘플이 적었던 초반에는 표정이 제각각이었겠죠. 하지만 데이터가 점점 쌓이면서 '자연스러운 표정'을 짓게 되고, 나아가서 '인간 대부분이 선호하는' 표정으로 발전했을 거잖아요?」

카일러는 고개를 깊이 끄덕였다. 거기까지는 자신도 생각했던 부분이었다.

「테크니컬하게 봤을 때 인간 대부분이 공통되게 매력적으로 느끼는 표정이라는 것은, 당연히 여러 사람의 머릿속에 이미 존재하는 '교집합적인 부분'에 있을 거예요. 다급한 상황에서도 흔들리지 않는 우아한 몸가짐, 생각에 잠길 때 살짝 내려뜨는 눈매, 그런 것들이겠죠.」

그러한 '호(好)'의 영역에 있는 표정들을 집대성한 것이 아스라는 존재. 그러므로 아스의 표정은 전형성을 띤다. 머릿속에만 떠올려본 것이 아니라 실제로 수십 수백 번 다양한 표정을 지어보며 연습한, '배우'이기에 내릴 수 있었던 결론.

카일러는 자신이 만들어낸 세계가 자신의 관념을 벗어나 세상 밖으로 튀어나오는 짜릿함에 살짝 몸을 떨었다.

「혹시 마음에 안 드시나요?」

「아니요. 기시감이 드는 표정인데도 확실히 매력적이고 눈을 뗄 수가 없네요. 뇌는 반복 학습된 것에 자동으로 반응한다는 거겠죠. 아주… 좋습니다.」

'그래서 전형적인 연기가 필요하다고 했구나. 하지만 말이 쉽지, 대본의 모든 상황에서 가장 전형적일 만한 표정을 연구하고 익히는 것에는 얼마나 큰 노력이 필요할까.'

카일러뿐만 아니라 주변의 다른 배우들, 특히 연기 경력이 오래된 나탈리는 유명의 말에 더욱 경악한 눈치였다. 그뿐만 아니었다. 여기에도 생각에 빠진 한 인물, 아니 한 귀물(鬼物)이 있었다.

'혹시, 여태까지 내가 해온 연기는 의태의 영역이었을까…?'

연기. 타인이 되어보이는 것을 업으로 하는 일. 인세에만 존재하는 이 이상한 일에 이유도 모르게 마음이 이끌린 혜호는 연귀를 귀업으로 택했다. 그리고 그는 다른 연귀들처럼 잔존생기를 먹는 것에 만족하지 않고, 다양한 연기를 찾아보고 수많은 연습을 해보았다. 기회를 만들어 실제로 연기해볼 때마다 그는 인간의 경지로는 닿지 못할 연기를 선보여 왔지만….

'진정 인간의 마음을 이해하고 연기한 것이었나…?'

인간은 흥미로운 존재였지만, 그 자체에 의미를 두어본 적은 없었다.

하지만 유명을 만나고 그와 수년을 함께해오면서 미호의 마음에는 조금씩 예전에 알지 못했던 인간다운 감정들이 싹트고 있었다.

인간답다. 그것은 말하자면 무척 귀(鬼)답지 않은 것이었다.

신 1의 촬영이 이어졌다. 아스 프리데터라는 존재의 매력은 무척이나 강렬했다. 시원스런 인상의 고등학생. 주변을 사로잡는 장악력에는 아직 학생인데도 남자의 매력이 물씬 풍겼고, 빤히 눈을 마주치다가 씨익 올라가는 입꼬리는 얄밉도록 가슴을 두근거리게 했다. 그리고 모두는 인정할 수밖에 없었다.

'전형적이고 나발이고 젠장, 멋있다고…!'

가장 잘 먹히는 표정을 따온 거라는 설명을 듣고 일부러 넘어가지 않으려고 눈에 힘을 줘보았는데도… 어쩔 수 없다. 연애를 잘하는 사람들을 보면 매번 비슷한 수작을 부리지만, 상대는 이놈이 수작을 부리고 있다는 것을 빤히 알면서도 덜컥 넘어가듯이 말이다.

'저런 캐릭터를 화면에 안 내보내겠다고…?'

촬영감독은 그건 안 될 말이라고 생각하며 고개를 저었다. 완결고를 보고서 감독의 메시지적인 연출을 응원하던 마음은 지금 눈앞의 연기를 보고 산산조각이 나버렸다. 아주 쉽게 보는 사람의 마음을 사로잡는 매력. 이 화면을 트레일러에만 쓰기엔 너무 아깝지 않은가.

「alter B 촬영 시작합니다.」

유명이 촬영장에서 완전히 빠지고, 감독과 촬감은 한참 모니터를 들여다보며 스토리보드를 체크했다.

'진짜 체크해줬던 그대로 연기했네.'

유명이 카메라 워킹에 반영해달라고 했던 모션들이 한 치의 오차도 없이 정확한 타이밍에 이루어진 것을 확인할 수 있었다. 감독과 촬감은 그 부분들의 시간을 1/10초 단위로 기록한 후, 거기에 맞춰 세밀하게 alter B를 촬영했다.

「신 1 촬영 끝. 수고하셨습니다! 바로 크로마키 스튜디오로 이동합니다.」

크로마키. 대상물을 푸른색이나 녹색 배경에서 촬영한 후, 인물을 분리하여 다른 배경에 합성하는 특수촬영이다. 유명도 예전 크루드 광고 촬영에서 사무실 벽을 뚫고 나간 이후의 배경을 합성하기 위해 이 방식의 촬영을 해본 적이 있다.

크로마키 스튜디오는 바닥부터 천정까지 모든 면이 녹색으로 덮인 직사각형의 커다란 방이었다. 먼저 도착해 있던 다른 파트의 스태프들이 이미 카메라를 배치하고 조명을 설치해놓았다. 중간중간에 놓인 조명 스탠드와 장비들에는 녹색 천을 꼼꼼히 발라 화면에 걸리는 부분이 없게 만들어두었다.

「신 2는 아스의 '무감정한 면모'가 처음으로 드러나는 파트입니다.」

카일러가 디렉팅을 한다. 이미 알고 있는 사실을 다시 설명하는 것은 어떤 부분에 집중해서 연기해야 할지를 알려주는 의미이다.

평온한 소도시. 학교를 마친 아스는 귀에 이어폰을 꽂은 채로 둑방길 위를 걸어간다. 한쪽은 숲이 펼쳐지고 반대쪽은 강이 흐르는 길 위에서 그는 두 가지의 생명체를 마주하게 된다. 하나는 풍뎅이, 하나는 귀여운 강아지.

「혼자 있는 상황입니다. 의태하지 않을 때 드러나는 아스의 진면모를 맛보여주세요.」

「네, 알겠습니다.」

유명은 시작점에 섰다. 세로가 긴 스튜디오를 따라 카메라 레일이 설치되어 있다. '두 번 걷기'를 했을 때와 같다. 자신을 벗고 아스 프리데터라는 인물이 되어 처음으로 그의 '본질'을 보여주는 걷기. 유명은 어느 지점에서 벌레를 만나고 어느 지점에서 동물을 만날 것인지를 결정하고, 머릿속에 정교한 그림을 그린다.

평온한 자연 속을 걷고 있는 아스. 그는 다른 인간이 없는 것을 확인하고 잠시 보호색을 거둘 것이다. 쏴아아- 유명은 강에서 불어와 숲을 스치는 바람을 느끼며 감은 눈을 떴다.

하나, 둘, 세 걸음 만에 아스의 얼굴에 떠올라 있던 인간다운 표정이 지워졌다. 떠오른 것은 '흥미' 외의 다른 모든 감정이 배제된 기묘한 표정.
'판도라의 무표정과는 달라…!'
판도라는 아예 감정을 배운 일이 없는 존재의 백지같이 새하얀 표정이었다면, 지금은 종이가 아니라 아예 소재가 다른 어떤 물질이 된 것처럼 위화감이 든다. 그 표정을 유지한 채로 그는 걸었다. 흩뿌리고 있던 매력을 거두어들이고 의도된 경쾌함을 지운 발걸음이 쿵쿵, 바닥에 무겁게 내리박혔다. 그럼에도 존재감은 더욱 밀도를 높여서 넓지 않은 스튜디오 안은 알 수 없는 긴장감으로 팽팽해졌다.
'하아…'
카일러가 침을 꿀꺽 삼켰다. 정돈되어 있었던 그의 존재감이 풀려나와 날뛴다. 금방 인간의 거죽을 벗고 무언가가 나타날 듯이, 저 존재의 깊이가 가늠되지 않는다. 이게 정말 연기일까?
그렇게 3분의 1 정도를 걸어온 아스의 시선에 무엇 하나가 걸렸다. 손바닥의 절반 정도 크기의 풍뎅이가 딱 그가 다다음 발자국을 내디딜 위치에 있다. 보통의 인간이라면 눈에 들어온 벌레를 밟지 않기 위해 돌아간다. 그건 생명을 귀하게 여기는 자의 연민일지도 모르고, 그저 학습된 죄책감일지도, 혹은 밟은 후의 촉감이 찝찝하다는 단순한 이유일 수도 있다. 아니, 스트레스가 많은 인간이라면 일부러 짓이기고 지나갈지도 모른다. 무력한 작은 존재를 짓밟는 것으로 스트레스를 풀기 위해. 하지만 아스가 벌레를 밟고 지나간 것은 그런 이유가 아니었다.

'피할 이유가 없어서.'

그냥 벌레가 그 자리에 있었기 때문이고, 그의 마음에 인간다운 감정이 없었기 때문이었다.

콰직- 쩌억-

크로마키 촬영장. 풍뎅이는 CG로 삽입될 예정. 그런데도 시선만으로, 살짝 발이 걸리적거리는 움직임만으로 어느 타이밍에 밟은 것인지를 알 수 있다. 풍뎅이가 밟아서 뭉개지는 소리와 바닥에 붙은 곤충의 점액질이 신발 밑창에 달라붙어 쩌억- 하고 떨어지는 소리까지 귀에 들린 것 같아, 보는 사람들은 자신도 모르게 미간을 찌푸렸다. 하지만 그는 아무런 표정변화 없이 다시 길을 걷는다. 관객들의 팔뚝에 오소소 돋은 소름이 가라앉을 무렵에 아스의 시선이 다시 한번 고정되었다. 그것이 무엇인지는 다들 대본으로 잘 알고 있다.

강아지. 축 늘어진 눈이 귀여운 강아지가 머릿속에 떠오른다. 아스와 눈이 마주친 후, 이상할 정도로 달달 떨며 얼어붙은 강아지. 이것 역시 둑방길 한가운데 그가 걷는 동선상에 있다. 터벅- 터벅- 사람들이 모두 긴장한다. 벌레와 개는 같은 생명이라 한들 인간에게 받아들여지는 무게가 완전히 다르다.

그러나 아스는 그런 인간의 도덕 기준을 공감하지 못한다.

'설마….'

퍼억- 아무런 악의 없이 그는 걷던 속도 그대로 강아지를 걷어차서 날려버린다. 길을 걷다 발에 채는 돌멩이를 툭- 차서 날려버리듯이 장애물을 제거하는 정도의 느낌으로.

다시 길을 걷던 아스는 스튜디오의 마지막 파트에 가서 다시 표정을 걸쳐 입는다. 사람을 만날 때는 발가벗고 있을 순 없으니 옷을 입어야 한다는 지극히 당연한 명제를 실천하듯이. 그리고 발뒤꿈치를 들어 신발 밑창을 힐끗 확인했다.

「엄마가 보면 또 싫어하겠네. 수돗가에서 씻고 들어가야겠다.」
다시 경쾌한 아스의 말투였다.

모두가 한참 말이 없었다. 신 1에서 아스의 매력에 다들 홀렸을 때와 완전히 상반되는 경악의 침묵이었다.
「너무 과한가요?」
유명이 멋쩍게 웃으며 침묵을 깨뜨렸다.
「아니요…. 생각 이상의 아스라서….」
카일러가 소름 끼치는 느낌을 아직 지우지 못한 채 대답했다.
「사실 대본을 쓰면서 이게 맞는 건지 여러 번 의심했었어요. 제가 느꼈던 신유명 씨의 첫인상과 대화해보았을 때의 성품이 매치가 안 되는 부분들이 있어서. 전해져오는 느낌에 비해 실제 신유명 씨는 너무 '인간적인' 사람이라 이런 비인간적인 캐릭터가 맞을지 고민이 많았는데….」
카일러는 자기도 모르게 속내를 털어놓았다. 그에게서 느껴지는 두 가지의 기운. 신유명이란 배우는 그 두 가지를 조화롭게 활용하고 있었지만, 그걸 단일캐릭터화시킨다는 것은 너무 어려운 일이었다. 그래서 그는 두 기운에 각각의 캐릭터를 부여했다. 약하고 인간적인 쪽을 에르히의 특질과 섞어 헤티라는 캐릭터를 조형했고, 반대쪽의, 뭔가 인간의 경지를 넘어선 듯한 쪽이 아스의 캐릭터가 되었다.
그러면서도 유명과 이야기를 나눠보면 너무 인간적이고 배려심 넘치는 사람이어서 '배우에 맞춘 대본'을 쓴다는 자신의 철학을 제대로 반영하고 있는 것인지 의심하고 또 의심했다
「정말 아스네요. 생각한 그대로, 아니, 그 이상으로… 제대로 본 게 맞았나 봐요.」
홀린 듯 늘어놓는 카일러의 말에 유명이 슬쩍 웃음을 짓는다.

「그런데 음… 유명 씨 말대로이긴 하네요. 너무 아스가 잘 표현돼서 자칫하면 영화 초반에 후반 내용이 스포일러될 수도 있겠어요.」

대사도 소품도 아닌, 연기하는 배우의 기세만으로 뒤의 내용이 스포일러 될 수 있다니, 이게 말이 되는 이야기일까. 하지만 카일러는 그런 걱정을 하지 않을 수 없었다. 관객이 아스가 인간이 아니라는 것을 초반부터 알아차릴까 봐.

「그게 좀 걱정됐어요. 일단 맥시멈으로 해봤는데 조절해서 한 번 더 가볼게요.」

「네. 해봅시다.」

유명이 조금 기세를 누르고 다시 연기한 아스는 원래 카일러가 생각하고 있던 아스가 맞았다.

「앞의 그림이 아깝긴 하네요….」

한참을 고민하던 카일러가 딱- 하고 손가락을 튕겼다.

「방금의 유명 씨를 보고, 좋은 아이디어가 하나 떠올랐어요.」

그는 영감이 훅- 하고 달아오른 예술가의 얼굴로 말했다.

「티저 하나 찍읍시다.」

「…티저요?」

208

기존에 없었던 데이터

「네. 티저요.」

동물은 아스를 두려워한다. 아스의 이질감, 지나치게 강렬하고 무자비한 존재감에 동물들은 본능적으로 두려움을 느낀다. 그건 그들이 인간보다 약한 존재라 보호본능이 더 강렬해서일까. 혹은 매혹당해 두려움조차 잊은 인간만이 어리석은 것일지도.

「인간은 아스에게 매혹당하지만 동물은 그를 두려워한다는 것은 아스가 비인간적인 존재라는 뉘앙스를 주는 중요한 복선 중 하나죠. 그 느낌을 아까처럼 살려서 티저를 찍어봤으면 합니다.」

「하지만 티저라면… 오히려 더 스포일러가 될 위험성이 있는 것 아닌가요?」

당연한 의문이었다. 아스의 강렬한 포스를 보고 관객이 인외의 존재임을 감지할까 봐 일부러 힘을 빼고 재촬영을 했다. 그런데 그 모습을 영화관에 들어서기도 전인 티저 단계에서 공개한다…?

「이걸 떠올린 건 지난번 유명 씨가 제안했던 '30분의 트레일러' 때문입니다.」

영화 길이의 4분의 1을 차지하는 트레일러. 말도 안 되지만 그의 연기력이라면 가능할지도 모른다는 기대로 채택하게 되었던 발상. 이번 티저도 마찬가지다. 그의 연기력이라면…!

「제가 생각하는 건, '사전 티저'가 아니고 '사후 티저'입니다.」

티저(Teaser). 영화의 장면을 조금만 보여주는 것으로 관객의 호기심을 자극하는 광고 기법을 의미한다. 따라서 티저란 트레일러보다도 이전에 내보내게 되는데, 사후 티저라는 것은 무슨 의미일까.

「유명 씨는 아스가 외계인이라는 것, 언제까지 감추어질 거라고 생각해요?」

「오래 가진 않겠죠. 〈유주얼 서스펙트〉의 사례를 봐도 그렇고….」

일명 '범인은 ○○○○다!'로 일컬어지는 〈유주얼 서스펙트〉 스포일러. 영화를 보지 않은 사람들은 스포를 피하려고 눈을 돌리고 귀를 막지만, 언제 어느 순간에 스포는 당신을 습격할지 모른다. 그렇기에 〈Mimicry〉가 성공적으로 흥행한다면 아스가 외계인이라는 것을 모르고 관람하게 될 시기는 길어야 1~2주.

「우려되는 것은 스포 이후의 실망감이죠. 영화를 보려던 사람도 왠지 스포를 당하고 나면 'DVD가 나오면 봐야지' 하고 생각하게 되잖아요.」

「맞습니다. 이미 포장을 뜯은 물건에 비싼 값을 주는 게 아깝게 생각되니까요.」

「그런데… 개봉 후 한 번 피크를 찍고 꺾일 즈음 이걸 사후 티저로 풀면 어떨까, 라는 생각이 방금 유명 씨 연기를 보고 번쩍 들었어요.」

자세한 줄거리는 몰라도 아스가 외계인이라는 것은 다들 알게 될 즈음, 압도적인 아우라를 뿜어내는 티저를 푼다. '이미 스포일러를 당했다 할지라도 상관없다, 이 영화를 영화관에서 보지 못하면 후회한다!'라고 다들 정신이 번쩍 들도록.

옆에서 듣고 있던 스태프들이 얼굴이 상기되어 반응했다.

「30분의 트레일러에 이어… 기존에 없었고, 앞으로도 존재하지 않을 마케팅 전략이 되겠군요….」

「마케팅을 위해서 원래 세운 전략이 아니고, 두 가지 모두 더 좋은 화면을 뽑아내려다 얻어걸린 전략이라니…. 잘되면 정말로 전설로 남겠습니다.」

「잘될 겁니다.」

카일러가 슥슥- 티저로 만들 그림을 스케치해서 보여준다. 다들 고개를 끄덕였다.

「자, 유명 씨, 한 번 더 걸어주세요. 방금 그 포스로.」

신생 연예 매니지먼트 업체인 Agency W에서 대대적인 배우 오디션을 진행한다. 프로와 아마추어에 무관하게 실력과 가능성만으로 심사하는 오디션. 합격자들은 상금과 더불어 업계 평균 신인 계약을 상회하는 조건으로 계약할 수 있다. 특히 이번 오디션의 최종심사에선 〈캐스팅 보트〉에서 파란을 일으켰던 '유명 신'이 심사위원으로 참여하여···.

유명은 뒷문을 통해 에이전시 사무실에 도착했다. 이번 오디션은 상당한 파란을 일으켰다고 들었다. 자신의 이름을 내세운 홍보 전략이 주효하여, 신생 에이전시인데도 천 명이 넘는 사람들이 지원서를 냈다고. 그중에서 1차, 2차 예선을 거쳐 최종까지 남은 약 서른 명. 그들이 오늘 유명이 심사하게 될 사람들이었다.
　유명은 심사위원석에 앉아 지원자들이 서게 될 자리를 물끄러미 바라보았다. 항상 저 자리에만 섰지, 반대편 자리에 앉는 것은 처음이었다.
　"어때요, 거기서 보니?"
　"음···. 뭔가 책임감이 느껴지는데요."
　유명은 여태 자신이 오디션에서 만나온 많은 업계 선배들을 떠올렸다. 기도한 감독, 육미영 작가, 손치욱 감독. 그리고 최근 〈캐스팅 보트〉에서 만났던 나탈리 카센, 데렉 맥커디, 에바 도브란스키까지. 각각 판단하는 기준이 달랐고, 해주는 이야기도 달랐던 평가자들. 그중에 '심사위원으로서' 유명에게 가장 깊은 인상을 남긴 것은 나탈리 카센이었다.
　'붙든 떨어지든, 이곳에 온 것이 도움이 되도록.'
　유명은 그런 생각을 하며 원서들을 한 장씩 넘겨보았다. 최종심사가 시작되었다.
　「본인이 배역에 몰입하는 건 괜찮은데 관객에게 몰입을 강요하지는 마세요.」

「…?」

「관객의 시점에서 특정 장면마다 몰입되는 캐릭터가 있어요. 이 대본에서 주인공은 키티이지만, 현재 장면에서 관객의 몰입 대상은 베스잖아요. 이런 부분에선 리액션만 제대로 쳐주고 관객과는 살짝 거리를 두는 편이 좋아요.」

「아….」

유석은 어느새 지원자들보다도 유명을 바라보고 있었다. 벌써 스물아홉 명째, 누가 봐도 해박한 연기 지식을 바탕으로 한 명 한 명의 장단점을 귀신같이 집어낸다. 스스로 배우를 보는 눈이 좋은 편이라 자부하던 것이 민망할 정도로 절로 고개가 끄덕여지는 의견들이다.

지원자들은 처음에 '우와! 진짜 신유명이다!'라는 표정으로 눈을 반짝였고, 연기 후엔 자신의 연기를 파헤치는 유명의 예리한 분석에 난도질을 당해 눈물을 글썽였으며, 마지막에는 자신의 단점을 극복하거나 장점을 살릴 연습법을 하나씩 얻어서 방을 나섰다.

"아니, 맨날 연습만 하고 있으면서 공부는 또 언제 합니까. 최신 이론들까지 줄줄이….”

"…….”

유명은 유석의 감탄에 넌지시 딴청을 피웠다. 지금부터 10년 후의 이론까지도 알고 있다고 말해도 믿지 않겠지.

「마지막 참가자입니다.」

「안녕하세요. 애나 플랫입니다.」

유명은 그녀를 보고 눈을 번쩍 떴다. 왜 저 사람이 여기에….

오디션이 끝난 후, 유명은 유석에게 심사지를 건네주며 말했다.

"좋은 원석들이 상당히 많이 왔네요. 어차피 기획사 규모를 키워야 하니 최대한 많이 뽑는 게 좋지 않아요? 절반 이상은 뽑으셔도 될 것 같은데.”

역시 유석의 안목은 정확했다. 30명의 최종심사 대상자 중 상당수는 원생의 할리우드 영화나 미드에서 작고 큰 배역으로 본 적이 있는 얼굴들이었다. 그리고 누구보다도….

"대표님. 배우 전문 매니지먼트로 나갈 생각이세요?"

"꼭 그런 건 아닌데, 아직은 회사 인지도가 낮으니까요. 유명 씨 이름을 빌려 배우들로 몸집을 좀 불려놓고 다른 쪽으로도 확장하려구요."

"그럼 마지막 지원자는 가수로 키워보시면 어때요?"

유석이 얼굴 가득 의아한 표정을 지으며 묻는다.

"가수요? 노래도 안 들어보고 갑자기?"

"일단 목소리가 너무 좋고, 배우보단 가수 쪽 느낌이 들더라구요. 저 믿고 한번 그쪽으로 키워보세요. 아마 본인도 관심 있을 겁니다."

"흠…. 유명 씨 말이니까 최대한 그쪽으로 방향을 잡아보도록 할게요."

이번에는 유석에게 정말 제대로 도움이 된 기분이다.

'대표님, 봉 잡으셨네.'

애나 플랫, 다른 이름으론 A. 플랫. 그녀는 몇 년 후 팝의 여신으로 불리게 되는 가수였다.

Scene 6 점심시간, 운동장

친구들과 농구를 하던 아스는 희미하게 귀를 자극하는 어떤 소리를 듣는다. 그 소리에 신경을 팔다 실수로 한 골을 먹고 난 후, 왜 그러냐며 자신의 등을 치는 친구에게 묻는다.

「저 소리… 안 들려?」

「응? 무슨 소리?」

친구는 한참이나 귀를 쫑긋거린 후에야 고개를 끄덕인다.

「그러게. 네가 말하기 전에는 몰랐는데 의식을 하니까 들리네. 피아노 소리 같은데?」

피아노 소리인 것을 모르는 것은 아니다. 다만 그 소리는 무언가 상식을 벗어나 있다. 배운 음악이 아니다. 베토벤을 쇼팽처럼 치고 있달까. 엄격한 고전주의의 악보에 불쑥불쑥 끼어든 묘한 불협화음들. 세상을 데이터의 축적으로 분석하는 아스에게 이 '기존에 없었던 데이터'는 몹시 귀를 자극했다. 더 이상한 것은, 그럼에도 불협화음들이 자연스럽게 어우러져 무척 독특하고 아름다운 소리를 내고 있다는 것이다.

「야, 어디 가? 아스!」

그는 농구공을 손에서 떨구고 홀린 듯 음악을 따라 걸어갔다.

「자, 이제 아스와 헤티의 첫 만남 신입니다.」

유명 혼자만 등장하는 것은 신 6까지. 이제 드디어 헤티가 처음으로 등장하는 신이다. 체육복을 입은 유명과 교복을 입은 에르히는 음악실 세트의 한가운데에 섰다. 대본에서 묘사된 것처럼 한쪽 벽면의 전체가 다 창문이고, 창문을 등지고 뒤에서 빛을 받는 각도로 그랜드 피아노 한 대가 자리해 있다. 그 피아노 앞에 에르히가 앉는다.

「에르히, 연습은 충분히 되었나요?」

「네. 음악감독님과 함께 계속 연습했어요.」

이 작업을 위해서 워크브로더스에서 가장 실력 있는 음악감독이 붙었다. 음악감독은 에르히의 피아노 실력이 기대 이상이라며 흡족해했다.

「좋아요. 그럼 신 7~8 동선을 체크해보죠. 유명 씨는 한번 동선대로 걸어볼까요.」

리허설. 카메라가 유명의 동선을 따라 함께 움직인다. 아스는 음악실 앞 복도를 걷는다. 그리고 문 앞에 서서 문에 달린 작은 창 너머로 안에 있는 사람을 확인한다. 문을 열고, 헤티와 눈이 마주친다. 음악실 안으로 천천히 걸어 들어가서 그랜드 피아노를 사이에 두고 헤티와 마주 본다.

「오케이, 좋습니다. 음악실 문을 넘어간 후부터 신 8로 넘어가지만, 감정 신이니 촬영은 안 끊고 쭈욱 갈게요. 중간에 텀 뜨는 건 나중에 편집에서 잘라낼 테니까 신경 쓰지 말고 감정에만 집중해주세요.」
「네, 알겠습니다.」「네-」
그렇게 촬영이 시작되었다.

에르히는 피아노에 손을 올렸다. 등 뒤의 창문에서 햇빛처럼 쏟아져 내리는 조명광이 악보를 눈부실 정도로 환하게 밝힌다.
'연기와 피아노.'
세상에서 가장 좋아하는 것과 두 번째로 좋아하는 것, 그 두 가지를 한꺼번에 할 수 있다니…. 에르히의 마음이 작게 고동쳐온다. 그녀는 수백 수천 번 연습해온 특이한 베토벤을 손가락으로 풀어내기 시작했다. 이것은 최고의 전문가들이 모여서 '천재다움'을 계산하여 만들어낸 악보와 주법. 하지만 이제 헤티가 된 그녀에게 이것은 지금 자신의 마음속에서 우러나와 즉흥적으로 연주해나가는 음악이다. 자신도 모르게 음악에 흥이, 혼이 실린다. 최후까지 자신의 영혼을 표출해내고 침잠하듯 눈을 감은 그녀는 드륵- 하는 소음에 서서히 눈을 뜬다.
깜빡- 떴던 눈을 다시 감았다 뜬다. 착시일까. 등 뒤에서 내리쬐는 햇빛이 지금 문을 연 사람의 실루엣을 통과하지 못해 뒤쪽 복도 너머로 만들어내는 음영이 지나칠 정도로 거대하다.
'누구…?'
빤히 이쪽을 들여다보는 거대한 무엇. 자신도 모르게 피아노 위에 얹혀 있던 손가락이 덜덜 떨리기 시작한다. 그 진동은 전염되듯 손으로, 팔로 이동해서 결국에 그녀의 몸 전체를 덜덜 떨게 했다. 하지만 그 순간에도 그녀는 상대에게서 시선을 떼지 않았다.

깜빡- 이번엔 한참 뜨고 있던 눈이 시려와 자신도 모르게 눈이 감겼다. 눈을 다시 떴을 때, 그곳에는 자신이 알고 있는 사람이 서 있었다.

「…아스 프리데터?」

「나를 알아?」

「우리 학교에서 너를 모르는 사람이 누가 있겠어.」

그녀는 아직 떨림이 가시지 않은 몸을 겨우 붙잡으며 대꾸한다.

「갑자기 몸이 으슬으슬해. 왜 이러는지 모르겠네.」

「어디 아픈 건 아니야? 선생님을 불러줄까?」

「아니, 이제 괜찮을 것 같아.」

이상하다. 그의 존재가 갑자기 무척 편안하게 느껴진다.

「너, 피아노를 무척 잘 치는구나?」

「내가? 그런 소리 처음 들어. 선생님은 늘 개성이 부족하다고 하시는데.」

「그럴 리가. 이상하네. 나는 정말 좋았어. 너는 이름이 뭐야?」

「헤티…. 헤티 램이야.」

「그래 헤티. 한 곡 더 들려줄래?」

아름다운 웃음이다. 다른 여자아이들이 꺄아 꺄아 떠들어 대는 소리에 자주 섞여 있는 이름. 소문대로 무척이나 시선을 잡아끄는 남자의 부탁에 헤티는 건반에 다시 손을 올렸다.

「컷-」

아직 꿈을 꾸고 있는 듯 몽롱한 헤티. 그녀의 귀에 신의 종료를 알리는 컷트소리와 함께 카일러의 놀란 반응이 들려왔다.

「유명 씨, 방금 그건….」

209

무편집본입니다

「감독님. 모든 테이크를 두 번 찍으신다는 얘기를 들었는데요.」

카일러 언쇼는 TW의 영화사업부 총괄 본부장과 대면하고 있었다. 워크브로더스에는 기획 단계부터 촬영 단계까지 동시에 진행되는 프로젝트가 수십 개이다. 그것을 총 관할하는 영화사업부 본부장쯤 되면, 개별 영화감독과는 계약할 때와 내부 시사 때 정도 말고는 만날 일이 없다. 아, 물론 한 해 사업부의 실적을 좌지우지하는 대형 영화의 경우는 별개다.

「예산 때문이라면 배우들이 거의 NG 없이 연기를 소화해주고 있는 덕에 오버되진 않을 것 같습니다만.」

「그런 문제는 아닙니다만, 지금 TW에서 〈Mimicry〉에 상당한 화력을 집중하고 있다는 것을 아시지 않습니까. 돈보다는 시간과 에너지 문제죠. 쓸데없는 일에 현장의 에너지를 나누어 쓰는 것보다는 집중하는 것이….」

처음에는 이 정도로 관심을 보이진 않았다. 합병한 방송국을 띄우기 위해 영화 제작을 상품으로 건다고 했을 때, 영화사업부 내에선 원성이 자자했었다. 하지만 〈캐스팅 보트〉는 이례적인 대박을 냈고, 무엇보다도 캐스팅이 너무 좋았다. 한 명, 여주인공을 무명배우로 끼워넣은 것만 제외하면. 그러므로 더 이상의 무리수는 안 될 일이었다.

「쓸데없는 일이라….」

「기분 나쁘게 듣지는 마십시오. 이건 사업이지 않습니까. 들리는 소문으로는 주연배우가 연기의 신이라도 들린 것처럼 활약 중이라던데, 감독님도 결국 편집에 들어가면 그 그림을 안 쓰고 못 배기실 겁니다.

그럴 바에는 처음부터 집중하는 게 좋다는 거죠.」
　들리는 소문이 아니라 심어둔 눈이 있겠지.
「소용없는 일이 아니라면요?」
　카일러는 품 안에서 하나의 테이프를 꺼냈다. 그것은 아스와 헤티의 첫 만남 신을 찍은 테이프.
「이걸 한번 보시죠.」
「…?」
　재생이 끝난 후, 본부장은 한참이나 말이 없었다. 예상했던 바이다. 카일러는 그날 유명과의 대화를 떠올렸다.
　― 헤티는 자신이 수집해온 정보의 테두리 밖에 위치하는 존재죠. 그래서 아스는 방심했어요. 아주 어릴 때 말고는 언제나 몸에 두르고 있었던 보호색을 헤티의 음악을 듣고 자신도 모르게 해제했습니다.
　― 좋아요. 헤티의 몸이 자동으로 떨릴 만한 위압감을 표현한 건 정말 좋았어요. 그건 신 2에서 처음 본연의 모습을 보였을 때의 아스와 같은 맥락이었죠. 그런데 그 이후는 어떻게 한 건지….
　옆에서 에르히가 조심스럽게 거들었다. 질릴 정도의 위압감이 들다가 갑자기 이유 모르게 몸이 편안해진 느낌이 들었는데 왜 그런 거냐고. 그러자 유명이 답했다.
　― 그건 헤티에게 의태한 겁니다.
　― …?
　― 일반적인 인간보다 훨씬 에너지가 미약하여 눈에 띄지 않는 인간. 그녀가 가진 에너지 레벨에 맞추어 의태한 거죠.
　― …!
　순간, 이해가 가지 않았다. 의태라는 것은 어디까지나 카일러가 '영화적'으로 구성한 설정. 그것을 실제로 해내는 인간은 없을 터이다. 그런데… 지금의 투샷에서 에르히는 평소처럼 존재감이 흐릿하지 않았다.

아스의 기운에 눌리지 않았던 것이다.
 '그런 생각을 하긴 했었지만, 투샷으론 불가능할 것 같아서 교차 편집과 화면 보정을 사용하려고 했는데….'
 그의 연기는 어디까지 닿아 있는 것일까. 그때 카일러가 받은 충격이 지금 본부장의 얼굴에 고스란히 실려 있었다.
「무편집본입니다.」
 가늘게 찢어진 본부장의 눈이 단춧구멍처럼 동그래졌다.
「아니 그러면 더욱 이 화면을 포기할 수는-」
「전략이 있습니다.」
 그날, 감독과 본부장의 회의는 오래도록 이어졌다.

 세상의 시간은 느려도 촬영장의 시간은 빠르게 지나간다. 그리고 영화 속의 시간은 더욱 빠르게. 3주의 시간은 영화 속에서는 반년으로 늘어나 있었다.
 그동안 아스는 '분석 불가능한' 헤티에게 많은 시간을 할애했다. 그녀의 피아노를 주의 깊게 들었으며, 이 변칙적이고도 아름다운 소리가 왜 다른 인간들에게는 평범한 소리로 치부되고 마는 것인지를 고민했다.
 헤티의 일상은 예전보다 훨씬 파란만장해졌다. 교내의 인기인인 아스가 헤티를 따라다니는 것을 시기한 몇몇 학생들이 그녀를 괴롭히기 시작한 것이다.
 ─ 이거… 나 때문에 다친 거지?
 ─ 너 때문이 아니고 그 멍청이들 때문이지. 괜찮아. 나는 누구의 잘못인지 착각할 정도로 멍청하지도 않고, 고작 이런 일에 내 첫 관객을 내칠 정도로 소심하지도 않으니까.
 얼굴에 상처가 나서도 담담하게 그의 걱정을 일축하는 헤티. '걱정하는 표정'을 의태한 아스의 어깨를 그녀가 위로하듯이 툭툭 친다. 그때 처음으로 아스의 표정에는 '다른 감정'이 깃들었다. 사실 자신은 그녀를 걱정한 적이 없는데도 정말 위로받은 것처럼 마음에 파문이 번진다. 아프지 않았는데도 누군가 아프지? 라고 묻자 아픈 것 같은 느낌이 들어 울먹이기 시작한 어린아이처럼.

'또 분석 불가능한…'

아스의 '인간 분석'에 따르면, 지금은 헤티가 그를 위로할 타이밍이 아니었다. 하지만 그녀는 흔들림 없는 눈빛으로 앉아 있는 아스를 내려다본다. 오히려 그가 마음을 쓸까 봐 걱정하고 있다.

'왜 그녀는 다른 인간들과 다를까.'

자신을 두려워하던 부모. 자신에게 집착하는 누나. '좋아할 만한' 모습에는 현혹되고 조금만 제 입맛에 맞지 않으면 금방 등을 돌리는 것을 인간의 본질이라고 판단했던 그의 머릿속에 어지러운 계산이 반복된다.

'조금 더 그녀를 알고 싶다. 그러기 위해선…'

그는 자신의 눈앞에서 흔들리는 헤티의 손을 잡았다. 놀란 헤티와 아스의 시선이 부딪혀 서로에게 한참을 머물렀다.

「컷- 수고하셨어요-」

「수고하셨습니다!」

이것이 고교 시절, 초반 30분의 마지막 장면이었다. 대본에서 빠져나온 듯한 아스와 헤티는 거의 NG 없이 장면들을 소화해왔고, 처음엔 걱정이 많던 에르히의 연기력에 대해서도 인정하는 분위기가 조성되기 시작했다. 다른 배우들 곁에 있으면 엑스트라처럼 보이는 헤티는 이상하게도 아스의 옆에서만큼은 투샷에 무리가 없었다.

'저 녀석이 일부러 에르히가 묻히지 않도록 존재감을 조절하고 있으니깐…'

오로지 미호와 유명만 아는 사실이었다.

「체크하고 alter B 촬영 스탠바이하겠습니다-!」

마지막 alter B 촬영. 고교 시절이 끝나고 나면 아스 시점샷은 완전히 끝이 난다. 촬영감독은 살짝 아쉬운 기분이 드는 자신이 어이없어지려고 했다.

'분명 alter A를 본컷으로 쓰는 게 낫다고 생각했었는데⋯.'

그는 처음 30분의 트레일러 전략을 들었을 때 말도 안 된다고 생각했었다.

― 영화 본편의 초반 30분을 예고편으로 노출할 겁니다. 단, 내레이션 오프 상태로요.

― 아니, 영화의 4분의 1이 공개된 상태면 누가 돈을 주고 보려고 하겠습니까?!

― 아스의 속마음을 알고 싶은 사람들이요.

트레일러 필름은 고교 시절 아스의 모습을 그대로 보여줄 것이라고 했다. 누가 보아도 매혹적인 남학생. 그가 웃고 떠들고 사람들의 사랑을 받으며 헤티를 만나고 친해지는 모든 과정들. 하지만 미묘하게 다른 '인간들'과 다른 그의 속마음만은 노출되지 않는다.

'나도 궁금하다. 미칠 것처럼 궁금해!'

그걸 알고 싶은 사람이 얼마나 되겠냐고 생각하던 촬영감독의 마음은 3주간 완전히 바뀌었다. alter A 촬영이 끝나고 나면 시점 샷을 설계하면서, 아까 그의 그 눈빛이 어떤 생각에서 나온 것인지에 몸달아했다. 저 매혹적이지만 불길한 인물의 시선에서 세상이 어떻게 보이는지가 궁금했고, 이 상황에서 그가 어떤 생각을 어떤 목소리로 읊을 것인지를 상상했다. 심지어 자신은 시나리오를 훤히 아는 사람인데도.

'그만큼 아스가 군데군데 섞는 표정들이 무척 미묘해.'

어디서 본 듯한, 그럼에도 볼 때마다 빠져드는 아스의 표정과 동작들. 이미 촬영장의 모든 여자 스태프들은 아스의 촬영 타이밍엔 심부름 가는 것조차 저어할 만큼 이 매력적인 소년에게 심취해 있었다. 하지만 사람들의 시선이 닿지 않을 때나 헤티가 예상치 못한 면모를 보여줄 때, 살짝살짝 균열이 가는 그의 껍질 사이로 정체 모를 표정들이 드러난다.

'그리고… 시점샷을 꼭 써야 하는 또 다른 이유도 있지.'

촬감은 '그 이유'를 생각하며 바싹 마른 입술에 침을 발랐다.

유석은 어떤 회사의 응접실에 비치된 잡지들을 훑고 있었다.

[거세지는 스폰서 파문, 굳게 닫힌 배우 Y 씨의 입]

[신유명 거품론, '아마추어'들 사이에서나 통할 실력?]

[아직 제대로 된 작품 하나 없는 '오디션 전문' 배우, 심사위원으로 둔갑?]

[조지 하우슬리 vs 카일러 언쇼, 오웬 위트필드 vs 유명 신]

[동양인의 '할리우드 드림', 이렇게 좌절되나?]

유석의 입매가 한 일 자로 꽉 다물어졌다. 할리우드 위크가 스폰서 의혹을 쏘아올린 후, 가십 기사들은 더욱 거세지고 있었다. 근거 없는 추측기사라 곧 가라앉을 줄 알았는데, 도를 지나치고 있다. 장작을 때고 있는 '누군가'가 있는 걸까.

「들어오세요.」

인포 직원은 그를 한 회의실로 안내했고, 문을 열고 들어오는 인물에 유석은 놀라지 않을 수 없었다.

'니콜라스 판다스가 직접…!'

이곳은 CRD 본사. 오늘 그가 이곳에 방문한 목적은 자사 배우들의 프로필 전달을 위해서였다. 공룡 드라마 제작사인 CRD의 입장에서 아직 이렇다 할 실적이 없는 신생 기획사 대표의 영업성 방문은 좋게 쳐줘도 팀장급이 응대할 일이다. 그런데 이곳에서 톱 3 안에 드는 인물인 니콜라스가 직접 그를 보러 나왔다.
「오셨습니까, 문 대표님. 저한테 먼저 연락을 주시지 않구요.」
「오늘은 신유명 씨와 관계된 일이 아니라 저희 소속사 배우들의 프로필을 전달해드리러 왔다 보니….」
「무슨 일이든지요. 우리가 남입니까.」
그는 털털하게 웃으며 가지고 온 프로필을 보여달라는 손짓을 했다. 유석은 약 스무 개의 프로필을 묶은 서류를 니콜라스에게 밀어주었다. 그가 프로필을 한 장 한 장 넘겨본다.
「그새 이만한 배우 풀을 만드시다니, 역시 행보가 거침없으시군요.」
「아직 멀었습니다.」
「여기 이 친구는 〈캐스팅 보트〉에서 꽤 센세이션을 일으켰던 배우죠? 천사같이 아름다운 마스크의 흑인 배우라….」
그가 짚은 것은 카이 누넨의 프로필.
「그렇습니다. 저희 회사의 기대주 중 한 명입니다.」
「마침 떠오르는 작품이 하나 있군요. 다음 시즌 파일럿에 들어가는 프로그램 중 하나인데, 시나리오 보내드릴 테니 괜찮겠다 싶으면 비공개 오디션 한번 보시죠.」
비공개 오디션이라 함은 배역 이미지가 맞으면 우선 캐스팅을 하겠다는 의미이다. 유명이라면 몰라도 카이는 아직 그 정도 급이 못 된다. 감독도 작가도 아직 카이를 못 본 상태에서 제작자가 이런 제안을 한다는 것은 조금 꺼림칙하다.
'과도한 호의. 이걸로 빚을 지우겠다는 심산인가.'
「이거 빚입니까?」
유석의 단도직입적인 물음에 니콜라스는 웃음을 터뜨렸다.
「하하. 무슨 말씀을 그렇게 하십니까. 어차피 결정은 감독이 하는 겁니다. 빚이라기보다는 대표님과 가까워지고 싶은 제 작은 호의라고 해두죠. 그나저나 문 대표님은 그런 타입으로 보이지 않는데… 지나치게 방어적이시군요. 배우들을 가려내는 눈도 그렇지만 노이즈 마케팅 하시는 스케일을 보고 꽤 수완가 타입이라고 생각했는데.」

「노이즈 마케팅…?」

「〈Mimicry〉는 저희도 꽤 관심을 가지고 지켜보고 있습니다. 촬영장에서 들려오는 소문이 심상치 않더라구요. 작품은 잘 빠지고 있는데 화제성이 꺼질까 봐 가십지를 이용해서 불을 살려놓는 솜씨도 일품이고.」

순간 유석은 머리를 댕- 맞은 것 같았다. 유명이 쓰고 있는 억울한 누명을 어떻게 벗겨야 할지 골머리를 앓고 있었는데, 자신을 빼다 박은 수완가의 눈에는 이것이 호재로 보이고 있었다. 그것도 자신이 의도한 호재로.

'지금 나… 뭘 하고 있는 거지?'

자신답지 않았다. 신유명이라는 인물에 감화되어 자기 자신을 잠시 잊고 있었다. 가장 강력한 무기를 손에 들고서 왜 갈팡질팡하고 있었을까. 유명과는 파트너이니 속이지 않기로 약속했지만, 세상을 속이지 않을 이유는 없지 않은가.

「하하.」

유석은 복잡한 마음을 내색하지 않고 의자에 깊숙이 몸을 기댔다. 오랜만에 머릿속에서 새까만 증기기관이 김을 내며 빠르게 돌아간다.

「그럼 카이는 다음 주에 보내겠습니다.」

「알겠습니다. 말씀드렸듯이 저는 대표님과 가깝게 지내고 싶습니다. 다음에 술이나 한잔하시죠.」

「언제든지요.」

유석은 CRD를 나오자마자 호철에게 전화를 걸었다.

"응, 나야. 신유명 씨에게 파파라치를 하나 붙이려고."

"네?"

전화기 속에서 호철의 벙찐 반응이 튀어나왔고, 유석이 빙긋 웃었다.

210

보고 얌전히 꺼져, 응?

「안녕하세요. 피비 테일러입니다.」
「신유명이라고 합니다.」
 키가 작고 비쩍 마른 여자는 자신의 체구보다 클 것 같은 카메라 가방을 들고 있었다. 그녀는 상대를 가늠하듯이 가늘게 눈을 뜨고 신유명을 관찰했다. 과연, 카메라 밖에 있어도 사람의 시선을 잡아끄는 것이 배우는 배우라는 생각이 든다. 자신 같은 파파라치들이 참으로 좋아할 만한.
「당분간 밀착취재를 맡으신 기자님이시라구요. 잘 부탁드립니다.」
 '기자님'이라…. 나를 비웃는 건가? 선하게 웃는 그의 얼굴을 보고 그녀의 마음속에 불쑥 악의가 치솟았다. 저렇게 친절을 가장하는 인간들일수록 속이 시꺼멓기 마련이다.
 그녀에게 이상한 의뢰가 온 것은 지난주의 일이었다. 그것은 월급제의 밀착취재 의뢰였다.
 — 우리 배우를 좀 따라다녀주시죠.
 — …목적이 뭔가요?
 — 루머에 너무 많이 당해서, 맞불 작전이랄까요.
 비뚜름하게 웃는 대표라는 인간의 얼굴에는 분명 자신과 동질적인 요소가 있었다. 그는 '기사를 던지기 전에 자신에게 컨펌을 받아야 한다'라는 조건을 걸었는데, 그때 피비는 직감했다.
 '소속 배우가 갑자기 지명도가 오르자 컨트롤이 안 되는 모양이군. 나를 통해서 약점을 잡으려는 모양이야.'
 음습한 구석이 있는 인간이었지만 이 바닥에서 놀기에는 아직 순진

하다. 그가 신유명을 따라다니며 얻게 되는 정보나 사진은 소속사의 컨펌 후에만 내보낼 수 있다는 계약서를 내밀었을 때, 피비는 속으로 가열한 비웃음을 지으며 사인해주었다. 계약이라니, 어느 파파라치가 그따위 것을 신경 쓰면서 일한단 말인가.

'물면 안 놓는 핏불테리어[17]를 뭘로 보고.'

프리랜서 파파라치. 유명인의 스캔들을 취재해서 가장 비싼 값을 부르는 곳에 팔아먹는 직업. 그녀가 이 업계로 뛰어들었을 초반에는 자그마하고 여린 체구 때문에 무시당하기 십상이었다. 하지만 그녀는 독종이었다. 한 번 문 대상은 절대 놓지 않는 집요한 취재와 선정적인 필치로 고소에 휘말리기도 여러 번. 이제 같은 파파라치들도 그녀를 '핏불테리어'란 별명으로 부르며 혀를 내두를 만큼, 그녀는 지독한 근성으로 이 업계에서 버텨왔다.

'안 그래도 요즘 핫하길래 파볼까 생각했는데, 먼저 낚싯대를 던져오다니, 크큭.'

컨펌? 엿이나 먹어라. 그럴싸한 기삿감을 잡으면 그녀는 언제든지 여기저기에 팔아치울 준비가 되어 있었다. 물론 그 음험해보이는 대표에게 팔 수도 있다. 다른 곳에서 주겠다는 돈 이상을 줄 수 있다면 말이지만.

'결국 배우도 인간이니까, 어딘가 더러운 구석이 있는 건 다 똑같지. 내가 샅샅이 까발려줄게.'

그녀는 유명이 내민 손을 환하게 웃으며 맞잡았다.

2막. 전개부의 첫 촬영은 신 29부터 시작된다. 시간을 훌쩍 뛰어넘어 4년 후가 되었다. 치직- 칙- 라디오 소리가 들려온다.

---

17 핏불테리어: 테리어와 불독을 교배해서 만든 투견

― 1997년 4월 18일, 헤드라인 뉴스를 알려드립니다. 시애틀 프레몬트 지역에서 원인을 알 수 없는 폭발 사고가 터졌습니다. 이것으로 올해 원인 불명의 폭발 사고는 17번째이며, 정부에서는 이것을 테러 단체의 소행으로 보고 추적하고 있습니다. 미국 전역에서 무차별적으로 벌어지고 있는 폭탄 테러로 시민들은 두려움을 호소하고 있으며….

카메라는 거울을 보고 있다. 흐릿한 거울에 비추어 보이는 한 남자. 거울에 비친 손이 귀로 올라가더니 이어폰을 잡아 뺀다. 이어폰에서 들려오던 뉴스였는지, 뺌과 동시에 소리가 훅- 끊어진다. 그것을 신호로 화면은 뱅글- 돌아 아스를 비춘다.
 이것이 주인공 시점의 종료. 영화 본편에선 처음으로 화면에 등장하게 될 어른이 된 아스의 모습은 숨이 막힐 정도의 매력이 넘쳐흘렀다.
 '확실히 매력은 있어. 난 놈은 난 놈이야.'
 그렇지만 대단한 연기력이 있는지는 잘 모르겠다고 생각하고 있을 때, 뒤에서 소름 끼치는 목소리가 들려온다.
 「어이, 피비가 여긴 웬일이야? 새로운 사냥감이라도 물었나?」
 맙소사, 이건 또라이… 데렉 맥커다다. 그는 여러 가지 의미로 파파라치들 사이에서 유명했다. 원체 많은 스캔들을 제조해대는 기삿감 자판기라는 점, 사생활이 아무리 복잡해도 워낙 연기 퀄리티가 확실하기에 배우로서의 입지는 전혀 흔들리지 않는다는 점, 그래서 스스로도 스캔들에 그다지 신경 쓰지 않는다는 점. 그런데도… 가끔 한 놈만 골라서 조지게 팬다는 점이 그의 악명을 드높인 포인트였다.
 그렇게 당해서 엄청난 벌금을 물었던 한 파파라치가 그에게 억울한 듯 소리쳤었지. 그때 데렉의 대답은 전설로 남았다.
 ― 왜 하필 나예요? 당신 쫓아다니는 파파라치가 한 다스가 넘을 텐데!
 ― 못생겨서 볼 때마다 기분 나빠.

그 말에 파파라치가 못생긴 게 죄냐며 통곡을 했다던가. 피비는 순간, 오늘 화장을 하고 왔던지를 떠올리는 자신을 깨닫고 이를 악물었다.

「그냥 건전한 취재예요.」

「건전한 취재? 피비 테일러가? 지나가던 개가 웃겠다. 뭐야, 설마 신 유명을 따라다니는 거야? 어떻게 촬영장까지 들어왔는지 모르겠지만 헛짓하지 말고 돌아가. 저 친구는 진짜거든.」

「진짜라…. 뭐 매력 있는 건 알겠는데, 연기는 별로 모르겠는걸요?」

그 말에 어이없다는 듯이 데렉이 웃었다.

「다음 신 봐. 나도 내 촬영은 아직 멀었는데 이 신 재밌을 것 같아서 오늘 놀러왔거든. 보고 얌전히 꺼져, 응?」

「신 30~38 패스하고 39 크로마키 촬영 이동합니다!」

제1크로마키 스튜디오. 스튜디오 사용 일정 때문에 먼저 찍게 된 신 39는 아스의 회상 신이다.

아스가 헤티의 손을 잡은 날부터 그들은 사귀기 시작했다. 그들은 같은 대학에 진학했고, 아스의 적극적인 구애로 결국 동거하게 된다. 그리고 어느 날, 헤티는 아스의 컴퓨터에서 어마어마한 용량의 엑셀 파일을 발견한다.

'이게 뭐지?'

그 안에서 쏟아진 것은 인간의 습성에 대한 수많은 관찰 정보. 어떻게 행동하는 것이 인간의 패턴상 가장 유리한지를 분석한 통계자료들. 그 끝에는 자신, '헤티 램'에 관한 기록도 있었다. 모월 모일에 자신이 했던 말, 행동, 자신의 습성이 일반적인 인간과 어떤 부분이 같고 어떤 부분이 다른지. 소름이 머리끝까지 올라올 정도로 자세한 기록들이었다. 그녀는 아스가 기록해둔 '유리한 패턴'과 그의 평소 '행동 패턴'이 정확히 일치함을 깨닫고 경악한다. 그리고 그 내용을 도저히 믿을 수 없어서 아스의 뒤를 밟는 것이 신 39부터의 내용이었다.

제1크로마키 촬영 스튜디오는 워크브로더스의 크로마키 스튜디오 중 최대 규모로, 군중 샷이 필요할 때 사용되는 곳이다. 신 39의 배경은 '경마장'이다. 가족 단위로 즐기러 오는 경마장 말고, 진짜 꾼들이 모여 눈이 시뻘게져서 돈을 거는 도박형 경마장. 100명 규모의 엑스트라들이 거대한 초록색 단상 위에 적절히 자리 잡고 있다. 감독이 도착해 메가폰을 잡자, 그들은 약속된 대로 리허설을 시작한다.

우와아아아아- 말들이 달릴 시점에는 다들 목이 터지도록 소리를 지른다. 한바탕 폭풍이 지난 후, 어떤 사람들은 미친 듯이 소리 지르며 환호하고, 어떤 사람은 바닥에 주저앉아 땅을 친다. 누군가는 술에 취한 듯 벌건 얼굴로 욕설을 퍼붓고, 어디에선가는 서로 멱살을 부여잡고 싸움이 난다. 한마디로 난장판.

「저기 싸우는 분들 그림이 좀 부자연스럽네요. 사람을 바꿔보죠. 그리고 저쪽 분은 의상을 좀 더 흐트러뜨리고.」

카일러가 몇 가지 더 지시하고 다시 모니터로 눈을 돌리자 조정된 버전으로 리허설이 재개되었다. 의상 체인지와 분장을 마치고 온 유명이 감독에게 다가간다. 그는 낡고 지저분한 항공점퍼를 입고 앞머리를 헝클어뜨려 눈앞으로 드리운, '이곳에 어울릴 만한' 복장으로 다가왔다.

「아스는 스탠드 끝에서 사람들을 유심히 관찰하고 있다가, 군중 속에 섞여 들어갈 때부터 자연스럽게 '의태'합니다. 헤티는 이따 아스를 훔쳐보는 신을 따로 딸 테니 대기하고 있어요.」

피비는 그 장면을 물끄러미 쳐다보고 있었다. 감독과 사이가 안 좋거나 여주인공과 지나치게 친한 분위기는 아니다. 촬영장 분위기가 안 좋다면 자극적인 기사를 쓸 수 있을 텐데. 이제 그녀는 신유명의 연기력이 과장된 것이기를 기원했다. 신유명 연기력 거품 논란은 요즘 가십지의 단골 소재이니, 현장 르포를 내세워 그 점을 파고든다면 나름 먹히는 기삿감이 될지도 모른다.

'그런데 도통 무슨 연기를 하려는 건지 감이 안 잡히네….'

그녀는 무의식적으로 데렉을 찾았다. 촬영장의 반대편 끝에서 그의 얼굴을 찾아낸다. 그는 이미 자신에게 신경도 쓰지 않는 듯 프레임 안의 신유명을 뚫어지게 바라보고 있었다.

'이 신이 재밌을 거라고 했지. 무슨 뜻일까.'

그녀는 안경에 달린 초소형 카메라를 슬쩍 눌렀다.

경마장에 들어선 아스는 저 멀리 사람들이 난간에 붙어서 핏발을 올리는 광경을 지켜보며 스탠드를 한 번에 두 칸씩 경쾌하게 투둑 툭- 올라간다. 앞머리에 가려진 눈빛에 온기 없는 호기심이 서린다.

「아… 인간들….」

의미를 알 수 없는 감탄사에 등골이 쭈뼛 섰다. 장내에 순위를 발표하는 방송이 울려 퍼지고 환호와 비명이 난잡하게 끓어오른다. 한참 그 모습을 눈에 담고 있던 아스가 군중들을 향해 발걸음을 옮기기 시작했다. 그를 부지런히 눈으로 좇던 피비는 곧 입을 멍하게 벌렸다.

'뭐… 뭐야….'

가장 가까이 있던 무리는 스탠드 위쪽에 앉아 술판을 벌이고 있던 사람들. 몸을 비틀비틀 가누지 못하며 욕설을 치받는 사람들 사이에 들어간 아스는….

「아… 시발, 오늘도 운이 더럽게 없네.」

입에 밴 것처럼 자연스럽게 욕을 내지르며 침을 퉤 뱉는다. 한쪽 발을 절뚝이는 걸음, 점퍼에 양손을 찔러넣고 어깨를 옹송거린 자세. 고개를 앞으로 주욱 빼고 두리번거리다가 술병을 보고 눈이 번들거린다.

그는 술병을 향해 돌진했다.

「누구야, 이 새끼는?」

「거, 나도 한잔 빱시다. 2번 말 새끼 눈빛에 올인했더니 다 털렸네, 시발.」

「우하하, 초짜구만? 경마는 말보다 기수를 봐야 하는 거야. 내가 이번 판에 따서 술 돌릴 차례니까 한잔해. 이 늪지옥에 입문한 걸 축하하네.」

「축하는, 시벌.」

그는 남자의 손에 들린 잔을 탁- 채어 한입에 털어넣는다. 그 모습을 보고 남자가 비죽 웃으며 그의 옆구리를 쿡쿡 찌른다.

「보아하니 그쪽도 어지간히 막장 인생인데, 경마장은 이번이 처음인 것 같군. 그전에는 어디를 전전하다 왔나?」

「뭐… 포커도 좀 치고, 마작도 좀 하고.」

피비는 이게 도대체 무슨 상황인지 혼란스러웠다. 아까 보았던 산뜻하고 매력적이기 그지없는 남자와 사회의 밑바닥에서 치덕거리는 것이 여실한 남자 사이에는 무슨 관계가 있을까. 다중인격이라도 되는 건가?

술잔을 비우고 일어난 그가 비척비척 걸음을 옮긴다. 그에게 술을 따라주며 친절을 베풀던 남자는 잠시 그의 뒷모습을 보다가 관심이 떨어졌는지 다시 부어라 마셔라를 시작했다. 그리고 옆 그룹에 도착한 그는… 갑자기 환호를 지르기 시작했다.

'…?'

「우와아아악! 터졌다, 터졌어! 인생 한 방이다!」

「뭐야, 뭐가 터졌어요?」

「쌍승[18]에 5번, 1번 걸었는데 터졌어요! 하하하, 하하….」

「와아…. 그게 도대체 몇 배야!」

---

18 쌍승: 1위와 2위로 들어오는 경주마를 순서대로 맞추는 일

「4… 483배요, 우하하하하!」
 조금 전까지 가진 돈을 다 털렸다고 입에 욕을 물었던 남자는 어디로 가고, 지금 여기엔 신경이 마비될 정도로 환희에 절은 남자가 왁왁거리며 기쁨의 덩어리를 토해낸다. 급작스런 감정의 변화에도 누구도 위화감을 느끼지 못할 정도로 그 광경에 자연스럽게 녹아든 그의 연기.
 '이게 무슨….'
 피비는 비로소 영화의 제목을 떠올린다. 〈Mimicry〉.
 그는 이곳에서 '의태'를 하고 있었다.

211

생각보다 기가 세

 그게 끝이 아니었다. 건축 현장에 뛰어들어 인부들의 몸동작과 언어 습관을 똑같이 재현하는 아스. 고아원에 봉사하러 가서 어린아이들과 똑같이 보들하고 하얀 웃음을 짓는 아스.
 아스, 아스, 아스. 그중 어느 아스도 아스가 아니었다. 그 무리에 가장 어울리는 일부였을 뿐.
 '무슨 이런…. 이게 연기라고?'
 파파라치 일을 하면서 그녀는 많은 스타들의 '위장한 모습'을 봐왔다. 아무리 평범한 옷을 입고, 마스크를 쓰고, 군중에 섞이려 애를 써봐도 그들은 티가 났다. 꼭 배우의 아우라가 특별해서라기보다는 그 공간에 그들의 존재가 무척 이질적이었기 때문이다. 그런데 저 배우가 군중 속으로 몸을 감춘다면…? 그녀는 그를 찾아낼 자신이 없어졌다.

끼긱- 펜촉이 철제테이블을 자신도 모르게 긁자, 그녀는 흠칫 놀라 손을 뗐다. 주변을 둘러본다. 카멜레온처럼 보호색을 제멋대로 바꾸는 남자의 연기에 다들 넋을 잃고 있다. 그들은 피비보다 더 놀란 것 같았다. 이미 한 달 가까이 '아스 프리데터'라는 인물에 익숙해져왔던 사람들이니까.

하지만 놀라지 않는 사람이 하나. 피비와 눈이 마주친 데렉이 그녀를 놀리는 듯한 표정을 지으며 천천히 걸어온다. 제길, 저 성격 나빠 보이는 얼굴을 보고도 무의식적으로 멋있다고 감탄하는 자신의 눈깔이 짜증났다.

「어땠어?」

「…도대체 무슨 말도 안 되는 영화를 찍고 있는 거예요?」

「그러게 말야. 나도 궁금하네, 어디까지 갈지.」

「오늘 이걸 보러 온 거예요? 이게 이 영화의 하이라이트?」

「무슨, 시작도 안 했어. 아직 나도 등장하지 않았잖아.」

그의 화법은 변함이 없다. 피비가 한참 그를 취재하려고 쫓아다닐 때, 들을 때마다 학을 뗐던 저 오만한 화법.

「이건 혼을 담은 연기라기보다는, 그냥 장기자랑 같은 거야. 본인에겐 숨 쉬듯이 자연스러운 일일걸.」

「그러는 당신도 이 신 보러 일부러 그 귀한 발걸음을 행차했다면서요.」

「이 신이라기보다는, 이 신을 연기하는 신유명을 보고 사람들이 놀라는 꼴이 재밌을 거 같아서. 특히 피비 테일러의 반응이 아주 재미있었지.」

그녀의 얼굴이 김이 날 것처럼 씩씩 달아오른다.

「어쨌든 내 말이 맞지? 연기로는 깔 게 없다고 했잖아.」

「그건 인정. 하지만 사생활은 또 모르죠. 방해할 생각은 하지 마세요. 소속사에서도 허락받은 거니까.」

그 말에 데렉이 한쪽 눈썹을 치켜올리더니 피식 웃는다.

「뭐, 맘대로 해봐. 그쪽이 신유명 스캔들을 터뜨리면 그건 그거대로 정감 갈 거 같으니까.」

「정감…?」

「내가 봐도 인간이긴 한가 의심이 든단 말이야.」

데렉은 이상한 말을 던지더니 그녀의 얼굴을 빤히 바라본다.

「그리고 뭐, 피비 테일러는 믿을 만하니까.」

「…?」

파파라치보고 믿을 만하다니, 이게 설마 칭찬인가? 늘 독하다, 거머리 같다는 평가를 듣던 그녀의 얼굴이 멍해진다.

「당신, 구역질나게 들러붙긴 해도 없는 일을 사실인 양 찍어내는 쓰레기는 아니잖아.」

데렉은 칭찬인지 욕인지 모를 말을 남기고 유유히 사라졌다.

Scene 43

아스와 헤티가 마주 보고 있다. 창백한 얼굴로 헤티는 아스에게 진실을 말할 것을 종용한다.

「설명해봐.」

「아니 나는… 그냥 다양한 경험을 해보고 싶어서….」

「만들어낸 표정 걷어치우고.」

두 사람의 사이에는 사진 몇 장이 흩뿌려져 있다. 아스가 헤집고 다니는 수많은 장소, 그 속의 아스는 장소마다 아예 다른 사람이 된 것처럼 다른 옷, 다른 표정을 하고 있다. 그래, 들켰다. 자신이 정상적이지 않다는 것을. 이럴 때 쓸 만한 난처한 표정을 만들어내 보지만 미동도 없는 헤티. 속일 수 있을 리가 없지. 그녀는 결코 닥친 상황을 외면하지 않는 인간이니까.

그런 생각을 하고 나자, 자신도 모르게 표정이 사악- 지워져나간다. 눈앞의 여자는 수년 만에 드러낸 자신의 진짜 모습을 보고 본능적으로 몸을 떨기 시작한다. 여전히 감이 예민한 여자다. 몇 달째 동거 중인데도 자신만 보면 꼬리를 말고 발발 떠는 그녀의 강아지처럼.

그럼에도 자신의 눈을 피하지 않는 그녀에게 선언한다.

「그래. 이게 나야.」

「……」

「사람들은 어떤 모습이 진짜 자신인지를 어떻게 알지? 나는 한 번도 그걸 알았던 적이 없어. 어떤 모습이면 이상하지 않은지 늘 계산하면서 행동했지.」

「…언제부터.」

「내가 기억이 있었던 순간부터.」

헤티는 어지러운 듯 머리를 짚고 눈을 감는다. 가장 가까운 상대가 공유했던 모든 감정이 거짓이었다고 밝혔을 때, 인간은 어떤 기분을 느낄까? 데이터가 없는 부분이다. 그런 인간은 자신밖에 없을 테니까. 그는 자신의 이야기를 시작하면서 속으로 작은 기대를 한다.

'이번엔 헤티 램도 보통 인간답게 반응하겠지.'

그는 이야기를 이어갔다. 처음부터 없었던 감정. 감정을 흉내 내어온 삶. 그래서인지 더 많은 데이터를 쌓아야 한다는 강박이 자꾸 생긴다고. 그래서 몰래 이곳저곳에 다니며 더 많은 종류의 인간과 그들의 패턴에 대한 정보를 수집해왔다고. 그것을 기록으로 남긴 거라고. 이런 식으로 평생을 살아온 것이 자신이 삶이었다고.

그 이야기가 끝났을 때, 헤티의 눈에서 예고도 없이 눈물이 투둑- 떨어진다.

「혼자 많이… 힘들었겠네.」

「글쎄. 힘들다는 감정도 어떤 건지 잘 모르겠어서.」
「남들과 달라 보이지 않기 위해서 데이터를 쌓아야 한다는 강박마저 들었다며. 그건 이미 너는 몰라도 네 마음은 힘들다는 의미야.」
「글쎄…. 그런 걸까.」
몸을 여전히 덜덜 떨면서도 그녀의 눈빛에 깃든 것은 염려와 사랑. 어째서…? 이런 내가 두렵지 않은가? 자신은 감정이 결핍된 인간. 그도 모자라 멀쩡한 척 수년간 그녀를 속여 왔다. 인간의 분석 패턴대로라면 자신이 기분 나쁘고 두려워야 마땅한데….
'왜 그녀는 저런 눈으로 나를 바라보지?'
유명의 머릿속에 그런 생각이 떠올랐다. 대본을 숙지하고 있는데도 결말을 블러 처리한 것처럼 흐릿해서, 헤티의 행동이 도무지 예측되지 않는다. 생각만 하려고 했던 말이 어느새 혀끝에서 삐죽 고개를 내민다.
「그럼 우린 이제 끝인가….」
당연히. 아무리 그녀가 패턴에서 벗어난 인간이라고 해도 자신처럼 이상한, 어쩌면 위험한 인간은 멀리하는 것이 마땅하다.
그런데 그녀가 벌벌 떠는 손을 들어 올린다. 본능적으로 달아나고 싶어 하는 몸을 의지로 제어하며 아주 천천히 손을 끌어서 자신의 뺨 위에 놓는다.
「괜찮아. 내가 너를 사랑하니까.」
왜….
「함께 치료를 받자. 내가 옆에 있을게.」
깊은 상처를 입은 것이 분명한데도 어째서 그녀의 눈은 어떤 거짓도 망설임도 없이 자신에게 똑바로 향하는가.
분석 불가. 다시 한번 아스의 머릿속에서 경고등이 점멸했다.

무미건조하다. 유명은 지나가다 자신의 어깨에 부딪힌 스태프에게 기계적으로 미안한 표정을 지으며 웃어보였다. 보통은 놀라거나 미안한 기분이 들었는데… 뭘까.

'인간을 이해하지 못하는 존재.'

그 연기를 주문받았을 때, 유명은 고깃덩이를 하나 샀다. 두 팔에 안아야 할 만큼 커다란 고깃덩이의 냄새와 촉감, 양감을 머릿속에 각인하며 사람들을 걸어다니는 고깃덩이로 바라보려고 애썼다. 각기 다른 체취, 다른 질감, 다른 맛을 가졌지만 그저 고깃덩이.

아스에게 인간을 의태한다는 것은 그런 것이 아니었을까. 나와는 전혀 다르고 이해할 수도 없는 무언가를 닮은 척하기 위해 끊임없이 관찰을 거듭해야 하는 것. 그 연습은 효과가 있었고, 유명은 아스라는 캐릭터에 점점 젖어가고 있었다.

다만, 배역에 몰입하고 빠져나오는 것이 무척 쉬운 편이었는데 요즘은 가끔, 인간의 감정을 애써 기억해내야 할 때가 있었다.

「생각보다 기가 세.」

「누가요?」

데렉이 저 멀리서 대본을 보고 있는 에르히를 턱짓으로 가리킨다. 나탈리는 조금 떨떠름한 표정을 지었다. 그녀는 초반에 유명의 연기를 구경하기 위해 촬영장을 찾았었지만, 이후 한참 동안 자리를 비웠다. 한참 주가가 높은 배우로서 소화할 다른 스케줄이 줄줄이 밀려 있었던 까닭이다. 데렉은 오히려 초반엔 코빼기도 비치지 않더니 며칠 전부터 촬영장을 어슬렁어슬렁 배회한다고 한다. 뭔가 흥미로운 것이 생기면 게임을 하듯 빠져드는 남자이긴 하지만, 지금 그가 눈을 빛내는 상대가 의외였다.

「여전히… 일반인보다도 평범해 보이는데요?」

나탈리 카셴. 그녀는 스스로 공정하고 격조 있는 삶을 살기 위해 노력하는 인간이라고 자부했다. 하지만 여배우다. 그녀의 높은 자존심에, 아예 등급 외 수준의 무명배우가 여주이고 자신은 조연에 불과하다는 것이 탐탁할 리는 없었다. 에르히에게 불편한 기색을 보이지 않는 것만 해도 그녀의 인격을 증명한다고 할 수 있다.
「인간이 단단해.」
「…그래요?」
「촬영장에서 꽤나 눈칫밥을 먹고 있는데도 별로 개의치 않는단 말이야.」
그녀는 데렉의 말이 의아한 듯했다.
「눈칫밥요? 주연배우를 누가.」
「오히려 그래서지. 에르히 데버를 카일러가 꽂은 건 공공연한 사실이고, TW 입장에선 완벽한 캐스팅에 그녀가 초를 쳤다고 생각하는 게 당연하잖아? 여기 스태프들은 대부분 TW 직원이나 그쪽 외주업체 소속이고.」
나탈리가 생각해보더니 고개를 끄덕인다. 든든한 기획사가 있는 것도 아니고, 이번 작 이후 계속 잘나갈 것으로 보이지도 않는 존재감 약한 여배우. 무시당하지 않기 어렵기도 하겠다.
「그런데 남들의 시선에 동요를 안 해. 마이웨이 타입인 건지, 그냥 멘탈이 강한 건지, 그게 아니면 이 기회가 그런 시선들을 무시할 정도로 그녀에게 절박한 건지, 보다 보면 궁금해진단 말이야.」
「…….」
「정말 에르히에서 헤티 램이 나온 걸지도 모르지.」
나탈리는 그 말에 살짝 이맛살을 찌푸렸다. 그녀가 이 시나리오에서 가장 좋아하는 캐릭터가 헤티 램이다. 헤티는 눈에 띄지 않지만 누구보다도 아름다운 인간이다. 자신의 판단과 감정을 믿고 그 무엇에도 흔들리지 않는 단단함. 내가 받은 사랑이 모조리 거짓이었다 해도 내가 사랑하기에 괜찮다고 말할 수 있는 헤티의 강인함은 나탈리가 지향하는 삶과 맞닿아 있었기에, 그녀는 저 배역이 몹시 탐이 났다.

「설마요.」

겉보기에 기가 약해 보인다. 그런데 제법 강단이 있다. 그것만으로 에르히 데버와 헤티 램을 동일시한다고? 카일러 감독이 에르히의 희미한 존재감을 모티브로 헤티를 창조한 것은 인정하지만, 그 둘을 동격으로 놓는 것은 말이 안 된다. 그런 불편한 심정이 드러난 나탈리의 얼굴을 보며 데렉이 피식 웃었다.

「이따 신유명이랑 붙어 봐. 그럼 내 말의 의미를 알게 될걸.」

이 영화에서 네 번째로 비중이 높다고는 하지만, 올리비아 프리데터의 점유율은 그리 높지 않다. 초반에서 중반까지. 아스라는 인물을 설명하기 위해 10여 개 정도의 신에 등장할 뿐이다. 그래서 나탈리의 촬영은 오늘부터 약 일주일간에 거의 몰려 있었다.

「잘 부탁해요, 나탈리.」

「저도요.」

촬영 첫날, 신 1에서 보여준 아스의 '전형적인 표정'. 나탈리는 그 기막힌 발상과 실제로 구현해낸 그의 연기력에 후끈 달아올랐다. 하지만 스케줄이 있어 이후의 촬영을 보지 못하고 자리를 비웠다. 신 2가 압도적이라 현장 스태프 모두 기함했다는 소식을 전해 듣고 나탈리는 내내 유명의 아스를 상상해왔다. 그것과 오늘 대면한다고 생각하니 손끝까지 저릿저릿해져 온다.

「신 5부터 가겠습니다!」

첫날, 모두를 놀라게 했던 신 2 이후로 이어지는 신이다. 둑방길을 걸으며 자신의 본모습을 드러내는 아스. 그는 집 근처의 수돗가에서 신발을 씻고 집에 들어선다.

「다녀왔습니다.」

언제나 아들을 경계의 눈초리로 지켜보는 양부모. 아스의 엄마는 바닥이 젖은 운동화를 부리나케 뒤집어본다. 깨끗하다. 하지만 맑은 날에 신발 바닥이 젖어 있는 이유는 무엇일까.

「너… 설마 또.」

「물웅덩이를 밟았어요.」

그는 천진한 미소를 지으며 뭉근한 눈초리로 그를 노려보는 엄마에게서 등을 돌린다. 2층에 있는 자신의 방으로 올라가 가방을 내려놓은 후, 여기서부터가 신 5의 시작이었다.

똑똑- 문을 두드리는 노크 소리. 방문이 열린다. 아스와 전혀 다르게 생긴 의붓누나, 올리비아 프리데터가 열린 문 앞에 서 있었다.

212

이 소스는 팩트예요

「응, 누나.」

그가 싱긋 웃는 모습을 보고 나탈리의 가슴이 덜컹 흔들렸다. 신유명은 물론 대단히 매력적이고 함께 연기하고 싶은 배우였지만, 이런 치명적인 느낌은 아니었다. 지금 이 눈앞의 남자는 인간의 패턴을 속속들이 분석하여 상대의 눈을 홀리는 존재.

아스 프리데터. 그를 보면 심장을 뚫고 나올 듯한 이 버거운 감정은 분명 배우 나탈리가 아닌 올리비아 프리데터의 것이다. 첫 신인데도 그에게서 퍼져 나오는 황홀할 정도로 매력적인 향기는 금세 자신을 올리비아란 배역에 취하게 했다. 그러면서 그녀의 마음속에는 다음 대사가 차오른다. 암기한 대사를 외는 것이 아니라 누구에게도 보이고 싶지 않은 자신의 바닥에서 질척한 욕망이 차오르듯이 순식간에 그릇에 넘쳐흘렀다.

「내 앞에선 그러지 않아도 돼.」

「……」

「나는 무조건 네 편이잖아. 아스, 내 동생.」

그녀는 기대하며 기다린다. 그에게 씌워져 있던 친절하고 상냥한 기운이 순식간에 벗겨진다. 피부가 저릿저릿하다. 위장된 친절함이 사라진 무심한 눈이 자신을 응시하자, 올리비아의 마음에 절망과 환희가 교차한다.

'내가 이렇게 사랑하는데도 그는 나에게 아무런 감정이 없어. 하지만 아스의 본모습을 아는 것은 나뿐이야. 그것만은 양보할 수 없어…'

달콤한 절망을 혓바닥으로 싹싹 핥으며 그녀는 다시 빌듯이 말했다.

「그래. 다른 사람들 앞에서는 잘 감추고 있어야 해. 누구라도, 부모님 앞에서라도 조금도 방심해선 안 돼. 하지만 누나 앞에선 괜찮아. 내가 꼭 네 병을 고쳐줄 테니까 그때까지 조금만 참아, 응?」

「누나는… 괜찮아?」

「그럼. 내 앞에서 편하게 있어. 무엇이든 다 보여줘.」

그 애원 같은 말에 아스가 고개를 5도 정도 가볍게 기울인다. 옅은 호기심. 다음 순간, 아까의 무표정과는 궤를 달리하는 정체 모를 무표정이 서서히 그의 얼굴에 드리웠다

'…!'

맹수의 우리에 들어와 있는 것 같다. 자신을 한낱 고깃덩이로 보는 시선이 무감각하게 제 몸을 훑는다. 그녀의 몸이 떨려오기 시작한다.

뭐지? 〈캐스팅 보트〉에서 자신이 연기했던, 마틴에게 묶여 죽음을 기다리던 엘리자베스의 감각인가? 아니…. 이것은 좀 더 본능적인 공포. 아예 먹이사슬의 윗단계 포식자를 만났을 때의….

쾅당- 올리비아는 자신도 모르게 뒷걸음을 치다 다리가 풀려 바닥에 주저앉았다. 무언가를 말하려 했지만 짓눌려 목소리가 나오지 않는다. 그를 가지고 싶다는 강렬한 열망은 본능적인 공포를 이기지 못하고 순식간에 얼어붙었다.

방긋. 그 모습을 보고 다시 그의 얼굴에 온화한 기운이 들어찬다. 그녀는 그제야 막혀 있던 숨통이 트이는 것을 느끼며 숨을 몰아쉬었다.

「괜찮긴.」

그가 웃으며 주저앉은 올리비아의 머리를 쓰다듬었다. 그 올리비아의 내부에서 나탈리가 생각한다.

'이건 신유명이 아니다. 정말 아스야….'

그리고 깨닫는다. 저런 상태의 아스와 마주하는 장면이 헤티에게는 몇 번이나 있다. 저 아스를 처음 보았을 때부터 그녀는 온몸을 떨면서도 대사를 또박또박 읊었다고 했다.

'에르히 데버…. 보통이 아니란 말이 이런 뜻이었구나….'

나탈리는 아찔해진 눈을 조용히 내리감았다.

데렉은 유명의 등을 툭- 쳤다. 돌아본 그는 3초 정도 자신을 빤히 바라보다가 한 박자 늦게 입에 미소를 머금는다. 잠시였지만 그 표정이 평소와 달리 서늘했다.

「씌였어요?」

「네? 아….」

「몰입하는 거야 좋지만, 〈캐스팅 보트〉에선 굉장히 전환이 잘 되는 타입이라고 생각했는데 장편 연기에선 아닌가 봐요?」
「아뇨, 이런 적이 없는데…. 요즘 좀 이상하네요.」
「맞춤옷이라 그런가?」
 요즘 미호가 자주 눈앞에서 사라진다. 할리우드이다 보니 여기저기 촬영장을 돌아다닌다고 했다. 미호가 없으니까 미호의 생각을 더 많이 하게 된다. 함께 해온 시간, 여러 가지 사건들. 그때마다 미호는 어떤 기분이었을까. 그러다 보면 아스의 배역에 더욱 깊게 빨려 들어가는 기분이 든다.
「어떻게든 초반부터 와 있어야 했는데, 싶네요.」
「바쁘셨잖아요.」
「바쁘더라도 이게 더 중요한데. 이번 영화는 뭔가 내게도 전환점이 될 것 같은 기분이에요. 지금부터라도 최대한 촬영장에 나와 있으려고.」
「테르카 파트는 중후반에 몰려 있어서 촬영은 아직 한참 남았을 텐데요?」
「아스를 자주 봐야 테르카를 만들 수 있을 것 같네요.」
 테르카. 아스의 출신성인 아븨칸에서 온 외계인이다. 아스와 동족이면서 대척점에 있는 인물. 유명은 그 캐릭터를 보고 이건 데렉 맥커디가 아니면 소화하기 어려울 배역이라고 생각했다. 일반적인 인간을 압도하는 포식자로서의 위용, 자신의 아스에 눌리지 않는 강한 포스를 뿜어낼 수 있는 배우가 데렉 말고 또 누가 있겠는가.
「기대하고 있습니다.」
 데렉이 흠흠 헛기침을 하더니 다른 화제를 꺼냈다.
「그나저나, 여론이 심상치 않네요. 파블 쪽이 개입되어 있는 것 같은데.」
「파블?」
「조지와 오웬이 찍고 있는 영화의 제작삽니다. 그쪽 홍보팀이 일을 좀 지저분하게 하는 데다 조지가 그 회사 간판이라 입김이 쏠쏠하거든.」

365

「아, 그래요?」

데렉의 걱정에도 유명은 별 개의치 않았다. 유석은 한동안 유명의 가십기사로 골머리를 앓는 듯하더니, 요즘 들어서 다시 얼굴에 여유가 돌아왔다. 문 실장 시절로 돌아간 듯 활기가 넘친다.

「대표님이 뭔가 생각이 있으신가 보더라구요. 너무 걱정하지 마세요.」

「흠…. 그쪽 대표는 뭔가 분위기가 음흉하단 말이지.」

데렉은 피비를 힐끔 돌아보며 말했다. 유명이 피비 테일러의 정체를 알고 있을까? 굳이 알려줄 생각은 없다. 자신은 관여하지 않겠다고 약속하기도 했지만, 유명의 사생활이 어찌됐든 '연기력을 폄하당하는' 것만 아니라면 별 관심이 없었기 때문이다. 눈깔이 있다면 연기력을 까진 않겠지.

「NG-」

12번째 엔지다. 감독도 주연배우도 표정이 뭐 씹은 것처럼 일그러져 있다. 아무리 촬영장에선 감독이 왕이라고 하지만 오웬쯤 되면 감독의 말이라고 무조건 굽실거릴 급이 아니다. 스태프들도 지친 기색으로 감독을 바라본다. 괜찮은데 왜 저러나, 하는 표정으로.

「거기서는 좀 더 고통과 기쁨이 복합된 표정으로….」

「감독님, 디렉션을 정확히 주시죠. 저도 이젠 지칩니다.」

오웬의 얼굴이 바짝 굳은 것을 보고 조지가 뜨끔한다. 자신이 묵혀뒀던 가장 자신 있는 시나리오를 꺼내고, 데렉과의 경쟁심을 부추겨서 겨우 꼬셔온 톱급 배우다. 객관적으로 나쁜 연기는 아니지만 문제는….

'눈에 아른거려. 신유명, 혹은 데렉 맥커디의 연기.'

그들이라면 이 시나리오의 주인공 '피스'를 기가 막히게 살렸을 거란 아쉬움이 떠나지 않는다. 오웬 위트필드는 분명히 주인공다운 아우라가 넘쳤지만, 그 배역이 되는 것이 아니라 배역을 자신에게 맞추는 스타일이었다.

'이대로는 안 돼….'

왜 좋은 것은 카일러에게만 가는가.

카일러와 처음 개봉 날짜가 붙었을 때 조지는 그의 영화를 보러 갔다. 그때 〈필로소피아〉의 마일리 필론을 보고 온몸에 소름이 돋았던 기분이 지금까지도 생생하다. 그다음 영화는 그저 그랬다. '배우에 맞추어' 영화를 만든다는 개소리를 하는 카일러의 영화는 대박과 소박을 왔다 갔다 하며 심한 편차를 보였다. 하지만 '맞춤 시나리오'를 쓰는 '예술적' 감독이라는 평을 얻으며 그의 명성은 계속 높아져갔다.

'다 마케팅이지, 시발것.'

컨셉을 잘 잡은 덕에 카일러의 영화에 꼭 출연하고 싶다는 배우들의 숫자는 늘어만 갔다. 자신이 여러 번 프러포즈하다 거절당한 데렉 맥커디도 카일러의 꽁무니를 졸졸 쫓아다니고 있었다. 그런데 〈캐스팅 보트〉에 갑자기 신유명이 등장한 운발은 또 뭐란 말인가.

'재수 없는 새끼.'

조지는 이번에 많은 것을 걸었다. 유명이 대단한 연기력을 보여줬다고는 하지만, 할리우드에서는 아직 병아리 축에도 끼지 못하는 배우이다. 오디션 우승 배우? 분명 화제성은 있겠지만 그만큼 가자미눈을 뜨고 보는 사람도 많을 것이다. 그래서 조지는 사도에 대응하는 왕도를 계획했다. 고이 간직했던 최고의 시나리오에 톱급 배우를 써서 블록버스터로 밀어붙이는 왕도.

데렉 맥커디를 캐스팅하려는 시도는 어그러졌지만 오웬 위트필드도 괜찮은 대안이었다. 그는 한 번도 흥행에 실패한 적 없는 배우이자 관객의 시선을 단숨에 사로잡아야 하는 블록버스터에서는 따를 자가 없다는 인물이니까.

그런데 왜, 그의 연기를 볼 때마다 자꾸 유명이나 데렉과 비교가 될까. 조지는 대본을 구겨 쥐었다.

「미안해요, 오웬. 이 대본이 오웬의 매력을 제대로 못 살리는 것 같군요. 시나리오를 좀 수정하고 가도록 하죠.」

「…그래요. 저도 대본이 좀 밋밋하지 않나 생각 중이었어요.」

오웬의 부루퉁한 말에 조지는 애써 웃었다. 속으로 대본이 밋밋한 게 아니라 네가 못 살리는 것이라고 욕을 하며.

그는 자신의 역작이라 생각하던 시나리오에 손을 대기 시작했다. 그리고 파블의 홍보팀을 더욱 쪼기 시작한다. 좀 더, 좀 더 〈Mimicry〉를, 그 영화의 주인공을 깎아내리라고. '오디션 전문 배우', '동양인 배우', 대중들이 고개를 갸웃할 만한 조미료를 팍팍 쳐서.

그리고 끊이지 않는 가십들에 회심의 미소를 짓고 있는 사람도 있었다.

「소스입니다.」

「…확인해도 될까요?」

「마음껏.」

피비는 유석이 밀어준 USB를 잽싸게 낚아챘다. 그녀의 반들반들한 눈이 사냥감을 쫓는 고양이처럼 반짝 빛난다. 위이잉- USB를 머금은 노트북이 데이터를 읽는 소리를 낸다. 그녀는 그 안에 든 한 개의 파일을 클릭했다. 혹시나 빼앗길까 봐 노트북과 USB의 연결부를 움켜쥔 채였다.

동영상에서 흘러나온 것은 연기를 하고 있는 유명의 모습. 동양 사극풍의 의상을 걸친 그가 열심히 연기하고 있다. 그 화면을 보고 피비는 움찔했다. 대사를 전혀 알아듣지 못하는 데도 알겠다. 무척 엉망인 연기라는 걸.

「이건… 한국에서의 과거 연기 영상인가요?」

「그렇죠. 신유명 연기력 조작설에 큰 힘을 실어줄 겁니다.」
「도대체 왜 이런 걸…. 소속 계약에 문제라도 있나요?」
「그건 테일러 양이 알 거 없고.」
그녀가 테이블을 쾅- 친다.
「그가 과거에 어떤 연기를 했건 간에 지금 엄청난 연기력을 가지고 있다는 걸 제 눈으로 확인했습니다. 그런데도 이 소스로 기사를 쓰면 허위기사죠.」
「허위는 아니죠. 이 소스는 팩트예요.」
「아니, 제가 지금은 전혀 아니라는 사실을 알고 있다는 점에서 이미 허위죠.」
유석이 피식 웃음을 터뜨린다.
「아니, 언제부터 파파라치가 양심이 있었다고.」
「저는 기자입니다. 돈이 되는 기삿감을 발굴하고, 그걸 제보해서 돈을 만지는 걸 좋아하지만, 허위사실로 기사를 쓰지는 않아요.」
그들 사이에 팽팽한 침묵이 한참이나 오갔다.
'역시, 내 과야.'
이이제이(以夷制夷). 오랑캐로 오랑캐를 제압하는 전략. 가십을 이용하기 위해 파파라치를 고용하기로 결정한 후, 유석은 무척 신중하게 대상을 물색했다. 파파라치는 양심도 기준도 없는 경우가 대부분이지만, 그중에서도 나름 기자 의식이 있는 파파라치가 있다.

법을 어기는 것을 불사하면서 취재하고, 거액의 돈을 주고 기사를 팔아먹는다는 점은 동일하지만, 그래도 나름의 직업윤리가 남아 있는 사람. 드물게 발견되는 닳고 닳았지만 '진짜'에게 감화될 만한 영혼이 남은 사람. 즉 문유석 자신 같은 영혼의 소유자. 그녀가 지금 으르릉대며 이빨을 드러내고 있다. 전투력까지도 최고다.

'그새 저만큼이나 감화시켜놓다니.'

유석이 피비를 붙인 것은 유명이 그녀에게 어떤 영향을 끼치리라고 확신했기 때문이지만, 그 시간이 생각보다 짧았다. 그녀는 이미 '연기력'에 대해서는 그를 일말도 의심하지 않는 것 같다. 사실 그녀가 이 파일을 보고 좋아하건 화를 내건 상관은 없었다. 어느 쪽이든 계산하에 있으니까.

피비는 유석의 표정을 보고 조금씩 의심의 기색이 꺼져간다. 뭔가 있다는 것을 눈치챈 듯싶다. 유석이 그런 그녀에게 웃으며 제의했다.

「직접 기사를 쓸 생각이 없다면 용돈벌이라도 하시죠. MSG 팍팍 쳐줄 만한 곳에 넘겨요」

「설마 이거… 조작 영상인가요? 일부러 연기를 못하는 척 연기한 거…?」

「조작은 아닙니다. '그런' 배역이었죠.」

아직도 돌아가고 있는 동영상. 그 안에서는 〈연예학개론〉의 극중극 〈호적수〉의 연기가 펼쳐지고 있었다.

'연기를 못하는 연기'

이규성이 꾀병을 핑계 대며 촬영장을 이탈했던 날, 유명이 잠시 대역을 맡았을 때의 영상이었다.

213

문 대표 스타일 몰라요?

"따지고 보면 나쁠 건 없겠더라고."
"…어째서요?"

"오디션 프로라는 게 좀 그래. 그 당시에는 화제성이 하늘을 찔러도 꺼지는 건 또 금방이지."

유석은 호철에게 이런저런 얘기를 해주고 있었다. 미국 지사를 키울 생각이다. 아마 한국의 굿엔터보다 훨씬 큰 규모로. 호철도 이제 조금씩 큰 그림을 보아야 하는 연차가 되었다.

"가수 오디션은 좀 나아. 오디션 진행 과정에서 발생하는 음원들로 화제성 유지시키면서 싱글을 잽싸게 내면 되니까. 그런데 연기 오디션은 그런 게 없잖아."

오디션 프로가 종료되는 순간 화제성은 곤두박질친다. 그에 비해 다음 작품을 준비하는 시간은 최소 6개월에서 1년. 수많은 프로그램들 속에서 한 프로그램의 우승자를 수개월이나 기다려주는 관중은 얼마나 될까. 그래서 언론의 관심이 유지되도록 적절한 떡밥을 이쪽저쪽에 던진다. 신유명의 연기력을 인정하게 만드는 쪽에 한 번, 의심하게 만드는 쪽에 한 번.

"그럼 설마 스폰서 기사도 대표님 작품…."

"미쳤어? 내가 그런 사람으로 보여?"

'네, 그런 사람으로 보여요….'

유명이 아니라 다른 배우라면 일부러 그러고도 남지 않았겠냐는 말대꾸를 호철은 속으로만 뱉었다.

"TW에서 이렇게 촬영을 급하게 진행하는 이유도 그 때문이야. 화제성이 최대한 꺼지기 전에 개봉하고 싶은 거지."

"루머가 오히려 영화에 악영향을 끼치지는 않을까요?"

"불이 꺼지지도, 너무 타오르지도 않게 장작을 제때 잘 넣어야지. 다행히 도와주는 친구들이 있어서."

유석이 말하는 '친구들'이란, 조지 하우슬리와 제작사 파블을 말한다. 호철이 영 걱정이 되는지 다른 의견을 꺼냈다.

"화제성을 유지시키고 싶으면 차라리 인터뷰를 하거나 광고를 찍으면 어떨까요? 지금 쌓여 있는 섭외나 광고 요청 중에 몇 개만 해도 얼굴을 기억시키는 데는-"

"안 돼. 연기에 방해되는 건 아무것도 안 시킬 거야. 첫 작품 나오기도 전에 그런 거로 이미지 소모시킬 생각도 없고."

애지중지하는 거 보소. 이 사람은 에이전시 대표일까, 신유명의 팬일까.

"그리고 아주 귀한 몸이 되시고 나면 따로 계획하고 있는 일도 있거든."

"…?"

"크루드 광고 담당이었던 박진희 팀장 기억나?"

"그럼요. 팬클럽 회원이지 않습니까. 한국에선 팬클럽 운영위 회의도 여러 번 함께 했는데요."

"미국 지사에 홍보부장으로 섭외 중이야."

"…네?"

호철이 황당한지 말을 버벅인다.

"생각하고 있는 프로젝트의 적임자거든. 앞으로 커질 미국 지사에 꼭 필요한 인물이기도 하고. 그리고 그만한 열의를 갖고 일할 사람이 또 있을까?"

"그야 없겠죠…. 아마 그분이라면 영혼을 갈아서 일할 겁니다."

호철은 유명을 보면 넋을 잃은 듯이 눈이 풀리는 '보형양제'를 떠올렸다. 온다. 그녀는 반드시 온다.

"그리고 난 한국에 좀 다녀올게."

"박진희 팀장 섭외하시려요?"

"그 건도 있고, 다른 건도 있고."

유석이 호철에게 무언가를 설명했고, 그는 그 계획을 듣고 입을 헤벌렸다.

Hollywood Week 독점 특종! [캐스팅 보트 조작 의혹?]

두 달 전, TW 방송국의 간판 예능 〈캐스팅 보트〉가 절정에 달했을 때, 시청자들은 충격에 휩싸였다. 20대 후반의 나이에 전 심사위원을 경탄케 한 '연기 천재'의 등장. 그는 방송 도중 급조된 팀을 훌륭히 이끄는가 하면, 연기에 성실하지 않은 참가자를 감화시키는 등의 수많은 '영웅적' 면모로 신드롬에 가까운 인기를 획득했다.

그러나 '방송'과 '진실'의 간극에 대해서 많은 이들은 의문을 품고 있다. 아무리 타고난 천재라 해도 이럴 수 있을까 싶을 만큼 그의 행보는 '기행'에 가까웠기 때문이다. 일부러 그를 띄우기 위해 화면을 후보정한 것은 아니었을까? 라는 의문에 대해 '생방송 방청객'들은 하나같이 실제로 보면 더욱 굉장하다는 평을 늘어놓았다. 그 수많은 리뷰들조차 조작 불가능한 것은 아니지만, 추정에 불과하므로 일단 넘어가도록 하자. 하지만 이번에는 이런 의혹이 제기되었다. 그가 모든 과제를 미리 받았고, 방송에서 빛나던 즉석 연기들이 실제로는 '즉석'이 아니라 예전부터 준비된 것이었다면 어떨까? 본 기자는 신유명의 과거를 추적하던 중 할리우드로 넘어오기 직전의 3개월간 그의 행적이 불분명하다는 사실을 발견했다. 도대체 그 3개월간 그는 어디서 무엇을 하고 있던 것일까. 그때 〈캐스팅 보트〉의 '과제'들을 훈련 중이었던 것은 아닐까? 아울러 본지가 '단독'으로 입수한 자료에 의하면, 그는 2년 반 전까지만 해도 결코 천재가 아니었다. 한국(신유명의 모국)의 어떤 역사극의 촬영에서 그의 연기는 무척 조악했고, 발성이나 대사의 톤 또한 전달력이 부족하고 힘이 없어 배우로서 아쉬운 면모를 보였다. 그렇다면 7의 연기는 어떻게 2년 반이라는 짧은 시간 동안 그처럼 발전할 수 있었을까? 아니 정말로 발전한 것은 확실한 걸까?

TV 쇼와 영화는 결코 같지 않다. 모두가 기대하고 있는 TV 쇼의 스타, 그의 '진짜 연기 수준'은 과연 대중의 기대에 부합할 것인가. 오랜만에 미국을 열광시킨 〈캐스팅 보트〉가 조작된 '반 리얼리티 쇼'가 아니길 바랄 뿐이다.

※ Hollywood Week 온라인 홈페이지에 단독 입수한 동영상이 게재되어 있다.

이 기사와 증거 동영상으로, '신유명 연기 거품설'은 다시 장작을 던져넣은 것처럼 화르르 타오르기 시작했다.

"감독님, 저 동영상이 어떻게 할리우드까지…."
"그러게 말입니다."
"그런 게 아니라고 제가 인터뷰라도 해야 할까요…. 문 실장님, 실장님 미국 연락처가-"
"승효 씨 진정해요."
백승효는 방학 PD의 새 작품을 찍고 있었다. 오늘도 촬영장에서 밤샘 촬영 중이던 그는 갑자기 실시간 검색어로 떠오른 '신유명 발연기'라는 키워드를 클릭했고, 그 동영상에 기함하여 방학 피디를 찾아왔다.
"저건 극 중 배역 때문에 일부러 저런 컨셉으로 연기한 거잖아요. 이미 폐기되어야 했을 영상이 왜…."
"후훗, 왤까요?"
"설마 감독님이…."
"맞아요, 제가 유출했습니다."

"도대체 왜…."

"얼마 전에 문 실장님, 아니, 이제 대표님이라고 해야 하나? 하여간 그분께 연락이 와서 그 자료를 좀 구해달라고 부탁하시더라구요."

"실장님이요? 실장님이 왜…. 신유명 씨가 굿엔터 미국 지사의 핵심이고 미래일 텐데, 어째서…?"

"흐음. 백승효 씨는 문 대표 스타일 몰라요?"

방학 PD가 씨익 웃는다.

"괜히 초치지 말고 가만있어요."

"…?"

"가만 보면 굿엔터 배우들이 유독 착해. 세상 더러운 꼴 안 봐도 되게 '누가' 곱게 울타리를 쳐줘서 그런 거 같네요."

"……"

"뭐 나도 저 동영상의 실체를 몰랐다면 불안했겠지만, 알고 보니 대충 각이 나오지 않아요? 승효 씨는 모르겠어요? 당시 현장 스태프들 입단속이나 좀 해놔야겠네."

디링- 그때 방학 PD의 핸드폰이 울렸다. 해외 수신 문자 메시지. 그것을 읽은 방학 PD는 웃으며 백승효에게 눈을 찡긋했다.

"때마침 함구령이 떨어졌네요. 승효 씨도 모르는 척해요."

'기삿감 참 더럽게 없네.'

촬영을 제외한 신유명의 일상은 담백 그 자체였다. 스폰서 설을 터뜨린 기자에게 무슨 개소리냐고 묻고 싶을 정도로 기삿감이 없다고 속으로 투덜거리면서도 촬영장을 향하는 피비의 발걸음은 이상할 정도로 경쾌했다. 언제나 숨어서 스타들을 스토킹하던 파파라치가 처음으로 당당히 촬영장을 드나드는 묘한 뿌듯함. 게다가 그 촬영장은 참 재미있기까지 했다.

「진짜 이번 영화 대박날 거 같지 않냐?」

「그치…? 용두사미로 끝나지만 않는다면 작품 하나 나올 듯.」

지나가는 스태프들의 말에 그녀가 고개를 슬며시 끄덕인다. 지금 그녀가 따라다니고 있는 배우는 물건이었다. 시간을 투자하는 보람이 없다고 입을 삐죽이면서도, 그녀의 눈은 굶주린 것처럼 그의 모습을 좇았다. 그러다 문 대표가 제공하고 자신이 흘린 동영상이 떠오르면 정신 나간 것처럼 킥킥 웃기도 했다. 그것의 정체가 공개되는 순간이 기대되어 견딜 수 없을 정도였다.

「어이, 피비.」

하릴없이 촬영을 구경하는 그녀에게 데렉 맥커디가 다가왔다. 요즘 그들은 거의 절친이 되기 일보직전이었다. '그 데렉 맥커디'와 하루를 멀다 하고 대화를 나눈다고 하면 남들은 부러워 어쩔 줄 모르겠지만, 그녀는 그가 그다지 반갑지 않다. 속을 긁는 재주가 남다른 데다 유난히 얼굴에 감정이 잘 드러나는 그녀를 재미있어 하는 태도가 역력하기 때문이다.

「나랑 같이 점심을 먹는 영광을 줄까?」

「됐거든요. 아니 촬영도 없으면서 왜 매일 촬영장에 죽치고 있는 거예요? 명색이 톱스타면서 당신, 스케줄 없어요?」

「이게 스케줄인데? 연습 스케줄.」

「매일 촬영장에 어슬렁대기만 하면서 무슨 연습요.」

「아스를 보고 담아야 하거든.」

장난기가 줄어든 목소리에 피비가 슬쩍 그를 올려다본다. 그의 시선은 신유명에서 떨어지지 않고 있었다.

「도대체 무슨 역이길래 그래요?」

지나가는 말인 양 슬쩍 물어본다. 사실 그녀는 데렉이 언제 등장하고 어떤 배역인지가 궁금해 죽을 지경이었다.

「기자로서 궁금한 거야, 팬으로서 궁금한 거야?」

「알잖아요. 개봉도 안 한 영화 스포일링 할 정도로 쓰레기는 아니거든요. 워크브로더스에게 고소당하고 천문학적인 손해배상 청구서 받을 마음도 없고.」

「하기야 그걸 모를 정도면 여기 들어와 있지도 못했겠지. 그럼 역시 내 열렬한 '팬'으로서의 질문?」

빙글빙글- 데렉의 웃음에 피비가 얼굴이 시뻘게져 버럭 소리 지른다.

「아니거든요? 팬 말고 관객! 일반 대중의 시각!」

데렉은 큭큭 웃음을 터뜨리더니 말했다.

「외계인이야. 아스와 대척점에 있는.」

「외계인? 이거 SF물이었어요? 서스펜스 심리극인 줄 알았더니.」

「응. 이제 중반이니까 슬슬 밝혀지겠네. 나도 곧 촬영에 들어갈 거야.」

「그런데 아스를 보고 담아야 한다는 건 무슨 뜻이에요?」

데렉이 말투는 가볍게, 하지만 웃음기는 완전히 빠진 음색으로 대답한다.

「그야, 아스의 '본모습'이 저 정도라면, 나도 저 정도는 되어야 할 것 아냐.」

아스의 문제가 발각된 이후로도 헤티와 아스의 관계는 지속되었다. 아스는 정신과 의사가 된 올리비아의 진료 확인서를 받는다. 정말로 진료를 받는 것은 아니지만 헤티를 안심시키기 위해서. 그런 그의 모습에 올리비아는 헤티를 질시하고, 아스는 그 모습까지도 관찰의 대상으로 삼는다.

쾅- 해를 거듭할수록 무차별 폭발 테러는 더욱 거세지고 있다.

헤티의 콩쿨을 보러 온 아스. 그녀의 연주가 끝나자 사람들은 무미건조한 반응을 보이지만, 아스만은 커다랗게 박수를 친다. 콩쿨이 끝나고 발표가 나기 직전에 아스의 귓가에 어떤 목소리가 들린다.
— *3분 이내에 이곳은 폭파될 것이다.*
뭐라고? 그는 주변을 휘휘 둘러보았지만 모두들 태연하다. 그 음성을 들은 것은 자신뿐인 모양이다. 스스로의 귀를 의심하지만 다시 반복되는 소리. 아스는 콩쿨의 결과를 기다리는 헤티를 끌고 부리나케 그곳을 빠져나온다.
콰아앙- 그들이 빠져나온 직후 그 장소는 정말로 폭파되었다.

테러 조사관이 들이닥친다. 아스는 본능적으로 거짓말을 한다. 헤티가 피아노를 치는 모습이 너무 아름다워서 프러포즈하려고 데리고 나온 것이 천운이었다는 변명이었다. '테러 예고'를 들었다, 라고 해봤자 누구도 믿지 않을 것이고, 자칫하면 테러와 관계된 인물로 오해받을지도 모르니까. 하지만 조사가 끝나고 '무차별 테러'였다는 공식 발표가 나간 이후, 아스의 귀에 다시 그 환청이 들려온다.
— *5월 17일, 로이드 음대가 폭파될 것이다.*

'누가 죽어도 상관없지만 헤티는 안 돼.'
아스는 그렇게 생각했다. 꽤 오랜 세월을 함께 지내왔음에도 그녀는 여전히 분석 불가능한 패턴을 보인다. 그의 호기심이 해결될 때까지 그녀는 안전해야 한다. 한편으로 그에게 드는 생각은, 자신에게만 들리는 목소리가 수상쩍다는 생각. 자신이 '목소리'를 들을 수 있다는 것을 '목소리'에게 들키면 위험할 것 같다는 예감이었다.
'자연스럽게 그날 헤티를 학교에 가지 않게 하는 방법은 뭐가 있을까.'
그는 머리를 굴린 끝에 환자로 '의태'하기로 결심한다. 여태 그는 인간의 표정과 동작, 말투를 의태해왔지만, 왠지 몸 상태까지도 의태가 가능하지 않을까 하는 생각이 들었다. 그리고 놀랍게도, 실제로 가능했다. 급성 폐렴. 그는 고열과 오한이 나며 호흡곤란까지 오는 상태가 되는 것에 성공했다. 그가 아픈 것에 놀란 헤티는 학교에 가지 않았고, 그날 음대는 폭발했다.

폐렴에 걸린 몸 상태를 연기하는 유명을 보며 데렉은 고개를 절레절레 흔들었다. 진짜 '의태'가 가능한 게 아닐까 싶을 정도로 그는 환자같이 보인다.
'정말 어디서 저런 말도 안 되는 놈이 나타난 거야?'
그래도 데렉은 좌절하지 않았다. 자기만큼 연기에 미친놈이 또 없다는 걸 투덜대며 살아온 세월, 유명의 등장은 그에게 엄청난 자극이자 기쁨이었다. 그와 함께라면… 누가 봐도 현실로 느낄 만큼 리얼리티가 높은 연기도 가능하지 않을까.
'드디어 내일….'
손꼽아 기다렸던 날을 단 하루 앞두고 데렉은 크게 숨을 들이켰다. 내일은 테르카의 첫 촬영일이었다.

214

아비규환

「그만 들어가시죠. 내일 촬영인데요….」
「내가 알아서 해. 잔소리 그만하고 내일 제시간에나 데리러 와.」
데렉은 언제나처럼 염려를 쏟아놓는 매니저를 일축하고 개인 연습실에서 새벽을 맞았다.

'아스의 연기.'

완벽한 의태까지는 이해했다. 하지만 의태를 걷어냈을 때의 그 압도적인 존재를 처음 보았을 때, 데렉은 충격과 환희에 몸을 떨었다.

'저것이 연기로 가능한 영역이었다는 말인가.'

자신이 가장 잘 알고 있다고 자부하던 분야. 그것의 또 다른 지평이 펼쳐진 것을 확인한 욕심 많은 배우는 그날부터 연습실에 틀어박혔다. 유명의 연기를 눈에 넣으려 촬영장을 방문할 때를 빼고는 거의 연습실을 나가지 않는 그였다. 연기에 관한 의욕이 한 번 발작하면, 식음도 수면도 잊고 연습에 몰두하다 몸을 상하는 것을 여러 번 봐온 매니저는 그를 만류하고자 애썼지만 소용이 없었다.

데렉은 깊은 생각에 빠진다.

'아븨칸의 인류는 약자를 가엾이 여기는 마음이 없다.'

테르카는 아스를 '회수'하기 위해 지구로 파견된다. 문제는 아스의 소재가 불분명하다는 점이다. 당연한 일이다. 그의 '의태' 능력이라면 지구인과 뒤섞여 한 치의 다름도 없이 살고 있을 테니까. 그는 아스를 찾을 방법을 생각하다 '아븨칸인'만이 들을 수 있는 음파로 메시지를 뿌리기 시작한다. 하지만 지구인들은 여러 가지 이유로 환청을 듣는 사람이 너무 많아서 그 메시지에 반응하는 사람을 가려낼 수가 없었다.

'그래서 테르카는 테러를 시작하지. 목적을 이룰 수만 있다면 인간이 죽어나가는 것 따위는 개의치 않으니.'

조금이라도 아븨칸인의 흔적이 보이는 장소는 가차 없이 폭파한다. 폭파 전 아븨칸인만이 들을 수 있는 소리로 메시지를 남긴다. 그렇게 자행된 테러들에서 알 수 없는 이유로 살아남은 사람들이 '후보'에 이름을 올렸다.

'그리고 아스는 두 번을 살아남았어.'

테러로 보고되거나 혹은 보고되지 않은 수백 번의 사고들. 거기에서 '우연히' 살아남은 사람들이 후보가 된다. 테르카는 그들을 초청한다. 물론 허락받지 않은 초청이다. 거기서 처음으로 테르카와 아스가 대면하는 장면이 내일 데렉과 유명의 첫 촬영이다.

'아스가 의태를 하지 않을 때 뿜어내는, 인간을 움츠러들게 하는 포식자의 기운. 테르카는 그 분위기를 기본으로 탑재하고 있어야 해.'

데렉은 완전한 정적이 깔린 새벽 공기 속에서 깊게 침잠했다. 자연재해. 자연 그 자체처럼 고요하고 아름답지만, 그것이 무심하게 눈을 뜰 때 인간은 한 줌 재처럼 맥없이 날아가는 거대한 존재감을 이미지하며.

새로운 세트가 오픈되었다. 나선으로 배열된 조명들과 그 사이를 빼곡히 메우고 있는 기계들은 우주선 내부를 구현하고 있다. 이번 영화에서 유일하게 SF 느낌이 나는 세트다. 유명은 세트의 규모와 정교함에 눈이 휘둥그레져서 기계벽을 조심스레 만져보았다. 뛰어난 미술감독은 이 세트를 지구보다 훨씬 하이테크놀로지한 어떤 문명의 산물로 보이도록 조성해놓았다. 본격적인 '할리우드 영화'를 처음으로 찍는 유명의 입장에선 신기할 수밖에 없는 광경이었다.

「좀 조악한 부분들은 VFX로 보정할 겁니다.」

「어… 조악… 어디가….」

지나가던 미술팀 스태프가 변명하듯 유명에게 한마디를 던졌고, 유명은 어리둥절하게 반문했지만 이미 그는 사라진 뒤였다.

'어디가 조악한 건지 궁금한데….'

바쁜 스태프들 사이로 카일러가 다가와 염려스럽게 묻는다.

「유명 씨. 아무래도 대역을 쓰는 게 낫지 않을까요? 지금이라도 비슷한 체격으로 섭외하면-」

「괜찮습니다, 감독님. 정말로요.」

오늘 촬영에 수반될 격한 신들이 걱정되는 모양인지 카일러가 자꾸 염려스런 표정을 지었지만, 유명은 걱정 말라며 산뜻한 웃음을 지어보였다. 그리고 분장을 마친 데렉이 걸어온다. 머리를 올백으로 넘기고 금속성의 펄을 섞어 분장한 모습은 꽤나 그로테스크했지만, 주변의 시선을 당연하다는 듯이 받으며 똑바로 걸어오는 그는 정말 지구인이 아닌 것처럼 포스가 넘쳤다.

「멋지네.」

「내가 이렇게 멋진 배우란 걸 너만 모르거든.」

「나도 알거든. 특히 오늘은 더 멋져.」

웬일로 카일러가 데렉의 멘트를 긍정해준다. 데렉이 움찔하더니 얘가 무슨 꿍꿍이로 이러나- 하는 눈빛으로 카일러를 쳐다본다. 유명이 쿡쿡 웃었다. 저 두 사람에겐 어떤 과거가 있기에 저런 사이가 형성된 것일까. 어쨌든 이 촬영장은 배우들도 스태프들도 무척 마음에 든다. 아주 좋다.

「자, 이제 가보실까요?」

「그러죠.」「네-」

신 61. 아스의 납치.

「잠든 아스, 크로마키부터 따겠습니다.」

유명은 잠옷을 입은 채로 침대 위에 눕는다. 미국에서 '외계인 납치'의 클리셰인, 잠잘 때 창문으로 눈부신 빛이 새어 들어와 그 빛에 닿은 사람들을 우주선으로 소환하는 장면이다.

유명은 초록색 천으로 덮인 침대 위에 눕는다. 화면에서 아스의 몸은 둥둥 떠서 창문 밖으로 이동할 것이다. 납치되는 것은 아스뿐만이 아니다. 테러에서 살아남아 '의심 인물'로 추정되는 10여 명의 사람들이 함께 소환된다. 아직 그중 누가 '진짜 아스'인지 테르카는 모르고 있는 상황.

유명은 단역배우들을 돌아보았다. 오늘 함께 테르카의 시험에 들게 된 '아스 후보'들이다.

'실감나는 연기가 중요해서 단역이지만 상당히 공들여 뽑았다고 했지. 꽤 눈에 익은 배우들도 있네.'

단역을 연기하기엔 꽤 인지도가 있는 배우들도 보인다. 아마 '데렉 맥커디가 조연을 맡은 영화'라는 부분에서 자존심을 꺾고 단역을 받아들일 수 있었을 것이다. 참 여러 가지로 데렉은 도움이 된다.

「신 62 들어갑니다-」

납치당한 10여 명의 인물들과 아스. 그들이 우주선 세트의 한가운데에 선다. 신 62의 촬영이 시작되었다.

「여… 여기가 어딘가요?」

「뭐야, 갑자기 이게 무슨 상황이에요?」

우주선에서 깨어난 사람들의 표정이 공포로 물든다. 어떤 사람들은 꿈인지 확인하기 위해 자신의 몸을 꼬집어보기도 한다. 혼란에 빠진 사람들의 웅성임. 아스는 잠시 그들을 날카롭게 관찰하더니 '의태'하기 시작했다. 두려움 따위의 인간적인 감정이 존재하지 않는 그는 이 상황이 '목소리'와 관련이 있을 것이라는 추측에 빠르게 도달한다. 그리고 다른 인간들과 비슷하게 행동하면서 추이를 관찰하는 게 안전할 것이라는 판단을 내렸다.

혼란에 빠진 사람들의 앞에 '그'가 나타났다. 저벅- 저벅- 한 점 빛으로 소실되는 복도 너머에서 드러난 테르카의 모습을 보고 유명은 피부가 저릿해졌다. 꽉 다문 입매, 감정이 깃들지 않은 눈빛, 걸어오는 발자국마다 흔적이 남을 듯이 진하게 퍼지는 기류. 가까이 다가올수록 그는 이글거리는 존재감으로 겁에 질린 사람들을 찍어 누른다. 무자비 그 자체인 아븨칸인의 모습이었다.

'역시, 데렉 맥커디…. 감정을 절제하고도 존재감을 뿜어내기는 정말 쉽지 않은데.'

격렬한 분노, 무너질 듯한 슬픔, 그런 감정 상태를 표출하며 주의를 끌기는 어렵지 않다. 하지만 지금 그는 그 어떤 감정 표현 없이도, 모두의 눈이 그에게 붙박일 정도로 존재감을 과시하고 있었다. 최고의 배우라는 찬사가 아깝지 않다고 생각하며 유명은 그에 맞는 최선의 연기를 하기 시작했다.

'저 위험한 생물'이 자신에게 주목하지 않도록 이 인간들 사이에서 누구보다도 평범해 보이게 의태하는 것. 그것이 자신이 해야 할 연기. 아스는 존재감을 더욱더 내리누르며 몸을 덜덜 떨기 시작한다. 그가 지금 하고 있는 것은 자신의 모습을 보고 떨림을 멈추지 못하던 '헤티 램'의 카피였다.

「너희들이 이곳에 온 이유는 '아븨칸인'으로 의심받고 있기 때문이다.」

그의 음성이 우렁- 하고 흘러넘친다. 그 목소리에 실린 힘으로, 귀가 아닌 뇌로 직접 들어오듯이 의미가 각인된다. 사람들이 그 목소리에 자지러지게 떨기 시작했고, 아스는 주변을 부지런히 관찰하며 자신의 상태를 그들에게 맞추었다.

「이곳에 아븨칸인이 있다면 그는 자신이 지구인과 다르다는 사실을 알고 있을 것이다. 말하라. 나는 너를 해칠 목적이 아니며, 밝히는 것은 너에게도 도움이 될 것이다.」

도움? 글쎄…. 자신을 찾기 위해 그 수많은 지구인들을 죽였다니 손속이 너무 잔인하지 않은가. 상대는 자신보다 압도적인 강자. 그 속을 모른 채 자신을 드러내기에는 너무 위험성이 크다고 판단한 아스는 부지런히 자신의 정체를 숨겼다. 아무도 나서지 않자, 테르카는 표정 하나 바꾸지 않으며 말한다.

「말하지 않는다면 몸으로 말하게 하면 되겠지.」

거대한 수조에 물이 채워진다. 생명체에게 가장 무서운 것은 죽음의 공포. 지금 테르카가 하려고 하는 것은 '후보자'들을 한계까지 죽음으로 몰아붙여 스스로 실체를 드러내게 하는 방법이다. 투명한 와이어가 배우들의 등 쪽, 잘 보이지 않는 부위에 고정된다. 의료진과 비상구조 요원들이 지척에서 대기 중인 위험한 촬영이다. 이번 단역들은 그 위험성을 미리 고지하고 동의한 배우만을 뽑았고, 사전에 여러 번의 안전 교육이 진행되었다. 카일러가 유명에게 다가와 다시 한번 말린다.

「몸이라도 상하면 큰일인데요. 혹시 몰라서 유명 씨와 비슷한 체격의 스턴트 배우를 대기시켜뒀는데 지금이라도-」

위험한 신인데도 직접 촬영을 고집한 이유가 있다. 이 파트는 시나리오상에서 아주 중요한 부분이다. 아스가 외계인인 것이 처음으로 드러나지만, 외계인이라는 것을 필사적으로 숨기는 파트. 팽팽한 긴장감이 끊어져선 안 된다.

「감독님, 정말 괜찮습니다. 중요한 신이잖아요. 진짜 중요한 신이라 CG 안 쓰고 수중 촬영을 하기로 한 건데 주연배우가 빠지면 의미가 없죠.」

「유명 씨는 워낙 연기를 잘하니까 표정을 잘 따다 붙이면-」

「붙여서는 직접 하는 것만 한 그림이 절대 안 나올 거예요. 걱정 마세요. 안전장치도 있고 안전요원들도 저렇게 많이 배치되어 있는데요.」

「하아….」

「사실 그렇게 대단히 위험한 것도 아니잖아요. 잘못되어봐야 물 먹고 실신하는 정도지 죽을 위험이 있는 것도 아니고요.」

카일러가 한숨을 쉰다.

「알겠습니다, 한계까지 가기 전에 꼭 멈추세요. 너무 욕심내지 말고」

「네-」

피비는 그 모습을 맹렬히 기록한다.

'사실 지금 당장 쓸 수 있을 만한 기사가 없을 뿐이지, 후일을 생각하

면 소스가 넘쳐나긴 해.'

　지금 이 촬영장에 발을 들인 기자는 자기 혼자뿐. 〈Mimicry〉가 제대로 뜨기만 한다면 촬영장 비하인드 스토리만 다뤄도 꽤나 쏠쏠히 기사를 제조할 수 있으리라. 자신이 전문으로 하던 스캔들 기사는 아니겠지만, 어찌 보면 다른 분야에 진출할 기회가 될지도 몰랐다.

　'그런데… 진짜 미친놈들 아냐?'

　피비는 오늘 데렉과 유명의 투샷을 보고 흥분으로 몸을 움찔거렸다. 유명이 연기한 '아스의 본모습'을 목격했을 때 어떻게 저런 연기가 가능한지 이해하지 못했던 그녀는 오늘 데렉의 '테르카'를 보고 그걸 재현하는 배우가 또 있음에 어이를 상실한 상태였다. '진짜 배우'라는 종자들은 원래 저런 것일까. 저 둘이 앞으로 베일을 벗고 부딪힐 장면은 어떻게 뽑힐 것인가. 가슴이 두근두근 뛴다.

　「자, 준비하시고 슛 들어가겠습니다-」

　「레디- 슛-」

　아븨칸인들이 '아스 후보'들을 발로 밀어 수조에 처넣는다. 아스를 포함한 열 명의 사람들이 물속에 잠겨 허우적대기 시작한다.

　「사- 살려- 나… 난 수영을 못-」

　「으아아- 어푸- 으- 어푸어푸-」

　「왜 이래! 나한테 왜 이러는 거야!」

　순식간에 비명과 신음으로 가득 찬 우주선 내부. 수영을 할 줄 아는 이들은 물장구를 치며 이러지 말라고 비명을 지르고, 그마저도 불가능한 인간들은 발악하듯 몸을 허우적댄다.

　아비규환. 촬영 중이고 안전장치가 되어 있다는 것을 알면서도 물이 턱에 차오른 인간들은 공포심에 눈앞이 마비되는 법이다. 배우들의 얼굴에는 연기가 아닌 진짜 공포가 들어찼고, 쳐다보기 몸서리쳐지는 장면이 부지런히 화면에 담기고 있었다. 그리고 피비는 물에 빠져 허우적대며 비명을 지르는 사이에도 눈을 데굴- 굴려 주변의 상황을 잽싸게 살피는 아스의 모습에 전율했다. 분명 숨이 턱에 차올랐을 텐데도 그 순간 그의 표정은 완벽히 '이성적으로' 보였다.

215

내가 도와줬다, 왜!

카일러는 손에 땀을 쥐었다. 유명은 물에 빠진 후 한 박자 늦게 괴로워하기 시작했다. 앞의 마디를 따라가는 도돌이표처럼 주변의 동태를 확인하고 따라가듯이. 그것은 테르카에게는 들키지 않지만 화면에는 잡힐 만큼의 미묘한 간격이라서, 아스가 의태 중이라는 메시지를 분명히 전달해주었다.

'본능적으로 눈앞이 깜깜해질 상황에서도 타이밍을 귀신같이 맞추는 연기…'

아스는 숨이 막히는 듯 목을 잡고 허우적대다 잠시 테르카의 시선이 다른 사람에게 머물 때를 맞춰 잽싸게 주변을 살핀다. 코와 입에서 부글부글 올라가는 물방울 사이로 비치는 어울리지 않게 이성적인 표정이 화면에 극도의 긴장감을 부여한다.

'확실히, 따다 붙이는 거로 저 그림은 절대 안 나오지.'

유명이 고집을 부린 것도 이해가 간다. 물속에서 저만큼의 연기가 나오리라고는 생각하지 못했다. 테르카와 그의 부하는 허우적대는 인간들을 건조하게 바라보며 대사를 친다.

「대장님, 그런데 이 실험으로 아븨칸인을 구분해낼 수 있는 것은 확실합니까?」

「아븨칸인은 의태가 가능하니까 물에서 숨을 못 쉬어서 죽을 것 같으면 물고기의 호흡기관에라도 의태하겠지. 죽기 직전에 모습을 바꾼다면 그게 아븨칸인이라는 증거다.」

「하지만 인간의 모습을 고집하면 어찌됩니까?」

「그럼… 죽겠지. 설마 죽을 때까지 미련하게 버티겠느냐.」

「그래도 만에 하나 버틴다면 우리는 수확이 없어지는 것 아닙니까.」

그 말에 테르카는 침음하다가 명령을 수정한다.

「그럼 만에 하나를 대비하여 죽이진 않는다.」

그들은 수조 속의 아스가 그 말을 들은 것까지는 모르고 있었다. 아스는 계획대로 충분히 버틴 후 호흡곤란으로 기절한 인간을 의태하고, 결국 들키지 않은 채 수조에서 건져진다.

「컷-! 배우분들 다 괜찮습니까?」

카일러의 다급한 목소리가 들려오는 것을 느끼며 유명은 눈을 감았다. 마지막에는 물을 많이 먹었는지 가슴이 거친 숨을 뿜으며 오르내렸다.

'이상해, 기분이.'

물속에서도 시야가 선명한 기분이 들었다. 연기였지만 연기가 아닌 것처럼, 정말 아스라는 존재가 된 듯이 자신이 해야 할 일을 계산했다. 그리고 가장 절체절명의 순간에 유명의 머리에 떠오른 것은 그 무엇도 아닌,

'헤티라니….'

'사랑하니까 괜찮아'라고 말하던 그녀의 표정이 떠오른다. 아직 그녀를 이해하지 못했다는 아쉬움이 차오르는 숨처럼 턱까지 차올랐다. 옆에 앉아 그의 상태를 체크하는 의료진에게 몸을 맡긴 채 유명은 무의식적으로 에르히를 찾았다.

피비 테일러@pitbullTerrior
신유명이 미국에 처음 입국한 기록은 2006년 12월 9일. N 씨가 신유명을 스폰하기 위해 한국이라는 생소한 나라에 일부러 찾아갔다는 억지 주장을 하려는 것이 아니라면, 그들의 만남은 신유명의 입국부터 〈캐스팅 보트〉 입성까지 1개월 이내에 이루어졌어야 마땅할 것이다. 공화당의 상하원 여성위원을 통틀어 N 씨는 3명에 불과하다. 앞으로 세 명의 N 의원과 신유명의 동선에 조금이라도 겹치는 곳이 있는지 르포 취재를 시작하려고 한다. 개봉박두.
(7801 리트윗)

피비 테일러가 광견병에 걸려 피아를 인식하지 못하고 물어뜯기 시작했다는 소문의 발단은 그녀의 SNS에서 비롯되었다. 페이스북, 트위터의 선풍적인 인기로 1인 미디어가 태동하던 시기였다. 네임드 파파라치면서 날카롭고 선정적인 필치로 인기가 높은 피비 테일러의 SNS는 꽤 많은 팔로워를 거느리고 있었다. 그녀가 최근 인기 있는 가십거리에 대한 르포취재를 선언하자 인터넷은 금세 이 소식으로 달구어졌다.

— 요즘 이 주제가 핫하니 대놓고 숟가락 올리시는데, 보기 추합니다.
— 캡처 완료. 이거 신유명 쪽이든 공화당 쪽이든 고소각 아닌가요?
— 어? 저는 이게 가십 부추기는 글로는 안 보이는데요? 그냥 진실을 밝혀보자는 거 아닌가요?
— 제가 보기엔 같은 파파라치들 까는 거 같기도 한데…. 근거 없이 가십 뿌리지 말라고.
— 에이 설마요, 쓰레기가 쓰레기한테 더럽다고 하는 것과 뭐가 다릅니까?

설마는 사실로 밝혀졌다. 이어서 나온 그녀의 취재 결과들은 세 명의 N 씨의 한 달간 스케줄과 당시 신유명의 동선들이 전혀 겹치지 않는다는 사실을 증명했고, 거기에 사람들이 의견을 얹기 시작했다.

ㅡ N 씨가 진짜 'N' 씨가 아닐 수도 있잖아요?
ㅡ 미국에서 만났을 거란 가정부터가 오류가 아닐까요? 미국도 한국도 아닌 다른 국가에서 만났을 수도 있잖아요.
ㅡ 신유명은 뭐 해요? 왜 해명 안 하지?
ㄴ 요즘 영화 찍잖아요. 그 〈캐스팅 보트〉 우승상품.
ㅡ 동선 겹칠 여지 없는 거 확실하네. 알리바이 입증, 땅땅땅.
ㅡ 근데 스케줄표랑 동선 정보들 디테일 쩌네요. 파파라치라면 이 정도는 파야 한다는 교본인 듯.
ㅡ 글쎄요, 아니 땐 굴뚝에 연기 나겠습니까. 뜬금없이 동양인 참가자가 나타나서 우승까지 휩쓴 게 아직도 이해가 안 감.
ㄴ 니가 이해 못 하는 일은 다 조작이냐, 이 빠가 새끼야.

한참 유명을 까기 바쁘던 가십지들은 잠깐 주춤했지만, '그럼 발연기 동영상은 뭐냐'를 들먹이며 다시 〈캐스팅 보트〉 조작설을 강하게 푸시했다. 피비는 그것에 이렇게 대응했다.

피비 테일러@pitbullTerrior
요즘 내 SNS 메신저로 다음 르포 취재에 대한 제안이 쇄도하고 있다. 그중 많은 이들이 '신유명 발연기 동영상'과 '3개월 잠적설'의 진위를 검증해달라고 요청했다. 이 건에 대해서는 확실한 단서가 잡히는 대로 진위를 공개해보도록 하겠다.
(10008 리트윗)

사람들은 목을 빼고 그녀의 기사를 기다렸지만, 그녀가 그 취재의 결과를 업로드하는 데는 상당히 오랜 시간이 소요되었다.

CRD의 삼두 회의. 미국 유수의 드라마 제작사인 CRD를 이끄는 세 수장의 회의를 일컫는다. 신의 손이라 불리는 치프 제작자 니콜라스, 최고의 조건을 협상한다는 영업과 인맥의 지오반니, 그리고 총 운영을 맡은 칼리프. 그들이 모여 앉아 CRD의 중대사를 의논하고 있었다.

「Agency W를 주목할 필요가 있어.」

「요즘 네가 공들이고 있는 〈캐스팅 보트〉 우승자의 에이전시? 거기 대표가 안목이 좋다는 소리는 나도 들어본 것 같은데, 뭐 특별한 거라도 있어?」

「도와줄 게 있으면 얘기하라고 운을 던졌더니, 밸론토를 소개해달라고 하더라고.」

「밸론토? 거기 망하기 직전 아니야?」

밸론토는 단역, 엑스트라 배역들을 키우고 중개하는 전문 에이전시이다. 한때는 할리우드에서 가장 큰 엑스트라 보급처로 이름을 날렸지만, 지금은 지고 있는 해였다. 니콜라스는 문유석이 그곳을 입에 올렸을 때의 야심만만한 눈빛을 떠올렸다.

― 밸론토는 왜요?

― 인수할 생각입니다.

― 거기 재정도 엉망이고, 그다지 비전 있는 회사가 아닙니다.
― 언제나 비전은 사람에게 있죠. 그래도 할리우드 무명배우들의 프로필을 가장 많이 보유하고 있는 회사 아니겠습니까.
― 그건 그렇지만 그 배우들은 대부분 허수라….
― 제가 허수와 실수의 구분을 꽤 잘하는 편입니다.
'안목'. 그가 신유명과 카이 누넨과 도효준을 미리 골라냈던 안목을 언급하자, 니콜라스의 표정에 흥미가 실렸다.
― 거기 3대째 경영자인 룬드 밸론토는 능력은 없는데 신념만 가득한 인물이라, 아직 실적 없는 신생회사에 밸론토를 넘기려고 하지 않을 겁니다.
― 그건 제가 알아서 하겠습니다.
― 그리고 상태가 나쁘다 해도 밸론토 정도 규모가 되면 상당한 자금이 필요할 텐데요.
― 괜찮습니다. 제 안목이라면 묻지도 따지지도 않고 투자하겠다는 분들이 한국에 꽤 있거든요.
니콜라스의 설명을 들은 둘의 얼굴에 흥미가 전염되기 시작했다.
「확실한 자금력이라…. 그건 무시 못 할 요소지.」
「이 업계에서 중요한 건 결국 '감각'과 '운'이야. 거기에 '돈'이 뒷받침된다면 무명 회사가 단숨에 급부상하는 것도 어려운 일이 아니지. 니콜라스 자네가 보기에 그 대표는 감각과 운을 가지고 있나?」
니콜라스는 문유석을 가늠하듯 잠시 허공에 시선을 두었다. 말끔한 분위기 속에 발톱만 감춘 것이 아니라 마취총과 폭탄도 한아름 장전하고 있는 듯한 인물이 떠오른다. 그리고 그가 보유하고 있는 다이아몬드도.
「아아…. 전성기의 나와 닮았어.」
「그 정도인가?」
「감각은 칼날처럼 예리하고, 대단한 행운은 이미 거머쥐었지. 그리고 그걸 방해하는 것들은 치워버릴 만한 수완도 가지고 있어. 지금 신유명에 관한 여론전도 그의 작품일걸.」

나머지 두 명은 이제 소파 등받이에서 몸을 일으켜 앞으로 기울이고 있다.

「그래서 그는 밸론토를 인수해서 무엇을 하려는 거지?」

「피라미드의 1층을 만들려는 거겠지.」

「…피라미드?」

「밸론토의 수많은 프로필들을 얻어 재능의 급을 나누고, 재능이 있는데 바닥에 머무르고 있는 배우들을 끌어올리겠지.」

「으음…. 별다른 재능이 없는 배우들은? 사실 대부분의 단역배우들은 그저 그럴 텐데.」

「한국은 '기획사 시스템'이 상당히 발달해 있다는 말을 흘리더군. 시스템이 특출난 배우를 발굴해주진 못하지만, 기본을 하는 배우는 만들 수 있다고.」

「그렇다면….」

「괜찮은 단역과 엑스트라는 언제나 부족하니까. 단역 퀄리티를 관리해서 밸론토의 명성을 끌어올리고, 그중 재능 있는 배우는 Agency W로 스카웃하는 구조….」

퀄리티가 보장되는 단역과 엑스트라는 할리우드에선 언제나 목마른 인력이다. 지오반니가 마른 침을 꿀꺽 삼켰다.

「그 사람이 니콜라스 자네에게 그 얘기를 흘린 이유가 있지?」

「투자를 원하냐고 물어봤더니 돈은 필요 없다더군. 도와주시는 분에 대한 예의가 아니겠냐며, CRD와 앞으로도 잘 지내고 싶다고 했어.」

「보통 능구렁이가 아니네…. 신유명 섭외 건은 어떻게 돼 가?」

「요즘 언론이 시끄러우니까 차기작을 노리던 제작사들이 주춤하고 있는 모양이야. 일단 영화 개봉 결과를 본 후 컨택해도 늦지 않다는 거겠지.」

「우리 쪽은?」

「우리는 그런 개소리는 신경도 안 쓴다는 모드로 개런티를 더 올려서 제시했어. 하지만 꿈쩍도 안 하더라고.」

「흐음….」

그들의 회의는 늦게까지 계속되었다.

'아무리 영감이 좋은 편이라지만 이건 과하다.'

혜호는 〈Mimicry〉의 완결고를 보았을 때 경계심이 바짝 들었다. 아스와 헤티, 자신과 유명. 아무리 카일러 언쇼가 배우의 본질을 꿰뚫어 보는 감독이라 해도 이 시나리오는 웃어넘길 수 없을 정도로 디테일이 닮아 있었다.

'선계의 첩자인가?'

카일러의 에너지는 유난히 맑기는 했지만 선계가 관여한 흔적은 없어 보였다. 하지만 혜호는 안심할 수 없었다. 카일러의 거처에 들러보기도 하고 이 땅에 서식하는 귀들을 붙잡고 탐문해보기도 했다. 자연히 유명을 따라다니는 시간은 줄어들었고, 그는 유명에게 '다른 촬영장에서 연기를 흡수하는 중'이라는 핑계를 댔다. 도저히 실마리가 잡히지 않아 초조해하던 어느 날, 한 가지의 의심이 떠올랐다.

'설마… 어머니?'

혜호는 곧바로 화호의 거처로 날아들었다.

{어머니십니까?}

{으응? 난 무슨 말을 하는지 모르겠네?}

그녀가 요염하게 웃으며 딴청을 부렸다. 아무래도 의심스러웠다. 선계와 관련된 자는 아니냐, 어머니가 뭔가 관여하신 게 아니냐 계속해서 캐물었지만, 그녀는 생글생글 미소를 지을 뿐 시원한 대답을 주지 않았다.

{그럼 전 돌아가겠습니다.}

{아, 매정한 아들 같으니. 얼마 만에 보는 어미인데 이렇게 급하게…. 밥 한 끼도 함께 하지 않고.}

{…밥은 원래 안 드시면서.}

{조금만, 조금만 더 있으면 뭔가 생각이 날 거 같은데. 선계가 관여되어 있던가아~?}

{뭐라구요? 정녕 선계가!}

{아니던가아~? 조금만 있어 봐. 기억이 날 듯 말 듯하니까.}

화호는 갖가지 핑계를 대며 그를 붙잡았다. 선계와 인계의 시간은 다르다. 그녀가 미적대는 동안에도 촬영은 계속 이루어지고 있을 것이다. 벌써 몇 주, 몇 달이 지났을지도 모른다는 생각에 몸달아하는 혜호를 보고 그녀가 말했다.

{뭐가 그리 급하니.}

{아직 감독이 어떤 인간인지도 모르는 데다 신유명도 기다리고 있을 겁니다. 제가 도움을 줄 일이 있을 수도 있고-}

{아이는 잠시 눈을 떼면 그새 훌쩍 커 있는 법이란다.}

그녀가 자신의 아들을 보며 아련하게 웃었다. 너도 그러했다는 듯이.

{잘 있을 거고… 어쩌면 놀랍게 성장해 있을지도 몰라.}

{역시 어머니가 관여하신 겁니까?}

엄마의 마음을 나 몰라라, 궁금한 것만 추궁하는 아들에게 그녀가 결국 버럭했다.

{그래, 내가 도와줬다. 왜!}

{…도와주셨다구요?}

{그 아이가 뿜어내는 존재감에서 그 아이의 느낌과 혜호 너의 느낌이 더 선명하게 구분되어 보이도록 감독의 눈의 안개를 걷어준 것뿐이야. 이야기 자체는 스스로 만들어낸 거고.}

{왜 그런 일을….}

그녀가 혜호의 시선을 외면하며 작게 중얼거린다.

{그 아이도 좀 알았으면 해서.}

{뭘 말입니까?}

{네가 어떤 마음으로, 어떤 기분으로 그 아이를 돕고 있는지를 말야. 뛰어난 배우이니 네 역할을 연기하다 보면 네 마음도 알겠지.}

{…쓸데없는 짓을 하셨습니다. 다신 참견하지 마십시오.}

혜호는 올라오는 성질을 누르듯 낮은 목소리로 말하곤 그녀의 앞에서 사라졌다. 그 뒷모습을 보며 그녀가 한숨을 쉬었다.

'그래. 선이 되어서 이런 관여를 하면 안 되지만… 어미의 마음이란 걸 네가 어찌 알겠느냐….'

혜호가 다시 돌아왔을 때, 유명은 촬영 중이었다. 신 67. 납치당했던 우주선에서 귀환한 아스의 독백.

「자자, 다들 스탠바이-」

인세의 시간으로는 거의 한 달 만에 보는 것이다. 반가운 마음에 달려가 인사하려던 미호는 촬영장 한가운데 선 그의 표정을 보자 선뜩한 느낌을 받고 멈추어 섰다.

'어떻게…!'

유명은 자신이 아주 잘 아는 표정을 하고 있었다.

216
너무 몰입한 거 아니에요?

　수만 번의 연기를 보았다. 수백만이나 되는 인간의 얼굴을 보았고, 그들의 얼굴에 떠오른 합이 수억 가지는 넘는 표정들을 보았다. 연기에 빠져들 때의 혜호는 훌륭한 배우였고, 연기를 하지 않을 때도 무수하게 입력된 수많은 데이터로 쉽게 인간과 같은 표정을 지어보였지만… 어느 날 거울 앞에서 그것을 모두 걷어내보았을 때 스스로도 낯설던 '연귀 혜호'의 진짜 표정이 아마 저러했던 것 같다.

　— 놀랍게 성장해 있을지도 몰라.

　어머니의 계시 같은 말이 떠오른다. 그에게 자신의 진짜 모습을 보여준 적도 없건만 그는 어떻게 저 표정을 알고 있는 것일까.

　「스탠바이- 레디- 슛!」

　테르카에게서 풀려난 아스는 어떤 혼란도 망설임도 없이 인정한다.

　「연유는 모르겠지만, 나는 지구인이 아니라 저 종족이었군. 그래서… 여태까지 나만은 평균에 수렴할 수 없었던 거야.」

　어릴 적부터 한 번도 자연스럽게 감정이 솟구치지 않았던 것. 그래서 주변의 모습을 훔치며 살아올 수밖에 없었던 것 모두 자신이 인간이 아니었기 때문에.

　「고향으로 돌아가는 게 맞을까? 하지만 나를 찾는 의도가 어떤 것인지 알 수가 없구나. 일단 찾는 방식이 너무 잔인해. 도대체 내 모성은 어떤 곳이기에….」

　잔인하다. 그는 자신도 모르게 '인간의 기준'으로 그들을 평가하고 있었다. 그리고 자신 때문에 두 번이나 위험에 처했던 헤티를 떠올린다.

「그녀가 죽지 않으려면 나와 가까이 있어선 안 돼.」
 집에 도착한다. 헤티와 함께 동거해온 집. 그녀는 지난 테러의 후유증으로 입원 중이다. 음대가 폭파되면서 그녀의 선생님, 친구들, 매일같이 보던 사람들이 몰살당했고, 그것은 그녀에게 커다란 정신적 후유증을 남겼다.
 '하지만 곧 극복하겠지. 그녀는 누구보다도 강인한 인간이니까.'
 아스는 자신의 짐을 챙긴다. 방 안에서 자신의 모든 흔적을 긁어내듯이 깔끔하게. 그리고 헤티에게 이별을 통보하는 쪽지를 남겼다. 마지막으로 집을 나서기 전, 빠진 것이 없는지 한 바퀴 돌아보던 아스는 집의 한쪽 구석에 자리한 낡고 작은 피아노의 건반 하나를 짚으며 생각했다. 그녀의 음악소리가 무척 듣고 싶다고.
 「컷- 오케이- 수고하셨습니다.」
 오늘도 첫 테이크만에 오케이 컷들이 이어졌다. 그 신의 촬영이 끝난 후에도 미호는 유명에게 모습을 드러내지 않고 천천히 그를 관찰했다. 갈수록 연기가 너무 좋다는 칭찬, 의상을 체인지하겠다는 스태프의 전달, 다음 신의 디렉팅을 하는 감독의 멘트. 그런 것들에 반응하는 유명은 평소와 같이 웃고 말하는 것처럼 보였지만….
 '저 녀석, 왜 저러지?'
 미호의 눈에는 보인다. 그가 아직도 아스에서 빠져나오지 못하고 일상적인 표정을 꾸며 보이는 중이라는 것이.

「신 69, 아스-헤티 샷입니다!」
 저쪽에서 분장을 마친 에르히 데버가 나타나자 유명의 시선이 자동적으로 그녀의 모습을 좇는다.
 '헤티….'

보통은 여주인공이 나타나면 모두의 시선이 집중될 텐데, 그녀의 약한 존재감 덕분에 스태프들은 집중을 깨지 않고 자신의 일에 몰두하고 있다. 그런 흐린 존재감에도 유명에게는 그녀의 주변만 컬러처럼 선명해 보인다. 이것은 아스의 시선인가. 연기에 들어가지 않았을 때 배역의 영향을 받았던 적은 없었는데….

감독석에 앉은 카일러가 당부한다.

「유명 씨, 알고 있겠지만 무척 중요한 신입니다. 베스트컷이 나올 때까지 여러 번 반복해서 찍겠습니다. 유명 씨 연기가 마음에 안 들어서가 아니라 제일 좋은 컷을 뽑기 위함이니까 초조해하지 마시라고 미리 말씀드려요.」

그렇다. 이번 신은 작품 전체에서 가장 중요한 전환점. 유명은 연습 시간의 태반을 이 신에 사용했다. 타인의 흉내만 내던 아스의 마음에 처음으로 인간에 대한 애정이 개화하는 순간.

「네, 걱정 마세요.」

「좋아요. 에르히도 마찬가지예요. 이 신에서 헤티는 어느 때보다도 강인하고 아름다워야 합니다. 눈 부분의 클로즈업이 여러 번 들어갈 테니 너무 자주 깜빡이지 않도록 신경 써주세요.」

「네, 감독님.」

「좋아요, 갑시다-」

탁탁- 그가 둘둘 말은 대본을 손바닥에 친다.

「레디- 슛!」

이번 신은 납치당한 이후 자신의 정체를 인지한 아스와 헤티의 첫 만남이다. 닫힌 현관의 양쪽에 각각 아스와 헤티가 자리하고 있다.

「아스, 아스! 아스 프리데터!」

초반부터 격양된 어조. 쾅쾅- 문을 두들기는 헤티는 평소의 차분하고 사색적인 모습이 아니다. 아스는 헤티에게 일방적으로 결별을 통보했고, 퇴원한 헤티는 그의 쪽지를 읽은 후 아스의 누나 올리비아의 집으로 찾아온 것이다. 문의 반대쪽에서 아스는 차갑게 응대한다.

「돌아가, 헤티. 우린 끝났어.」

「왜 이래, 갑자기. 너 무슨 일이 있는 거지? 그렇지?」

「이유 같은 거 없어.」

「제발, 아스. 최소한 얼굴이라도 보고 얘기하자, 응?」

망설인다. 얼굴을 보고 얘기하는 것 정도는 괜찮지 않을까…? 퇴원 후 그녀의 상태가 괜찮은지도 조금 궁금하다. 무엇보다도 보기 힘들었던 그녀의 격양된 모습에 관찰자로서 호기심이 들어서. 그런 이유를 만들어가며 아스는 문을 열었다. 문 안으로 빛과 함께 번지는 그녀의 얼굴.

아아, 헤티 램. 무척 오랜만인 것 같은 느낌이야. 반갑지만, 나와 엮여 있으면 네가 위험해. 너는 여전히 내게 의미 있는 데이터니까 안전하게 보존될 필요가 있어. 그러니 지금은 떨어져 있자.

「나는 너를 더 이상 사랑하지 않아.」

아스의 입에서 선언 같은 결별문이 떨어진다. 그 말에 깊숙이 찔린 듯이 아픈 눈빛으로, 하지만 담담하게 헤티가 대꾸했다.

「어차피 너는 나를 사랑한 적이 없잖아.」

뭐…?

덜컹- 처음으로 심장이 내려앉았다.

그래, 생각해보면 당연하다. 진짜 감정을 느껴본 적이 없다는 것을 들킨 순간부터 그녀를 향한 나의 사랑도 꾸며낸 것이라는 걸 당연히 알았으리라. 하지만 헤티는 단 한 번도 서운함을 토로한 적이 없었다. 자신을 사랑하기는 하냐고 물은 적이 없었다. 내가 힘들지 않은지 늘 걱정했지만, 나의 상태가 자신을 힘들게 한다고 원망한 적이 없었다.

수년간의 시간을 함께 보냈는데도. 왜 그걸 깨닫지 못했을까.
「너를 탓하는 게 아니야. 내가 너를 사랑하니까 상관없어. 그냥, 더 이상 사랑하지 않는다는 것은 우리가 헤어질 이유가 아니라는 이야기를 하고 있는 거야. 아스, 너 무슨 일이 있었어, 그렇지?」
「…….」
「말해줘. 어떤 상황이라도 내 마음은 변하지 않아.」
어째서 너는 이렇게까지 강한가. 진실을 알아도, 그때에도 너는 내가 '이해할 수 없는' 모습으로 남아줄 것인가. 그래서이다. 내가 진실을 말하려는 이유는 진실을 알았을 때의 너의 반응이 궁금해서이다. 호기심, 그 외의 다른 이유가 있어서는 아니다.
「헤티.」
「그래, 아스.」
「나는 지구인이 아니야. 네 옆에서 벌어진 테러들은 나를 찾기 위한 외계인들의 소행이었어. 애초에 감정이 없었던 것도 지구인이 아니라서인가 봐. 그리고 내 옆에 있으면 네 목숨이 위험해.」
무엇이 날아올까. 말 같은 핑계를 대라는 욕설? 드디어 완전히 미쳤냐는 눈물? 혹은… 정말로 자신의 말을 믿고 비명을 지르며 도망이라도 갈 텐가? 하지만 헤티의 반응은 그 어느 것도 아니었다.
「그랬구나.」
「…?」
「그래서… 그랬었구나.」
그것은 의심 없는 납득.
「그렇다면 네겐 인간다운 감정이 없는 것이 당연한 거였는데 여태 인간에게 맞추려고 정말 애썼네. 미안하고 고마워. 다시는 내 잣대에 너를 맞추려 하지 않을게.」
있는 그대로의 자신을 포용하는 이해와 관용.

「네가 왜 그렇게까지 했는지도 알겠네. 나를 살리기 위해서….」

「…….」

「고마워, 그리고 사랑해, 아스.」

그리고… 변치 않는 사랑.

「나는 내가 원하고 사랑하는 것에 충실하지 못하게 사는 것보다는 죽는 게 나아. 그러니까 괜찮아. 함께 헤쳐나가자.」

헤티가 변함없는 눈빛으로 자신을 올려다본다. 그녀가 들어올린 손이 다시 한번 뺨에 닿는다. 생리적인 두려움을 이겨내고 강한 의지로 자신에게 팔을 뻗던 그날처럼.

건조한 마음에 빗방울이 하나, 빗방울이 둘, 어느덧 후두둑 떨어지는 소나기가 폭우가 되어 메마른 땅을 가득 적신다. 흠뻑 젖은 땅이 온통 물기를 머금고도 남은 한 방울을 밖으로 밀어냈다.

툭- 그 눈물이 바닥으로 떨어진 순간, 유명은 '그날' 미호의 마음을 이해했다.

「컷-」

컷 사인이 나온 후에도 촬영장의 정적은 쉽게 깨지지 않았다. 인간의 감정을 전혀 모르던 인외의 존재가 처음으로 인간의 감정을 갖게 된 순간. 척박한 대지에서 싹이 하나 움튼 기적의 순간이 지켜보던 모든 사람의 마음에 그대로 스며들었다.

그리고 유명은 어떤 밤을 떠올리고 있었다.

— 내가 너를 사랑하니까 상관없어.

— 그러면 연기는 계속할 수 있어?

인간은 흥미의 대상일 뿐, 애정을 가져본 적은 없었다. 그런데 연기에 대한 애정 하나로 모든 것을 잃어도 연기만은 포기할 수 없다는 이상한 인간에게 호기심이 생겼다.
― 아스, 너 무슨 일이 있었어, 그렇지?
― 그런 방식을 택하면 우리의 계약은 어떻게 되는데?

손만 갖다 대도 바스러질 듯 나약한 녀석이 자신을 걱정하고 있다. 환경이 인간을 꺾으려고 온갖 시련을 안겨주어도 그의 정신은 고아하게 피어올랐다.

― 네가 왜 그렇게까지 했는지도 알겠네.
― 왜 네가 그렇게까지 하는 건데.

그리고 자신을 누구보다도 따뜻한 시선으로 바라본다. 강하고 바른 인간. 어디에서도 볼 수 없었던….

― 충실하지 못하게 살아가는 것보다는 죽는 게 나아.
― 그래, 나는 내 몸을 네게 줄 생각이야.

그 거짓 없는 표정을 본 순간, 처음으로 인간에게 솟아오른 애정. 지켜주고 싶다. 이 하찮은, 그럼에도 스스로의 하찮음을 극복해가는 강인한 존재를. 내가 가진 무언가를 희생한다 해도.

― 네가 나의 은인이니까.

계속 너의 은인으로 남고 싶어졌다.

'그런 마음이었구나….'

어느새 다시 아스에서 유명으로 돌아온 그의 눈에서 눈물이 계속 흘렀다. 미호의 마음. 늘 곁에 있으면서도, 그의 존재에 감사하면서도, 그가 왜 자꾸 '손해'를 감수하는지는 알지 못했다. 그저 아기 새처럼 그가 주는 것들을 받아먹으며 인생에서 처음 겪는 행복을 마음껏 누리고만 있었는데. 그는 이렇게나 크고 따뜻한 마음으로 자신의 옆을 지켜주고 있었다.

「유명 씨. 정말 대단해요. 어떻게 이 컷을 이렇게 단번에…. 어! 괜찮아요?」

「…아니요.」
「이런, 눈물이 안 멈추네. 아스에 너무 몰입한 거 아니에요?」
「여러 번 촬영하신다고…. 계속해야 하는데 갑자기 왜 이러지.」
「아뇨. 오케이입니다. 몇 번을 더 찍어도 지금 이상 나올 리가 없어요. 제가 상상했던 그림을 훌쩍 뛰어넘은 연기였어요.」
카일러가 벅찬 얼굴로 목소리를 키운다.
「자자- 다들 좀 쉬었다 갑시다. 유명 씨 대기실 가서 좀 쉬고 식사도 하신 후 오후에 다시 촬영 재개하죠. 에르히도 잘했어요. 오늘 종일 이 신 찍을 줄 알았는데 어이없이 끝나버렸네요, 하하.」
유명이 프레임을 벗어날 때, 현장의 스태프들이 모두 박수를 쳤다. 짝짝짝짝짝- 환호가 없지만 커다란 박수. 그것은 평생 볼까 말까 한 연기를 보여준 배우에 대한 경의의 박수였다.
대기실을 향해 걷는 유명의 눈에 오랜만에 보는 푸른 형체가 들어왔다.
'돌아왔구나, 미호.'
{…….}
'고마워, 고마워 언제나.'
{…괜찮냥, 완전히 씌인 것 같던뎅.}
'괜찮아. 덕분에 네 마음을 조금은 느낄 수 있었어. 늘 곁에 있는 존재는 고마움을 잘 모른다는 말이 떠오르네.'
{고맙다는 말은 늘 지겹도록 하잖냥.}
'…그 말의 진짜 의미를 처음 깨달은 것 같아.'
유명이 쳐다보는 시선이 민망한 듯 미호가 훌쩍 날아올랐다.
{그동안 별일 없었냥?}
'여러 가지 일이 있었지. 그렇지만 별일 없었어.'
대기실에 들어간 후, 유명은 소파에 내려앉은 미호의 귀여운 큰 귀를, 복슬한 꼬리를 오래도록 쓰다듬었다. 남은 눈물 한 방울이 미호의 머리 위에 토옥- 떨어졌다.

217

내기 성립이군요

그날 연기를 보고 피비는 개종했다. 신유명 교도로.
'무슨… 저런 게 연기라고…?'
자신이 알고 있던 연기라는 개념이 뒤집혔다. 눈으로 보면서도 보고 있다는 것을 믿을 수 없을 정도로 미친 연기. 격렬한 감정도 아니었다. 소리 지르고 화내는 것도, 가슴을 쥐어뜯으며 울부짖는 것도 아닌 딱 한 방울의 눈물. 하지만 그것은 완전히 세계가 뒤집힌 자의 첫 발자국이었다. 그런 것을 모두에게 공감시키는 연기라고…?
갑자기 자신이 하는 모든 짓이 허무해졌다. 저런 배우의 가십을 캐내어 어쩌란 말인가. 어떤 가십과 루머를 치덕치덕 얹는다고 해도 저 연기의 가치가 변할 것인가? 아니, 다들 저 배우를, 저 대단한 연기를 제대로 알기나 하고 더러운 것을 묻히는 건가. 동시대에 태어나 저 연기를 볼 수 있다는 것만으로도 우리 모두가 나서서 그를 지켜줘야 하는 게 아닐까. 그때 피비가 내린 결론은 완벽한 팬심에 가까웠지만, 그녀는 그것을 전혀 인지하지 못하고 있었다.
그날부터 피비는 전투태세에 들어갔다. 르포 취재를 지속하는 한편, 유명의 루머 기사를 실은 언론들과 그 소스를 제공한 동료 파파라치들을 저격하기 시작했다.

[파파라치 P가 말하는 루머를 소스로 만드는 방법론]

[Hollywood Week의 정계 커넥션 - 쓰레기를 제조하고 무마하기까지]

[기자 L의 정체는 겸업 파파라치였다]

내부자가 적으로 돌아섰을 때가 가장 무서운 법. 유명을 저격했던 기사를 반박하는 정공법에, 저격했던 기자나 언론사의 다른 추문을 까발리는 편법까지, 그쪽 밥을 먹었던 네임드 파파라치의 소스는 끝이 없었다.

핏불테리어. 사람들은 그 이름을 들었을 때 물면 놓지 않는 호전성만을 떠올리지만, 사실 이 견종은 가족에 대한 애정이 깊고 보호본능이 강하며 순종적이다. 충성을 다할 상대를 택한 그녀는 주인을 공격한 상대를 물어뜯는 데 일말의 망설임도 없었다.

— 야, 너 미쳤어?

— 업계에서 따돌림당하고 굶어죽을 생각이야? 이따위로 개같이 물어뜯으면 다 같이 죽자는 거야?

예전 지인들의 연락에도 그녀는 꿈쩍도 하지 않았다. 자신의 SNS는 연일 호황이었으며 하루가 다르게 팔로워들이 늘어나고 있었는데, 문대표가 이제 완전히 유명의 편에 선 피비에게 솔깃한 얘기를 해주었기 때문이다.

— 테일러 양, 세상이 변할 겁니다. 개인의 SNS가 미디어로 기능하는 시대가 올 거예요. 정해진 신문사, 잡지사에 소속되어 있지 않아도 언론인이 될 수 있고, 그걸로 충분히 돈을 벌 수 있게 될 겁니다. '피비 테일러'가 날카로운 혀와 가감 없는 필치로 대중들에게 하나의 브랜드가 된다면요.

그 말을 유명이 들었으면 깜짝 놀랐으리라. 자신의 파트너가 어떤 혜안을 가졌는지를 실감하면서. 피비는 유석의 말을 온전히 신뢰하지는 않았지만, 저 음흉한 대표의 안목과 비전을 상당히 높게 평가하고 있었다. 그리고 만약 자신의 살길을 마련해두지 않았다 해도 물어뜯는 것을 멈추지는 않았으리라.

그녀는 이제 갓네임드가 되었으므로.

유석은 니콜라스의 소개로 룬드 밸론토를 만났다. 덩치가 크고 강인한 턱을 가진 남자는 유석을 보고 인상 좋은 웃음을 지어보였다. 스페인계 혈통이고 자신의 출신을 무척 자랑스러워한다는 소문답게 그는 첫인사를 스페인어로 건넨다.

「올라, 아미고!」

「안녕하십니까, 에이전시 W의 대표 문유석이라고 합니다, 밸론토 씨.」

「룬드라고 부르시죠, 하하. 요즘 할리우드에 문 대표의 명성이 파다하더군요.」

그의 눈이 덩치와 어울리지 않게 순수하게 반짝거린다. 유석은 그 눈빛에서 유명의 부탁으로 굿엔터에 데려온 차하린의 전 소속사 대표를 떠올렸다. 능력은 없지만 사람은 좋은.

「요즘 상심이 크시겠습니다. 제가 보기엔 신유명 씨가 아주 좋은 배우던데, 너무 여론이 안 좋더라구요.」

보라. 눈치 없는 것도 비슷하지 않은가.

「괜찮습니다. 어차피 영화가 개봉하기만 하면 알아서 꺼질 소문이니까요. 그나저나, 제 제안은 생각해보셨는지요?」

밸론토를 인수하고 싶다는 의사는 미리 흘러놓았다. 내비겨두면 부도를 면치 못할 상황에서 인수 제안은 반갑기 그지없겠지만, 저 인물이 고민하는 바는 금액적인 부분보다는 이런저런 책임감이리라.

「선대가 일구신 사업을 내 손으로 남에게 넘기자니 영 내키지가 않아서…. 하하.」
 어차피 내버려두면 남의 손으로 남에게 넘겨질 텐데 뭐가 다르냐는 말이 목구멍까지 올라왔지만, 유석은 다른 말로 그를 꼬드긴다.
「밸론토의 영광을 다시 보고 싶지 않으십니까?」
「…!」
「약속드리죠. 제가 인수한다면 사명은 바뀌지 않고 밸론토로 영원히 남을 겁니다. 이 부분은 원하신다면 계약서에도 명기하겠습니다. 경영에 참여하실 순 없겠지만 사외이사 직함도 드릴 수 있습니다. 무엇보다도 밸론토의 영광이 다시 할리우드에 울려 퍼지게 만들어드리죠.」
 룬드는 단도직입적인 남자를 보며 침을 꿀꺽 삼켰다. 남부 스페인 뱃사람의 피가 섞인 그는 빙글빙글 말을 돌리는 얌생이들보다는 호방한 인간을 좋아한다. '밸론토의 영광'이라는 말에 가슴이 뻐근해져 오는 것도 사실이다.
 하지만 상대는 아직 그의 능력을 입증하지 못했다. 룬드는 자신에게 사업적 재능이 없다는 사실을 인정하긴 했지만, 그래도 10년 이상 한 회사를 책임지고 이끌었던 몸. 그럴듯한 말에 덜컥 낚일 정도의 애송이는 아니다.
「문 대표님 말만 듣고 그렇게 이루어지리라 믿을 수는 없는 것 아닙니까. 아직 Agency W가 이렇다 할 실적이 있는 회사도 아니고, 간판 배우조차 이런저런 구설수에 휩싸인 상황인데….」
 유석은 속으로 빙그레 웃었다.
'물었군.'
 유명의 가십에 유석이 부채질을 한 이유는 판을 키워 영화의 주목도를 올리기 위함이 가장 크긴 했지만, 이 일도 계산에 있었다. 룬드 밸론토, 내기에 환장하는 인물. 내기가 성립하려면 아슬아슬한 상황이 전제되어야 한다.

「리와 실을 구분하여 미래를 보는 것이 '안목' 아니겠습니까. 제가 그쪽엔 좀 자신 있는 편인데요.」

「그럼 문 대표님은 신유명 씨의 영화가 작금의 루머를 극복하고 성공하시리라 보는 겁니까?」

「하하…. 극복요?」

유석이 위험하게 웃는다.

「루머 따위는 장애물이 아니라 성공을 위한 땔감이 될 겁니다. 내기라도 하시렵니까?」

「…내기요? 뭘 걸고?」

「제가 이긴다면 밸론토를 좋은 가격에 넘겨주시죠. 제 안목이 증명된다면 밸론토의 미래가 밝아지는 것이니 대표님의 입장에선 좋은 일 아니겠습니까?」

「그야 그렇지만…. 성공의 기준은 사람마다 다른 법이라….」

룬드가 '내기'란 말에 움찔움찔하면서도 뜸을 들이자, 유석이 포켓에서 만년필을 꺼내어 느긋하게 숫자를 하나 써서 내민다.

「이거 설마….」

「박스오피스 매출입니다. 이걸 넘기는 걸 '성공'으로 보시죠.」

「이 정도면 그냥 성공이 아니라 대박인데….」

「대표님이 말씀하시지 않았습니까. 성공의 기준은 사람마다 다른 법이라고.」

룬드는 야심찬 남자의 '기준'을 접어 품에 소중히 갈무리하며 묻는다.

「만약 문 대표님이 지면요?」

「제가 보유하고 있는 시스템을 밸론토에 무상으로 넘기죠. 밸론토의 문제는 결국 시스템의 부재 아니겠습니까. 한국 기획사에는 스타 양성 시스템이 꽤 발달해 있습니다.」

룬드는 신유명, 도효준, 카이 누넨을 떠올리며 침을 꿀꺽 삼킨다. 그

409

또한 캐스팅 보트의 애청자였다.

「좋습니다.」

「내기 성립이군요.」

둘은 악수를 나누었다.

Scene 76

우주선에서 집으로 다시 돌려보내질 때, 그들은 사람들에게 새하얀 광선을 쐬었다. 기억을 지우는 광선. 하지만 그 광선은 아스에겐 역으로 작용하였고, 조금씩 아븨칸과 예전의 자신에 대한 기억이 떠오르기 시작한다.

'이대로 끝날 리는 없겠군.'

아스는 그들이 자신을 지구에 파견한 '목적'을 기억해냈다. 그리고 어떤 준비를 하기 시작했다.

시간은 벌써 9월에 접어들고 있었다. 크랭크인 후 3개월, 촬영 속도는 고무적이었다. SF라고 하지만 몇몇 폭파 신을 제외하면 군중 신이나 전투 장면이 존재하지 않는, 철저히 심리 묘사에 치중된 내러티브. 화려한 신들이 없으면 시간이 덜 걸리는 게 당연한 거 아니냐고 물을 수도 있겠지만, 이 정도로 고도의 연기를 필요로 하는 시나리오라면 오히려 시간이 더 걸리기도 한다. 그렇지만···.

'이렇게 NG가 드문 촬영장이 있을까.'

카메라가 돌아가는 순간, 인격이 바뀌는 것처럼 자연스럽게 아스가 되는 주연배우. 그의 분위기는 프레임 안의 배우들뿐 아니라 프레임 바깥의 스태프들에게까지 전염되었다. 카메라가 꺼진 상태에서도 시끄럽지 않다. 배우들의 몰입을 깨지 않으려고 스태프들은 입을 닫고 조용히 뛰어다닌다. 그 덕에 촬영은 기록적인 속도로 진행되어 갔다.

'내부가 조용한 만큼 외부는 더 시끄럽지만.'

가십계가 양분되어 치고받고 있으니 슬슬 메이저 언론들에서도 관심을 보이기 시작했다. 온라인은 이미 가십에 대한 온갖 추측으로 난장판이며, 파블에선 '조지 vs 카일러', '데렉 vs 오웬' 구도로 자꾸 대결 여론을 조성하고 있다. 왜 주연인 유명 vs 오웬도 아니고 데렉과 오웬을 갖다 붙인단 말인가.

'신유명은 고려할 급도 안 된다는 제스처.'

세상사에 큰 관심 없이 자신의 작품에만 집중하며 살아온 카일러였지만 자신의 뮤즈가 폄하당하는 상황은 꽤나 열이 받았다. 이럴수록 영화를 잘 뽑는 수밖에 없다. 최고의 연기를 더욱 멋진 화면으로 만들어져 가벼운 입들을 닫히게 하는 수밖에.

오늘부터는 결말부의 촬영이 시작된다.

「촬영 시작합니다!」

이번 신은 이 영화에서 가장 긴장감 넘치는 부분. 테르카와 아스의 대면 신이다. 새벽부터 촬영장에 나온 데렉과 유명은 서로의 얼굴을 보고도 가볍게 눈인사를 나누었을 뿐 대화를 하지 않고 있었다. 오늘 찍게 될 장면들의 긴장감을 최고조로 끌어올리기 위해서일 것이다. 먼저 프레임 안으로 들어온 것은 테르카. 그리고 아스가 들어온다.

「잘 부탁드립니다.」

「저도 잘 부탁드립니다.」

전에 없이 깍듯한 인사를 나눈 그들이 동시에 감독을 바라보자 카일러는 마음이 벅차올랐다. 이 두 사람은 오늘 어떤 연기를 보여줄까.

「카메라는 어떻게든 따라갈 테니 마음 내키는 대로 자연스럽게 연기해주세요.」

동선을 지정하고 감정을 짚어주는 것보다 훨씬 어려운 주문.

「이미 두 분은 시나리오를 쓴 저 이상으로 배역을 잘 이해하고 있다고 봅니다. 그러니 아스답게, 테르카답게 연기해주시면 됩니다.」
「알겠습니다.」「네-」
「신 77, 레디, 슛!」
역시나 테르카는 포기한 것이 아니었다. 그는 또 다른 테러들을 저지르는 한편, 돌려보낸 '후보자'들도 계속 감시해왔다. 그리고 가장 의심스러운 아스를 다시 한번 납치했다. 이번에는 헤티도 함께.
「흐음…. 역시 네가 가장 유력한데 말야….」
거대한 에너지가 자신에게 밀려들어온다. 아스는 그 힘을 받아치지 않고 흘려넘겼다. 여전히 덜덜 떠는 인간을 의태하며.
「자연스럽긴 한데, 아븨칸인에게 의태는 특기에 가까우니까 자연스러운 건 당연하단 말이야. 뭐, 진짜인지 아닌지는 '이걸' 없애보면 알겠지.」
'이것'이라고 하면서 그가 헤티 램을 눈짓한다. 그때 처음 아스의 눈이 진심으로 흔들렸다.
「이게 너와 가장 많은 시간을 보내는 인간이야, 그렇지? 이걸 죽였을 때 보이는 감정 변화가 자연스럽지 않으면 네가 우리 종족이라는 게 입증되겠지. 아븨칸인에게 하등동물에 대한 연민 따위는 없으니까.」
「…!」
「섣불리 의태할 생각은 하지 마. 의태란 견본이 있어야 가능한 거잖아. 지구에서 지낸 수많은 시간 동안 아무리 많은 패턴을 저장해왔다 해도 '자신 때문에 가장 가까운 사람이 죽었을 때 인간의 반응' 같은 데이터가 있을 리는 없으니까.」
그의 말이 옳다. 아니 그 전에, 결과가 어떠하든 헤티가 죽는다.
'안 돼….'
어떻게 해야 헤티가 죽지 않을 수 있을까. 필사적으로 머리를 굴리는 아스를 앞에 두고, 테르카는 총으로 보이는 물체를 꺼내어 무표정하게 헤티를 겨눈다. 죽음을 각오한 듯 비명 한번 없이 눈을 감는 헤티를 확인하며, 아스는 테르카가 방아쇠를 당기기 직전에 입을 연다.
다급히? 아니 조용히.
「결국 맞췄군, 테르카.」
그는 이번엔 아븨칸인으로 필사의 의태를 시작했다.

218

희생'양'(Sacrificial lamb)

테르카가 의외라는 듯 한쪽 눈썹을 치켜올린다.
「나를 기억하고 있었나?」
「얼마 전에야 생각이 났다네.」
「왜 오자마자 얘기하지 않았나?」
「자네가 내 의태를 얼마만큼 판별할 수 있을지 장난기가 들었지. 제법 훌륭했네.」
아스는 인간을 흉내 내던 표정과 태도를 모두 벗어버린다. 아니, 완전한 아븨칸인의 모습을 재현하기 위해 테르카를 의태해 존재감을 더욱 부풀린다. 이내 아스의 존재감이 압도적으로 뻗쳐올랐고 테르카와 팽팽히 대치했다.
촬영장의 사람들은 두 '아븨칸인'이 마주한 장면에 고래의 싸움을 목격하는 새우들처럼 숨을 죽였다. 누구보다 존재감이 약한 존재, 헤티 램은 화면의 한구석에 정물처럼 위치하며 갸날프게 몸을 떨고 있었지만, 그녀의 눈빛만은 흔들리지 않았다.

「그랬군, 하하. 역시 짓궂은 친구야. 자, 그럼 귀찮은데 저 여자는 일단 치우고 얘기하세.」

유명은 묘한 기분이 들었다. 헤티 외의 다른 인간에겐 아무런 감정도 들지 않던 자신이었는데 테르카를 앞에 두고 두려움도 경계심도 조금씩 느껴진다. 동족이기 때문에 감각이 반응하는 것일까. 다만, 그 감정의 폭이라는 것은 인간보다는 지극히 미약하다.

「안 돼. 저 여자는 살려둬야 하네.」

「왜?」

「저 인간은 특별하다네. 지구인의 데이터 중 굉장히 돌출된 케이스야.」

「호오…. '수집'을 정말 열심히 했나 본데.」

수집. 자신이 이 행성으로 파견된 이유. 원래 아스는 아븨칸의 인류학자였고, 다른 행성 인류에 대한 정보를 수집하는 연구자 파견 프로젝트에 참여했다. 기억을 봉인해둔 이유는 편견 없는 정보 수집을 위해서 '아스의 의식'을 죽여두는 것이 효율적이었기 때문에.

「그런데 왜 이렇게 과격하게 찾은 건가?」

「과격…? 하하, 재밌는 소리를 하고 있군. 이딴 벌레 새끼들을 죽이는 데 과격이라니.」

「그래도 우리 같은 인류학자를 후보지들에 파견한 것은 다른 인류에 대한 정보를 수집할 목적이었을 텐데, 연구군들을 이렇게 함부로 죽이면….」

테르카가 답답하다는 의미를 섞어 낮게 웃는다.

「자네도 참, 여전히 학자군. 진짜 아븨칸 정부의 의도가 그거였다고 생각하나?」

「그럼?」

「뉴 콜로니(Colony, 식민지) 프로젝트야.」

「…콜로니화한다고?」

「그렇다네. 밤부아 식민지는 이미 탈탈 긁어냈으니 말이야. 밤부아는 이제 15년도 남지 않았다네.」

아스의 머릿속에서 아직 선명하지 않았던 정보들이 빠르게 형태를 갖춘다. 문명이 발달할수록 이성은 감정을 이겨갔고, 어느덧 아븨칸인은 '지적 호기심' 외의 감정이 극히 미약해졌다. 다른 것은 몰라도 '쾌락'조차 부족해졌다는 것은 큰 문제였다. 그들은 타 인류를 식민지화해서 그들의 감정을 추출해내기 시작했다.

'쾌락'은 자극적인 감정에서 나온다. 이기심, 도취, 자괴감, 질투, 성욕, 원시적이고 원색적인 감정들이 미약의 주재료가 되었지만, 하나의 개체를 죽여서 얻을 수 있는 '쾌락'은 제한되어 있었다. 그에 비해 아븨칸인들이 소모하는 미약의 양은 어마어마했다. 그동안 아븨칸의 미약농장으로 기능했던 밤부아의 인류는 씨가 말라가고 있었다.

「설마 그래서 의태 습성으로….」

「그래. 우리 종족은 무리에서 가장 적합한 형태로 의태하지. 각 행성으로 보내진 학자들의 정보를 취합하면 어느 인류가 미약화하기에 제일 적합한지를 쉽게 판별할 수 있겠지.」

연구 목적이 아니었다. 자신이 보내진 것은 침략을 위한 후보지 선정을 위해. 아스의 머리가 팽글팽글 돌아갔다. 기억을 잃은 상황에서도 더 많은 정보를 수집해야 한다는 강박이 있었던 것은 원래 자신이 인류학자였기 때문이었다. 그리고 아븨칸인이 의태를 위해 취득한 정보를 모두 기록하는 기관은-

「눈을 주게.」

역시나

시선. 이 시나리오를 관통하는 테마. 아스는 '눈'을 통해 지구의 수많은 정보를 기록한다. 초반 30분, 아스의 '시선'을 통해 전개되는 화면들은 그의 눈으로 기록된 세상의 정보이다. 그 정보는 빼낼 수 있다. 눈을 통해서.

「눈을 달라고…?」

「망막에 모든 정보가 기록되어 있는 걸 알지 않나.」

「흐음….」

「물론 자네는 고결한 학자시니 이 프로젝트가 마음에 들지 않을 수도 있지. 하지만 이것은 아븨칸 정부가 승인한 프로젝트네. 순순히 협조하지 않는다면 강제로 취할 수밖에 없네. 그러지 않았으면 좋겠군.」

아스는 동요하지 않는다. 기억이 돌아온 후, 그는 이 상황의 위험성을 이미 감지했다. 정확한 이유는 알지 못했지만, 단순히 학문적 목적으로 자신을 찾는다기엔 테르카가 벌인 일들이 너무 과했다. 그는 최대한 자연스러워 보이기 위해 테르카의 분위기에 온 신경을 기울여 그의 느낌을 의태하며 말했다.

「그럴 리가. 모성에 필요한 일에는 협조해야지.」

「흐음…. 객지 생활을 오래 하더니, 자네도 꽤나 변했군.」

「다만, 분석이 덜 끝났네.」

「그만한 시간이 지났는데도?」

「아까 얘기한 '예외' 때문이지.」

아스는 구석에 서 있는 헤티를 가리킨다.

「저 여자는 평범한 인간이면서도 지구 인류의 데이터에서 벗어나 있네. 내 분석 정보 자체에 오류가 있는 것인지, 저 인간만 예외인지 결론이 나기 직전의 단계일세. 마지막 정보를 수집할 시간을 주게.」

그러자 테르카는 웃음이라기에는 무척 괴이한 표정을 지으며 말한다.

「그럼 한쪽 눈이라도 두고 가게.」

「…한쪽?」

「그래. 분석기에서 데이터를 추출하는 데 시간이 걸리지 않는가. 대충 절반이라도 분석해두면 시간이 절약되겠지. 한쪽만으로도 결론을 내는 데 별 지장은 없을 걸세.」

아스와 테르카의 시선이 작열한다. 아븨칸인에게 눈은 무엇보다도 소중한 기관. 그것을 인질로 잡히고 가라는데 기분이 유쾌할 리가 없다. 아스는 테르카의 의도를 파악하기라도 하듯 빤히 그를 쳐다본다. 숨이 막힐 듯한 시선이 교환되고, 둘은 서로의 속내를 빠르게 눈으로 읽는다.

「그래…. 그럼 왼쪽으로.」

마침내 아스가 내키지 않는 듯 입을 열었고, 테르카는 끔찍하게 생긴 기계를 꺼내든다. 속이 동굴처럼 쑤욱 패인 흡입기.

「출혈은 없겠지만 통증은 다소 있을 걸세. 자네가 일을 잘 마무리한다면, 아븨칸으로 돌아갈 때 다시 돌려줄 테니 걱정하지 말게.」

「알았네.」

카메라가 아스의 얼굴을 클로즈업한다. 흡입기는 아스의 눈으로 천천히 다가간다. 위이잉- 깊은 구멍에서 불길한 소리가 울려 퍼지고 아스는 눈을 기괴할 정도로 크게 뜬다. 그리고-

「으으-」

짧지만 고통스러운 비명이 울려 퍼졌다.

뽁- 유명의 눈에서 기계가 떨어져 나온다. 그저 연기였음을 모르는 바 아닌데도 스태프들은 혹시나 하는 심정으로 그 속을 들여다보았다. 아무것도 없었다.

「후아- 간 떨리네요.」

「순간 진짜 눈이 뽑혔나 했네.」

아스가 정체를 드러낸 후 테르카와 맞붙었을 때, 사람들은 그 장면에 압도당했다. 두 허리케인이 끈질기게 서로를 가늠하며 슬쩍슬쩍 스쳐 지나가는 모습은 대놓고 싸우는 장면이 아니었는데도 손에 땀을 쥐게 했다.

「자, 이제 아스 시점으로 훕인기 다가오는 컷 찍겠습니다-」

그날 촬영이 끝난 후,

「눈이었군요. 그래서 초반 30분의 시점을 아스의 '시선'으로….」

「그땐 없었으면서 그건 어디서 들었어? 이제 가서 스포 기사 쓰면 되겠네?」

「아오, 그런 짓 안 한다니까요!」

데렉은 이번 촬영이 꽤나 힘들었는지 끝나자마자 피비를 찾았다. 그녀를 놀려서 스트레스를 풀고 싶었던 모양이다. 그리고 피비는 데렉과 유명이 맞붙는 신을 본 이후, 영 그에게 맥을 추지 못하고 있다. 재수 없는 인간의 대명사라고 생각해왔는데, 그때 이후로 데렉이 좀 멋있어 보이기 시작한 것이다.

「…내가 눌릴 뻔했어.」

「눌릴 뻔한 거 맞아요? 눌린 거 같은데?」

「스읍-」

피비가 슬쩍 장난을 걸어보다가 그의 정색에 깨갱했다.

「분위기 파악 못 해? 지금 기삿감 주는 거잖아.」

「헐…. 그 말을 기사로 내라구요? 진짜로?」

「어. 그게 진짜니까.」

「진짜… 당신이 눌릴 뻔했다고?」

「그래. 테르카와 아스는 최소 비등한 카리스마를 가지고 있어야 하는데, 그가 '진짜 아스'가 되고 나자 압박감이 어마어마하더라고.」

「그런 기색은 없었는데?」

「이를 악물고 버텼지. 덕분에 녹아웃이야.」

데렉은 지쳐 보였지만, 만면에 즐거운 미소가 가득했다. 연기가 정말 재미있는 사람만이 지을 수 있는 웃음.
「지금은 신유명 편에 서서 싸우고 있는 거 맞지?」
「…알고 있었어요?」
「요즘 시끄럽잖아. 너는 신유명 쪽 대표가 보낸 사람이고.」
「꼭 그래서는 아니거든요? 진짜를 보니 응원하고 싶은 거지.」
「나도 마찬가지야.」
그때 그가 지은 시원한 웃음은 피비의 눈에도 무척 멋있어 보였다. 그녀의 뭉클한 시선에 데렉이 초를 친다.
「아아, 반하는 건 곤란해. 한둘이어야지.」
이러지만 않으면 좋을 텐데.
그리고 데렉은 하나의 이야기를 더 흘렸다.
「또 기삿감 원하면 파블을 한 번 파봐.」
「파블요?」
「조지 하우슬리와 파블과 가십지들의 관계.」
그녀의 귀가 쫑긋 서더니, 잠시 후 당황한 목소리를 뱉었다.
「설마, 지금 이렇게 시끄러운 이유가….」
데렉은 더 이상 대답하지 않고 자리를 떠났다.

집으로 돌아온 아스와 헤티의 신. 한쪽 눈에 붕대를 감은 아스와 그런 그의 팔을 잡고 있는 헤티. 그녀는 자신의 죽음이 코앞에 닥쳤을 때도 흘리지 않던 눈물을 펑펑 쏟고 있다. 오히려 아스가 그녀를 위로한다.
「괜찮아. 눈을 빼고 다시 넣는 건 아빅칸에선 정보 교환을 위해 일상적으로 하는 일이야. 흡입기를 사용하면 통증도 심하지 않고.」
「그럼… 네 행성으로 돌아간 후엔 눈을 다시 넣을 수 있는 거야?」
「헤티. 나는 돌아가지 않아.」

「돌아가지… 않아?」

그 말에 헤티의 얼굴에는 많은 걱정과 함께, 감추지 못한 가느다란 기대가 떠오른다. 사랑하는 사람을 영영 보지 못하게 될 줄 알았는데 그는 가지 않겠다고 말한다. 그것이 못내 반가우면서도 한쪽 눈을 잃은 채로 평생을 살아갈 아스가 걱정되는 헤티는 그를 잡는 것이 자신의 이기심이 아닐까 고민하는 표정을 짓는다.

「헤티, 있잖아. 지난번의 납치에서 기억이 조금 돌아온 후, 나는 바로 분리에 착수했어.」

「분리…?」

그가 한 손을 들어 천천히 왼눈과 오른눈을 가리키며 말했다.

「한쪽엔 너의 정보, 다른 한쪽에 모든 인간의 정보.」

「…!」

「컴퓨터 드라이브는 분리가 가능하잖아. 아븨칸인에게 안구란 데이터의 입력기이면서 저장소이기도 하니까. 정보를 나누어 저장할 수 있지 않을까 하는 발상이었지. 아븨칸에선 이게 가능하다는 걸 몰라. 지구의 지식을 응용해 내가 생각해낸 거거든.」

「어떻게 그런….」

「하하, 인간은 아직 미개하면서도 가끔 묘하게 창의적인 부분이 있으니까. 의태를 지속하다 보니 내게도 조금은 닮은 부분이 생겼나 보지.」

그리고 아스가 말했다.

「너의 정보는 주지 않았어.」

「내 정보만…?」

「응. 너의 데이터는 아븨칸에 들어가지 않았어. 나는 아스가 아닌 다른 인물로 의태하면 되니까, 우리 둘이서 도망치자.」

아스는 헤티에게 처음으로 '감정을 담아' 고백한다.

「이 감정이 인간이 말하는 '사랑'과 같은지는 아직 잘 모르겠지만, 너는 정말로 내게 특별해졌어.」

「아스….」

「…….」

아스의 다음 대사가 흘러나오지 않았다. 대사를 잊었나? 배우가 대사를 까먹는 것은 촬영장에서 흔하게 일어나는 일이었지만 신유명이 대사를 잊는다는 것은 믿기 힘든 일이었다. 그만큼 그는 이 몇 개월 동안 배우로서 완벽한 모습을 보여주고 있었다.

「컷- 유명 씨, 괜찮아요?」

「…감독님, 이게 아닌 것 같습니다.」

「뭐가요?」

「아스가, 이건 아스의 선택이 아니라고 말하고 있어요.」

카일러가 심각한 얼굴이 되어 달려왔다. 이것은 신유명이라는 인간이 모티브가 된 시나리오. 따라서 유명의 의견도 적극 반영하겠다고 여러 번 말해왔지만, 유명은 여태 시나리오에 크게 이의를 제기한 적이 없다. 그런데 지금 그는 아스의 얼굴로 말한다.

「헤티는 자신의 피아노를 사람들에게 들려주고 싶어 하잖아요.」

「그렇죠.」

「지구가 아븨칸에게 점령당하고 사람들이 아븨칸의 제물로 사라져가면 헤티의 음악을 들어줄 '사람들'이 사라지잖아요. 아스가 헤티에게 그런 결말을 안겨주려고 할까요?」

카일러가 그 말에 아차 하는 표정을 지었다. 현재 시나리오에서 아스는 헤티만이 소중하므로 그녀와 둘이서 도망치려 하고, 헤티의 곧고 바른 성품은 다른 인간들을 제물로 넘기는 것을 찬성하지 못한다. 그렇게 이 극은 비극으로 끝날 예정이었다.

'하지만….'

카일러는 헤티의 성품은 충분히 고려했지만, 그녀의 '음악'은 고려하지 못했다. 아스도 헤티의 음악을 좋아하고 있음 또한.

「그렇다면 아스는 어떻게 하겠다고 말하고 있습니까?」

카일러는 신탁을 받는 심정으로 그에게 물었고, 정말로 유명은 답을 내놓았다.

「다른 인간들의 정보가 아닌, 헤티의 정보를 담은 눈을 넘겨야지요.」

「…?」

「그녀는 헤티 '램'이잖아요.」

희생'양'(Sacrificial lamb). 가장 사랑하는 사람을 제물로 삼은 아스의 과감한 계획이 흘러나왔다.

---- 219 ----

촬영 도중에요?

그날의 촬영은 무산되었다. 카일러와 유명은 함께 머리를 맞대고 후반의 대본을 조정하기 시작했다.

「인류학자들은 소수민족을 관찰하기 위해서 그 부족과 몇 달씩 동고동락하기도 하잖아요. 그런데 정작 그들에게 말을 걸거나 함께 어울려 주는 부족민은 그 부족의 주류가 아닌 소외된 사람이라는 걸 책에서 본 적이 있어요.」

「아무래도 그렇겠네요. 기득권이라면 외지인에게 좀 더 폐쇄적으로 반응할 가능성이 크고, 비주류만큼 한가하지 않을 테니까요.」

「그래서 비주류가 제공하는 왜곡된 정보에 의존하다 보면 연구 결과가 편향되는 때도 있다고 하더라구요.」
「그렇겠네요. 그런데 그건 왜…?」
「헤티도 비주류죠.」
그 말에 카일러는 등골이 저릿했다. 그의 말뜻을 알 듯 말 듯 간질간질한 느낌이 든다.
「그렇다면….」
「아스가 헤티의 정보만을 담은 눈을 넘겨준다면 테르카는 그것이 평균적인 인간의 정보라고 생각하게 되지 않을까요? 하지만 헤티는-」
「표준에서 몹시 벗어나 있죠…!」
카일러가 허겁지겁 대본에 무언가를 기록한다.
「그 정보가 아븨칸이 식민지에 기대하는 바와 다르다면…!」
「맞아요. 어차피 그들은 여러 행성에 인류학자를 보내고, 그중 한 곳을 식민지로 선정할 예정인 거니까요. 원래라면 인간은 미약의 좋은 재료가 되겠지만 헤티의 데이터값은-」
「다르죠. 아븨칸이 원하는 쾌락의 미약에 헤티는 어울리지 않는 재료겠군요.」
「네. 아스는 헤티의 음악을 들려줄 세계를 지키기 위해 헤티를 제물로 바치는 겁니다. 성공한다면 그 양은 통구이가 되지 않고 살아서 초원을 뛰놀 수 있겠죠.」
「그야말로 희생양…. 맞춘 것처럼 이름과도 딱 떨어지는군요!」
유명이 싱긋 웃었다. 카일러의 얼굴이 흥분으로 달아올라 있다. 선인처럼 맑고 깨끗한 이미지이던 카일러는 요즘 자주 인간적인 모습을 보여준다. 그 모습은 예전보다 훨씬 즐겁고 생기 넘쳐 보인다.
「그런데 한 가지가 마음에 걸리네요. '추가 연구'의 결과를 알아야 할 테고, 파견 보낸 학자를 방치하고 돌아갈 수도 없으니 아븨칸에선 아스를 다시 회수하려고 할 텐데요.」

「그건 이렇게 하면 어떨까요?」

유명이 무언가를 속삭였고, 카일러의 표정이 다시 한번 짜릿해졌다.

'감독 타이틀을 내줘야 하나….'

유명은 연기만 고려하는 게 아니었다. 해당 장면의 구도, 감각적으로 연출할 방법, 클라이맥스의 감정선까지 고려해서 의견을 내고 있었다.

'저렇게 뛰어난 배우가 아니라면 연출을 해보라고 진심으로 권하고 싶을 정도군.'

그렇게 수정 대본이 완성되었다.

「감독님, 안녕하세요!」

「어서 와요, 마일리.」

마일리 필론. 카일러의 첫 상업영화이자 초히트작 〈필로소피아〉의 주인공이 촬영장에 등장했다. 살짝 치켜 올라간 눈과 왼쪽 눈썹 아래에 콕 박힌 점. 그녀는 Pin up girl[19] 같은 느낌을 주는 치명적이고 핫한 느낌의 미녀이다. 이지적이고 세련된 미녀인 나탈리와는 반대되는 인상.

하지만 필로소피아에서 카일러는 그녀를 몸을 파는 여성에서 당대 최고의 철학자가 된 인물로 묘사하여 큰 충격을 주었다. 당시 무명배우였던 마일리 필론의 나이는 19세. 카일러는 그녀의 화려한 외모와 어린 나이에 가려진 독특하고 깊이 있는 정신세계를 알아보았고, 그 두 가지를 결합하여 매력적인 캐릭터를 그려냈던 것이다.

「카메오 출연 승락해줘서 고마워요.」

「아, 아니에요. 감독님의 은혜를 갚는 건 출연 목적의 30% 정도였으니까 고마워하지 않으셔도 돼요.」

---

19 핀업 걸(Pin up girl): 벽에 붙이는 미녀 사진의 모델

「하하, 나머지는요?」

「제안 들어온 작품이 하나 있는데, 상대역으로 섭외 중인 사람이 이 영화에 출연 중이라고 해서 구경 왔어요. 그게 70%.」

독특한 화법도 여전했다. 상대역으로 섭외 중인 사람이라…. 데렉? 나탈리? 설마 유명일까?

「마일리가 들어갈 신은 아직 좀 남았는데, 촬영 시간 변경된 거 연락 안 갔어요?」

「아뇨. 연락받았는데 그냥 구경하러 일찍 왔어요.」

「그래요. 편하게 있어요.」

마일리는 스크립터가 앉아 있는 곳으로 가서 바닥에 철푸덕 주저앉았다. 뜻밖의 스타가 자신의 곁에 주저앉자 스크립팅을 맡은 막내 작가가 화들짝 놀란다.

「안녕?」

「허업…. 아… 안녕하세요!」

「사인해줄까요?」

「네엡!」

외모에 어울리지 않는 언행, 그로 인해 주변의 긴장을 순식간에 풀어 놓는 수법은 그녀의 장기였다. 금세 막내 스태프의 호감을 얻은 마일리는 주머니에서 사탕을 한 줌 꺼내어 그녀에게 쥐여주며 묻는다.

「촬영장 분위기 어때요?」

「완벽하죠. 엄청 분위기 좋아요! 와아…. 근데 가까이서 보니까 정말 예쁘세요.」

「고마워요! 그런데, 원래 오늘 제가 들어가는 신이 오전 촬영이었는데 오후로 미뤄졌다고 연락받았는데요. 앞쪽 신이 밀린 모양이죠?」

「아… 넵. 촬영 중에 대본이 변경되어서요.」

「앗, 무슨 일 있었어요?」

425

촬영장 생태계 밑바닥의 막내작가는 가장 위층에 존재할 셀럽의 스스럼없는 친한 척에 홀려 솔솔 이야기를 풀어놓는다.

「주연배우가 연기해보더니 감정선이 이게 아닌 것 같다고 해서 감독님과 함께 대본을 수정했어요.」

「촬영 도중에요?」

「넵.」

마일리는 꽤 놀랐다. 그는 할리우드에서 아직 인지도가 없는 신인배우일 터이다. 그런 배우가 촬영을 끊고 대본에 이견을 제시했다고? 그걸 감독이 곱게 받아들일 리가….

'아니다 참, 카일러 감독님이지.'

카일러는 완전히 무명배우인 자신을 데리고 찍을 때도 의견을 기탄없이 얘기해달라고 했었으니까. 하지만 감독님은 그럴 수 있다고 쳐도… 스태프들까지 거기에 불만이 없을 수 있을까? 기본적으로 스태프들은 촬영이 늘어지는 것을 매우 싫어한다. 게다가 카일러 같은 대감독에게 신인배우가 이런저런 의견을 제시하는 것은 경력 있는 스태프라면 뒷목을 잡을 만큼 어이없어할 일이다.

'이 친구가 어려서 그런가?'

촬영장 막내라 뭘 모른다기엔 다른 스태프들의 표정도 너무 온화하다. 일반적으로 촬영이 밀렸을 때의 살벌한 분위기는 한 점도 보이지 않는다. 마일리는 '바뀌었다는 대본', 그리고 스태프들을 이렇게 온순한 양으로 만든 '주연배우'가 더욱 궁금해지기 시작했다.

「양쪽 눈에 정보를 분리한 것까진 변동사항 없으니까, 그다음 컷부터 촬영 들어가겠습니다~」

「네, 감독님!」

콘티에 따라 크레인의 위치가 조정되고, 조명과 반사판이 부지런히 자리를 잡는다. 사탕을 쪽쪽 빨면서 현장을 지켜보던 마일리는 프레임 안으로 들어오는 에르히를 보고 흥미로운 표정을 지었다.

'뭐야, 쟤도 배우인가?'

그리고 '그'가 나타났다. 마일리도 열심히 보았던 〈캐스팅 보트〉. 그의 분위기는 화면으로 볼 때보다 훨씬 위험해 보인다.

'오올…. 분위기 좋은데….'

몇 가지 지시를 한 카일러가 감독석으로 돌아가고, 카메라가 돌기 시작했다.

「하하, 인간은 아직 미개하면서도 가끔 묘하게 창의적인 부분이 있으니까. 의태를 지속하다 보니 내게도 조금은 닮은 부분이 생겼나 보지.」

직전 컷의 마지막 대사. 헤티의 정보와 나머지 다른 인간의 정보를 분리하는 것에 성공했다는 내용이 그의 입에서 뱉어졌다. 그리고… 새롭게 바뀐 내용이 등장한다.

「둘 중에 너의 정보를 줬어.」

「내 정보만…?」

「그들의 목적은 인간의 감정을 추출해서 미약을 제조하려는 거거든.」

아스는 헤티에게 아빅칸의 의도를 설명한다. 그들이 인간을 한낱 재료로 보고 있다는 말에 헤티는 공포에 질린다.

「그런데 헤티 너는 보통 인간과는 다른 값을 가지니까. 일종의 왜곡된 데이터를 제공한 셈이지.」

「내가… 그래? 나는 잘 모르겠는데….」

자신의 정보에 인류의 존망이 달려 있다는 말에 헤티는 어지러운 눈빛으로 되묻는다. 그런 그녀를 새기는 것처럼 눈에 담으며 아스가 긍정했다.

「너는 그래. 너의 정보로는 미약의 재료로 부적합하다는 판정이 뜰 거야.」

「…만약에 아니면?」

「그땐 어쩔 수 없지. 이게 가장 확률 높은 도박이었어. 다른 쪽의 안구를 줬다면 아마 지구는 100%의 확률로 아븨칸의 다음 식민지가 되었을걸.」

어쩔 수 없는 도박. 헤티는 그가 인류 전체를 도박에 건 것에 차라리 안도한다. 자신만 구하려 하는 것보다는 차라리 그게 낫다고 생각하며. 하지만 떠오르는 한 가지 걱정.

「하지만 네겐 '남은 연구'가 있다고 했잖아? 그들이 다시 너를 데리러 오는 것 아냐?」

그 말에 아스는 헤티를 쳐다본다. 더욱 깊어진 감정을 담아 한참 동안. 그 순간 헤티는 직감한다. 지금 그가 보이는 감정은 '의태'가 아니라는 것을.

「아스 너 혹시… 지금 표정이….」

「헤티, 잠시만 여기 있어. 나 물 한 잔만 마시고 올게.」

「…응.」

그는 부엌을 향한다. 그녀의 말대로 언제 그들이 다시 데리러 올지 모른다. 할 일이 있다. 지금도 이 집을 감시하고 있을 그들이 방해하지 못하도록 신속하고 정확하게 해내야 할 일. 자신이 손에 든 마지막 패. 그것까지 맞추어야 도박에서 이기기 위한 최상의 패가 만들어진다. 헤티에겐 미안하지만….

그다음 아스가 취한 동작에 마일리는 숨을 흡 들이쉬었다.

푸욱- 그는 부엌에서 과도를 꺼내어 단숨에 붕대를 씌우지 않은 남은 한쪽 눈에 틀어박았다.

'허엌…!'

마일리가 눈을 질끈 감았다 떴다. 그러자 착시는 현실로 돌아왔다. 그의 손은 칼을 쥔 모양을 하고 있을 뿐이었다. 실제로 눈을 찌를 수는 없으니 나중에 CG로 칼을 삽입할 것인가 보다.

하지만 칼을 빼들어 꽂아넣기까지의 한 치 오차 없는 동작. 다가오는 칼날을 바라보는 크게 홉뜬 눈. 말랑한 젤라틴질을 뚫고 지나갈 때, 헤티에게 소리를 들려주지 않기 위해 이를 악물고 근육을 일그러뜨리는 그의 표정과 완전한 파괴를 위해 칼을 한 바퀴 돌릴 때 악문 입술에서 비치는 피까지.

'……'

촬영장의 모든 사람이 눈을 질끈 감았다. 결국 약하게 새어나간 그의 신음소리. 헤티가 달려나와 그 장면을 목격하곤 비명을 지른다.

「아스!」

「쉬잇…. 괜찮아, 헤티.」

「괘… 괜찮기는 이게… 이게 무슨…. 흐어… 흐어어어…. 병원, 병원에 가야….」

「괜찮아, 쉬잇…. 나 잠시만….」

고통스러운 표정의 아스가 숨을 몰아쉬고, 헤티는 손을 덜덜 떨며 어찌할 바를 모른다.

「흐으…. 흡입기를 사용했을 때보단 조금 아프긴 하네…. 아브칸인은 이 정도론 죽지 않으니까 걱정 마. 그리고 치료는 하면 안 돼. 완전히 망가뜨려야 하거든….」

「아스, 왜… 왜 이런 짓을… 흐윽.」

「이게 내 마지막 패였어. 왜곡된 정보를 넘겨준 후 정상 정보는 파괴하는 것. 데이터가 남아 있으면 결국 회수될 테니까.」

언제나 그 눈으로 모든 것을 관찰하고 카피해내던 남자는 이제 양 눈을 모두 잃었다.

「나 이제 장님이 되어버렸는데, 이런 나라도 사랑해줄 거야?」

「아스… 무슨 그런 말도 안 되는 얘기를….」

가장 절망적인 순간에 그가 던진 고백에 그녀는 결국 엉엉 울음을 터뜨린다.

「왜 나를 위해 이렇게까지….」

「네가 힘겹게 지켜나가고 있는 가치를 나도 함께 지켜주고 싶었어. 넌 내게 처음으로 이런 '감정'을 알게 해준 인간이니까.」

「…….」

「그리고 네 음악도, 그걸 들려줄 청중까지도.」

아스가 깜깜한 세상 속에서 웃는다.

「나는 네 소리도, 그걸 포기하지 않고 쫓아가는 너도 무척 좋아하니까.」

때로 인간은 별것 아닌 신념에 목숨을 던지기도 하고, 가질 수 없는 것에 생을 바치기도 하며, 타인을 위해 기꺼이 희생하기도 한다. 아스가 헤티에게 배운 것은 인간의 감정뿐 아니라 어리석음이기도 했다. 하지만 그 어리석음이 인간을 아름답게 하고 생을 찬란하게 만드는 것이다.

마일리 필론은 얼어붙은 상태였다. 옆에 앉아 있던 막내 스태프가 이제 조금 친근하게 여겨지는 톱 여배우를 톡톡 건들며 자랑스럽게 말했다.

「굉장하죠?」

'굉장하다고? 그런 흔한 말로 치부할 레벨이 아니잖아!'

방송을 볼 때도 충분히 굉장하다고 생각했다. 하지만 직접 연기하는 모습을 보고 나니 〈캐스팅 보트〉에 나온 부분은 빙산의 일각에 지나지 않는다는 것을 알았다.

'와… 저 배우….'

마일리는 그를 마주 보고 연기하면 어떤 기분이 들까 상상하며 침을 꼴깍 삼켰다. 그런 그녀를 누군가가 툭- 친다.

「어이, 꼬맹이.」

「어? 데렉! 저 이제 꼬맹이가 아니거든요?」

데렉과 마일리는 친분이 있는 사이다. 〈필로소피아〉 때도 데렉은 카일러의 촬영장에 종종 들락거렸고, 당시 19세이지만 재능이 다분하던 마일리 필론에게 이런저런 조언을 해주기도 했었다. 이제 스물다섯의 '치명적'이라는 수식어를 단 여배우가 되었는데도 그는 여전히 그녀를 꼬맹이라고 부른다.

「이따 내 신에 들어온다며?」

「네. 주연배우 연기 구경하러 왔는데, 와…. 100% 아니, 120%! 미친 거 아니에요? 무슨 연기를 저렇게 하지?」

그 말에 데렉이 혀를 찬다.

「어디서 간을 보러 와. 저 배우 네가 간 볼 레벨이 아니거든?」

「간 본 건 아닌데….」

「시끄럽고, 이따 제대로 안 하면 혼난다. 얼마나 늘었나 볼 거야.」

「흐엉…. 저 소중한 카메온데요.」

데렉은 방금 유명의 연기를 본 짜릿함을 가라앉히며 테르카의 마지막 신을 준비했다.

220

지버리시 훈련

테르카는 분석 장치를 확인한다. 아스의 한쪽 안구가 꽂혀 있는 간이 분석기는 내부의 정보를 읽어들여서 해당 종의 감정을 %로 분석한다.

분석결과: 긍지 45%, 사랑 30%, 자존감 20%, 시기질투 2%, 이기심 0.5%, 좌절 0.1%….
결론: 미약 재료 매우 부적합

테르카의 옆에 서 있는 보좌관은 마일리 필론이다. 그녀는 그와 같은 계열의 분장을 하고 있다. 발랄한 외모에 사이버틱한 분장이 잘 어울린다.
「흠…. 엉망이잖아? 이것들은 전혀 쓸모가 없겠어.」
「파견자가 말하기를, 오차 범위가 있다고 하지 않았습니까?」
「있어봤자 얼마나 있겠어? 어느 정도여야 말이지, 이건 너무 멀쩡하잖아.」
「그래도 최종 결과는 보고 결정해야 하지 않겠습니까?」
치직- 그때, 그녀가 무전으로 보고를 받고 표정이 굳어졌다.
「사령관님, 파견자가 남은 안구를 스스로 파괴했다고 합니다.」
「뭐?」
테르카의 무미건조한 얼굴에 처음으로 놀라움에 가까운 표정이 생겼다. 그 정도로 아븨칸인에게 '눈'이란 중요한 것이었다.
「한쪽을 순순히 넘기는 것도 이상했는데, 나머지 한쪽을 스스로 파괴했다고? 흐음….」
「좀 수상하지 않습니까? 다시 잡아들여 고문이라도-」
「됐어. 이대로 이동한다.」
「하지만-」
「어차피 아븨칸인이 눈을 포기할 정도면 죽인다 한들 이유를 말하지 않을 거다.」
「그럼 다른 파견자라도 다시-」

「생각이 있나! 밤부아 식민지는 이미 거의 끝났어. 하루빨리 대체재를 찾아야 할 시점에 다시 파견자를 보내서 의태시켜 정보를 모으자고?」

「…제 생각이 짧았습니다.」

테르카는 분석기에서 꺼낸 아스의 안구를 손에 그득하게 쥔다. 그의 얼굴에 욕심이 어렸다.

「헛수고했으니 이거라도 건져야지. 학자의 눈이라. 이걸 끼면 세상이 어떻게 보일까.」

냉정해 보이던 보좌관의 얼굴에도 탐욕이 어린다. 아븨칸에서 안구는 데이터 수집기이자 저장소이며, 가장 큰 재산이기도 했다.

「그는 실종 처리한다. 이 미개한 행성에서 살아가야 한다니 안 됐군. 빨리 다음 후보지로 이동하지.」

「네, 사령관님.」

그렇게 아스의 도박은 성공했다.

촬영을 마친 마일리 필론이 에르히 데버에게로 향했다. 또각또각- 에르히는 화려한 미인이 다가오자 조금 긴장했다. 그녀는 이미 할리우드에서 톱 반열에 오른 배우 중 하나. 아까 저 데렉 맥커디와도 스스럼없이 웃고 떠들지 않았던가.

다가오는 그녀의 도전적인 표정을 보고 에르히는 그녀에게 한소리들을 각오를 했다. 지금은 덜해졌지만, 촬영 초반에는 지나가는 스태프들에게 직간접적으로 눈칫밥을 많이 먹었다. 주로 무슨 백으로 여주 자리를 꿰찼을까 하는 시선, 혹은 다 차려진 밥상을 엎지 말라는 조언을 가장한 면박 같은 것이었다.

「안녕하세요.」

「네, 안녕하세요.」

「원래 이렇게 생겼어요.」

「…네?」

「시비 걸려는 게 아니고, 원래 인상이 이렇다구요.」

'뭐지, 마음의 소리라도 들렸나….'

마일리 필론은 또 한 번 예상치 못한 말을 던졌다.

「그쪽도 안 됐네요. 하필 첫 작을 카일러 감독님하고 찍어서.」

「…무척 만족하고 있습니다만.」

에르히의 말투가 조금 딱딱하게 변했다. 자신의 부족함을 나무라는 것은 견딜 수 있지만 이 멋진 작품을, 자신에게 기회를 부여해주신 감독님을, 함께하는 배우들과 스태프들을 낮춰 말하는 것은 참을 수 없다. 그러자 마일리가 피식 웃었다.

「보기보다 성격이 만만치 않네. 긴장 풀어요. 같은 상황을 겪은 선배로서 걱정돼서 하는 말이니까.」

「…?」

「데뷔작을 감독님 작품으로 한 사람으로서, 앞으로 그 어떤 작품을 만나더라도 목마르게 될 걸 각오하라는 의미였어요.」

그러고 보니 마일리 필론이 카일러의 작품으로 데뷔했었다. 당시 19세의 무명 여배우가 주연을 맡은 것으로 구설수가 좀 있었다고 들었다. 물론 〈필로소피아〉 개봉 이후로 그 소문들은 싹 사그라졌지만.

「카일러 감독님 시나리오와 캐릭터는 맞춤옷이잖아요.」

「네…. 저한테 딱 맞는 배역을 주셔서 분에 넘치는 행운이라 생각하고 있습니다.」

「그게 과연 행운일까요?」

「…….」

「살아가면서 입을 수 있는 옷 중에 가장 몸에 딱 맞고 편하고 예쁘기까지 한 옷, 그걸 가장 먼저 입었어요. 그 뒤에 다른 옷을 입을 때마다 그런 생각이 들 거예요. 아, 이 옷은 불편하네, 나랑 별로 어울리지도 않고. 그때 그 옷 같은 거 또 없을까?」

에르히는 마일리가 지금 자신의 이야기를 하고 있다는 것을 깨달았다. 그녀는 쓸쓸한 웃음을 짓더니 말했다.

「지금 이 행복을 최대한 누리시되, 끝난 후엔 빨리 깨닫는 게 좋아요. 배우란 맞춤옷을 입는 사람이 아니고 옷에 자기 몸을 맞추는 사람이라는 걸. 아니, 어쩌면 배역이 사람이고 우리는 배역에게 입혀지는 옷에 불과하다는 걸. 그래서 위로 올라갈수록 배우가 배역을 고르는 게 아니고 배역이 배우를 고르게 된다는 것을.」

댕- 하고 울림이 왔다. 그 상황을 겪어본 자만이 알 수 있는 진실을 전해주는 그녀의 모습은 화려한 스타 마일리 필론이 아닌, 어린 나이에 세상의 온갖 면들을 보고 깨달음을 얻은 〈필로소피아〉의 주인공 소피처럼 보였다.

「하지만 배역을 고를 수 있는 배우도 있죠. 어느 배역을 맡아도 그 배역에 100% 맞는 옷으로 자신을 변화시키는 '진짜' 배우들. 데렉이나 저 신유명 씨 같은.」

그녀가 저쪽 너머에서 감독과 대화를 나누고 있는 유명을 보며 욕심 어린 표정을 짓는다.

「그거 하난 부럽네요. 하필 인생 배역을 받았을 때 저런 배우와 파트너로 연기했다는 거.」

「…네. 저도 지금의 제가 많이 부러울 것 같아요.」

「하하, 재밌는 분이시네.」

마일리는 같은 여자가 보기에도 매력적인 윙크를 남기고 사라졌다.

마지막 촬영일이 다가왔다.

「아아…. 오늘이 마지막이라니.」

「우리 아스를 이제 다시는 볼 수 없다니, 흐윽-」

「아스가 초반에 온 동네에 끼를 다 뿌리고 다닐 때도 좋았지만, 그렇게 능숙하던 인간이 처음으로 진짜 마음이 생긴 후 헤티에겐 서툴게 애달파하는 모습이…. 하아.」

「…나도 거기서 세게 얻어맞았어.」

촬영장의 여자 스태프들이 한숨을 쉬며 넋두리를 늘어놓고 있었다. 남자 스태프들은 차마 그 대화에 참여하지는 못했지만 속으로 고개를 주억거리고 있었다. 아스 프리데터의 매력은 남녀를 가리지 않았던 것이다. 그리고 여기, 누구보다도 그의 매력을 확실히 알고 있는 사람이 있다. 에르히 데버.

마일리가 촬영장에 왔던 날 이후, 그녀는 많은 생각을 했다.

'헤티가 정말 나에게 맞춘 배역일까…?'

물론 에르히와 헤티는 닮은 점이 많다. 존재감이 부족하여 타인의 시선을 사로잡지 못한다는 것, 피아노를 좋아한다는 것. 하지만 헤티를 헤티로 만드는 강인한 아름다움은 자신에게서 따온 것이 아니라는 생각이 들었다.

'오히려… 신유명 씨와 닮았어.'

그의 강한 존재감과 선명한 매력에 빠진 사람들은 모르겠지만, 프레임 안에서 그를 계속 마주해왔던 '헤티'의 눈에는 그것이 보인다. 어째서 그는 저런 재능을 가지고도 밑바닥에서 발버둥 치는 자처럼 절박한 걸까. 하지만 절박한데도 비굴하지 않으며, 단단한데도 모든 걸 던져버릴 것처럼 위태로워 보이는 걸까.

'그야말로 헤티.'

그래서 헤티는 에르히에게 완전한 맞춤복은 아니었다. 오히려 그녀의 강인함을 흉내 내기 위해 에르히는 필사적으로 노력해야 했다. 그리고… 진심으로 그녀를 닮고 싶었다.

'딱 맞는 배역은 아니었지만, 나도 저런 배역에 딱 맞는 사람이 되고 싶어.'

앞으로 다른 배역을 맡게 된다면 마일리의 말처럼 채워지지 않는 공허함에 몸부림치게 될까? 아니, '다른 배역을 맡게 된다면'이라는 전제부터가 그녀에겐 사치라는 것을 마일리는 모른다. 어떤 기회라도 주어진다면 헤티처럼 온 마음을 다해 작은 단역 하나에도 소중함을 잊지 않고 연기할 것이다.

그녀는 예전에 깊은 병에 걸려 죽을 뻔한 적이 있다. 기적적으로 살아났을 때, 그녀는 '하지 않으면 죽기 전에 후회할 일'을 하면서 살아갈 것을 결심했다. 그래서 헤티의 그 대사만큼은 진심으로 칠 수 있었다.

— 나는 내가 원하고 사랑하는 것에 충실하지 못하게 사는 것보다는 죽는 게 나아.

그녀에게 연기는 수단이 아니라 목적이다. 그래서 자신과 비교도 되지 않게 빛나는 스타들 사이에서도 좌절하지 않았고, 지금과 비교도 되지 않는 초라한 배역이라 해도 연기만 할 수 있다면 좌절하지 않을 것이다.

마지막 신은 눈이 먼 아스와 헤티가 함께 다시 살아가는 장면. 그는 드디어 감정을 담은 '진짜 미소'를 짓고 있다. 마지막의 마지막에서 카메라는 다시 한번 아스의 시점으로 돌아온다. 이제 그의 시점이란, 암흑. 아무것도 보이지 않는 캄캄한 세계를 앞에 두고 그의 마지막 독백이 담담히 들려온다. 나직한 피아노 소리를 배경으로,

— 감정이 소실되고 있는 아븨칸인은 이미 원색적인 감정을 잃었다. 하지만 나는 아븨칸인에게는 없는 감정을 직접 느끼고 있다. 헤티, 단 한 사람에게뿐이지만. 의태는 약한 생명체들의 생존 방식이다. 하지만

아븨칸인은 우주에서 가장 강한 포식자인데도 의태한다. 가장 강해 보이는 것이 어떤 면에서는 가장 약한 것일까. 내 옆의 여자가 가장 약해 보이지만 가장 강한 것처럼.

그렇게 〈Mimicry〉의 촬영이 모두 끝났다.

「컷- 수고하셨습니다!」

짝짝짝짝짝짝- 긴 박수를 귀에 담으며 유명은 천천히 눈을 뜬다. 오래 감고 있던 눈이 빛에 적응하면서 처음으로 보이는 것은 내내 보고 싶었던 헤티의 얼굴. 아니, 수 개월간 자신과 함께한 파트너의 얼굴.

'에르히 데버.'

그녀를 보면 뻐근해지는 것은 아스의 마음일까, 혹은 원생의 자신과 비슷한 난관을 겪는 배우를 보는 신유명 자신의 마음일까. 유명은 곁에 다가온 미호에게 물었다.

'에르히에겐 뭔가 방법이 없을까? 혹시 다른 연귀와 계약한다거나…'

{나 같은 호구가 또 있을 것 같냥?}

그 말에 유명이 멈칫했다. 생기를 얻기 위한 대가라는 것이 그리 만만한 것은 아닐 것이다. 미호도 처음 유명에게 접근한 것은 의도가 있어서였으니까.

{너무 신경 쓰지 마랑. 쟤는 너 정도는 아니잖냥. 지금 생기가 40 가까이 될 테니 10년에서 15년쯤 죽을힘을 다해 연기하면 50 전후로는 올라올 거당. 그럼 생기로 이득을 보진 못해도 발목을 잡지 않는 수준은 되겠징.}

'저 상태로 10년에서 15년간 포기하지 않고 연기하기가 쉽지 않을 텐데…'

{너는 했잖냥. 더 상태가 나빴는데동.}

'…….'

{쟤도 너 정도로 연기를 좋아한다면 충분히 가능할 거당. 그러니까

신경 꺼라.}

유명이 작게 한숨을 쉬었다. 미호의 얘기도 틀린 말은 아니었지만, 그 길이 얼마나 험난할지 가장 잘 아는 자신이었다. 그는 에르히에게 다가가 물었다.

「에르히, 마치고 시간 있어요?」

「어? 넵! 그런데 오늘 회식 있다던데요?」

「어차피 스태프들 장비 정리하고 다 모이려면 몇 시간 있어야 되니까, 저랑 잠깐 연습할까요?」

「연습요?」

이미 촬영이 끝났는데 무슨 연습…? 에르히는 궁금한 표정이었지만 군말 없이 고개를 끄덕였다.

「네. 연습 봐주시면 저야 감사하죠.」

그리고 향한 연습실에서 유명은 그녀에게 한 가지 연습법을 전수한다.

「에르히. 스트라스버그의 '지버리시 훈련' 알아요?」

「네, 알고 있어요.」

「이건 그걸 좀 응용한 방법입니다.」

221

차기작은 정했어요?

지버리시(Gibberish) 훈련. 스타니슬라브스키의 연기론을 계승한 연출가 리 스트라스버그가 창안한 이 훈련법은 일상적이고 습관적인 언어를 연기적인 언어로 바꾸기 위한 연습 방법이다. Gibberish란 '횡설수설'이라는 의미의 단어. 배우들은 일반적인 대사가 아닌 '르-르르', '빠빠-빠' 등의 의미 없는 음절의 나열, 혹은 알아듣지 못하는 외국어 등을 대사로 사용하여 자신이 생각하는 의미를 전달해야 한다.

'나는 너를 죽이고 말겠어.'

― 빠빠- 빠- 빠아빱 빠!

말을 말이 아닌 소리로 하더라도, 그 단어에 '진짜' 의미와 감정을 실을 수 있다면 상대에게 얼추 의미를 이해시킬 수 있다. 처음에는 손짓 발짓을 섞어서, 다음 단계에는 몸의 표현을 제한하고 순수하게 음절에 자신의 감정과 생각을 담아. 이 연습법은 대사를 그냥 뻔하게 치지 않고 의미를 담는 것을 목표로 한다.

「지버리시 훈련법을 사용하되, 그중 가장 포인트가 되는 단어는 최대한 강조해서 말해볼까요?」

「르르- 르르 '르' 르르르-」

에르히는 진땀을 빼며 유명의 요구를 따른다. 유명은 평범한 대사에도 일일이 의미를 신기를 요구한다. 너무 과장된 표현이라고 생각될 정도로. 그리고 적응이 되고 나자, 그 톤으로 원래의 대사를 쳐보라고 했다.

「로미오, 당신은 '왜' 로미오인가요-」

뭔가 어색하다. 마치 희극처럼 과장된 대사. 하지만 유명은 고개를 끄덕였다.

「에르히. 에르히는 분명 재능이 있어요. 이런 무리한 요구도 바로 해내잖아요.」

「…….」

「이거 좀 이상하게 느껴지죠?」

「…네.」

「문제는, 에르히가 그 정도 과장된 톤으로 쳐야 대사가 겨우 귀에 들어와요.」

유명이 조금 서글픈 표정으로 말하자 그녀는 기분이 이상해졌다. 왜 그가 슬퍼 보이는 걸까.

「두 가지를 다 연습해봐요. 기존의 방법과 지금 제가 알려준 방법. 명심해야 할 건, 제가 알려준 방법은 편법이라는 거예요. 조금이라도 에르히가 많은 기회를 얻기 위한 편법.」

「…편법.」

「네. 편법에 빠져서 정도를 잊으면 안 돼요. 열심히 하다 보면 언젠가는 편법을 쓰지 않더라도 훌륭하게 관객의 눈을 사로잡을 수 있는 날이 올 거예요.」

「…네.」

「너무 힘들면 포기해도 괜찮아요. 하지만 왠지 에르히는 포기하지 않을 사람 같아서…. 제가 도와줄 수 있는 건 고작 이 정도밖에 없네요.」

「…감사합니다.」

편법을 알려주고 포기를 논하는 것은 어찌 보면 자신을 무시하는 것으로 들릴 수 있겠지만, 그렇게 느껴지지는 않았다. 아니, 몇 달씩 함께 촬영해오며 저 남자의 성품과 연기에 관한 진지함을 겪어왔기에 그렇게 느낄 수가 없었다. 그런 그가 마지막까지 자신을 걱정한다. 포기하지 않으면 언젠가는 좋은 배우가 될 수 있다고 말한다. 에르히는 그 말을 가슴 깊이 담았다.

「…함께 연기하는 내내 새로운 세상을 보여주신 것, 정말 감사드려요.」

「연기를 하고 있는 한 계속 보게 될 거예요. 언제나 새로운 세상을.」

「네!」

「이제 갈까요, 회식?」

아스와 헤티는 그렇게 유명과 에르히로 돌아갔다.

촬영이 끝난 밤, 스태프들과의 회식은 즐거웠다. 집에 와서는 미호와 2차를 했다. 캘리포니아 특산 맥주를 잔뜩 사와서 미호와 오랜만에 회포를 풀었고, 카일러의 대본이 그렇게나 그들의 관계를 대변하고 있었던 이유도 들었다.

'그랬구나. 어머님께서….'

{이번엔 오지랖이 심하셨어.}

'나는 너무 감사한데….'

미호는 대답하지 않고 맥주를 홀짝 마셨다.

'어쨌든 또 하나 끝났네. 다음번엔 뭘 하면 좋을까.'

{그게 촬영 끝난 다음 날에 할 생각은 아니지 않냐?}

다음 날, 느지막이 일어나 해장 토스트를 먹은 후 하루도 빼먹을 수 없는 스트레칭과 웨이트를 하고 있을 때, 숙소의 문이 벌컥 열렸다.

"어, 대표님? 이 시간에 여긴 왜…."

"저랑 잠시 가시죠."

유석이 싱글벙글한 얼굴로 유명을 재촉했다. 조수석에 탄 유명이 어딜 가는지를 다시 물었지만, 가보면 알게 된다며 쉽사리 대답해주지 않았다. 그러자 유명은 다른 것을 물었다.

"대표님, 다음 작품 제안 뭐 뭐 들어왔어요?"

"무슨 그런 험악한 질문을 벌써 합니까? 어제 촬영 끝났는데."

"아니…. 당장 뭘 하겠다는 게 아니고 그냥 궁금해서요…."

유명이 찔끔하며 입을 닫고 창밖을 본다. 과연 LA의 날씨다. 하늘은 구름 한 점 없이 파랗고, 푸르른 녹지와 웅장한 저택들…. 응? 저택?

"유명 씨 집입니다."

"네?"

유석이 유명을 데려온 곳은 베벌리 힐스의 어느 저택이었다. '힐스'. 말 그대로 언덕에 위치한 저택은 큰 대문과 우거진 나무들이 저택 내부의 프라이버시를 보호하고 있었다. 새하얀 1층 건물은 전면이 창으로 둘러 있었고, 그 앞엔 작은 분수와 수영장, 거기서 이어진 작은 해자가 집을 둘러싸고 찰랑찰랑 물을 채우고 있어 보기만 해도 시원해 보인다. 전면을 완전히 개방 가능한 거실은 수영장을 눈 아래 두고 시원하게 펼쳐진 LA의 전경을 한눈에 감상할 수 있는 구조로 되어 있었다.

"집이 아주 넓은 건 아니지만, 디자인이 단정하고 세련돼서 나름 경쟁이 셌어요. 또 하나 장점이, 전주인도 배우여서 지하에 작은 영화관이 있고 2층엔 개인 연습실도 있어요. 괜찮죠?"

"대표님, 이건 너무 과한데…."

"안 과해요. 어느 정도 위치에 오르면 그 격에 맞게 살아야 주변 사람들도 더 대우해주는 법이에요."

"그래도 제가 아직 이런 데 살 만큼 회사에 벌어다 준 돈이 많지 않을 텐데…."

그건 사실이었다. 데뷔한 지 몇 년 되지 않기도 했고, 유석이 작품활동 외에는 돈 될 만한 일을 거의 시킨 적이 없어서이기도 했다. 〈려말선초〉로 천만을 넘겼다고는 하지만 그땐 주연배우가 아니었고, 그 뒤엔 돈 안 되는 연극이나 했고 말이다. 하지만 유석은 자신만만한 미소를 지었다.

"유명 씨 존재만으로도 회사에 돈을 벌어다주고 있는 셈이지만, 그래도 불안하다면 이걸 말씀드리죠. 〈Mimicry〉가 러닝개런티 계약입니다."

"어? 그랬나요?"

계약 관련 사항은 유석에게 맡기고 연기에만 빠져 있었던 유명은 처음 알게 된 사실이었다.

"네, 원래 그런 조건이었어요. 사실 〈캐스팅 보트〉 입장에선 개런티 책정을 높게 하기가 어려웠던 게, 배우 개런티는 영화 사업부에서 나가는 거잖아요."

"그렇겠죠."

"영화 사업부 쪽에선 〈캐스팅 보트〉가 잘될지도 모르고, 잘된다 해도 우승자는 이름 없는 신인배우일 테니 TV사업부 장단 맞춰주는 일에 개런티를 높게 책정하긴 싫었겠죠. 그래서 선심 쓰는 척 러닝개런티 조건을 걸었던 거죠."

"그런데 〈캐스팅 보트〉는 생각 이상으로 히트했잖아요?"

"그래서 이 자식들이 우승 후 정식 계약 때 슬쩍 말을 바꾸더라구요. 신인배우치고 최고의 몸값을 쳐주겠다고. 다행히 맨 처음 보내왔던 출연약관에 '폰트 5' 크기로 적혀 있는 러닝개런티 항목을 찾아서 들이밀었습니다."

"역시…."

유명이 감탄한다. 자신이라면 꼼짝없이 당했을 것이다.

"안 그래도 유명 씨가 이럴 것 같아서 일단 월세로 계약했습니다. 회사에서 배우 품위 유지비로 부담할 거예요. 하지만 〈Mimicry〉가 흥행한 후엔 구매할 겁니다."

"흥행은 뚜껑을 열어봐야…."

"내기할까요?"

유석과의 내기에서 한 번은 이기고, 한 번은 졌다. 하지만 이긴 것조차 그의 손바닥 위에서 놀아난 것에 지나지 않았다. 두 번 당하고도 세 번째 또 응하는 것은 바보나 하는 짓이다.

"내기는 됐고요. 그래도 이 집은 너무 과한데…."

{수영장이다! 나 물 좋앙!}

유명이 흠칫했다. 미호가 전에 없이 즐거운 말투로 수영장 위를 뱅글뱅글 돌고 있다. 여우가 수영을 하던가…?

{수영장에 맥주 넣어놨다가 먹어야징! 옆집에 배우들도 많이 살겠징? 캬캉!}

신난 미호를 보며 유명은 결국 고개를 끄덕이고 말았다.

바로 다음 날 이사를 했다. 작품 중엔 환경이 바뀌면 집중이 깨질까 봐 촬영이 끝나기만을 기다리고 있었다는 유석은 이미 저택의 청소며 필요한 집기를 들여놓는 것을 모두 마친 상태였다. 단출한 짐은 차로 한 번이면 충분히 나를 수 있었다. 유명은 4개나 되는 침실 중 무엇을 제 방으로 삼을지 고민했다. 결국 짐을 푼 것은 2층 연습실 옆에 붙은 방이었다.

뭔가 묘한 기분으로 거실에 앉아 LA의 전경을 내려다보고 있을 때, 딩동- 벨이 울렸다. 또 유석인가 싶어 인터폰으로 다가간 유명은 쌍둥이처럼 닮은 두 얼굴이 화면에 뜨자 깜짝 놀라서 대문을 열었다.

'어? 작가님들…?'

육 작가와 에바가 함께 들어오더니 야단법석을 떨었다.

「와, 여기 정말 좋다. 엄청 영감이 반짝일 것 같은 분위기야.」

「작가님들, 어떻게 여길….」

「아, 여기 옆집이 우리 집이에요! '언니'는 요즘 저와 공동작업 중이라 우리 집에 살다시피 하구요. 어제 유명 씨 촬영 끝났다는 소식에 담 작 찔러보려고 전화했다가, 이사 왔다는 곳을 듣고 깜짝 놀랐잖아요~」

육 작가는 손에 들고 있던 상자를 유명에게 건넸다.

「이사떡이에요.」

「떡요?」

LA 한가운데서 김이 솔솔 올라오는 시루떡 박스를 열어 보이며 육 작가가 뿌듯하게 웃었다. 떡과 과일을 앞에 놓고 유석이 꽉꽉 채워놓은 와인셀러에서 샴페인 한 병을 딴 후, 유명은 두 작가와 마주 앉았다. 해가 질 무렵, 거실에 노을빛이 새어들어 환상적인 경관을 자아냈다.

「LA에도 떡집이 있어요?」

「어우, 한인타운 가면 없는 게 없어요, 한국 식재료도 다 팔고. 미국 와서 밥은 제대로 챙겨먹어요? 반찬 좀 해다 줄까요?」

「언니 요리 못하-」

「얘가 뭐래, 호호호.」

뭔가 수상쩍다. 육 작가의 과도하게 친절한 어조와 탐욕스런 눈빛. 뭔가 생각이 날 듯 말 듯…. 아, 미국으로 오기 직전에 작품 같이하자고 할 때의 그 눈빛인데?

「유명 씨, 차기작은 정했어요?」

「아뇨. 뭐가 들어오기는 했겠죠? 대표님이 따로 언질은 없으셨는데….」

「말도 안 꺼냈어요? 이분이 진짜….」

미영이 턱- 하고 대본 한 권을 꺼내자, 유명의 눈에 순식간에 생기가 돈다. 작품을 할 때는 맡은 배역에 모든 에너지를 다 쏟지만, 그러면서도 새 대본, 새 작품에 대한 갈증은 언제나 존재한다. 유석은 작품을 할 때 다른 대본은 보여주지 않는 편이라 몇 달 만에 보는 새로운 시나리오다.

「CRD에서 유명 씨한테 눈독 들이고 있는 건 알고 있죠?」

「전에 거기 니콜라스…? 라는 분이 사무실에 오셔서 한 번 인사했었어요.」

「맙소사, 니콜라스 판다스가 사무실에 직접 갔어요?」

에바가 깜짝 놀라 소리를 왁- 지른다.

「유명한 사람이야, 에바?」

「언니, 업계에서 그 사람 별명이 신의 손이야. 손대는 것마다 대박 내는 히트 제조기라고. 지금 CRD를 움직이는 세 명 중의 한 명이고 기획사를 부르면 불렀지 본인이 인사 다닐 급이 아니라고.」

놀란 에바를 진정시키고 육 작가가 풀어낸 설명은 다음과 같았다. CRD에서는 유명의 차기작 개런티를 계속 올려 불렀다. 하지만 유석의 반응은 한결같이 '작품은 신유명 씨가 직접 정한다. 〈Mimicry〉 촬영이 끝나면 대본은 보여주겠다. 웬만하면 이쪽을 권해보겠지만 강요는 할 수 없다'였다고 한다.

그래서 CRD는 유명을 낚을 만한 퀄리티의 대본을 구하는 것으로 전략 노선을 변경했다. 이왕이면 신유명과 친분이 있는 작가라면 더욱 좋다고 생각했던 모양이다.

「저희 첫 공저작이에요.」

에바와 육미영이 어깨를 자랑스럽게 펴며 대본을 내민다. 유명은 그 대본을 받아 들고 제목을 읽었다. 〈Missing child〉.

'뭐?'

그리고 당황했다.

'이건 몇 년 후에나 나올 카이 누넨 주연의 미드 아닌가? 왜 이게 벌써…. 그리고 왜 나에게?'

유명은 놀란 눈빛으로 대본을 한 장 한 장 읽었다. 점차 놀란 기색이 지워지며 대본에 깊이 빠져들기 시작한다.

'같은 작품은 아니야. 다만….'

에바와 육미영이 공저했다는 대본. 이것은 카이 누넨 주연의 〈Missing child〉보다 조금 앞선 이야기였다.

222

파일럿 제작

'그러고 보니 〈Missing Child〉가 에바의 작품이었지….'

카이 누넨이 분했던 주인공 릴은 천재 수학자이다. 그는 어릴 때 한 남자에게 입양되었다. 양부의 집안은 몹시 부유하여 그는 부족함 없이 자랐고, 뛰어난 머리로 수학의 노벨상이라 불리는 필즈상을 최연소 수상한다.

은인. 언제나 그를 믿고 지원해준 온화하고 자상하며 세련된 그의 양부. 릴은 꽤 나이가 들어서야 양부를 직접 만나게 되었고, 의외로 그는 자신과 나이 차가 스무 살 정도밖에 나 보이지 않는 젊은 사람이었다.

릴의 존경과 감사를 듬뿍 받고 있는 양부가 어느 날 그에게 건네준 한 가지 공식. 이것을 네가 꼭 풀어주길 바란다는 말에 그는 사명감까지 갖고 그 공식에 매달리기 시작한다. 하지만 그는 공식을 풀어갈수록 이 공식이 필요한 일이 일반적인 것이 아니라는 것을 깨닫게 되며, 아울러 양부의 정체에 대해서도 이상한 실마리들을 얻게 된다.

유명은 원생의 〈Missing Child〉의 내용을 떠올리며 에바의 설명을 들었다.

「사실 데카르도는 입양된 게 아니라 납치당한 거예요.」

카이 누넨이 연기했던 릴. 이 대본의 데카르도. 그들은 모두 '납치당한 아이들'이다. '양부'는 어릴 때부터 천재성이 있는 아이들을 납치하여 아낌없는 물질적 지원을 하는 동시에 정신적으로 테이밍한다. 에바가 대본에 다 등장하지 않는 작중 내용을 열심히 설명해주었고, 유명은 이미 알고 있는 내용들을 복기하듯이 떠올렸다.

「데카르도는 점점 양부의 정체를 의심하게 되고, 그의 정체를 파헤쳐 나가며 자신의 '동생들', 즉 다른 Missing children을 만나 규합하게 되죠.」

원래 그것은 릴의 역할이었다. 당시의 대본에서 릴은 Missing children의 둘째였다. 극 중에 릴의 입으로 '양부에게 반기를 들었다가 사라진 첫째'가 있었다는 것이 잠깐 언급된 적이 있는데, 이 대본에선 그 첫째, 데카르도를 주인공으로 사건이 전개되고 있었다.

「제가 원래 로맨스는 잘 못 쓰는데, '언니'가 함께하면서 여주 캐릭터가 근사하게 뽑혔죠. 마일리 필론을 컨택 중이에요.」

원래 〈Missing Child〉는 여주가 없는 스토리였다. 그래서 팬들이 우리 주인공은 고자라며 원통해하기도 했었는데, 이번 버전에는 여주가 제대로 뽑혀 있었다. 유명은 시나리오를 다시 한번 훑었다. 에바 특유의 서스펜스 서사에 육 작가의 강점인 캐릭터성과 로맨스가 더해진 시나리오는 꽤나 감칠맛이 있었다. 드라마는 하지 않으려고 했는데….

「데카르도, 엄청 유명 씨에게 잘 어울릴 같은데… 어때요?」

「제발 하고 싶다고 해줘요!」

초롱초롱 자신을 바라보는 네 개의 눈. 최고의 작가들이 멋진 대본을 뽑아 와서 자신을 원해주는 상황이 무척 감사했지만… 유명은 답을 뒤로 미뤘다.

「생각해보겠습니다. 대본은 무척 재미있는데… 사실 드라마는 생각이 없었거든요.」

「왜애, 미드는 한국 드라마와 달라요. 파급력도 어마어마하고, 잘만 되면 시즌제로 계속-」

「그 시즌제 때문에요….」

유명이 조금 난감해하며 웃었다.

묘하게 우울한 분위기. 의심이 특기이고 비판이 취미인 남자. 습관적으로 하늘을 쳐다보는 천재 기후학자, 데카르도 딜런. 그의 앞에 감정 기복이 들쭉날쭉한 여기자가 나타난다.

'연기하고 싶어.'

어젯밤 유명은 꿈을 꾸었다. 시니컬한 어조로 온갖 의심을 툭툭 뱉으면서도 양부에 대한 믿음만큼은 강렬한, 그렇기에 자신이 세뇌당했다는 것을 알고 충격에 빠지는 데카르도 그가 손에 쥔 것과 그것을 좇는 사람들.

'재밌을 것… 같아.'

하고 싶은 작품. 그것을 쓴 작가도 만들 제작사도 자신을 강렬히 원하고 있는 이상적인 상황. 그럼에도 유명이 고민하는 이유는 다름 아닌 미드가 대부분 시즌제로 만들어진다는 것 때문이다. 미드는 첫 시즌을 내고 반응이 좋으면 자연스럽게 시즌 2, 시즌 3… 때론 시즌 10을 넘기기도 한다. 하지만 자신의 유통기한은 얼마 남지 않았다.

휘익- 유명이 주변을 둘러본다. 다행히 미호는 주변 다른 배우의 집에라도 놀러간 모양이다. 미호가 생각을 읽을 수 있는 건 자신이 전달하겠다는 의지를 가졌을 때뿐임을 알지만, 그래도 혹시 하는 생각에 확인한 것이다.

'미호가 알면 그냥 하라고 할 것 같지만….'

〈Mimicry〉를 연기하면서 유명은 더욱 결심을 확고히 했다. 그는 7년 후 미호에게 몸을 넘기겠다는 약속을 지킬 생각이었다. 미호의 마음을 알아버렸기에 더욱 그렇게 하고 싶었다. 은혜를 갚기 위해서라기보다는 미호도 마음껏 연기하는 기쁨을 누릴 수 있게 해주고 싶었다.

'이제 2년 반….'

그래서 미드는 아예 배제하고 있었다. 자신을 믿고 미드를 제작했다가 이후 시즌을 못 만들면 무슨 민폐란 말인가. 그런데 갑자기 희망이 보이기 시작했다.

'이 스토리라면….'

자신이 출연하는 것이 가능할지도 모른다.

"대표님, CRD에서 드라마 의뢰 들어왔었다면서요?"

"육 작가님이 얘기하셨나 보네요. 어때요, 마음에 들던가요?"

"네."

유명의 깔끔한 긍정에 유석이 피식 웃는다. 마음에 들면 하게 해줘야지.

"그런데, 어려운 조건이 두 가지 있는데요."

"개런티는 부탁 안 해도 내가 최고로 따올 거고, 뭔가요? 감독? 상대역?"

"아뇨. 첫 번째는 제가 맡을 배역을 시즌 종반에 없애주는 조건이에요. 죽여도 좋고, 실종도 괜찮구요."

"네?"

유석은 어안이 벙벙해진다. 주인공을 없애달라는 걸 조건으로 걸어달라고? 이 무슨 해괴한 소리인가.

"아니…. 주인공이 죽으면 다음 시즌은요? 아니, 그것보다 그런 조건을 거는 이유가 뭡니까?"

"음…. 건방진 소리로 들릴 수 있는 건 아는데, 내년에 작품 선택할 때 영향을 받고 싶지 않아서요."

그 말을 듣자 이해가 간다. 시즌제 미드의 주인공이 되고 그 미드가 성공해서 다음 시즌에 쭈욱 출연하게 되는 것은 인지도와 수입 양측면에서 매우 짭짤한 일. 하지만 유명은 언제나 '본인이 하고 싶은 작품'을 중시한다. 마치 살날이 얼마 남지 않은 사람처럼 모든 시간과 에너지를 연기에 쏟아붓는 배우다. 그런 그라면 성공한 미드에 묶임으로써 다른 좋은 작품에 출연하지 못하는 것이 아쉬울 수도 있겠다.

물론 유명은 유석에게 다 털어놓을 수 없어 핑계를 댄 것이었지만 다행히 그 핑계는 통했다.

"이해했습니다. 또 하나는 뭔가요?"

"대본상에서 둘째로 등장하게 될 인물이 있습니다. 릴 딜런이라고."

"알 것 같습니다. 시놉시스상에 등장하는 주요 조연 중 한 명이죠. 그 배역은 왜요?"

"그걸 카이로 캐스팅해달라고 해주세요."

이건 더욱 모를 소리다. 낙하산 캐스팅을 누구보다도 혐오할 것 같은 사람이 자신과 묶어 카이를 캐스팅해달라는 걸 조건으로 건다고?

"음…. 유명 씨가 회사를 염려해주는 건 고마운데, 그렇게까지 하지 않아도 카이는 곧 성장할 텐데요…."

"그런 게 아닙니다. 그 배역은 카이 거예요. 누구보다도 잘 소화해낼 겁니다."

유명이 입꼬리에 희미한 미소를 띠었다.

"곁에 두고 가르치고 싶은 것도 많이 있고요."

데카르도가 죽는다면 시즌 2부터는 둘째, 릴 딜런이 주인공이 되리라. 그리고 〈Missing child〉는 과거의 영광을 이어나가게 될 것이다. 카이가 그 기회를 빨리 잡고 더 키울 수 있도록 같은 촬영장에서 자신이 아낌없이 가르칠 테니까.

이렇게 〈Missing child〉의 미래까지도 고려한 유명의 안배가 마무리되었고, 협의는 성공적으로 이루어져 유명은 CRD와 계약했다. 육미영과 에바 도브란스키가 두 손을 치켜들고 환호성을 지른 것은 물론이었다.

「파일럿 제작을 하는 게 어떨까요?」

「파일럿이라니…. 처음 듣는 얘기입니다만?」

신작 파일럿(Pilot). 새로운 시리즈의 첫 에피소드를 말한다. 작품의 분위기가 어떤 채널과 어울리는지, 흥행성이 있는지 등을 파악하기 위해 첫 번째 에피소드를 먼저 제작한다. 이것을 보고 싹수 있는 작품을 골라 5월 중순 Upfront 시기에 다음 시즌(9월) 편성을 발표하게 되는 것이다

다만, 캐스팅이 화려하거나 제작사가 힘이 있을 경우에는 파일럿 없이도 편성을 주기도 한다. 유석이 지금 불쾌감을 표하는 것도 그 때문

이었다. CRD에서 주력으로 미는 작품이라면 파일럿 없이도 편성을 못 딸 리 없을 텐데, 계약 전과 말이 달라지는 것 같아서.

「TW 채널에 편성 따는 건 문제가 없습니다. 그쪽이야 〈캐스팅 보트〉와 〈Mimicry〉를 통해서 신유명 씨의 가치를 파악했으니 무조건 내주겠죠.」

「그런데요?」

「굳이 그쪽에 의리를 지킬 이유가 있습니까?」

TW가 유명의 할리우드 진출을 손쉽게 해준 것은 사실이었지만, TW는 그 이상으로 많이 뽑아 먹었다. 유명이 나가지 않았으면 〈캐스팅 보트〉는 저만큼 성공하지 못했겠지만, 〈캐스팅 보트〉가 아니었다 해도 유명은 결국 정상의 자리에 올랐을 테니까.

「그럴 이유는 없죠.」

「그럼 가장 좋은 곳에 좋은 조건으로 팔아야 하지 않겠습니까?」

「물론입니다.」

지금 유석은 CRD의 삼두 회의에 초대받은 상태였다. 작은 에이전시 대표가 이 거물들과 한자리에서 대등하게 논의하는 것은 원래라면 있을 수 없는 일이었지만, 유석은 유명을 강력한 백으로 두고 있었다.

방송 영업의 귀재라 불리는 지오반니가 웃으며 말했다.

「시기가 좋고 상황도 좋아요. 지금 당장은 루머로 시끄러우니까 TW 말고는 적극적으로 나서는 방송국이 없을 겁니다만, 하필 파일럿 시즌이 1월부터란 말입니다. 〈Mimicry〉의 개봉이 대략 2월쯤이지 않습니까?」

「네. 그렇게 예상 중입니다.」

「파일럿을 1월에 보내죠. 그러면 〈Mimicry〉의 결과를 보고 정하려고 다들 간을 볼 겁니다. 그 핑계로 여기저기에 파일럿을 뿌릴 수 있습니다. 너희가 바로 잡지 않길래 어쩔 수 없이 딴 데도 뿌렸다고 하는 거죠. 그리고 〈Mimicry〉가 개봉하면?」

「…다들 안달이 나겠군요.」
「원래 한 번 내 손에 들어올 뻔했던 걸 딴 놈이 갖는 게 더 배가 아픈 법이죠.」
「자동으로 경쟁이 붙겠군요.」
유석이 싱글벙글 웃었다. 역시 이 회사 사람들과는 잘 통한다.
「파일럿을 뽑은 후 제작도 바로 들어갈까 합니다. 어차피 편성은 반드시 따낼 테니 선제작해도 상관없지요. 올 사전제작으로 해야 배우님도 피로도가 덜하지 않겠습니까.」
「배려 감사드립니다.」
「프로듀서는 요즘 CRD에서 가장 물이 오른 제니브 스콧으로, 여주는 마일리 필론으로 내정되었습니다. 빌런인 '양부'는 아직 안 정해졌습니다만.」
그러자 유석이 말했다.
「그건 제가 한번 알아봐도 되겠습니까?」
「누구 떠오르는 분이 있으신가요?」
「아아…. 모두 좋아하실 분일 겁니다.」
그는 한 배우를 떠올렸다.

피비 테일러는 데렉을 만나고 있었다. 데렉의 말대로 파블을 파보던 중 미심쩍은 부분을 발견했는데, 거기서 막혀서 조언을 구했더니 지금 자신이 있는 곳으로 오면 알려주겠다고 했다.
「아니, 그냥 전화로 말해주면 될 걸 사람을 오라 가라….」
피비는 구시렁대며 데렉이 지정한 장소로 향했다.
「어이, 핏불테리어.」
「왈왈?」

「요즘 미친개처럼 매섭던데. 나는 물지 말고.」
「못 먹는 건 안 물어요.」
「어쭈, 점점?」
잠시 투닥거리던 그들은 일 얘기로 들어갔다.
「도대체 파블은 왜 저렇게 조지를 감싸고도는 거예요? 간판 감독이라 해도 저렇게 불법적인 수단까지 써가며 비호할 건 아니지 않나?」
「이건 확인된 썰은 아닌데, 파블이 조지의 소유라는 말이 농담처럼 퍼진 적이 있긴 했어.」
「정말요?」
「알아봐. 사실 여부까진 확실치 않아.」
피비는 심각한 얼굴로 데렉의 말을 메모한 후 다시 고개를 들었다. 그 순간 데렉의 폰에 문자가 왔고, 폰을 열어 본 데렉의 표정이 갑자기 확 밝아졌다. 피비가 놀랄 정도로.
「뭐예요? 무슨 좋은 소식이에요?」
「하하하.」
데렉은 쾌활한 웃음을 온 얼굴로 지으며 말했다.
「나, 신유명이랑 한 작품 더 할 수도 있겠다!」
그 신난 얼굴은 너무 매력적이라 피비의 숨이 턱 막혔다.